HEYNE BÜCHER

W0240011

Fantasy

Herausgegeben von Wolfgang Jeschke

Von Tanith Lee erschienen in der Reihe
HEYNE SCIENCE FICTION & FANTASY:

Im Herzen des Vulkans · 06/3616
Vazkor · 06/3638
Die weiße Hexe · 06/3687

Weggefährten in:

Heyne SF-Jahresband 1980 · 06/3729

Herr der Stürme · 06/3759
Herr der Nacht · 06/3802; auch als 06/4743
Herr des Todes · 06/4012
Das Winterspiel · 06/4094
Östlich von Mitternacht · 06/4119
Der Besessene · 06/4173
Herr der Illusionen · 06/4210
Anackire · 06/4295
Der Prinz auf dem weißen Pferd · 06/4521
Die Burg der Dunkelheit · 06/4540
Die Herrin des Deliriums · 06/4575
Nächtliche Zauber · 06/4603
Aztira · 06/4744

TANITH LEE

Aztira

Roman

Deutsche Erstausgabe

Fantasy

WILHELM HEYNE VERLAG
MÜNCHEN

HEYNE SCIENCE FICTION & FANTASY
Band 06/4744

Titel der amerikanischen Originalausgabe
THE WHITE SERPENT
Deutsche Übersetzung von Michael Windgassen
Das Umschlagbild schuf Boris Vallejo

Redaktion: E. Senftbauer

Printed in Germany 1990
Umschlaggestaltung: Atelier Ingrid Schütz, München
Satz: Schaber, Wels
Druck und Bindung: Elsnerdruck, Berlin

ISBN 3-453-04500-9

INHALT

Erstes Buch

ISCAH

Kapitel 1

Der Schnee

In violettem Dämmerlicht auf weißem Schnee stand die junge Frau und rief die Hunde ihres Mannes. Ringsum starrten sich die Berge über das Tal hinweg an, gefärbt wie der Himmel und mit ihm dunkel werdend, bepackt mit gewaltigen, schimmernden Schneemassen. Es war mitten im Winter, doch vorübergehend hatte Tauwetter eingesetzt, was hier im Westen öfter vorkam. Von den Gebirgshängen brachen Eisplatten ab und donnerten ins Tal. Eine einzelne Blume hatte ihren Blütenkopf hervorgewagt — und war von Tibo gepflückt und in einer Kruke neben die Feuerstelle gestellt worden. Blaß wie ein Geist stand sie da, um von Orbin verspottet zu werden. Die Hunde waren aus ihrem Zwinger gelassen worden und liefen frei durchs Tal. Vielleicht konnten sie während des kurzen Tages einen Hasen oder eine arglose Felsratte fangen, die nach Futter suchte. Aber am Nachmittag rollten wieder Schneewolken von den Gipfeln herab, und Orbin schickte Tibo nach draußen. Also ließ sie das Geschirr liegen und ging hinaus, um mit schrillen Trillerlauten, typisch für die Frauen des iskischen Hochlandes, die Hunde zu rufen.

Bald kamen sie aus der malvenfarbenen Dämmerung herbeigetrottet, einer nach dem anderen, Paar für Paar. Tibo zählte nach, während die Hunde an ihr vorbeizogen, und rief ihnen freundliche Worte zu. Alle waren mit leerem Fang zurückgekehrt, obwohl sie Beute hätten schlagen können. Mit acht Hunden an ihrer Seite kehrte Tibo um. Am Zwinger angelangt, blickte sie wieder suchend hinaus und rief zum wiederholten Mal. Orhn besaß neun Hunde, und einer war nicht zurückgekommen — die dunkle Hündin, Schwärze.

Manchmal, in strengen Wintertagen, schlichen Tirre durchs Tal. Ein Hund hatte dem Tirrgift nichts entgegenzusetzen, genausowenig wie heftigen Schneefällen. Schwärze war listig in der Jagd und eine wertvolle Hündin, die für gesunden Nachwuchs sorgte. Tibo machte sich Sorgen; ihr würde die Schuld gegeben, wenn eins der Tiere fehlte. Orbin suchte immer nach einem Vorwand, die Schwägerin zu prügeln.

Noch blieb ein Rest von Licht, und der Schneefall hatte noch nicht eingesetzt. Tibo sperrte die Hunde ein, nahm dann eine Laterne vom Haken über der Zwingertür, zündete sie an und ging los, quer über die Weide, den Namen der Hündin rufend.

Der Boden war trügerisch und seit dem Wetterumschwung noch nicht wieder festgefroren. Aber aus jahrelanger Erfahrung kannte Tibo jede Unebenheit unter der glatten Schneedecke. Sie wußte auch, wie billig das Leben einer Frau war, wie sehr Orbin sie haßte und daß Orhn — nun ja. Es hatte keinen Wert, Orhns Meinung in dieser Frage zu erwägen.

Im Alter von zehn Jahren war sie mit Orhn vermählt worden. Von ihrer Familie, einer Horde wilder Söhne und sklavischer Töchter, hatte sie nie viel Glück erfahren, und an Armut war sie von Anfang an gewöhnt. Man hatte Orhn um seinen Hof beneidet, sein Vater war angesehen gewesen im Dorf von Ly. Seine Söhne trugen königliche Namen. Als Orhn Tibo heiratete, hatte sein Vater bereits das Zeitliche gesegnet, aber die Mutter lebte noch. Sie war senil, verwirrt im Kopf und konnte sich nicht mehr aus ihrem Sessel erheben. Tibo mußte in jeder Hinsicht für sie sorgen. Außerdem hatte sie sich um den Bruder zu kümmern. Orbin war zweimal verwitwet, und es schien, als hätte ihn das Glück verlassen, denn eine dritte Frau fand er nicht. Orhn stellte keine großen Ansprüche, wie Tibo bald hatte erfahren können. Er behandelte sie halbwegs freundlich. Im Brautbett, als noch Kränze aus Blumen und Wein ihre Köpfe schmückten, hatte er sie befingert und besabbert und seinen Samen in der ersten Minute vergeudet — ohne Umarmung, geschweige denn Vereinigung. Es klappte auch später nicht besser, und mit den Jahren verlor er die Lust fast völlig, abgesehen von seltenen Versuchen zu Zastis. Weil sie neun Jahre lang kinderlos geblieben war, wurde sie für unfruchtbar gehalten, was ihren Wert noch mehr herabsenkte.

Sie war insgesamt nur wenig wert, weniger noch als die Hündin, die sie deshalb unbedingt finden mußte.

Ein niedriger Steinwall umschloß die Weide, auf der im Sommer Orhns blaue Schweine und das Geflügel mit den wippenden Hälsen wühlte und pickte. In diesem Wall war eine Lücke, durch die die Hunde gelaufen waren, hinaus ins Geröll, wo ein paar Zitrusbäume standen, deren Blätter vom Frost verbrannt worden waren.

Man sagte, daß der Winter nicht immer Schnee in die Berge von Iscah brachte. Aber Tibo kannte nichts anderes, so weit sie sich auch zurückerinnern mochte. Das sei der Fluch der Schlangengöttin, wurde behauptet.

»Schwärze!«

Tibo rief jetzt die Hündin mit Namen. Das Licht wurde schnell weniger; es schien, als würde die geballte Wolkenfaust die letzten Strahlen aus dem Himmel quetschen.

Mit fast schmerzhafter Erleichterung hörte sie schließlich die Hündin, die ihr von irgendeiner Ecke der Geröllhalde aus zuwinselte.

»Was ist, Kleines? Was hast du gefunden?«

Offenbar etwas, das die Hündin nicht loslassen wollte. Oder, Cah behüte, sollte sie etwa lahmen?

Tibo hob die Laterne in die Höhe und ging weiter nach vorn. Sie mochte die Gegend nicht, nicht einmal in den Tagen des Spätsommers, wenn sie herkam, um die Früchte zu ernten. An gewissen Stellen wurde der Blick auf den Hof durch die Felsen verstellt, die jetzt unterm

Schnee begraben lagen, gesichtslos allesamt. Tibo mußte an Banaliken denken, die einheimischen Vampir-Dämonen der Gebirgsmythen.

Linkerhand bellte aus nächster Nähe die Hündin kurz auf. Tibo schnellte herum und schrie entsetzt auf. Irgend etwas hatte ihr Bein gepackt. Hart und kalt umklammerte es die Wade oberhalb vom Stiefelrand.

»Still«, sagte eine dunkle Stimme. Es war eine Männerhand, die sie gefangenhielt.

Der Schrecken klang ab. Tibo schwenkte die Laterne herum und sah ihn. Er hockte zwischen zwei Felsblökken und hielt die Schnauze der Hündin mit einer Hand gepackt, um sie am Bellen zu hindern, während ihr kräftiger Körper von seinen Schenkeln gebannt wurde. Seine andere Hand umklammerte Tibos Bein. Er war offenbar sehr stark und schien so lange zupacken zu können, bis das Tier, das Mädchen und er selber zu Stein gefroren oder auf die Knochen ausgehungert sein würden. Tibo dachte daran, ihm die Laterne über den Schädel zu ziehen. Womöglich ließ er von der Hündin ab, die ihm an die Kehle spränge, oder von ihr, Tibo, so daß sie übers verschneite, rutschige Feld zum Hof würde fliehen können.

»Tu's nicht«, sagte er, als hätte er ihre Gedanken gelesen, wie es Schlangenleuten möglich war. »Denn es würde uns beiden schlecht bekommen, und ich möchte dir nicht weh tun.« Noch nie waren von einem Mann solche Worte an Tibo gerichtet worden. Daß ein Mann eine Frau zu schonen gedachte, vertrug sich nicht mit ihren Erfahrungen. Ihre am weitesten zurückreichende Erinnerung betraf die Prügel, die sie von ihrem Vater bezogen hatte. So etwas war für sie Teil einer natürlichen Ordnung.

»Du bist verwirrt, wie ich sehe«, sagte der Mann. Seine Stimme klang fremd für sie. Keiner aus Iscah, geschweige denn aus Lydorf, sprach mit einem solchen Akzent. »Ich will dir nichts Böses anhaben. Für Ärger habe ich schon genug gesorgt. Banditen haben mich überfallen. Womöglich Freunde von dir. Dem Tauwetter verdanke ich mein Leben ... Die Gebete an Anack waren vielleicht doch nicht vergebens. Aber wenn es jetzt wieder zu schneien anfängt, bin ich verloren. Es sei denn, ich finde Obdach. Für eine Nacht oder zwei. Und falls du ein Reittier hast ... eins dieser armseligen Schneemähren reichte schon. Ich schätze, ein zugerittenes Vollblut wäre zuviel erhofft. Wenn ich bloß nach Ly Dis käme. Von dort aus könnte ich die Hauptstadt erreichen. Ich würde für alles bezahlen. Die Banditen haben meine Münzen nicht gefunden oder mit ihnen vielleicht nichts anfangen können. Hat sich etwa die Einführung des Geldes noch nicht bis zu euch herumgesprochen?«

Tibo wartete, bis er zu Ende gesprochen hatte. Nie würde sie einen Mann unterbrechen, egal, was er von sich gab — und wenn es ein Feind wäre, gegen den sie sich zu verteidigen hätte. Aber obwohl sie ihn ausreden ließ, blieben ihr seine Worte unverständlich. Er war jung und gutaussehend, wenn auch nicht im für sie üblichen Sinne. Hier in Iscah war die bronzene Haut der Visianer heller als sonstwo. Seine Haut dagegen war dunkel wie die der Männer von Dorthar oder Alisaar, doch nicht so schwarz wie die eines Zakorianers. Das Haar fiel ihm bis auf die Schultern herab, dicht, schwer und seiden. Die Männer von Iscah trugen ihre Haare kurz oder rasierten sie in den Sommermonaten ganz ab.

Der Fremde musterte Tibo aus weit geöffneten, schwarzen Augen ebenso gründlich wie sie ihn.

Plötzlich löste er seinen Griff von ihr und gab auch die Hündin frei. Schwärze ging sofort auf ihn los und schnappte nach ihm. Aber Tibo streckte den Arm aus und hielt sie zurück.

»Siehst du«, sagte er, »du magst mich trotz allem.«

Dann schloß er die Augen und seufzte. Der Kopf sackte auf die Schulter herab. Tibo sah, daß er die Besinnung verloren hatte, und entdeckte gleich darauf auch den Grund dafür. Trotz der Kälte floß sein Blut in Strömen. Es triefte aus dem schwarzen Fell der Hündin.

»O Cah!« rief Tibo und schlug ein rituelles Zeichen, das der Göttin ihres Landes galt. Die Hündin kauerte sich knurrend an Tibos Seite. Die erste Schneeflocke trudelte herab und fiel zischend in die Laterne.

Orbin hob den Kopf und blinzelte zum Eingang, als die Tür vor der weißen Nacht geöffnet wurde.

»Hoh, Tibo«, grüßte er leutselig. »Wo ist dein Blümchen abgeblieben? Ich will dir's sagen. Du hast dich so lange draußen herumgetrieben, daß uns das Feuerholz ausgegangen ist. Also mußte ich dein Blümchen in die Flammen werfen. Hat nicht gerade geprasselt.« Er beobachtete Tibo genau, als sie zur leeren Kruke blickte und dann ins Feuer. Aber immer wieder enttäuschte sie den Schwager aufs stärkste. Andere Frauen mochten bei solchen Gelegenheiten vor Gram schniefen oder schuldbewußt auf die Knie fallen — aber nicht so Tibo. Und als er ihr vor den Kopf schlug, verzog sie keine Miene. Orbin mußte sie oft prügeln, denn Orhn war zu blöde, um diese Aufgabe selber zu übernehmen. Orbin hatte sogar die Hochzeit arrangieren müssen. Allerdings war es für den nächsten männlichen Verwandten des Bräutigams nicht unüblich, dieses Amt zu übernehmen. Dank Orbins schlauer Führung war es noch niemandem aufgefallen, wie geistesschwach der ältere Bruder in Wirklichkeit war. Der Hof und alles Vieh gehörte Orhn, der den Namen alisaarischer Könige trug. Ein Witz war das. Orbin jedoch konnte über alles verfügen; praktisch besaß er alles, bis auf den Namen, ob königlich oder bürgerlich. Eigentlich hätte auch das Weib ihm gehören können, aber normalerweise gab er nichts um Frauen. Bei Rotmond, wenn ihn die Lust überfiel, wußte er Besseres zu tun, als es mit der rechtmäßigen Frau des Bruders zu treiben. Er wollte sie nicht schwängern, denn dann wären womöglich Fragen gestellt worden.

Im Dorf nämlich ahnte man etwas von Orhns mangelnder Zeugungskraft, obwohl über Tibo immer noch als unfruchtbarer Schmarotzer hergezogen wurde. Orbin verehrte Cah und brachte der Göttin regelmäßig Opfergaben. Er hätte es nie gewagt, vor ihrem Standbild die Unwahrheit zu sagen, denn er fürchtete Strafe. Deshalb ließ er Tibo in Ruhe und zahlte statt dessen für die Tempelhuren, jene dicken Dirnen, die nur für solche Dienste taugten.

Andererseits gab es kein Gesetz, weder ein religiöses noch amtliches, das es einem Mann verbot, die Frau des Bruders zu verprügeln.

»Sind alle Hunde drin?« fragte er sie nun.

»Ja, mein Bruder und Meister«, antwortete sie und senkte respektvoll den Blick. Wollte sie noch etwas sagen? Hatte sie, was die Hunde anging, gelogen? »Mein Bruder und Meister«, sagte sie. »Erlaubt Ihr mir zu sprechen?«

»Was hättest du mir schon Gescheites zu sagen? Na schön. Plapper los. Ihr Weiber könnt ja eh nicht das Maul halten.«

»Da ist ein Mann. Schwärze hat ihn aufgespürt.«

Orbin merkte auf.

»Was für ein Mann?«

»Ein Fremder. Räuber haben ihn überfallen. Er blutet und wird vielleicht sterben.«

»Soll er doch«, entgegnete Orbin.

Er musterte sie argwöhnisch, gespannt auf ihre Reaktion. Doch sie wandte sich dem Feuer zu und legte Scheite nach. Davon wurde Orhn wach, der auf einer Bank neben dem Kamin eingeschlafen war. Auf der anderen Seite der Feuerstelle saß schlafend die alte Frau in ihrem Sessel; aus der Decke unter ihr tröpfelte es. Orhn lächelte Tibo zu. Er streckte den Arm aus und berührte einen ihrer schlanken schwarzen Zöpfe. Zwölf Stück hatte sie aus ihrem Haar geflochten, und jeder einzelne reichte bis auf die Hüfte und wurde am Ende von einem

Kupferring zusammengehalten. Aber die Ringe waren unpoliert. Tibo kümmerte sich kaum darum, obwohl sie das Zeichen ihrer Ehe waren. Dafür aber glänzte das Haar. Sie wusch, kämmte und flocht es, so oft sie konnte. In der gleichen, sinnlosen Manier pflückte sie Blumen und Kräuter oder sprach mit den Hunden. Orbin regte sich auf über diese Gewohnheiten, schritt aber dagegen nicht ein, weil Tibo niemals ihre Pflichten darüber vergaß.

»Dieser Mann«, sagte Orbin, als Tibo den Eisenkessel aus dem Feuer zerrte und ihn zur Spüle schleppte. »Wo steckt er?«

»Draußen vorm Haus, Orbin, mein Meister.«

»Im Zwinger vielleicht? Blutet und stirbt er etwa in Orhns Schuppen?« (Als er seinen Namen hörte, stieß Orhn ein halblautes Knurren aus, womit er Orbin nachzuahmen versuchte. Dank dieser Täuschung, zu der ihm der Bruder schon vor Jahren geraten hatte, wurde er in Ly oft als normal angesehen.)

Tibo scheuerte die Töpfe, schuldbewußt und in Demut, hatte sie doch mit Hilfe der Hündin den fast bewußtlosen Fremden in den Zwinger geschleppt. Auf dem Überfrorenen, glasigen Boden waren kaum Spuren zurückgeblieben, und der einsetzende Schneefall trug zum Vertuschen ihrer Tat bei. Der Mann hatte sich an ihr festgeklammert und staunte, schwindelnd, an der Grenze zur Ohnmacht, über die Kraft, die in ihrem zierlichen Körper steckte. Natürlich war sie stark. Das blieb nicht aus nach vierzehnjähriger Plackerei. Als sie den Fremden im Stroh zurückließ zwischen verwunderten Hunden, die ihn wärmten, tat es ihr schon leid, ihm geholfen zu haben. Sein Körper, seine Gestalt, die Haut und der Duft — all das ergab ein Bild, wie sie es noch nie gesehen hatte. Um den Messerstich im Arm verbinden zu können, hatte sie sein Hemd zerrissen, weil sie nicht eigenes Verbandzeug zu benutzen wagte. Und sie hatte seinen Körper verehrt in einer Weise, wie sie in den alten Liedern von Cah und ihren Geliebten besungen wurde. Das ließ sich nicht leugnen. Noch nie hatte Tibo etwas annähernd Ähnliches empfunden, das sie unweigerlich mit Verlangen und Hunger gleichsetzte.

Er durfte nicht sterben. Das wollte sie nicht zulassen. Sie kannte die Eigenschaften der Kräuter und hatte schon in der Kindheit zum eigenen Schutz zu täuschen gelernt.

Also schrubbte sie weiter an den Töpfen herum, während Orbin sie ausfragte über die Geschichte des Mannes, seine Kleidung und Herkunft. Schließlich stieß er sie durch den tiefen Schnee vor sich her zum Zwinger.

Als fünf Tage später das nächste Tauwetter einsetzte, war der Fremde wieder bei Kräften und auf den Beinen und konnte Orbin bei der Arbeit auf dem Hof helfen.

Orhn war sehr großzügig gewesen — das heißt, er hatte lächelnd und in angemessenen Abständen zustimmende Laute von sich gegeben, als Orbin dem Fremden bestimmte Gastrechte einräumte. Nach gründlicher Befragung hatte Orbin Geld von ihm verlangt zum gerechten Ausgleich für Obdach, Pflege und Speise, die ihm Orhn bis zur völligen Genesung gewähren wollte. Orbin mißtraute dem Fremden und glaubte richtigerweise, nicht alles Geld von ihm bekommen zu haben. Er gab Tibo den Auftrag, den Fremden, sobald ihn wieder das Fieber schüttelte, zu durchsuchen, und tatsächlich brachte sie ihrem Schwager eine Handvoll Münzen. Dafür durfte der Mann im Hundezwinger bleiben. Für Wärme sorgte eine Kohlenpfanne, die zuerst von Tibo, dann, nach seiner Genesung, von ihm selber beheizt wurde. Zum Essen bekam er ein Stück Brot oder eine Scheibe Blutwurst sowie eine Schüssel mit Suppe oder Eintopf, meist ohne Fleisch. Seine Kräutermedizin stellte Tibo heimlich her.

»Ein zäher Kerl, wahrscheinlich ein ausgedienter

Söldner«, sagte Orbin, wobei in seiner Stimme eine Mischung aus Verachtung, Unbehagen und Neid leise mitschwang. »Er bekrabbelt sich schon wieder. Wenn wir ihn bis zur großen Tauzeit hierbehalten, kann er uns beim Pflügen helfen. In dem Fall kann Orhn an Tagelöhnern sparen.« (Der Hof warf nicht genug ab, um Knechte über Winter zu halten.)

Natürlich führte er im Schilde, den Mann so lange wie möglich festzuhalten, um ihn für diese Gunst in jeder nur statthaften Form bezahlen zu lassen. Er war ein Ostler, ein Lanier, wie er behauptete, und trug einen Namen, der sich im schleppenden Tonfall der iscanisch-lydischen Aussprache wie »Yems« anhörte. Er sagte auch, Soldat zu sein, was stimmen mochte, zumal er die Figur eines Kämpfers besaß, groß und muskulös war und Schwertschwielen an beiden Händen hatte, obwohl er nur ein Messer mit sich führte. Auch das wurde von Orbin eingezogen. »Das brauchst du sowieso nicht bei der Arbeit auf dem Hof.«

Vorläufig blieb dem Fremden nichts weiter übrig, als bei seinem Gastgeber zu bleiben. Lydorf war, solange der Schnee lag, eine Tagesreise weit entfernt, und das nur für jemanden, der den Weg kannte. Ly Dis, der Ort, den Yems immer wieder im Fieberwahn genannt hatte, war sieben Tage weit weg und bis zum Frühling unerreichbar. Denn reitbare Vollblüter, jene großen Tiere, die im Gegensatz zu den Zugpferden von Dorthar ausgewachsene Männer auf dem Rücken tragen konnten, waren hier in Ly so fremd und fabelhaft wie die Sagenpferde aus den Südländern.

Im Grunde war es ein Rätsel, wie der Mann hierherkommen konnte. Er hatte Orbin die Geschichte erzählt, daß er zu den vardischen Truppen jenseits der Grenze stoßen wollte, aber aufgrund eines — für Orbin mysteriös klingenden — Auftrages nach Westen abgekommen und den Bergbanditen in die Hände gefallen war, die ihn verblutend und erfrierend zurückgelassen und sein Reittier, ein kräftiges Zeeba, samt Gepäck und Ausrüstung mitgenommen hatten.

»Geschichten«, sagte Orbin. »Wen kümmert's? Wir werden ihn schon an die Arbeit stellen.«

Und bald war Yems wieder gesund und machte sich nützlich. Er reparierte die baufälligen Hütten des Hofes, versorgte die drei mageren Kühe im Stall, sammelte und hackte Holz, was er sogar, wie er zugab, gerne tat, um den verletzten Arm zu kräftigen. Nein, er beschwerte sich keinesfalls. Wahrscheinlich hatte er keine andere Behandlung erwartet.

»Ich sollte auf dich aufpassen«, sagte Orbin zu Tibo, als sie gerade die alte Schwiegermutter aus dem Sessel hievte, die sich zitternd und zaghaft zu wehren versuchte. »Bei all seiner Hilfe bleibt dir kaum was zu tun. Bei Cah, ich dulde kein zweites Weibsbild in Orhns Haushalt, das wie die da träge und nutzlos ist.« Dabei zeigte er auf seine senile Mutter, die von Tibo sanft auf ihr frisch gemachtes Lager gelegt wurde, wo sie gleich einschlief. Sie, die Alte, hatte nach den Gesetzen des Landes diese Pflege eigentlich nicht verdient. Sie hatte fünf Söhne zur Welt gebracht, von denen aber nur noch zwei lebten. Ihr Mann war tot, und in früheren Zeiten wäre sie längst vom Hof vertrieben worden. Aber immerhin war sie seine Mutter. Zum Teufel mit ihr. Da sieh nur, den Sessel hatte sie schon wieder naßgemacht. Wütend befahl er Tibo, den Sessel nach draußen zu tragen und ihn gründlich mit Schnee abzureiben.

Als Tibo die Matratzen ausgeschlagen und den Sessel gesäubert hatte, ging sie in den Stall, um nach den Kühen zu sehen. Der Nachmittagshimmel schimmerte im blassen Blau der kalten Zeit, aber es tropften die Eiszapfen an den Dachrändern. Das jetzige Tauwetter würde wohl an die zwei Tage anhalten.

Im Winter brauchten nur die Kühe und Hunde gefüttert zu werden, denn das Geflügel und die Schweine waren gegen Ende des Sommers verkauft oder geschlachtet worden. Tibo hatte eine Abneigung gegen das brutale, wahllose Abschlachten der Tiere, mußte aber das Fleisch zerteilen, das den Winter über in der Vorratskammer neben dem Stall hing. Schließlich war es ihre Aufgabe, für das Essen zu sorgen. Als sie jetzt in die dunkle Kammer ging, sichtete sie die aufgehängten Vögel, riß einen fleischigen, gerupften Flügel ab und ließ ihn in die Schürzentasche fallen.

Dann betrat sie den Kuhstall, wo der Mann aus Lan den Mist vom Boden kratzte und ihn vor einer Wand aufschichtete, wo er trocknen konnte, um später zur Feuerung des Kamins und auch der Kohlenpfanne genutzt zu werden, obwohl Orbin von letzterem nichts erfahren durfte.

Tibo ging geradewegs auf den Lanier zu und gab ihm den Flügel, den sie aus der Tasche zog. Er nahm ihn wortlos entgegen und steckte ihn in den Kittel, hinter den Gürtel.

Von Anfang an brachte sie ihm heimlich zu essen, gelegentlich auch schwarzes Bier. Sie hatte ihm gezeigt, wie er Milch vom Euter der Kuh direkt in den Mund spritzen konnte. Daß er diesen Trick nicht kannte, hatte sie sehr überrascht. Er schien wirklich aus einer anderen Welt zu stammen.

Sie füllte nun das Futter in den Trog, während Yems weiter Dung loskratzte und aufhäufte. Als er ihr zu Anfang bei der schweren Arbeit helfen wollte, hatte sie ihn sanft zur Seite geschoben; ihn zu berühren gefiel ihr. Während der ersten Nacht im Zwinger und am Tag darauf hatte er leichtes Fieber gehabt und wie ein Kind um Wasser gebettelt, das sie ihm schnell brachte, seinen Kopf an ihre Brust legte und ihm über die Haare streichelte. Als er später eingeschlafen war, hatte sie seinen Körper an fast allen Stellen berührt. Obwohl sie selber keine Worte dafür fand, schien es, als hätten Lust und Mutterinstinkt, die so reif wie unbefriedigt waren, in diesem Bild der Männlichkeit einen Konzentrationspunkt gesucht.

Aber jetzt war er wieder gesund, ein Mann, unabhängig von ihr.

Sie widmete sich ganz ihrer Aufgabe, denn er war näher gekommen.

»Tibo«, sagte er leise. Er sprach ihren Namen auf merkwürdige Weise aus; andererseits gelang es ihr ebensowenig, seinen Namen so auszusprechen, wie er es wünschte. Aber sie mochte den ungewohnten Klang seiner Stimme.

»Ja, Herr?«

»Nenn mich nicht so. Ich bin keiner dieser iscanischen Flegel, die Frauen schlagen.«

»Yn ...«, versuchte sie zu sagen. »Ye ...«

»Yennef«, half er geduldig nach.

»Yemhz.«

Er seufzte, war aber amüsiert. So gab er sich immer. Sie mochte die Art, in der er ihr Aufmerksamkeit schenkte und gleichzeitig über sie lachte.

»Tibo, liebes Mädchen, wenn's morgen dämmert, bin ich weg. Verstehst du?«

»Ah«, antwortete sie und schloß die Augen. Plötzlich überkam sie ein Gefühl der Leere. Natürlich hatte sie nicht damit gerechnet, daß er sich hier niederlassen würde, aber auf ein längeres Bleiben gehofft.

»Tibo? Diese Tölpel werden dir doch keinen Vorwurf daraus machen, oder?«

Sicher doch, dachte sie, antwortete aber: »Nein.«

»Anack«, schwörte er. »Ich würde dich mitnehmen, aus dieser verdreckten kleinen Hölle befreien ... aber bei dem Schnee wäre das unmöglich. Vielleicht willst du auch gar nicht mitkommen. Ich kenne dich kaum und weiß nur, wie freundlich du bist. Und raffiniert bist du, stimmt's? Hast mir erklärt, wie man nach Ly kommt, und von den großen Hunden erzählt, die die Priester vor ihre Schlitten spannen. Und als ich krank war, hast du für mich Partei ergriffen, mit deinen weichen Händen gestohlen und so viel Geld gespart, daß ich ein ganzes Jahr lang wie ein König in Ly Dis leben kann. Raffinierte, gescheite, süße Tibo.«

Sie hob den Kopf und warf ihm dann einen scheuen Blick zu.

Er war ein Mann, so gutaussehend, wie nie für möglich gehalten, klar und rar wie frühes Sonnenlicht, wie die gemeißelten Berggipfel — und doch ein Mann. Unerreichbar für sie. Andersartig. Für ihn wären ihre Worte, ihre Gedanken, ihre Wünsche wie auf Luft fallende Regentropfen.

Also senkte sie wieder den Blick, stopfte noch mehr Futter in den Trog und zeigte ihm, wo sie das Messer für ihn im Heu versteckt hatte.

Da war ein Winterstern, der zur Mitternacht bei klarem Wetter durch ein kleines Loch im Dach leuchtete.

Er weckte Tibo auf und zeigte auf sie mit dünnem kristallenen Finger.

In diesem Augenblick wurde ihr klar, was bislang verschüttet war.

Ohne zu zögern oder zu zweifeln, verließ sie die große, mit Gras gestopfte Matratze, auf der sie Jahr um Jahr, Nacht für Nacht, Seite an Seite mit dem idiotischen Ehemann gelegen hatte. Orhn rührte sich nicht. Er würde nichts bemerken. Auch Orbin nicht. Sie hatte nämlich, als sie in aller Eile das Abendessen — einen Brei aus Klößen und Leber — zubereitete, zwei Krüge Bier neben der Feuerstelle stehen lassen. Daß sie von den Vorräten Bestand aufgenommen hatte, war vielleicht ein Fehler gewesen, denn als Orbin die Krüge sah, wollte er sie haben. Ihre Proteste und Anstalten, die Krüge wieder zurückzustellen, waren ihr mit einem Schlag ins Gesicht vergolten worden. Orbin hatte die Krüge an sich gerafft und sie mit Orhn geteilt, dem sie ja gehörten. Beide hatten mächtig zugelangt und würden bis in den späten Morgen hinein tief schlafen.

Das Bier draußen stehen zu lassen, war womöglich auch eine List von ihr gewesen.

Aus der Feuerstelle leuchtete noch schwache Glut. Die alte Frau lag auf ihrem Bett und schwafelte manchmal im Traum vor sich hin. Tibo hatte den Kessel über der Glut hängenlassen, und das Wasser war immer noch heiß. Sie holte ihr kostbares Seifenstück aus der Kammer und wusch sich von Kopf bis Fuß. Der Tempel verkaufte die Seife, die Orbin zwar lauthals verwünschte, aber dem Vogelfett vorzog, wenn er sich rasierte. Doch eigentlich war dieser Luxus in erster Linie für die Tempelhuren bestimmt. Tibo zitterte erregt, als die Seife, das klare Wasser und die eigenen Hände über den Körper glitten. Das erlöschende rote Licht der Glut spiegelte sich matt auf ihrer Haut.

Als sie sich abgetrocknet hatte, zog sie die Eheringe von den Zöpfen, löste die Flechten und ließ das Haar wallen.

Dann nahm Tibo den Umhang vom Haken und warf ihn zum Schutz vor der Winternacht über die nackte Haut. Lautlos schloß sie die Tür hinter sich und schlich auf bloßen Füßen über das dünne graue Eis.

Der Viertelmond und die Sterne am Himmel leuchteten ihr den Weg.

Yennef, den ein abenteuerlicher Auftrag nach Iscah verschlagen hatte, Yennef, in dessen Adern das Blut eines zwar entmachteten, aber immerhin einstmals herrschenden Königs floß — Yennef hatte sein Geflügelstück gebraten und verzehrt, den herzhaften Eintopf gegessen und sich danach zum Schlafen ausgestreckt, weil er am Morgen früh aufbrechen wollte.

Gewöhnt an selbstbestimmtes Wecken öffnete er die Augen, lange bevor es dämmerte.

In der Kohlenpfanne schwelte das heimlich beiseite

geschaffte Brennholz, das den Zwinger und die eingerollten Leiber der schlafenden Hunde in schmutziges Licht tauchte. Da kam aus dem Dunkeln eine hoch aufgerichtete Gestalt auf ihn zu. War der sabbernde Narr oder sein raffgieriger Bruder wieder einmal darauf aus, ihn, Yennef, zu berauben?

Er blieb reglos liegen und wartete. Notfalls würde er mit bloßen Händen morden können.

Plötzlich wurde die Dunkelheit abgestreift mit einer einzigen Bewegung, als würde der Wind durch einen Baum fahren. Im ersten Moment wußte er nicht, daß es Tibo war. Da stand nur eine nackte Frau, schlank wie eine elyrische Vase, der Körper getönt im roten Restlicht der Glut, mit schwarz flammenden Haaren, gespenstisch und schön, wie eine Traumgestalt von Zastis hier im eisigen Herzen des Winters ...

»Tibo?«

»Pssss«, flüsterte sie und kniete an seiner Seite nieder. Er roch ein wildes Duftgemisch, parfümierte Seife, Haut und Haar, Nacht und Wollust.

So traumhaft war die Szene, daß es nicht mehr wichtig erschien, klug und besonnen zu handeln. Und bevor er den Arm nach ihr ausstreckte, hatten ihre schmalen Hände, die in Plackerei mißbraucht und trotzdem weich geblieben waren, seinen Nacken umfaßt und die warmen Lippen seinen Mund gefunden.

Seit Xarabiss hatte er keine Frau mehr gehabt. Er war voller Begierde, und sie schien genauso ausgehungert zu sein wie er. Er streichelte sie, packte zu, und sie umschlang ihn, stammelte Worte der Liebe, die er nicht verstand. Als er an die Grenze ihrer Jungfernschaft stieß, wunderte er sich kaum und schrieb diese Tatsache iscanischen Gesetzen oder hinterwäldlerischen Gebräuchen zu. Und so ließ er sich Zeit, sie zu öffnen und zu füllen. Er schuldete ihr unendlich viel, verdankte ihr sein Leben. Ihr Vergnügen zu bereiten, was sie allem Anschein nach von ihm erwartete, war das mindeste, das er ihr geben konnte. Sie zeigte sich willig, von ihm zu lernen, winselte ein Lied des Entzückens, stöhnte, bäumte sich auf, schmolz dahin und versengte ihn mit dunklen Flammen …

»Als du da aus dem Dunkel gekommen bist, habe ich dich für die Göttin Cah gehalten«, schmeichelte er ein wenig später. Ein Kompliment. Vielleicht entsprach es sogar in gewisser Weise und für einen kurzen Augenblick der Wahrheit. Aber Tibo hatte ausweichend reagiert, war es doch eine Lästerung, mit Cah verwechselt zu werden. Und trotzdem — als sie bei ihm lag, brennend in seiner Glut, mit gebrochenem Siegel und einem Gefühl, als sei ihr Körper erst jetzt zum Leben erwacht, glaubte sie fast, daß dieser Mann von Cah geschickt worden war und daß die Göttin, um seine Schönheit zu genießen, ihre — Tibos — Stelle eingenommen hatte. Wie hätte sie sonst so einfach über Gesetz und Sitte hinwegsehen können? Wie wäre sonst dieser pulsierende Vulkan der Freude zu erklären gewesen?

Die Sonne ging auf, und rosig orangefarbenes Licht sikkerte durch die zahllosen Fugen und Risse des Hüttendachs aufs Stroh.

Für die Hunde war Yennef längst kein Fremder mehr; sie hatten weder ihn noch Tibo während der Nacht beachtet, wurden aber jetzt mit aufgehender Sonne unruhig, weil sie spürten, daß das Tauwetter andauerte, und hinaus ins Tal wollten.

»Ich komme zu dir zurück«, versprach er wie zuvor nach der dritten Vereinigung, als sie in seinen Armen lustvoll aufschluchzte. Er hatte ihr die Hand vor den Mund gelegt, um zu verhindern, daß sie drüben in der Wohnhütte gehört wurde. »Ich kann dich nicht hierlassen. Ich komme zurück, Tibo.« Doch sie wußte, daß er nicht kommen würde, verzichtete deshalb auf eine Antwort und schwieg. Er spürte, daß sie die Männer, auch wenn es sich nicht um Idioten handelte, als Lügner einzuschätzen wußte, und freute sich darüber, daß ihr in der Hinsicht nichts vorzumachen war. Denn natürlich würde er nicht ihretwegen zurückkommen. Eine kleine Blume am Wegrand, wie es so schön hieß. Nein, nicht einmal das. Sie flocht ihr Haar, um die Kupferringe wieder aufstecken zu können. Sie forderte ihn nicht auf zu gehen, noch gestand sie ihm ihre Liebe, sie weinte nicht und lächelte nicht. Sie zeigte sich wie immer. Den Göttern sei Dank. Es schien, als wäre nichts gewesen.

Dennoch küßte er sie an der Tür und gab ihr eine alisaarische Drake aus Goldbronze, die in den Städten von Iscah hoch im Kurs stand. »Damit will ich dich nicht etwa bezahlen«, sagte er. »Gib auf dich acht. Möge deine Göttin über dir wachen.«

Sie senkte den Blick, wie man es von ihr gewohnt war. Als er ging, drängten auch die Hunde nach draußen und stürmten über die Weide. Schwärze, die, als er krank darniederlag, vor seinen Augen sein Blut mit genießerischem Eifer aus dem Fell geleckt hatte, stieß jetzt im Vorüberlaufen mit der Schnauze an seine Hand.

Er schaute sich nur einmal um. Das Mädchen war nicht mehr zu sehen.

Sie wußte, was sie haben wollte, hatte danach gefragt und es bekommen. Fast wie nach Art der weißen Tieflandvölker schien sie nichts zu erhoffen, was über den Tag hinausging.

Mit beringten Haaren, Stiefeln und Schürze stand Tibo vor der Feuerstelle und kochte den Brei für die Alte, als Orbin den Raum betrat.

Bauch und Kopf machten ihm zu schaffen nach dem Besäufnis am Vorabend. Erst gegen Mittag fiel ihm auf, daß sich der Ostler davongestohlen hatte. Aber selbst diese schlechte Neuigkeit brachte ihn kaum in Schwung. Lustlos drosch er auf die Schwägerin ein, bis sie zu Boden ging — was gelegentlich sehr schnell der Fall sein konnte. Dort lag sie eine Weile, bis er zu fluchen anfing. Sie raffte sich auf und ging dann wortlos wieder ihren Pflichten nach.

Orhn geriet immer ins Heulen, wenn Orbin auf Tibo einprügelte, und die Alte hob zu jammern an und schaukelte hin und her.

Als Orbin hinausgegangen war, um den Zwinger zu durchsuchen — der Lanier mochte ja irgend etwas Wertvolles zurückgelassen haben —, versuchte Tibo, den Mann und die Schwiegermutter zu trösten.

Ihr schmerzte wohl noch der Kopf nach den Schlägen, doch sie wußte inzwischen, wie sie sich zu halten hatte, um der vollen Wucht der Fäuste auszuweichen, und bevor ein ernsthafter Schaden drohte, warf sie sich immer zu Boden. Orbin gab ihr am Verschwinden des Fremden zwar keine Schuld, warf ihr aber Nachlässigkeit vor. Tibo war für alles, was schieflief, der Sündenbock. Wenn der Kohl Schimmel ansetzte, schlug er sie auch.

Bei der Arbeit in der Hütte und im Stall dachte sie nie an Yennef. Nur abends, wenn das Licht abnahm und der Frost sich über dem Gehöft niederlegte, rief sie ihn ins Gedächtnis zurück und wähnte ihn in Ly, wo er womöglich um Tempelhunde und einen Schlitten feilschte.

Ab und an spürte sie, wie seine Lust aus dem immer noch heißen Schoß über ihre Schenkel rann. Mehr hatte sie von ihm nicht zurückbehalten; seine Münze zählte nicht. Und bald würde wie sein Same auch alle Erinnerung vertrocknet sein.

Kapitel 2

Cahs Wille

Der Tempel von Cah stand auf einer Anhöhe und beherrschte das Bild von Ly, jenem ansonsten schmucklosen Dorf. Das große Tauwetter und Ende des Schnees, der warme Regen, der statt dessen vom Himmel strömte, verwandelten jedes Jahr das Dorf in ein einziges Schlammloch. Häuser, aus Lehm gebaut, stürzten ein. In den aufgewühlten, morastigen Straßen blieben Füße und Räder stecken. Überall lagen ertrunkene Ratten herum und Steine zum Wiederaufbau. Auf dem zentralen Hügel, über einer gepflegten Steinterrasse, thronte der Tempel, ein klobiger Säulenbau, der selbst bei kühlem Regenwetter aufdringlich roch nach Blut und schwerem Parfüm.

Cah hatte die Welt erschaffen. Wer etwas anderes behauptete, irrte natürlich. Über den Glauben diskutierte man nicht; daran gab es nichts zu rütteln. Als weibliche Gottheit aber hatte Cah viele Fehler gemacht, weshalb sie schließlich die männlichen Götter, ihre Liebhaber, bitten mußte, statt ihrer zu herrschen. Sie wies alle Frauen auf die zukünftigen Aufgaben hin, die ausschließlich darin bestanden, neue Männer auszutragen. Jeder wußte, daß Cah den Akt der Empfängnis zu genießen verstand und der männlichen Gattung im allgemeinen sehr zugetan war. Cah, die in ganz Iscah verehrt wurde wie auch im Nachbarland Corhl, wo ihr Name jedoch auf Corrah lautete — sie, die Göttin, sicherte den Männern die Herrschaft. Sie hatte nie ein Matriarchat zu errichten versucht wie etwa die Schlangengöttin in den Ländern der Bleichhäutigen.

Immer wenn das große Tauwetter einsetzte, machte sich Orbin auf den Weg nach Ly, um im Tempel Cah ein

Opfer zu bringen. Manchmal nahm er Orhn mit. Tibo durfte ihn nur ganz selten begleiten, weil sonst für die Alte nur die Hunde sorgen konnten. Orbin verzichtete auf einen Wagen. Sie marschierten zu Fuß über lehmige Bergpfade, gingen schon vor Sonnenaufgang los — der Weg dauerte, wenn kein Schnee lag, nur drei oder vier Stunden — und kehrten vor der Dunkelheit zurück. Auf diesen Ausflügen war noch nie etwas passiert. Banditen kamen nur selten so weit nach Norden hinauf, denn die Gegend war karg und ärmlich. Und mit dem Anbruch der Regenzeit hatten sich die gefährlicheren Tiere in flachere Gebiete zurückgezogen.

Als dieses Jahr das große Tauwetter einsetzte, griff Orbin in seine Matratze, um das Messer des Ostlers hervorzuholen. Vielleicht wollte er mit einer Stahlklinge im Gürtel durch Ly stolzieren. Aber das Messer war verschwunden. Orbin suchte, bis er endlich zu dem Schluß kam, daß der Ostler das Messer wieder an sich genommen haben mußte.

Tibo schien keinen Gefallen an einem Ausflug nach Ly zu haben. Also befahl ihr Orbin mitzukommen. Orhn, der allzugern gegangen wäre, mußte zurückbleiben und das Haus hüten. Niedergeschlagen blickte er ihnen nach, als sie an einem nassen, trüben Morgen aufbrachen.

Orbin ging voraus. Die Sonne stieg. Der Pfad über die Berge war aufgeweicht und glitschig. Hier lauerten die eigentlichen Gefahren. Aus allen Ecken und Spalten rauschte Schmelzwasser zu Tal. Unter den Füßen lösten sich Steine, die sechzig Fuß in die Tiefe stürzten und auf einem Felsvorsprung zerschmetterten. Nach einer Stunde führte der Pfad durch Schluchten bergab. Kurze Zeit später fing es wieder zu regnen an, was aber weder Orbin noch Tibo zu kümmern schien. Daran waren sie gewöhnt.

Die Gewänder der Priester von Cah waren bunt, farbenprächtiger als alles, was Tibo bisher in Ly gesehen hatte, umbrarot und satte Ockertöne, bestickt mit polierten Kupferscheiben, Rauten aus Bein und Perlen aus milchigem Harz. Der Talar des Hohenpriesters war außerdem mit Federn geschmückt, und während der Tempelmysterien trug er eine Vogelkopfmaske. Doch von diesen Mysterien waren die Frauen ausgeschlossen, abgesehen von den Tempelhuren, die teilnehmen durften.

Orbin kaufte ein Schwein aus dem Tempelstall und schaute zu, wie dem Tier auf dem Altar der Hals aufgeschlitzt wurde. Nach den langen kalten Monaten verspürte Orbin gelegentlich Lust, einem der heiligen Mädchen beizuwohnen. Dies schien jetzt der Fall zu sein, wie Tibo seiner Miene entnehmen konnte, als sie am Schaufenster der Mädchen vorbeigekommen waren, in dem sich immer zwei oder drei von ihnen zeigten. Tibo hatte schüchtern zwischen den kurzen Säulen gestanden, als das Opfer vorgenommen wurde, ein Vorgang, der kaum anders ablief als das gewöhnliche Schlachten in der Saison — kein Wunder, denn die Schlächter, die von einem Hof zum nächsten zogen, waren im Tempel ausgebildet worden.

Als das Schwein tot und ausgeblutet war, sprach Orbin seine Gebete. Anschließend folgte er den Priestern in den Schatten jenseits des Altars. Jetzt durfte sich auch Tibo der Göttin nähern.

Er roch intensiv nach frischem Blut, was Tibo hier an diesem Ort nicht weiter störte, zumal der Geruch als das unübersetzbare Symbol für Leben und Tod zu verstehen war.

Sie kam bis auf drei Schritte an den Altar heran, bis sie mit den Stiefeln in eine Pfütze aus Blut trat, das über den Abfluß geschwappt war. Den Kadaver hatte man zum Zerlegen weggebracht. Über der Blutpfütze ragte Cah auf, schaute hinab in Tibos Augen und in ihr Herz.

Frauen konnten keine Opfer darbieten. Sie besaßen ja nichts, und hätten sie versucht, etwas zur Seite zu legen, wäre ihnen das als Diebstahl an den Männern ausgelegt worden. Wollten sie Cah einen Gefallen tun, so blieb ihnen nur eins: Kinder zu gebären. Das war die Opfergabe der Frau.

Die Göttin bestand aus glattem Stein, in den vor vielen hundert Jahren ein Gesicht und Brüste gemeißelt worden waren. Ständig wurde sie mit Balsam eingerieben, mit Blut bespritzt und von Rauch umhüllt — daher ihr schwarzes Äußeres. Auf ähnlich erklärliche Weise hatte ihr der Glaube der Menschen zur Macht verholfen. Ihre Augen waren aus gelbem trüben Glas. Im Licht der Öllampen, das von verbrennenden Dochten flackerte, schienen diese Augen voller Leben zu sein.

Tibo sagte kein Wort. Sie stand da und setzte sich dem starren Blick der Göttin aus, der sie nur ihren Dank anbieten konnte.

Um Hilfe oder Schutz bat Tibo nicht. Die Göttin war Leben und somit Schutz genug.

Als sie mit ihrer Andacht fertig war, verließ Tibo den Tempel und ging hinaus auf die Terrasse, wo sie unter einem Vordach, dem Hurenfenster gegenüber, Platz nahm, um auf Orbin zu warten.

Der kam dann auch bald zum Vorschein, mürrisch wie immer nach dem Beischlaf. Er sagte ihr, daß er noch ein paar Bauern in der Gaststätte treffen wollte aber früh genug wieder dasein werde, um im Hellen den Heimweg antreten zu können. »Und was dich betrifft«, fügte er hinzu, »sieh dich um und versuch, Eierkuchen einzutauschen. Wenn du hier rumhängst, hält man dich noch für eine Tempelhure. Fett genug bist du ja schon, du alte Kuh.«

Stunden später kam er aus der Wirtschaft heraus, und es wurde schon dunkel, als sie nach Hause loszogen. Der Regen klirrte wie Schwerter auf die Felsen. Beim Aufstieg zu den heimischen Weiden mußte Tibo vorgehen und mit der Laterne den Weg weisen. Orbin stolperte fluchend hinterher.

Als sie das Gehöft erreichten, schlief Orhn schon, und die Alte hatte wieder den Stuhl naßgemacht.

Orbin war unterwegs wieder nüchtern geworden und fing zu wüten an. Er schlug auf Tibo ein, ereiferte sich über ihre Nutzlosigkeit und nannte sie eine fette, tranige Hündin.

Zum zweiten Mal an diesem Tag schien er bemerkt zu haben, daß Tibo um die Hüfte herum fülliger geworden war.

Sie hatte den Eindruck, tief zu tragen, was nach Auskunft ihrer Mutter das Zeichen für einen Jungen war.

Das Jahr wendete sich der Sonne zu.

Es kamen warme Tage. Goldenes Licht flutete durchs Tal. Tagelöhner tauchten auf und wurden an die Arbeit gestellt. Sie schlugen am Rand der Weide ein schäbiges Lager auf.

Hühner pickten im Hof wie Generationen von vor ihnen Geschlachteten.

Als der Tag anbrach, an dem gepflügt werden sollte, stand Tibo zwei Stunden vor der Sonne auf, um Brot für die Feldarbeiter zu backen. In der Dämmerung kam Orbin ins Zimmer, baute sich vor Orhn auf und schärfte ihm ein, was für Geräusche er machen sollte und wie er vor den Arbeitern dazustehen oder übers Feld zu schreiten hatte. Anfangs war Orhn voller Lerneifer, dann wurde er ängstlich.

Tibo stellte Haferbrei und Brot auf den Tisch. Von der Lektion befreit, fing Orhn zu essen an. Als sich Tibo bückte, um die Alte zu füttern, kam Orbin von hinten heran und schlug ihr auf die Hüfte.

»Was ist das?«

Tibo sah ihn an und senkte dann den Blick.

»Ich sagte, was ist das? Wirst du mir antworten?«

»Orbin, Meister?«

»Was das ist, diese dicke Fleischwulst da. Dein *Bauch.*«

Tibo fuhr ruhig fort, den Brei ins verschrumpelte Maul der Alten zu löffeln, und sagte: »Ich bin schwanger.«

Orbin würgte einen Augenblick lang an seiner Wut. Dann brüllte er: »Du trägst also einen Balg im Bauch. Wie kommt's? Laß mich raten.«

Tibo wischte die Lippen der Alten ab.

Orbin packte Tibo bei den Haaren und riß sie herum. »Wer war's, du verkommenes Stück?«

Tibo hob die Augen, die schwarzen visianisch-iscanischen Augen, die sich in Cahs Blicke versenkt hatten.

»Dein Bruder und mein Meister«, antwortete sie. »Mein Mann.«

»Orhn!« schrie Orbin außer sich vor Wut, unterstützt von Orhn, der ihm nachzueifern versuchte. »*Nein.* Nicht Orhn, bei den Zitzen Cahs. Eher wohl ein Besucher, he? Einer vom Osten. Aber nicht Orhn, he?«

Tibo hielt dem Blick stand. Orbin war verunsichert. Eine Frau, die ihn ansah. Nicht einmal die heiligen Mädchen taten das.

»Wer sonst?« entgegnete Tibo.

»Das will ich von dir wissen.«

»Außer ihm kämst nur du noch in Frage.«

Er starrte sie an und dachte nach. Sie sah, wie er nachdachte, und schwieg still, um ihn nicht zu stören. Dann brauste er einen Moment lang auf. Natürlich störte sie ihn auch dabei nicht. Als er sich aber beruhigt hatte, sagte sie:

»Wenn nicht Orhn der Vater ist, wird man uns verhören. Mich und dich. Du wirst schwören, mich nie berührt zu haben. Ich werde das Gegenteil behaupten. Du und die Frau des eigenen Bruders. Man wird mich steinigen und dich kastrieren, vielleicht sogar ebenfalls steinigen. Der Ostler würde leugnen, jemals bei uns gewesen zu sein, aus Angst vor möglichen Freunden von dir in Ly. Beweise gibt es nicht. Es war also kein anderer Mann hier bei mir. Außer dir. Und Orhn natürlich. Ich habe zu Cah gebetet, und sie hat mich erhört. Orhn hat immer bei mir gelegen, wie es sich für einen Ehemann gehört. Ich war unfruchtbar. Aber jetzt hat mir Cah den Leib gefüllt. Es ist wunderbar.«

Orbin klappte die Kinnlade hinunter.

Tibo senkte den Blick. Sie hatte in allen Jahren ihrer Ehe nie so viele Wörter auf einmal gesagt und war jetzt fast außer Atem. Sie drehte sich um und fuhr fort, die Alte zu füttern.

Orhn saß am Tisch und riß in wildwütender Manier ein Stück vom Brot. Auch hierin ahmte er wieder Orbin nach.

An den Zitrusbäumen schwollen die Früchte, und im gepflügten Acker keimte die Saat. Vögel flogen übers Tal, freie Vögel, die sich allenfalls ums Wetter Sorgen machten. Tag für Tag zeigte sich ein schwarzes Adlerpaar in schwindelnder Höhe am Himmel, der von Blau zu Indigo wechselte.

Wie die Hitze und das Land, so blühte auch Tibo auf, und ihr Bauch spannte sich über der Frucht.

Orhn schien sich an die Schwangerschaft seiner Mutter erinnern zu können. Er war interessiert und machte Mut, räumte Tibo mehr Platz im Ehebett ein und berührte manchmal vorsichtig ihren geschwollenen Leib. Als das Kind zu strampeln anfing, legte ihm Tibo die Hand auf den Bauch, um ihn fühlen zu lassen. Orhn lachte. Vielleicht glaubte er — falls er überhaupt logisch zu folgern vermochte —, daß sich tatsächlich ein Wunder ereignet und sein Same angeschlagen hatte.

Orbin sprach nur selten mit Tibo und nie über sie oder von ihr. Normal verhielt er sich bloß in Anwesenheit der Tagelöhner, wenn Tibo das Essen brachte oder im anderen Auftrag zu ihnen kam. Die Männer gratulierten Orhn, und Orbin lachte glucksend und nickte, was Orhn dann zu kopieren versuchte.

Im Haus öffnete Orbin den Mund kaum. Wenn er etwas haben wollte, zeigte er bloß mit dem Finger und stieß Tibo mit der Nase darauf. Wenn er mit Tibo reden mußte, tat er das nur aus der Entfernung und schreiend. Er verprügelte sie nicht einmal mehr. Aus Vorsicht vor allem. Wäre er weniger gläubig gewesen, hätte er ihr allzu gern in den Bauch getreten und den Bankert abgetrieben. Aber das wagte er nicht. Zwar war das Gesetz übertreten worden und das Kind, selbst wenn es ein Junge werden sollte, nur ein Mischling, aber doch galt es zu bedenken, daß jede schwangere Frau das Mal der Göttin trug.

Tibo ihrerseits arbeitete im Haushalt wie eh und je, ohne sich im mindesten zu schonen. Wenn sie müde war oder sich elend fühlte, war davon nichts zu spüren.

Das Feuer entfachte, die Lust kochte über. Zastis, der Rote Stern, durchleuchtete die Nacht mit versengender Glut, und Orbin war meist unterwegs. Dann war Zastis verschwunden und Orbin wieder da. Das Jahr wechselte in gelblichere Farben über.

Ernte und Schlachtzeit kamen; zuerst lag der Hof voller Korn, Knollen und Kohlköpfe, dann schwemmte Blut darüber weg.

Die Schlacht-Priester musterten Tibo. Und Orhn.

»Wir haben unsere Opfergaben gebracht«, sagte Orbin. Tibo schöpfte Wasser am Brunnen und hörte zu. »Er hatte immer sein Vergnügen gehabt, aber sie war wohl bislang unfruchtbar. Gesegnet sei Cah für dieses Glück.« Und er gab den Priestern einen größeren Teil vom Schlachtfleisch als sonst, um den Dank der Familie zu zeigen.

Frauen von Vis trugen zehn Monate lang, zehn lange Vis-Monate. Die Geburt des Kindes, gezeugt im tiefsten Winter, war zu Anfang der nächsten kalten Jahreszeit zu erwarten.

Tibo dachte daran während der letzten Tage der Hitze, als sie zwischen den Felsen orangefarbene Zitrusfrüchte erntete.

Vielleicht würde sie bei der Geburt sterben. Auf dem Hof lebte keine Frau, die ihr beistehen konnte, und von außen war keine Hilfe zu erwarten. Tibo würde mit ihren Wehen, mit zwei Idioten und einem Feind allein sein.

Aber alles Grübeln war sinnlos. Sie würde gebären und leben. Und Orbin würde sich davor hüten, ihr ein Leid anzutun, denn eine junge Mutter war Cahs Eigentum.

Füllig, wie sie war, fiel es ihr nun schwer, die Früchte zu sammeln. Im späten Sonnenlicht, als sie den letzten Korb hob, sah sie plötzlich zwischen den Bäumen und den Felsen eine seltsame weißliche Rinne im Boden.

Ein- oder zweimal hatte sie eine ähnliche Beobachtung gemacht. Die Erde wurde immer wieder von kaltem Wetter aufgerissen. Doch während der warmen Zeit wucherten Gewächse über die so entstandenen Spalten. Manchmal gab es richtige Verwerfungen. Dann konnte man eine tieferliegende Erdschicht von ganz besonderer Art ausmachen. Unter der Krume, den Steinen und Wurzeln lag, glatt wie Stahl, ein Material, weiß schimmernd wie altes Porzellan.

Tibo war nicht weiter neugierig; sie fürchtete sich auf unerklärliche Weise.

Bald würden die Stürme aufbrausen und danach die Schneefälle einsetzen, die alles Ungewöhnliche zudeckten.

Tibo schleppte die Fruchtkörbe über die Weide zur Hütte und versuchte, düstere Ahnungen zu verdrängen, während sie an die kommende Zeit dachte, an den Wechsel von Kupfer zu Bronze, von Bronze zu Eisen.

Es fing früh an.

Ein Hagelschauer fegte übers Tal. Die Sonne sah aus wie ein leuchtendes zerbrochenes Ei, aufgeschlagen an schroffen Berggipfeln. Und als Tibo die dünne Eisschicht am Brunnen aufschlug, durchzuckte ihr Innerstes ein schriller Schmerz.

Sie beeilte sich, ihre Pflichten zu erledigen, lief sogar, wenn es der eisglatte Boden oder die Schmerzen erlaubten.

Ohne ein Wort zu sagen, setzte sie das Abendessen auf den Tisch und ging dann in den Hundezwinger, wo sie sich schon — wie eine Katze — ihr Kindbett eingerichtet hatte mit allem, was dazugehört. Hier zu gebären, wo sie das Kind beim Schein und der Wärme jener Kohlenpfanne empfangen hatte, schien ihr angemessen zu sein.

Die Hunde nahmen von ihr kaum Notiz. Schwärze und Rag, die beiden Hündinnen, witterten Verbundenheit, kamen ab und zu herbei, stierten sie an und leckten ihr die Hände.

Die Schmerzen liefen auf einen Punkt zusammen. Sie bäumte sich auf und stöhnte, langte mit den Händen unter das Seil, das sie um die Taille geschlungen hatte, zerrte daran und hob die Hüften. Wenn sich das Seil spannte oder mit dem Krampf wieder lockerte, überlagerte der schürfende, schneidende Schmerz für einen Augenblick das Ziehen im Leib — ein alter Trick iscanischer Frauen. So hatte Cah es ihnen beigebracht.

Einmal glaubte Tibo, Orbin habe sich in den Zwinger geschlichen und höre zu.

In ihrer Angst stieß sie mit lauter Stimme die tradierte Formel aus:

»Cah, Cah, steh mir bei!«

Jetzt konnte sie sicher sein vor Orbin. Sie gehörte der Göttin.

Nach einigen Stunden erreichte der Schmerz den Höhepunkt und klang dann ab. Vor Angst, Schmerz und Erleichterung schreiend, sah Tibo den Kopf des Kindes in die Welt drängen. Und als der Körper folgte, stellte sie fest, daß sie mit einem gesunden, lebendigen Wesen niedergekommen war. Eilig trennte und verknotete sie die Nabelschnur und putzte den Mund und die Haut des Kindes. Es schrie und keuchte, blind wie ein Welpe. Schwärze kam und beschnüffelte den Wurm, stieß ihn mit der langen Schnauze an, wurde aber von Tibo sanft vertrieben. Ermattet legte sie das Kind an die Brust. Ihr Geschöpf lebte, genau wie sie, und es war — anders als sie — männlich.

Kapitel 3

Gefunden und verloren

Katemval Am Alisaar, sattelwund und fast schneeblind, rief seinen Männern zu, aus dem Weg zu gehen, um einem Trauerzug Platz zu machen.

Katemval war ständig und notgedrungen auf Reisen, ohne je darüber abgestumpft oder verhärtet zu sein, und hatte eine Menge ähnlicher Ereignisse erlebt. Er kannte auch die Gebräuche der Iscaner und wunderte sich deshalb nicht, ausschließlich Frauen dort draußen in der Kälte zu sehen. Es war also bloß eine Frau gestorben.

Das dumpfe Dröhnen der bronzenen Gongs war dank der klaren Luft über zwei Meilen hin hörbar gewesen.

Dann stiegen sie auf dem Pfad herab, eine schwarze Prozession auf frischem pulvrigen Schnee — der Winter der Westberge war selbst in seinen strengsten Auswüchsen nichts im Vergleich zur kalten Jahreszeit der Mittellande, von Dorthar und Xarabiss, vor allem von Lanelyr im Osten.

Die abergläubischen unter Katemvals Männern schlugen fromme Zeichen. Einer, ein Iscaner, wandte den Kopf zur Seite und schaute weg. Weibliche Hochlandriten zu beobachten, brachte Unglück.

Vier Frauen trugen den Sarg, der aus rohem Holz zusammengebrettert und vernagelt war. Mehr als vier Träger beziehungsweise Trägerinnen wurden nie gebraucht, da die ärmlichen Bergbewohner, ob Männer oder Frauen, kaum Fett ansetzten. Doch kräftig waren sie, sowohl Männer als auch Frauen — und darum war der Alisaare hergekommen auf seinem großen schwarzen Vollblut, einem Tier, das diese Dörfler wahrscheinlich noch nie gesehen hatten. Doch die beachteten es kaum, als sie, vor und hinter der Toten marschierend, vorüberzogen und die Gongs mit flachen bloßen Händen schlugen.

Eine der Frauen schien die Haupttrauernde zu sein, wie aus ihrer Position hinter dem Sarg zu schließen war. Katemval folgte ihr mit den Augen die abschüssige Wegbiegung entlang. Da war etwas an ihr, eine besondere Art, die ihn vor zwanzig Jahren veranlaßt hätte, dieser Frau nachzusteigen. Zu spät. Sie hatte sich dem harten Dasein gebeugt und angeschmiegt wie eine Ranke ihrer Stütze. Man mußte sie, wenn überhaupt, als Kinder nehmen und sich erziehen.

Der Pfad schlängelte sich talwärts und verschwand im weißen Nachmittag, mit ihm die Prozession. Im Hintergrund waren dunkle Klippen zu erkennen, die die Grenze zwischen Iscah und Zakoris bildeten. Das Dröhnen der Gongs hallte noch nach, als die Frauen längst nicht mehr zu sehen waren.

»Kommt«, sagte Katemval zu seinen fünf Männern, »oder wollt ihr im Sattel festfrieren?« Ein Scherz, den er versuchte.

Abgesehen von den Bewohnern der nördlichen oder östlichen Randzonen kannten die Leute von Alisaar keinen Schnee. Der Frost im westlichen Hochland war für einen Alisaaren genauso schrecklich wie für einen Iscaner aus dem Tiefland, der unterhalb der Schneegrenze aufgewachsen war.

Katemval ritt weiter, den Berg hinauf; sein Vollblut ging mit sicherem Schritt. Er glaubte der Information, die er erhalten hatte. Jung, gesund, arm. Wenn nicht, wäre die Reise umsonst gewesen.

Gegen Abend mußte er wieder in Ly sein, denn am nächsten Morgen wollten sie nach Ly Dis aufbrechen (wo er die anderen Kinder zurückgelassen hatte), anschließend zur Hauptstadt und zum Hafen weiterreisen, bevor sie der Schnee des Hochlands von der Außenwelt abschneiden konnte. Iscah war zwar ein kleines Land, aber äußerst mühsam zu durchqueren.

Bald darauf erreichten sie das Tal. Das Gehöft, falls man die paar Hütten so nennen konnte, lag geduckt in einer Senke. Dreckiger Rauch kroch aus dem Schornstein, und die Hunde bellten.

Als Katemval näher heranritt, tauchten zwei Männer in Begleitung von drei großen Hunden auf.

»Guten Tag«, grüßte Katemval höflich.

»Hmmm«, antwortete der kleinere und muskulösere der beiden. Der andere stand einen Schritt hinter ihm.

Katemval ließ den Bauern Zeit, ihn, seine Felle und die hohen Schaftstiefel zu mustern, seine Begleiter auf ihren Zeebas und das eigene Reittier, das wahrscheinlich zehnmal wertvoller war als das gesamte Gehöft. Der zurückstehende Kerl schien verdreht im Kopf zu sein.

»Ich will nicht lange um den heißen Brei herumreden«, sagte Katemval zu dem Mann mit den Säcken unter den verschlagen dreinblickenden Augen. »Ich habe gehört, hier lebt ein Kind, eins zuviel, das ihr gern loswerden wollt.«

Tatsächlich hatte Katemval nur von dem Kind gehört, nicht mehr und nicht weniger. Aber in dieser Gegend war nicht jedes Kind ein Segen, und dem Gerede nach zu urteilen, das er im Dorf aufgeschnappt hatte, schien der hier lebende Junge nicht gerade ein Wunschkind zu sein.

»Sieben alisaarische Silberdraken«, sagte Katemval. »Vorausgesetzt natürlich, der Bengel taugt was.«

Die Frauen der Bauern wurden so oft trächtig wie die heimischen Hunde. Da gab es viel zu viele Mäuler zu stopfen. Und wie leicht es doch war, neue Kinder in die Welt zu setzen. Trotzdem, manchmal erntete Katemval mit seinem Angebot wütendes Geschrei. Sie schimpften, faselten etwas vom eigenen Samen daher und hetzten die Hunde auf ihn.

Aber nicht hier, dachte er. Nein.

»Den Jungen verkaufen?« fragte der mit dem verschlagenen Blick. »Wofür?«

»Was glaubst du? Für die Sklavenhöfe von Alisaar. Tatsächlich. Mädchen zum Vergnügen und Vorzeigen, Jungen zum Kämpfen. Da führen sie ein gutes Leben und werden manchmal sogar reich. Ungelogen. Aber das hängt ganz allein von dir ab. Wie alt ist dein Sohn?«

»He? Er ist ... vier.«

Gut. Das stimmte mit der Information überein.

»Und die Mutter?« fragte Katemval. »Wo ist sie?« Er legte immer Wert darauf, nicht nur den Vater, sondern auch die Mutter kennenzulernen. So erfuhr man, aus welchem Holz das Kind geschnitzt war. Dieser Mann, der Vater, sah recht kräftig und gesund aus. Wahrscheinlich war auch die Mutter gesund; schließlich hatte sie die Geburt des Kindes überlebt. Aber dann sagte der Bauer zögerlich: »Sie ist ... sie ist tot.«

Der Trauerzug, der aus dieser Richtung gekommen war. Trug man sie, die Mutter, zu Grabe?

»Dann wirst du bestimmt froh sein, den Jungen loszuwerden. Hol ihn her und zeig ihn mir.«

Plötzlich fing der zweite Mann, derjenige, der einen Schritt weiter hinten stand, zu wimmern an. Der andere wirbelte herum und herrschte ihn in den gutturalen Kollerlauten der hiesigen Mundart an. Die alisaarische Sprache, die ihren eigenen Akzent hatte, war Musik gegen diese Töne, die einen deutlichen Einschlag hatten zum häßlichen Dialekt von Zakoris. Nach Ansicht des Alisaaren, konnten nur die Bewohner des iscanischen Tieflandes anständig sprechen.

Aber was Vitalität und Aussehen anging — der Nachwuchs aus den Ghettos der Städte war degeneriert. Hier jedoch, auf dem einen oder anderen Misthaufen, zwischen Fehlgeburten und Schwachsinnigen, wuchsen bisweilen wilde Orchideen.

Der Bauer scheuchte den Trottel in die Hütte und rief über die Schulter: »Wartet. Ich hol ihn raus.«

Also wartete Katemval, der Sklavenkäufer.

Die alte Frau starb tagsüber zu irgendeiner Stunde, während die anderen ihren üblichen Beschäftigungen nachgingen. Ihr Tod kam völlig geräuschlos daher. Und diese Stille war's, die schließlich auffiel. Die Alte hatte in den letzten Jahren ständig irgendwelche, meist unverständliche Geräusche von sich gegeben. Als Tibo den knochigen, greisen und entschlafften Körper anhob, näßte er ein letztes Mal in den Sessel.

Die Bestattung einer Frau war Frauensache. Männer wurden dabei nicht geduldet, männlichen Kindern die Anwesenheit streng verboten.

Tibo hatte ihren Sohn nicht alleinlassen wollen, aber keine andere Wahl gehabt.

Nach getaner Hausarbeit unternahm sie den mühsamen Tagesmarsch zum nächstgelegenen Hof, wo sie die weiblichen Nachbarn traf, die sie ein halbes Jahr oder länger nicht gesehen hatte. Die wiederum informierten andere. Das Leben war billig, aber der Tod ein Ereignis. Sechs Tage später kamen die Frauen im Haus der Verstorbenen zusammen. Sie brachten Trauergeschenke für Orhn und Orbin, Kuchen und Bier und eine Kiste aus grobem Holz für die Leiche. Jede Leiste, jedes Brett waren von einer anderen Frau festgenagelt worden. Um einen Sarg zu bauen und ein Begräbnis begehen zu können, mußten genug Frauen anwesend sein.

Gleich vor Lydorf lag ein Friedhof, auf dem die sterblichen Überreste aller männlicher Bewohner der Umgebung begraben wurden, falls dies möglich war.

Für die weiblichen Anwohner gab es eine andere Form der Bestattung.

Die Prozession bewegte sich unter dem Klang der Totengongs weiter durch den Schnee, und die Frauen hielten während der ganzen gefährlichen Wegstrecke Ausschau nach einem bestimmten Omen. Das konnte alles mögliche sein, winzig oder groß.

Tibo ging im Gleichschritt mit den anderen, suchenden Blicks, den kleinen Gong schlagend, und dachte doch die ganze Zeit über nur an ihren Sohn. Unablässig mußte sie an ihn denken. Sie hatte ihn nicht alleinlassen wollen. Aber ihr war nichts anderes übriggeblieben.

Seit fast vier Jahren hatte sie das Kind kaum aus den Augen gelassen. Es schlief im Ehebett, wogegen Orhn nichts einzuwenden hatte; ja, er hatte sogar von Anfang an Gefallen daran gefunden, mit dem Kind zu spielen, und vorsichtig war er dabei. Orbin wagte es aus Furcht vor Cah nicht, sich an dem Jungen zu vergreifen, hatte ihn aber an die Arbeit gestellt, sobald der Kleine laufen konnte. »Du willst doch artig sein, kleiner Lümmel, nicht wahr?« drohte Orbin. »Nimm das und lauf! Du wirst dir deinen Unterhalt schon verdienen müssen.« Das Kind war gewandt und flink. Es stellte sich weder quer, noch machte es Fehler. Orbin schlug es nur selten und dann nicht sehr grob. Warum auch sollte er diesen potentiellen Schatz verletzen? Der Vater aus dem Osten hatte sich für den Hof nicht ausgezahlt; sein Bankert sollte dafür doppelt schuften.

Im zweiten Lebensjahr des Jungen war Zastis früher als sonst gekommen. Der Mond leuchtete rostrot, als Orbin seine Schwägerin vor die Wand der Vorratskammer warf, ihr den Rock hob, von hinten besprang und so wuchtig auf sie einstieß, daß die windschiefe Hütte zu wackeln anfing. Als er fertig war, sagte er zu Tibo: »Ich kann dich jetzt nehmen, so oft mir danach ist. Wenn du Geschichten erzählst, will ich das auch tun. Wenn du einen dicken Bauch von *meinem* Sohn bekommst, tja ... dann ist Orhn wohl zum zweiten Mal Vater geworden, oder?« Tibo strich sich den Rock glatt und schwieg. Beim nächsten Mal ging es genauso zu. Orbin fiel nur in den Monaten des Roten Sterns über sie her und dann nicht einmal oft; er hatte ihr klar zu verstehen gegeben, was er von ihrer Mutterschaft hielt, und ihr trotzdem nie eine Antwort entlockt. Tibo wurde nicht schwanger. Im dritten Jahr stellte Orbin fest, daß sich sein Glied entzündete, sobald er mit Tibo zusammengewesen war. Er fürchtete, daß der Ostler ihr eine verborgene Krankheit hinterlassen hatte, und rührte die Schwägerin nicht mehr an. Daß sie mit Kräutern umzugehen verstand, war ihm entweder entfallen oder nicht bewußt.

Tibo hatte die Ehe gebrochen — also gesündigt. Aber die Sache mit Orbin war weder rechtens noch Cahs Wunsch. Orbin konnte kein Vergnügen bereiten, und sein Same war steril.

Aber das Kind ...

Sie hatte es zwar nicht nach einem König oder Helden benannt, ihm dafür aber einen früher im Hochland gebräuchlichen Namen gegeben, der sich in ihrer Aussprache wie *Raier* anhörte.

Mit fünf Jahren sollte er im Tempel in die Männergemeinschaft aufgenommen werden. Man würde ihn mit Blut markieren und andere Sachen mit ihm anstellen, von denen Tibo keine Ahnung hatte. Sie verdrängte den Gedanken an seinen fünften Geburtstag und wünschte ihn doch herbei.

Gegen Ende seines dritten Lebensjahres hatte sie den Sohn dabei beobachtet, wie er, für einen Moment von Orbin in Ruhe gelassen, aus regennassem Lehm schlanke Figurinen formte. Tibo schaute verwundert zu; daß ein Kind zu so handfertigen Künsten in der Lage war, hatte sie nicht für möglich gehalten. Die Figurinen waren zwar schief und bucklig, aber deutlich als Mensch oder Tier erkennbar, als Schwein oder als eine Frau mit Brüsten und langem Haar. Mit großer Zurückhaltung — schließlich war er, ihr Sohn, männlichen Geschlechts und, wie's schien, sehr gescheit — bot sie ihm farbige Steine an, die sie gesammelt hatte und als Augen oder für dekorative Zwecke zu verwenden waren. Er nahm sie gelassen entgegen und legte sie beiseite. Er brauchte sie nicht.

Später kam Orbin dazu, schlug den Jungen, trat vor die Figurinen und trampelte darauf herum.

Das Kind, das Aussehen und Temperament von seiner Mutter geerbt hatte, drehte sich einfach um und fegte unaufgefordert den Hof.

Oh, dieser Junge ...

Ja, er war ihr ähnlich. Aber noch mehr glich er seinem Vater. Kaum sechs Monate alt, zeigte sich schon an der Länge der Beine, daß er außergewöhnlich groß werden würde. Die Haare wuchsen und wurden schwarz und seiden. Die Augen, kohlengleich mit schwarzen Wimpern, öffneten sich wie Blüten.

Und er formte Figurinen aus Lehm. Wenn er für Orbin schuftete, sang er mit dünner Vogelstimme Melodien aus überirdischen Regionen, denn er hatte nie Lieder gehört, außer denen, die seine Mutter sang, wenn er an der Brust lag. Einmal sah sie ihn, wie er auf dem Rücken der treuen Hündin Schwärze durchs Tal ritt. Tibos Blickwinkel verschob sich plötzlich auf merkwürdige Weise, denn sie erblickte einen hochgewachsenen Mann mit bleiblau schimmerndem Haar, der auf einem schwarzen Reittier saß und einen Speer in der Hand trug (der in Wirklichkeit ein Distelzweig war). Und der Wind, der über die Berge herbeiwehte, raunte wie eine große, bewundernde Volksmenge.

... Sie hätte ihn nicht alleinlassen sollen.

Unterwegs waren Reiter aufgetaucht, die die hiesigen Sitten offenbar kannten und dem Trauerzug Platz gemacht hatten. Bis auf einen ritten alle Zeebas; in Ly war ihr das eine oder andere Tier dieser Art schon zu Gesicht gekommen. Aber noch nie hatte sie dieses eine Tier gesehen, das pechschwarze mit dem schmalen Kopf und buntem Zaumzeug.

Doch weder Tibo noch die anderen Frauen schauten zur Seite, um die fremden Reiter genauer in Augenschein zu nehmen. Sie hatten das Omen wahrgenommen. Die Reiter waren das Omen. Es hätte ein Hase sein können, ein Sonnenstrahl oder ein Schneeschauer, ein umgekippter Felsbrocken — irgend etwas, belebt oder unbelebt.

Jetzt nachdem sie das Omen ausgemacht hatten, brauchten sie nur noch bis zum nächsten Steilhang zu gehen, wo der Fels abfiel in eine unbewohnte kalte Klamm. Sie kannten das Gelände gut, und die Frauen wußten, daß sie in weniger als einer Stunde den Ort erreichen würden, der dieser Vorschrift entsprach. Sie mußten nur noch eine kurze Strecke bergauf steigen, dann vom Pfad abbiegen und eine halbe Meile querfeldein ziehen. Cah war also großzügig gewesen, als sie die Männer als Omen vorbeischickte. Damit hatte sie einen raschen Abschluß der Zeremonie ermöglicht.

Kein Lüftchen rührte sich, es war still und bitterkalt, als sie die Klippe über dem Abgrund erreichten.

Die Gongs blieben jetzt stumm. Die Frauen trugen die Kiste an den Felsrand. Bis auf die Verwandte, nämlich Tibo, legte jede, die an diesem Sarg mitgenagelt hatte, eine Hand aufs Holz.

Über den Rand gestoßen, stürzte der Sarg in die Tiefe des gefrorenen Kanals. Er fiel und fiel, ohne auch nur einmal irgendwo anzustoßen, bis er schließlich weit, weit unten auf einen Vorsprung prallte und in einer aufgewirbelten Schneewolke zerbarst.

Die Frauen richteten sich auf und sahen Tibo an. Jetzt mußte sie ihren Verlust betrauern.

Tibo warf den Kopf zurück und heulte zum bleichen Himmel hinauf, beobachtet von den Frauen, die sich auf eine lange Klage eingestellt hatten, denn die Tote war die Mutter von Tibos Gatten.

Danach der lange Rückweg. Sie hatte keine Wahl gehabt, nicht die geringste. Was würde Orbin in ihrer Abwesenheit tun?

Ja, diesmal, war's eine Orchidee, oder noch treffender: ein Löwenjunge.

Irgendwie war Katemval wieder einmal und wie so oft in früheren Jahren instinktiv zur rechten Zeit an den rechten Ort gelangt. Er hatte einen Fund gemacht.

Dafür stieg er sogar von seinem Vollblut.

Der Alisaare sprang aus dem Sattel und ging, steif vom Reiten, auf das Kind zu. Der Junge stand einige Schritte entfernt von seinem vermeintlichen Vater und hatte nur Augen für die Männer, die Zeebas und das Vollblut. Als er aus der Hütte geholt worden war, hatte er für einen Moment die Hand freundschaftlich auf die Flanke der dunklen Hündin gelegt, die größer war als er selber. Er zeigte weder Furcht noch Neugier. Doch die schwarzen glänzenden Augen verrieten einen wachen, klaren Verstand.

»Na, mein Lieber«, sagte Katemval und beugte sich hinab, um ihn in Augenschein zu nehmen. Er legte sanft die Hand auf den Jungen und betastete ihn am ganzen Körper. Der wirkte kräftig und gut gewachsen — selbst die Füße, wie Katemval unter den dünnen verschlissenen Stiefeln fühlte. Am linken Handgelenk des Kindes war eine dünne, rundherum verlaufende Narbe wie von einer Schnur zu erkennen, die jedoch sauber verheilt zu sein schien und die Sehnen sowie den Muskel nicht in Mitleidenschaft gezogen hatte. »Hast du alle deine Zähne?« Der Junge nickte und ließ sich von Katemval in den Mund schauen. Die Zähne waren gesund und sehr weiß. »Wie weit kannst du sehen?« fragte Katemval. Der Junge musterte ihn und richtete dann die Augen aufs Tal. »Die Berge«, sagte er in einer Aussprache, die Katemval nur mit Mühe verstand. »Etwas Kleineres«, meinte Katemval, und der Junge antwortete: »Ein Vogel im Baum.« Katemval warf einen Blick über die Schulter. Er hatte selber scharfe Augen und entdeckte den Vogel weit unten im Tal auf einer toten, mit Schnee bepuderten Cibba. »Gut«, sagte Katemval. »Wie heißt du?« — »Raier«, antwortete der Junge. Katemval verzog die Brauen und erhob sich. »Der Kleine ist angenommen«, entschied er und forderte einen seiner Begleiter mit einer Handbewegung auf, den Geldbeutel zu bringen.

»Augenblick«, sagte der Scheinvater. »Ich kann nicht ... bin nicht sicher ...«

»Sieben Silberdraken, habe ich gesagt.«

Der Bauer leckte die Lippen. »Neun.«

»Nein.«

Das Kind in der Mitte sah zu, wie über seinen Kopf hinweg gefeilscht wurde. Sein Schicksal hatte so wenig Gewicht wie ein Laubblatt.

»Acht«, verlangte der Bauer. »Gebt mir acht.«

»Ich werde dir sieben geben, wie gesagt. Hier.« Katemval löste die Schnüre des Beutels und zählte sieben dreieckige Münzen auf die Hand. Frisch geprägt und mit glatten Kanten glitzerten sie im weißen Licht, wunderbar und absolut. Der Bauer hatte den Arm ausgestreckt und langte gierig zu. Katemval sagte: »Ich habe den Handel bei deiner Priesterschaft in Ly eintragen lassen. Verstehst du? Das ist ein legaler Tausch. Jetzt gehört der Junge mir.«

Der Bauer fing plötzlich zu grinsen an. »Er war mir einiges schuldig. Und hätt ich ihn noch so sehr schuften lassen, wär nicht so viel dabei rausgesprungen.«

Katemval verlor sein Interesse an diesem Mann. Er schaute wieder auf den Jungen hinab. »Du kommst jetzt mit mir. Wir machen eine Reise und fahren übers Meer in ein stolzes Land mit Städten aus Stein. Das wird ein Abenteuer. Du brauchst zwar nichts, aber vielleicht möchtest du was mitnehmen?« Katemval schien nicht unfreundlich zu sein, etwas sentimental vielleicht.

Doch das Kind sah ihn nur mit großen Augen an. Ahnte es, was hier vor sich ging?

Katemval hob den Jungen vom Boden auf und trug ihn zu seinem Vollblut, setzte ihn auf den Sattel und stieg schwungvoll dazu. Das Kind machte nicht den Eindruck, nervös oder verschreckt über das Tier und die Zeebas zu sein. Vor denen schien er ebensowenig Angst zu haben wie vor den Hunden.

Der Bauer zählte immer wieder die Silbermünzen nach. Den Abschied nahm er kaum wahr, vielleicht wollte er nichts davon mitbekommen. Aber die dunkle Hündin fing zu bellen an, worauf sich der Junge umdrehte und zurückschaute. Und als Katemval das Vollblut, mit den Sporen nachhelfend, zum Traben brachte, streckte der Junge sehnsuchtsvoll und verzweifelt die Hand aus und weinte, ohne einen Laut von sich zu geben.

»Schhh, kleiner Löwe! Die Götter lieben dich. Du wirst nicht mehr im Stall hungern müssen, sondern ein schönes Leben führen. Vertrau mir. Ich, Katemval, weiß Bescheid. Ruhmreiche Zeiten stehen dir bevor. In dir steckt eine große Kraft. Vergeude sie nicht, nutz sie.«

Aber aus einer düsteren Ahnung heraus fürchtete Katemval, dem unheimlichen Trauerzug noch einmal auf abschüssigem Pfad zu begegnen. Er konnte nicht wissen, daß die Frauen einen höher gelegenen Weg zur Klamm eingeschlagen hatten.

Dunkelheit brach herein, als Tibo, nachdem sich die Trauergäste getrennt hatten, allein nach Hause zurückkehrte. Unter den Frauen war kaum gesprochen worden, was zum einen der Sitte entsprach und zum anderen dem Vorsatz diente, die Zeit nicht zu vertrödeln. Denn jede der Frauen hatte noch einen weiten Heimweg zurückzulegen, an dessen Ende Hunger, Plackerei und reizbare Männer warteten.

Mit der Dunkelheit zog ein Wind auf, der um die Felsen fegte und Tibo ins Gesicht schlug. Deshalb hörte sie das Heulen des Hundes erst, als sie in die Nähe des Hofes kam.

Tibo merkte auf. Das waren Klagelaute, ähnlich dem

Heulen, das sie selber am Felsrand über der Klamm bis zur völligen Heiserkeit hatte von sich geben müssen. Aber die Hündin trauerte nicht um die alte Frau.

Tibo rannte los, sprang über schroffe Felsen, durch weichen Schnee und dunkle Schatten, erreichte den Hof und zögerte. Das Heulen erschütterte den Zwinger; es stammte von Schwärze.

Tibo öffnete die Tür zur Wohnhütte.

Kaminfeuer schimmerte warm durch den Raum. Orhn lag schlafend neben der Feuerstelle; Orbin döste im Sessel, der seiner Mutter gehört hatte. Es war warm, aber nicht behaglich. Manches hatte sich verändert, hier und da und dort. Wo Raier hätte liegen sollen — ein leerer Platz.

»Hoh, Tibo!« grüßte Orbin. »Während du mit den Weibern losgezogen bis, um zu jammern, hab ich mir Gedanken über den Hof gemacht. Da steckt kein Geld drin, hab ich mir gedacht. Aber dann kam ein Mann vorbeigeritten. Oh, du hättest ihn gemocht. Ein Fremder. Du hättest ihn bestimmt hereingebeten. Aber nach einer Hure hat er sich nicht umgesehen. Er wollte was anderes kaufen. Mit alisaarischem Silber. Schau her. Soll ich dir sagen, Tibo, was er dafür gewollt hat?«

In diesem Jahr waren die kalten Monate sehr bitter. Eine Periode aus Frost und sonst nichts. Das Vieh erfror in den Ställen. Menschen starben, die nur wenige Schritte vor der Tür in den Schnee gestürzt waren. Als mit dem Tauwetter der Regen zu fallen anfing, mischten sich Schneeflocken unters Wasser, als wollte es nie mehr damit aufhören. Viele suchten den Weg nach Ly, um Cah Opfer zu bringen und für ein besseres Jahr zu bitten. Weil Orhn zwei seiner Kühe an den Frost verloren hatte, machte sich Orbin wie gewöhnlich auf, steckte eine Silbermünze in die Tasche und ließ den Bruder und die Schwägerin zurück.

Der Weg war bei all dem Matsch, dem Eis und den

ständigen Schneeschauern noch mühsamer als sonst. Orbin ging vorsichtig voran, besonders in den steil abschüssigen Etappen, ließ sich aber nicht aufhalten. Der Glaube an Cah stützte ihn, die Lust auf Tempelhuren und die Aussicht auf ein Besäufnis beflügelten ihn. Er mochte sogar, weil er ja jetzt reich war, die Nacht im Bett der Wirtschaft verbringen. Vielleicht würde er auch ein besonderes Opfer darbringen, um Cah zu gefallen, falls er in ihrer Gunst gesunken war, was er aber kaum glauben konnte. Einen Bankert zu verkaufen, stand ihm zu, und zwar nicht weniger, als es Orhn zustand, sein eigenes Kind oder auch das seines Bruders zu verkaufen. Außerdem hatte die Schlampe kein Wort darüber verloren und den ganzen Winter über geschwiegen. Sie wußte, daß sie keinen Anspruch und nichts zu sagen hatte und daß alles nur ihre Schuld war. Wäre sie für den Hof oder für Orbin eine größere Hilfe gewesen — sie verstand es ja nicht einmal, einen Mann zu befriedigen —, hätte er vielleicht anders gehandelt. Es geschah ihr recht. Trotzdem, er war froh, daß sie für den Ostler die Beine breitgemacht hatte. Orbin freute sich über das Silber, so wie es ihm ein Vergnügen gewesen war, der Schwägerin zu sagen, was er mit dem Bengel gemacht hatte. Ganz wohl war ihm aber nicht dabei gewesen, denn er wußte nicht, wie sie die Nachricht aufnehmen würde. Doch was hätte ihr Einwand schon bewirken können?

Auf dem glitschigen Weg hinter sich glaubte Orbin ein Geräusch zu hören. Er drehte sich um, um nachzusehen. Etwas Gräuliches zitterte im milchigen Regen, und er dachte an Dämonen oder Banaliken. Aber was er dann schließlich zu Gesicht bekam, beruhigte und amüsierte ihn.

»Du blödes Stück. Was treibst du hier?«

Tibo gab keine Antwort. Sie kam näher und streckte die Arme nach vorn, als wollte sie ihm etwas zeigen. Doch das war nun ganz und gar nicht ihre Absicht.

Er schimpfte immer noch auf sie ein und blickte rätselnd auf ihre Hände, als sie ihm mit aller Kraft vor die Brust stieß. Orbin war kein Leichtgewicht, aber der Stoß traf ihn, der mit einer solchen Attacke nie gerechnet hätte, völlig unvorbereitet, und außerdem war der Boden unter den Füßen vereist. Einen Augenblick lang rutschte und schlingerte er, schrie und fuchtelte mit den Armen herum. Dann kippte er — wie vier Monate zuvor die Leiche seiner Mutter — über den Felsrand und stürzte in den Abgrund. Aber im Unterschied zu seiner Mutter schrie er im Fallen, wenn auch nicht sehr lange.

Das einzige Problem mit einem so hübschen Kind bestand darin, es vor den Fängen der Freudenhäuser zu schützen. Aber Katemval wußte sowohl den aufdringlichen Geldsäcken wie auch den räuberischen Schurken aus dem Weg zu gehen. Trotzdem hatte er diesmal ein paar zusätzliche Schwierigkeiten zu überstehen in den Schlangengruben von Ly Dis und den anderen Städten, einschließlich der Hauptstadt und dem Hafen. Das Hochland zu durchstreifen, hatte sich, was den Kauf des Jungen anging, zwar gelohnt, war aber in anderer Hinsicht kein guter Schritt gewesen. Verzögerungen und schlechtes Wetter führten zu weiteren Verzögerungen und noch schlimmeren Wettereinbrüchen, was darauf hinauslief, daß in der Hauptstadt einer von Katemvals Agenten berichten mußte: »Es heißt, daß das Meer noch nie solche Stürme erlebt hat. An der ganzen Küste ist nicht ein Kapitän zu finden, der vor dem Frühling in See sticht.«

»Wirklich nicht? Vielleicht läßt sich ja einer bestechen«, meinte Katemval zuversichtlich und zog mit seinen Männern weiter zum südlichsten Hafen. Doch da mußte er erfahren, daß er mit seinem ganzen Geld nichts ausrichten konnte. Und als er das enorme Wasserwüten selber sah, gab er sich endgültig geschlagen.

Also blieben sie über Winter dort — er, seine Männer

und zwei Wagen voller Kinder. Um diese Schar unterzubringen, war ein halbes Gasthaus vonnöten und die Bedienung mehrerer Frauen. Immerhin war es in dieser Gegend etwas wärmer.

Im Hafen lag ein alisaarisches Turmschiff, auf dem Katemvals Agent die Passage buchte. Das Schiff sollte nach Jow auslaufen mit einer Fracht von Kupfer und gewöhnlichen Sklaven, einem Handelsgut, über das Katemval die Nase rümpfte. Er handelte mit feinerer Ware für einen vornehmeren Markt.

Den Kindern erging es nicht schlecht, besser als ihrem ungeduldig wartenden Einkäufer. Gutes Essen, viel Schlaf und Pflege ließen die Kinder aufblühen, und viele von ihnen hatten ihre Herkunft bereits vergessen oder abgeschüttelt.

Nicht so der Lydier, wie Katemval argwöhnte. Er war immerhin einer der jüngsten und vermißte wohl seine Mutter. Obwohl der Tod sie eher geholt hatte als die Alisaaren das Kind, schien es das eine mit dem anderen gleichzusetzen.

Der Händler mußte sich selber zurücknehmen, um den kleinen Jungen nicht zu verhätscheln. Falls sie vertraut miteinander werden sollten, stünde ein neuer, vielleicht für beide schmerzlicher Abschied bevor. Aber am ersten sonnigen Morgen, als sich das tosende Meer endlich zur Ruhe legte, suchte Katemval den Jungen im Kinderzimmer und fand ihn im Fenster sitzen. Der Händler zeigte mit dem Finger hinaus auf das ankernde Turmschiff, das aus der Ferne wie ein schönes Spielzeug aussah.

»Damit fahren wir nach Alisaar. Mit diesem Schiff da.«

»Ja«, antwortete das Kind.

»Was meinst du Rehger«, sagte Katemval, denn er glaubte zu wissen, daß sich hinter dem fälschlich ausgesprochenen ›Raier‹ der alisaarische Name Rehger verbarg. »Was wird wohl aus dir werden?«

»Ein berühmter Mann«, antwortete Rehger so, wie Katemval es ihm beigebracht hatte, und er hoffte, ihm damit zu gefallen.

»Daran mußt du immer denken, mein Lieber«, sagte Katemval. »Du wirst ein Löwe sein, ein Herr und Mann von Ruhm. Dein Leben wird wie ein Durchbruch der Sonne sein und dein Tod voller Drama und Schönheit. Was machst du da?« fragte er, denn er sah, daß der Junge etwas in der Faust verborgen hielt. Ob das künstlerische Talent des Jungen, das sich im Gestalten von Schnee und Lehm Ausdruck verschaffte oder im Schnitzen von Holz mit einem Küchenmesser, das ihm besser nicht in die Hand gegeben worden wäre — ob also dieses künstlerische Talent wachsen und von irgendeinem Nutzen sein würde, wußte Katemval nicht. Trotzdem war er neugierig. Der Junge öffnete die Hand, ohne sich zu beeilen oder drängen zu lassen.

Es war die linke Hand mit der silbrigen, rund ums Gelenk verlaufenden Narbe. Aber erstaunlicher war, was mit der geöffneten Hand zum Vorschein kam: eine dreieckige strahlende Münze aus purem Gold, dem nur das zur Härtung des Metalls nötige Quantum an Bronze beigemengt war.

»Woher hast du das, Rehger? Gestohlen etwa?«

»Nein. Meine Mutter hat's mir gegeben. Sie hat es von meinem Vater bekommen.«

Katemval zweifelte an der Antwort, mochte dem Jungen aber auch keinen Diebstahl unterstellen.

»Wo hast du die Münze bislang versteckt?«

»Hier.« Der Junge zeigte auf ein kleines Ledertäschchen, das um seinen Hals hing, eins von jenen Amuletten, in denen für gewöhnlich wertlose Talismane aufbewahrt werden. Der Wert dieser Münze jedoch überstieg den Kaufpreis des Jungen um das Zehnfache.

»Steck sie wieder ein, Rehger, und zeig sie niemandem. Jemand könnte sie an sich reißen wollen.«

»Wollt Ihr sie nicht?« fragte der Junge, schloß die

Faust um die Münze und sah den Mann herausfordernd an.

Katemval lachte; er, der warmherzige Einkäufer von Sklaven, war ein wenig verletzt.

»Natürlich nicht, mein Junge. Die gehört dir. Deine Mutter hat sie dir gegeben, denk daran.«

»Ja«, antwortete Rehger.

Er hatte nie von seiner Mutter gesprochen und würde sie, wie es schien, auch in Zukunft nicht erwähnen.

Doch das war unter den gegebenen Umständen durchaus verständlich.

In fünf Tagen würden sie in See stechen. Noch ein Monat, und für Rehger Am Ly Dis würde das Leben beginnen, wofür er in einem Schuppen zur Welt gekommen war.

Als es vorübergehend zu regnen aufhörte, kamen drei Priester von Cah auf den Hof, um Orhn und Tibo zu besuchen.

Priester gingen nur selten zu Fuß. Bei Schnee reisten sie mit dem Hundeschlitten. Diesmal waren sie von Tempeldienern auf drei Sänften über den gefährlichen Pfad ins Tal und zum Gehöft getragen worden.

Tibo öffnete die Tür, fiel auf die Knie in den Schmutz und beugte den Kopf.

Eine Sänfte nach der anderen wurde abgestellt; die Priester stiegen aus und standen da in ihren schrillen rotgelben Gewändern, mit Messing und Perlen verziert.

»Steh auf, Frau. Wo sind deine Männer?«

Tibo stand auf. Mit gesenktem Kopf antwortete sie: »Orhn, mein Gatte, ist in der Hütte. Soll ich ihn holen?«

»Wo ist der Bruder deines Gatten?« fragte der als erster das Wort ergriffen hatte.

»Ich weiß nicht, Herr und Priester. Erlaubt Ihr mir, etwas zu sagen?«

»Sprich!«

»Vor Tagen ist Orbin, mein Meister, nach Ly aufgebrochen, um Cah ein Opfer zu bringen. Noch ist er nicht zurückgekehrt. Er hat Geld mitgenommen und sich wahrscheinlich verspätet. Er wollte etwas kaufen oder tauschen. Orhn hat im Winter Kühe verloren.«

»Ist niemand losgegangen, um Orbin zu suchen?«

»Mein Mann … er hat mich nicht geschickt. Ohne seine Erlaubnis darf ich den Hof nicht verlassen. Eine kurze Strecke bin ich zwar gegangen, aber Orbin war nirgends zu sehen.«

»Genug«, sagte der Priester. »Ich will dir sagen, wo Orbin ist.«

Er ließ es sie wissen. Tibo hörte mit gesenktem Kopf zu. Als der Priester fertig war, hob sie den Kopf und stieß einen lauten, entsetzlichen Schrei aus, wie es Sitte war. Die Geistlichen warteten, bis sie das Geheul abbrach, durch das Orhn aus dem Schlaf gerissen und aufgeschreckt worden war. Er zeigte sich jetzt in der Tür und zupfte an Tibos Ärmel.

Ein Mann aus dem Nachbartal hatte auf dem Weg nach Ly zufällig Orbin am Fuß des Abgrundes entdeckt. Es war für ihn unmöglich gewesen, die Leiche zu bergen, und außerdem hatten die Aaskrähen des Hochlands ihn bereits ausgeweidet — durch ihr aufgeregtes Durcheinander war der Wanderer erst auf den Toten aufmerksam gemacht worden, der aus der Höhe und wegen der Krähen kaum zu identifizieren gewesen war. Doch der Mann, der den Vorfall in Ly meldete, glaubte das Opfer an den Stiefeln erkannt zu haben. Weil schließlich alle Bauern — bis auf Orbin — ins Dorf gekommen waren, um zu opfern und zu trinken, hatten die Priester beschlossen, Orhns Frau aufzusuchen. Nun, ihre Worte entsprachen der Wahrheit; ohne Einwilligung ihres Gatten durfte sie die Grenzen des Hofes nicht verlassen, um nach dem Schwager Ausschau zu halten. Andererseits schien Orhn nicht in der Lage zu sein, sich ihr gegenüber durchzusetzen. Er war allem Anschein nach nicht klar bei Verstand, obwohl man sich im Dorf über das Ausmaß seiner Verwirrung nicht im klaren war. Dadurch wurden die Todesumstände des Bruders zusätzlich verdunkelt. Daß hier draußen ein Kind zur Welt gekommen war, wußte in Ly jedermann. Ebenso bekannt war es, daß dieses Kind zu Beginn der Schneefälle von Sklavenhändlern gekauft worden war. Die Alisaaren hatten in Ly Station gemacht und waren mit dem Kind zurückgekommen, das jedoch, in Felle gewickelt hoch auf dem schwarzen Reittier des Anführers, nicht zu erkennen gewesen war. War Orhn etwa schlau genug gewesen, seinen Sohn gegen klingende Münze zu tauschen? Oder hatte Orbin den Jungen verschachert? Und sollte das wiederum bedeuten, daß das Kind von Orbin — und nicht von Orhn — gezeugt worden war? Ließ sich womöglich daraus folgern, daß Tibo übergeschnappt war und Orbin angegriffen hatte?

Auf den Pfaden war schon mancher ausgerutscht und zu Schaden gekommen, aber das nur äußerst selten. Von Kindesbeinen an war jeder in dieser Gegend an diese gefährlichen Strecken gewöhnt. Allerdings kam es öfter vor, daß eine Frau den Verstand verlor, was wohl auf einen göttlichen Webfehler in ihrer Verfassung zurückzuführen war.

»Du mußt mit uns kommen«, sagte der Priester zu Tibo. »Wir werden dich vor Cah im Tempel verhören. Aber vorher darfst du uns mit Bier und süßem Gebäck bewirten.«

Sie hatte gesündigt und war sich ihrer Sünde bewußt. Tibo war am Tag, als sie Orbin, den Ziehvater ihres Sohnes, umgebracht hatte, völlig klar im Kopf gewesen. Sie hatte den ganzen Winter über diesen Augenblick, die erste Gelegenheit herbeigesehnt — die Gelegenheit zur Hinrichtung. Als er ihr den Tausch gestanden hatte, wußte sie sofort, daß er mit dem Leben dafür würde büßen müssen. Allerdings, so plante sie mit kühlem Verstand, sollte dieser Mord so geschehen, daß ihr die weltliche Strafverfolgung erspart blieb. Schließlich mußte sie weiterhin für Orhn Sorge tragen. Es galt schlicht und einfach zu überleben.

Aber inzwischen war zuviel passiert. Man schöpfte Verdacht, was Tibo durchaus vorausgesehen, aber nicht von ihrem Vorsatz hatte abbringen können. Außerdem hielt sie ihre Tat nach wie vor für gerechtfertigt; Orbin hatte den Tod verdient.

Merkwürdigerweise aber hatte Tibo nie mit Cah gehadert, obwohl sie gegen ihre höchsten Gebote verstoßen hatte — oder etwa nicht? Orbin war es gewesen, der die Göttin verhöhnt hatte, dieser zeugungsunfähige Kerl, der das Himmelsgeschenk, den Jungen, an Fremde verschachert hatte.

Tibo folgte den Sänften. Zwei der Tempeldiener gingen hinter ihr her, doch sie blieb ruhig und gefaßt. Sie vermied es, den Blick auf die Stelle zu richten, von der Orbin abgestürzt war, hing auch nicht zurück, als sie sich dem Tatort näherten. Und als schließlich nach langer Strecke Ly in den Blick rückte, beschleunigte sie die Schritte. »Sprich frei heraus. Denk daran, du wirst gehört und gesehen. Cah hört. Cah sieht.«

»Du hast ein Kind zur Welt gebracht.«

»Nach vielen unfruchtbaren Jahren.«

Im Tempel war es sehr dunkel; nur wenige Lichter brannten — vielleicht aus Ehrfurcht vor der Heiligkeit oder aufgrund der mageren Zeiten und mangels Öl. Samtschwarz und nur zum Teil zu erkennen, erhob sich aus der Dunkelheit die Gestalt der Göttin mit konkavem Gesicht und hervorquellenden Brüsten. Die Augen reflektierten Licht und wirkten selber wie Lichtquellen.

Die Priester redeten mit abgehackten Stimmen auf Tibo ein, die neben dem Altar stand.

Die Richter hielten sie für schuldig und glaubten, nach Abschluß der Verhandlung die Tore aufstoßen zu müssen, um die Sünderin dem Volk von Ly zu überlassen, das sie zu Tode steinigen würde.

Selbst der Hohepriester war in den Tempelraum gekommen, um den Prozeß zu verfolgen. Er trug die Schnabelmaske eines gewaltigen Raubvogels. Eine Frau wurde erst dann interessant, wenn sie das Gesetz brach.

Auch Cah war anwesend. Ihr Schatten lauschte, und die Augen schauten.

Cah ...

»Tibo, Frau, sag uns jetzt, wer ist der Vater deines Kindes.«

Tibo sog die schwere Tempelluft ein. Er roch nach Blut, Salben und Rauch — den Gerüchen der Göttin. Worte wurden laut: Sie sprach.

»Der Vater meines Kindes ist der Mann, den Cah mir gegeben hat.«

Tibo wartete und spürte ein elektrisches Kribbeln auf der Haut und in den Knochen. War das gelogen? Dem Gesetz nach war ihr Orhn von Cah gegeben worden. Doch auf dem Wege der Magie und des Verlangens war ihr von Cah Yem, der Fremde, gegegeben worden. Davon war Tibo fest überzeugt. War eine Sünde auch dann eine Sünde, wenn sie von der Göttin angeboten wurde? Wenn ja, so würde Tibo auf der Stelle von Cah erschlagen werden.

Aber Cah schlug nicht zu.

Es blieb düster und still, und nur das Spucken der Öllichter und der Atem der Priester waren zu hören.

»Du sagst, Empfängnis und Geburt des Kindes seien Rechtens?«

»Ich habe das Kind nach dem Willen Cahs zur Welt gebracht«, antwortete Tibo. Sie war jetzt überzeugt davon, was sie sagte, und sprach mit fast triumphierender Stimme.

»Tibo, Frau«, sagte einer der Priester (ihr schien es, als würden die Richter der Reihe nach das Wort ergreifen). »Orbin stürzte vom Berg und starb. Was weißt du darüber?«

»Ich habe nichts gesehen«, sagte sie wahrheitsgemäß,

denn sie hatte sich abgewendet und ihm den Rücken zugekehrt, als er das Gleichgewicht verlor und über den Rand kippte. Daß sie so reagierte, geschah nicht aus Zimperlichkeit oder gar aus abergläubischer Furcht; sie drehte sich um, weil sie nicht zulassen wollte, daß Orbin ihr ins Gesicht sehen, sich gleichsam an ihrem Blick festhalten konnte. Hatte Cah sie auch dazu veranlaßt? Damit sie würde erklären können: *Ich habe nichts gesehen?*

»Du behauptest also, schuldlos an Orbins Tod zu sein?«

Tibo sagte: »Meister, ich bin nur eine Frau. Orhn mußte unseren Sohn verkaufen, weil uns das Geld fehlt. Orbin ist losgezogen, um Vieh zu kaufen und um durch ein Opfer die Gunst der Göttin zu gewinnen. Jetzt ist Orbin tot. Oh, welch ein Jammer!«

»Aber bist du schuldig, Frau?«

»Ist eine Frau nicht immer in gewisser Weise schuldig, wenn Not über die Männer hereinbricht?«

Die Worte — von Cah. Cah gab ihr Anweisungen, Cah lehrte sie. Wozu das Hin und Her? Die Gesetze waren ungültig. Oder vielleicht hatte Cah ein neues Gesetz eigens für Tibo beschlossen, dem Tibo nun Folge leistete.

Die Priester tuschelten und zischten untereinander. Ihre Gewänder knisterten und raschelten. Dann sprach der Hohepriester durch den krummen Vogelschnabel.

»Frau, dir ist nicht beizukommen. Aber du wirst der Sitte gehorchen. Wenn du unschuldig bist, leg die rechte Hand auf Cahs Fuß. Anderenfalls — gesteh!«

Tibo zögerte. Ohne es zu wissen, befand sie sich seit mehr als drei Monaten in einer Art von Trance, in die sie versunken war, als Orbin, vor dem Kaminfeuer sitzend, den Verkauf von Raier gestanden hatte. In Trance war sie wie immer ihren Haushaltspflichten nachgekommen, hatte wie immer geschuftet, ihre magere Portion gegessen und die wenigen, ihr vergönnten Stunden geschlafen. Sie hatte aufgrund dieser Trance nicht geweint oder geklagt, sich weder die Haare herausgerissen noch das Gesicht mit den Fingernägeln zerkratzt und auch nicht zu einem Schreikrampf hinreißen lassen. Sie hatte nur gewartet, den Mord an Orbin vor Augen. Und nach gestillter Rache half ihr die Trance, alle Folgen zu überstehen, und sie half ihr auch jetzt.

Dank ihrer trancebedingten Klarsichtigkeit konnte sich Tibo, veranlaßt durch die Ankündigung des Hohenpriesters, an eine Szene aus ihrer Kindheit erinnern. Sie war nach Ly mitgenommen worden, wo sich Mutter und Schwestern einer Menge anschlossen, die am Fuß des Tempelhügels wartete. Es war an einem Tag in den heißen Monaten; Himmel und Erde glühten. Aus dem Tempel tönte plötzlich ein gedämpfter Schrei. Dann öffneten sich die Tore, eine Frau wurde herausgezerrt und von Tempeldienern den Hügel hinabgestoßen. Sie war eine Ehebrecherin, wie Tibo später erfuhr — denn die Schwestern kamen selbst Jahre später noch auf diesen Vorfall zu sprechen; ja, der Tag der Steinigung war für sie sogar Anfang einer neuen Zeitrechnung. Als die Steine dann flogen und die Mutter und die Schwestern mit Eifer an der Hinrichtung teilnahmen (Tibo war dafür noch zu klein), war dem kleinen Mädchen an der rechten Hand der Verurteilten eine Verletzung aufgefallen, ohne etwas von deren Ursache zu ahnen. Bevor die ersten Steine trafen, war die Frau heulend zu Boden gegangen. Zu Anfang versuchte sie noch, sich vor den Steinen zu schützen, die auf sie einhagelten. Dann fiel sie zurück und war still. Aber die Steinigung endete erst, als die Priester auf die Tempelterrasse traten und, überzeugt von der Urteilsvollstreckung, ein Zeichen gaben.

Aber Tibo war keine Ehebrecherin. Sie hatte sich dem Willen Cahs gefügt.

Statt von der Kindheitserinnerung eingeschüchtert zu werden, zog sie neuen Mut daraus. Fast freudig drehte sie sich um, begegnete dem gelb glühenden Blick der Göttin und legte die Hand fest auf den Fuß der Statue.

Cah zu berühren, wäre ihr unter normalen Umständen nie möglich gewesen. Wie kalt sich die Göttin anfühlte, wie Schnee, und doch glühten ihre Augen wie Feuer. Plötzlich geriet Tibo in hellste Verzückung. Nur in den Armen ihres Geliebten hatte sie eine vergleichbare Erregung verspürt. Sie konnte nicht mehr an sich halten und jauchzte vor Glück und Liebe.

Dann packten die Priester zu und rissen sie brutal zurück. Sie drehten Tibo um, streckten ihr den rechten Arm und untersuchten die Hand. Im Taumel ihres Glücks wußte Tibo zunächst nicht, was da mit ihr geschah. Aber die Ekstase konnte nicht lange währen, war womöglich gar nicht länger auszuhalten. Tibo ernüchterte und sah, daß sie wieder wie zuvor umringt war von den Priestern, die nervös miteinander flüsterten.

Dann meldete sich die näselnde Stimme des Hohenpriesters zu Wort, und das Getuschel verstummte.

»Ein Wunder. Die Göttin.«

Tibo spürte eine leise Ahnung und schaute auf ihre Hand, die sie immer noch nach oben hin geöffnet hielt. Der Handteller prickelte wie nach frostiger Berührung, war aber ansonsten ohne auffälliges Merkmal. Kaum ließ die rätselhafte Empfindung nach, da machte sich ein neuer Eindruck auf die Sinne bemerkbar: Die Statue hinter ihr strahlte plötzlich eine gewaltige Hitzewelle aus.

Während einer Gewissensprüfung wurde das Idol heiß. Ein Prüfling, der die Göttin berührte, verbrannte sich an ihr die Hand, und so war seine Schuld bewiesen. Doch hinter dieser Hitze steckte nicht etwa eine Art spontaner psychischer Entzündung, sondern ein profaner Ofen, verborgen unter Altar und Statue, der in solchen Fällen gefeuert wurde, daß der hohle Stein zu glühen anfing. Wenn der oder die Verdächtige für unschuldig gehalten wurde, ließ man den Ofen auf kleiner

Flamme brennen, die den Stein lediglich aufwärmte. Für vermeintliche Sünder jedoch wurde der Ofen geschürt. Viele, zumeist Frauen, brachten es trotzdem fertig, die Hand auf dem Fuß der Göttin liegen zu lassen.

Heute glühte der Brenner unter der Göttin heftiger denn je. Doch Tibos Hand blieb, so lange sie auch den Stein berührte, unverletzt.

Die Priester, entsetzt, wie sie waren, oder verwirrt, vertrauten dennoch auf Cahs Macht. Die Welt war simpel geordnet. Solche Dinge mußten eben hingenommen werden.

Als Tibo auf die Tempelterrasse hinaustrat, sah sie die Volksmenge am Fuß des Hügels warten. Ein mit ihr hinausgekommener Geistlicher rief der Menge mit hoher Stimme zu: »Cah erklärt diese Frau für unschuldig.«

Langsam ging Tibo den Hügel hinunter, der fast so aufgewühlt und schlammig war wie die Straßen. Zahllose Gesichter waren auf sie gerichtet. Ein Mann packte ihre rechte Hand, starrte darauf, zeigte sie den anderen und ließ sie voller Ehrfurcht wieder los.

Jetzt stand für Tibo nur noch der vierstündige Heimweg an.

Als sie Ly verließ, fing es wieder zu regnen an. Die Tropfen prasselten ihr hart wie Steinchen in den Nacken und auf die Schultern.

Im Kamin war das Feuer erloschen. Orhn, der im Schlaf zitterte, hatte vergessen, die Äste und Scheite nachzulegen, die von seiner Frau bereitgelegt worden waren. Vor fünfzig Jahren hätte diese Nachlässigkeit zu ernsten Problemen geführt, aber inzwischen waren Feuerstein und Zunder selbst im iscanischen Hochland gebräuchlich. Tibo sorgte schnell für neue Flammen, denn ein erloschenes Feuer, das universale Symbol für den Tod, machte ihr angst. Doch vor allem war sie müde, müde wie nie zuvor im Leben.

Sie hockte am Kamin, aus dem die Flammen emporsprangen, und streichelte den Kopf von Schwärze. Tibo hatte beide Hündinnen in die Wohnstube geholt. Seit dem Winter war keine von beiden mehr läufig geworden; vielleicht konnte die Wärme des Feuers nachhelfen. Orhn hatte nichts dagegen. Er mochte die Tiere auf seine kindische Weise.

Als der Ehemann erwachte, stand Tibo auf und bereitete das Essen zu. Ihr Kopf war leer, düster und verhangen wie das Tal, wenn dichte Nebel von den Bergen stiegen. Was auch immer geschehen sein mochte — es war vorbei.

»Eßt, Meister«, sagte sie zu Orhn und setzte den Teller vor ihm ab.

Sie würde für ihn sorgen. Er war ja jetzt ihr einziges Kind.

Zweites Buch

ALISAAR

ERSTER TEIL

Kapitel 4

Das Feuerrennen

Durch den Morgenhimmel über der Stadt jagten die Falken. Sie stießen herab, flatterten wieder auf und segelten ruhig davon, in den mächtigen Fängen die geschlagene Beute.

Bis ein einziger Falke herabstieß und immer tiefer stürzte ...

Durch das Licht und die Farben, durch Raum und Dämmerung des Morgens stürzte er — in den Dreck einer Gasse.

Der Mann, der an diesem Morgen nach langer Seereise aus dem vardischen Zakoris ankam, war ein Mischling vierten Grades. Die Haut war schwarz, das Haar hellbraun, und die Augen, die bei den Vorfahren noch schwarz oder gelb gewesen sein mochten, waren zu jenem eigentümlichen Grau verblichen, das man in dieser Linie jetzt häufiger sehen konnte. Ansonsten war er eher unauffällig, ein Händler von einem der zahllosen Schiffe, die im Hafen ankerten.

Vielleicht war das neue Alisaar interessant für vardische Zakorianer, die selber immer noch unter der Knute blonder Herrschaft leben mußten, während Neu-Alisaar, obwohl es Steuern an den shansarischen König im Norden zu zahlen hatte, ein souveränes Land war. Und von seinen rubinfarbenen Städten war Saardsinmey die größte und schönste. Neunzig Jahre wurde an ihr gebaut, an den langen Boulevards, dem Labyrinth der Gassen und den roten ›Drachenschuppen‹, den Kacheln an den Gebäuden. Die Stadt war mit dem dreischwänzigen Drachenbanner des ehemaligen Königreiches beflaggt. Der nördliche Teil von Alisaar hingegen, die shansarische Provinz, wurde in verächtlicher Kürze ›Sh'alis‹ genannt.

Zu dieser Zeit in Saardsimney zu sein, traf sich gut. Am Abend sollte das große Sommerereignis stattfinden: das Feuerrennen. Die ganze Stadt glich einem Hexenkessel, in dem Gewaltsucht, Wetteifer, Aufruhr, Leidenschaft — kurz: alles, was an Ersatzgefahren zu erleben war, zusammengebraut wurde.

Der Händler war sich der Stimmung um ihn herum bewußt. Er saß unter einer Markise auf dem Dach des Gasthauses, arbeitete an seinen Bilanzen und becherte fleißig. Das Gasthaus, weit oben an der Fünf-Meilen-Straße gelegen, galt als das beste weit und breit. Von der Bedienung erwartete der Händler mehr Aufmerksamkeit. Er hatte nichts mehr zu trinken.

»He!« rief der Mann von Var-Zakoris und schlug mit dem Becher auf den Tisch.

Gegen Mittag gab es in der Schänke immer viel zu tun, was die drei jungen Frauen, die auf der Dachterrasse bedienten, jedoch nicht aus der Ruhe bringen konnte; im Gegenteil, sie blieben an diesem und an jenem Tisch stehen, plauderten und flirteten mit den Gästen. Sie waren typische Visianerinnen mit ölschwarzen Haaren und Augen und straffer bronzefarbener Haut, die zum Liebkosen einlud, zum Zwicken oder zu einem Klaps. Nicht weniger selbstgefällig als die Mädchen war der Var-Zakorianer, der auf seine Blässe eingebildet zu sein schien. Als eine der jungen Frauen gemächlich näherkam, warf er ihr einen Blick zu, der in gewissen Vierteln seines Heimatlandes jeden Visianer in Rage versetzt hätte. Doch sie stand lässig da, den Weinkrug auf die Hüfte gesetzt, und hob mit provozierendem Seitenblick die fein geschwungenen Brauen.

Er stieß ihr den Becher entgegen.

»Der Becher ist leer«, sagte sie.

»Dann spute dich und füll ihn, faule Katze.«

Sie war gut angezogen, trug tatsächlich Gold an den

Armen und eine Blume im Haar. Sie gönnte ihm noch einen kurzen Blick. »Einen etwas gepflegteren Ton, wenn ich bitten darf«, sagte sie, machte aber keine Anstalten, ihn zu bewirten.

»Versuch nicht, bei mir eine Lippe zu riskieren«, sagte der Mischling. »Tu deine Arbeit, oder willst du, daß man dir Beine macht, du Ratte?«

»Ihr habt ein übles Mundwerk«, entgegnete sie. »Ich bezweifle, daß sich der Dreck darin mit Wein herausspülen läßt.«

Das war dem Mischling zuviel. Er stand auf und legte ihr die linke Hand auf die Schulter, genoß die Berührung, obwohl er mit der rechten schon zum Schlag ausholte. Zu seinem — schmerzhaften — Erstaunen, rammte sie ihm das Knie in den Unterleib. Der Händler klappte vornüber, schnappte nach Luft und hörte das Lachen der Gäste ringsum auf den Bänken, denen die Szene offenbar komisch vorkam. Saardsinmey war eine Hochburg der Visianer und hatte eine Lektion in gutem Benehmen nötig. Warum nicht gleich mit dem Mädchen anfangen?

Sie eilte zurück und war schon bei der Treppe, als der Mann von Var-Zakoris sie erwischte. Jemand warnte sie im Scherz, aber das war alles. Der Mischling langte brutal in ihr Vis-schwarzes Haar und zerrte sie herum. Sie versuchte, mit dem Krug auf ihn einzuschlagen, doch er schlug ihr den Arm zur Seite und schwang nun die geballte Faust. Der Krug fiel zu Boden und zerbrach. Wimmernd knickte sie in den Knien ein. Er hatte sie unterm linken Auge getroffen. Ein hübsches Veilchen würde sie an ihn erinnern, aber er war noch nicht fertig mit ihr. Als er mit dem Fuß ausholte, um ihr einen deftigen Tritt zu verpassen, sprach ihn jemand freundlich an: »Einen Augenblick bitte.« Der Mischling hielt inne. Er blickte auf und bemerkte, daß sich im Dachgarten der Wirtschaft eine tiefe Stille ausbreitete. Plötzlich wurde es so ruhig, daß die Straßengeräusche von unten heraufdrangen und die Grillen in den Ranken und die im Wind klingenden Glöckchen der Markise zu hören waren.

Eine Gestalt war gerade die Treppe heraufgekommen und wenige Schritte entfernt stehengeblieben.

Dem Var-Zakorianer konnte nicht entgehen, daß der Neuankömmling überdurchschnittlich groß war, außergewöhnlich kräftig und natürlich von visianischer Abstammung wie neun von zehn Einwohnern der Stadt.

Das Auge war zu träge, um der nun folgenden Szene zu folgen. Nach einer blitzartigen Attacke fand sich der Mischling hoch oben in der Luft wieder. Er schlug wütend mit Armen und Beinen aus, ohnmächtig jedoch angesichts der Kraft, die ihn so lässig gepackt hielt.

»Hör dir das Geblöke an von diesem Sumpfkopf.«

»Schmeiß ihn vom Dach, Lydier.«

»Ja tu's, Lydier. Wir sagen, er wäre über seinen kleinen Zipfel gestolpert.«

Aber wie enttäuscht waren die eben noch vor Freude brüllenden und applaudierenden Gäste, als sich der Mann, den sie den Lydier genannt hatten, der Treppe zuwandte und seine heulende Last in den Innenhof fallen ließ, der nur zwölf Stufen tiefer lag. Dort prallte der Var-Zakorianer zwischen ein paar Blumentöpfen auf und stöhnte jämmerlich.

Unten und rundherum setzte sich alles in Bewegung, um einen Blick auf den Geprügelten zu werfen. Nur der Lydier hatte dem Gegner bereits den Rücken zugekehrt und sich neben die junge Frau auf den Boden gekniet, die die Hand auf die schwellende Wange preßte, sich aufrichtete und den Kopf an seine Schulter lehnte.

»Laß sehen, Velva.« Behutsam drehte er ihren Kopf und untersuchte den Bluterguß.

»Hat mich das Schwein fürs Leben entstellt?« fragte sie wütend.

»Ganz und gar nicht. Mir kannst du das glauben. Hier.« Er legte ihr Geld in die Hand. »Geh zum Arzt in die Schwertstraße.«

Das Mädchen warf ihm ungestüm die Arme um den Hals, küßte ihn und ließ ihm ihr wunderschönes Haar wie einen Schal über die Schulter fallen.

»Laß ihn in Ruhe, Velva«, meldeten sich verschiedene Stimmen. »Willst du ihn so kurz vorm Rennen noch auf andere Gedanken bringen?«

Der Lydier lachte, löste sich sanft aus der Umarmung des Mädchens und stand auf.

»Ich liebe dich«, flüsterte sie. »Daß ich die Faust von diesem Schwein im Gesicht gespürt habe, hat sich gelohnt.«

»Ach«, entgegnete er kopfschüttelnd und überquerte die Dachterrasse. In ganz Saardsinmey gab es kaum eine Frau, die diesem Lydier nicht ähnliche Worte zugeflüstert hatte, und sei es nur im Traum.

Auf der Fünf-Meilen-Straße hatten die Geschäfte schon am frühen Nachmittag die Türen geschlossen. Auch im näheren Umkreis machten viele Läden vorzeitig dicht. Es wurden im Unterschied zu sonst nicht nur Schlösser vorgehängt oder die Fenster mit Gittern abgesichert: In manchen Fällen vernagelte man die ganze Fassade mit Brettern. Nach dem Feuerrennen gab es nämlich in den Straßen sehr oft Schlägereien, und in diesem Jahr würde es bestimmt nicht anders sein, zumal drei Wettbewerber blonde freie Männer aus Sh'alis waren.

Am späten Nachmittag träufelte wie Honig vom Löffel goldgelbes Licht auf die Stadt herab. Außerdem machte sich eine merkwürdige Ruhe breit, die Stille vor dem Sturm.

Hunderte von Simsen, Balustraden und Säulengängen entlang der Prachtstraße waren mit Blumen üppig geschmückt, und Fahnen hingen schlaff in der heiteren heißen Luft. Das Motiv des dreischwänzigen Drachen war allenthalben zu sehen, so auch die Wappen der Wirte und Händler, die das Sportfest mit ihrem Geld möglich gemacht hatten. Aber am auffälligsten waren die Farben der Teilnehmer, die als Girlanden und Bänder vor den Fenstern, zwischen den Bäumen oder in den Haaren der Mädchen hingen. Das Rot von Saardsinmey übertrumpfte alle anderen Farben. Glückswimpel waren an Laternenpfosten gebunden worden oder verknüpften ein Gebäude mit dem nächsten. Auf diesen Wimpeln war Daigoth abgebildet, der Schutzpatron der Kämpfer, Akrobaten und Wettstreiter, und weiter unten am Wasser und entlang der Hafenmauer, vom Hohen Gottestor bis hin zur Küstenallee, waren Abbilder von Rorn, der Meeresgottheit, zu sehen.

Seit Mittag strömten die Zuschauer zusammen. Gegen Nachmittag kamen sie in Massen und verstopften die Treppen, die zu ihren bezahlten Sitzplätzen auf Dächern und Balkons führten sowie auf alle Terrassen der fünfzehn Meilen langen Strecke.

Das riesige Stadion von Saardsinmey am Anfang der Fünf-Meilen-Straße war schon übervoll. Vielen Zuschauern reichte es aus, an der Strecke zu stehen und die Wettkämpfer anzufeuern. Aber wer sich den Eintritt leisten konnte, der am heutigen Tag höher war als zu irgendeinem anderen Ereignis im Jahr, zog es vor, den Moment des größten Ruhms und den Tod des Unterliegenden im Stadion mitzuerleben. Dafür nahm man auch langes Warten in Kauf, denn im eigentlichen Rennen war nichts mitzubekommen bis auf die quer durch die Stadt verlaufende Lichterschlange, das ferne Kreischen der Menge oder unzuverlässige Zwischenberichte, die von keuchenden Läufern gelegentlich ins Stadion gebracht wurden.

Wenn dann endlich die ersten Sterne silbern über Neu-Alisaar aufleuchteten, gab es in ganz Saardsinmey nicht einen ruhigen Pulsschlag mehr.

Der große Spiegel, der ursprünglich aus einem Palast der alten Hauptstadt stammte, hing jetzt in seinem Rahmen aus goldplattiertem Ebenholz in der Halle unter dem Stadion von Saardsinmey. Vor diesem Spiegel mit seiner blankpolierten Fassung und dem stellenweise angelaufenen Glas blieben die Männer noch einmal stehen, nachdem sie sich für den Kampf auf Leben und Tod prachtvoll gerüstet hatten. Es mochte der letzte Anblick ihrer selbst sein. Als glückbringend wurde erachtet, den Spiegel zu berühren, wenn das eigene Abbild darin auftauchte, und die Worte zu sagen: *Bleib, bis ich zurückkehre.*

Der Spiegel war größer als die meisten, die hineinblickten. Nur einer füllte ihn in seiner Länge aus. Der Lydier.

Er trug den kurzen zur Seite hin offenen Umhang des Wagenlenkers, ein Leinenkleid in dem für Alisaar gültigen Rubinrot mit rotgefärbtem Lederküraß und goldenem Gürtel. Auch um seine Waden und Unterarme waren Ledergurte geschlungen und golden beringt. Die schwarzen Haare waren für den Wettkampf nach hinten gekämmt und in einen Köcher aus Gold gesteckt worden. Wie er so dastand, schien er gänzlich aus Gold zu bestehen, aus Gold und Blut.

Von frühester Kindheit an war sein makellos proportionierter Körper durch allerlei sportliche Übungen (worin er es stets zur Meisterschaft brachte) ausgebildet und geformt worden wie aus der Hand eines Künstlers. Ja, er war in der Tat sein eigener Künstler und Architekt. Auch der Kopf und das Gesicht dieses Mannes waren von edler Vollkommenheit. Die Gesichtszüge zeugten von Kraft und Stärke — nicht nur des Körpers, sondern auch des Verstandes. Die Augen, groß und schwarz, wirkten wie die eines Träumers und hatten früher so manchen Gegner irregeführt, bis er dann vom stolzen Kinn und tödlichen Schwert eines besseren belehrt worden war. Seit fünf oder sechs Jahren hatte sich in Saardsinmey eine neue Redewendung eingebürgert: *Hell wie die Sonne und schön wie der Lydier.*

Die berufsmäßig kämpfenden Saardsinen hatten diese Hallen schon als Kinder betreten und wurden als Sklaven gehalten, egal, woher sie kamen oder wie groß ihr Verdienst war, egal, wie groß ihr Vermögen wurde, egal, wie sehr man sie verehrte, und egal, wie viele Wettbewerbe sie gewonnen oder verloren hatten. Nur der Tod konnte sie aus den Diensten Daigoths entlassen. Aber Sklave zu sein am Hof dieses Gottes, war mit der Sklaverei an anderen Orten nicht zu vergleichen.

Wie ein Sklave sah er, Regher Am Ly Dis, wirklich nicht aus, als er da vor dem Spiegel stand, vor dem sich einst der alisaarische Adel betrachtet hatte. Er sah eher aus wie ein König.

Mit ausgestrecktem Arm berührte er kurz das Glas.

»Bleib, bis ich zurückkehre.«

Fast wäre der Mann, der den besten Sitz hatte, nicht ins Stadion gekommen.

Katemval hatte eine düstere Vorahnung gehabt, falls sich dieses Wort in diesem Fall überhaupt anwenden läßt.

Als er das schöne Haus in der Juwelenstraße verließ, blickte er durch einen Spalt im Vorhang der Sänfte hinaus auf die Allee, vor der gerade die Sonne unterging. Jedes Geschäft war verriegelt und verrammelt bis hinunter zum Gemeindebrunnen, wo eine Phalanx von Wachsoldaten im Gleichschritt über die Kreuzung marschierte. Im selben Augenblick wurde Katemval auf etwas aufmerksam.

Im weichen Spiel aus Licht und Schatten war — eine Lücke.

Katemval riß den Kopf herum. Eine Frau in weißem Mantel stand leuchtend vor einer Gartenmauer. Weiß war in Alisaar aufgrund seiner unangenehmen rassischen Bezüge nicht in Mode. Katemval sah, daß unter dem weißen Schleier noch bleichere Haare schimmerten.

Die Sänfte glitt vorüber.

Fast hätte Katemval die Träger zum Anhalten aufgefordert. Aber er besann sich und ließ den Vorhang fallen.

Ihr Gesicht wirkte jung, die Haare strahlten in jugendlicher Frische, und die Haut, das hatte Katemval genau gesehen, war weiß. Eine solche Farbe ließ sich weder durch Jugend, Kosmetik oder Bleichmittel erklären. So weiß konnte nur eine reinrassige Tiefländerin aus den Ebenen im südlichsten Teil von Vis sein, jemand von dem Volk, das eine Welt zum Einsturz gebracht hatte. Dessen Mitglieder wurden *Amanackire* genannt, die Kinder von Anackire, der Schlangengöttin.

Plötzlich schlug Katemval den Vorhang wieder zurück und spähte hinaus. Aber die Sänfte hatte beim Brunnen eine andere Richtung eingeschlagen, und jener Straßenabschnitt war außer Sicht.

Irgend etwas an diesem im Grunde so kleinen Vorfall beunruhigte Katemval. Im Westen gab es gewisse legendäre Traditionen, die den Tod verkörpert sahen in einer dünnen farblosen Eisfrau mit Krallen.

Der Tod lag ständig auf der Lauer. Ihm — oder ihr — war letztlich nicht zu entkommen. Na und? Was wirklich zählte, war die eigene Lebensführung, der Gebrauch der Talente. Am Ende stand der Tod; nicht weniger, aber vor allem auch nicht mehr.

Er hatte Regher im Kampf und Wettstreit beobachtet, sooft es sich für ihn als Händler einrichten ließ. In den letzten Jahren war er nur noch selten unterwegs und dafür um so öfter im Stadion, wo er jedes Ereignis mitverfolgte. Er sah Regher kämpfen und reiten, streiten und gewinnen und wie pures Gold in seinem Ruhm erstrahlen. Aber auch der Tod war ständig anwesend, und nur ein Narr war sich dessen nicht bewußt. Warum ausgerechnet jetzt diese Besorgnis?

Im Alter von achtzehn Jahren hatte er im Sand der Arena für einen Augenblick die Balance verloren. Das

Schwert des kandischen Mannes, den man ihm als Gegner zugedacht hatte, war ihm mit schrecklicher Gewalt von der Schulter aus über die Brust gefahren. Fast wäre Rehger am Ende gewesen. Von der Menge, die ihn zu bewundern angefangen hatte, war bereits, wie sich Katemval erinnern konnte, jenes Geräusch zu hören gewesen, das das ›Todesraunen‹ genannt wurde. Aber Rehger, blutüberströmt, wie er war, hatte sich fangen können, und als ihn der Gegner wieder attackierte, parierte er den Hieb des Kanders und durchbohrte dessen Herz. Ein Jahr später hatte Katemval von den Einnahmen der Wette, die nach guter Sitte auf den am meisten geliebten Kämpfer gesetzt wurde, das schöne Haus in der Juwelenstraße gekauft.

Es gab die bleichen Rassen, und wahrscheinlich würden manche Vertreter davon in Alisaar auftauchen, um den Kämpfen, Schwertspielen und Wagenrennen zuzusehen; ja, auch um den Lydier zu bestaunen, den Katemval aus dem Sumpf der iscanischen Provinz gezogen hatte.

Hätte er, Katemval, doch damals nicht das Schicksal des Jungen vorherbestimmt mit den Worten: *Wachse ruhmreichen Tagen entgegen und einem Tod, der sauber und fair ist ...*

Denk nicht mehr daran. Katemval ärgerte sich über seine abergläubischen Anwandlungen. Die Sänftenträger drängten sich schon durch die Menge vor dem Stadiumtor. In der Dämmerung flackerten fiebrig zahllose Lampen. Und hier und da hörte der Sklavenaufkäufer im Ruhestand freundliche Stimmen rufen: »Da kommt der Vater des Lydiers!« Ein alter Scherz, nicht unangebracht. Der Vater schenkt dem Kind das Leben.

»Zwanzig weiße Tauben«, murmelte Katemval, als die Sänfte durchs Tor getragen wurde. Die Worte galten niemand anderem als Daigoth. »Und ein zweijähriger Bulle. Und meine kostbarsten Weine, um das Brandopfer zu löschen. Wenn er am Leben bleibt.« Als stolzer

Bürger der Metropole fügte er noch hinzu: »Und *gewinnt.*«

Für das diesjährige Feuerrennen waren zehn Wettkämpfer gemeldet. Maximal konnten dreizehn teilnehmen, aber meist wagten nur sieben oder acht den Start. Als Siegerpreis waren zwanzig Goldbarren ausgesetzt, nach altem Maß gewogen. Doch wichtiger war der Ruhm.

Gegeneinander kämpften die Meister anderer Gebiete. Sie hatten drei Jahre für dieses Ereignis trainiert, und zwar mit der finanziellen Hilfe wohlhabender Städte aus Neu-Alisaar und von anderswo. Freie Männer waren auch dabei, die es alles andere als ehrenrührig fanden, gegen diese Sklaven anzutreten. Mischlinge, Visianer, die Gelbschöpfigen vom Schwesterkontinent. Selbstgefällige Karmianer, dunkel oder blond, und verschlagene Xaraber, deren Streitwagen von den Schiffen geladen wurden, als wären es blumengeschmückte Kurtisanen, und auch die selbstsicheren Ommossen und stolzen Dortharianer, deren Wagen verziert waren mit goldenen Schlangen und schwarzen Sturm-Emblemen. Es kamen außerdem Männer von Var-Zakoris, denn der vardische Eroberer hatte nicht nur was den Krieg, sondern auch was solche Rennen anging, seine eigenen Spielregeln. Shansaren trafen per Schiff ein. Männer aus Sh'alis kamen übers Land geritten und wurden aufgrund ihrer Pferde bestaunt und beneidet, obwohl sie für den Wettkampf am heutigen Abend lernen mußten, mit dem Hiddrax umzugehen, dem Zugtier der Visianer, das in der Zeit des großen Herrschers Rarnammon für Rennen gezüchtet worden war.

Zu dieser Nacht also hatte sich ein bunter Haufen zusammengefunden.

Ein freier Thaddrianer, der allem Anschein nach ein Raubritter war; Farbe: Braun und Ocker. Ein Otte, ebenfalls frei, aus einer Händlerfamilie, aber wild und gerissen; Farbe: Elfenbein. Ein Zakorianer aus dem Freien

Zakoris, einer derjenigen, die Kampfleoparden genannt wurden; Farbe: Schwarz. Ein hübsches Prinzchen aus Corhl; Farbe: Stahlblau.

Für Alisaar ging ein hoch angesehener Sklavenathlet von Kandis an den Start; Farbe: Alisaar-Rot und Rosé. Mit von der Partie war ein jowanischer Aristokrat, ein Neffe des Hüters der Stadt Jow; Farbe: Alisaar-Rot und Schwarz. Der Teilnehmer von Saardsinmey war ein Sklavenathlet, der seit drei Jahren ungeschlagen, aber noch nie auf den Lydier getroffen war; Farbe: Rot in Rot.

Aus Sh'alis gingen zwei Mischlinge an den Start, beides freie Männer, denn wer wie sie helle Pigmente hatte, konnte kein rechtmäßiger Sklave sein. Der eine Shaliare zeigte sich in strohgelber Farbe, der andere in Gelb und Blau. Und schließlich war dabei ein Lord von Shansar, der in Sh'alis und Karmiss große Ländereien besaß; Farbe: Weiß.

(*Weiß.* Das war des Rätsels Lösung. Katemval saß in seiner Loge und schien erleichtert zu sein, hatte er doch gerade das hübsch gebundene Programm überflogen, das ihm von einem Stadionschreiber gebracht worden war. Wenn dieser shansarische Teufel zehn Pferde mitbrachte, die er nicht brauchte, warum sollte er nicht auch eine Amanackire-Dirne in seinem Gefolge haben, die er nach dem Ritt besteigen konnte?)

Es war inzwischen Nacht geworden, der Himmel über dem Stadion tintenschwarz und mit Sternen übersät. Die Lampen entlang der Ränge brannten in schwachem Licht. Entweder waren die Dochte heruntergedreht oder die Gläser verraucht. Die Spannung wuchs.

Die Stadiontrompeten schmetterten.

Ein einziger gewaltiger Aufschrei erscholl im weiten Rund und hallte durch die Fünf-Meilen-Straße.

Unter der Arena warteten die Wettkämpfer bei trübem Fackellicht. Die Hiddraxi, die eine Viertelstunde zuvor ins Geschirr gespannt worden waren, ließen sich von der fiebrigen Stimmung anstecken, scharrten auf dem Boden herum und schüttelten die langen Köpfe. Das Licht schimmerte im gestrählten und gebürsteten Fell und dem Zierat aus Metall und Bändern.

Daigoths Kupferwürfel war gefallen, die jeweilige Startnummer ausgelost. Jetzt schritten zwei Priester die Reihe der Wettkämpfer ab. Der erste bot ihnen, egal ob Fremder, Freier oder Sklave, einen Schluck von dem einzigartigen Wein aus Daigoths Kelch an, während der zweite Priester die rituelle Formel sprach.

»Noch seid Ihr Gottes Eigentum; geht jetzt und werdet selber zu Göttern.«

Rehger stand an achter Stelle und lauschte immer wieder auf den Satz. Der Otte, der Jowaner, der Thraddianer, der Kander und freie Zakorianer — jeder nahm das Angebot an und trank einen Schluck. Unabhängig von ihrem persönlichen Glauben waren sie heute nacht allesamt Daigoths Kinder; heute nacht würden sie selber Götter werden. Als die Priester vor dem gelbfarbigen Shaliaren standen, wehrte der mit harschen Worten ab: »Nein. Damit will ich nichts zu tun haben. Ich verehre die eine, wahre Gottheit.« Die Priester ließen wortlos von ihm ab. Doch der Mann aus Corhl, der seinen Platz links von Rehger hatte, lachte laut auf und sagte zu dem Gegner aus Sh'alis: »Meinst du Corrah? Denn sie ist die einzig wahre Göttin.« Der Corhlaner sprach fast akzentfrei; seine Bemerkung war also deutlich zu verstehen. Aber der Shaliare überhörte ihn. Die jeweiligen Renntiere der beiden ließen nervös das mit Quasten geschmückte Zaumzeug schlackern und rückten voneinander ab. (Von der Karosserie des gelben Streitwagens prangte das Abzeichen von Sh'alis, ein Stab, umwickelt von einer goldenen Schlange.) Die Priester gingen zu dem Corhlaner weiter. Er trank aus Daigoths Kelch und nahm den Segen an. Darauf richtete er wieder an den Shaliaren das Wort: »Corrah wird den Schlangenkot deiner Huren-Göttin unter diesen Hufen hier zertrampeln.« Der Shaliare rührte sich nicht; nur ein wütendes Grinsen umspielte seine Lippen, als er die stampfenden Tiere im Zaum zu halten versuchte.

Der Kelch ging an Rehger weiter. Er beugte den Kopf und trank von dem dünnen zuckrigen Wein. »Noch seid Ihr Gottes Eigentum«, sprach der Priester dazu. »Geht jetzt und werdet selber zu Göttern.« Der Klang dieser Formel versetzte Rehger einen Stich ins Herz, und er schloß für einen Moment die Augen in Ehrfurcht und Andacht.

Dann hob er den Kopf und hörte den Shansaren neben sich sagen: »Ich reite für Ashara-Anack. Euer Daigoth ist nichts als ein Phantom.« Aber der zweite Shaliare, der letzte der Reihe, trank aus dem Kelch und hörte ohne Protest den Worten des Priesters zu. Sogar in Sh'alis konnte man seinen Gott frei wählen, vorausgesetzt man opferte auch der Fisch-Schlangen-Frau der Shansaren.

Oben schmetterten die Trompeten durchs Stadion.

»Corrah!« rief der Mann aus Corhl.

Rechts wie links hätte Rehger sehen können, wie seine Gegner das eine oder andere Zeichen schlugen, um den Schutz ihrer Götter zu erbeten.

Und schon rollten die Wagen an. Die Hiddraxi waren froh, sich endlich bewegen zu können, und stiegen eifrig die Rampe hinauf. Die Tore öffneten sich weit und gaben den Blick in die Arena frei, die noch dunkler war als die schwacherleuchteten Gewölbe, die sie verließen, und aus dieser Perspektive wie ein weit aufgesperrtes schwarzes Maul aussah. Manche der Wettstreiter würden von ihm verschlungen werden.

Rehger hatte keine Angst vorm Tod. Er kannte, was den Tod betraf, nur ein vertrautes Gefühl, das eins war mit der Ekstase. Wer als Wettstreiter in dieser Gegend aufgewachsen war, hütete sich, in den drei Tagen vor dem Spektakel mehr als die angebotene Weinmenge zu sich zu nehmen. Denn allein die Luft war betäubend.

Sobald man auf die Sandarena des Stadions hinaustrat, war man berauschter als nach zehn Bechern Wein.

Jetzt kamen sie nach draußen unter den schwarzen Himmel vor die oval angelegten Ränge, wo die Zuschauer, dichtgedrängt, ein donnerndes Getöse laut werden ließen. Der Sturm war ausgebrochen.

Über allen Schreien und Anfeuerungsrufen hörte man in hämmerndem Rhythmus:

Lydier! Lydier! Lydier!

So also mußte einem König zumute sein, wenn er — falls überhaupt — mit einer solchen Leidenschaft gegrüßt wird. Derjenige, der sich in diesem Augenblick nicht einem hohen Herrn oder Gott gleich fühlte, war ein grober seelenloser Klotz — und als solcher kein guter Wagenlenker.

Sie rollten über die Gerade von Ost nach West, kehrten um unter dem Meer der Wimpel, Bänder und Blumen und zogen in Gegenrichtung auf die Tribüne des Schirmherrn zu.

Dieser wichtige Mann, der Hüter der Stadt, zeigte sich oft in der Öffentlichkeit. Er liebte den Sport. Jetzt war er wie jedermann Teil der riesigen Menge, ein Teil der Nacht, des Lärms und des ankommenden Feuers.

Die Jungen brachten das Feuer — oder genauer gesagt, das Symbol des Feuers. Zehn Knaben aus den Quartieren des Stadions. Früher einmal war Rehger eins dieser Kinder gewesen, die diesen Dienst verrichteten. Vor langer, langer Zeit. Und in vielen Jahren würde eins dieser Kinder wahrscheinlich da stehen, wo er jetzt stand, und das würde wiederum von einem dritten abgelöst in noch fernerer Zukunft, wenn Rehger längst Staub, sein Name aber noch in Erinnerung sein würde.

Das Kind hob die Fackel empor, und sein Gesicht leuchtete wie das Feuer selbst.

»Hol deiner Stadt den Sieg«, sagte der Junge nach alter Sitte und voller Hoffnung.

Der Lydier lachte.

»Nimm mich im Herzen mit auf den Weg«, fuhr der Junge fort, hob noch einmal die Fackel empor, damit sie von allen — Menschen wie Göttern — gesehen werden konnte. Dann steckte er sie in die vergoldete Eisenklammer vorn am Streitwagen. Von Fetten und Harzen durchtränkt, konnte sie nicht einmal vom Fahrtwind gelöscht werden.

Dann liefen die Kinder weg und verschwanden aus der Arena.

Der Stadthüter nickte. Auf dem Steintisch unter seiner Loge wurde das Zunder über dem Öl angesteckt. Im großen Stadion hielt jeder den Atem an.

Und dann fiel das brennende Zunder ins Öl.

Ein Schwall aus scharlachroten Flammen schlug zum Himmel empor. Die Menge schrie auf.

Wie zehn nächtliche Feuerwesen sprangen die Tiere Seite an Seite mit den Streitwagen nach vorn.

Auf den ersten drei Bahnen, die im Stadion gefahren wurden, konnte noch keiner der Wettstreiter einen Vorsprung herausholen. Die Rennstrecke war fest und glatt und verlief rund um eine zentrale Plattform herum, die für andere Ereignisse mittels einer unterirdischen Maschinerie versenkt werden konnte. Auch die Fünf-Meilen-Straße, von Hindernissen freigeräumt und von Fackeln erhellt, war glatt wie ein Tanzboden verglichen mit den holprigen Küstenstraßen, auf denen das Rennen über zehn Meilen weiterführte und die nur von den Laternen der Zuschauer, den Sternen und den Fackeln der Streitwagen beleuchtet wurde.

Bei der ersten Kehre rückten zwangsläufig diejenigen in Führung, die von Daigoths Würfel auf die inneren Positionen gesetzt worden waren: Der Otte und der Jowaner rasten als erste in die Gerade. Aber der Braune und ockerfarbene Thaddrianer, der dritte von innen, riß sein Hiddrax-Gespann mit schierer Gewalt herum, steuerte einen diagonalen Kurs zu den zwei führenden

Wagen und rammte den des Otten derart heftig, daß dieser ins Schleudern geriet und vor das kandische Gefährt prallte, das von hinten aufgeholt hatte. Als erstklassiger Wagenlenker vermied der in den Farben Rot und Rosé fahrende Wettstreiter aus dem alisaarischen Kandis einen folgenschweren Unfall einfach durch einen kontrollierten Zwischenspurt. Er schlüpfte, mehrmals aneckend, durch die Lücke zwischen dem Otten und der zentralen Plattform und rückte zu dem Thaddrianer und Jowaner auf. Inzwischen verdrängte der gelbe Shaliare den Zakorianer von der fünften Position, scherte gleich darauf wieder aus, um dem Gedränge zu entgehen, und prallte statt dessen mit dem Wagen des Zakorianers zusammen. Der hielt dagegen und stieß dem Shaliaren so wuchtig in die Seite, daß er sich mit seinem Gespann überschlug. Der Mischling aus Sh'alis, der der einen wahren Göttin diente und dummerweise schon vor dem Rennen die Nerven verloren hatte, flog in den Staub und brachte sich unter dem Gejubel der visianischen Menge mit blitzschneller Reaktion auf der Plattform in Sicherheit.

Seine Hiddraxi zerrten schreiend an dem umgekippten Wagen, der die Tiere überraschenderweise nicht mit sich umgerissen hatte und auch nicht von der Bugfackel in Brand gesteckt wurde. Das Gespann blieb linkerhand liegen und bildete das erste kritische Hindernis des Rennens.

Die übrigen Gespanne hatten mittlerweile den zweiten Bogen um das Westende der Plattform geschlagen und stürmten die gegenüberliegende Gerade entlang. Der Jowaner und Thaddrianer lagen in Führung. Der Otte schien sich immer noch nicht beruhigt zu haben; er verschleppte das Tempo ein wenig, war aber immer noch an dritter Position. Dahinter galoppierten in fast exakter Linie der Kander, der Zakorianer, der Mann aus Corhl und der Lydier. Den Schluß bildeten der zweite Shaliare und der weiße Shansare. Im Stadion mit vollem

Tempo loszulegen, war zu Beginn des Feuerrennens töricht. Erst auf der Straße lohnte sich der Versuch. Und trotzdem wiederholte es sich jedes Jahr, daß ein paar Unbelehrbare während der ersten Runden auf Biegen und Brechen die Führung zu übernehmen versuchten wie jetzt der Teilnehmer aus Jow und der Thaddrianer. Als sie die Ostkehre nahmen, setzte der rot-schwarze Jowaner zu einem Manöver an, das in der Sprache der Wettkämpfer als ›unwilliges Mädchen‹ bezeichnet wurde. Er verzichtete auf den Vorteil der Innenspur, scherte plötzlich aus und kreuzte die Bahn des knapp zurückliegenden Thaddrianers, dem nichts anderes übrigblieb, als auszuweichen und abzubremsen. Der Raubritter ließ die Goldzähne blitzen und fluchte. Doch als der Jowaner wieder beisteuerte, um die Kurve zu nehmen, zog der Otte innen an ihm vorbei und übernahm die erste Position.

Der schwarze Zakorianer löste sich jetzt aus der geschlossenen Reihe und raste die Gerade hinunter, den drei führenden Gespannen nach, die in diesem Moment mit großem Abstand das Wrack des Shaliaren umfuhren.

Bei dem Unfall waren einem der im Gespann außen laufenden Tiere Gurte des Zaumzeugs gerissen; es hing nur noch an der Querstange der Deichsel. Der Zakorianer schien den Schaden bemerkt zu haben. Manche Zuschauer konnten beobachten, wie er den schmalen Dolch zog, den ein Wagenlenker zur Selbstverteidigung mit sich tragen durfte. Sie ahnten, was er vorhatte, brüllten und pfiffen ihn aus. Als er das Wrack passierte, beugte sich der Zakorianer in waghalsiger Manier aus seinem Wagen und durchschnitt den letzten Haltegurt des Hiddrax.

Im alten Zakoris war der Rennsport seit Jahrhunderten eine wilde und blutige Kunst. Ein freier Zakorianer hielt sich, wie jeder wußte, auch heute noch an diese Tradition, die jedoch in Alisaar, wo die Sporttiere eher verwöhnt wurden, nicht gern gesehen war.

Das Hiddrax schrie entsetzt auf und sprang in wilder Hast weg vom umgekippten Wagen geradewegs in die Spur des Kanders und Corhlaners.

Der Kander wich nach links aus, wo genug Platz blieb, um dem Tier und dem Wrack auszuweichen. Der Corhlaner jedoch steckte in der Mitte fest zwischen dem Gegner aus Kand und den anderen Wagen auf der rechten Seite. Als plötzlich das losgelassene Tier vor ihm in schreckhaften Sprüngen herumtanzte, riß er den Wagen auf der Stelle herum. Das aufgeschreckte Hiddrax versuchte sich nun dem Gespann des Corhlaners anzuschließen, sprang den nach hinten ausweichenden Tieren nach und geriet dabei ins Stolpern. Dann sah man den stahlgrauen Wagen aus Corhl durch die Luft wirbeln und auf das Wrack des Shaliaren niederschmettern, in das seine Tiere wild entschlossen hineingesprungen waren.

Der Corhlaner hatte nur eine Chance, und die nutzte er. Trotz des Lärms auf den Rängen hörte man, wie er den Namen seiner Göttin ausstieß und die Peitsche über den Nacken der Hiddraxi knallen ließ, um sie vorwärtszutreiben. Der liegengebliebene Wagen zersplitterte unter Hufen und Rädern, geradeso, wie es der Corhlaner dem Shaliaren versprochen hatte.

Da die Hiddraxi ausschließlich auf Schnelligkeit hin gezüchtet wurden, waren ihre Läufe bekanntermaßen zerbrechlich. Mit Metall beschlagen und verkettet, von der Peitsche und dem Feuer angetrieben, sprangen sie weiter. Als der liegengebliebene Wagen unter ihnen zusammenbrach und in Flammen aufging, flohen sie in panischer Hast, wurden vom Fahrer herumgerissen, beruhigten sich — und nahmen das Rennen wieder auf.

Im Stadion wurde ein Riesenjubel für den Corhlaner angestimmt und seine Farben durch die Luft geschwenkt. Er war der jüngste Teilnehmer des Rennens, ein hübscher Junge; und Mut und Geschick wurden in Saardsinmey stets mit viel Applaus bedacht.

(Der gelbe Shaliare saß auf der Plattform fest und jammerte. Sein Streitwagen verbrannte in einer dichten Rauchwolke; die Zugtiere lagen mit gebrochenen Gliedern am Boden und wurden ebenfalls Opfer der Flammen.)

Der Lydier warf einen Blick über die Schulter und sah, wie hinter dem Mann aus Shansar und dem blaugelben Shaliaren der Corhlaner, als Silhouette im Feuerschein und an letzter Stelle liegend, in rasender Fahrt aufholte.

Als die Gespanne die Ostkurve zum dritten Mal nahmen, fingen einige Zuschauergruppen zu schreien an, *Tore auf! Tore auf!*, als hätte man vergessen können, die Tore am Südausgang zur Straße hin rechtzeitig zu öffnen.

Bei der Anfahrt auf das Südtor lag die günstigste Position jetzt rechtsaußen.

Als es auf die Westkurve zuging, steuerte der in Führung liegende Otte vorzeitig nach rechts und setzte sich somit dem Jowaner sowie dem Thaddrianer vor die Nase. Dieses tollkühne und etwas plumpe Manöver, das vom fachkundigen Publikum auch als solches erkannt wurde, brachte dem Otten einen wichtigen Vorteil ein. Der Thaddrianer, wütend darüber, rechnete damit, daß sein unmittelbarer Gegner aus Jow einen ähnlichen Trick anwenden würde. Um dem zuvorzukommen, rammte er in die Seite des rot-schwarzen Wagens, womit er sich wütendes Gepfeife von den Rängen einhandelte.

Der jowanische Wagen geriet ins Schleudern, konnte aber die Spur halten. Sein Lenker vergaß seine aristokratische Herkunft und überschüttete den Raubritter mit deftigen Flüchen, während die beiden Gespanne auf gleicher Höhe über das Geläuf jagten. Dann schien der Thaddrianer das Tempo zu drosseln, seine Hoffnung auf einen Vorteil aufgegeben zu haben. Als aber der Jowaner auf die rechte Position einzuschwenken versuchte, fuhr ihm der Thaddrianer mit voller Wucht in die Seite. Diesmal neigte sich der rot-schwarze Wagen, von der Fliehkraft gezogen, zur Seite, rast eine Weile auf einem Rad weiter und kippte schließlich langsam, aber unaufhaltsam um. Auf den Rängen forderten die alisaarischen Anhänger lautstark Rache. Der Jowaner schien in der aufgewirbelten Staubwolke unter trommelnden Hufen verschwunden zu sein. Aber da tauchte er wieder auf, das Gejohle im Stadion schwoll auf doppelte Lautstärke an. Der Neffe des Stadthüters von Jow stand im Wagen des Thaddrianers und brachte ihm mit den Fäusten die Wettkampfregeln bei. Der rot-schwarze Wagen blieb als Schrotthaufen auf der Strecke zurück. Der braun- und ockerfarbene Wagen raste quer über die Gerade (der Kander, der Zakorianer und der Lydier hatten Mühe auszuweichen) und krachte in die Bande vor den Zuschauerrängen, wo beide Männer herausgeschleudert wurden und unter dem schrillen Geschrei der Hiddraxi weiterkämpften.

Der Otte nahm die Westkurve äußerst rechts, als ihn der Zakorianer, der im rechten Moment beschleunigte, innen überholte, gefolgt vom Kander, dem Lydier und dem Shansaren. Der Otte war überrascht und versuchte, den Anschluß zu halten. Hinter ihm waren nur noch der zweite Shaliare und der Mann aus Corhl.

Das Südtor, das zur Fünf-Meilen-Straße hinausführte, stand sperrangelweit offen. Auf dem großen Boulevard stand das Volk Spalier.

Mit ausgelassenen Jubelrufen begleiteten die Zuschauer im Stadion die flammenden Wagen über die letzte Gerade hin zur Ausfahrt, letztlich enttäuscht, sie nun nicht mehr sehen zu können.

Der gelbe Shaliare, der Thaddrianer und der Jowaner waren aus dem Rennen, drei Wagen zertrümmert, die Tiere erschlagen und die Männer wütend und verletzt. Auf den Rängen fingen schon ein paar glücklose Spieler zu jammern an; sie knirschten mit den Zähnen und kündigten für den kommenden Morgen ihren Selbstmord an.

Der blau-gelbe Shaliare hatte ihn zweimal abgedrängt, was allerdings kaum der Rede wert und von den Zuschauern unbeachtet geblieben war, die gierig auf wirkliche Sensationen warteten. Jetzt lag der Shaliare hinter dem Corhlaner. Doch vor allem holte der Shansare in den Farben Gold und Weiß immer weiter auf.

Rehger hatte für sie alle keinen einzigen Blick übrig, auch nicht für den handeltreibenden Otten, der besser zu Hause geblieben wäre bei seinen Kisten und Kästen.

Weiter vorn preschten der Kander und der trickreiche Zakorianer die Straße entlang; Staub, vermischt mit Funken von den eigenen Fackeln, flog ihnen ins Gesicht.

Die Fünf-Meilen-Straße war gesäumt von Lichtern und einem lärmenden Spalier. Wimpel und Fahnen flatterten im Windschwall der vorbeirasenden Wagen. Die sonst so beschauliche Promenade war für wenige Minuten Rennstrecke. Das Tempo nahm jetzt zu, bei den kraftvollen Gespannen wie beim Herzschlag der Renntiere und Wagenlenker, oder was insgesamt den stürmischen Ablauf der Nacht anging.

Die Straße bog kaum merklich von Ost nach West ab, was unbeabsichtigt war, denn eigentlich hätte sie als Prachtstraße von Saardsinmey völlig gerade sein sollen. Schon tauchte weiter oben das riesige, mit Lichtern umkränzte Tor am Hafen auf. Wenig später mußte die scharfe Rechtskehre gefahren werden, denn auf diesem Streckenabschnitt waren die Kurven im Gegensinn zu den Linkskurven im Stadium ausgelegt.

Der Lydier stürmte jetzt auf das Hohe Gottestor zu und nahm zum ersten Mal so viel Fahrt auf, daß ihn der Shansare nicht länger würde bedrängen können.

Der Shansare fiel tatsächlich zurück, ohne jedoch

schon geschlagen zu sein. Der Exote war nämlich auch nicht unvorbereitet an den Start gegangen.

Sie passierten das Tor, unter dem der Hufschlag donnernd widerhallte, und traten wieder ins Freie hinaus.

Die Hiddraxi legten sich ins Zeug, reckten sich den Sternen entgegen. Der Abstand zum kandischen Streitwagen wurde scheinbar spielerisch aufgeholt. Geisterstimmen meldeten sich aus großer Entfernung: *Der Lydier! Der Lydier!*

Hinter dem Tor wurde es dunkler, trotz der beleuchteten Fenster und der Lichter der Schiffe am Kai. Von dem geschlossenen Fischmarkt weiter unten stieg mit dem salzigen Atem des Meeres ein scharfer Geruch auf.

Der Zakorianer nahm mit einem Vorsprung von einer Vierteilmeile die nächste Kehre, was nur am Lichtschweif seiner Fackel zu erkennen war. Ihm folgte der Kander auf ausgezirkelter Spur. Rehger steuerte die Kurve in vollendeter Manier an und nahm sie noch besser als seine Gegner. Wieder schallten ihm entfernte Stimmen entgegen. *Hol deiner Stadt den Sieg. Nimm mich im Herzen mit auf den Weg.*

Sie waren auf der Küstenstraße. Mit geschlossenen Augen konnte man spüren, daß es nun bergan ging. Der Schwung ließ nach, die Schwerkraft zerrte an den Wagen, Spurrinnen und Steine brachten sie zum Schlingern und Rumpeln. Und schmal war der Weg; er bot nur zwei Wagen nebeneinander Platz.

Die flackernde Bugfackel bewarf ihn mit Funken. Sie sprühten ihm ins Gesicht.

Auf der Anhöhe und zur Rechten setzte sich die Kette aus Laternen und Leuchtfeuern fort. Aber linkerhand fiel das Gelände, mit etlichen Aussichtstürmen bebaut, steil zum Meer hin ab. Draußen auf dem Wasser lag ein Schiff, das zu brennen schien, so hell war es erleuchtet.

Der Kander verlor immer mehr auf Rehger. Kurz waren beide gleich auf — ein Gemenge aus Rot und Rosé, ein Klirren der Gespanne, und dann ließ der eine den anderen zurück. Zwei Fackellichter trennten sich. Von der Anhöhe, von den Terrassen und Dächern erscholl der Name der Stadt, und es schien, als würde sie in diesem einen Wagenlenker verkörpert. Zu hören war auch noch das kandische Gespann, das auf- und einzuholen versuchte, aber mit dem vorgelegten Tempo einfach nicht Schritt halten konnte. Rehgers Hiddraxi, die er seit zwei Jahren betreute, hatten noch längst nicht ihre volle Kraft ausgespielt.

Die Straße, eben noch steil ansteigend, ebnete sich nun. Aber die Oberfläche war holprig wie zuvor.

Vor ihm lag nur noch der Zakorianer.

(Etwa eine Meile weiter hinten krachte es, und der Otte war endgültig aus dem Rennen. Der Shaliare war ihm auf den Fersen gewesen und hatte ihn, wie es schien, vom Weg gedrängt.)

Für Rehger wurden die Geräusche des kandischen Verfolgers immer dünner. Nein, dieser Gegner würde ihn nicht mehr einholen können. Statt dessen tauchte aber der Shansare wieder hinter dem Lydier auf.

Der in Führung liegende Zakorianer schaute sich um. Rehger war inzwischen schon so dicht aufgeschlossen, daß er dessen wütende Miene sehen konnte. Dann zuckte die Peitsche durch die Luft und der Wagenlenker feuerte seine Renntiere an. »Ay! Ay!«

Die Tiere des Zakorianers mühten sich und schleppten in halsbrecherischem Tempo den Wagen hinter sich her. Rehger ließ nur die Zügel schießen und befreite die Kraft, die in den Muskeln der Hiddraxi und in seinem Herzen angestaut war. »Fliegt nun, fliegt ...« Bisher waren sie nur dem Anschein nach geflogen. Jetzt flogen sie wirklich.

Die Nacht glitt wie Wasser ab. Fackelflammen umlohten sein Gesicht — das Gespann ließ die Welt zurück.

Vom Strudel mitgerissen, konnte der Zakorianer eine Weile folgen, aber dann fiel auch er ab.

Vor ihnen lag nur noch das krumme Rückgrat der Straße, begrenzt von den tanzenden Irrlichtern der Fackeln. Der Wagen flog schwerelos und ungehindert über alle Rinnen und Schlaglöcher hinweg, als wäre die Straße ein durch die Luft flatterndes Band.

Aus der Dunkelheit sprang ein Leuchtturm hervor, vor dem sich die Zuschauer drängten und den Lydier anfeuerten.

Die Lichter zogen wie goldene Leuchtspuren von Glühwürmchen vorbei.

Und doch saß ihm der Shansare wie ein weißer Schatten im Nacken.

Dann ein weißer schlagender Flügel.

Dann, auf der Straße, die gerade breit genug war, rasten die beiden wie im Stillstand nebeneinander her.

Berauscht von der Fahrt, wandte der Lydier den Kopf zur Seite und starrte ins Gesicht des Shansaren, der, demselben traumhaften Zauber erlegen, den starren Blick erwiderte. In diesem Augenblick waren sie Brüder, und wie unter Brüdern war jeder von ihnen bereit, den anderen für das Erstgeburtsrecht umzubringen.

Der Shansare fuhr auf der Innenbahn, entlang der steil aufragenden Böschung. Seine Aufholjagd war genauestens berechnet gewesen und dadurch begünstigt worden, daß der Wagen des Lydiers von einer Bodenwelle zur Seite an den ungeschützten Straßenrand geschleudert wurde. Wäre der Shansare so heimtückisch wie geschickt, hätte er hier seinen Vorteil ausspielen können.

Wie zur akustischen Untermalung des gefährlichen Augenblicks ertönten von hinten nervtötende Geräusche: ein kreischendes Geschabe von Bronze auf Eisen, das Krachen einer Kollision und das Poltern losgetretener Steine und das grauenvolle Wiehern von Hiddraxi, das wie Mädchenschreie klang. Es schien, daß einer der Wagen über den Straßenrand in die Tiefe des Hafenbekkens gestürzt war. Und den entsetzten Rufen der Zuschauer nach zu urteilen, gehörte der Unglückswagen dem alisaarischen Kander.

Aber im Blickpunkt standen nur die beiden führenden Gespanne. Alles andere zählte nicht. Der Wettstreit galt nur ihnen.

Keiner sah den anderen an. Keiner versuchte, weder mit Tücke noch Geschick den anderen von der Bahn zu drängen. Sie stürmten weiter, Kopf an Kopf, Fackel an Fackel, Schulter an Schulter. Und wenn die Peitschen zuckten und die Luft über den Tiernacken zerschnitten, war nur ein einziger Knall zu hören. Ob Daigoth, Rorn oder die schuppenschwänzige Frauengestalt, die der blonde Mann verehrte — irgendeine Gottheit hatte die beiden Wagen miteinander verschweißt. Jeder versuchte, herauszuholen, was es an Kraft und Schnelligkeit herauszuholen gab, sich von dem anderen zu lösen und dem Sieg entgegenzurasen.

Die Straße folgte der Klippe in einem Bogen nach rechts in nordwestliche Richtung. Etwa drei Minuten noch, und die beiden Gespanne würden wieder von den Mauern der Stadt geschluckt werden. Dann der Rückweg, nach Norden und abwärts über breite freigeräumte Nebenstraßen, mit dampfenden und schäumenden Tieren an dichten Zuschauerreihen vorbei, weiter bis zum äußeren Ring vor dem Stadion, im Bogen zum Südtor und zurück in die Arena, wo ein Drittel der Bürger von Saardsinmey auf die Wettstreiter wartete.

Da meldete sich, tief in der Nacht, eine andere Stimme, nicht die der See, auch nicht aus irgendeiner sterblichen Kehle.

Die Tiere kreischten auf vor Schrecken, rannten aber weiter.

Beide, der blonde Shansare und der dunkle Visianer, konnten nicht widerstehen, drehten sich um und starrten zurück ins dunkle Nichts ...

Und wieder ertönte die Stimme.

Es war nicht das Meer, wohl aus seiner Richtung,

aber auch aus dem Himmel darüber, ja selbst aus dem Felsen unter den Rädern.

Vor mehr als einem Jahrhundert war in den Annalen von Alisaar vermerkt worden, daß Rorn selber über das Wasser gegangen sei. Damals hatten Angst und Krieg geherrscht. In dieser Zeit war alles möglich gewesen. Da konnte Rorn durchaus über das Wasser schreiten und mit den Brauen den Himmel berühren.

Aaaurouuu, rief die Stimme nachdrücklich mit leierndem, miauendem Klang.

Dann fing die Erde, wie die Wagen, selber zu rollen an.

Bisher schien die Straße unter den Hufen und Rädern stillgehalten zu haben, jetzt aber faltete sie sich zusammen und bäumte sich gegen die Wettstreiter auf.

Der Shansare ließ einen entsetzten Ruf verlauten. Trotz des fremden Zungenschlages hörte Rehger den Namen der Göttin Ashara heraus.

Die Wagen flogen nicht mehr schwerelos dahin; sie waren jetzt schwerfällige Geräte aus Holz und Metall, die sich mühsam auf den Rädern hielten. Die Hiddraxi kreischten; an den Mäulern klebte blutiger Schaum. Sie gerieten aus dem Takt und rempelten sich gegenseitig an, untereinander und von Gespann zu Gespann.

Ein Brüllen hallte durch die Nacht wie aus zehntausend Kehlen.

Über dem Meer zuckte ein heißer Blitz durch den Himmel, und unmittelbar darauf krachte der Donner. Alle anderen Geräusche brachen mit einem Mal ab, und es schien, als wäre ein mächtiges Wesen verendet.

Der Boden zitterte und legte sich wieder. Das Beben hatte aufgehört. Steine rollten von den Hängen, schwirrten durch die Luft und stürzten ins Meer. Oberhalb der Straße, auf abschüssigem Feld bei einem stattlichen Haus hatte eine Laterne, die zu Boden gefallen war, ein paar Bäume in Brand gesetzt. Flammen spiegelten sich im fahlen Gesicht des Shansaren. Sein Traum war vorüber.

Die Wagen rollten weiter, hatten aber längst nicht mehr das Tempo wie zuvor.

Die Peitsche des Lydiers tanzte über die Nacken der Tiere, traf sie aber nicht, sondern gab nur schnalzende Befehle.

Zur Begleitung sang Rehger den Hiddraxi schmeichelnde Lieder vor, eine Litanei zukünftiger Freuden.

Unter den Augen der Massen, beleuchtet vom Schein der brennenden Bäume, tollten und zerrten die Tiere ausgelassen im Geschirr. Dann fügten sie sich geschmeidig dem Befehl des Lenkers. Rehger hatte mit ihnen im Stall geschlafen, sie mit eigenen Händen gefüttert, gepflegt und gestreichelt.

»Lauft voran, lauft!«

Ungeachtet der brennenden Bäume johlten und stampften die Zuschauer mit den Füßen.

Der Shansare hatte immer noch nicht die Gewalt über sein Gespann zurückgefunden und fluchte verbittert.

In den Zügeln spürte Rehger die Beschleunigung, die so unwiderstehlich und kraftvoll zunahm wie eine Welle der Lust. Die Tiere, der Wagen, die Welt schienen ihm zuzulachen. »Erzähl es denen in Shansar-über-dem-Meer!« rief er dem Gegner zu. »Rorn war zornig!«

Und dann zog der Lydier mit seinem Gespann davon, als würde es von einem Seil aus gewundenem Feuer geschleppt. Nach Norden hin, unangefochten, jagte es zurück in die Stadt über die letzten zwei Meilen, überschüttet mit Blütenblättern und aufmunternden Rufen, durch das Tor ins Stadion hinein, den Ovationen, dem Triumph, Gold und Reichtum entgegen, noch ehe eine Stunde vergangen war.

Die Bürger von Saardsinmey waren so enthusiastische Anhänger der Wettkämpfe, daß dem Erdbeben — seit achtzig Jahren das erste in der Küstenregion von Alisaar — auf dem Höhepunkt des Rennens kaum Beachtung geschenkt wurde. Das Beben war nicht besonders stark gewesen, und als später die Zeugen auf den Aussichtstürmen und in den Gärten über der Küste ihre Geschichten erzählten von dem Shansaren, der in seinem rasenden Streitwagen plötzlich von Panik ergriffen wurde beim Klang von Rorns Kriegshörnern, die aus dem Meer heraus tönten, da wurde selbst der Schrecken des einen in den allgemeinen Jubel mit aufgenommen.

Als Sieger aus der Stadt Saardsinmey erhielt der Lydier einen stolzen Preis: zwanzig Goldbarren. Nötig hatte er sie nicht, denn als Wettstreiter von Daigoth bekam er alles kostenlos, was in der Stadt angeboten wurde.

Wie ein junger Gott mit Blumen umkränzt, ging die Menge für ihn ins Geschirr, zog den Streitwagen eine Runde lang durchs hell erleuchtete Stadion und trug ihn dann auf den Schultern umher. Ihre Zuneigung war greifbar. Und kurze Zeit später gesellte sich der Adel von Saardsinmey zu ihm, seine großzügigen Gastgeber und Begleiter, seit er zu kämpfen und zu gewinnen begonnen hatte. Sie hängten ihm voller Bewunderung Juwelen um den Hals und hätten sich ihm, wäre es ihm recht gewesen, auch selber um den Hals gehängt.

Der Mann von Kandis war tot. Man hatte ihn aus dem Hafenbecken gefischt. Der törichte Otte würde nie wieder einen Streitwagen lenken und nicht einmal mehr als Händler von Nutzen sein, geblendet und zerschunden, wie er war. Der Zakorianer war für sein Verhalten mit einer Strafe belegt worden. Das Stadtvolk, das ihn fast gesteinigt hätte, heftete ihm ein Schild auf die Haut mit der Aufschrift MÖRDER DES KANDERS und schickte ihn, verkehrt herum auf ein Zeeba gebunden, zurück ins Freie Zakoris. Der Shansare, der als zweiter ins Ziel gekommen und verhöhnt worden war, zog sich aus der Öffentlichkeit zurück. Der Corhlaner hatte den dritten Platz errungen und durfte sich dank seiner Jugend, seines Mutes und seines Aussehens Hoffnungen auf mehr machen. Der zweite Shaliare war als vierter eingelaufen und ging leer aus.

In dieser Nacht speiste und trank der Lydier im Haus des Edelmanns auf der Schwertstraße, wo Rehger des öfteren verkehrte. Seit Tagen für ihn der erste Wein, die erste gewürzte Speise. Und dann, zum ersten Mal seit einem Monat, eine Frau. Es war Sitte, vor einem Sportereignis irgendein Wirtshaus, in das man gerne ging, zu besuchen, um dort feierlich einen einzigen Schluck Likör zu sich zu nehmen. Denn falls der Wettkampf einen tödlichen Ausgang nahm, hätten alle zukünftigen Gäste des Wirtshauses sagen können: Er trank den letzten süßen Becher seines Lebens mit uns.

Aber das Mädchen, das in dieser Nacht in seinen Armen lag und ihn mit Rubinen schmückte, die so rot waren wie Zastis, ein Mädchen mit seidenen Haaren und geschmeidigen Gliedern, Prinzessin aus alter Königsfamilie — die sagte zu ihm: »Und wenn du gestorben wärst, hätte ich dann nicht auch stolz verkünden können: *Hier* schmeckte er zum ersten Mal das süße Leben? Glaub mir, Geliebter, in dem Fall wäre ich keusch geblieben. Ich freue mich, daß du lebst.«

Katemval kam vom Steintempel zurück, wo er ein Tablett mit seinen versprochenen Opfergaben dargebracht hatte, und stellte fest, daß auch er ein Geschenk erhalten hatte.

In seiner Abwesenheit war unbemerkt ein schlichter Kasten aus Cibba-Holz vor seinem Haus abgestellt worden.

In diesem Kasten, der von einem Sklaven geöffnet wurde, fand Katemval die seltsam präparierten Körper zweier Vögel. Ein Falke, in dessen Brust ein Flintsplitter steckte, und der mit den Krallen eine Taube gepackt hielt.

Dabei lag ein Blatt Schilfpapier. Darauf stand zu lesen:

Der Sieg ist flüchtig. Sagt ihm das, denn heute nacht vertritt er Eure Stadt.

Kapitel 5

Alisaarische Nacht

»Was soll das bedeuten?« fragte Rehger. Er lag auf einer Marmorplatte im Badehaus des Stadions und ließ sich von einem Sklaven den Körper mit warmem Öl massieren. Seit Sonnenaufgang hatte er mit Schwert, Speer und Messer auf dem Platz geübt wie auch an den Ringen und am Barren in der Akrobatenhalle. Davor war er zwei Nächte und einen Tag lang unter dem Dach eines Edelmannes mit einer Prinzessin im Bett gewesen.

»Da will dich jemand warnen oder, wie's eher scheint, bedrohen. Sei vorsichtig!«

»Vorsichtig? Als Sieger im Feuerrennen?« antwortete Rehger, Katemval war sich der Absurdität seines Vorschlags bewußt und nickte. Mit dem Kennerblick des Sklavenaufkäufers musterte er den nackten Körper des Mannes. In diesem Blick lag nichts Sinnliches, geschweige denn Lustvolles. Er schien nur den animalischen Aspekt des Körpers zu würdigen und war voller Stolz auf die eigene Rasse und auf die Tatsache, ein solches Schmuckstück entdeckt zu haben.

An Rehgers Kinn und Hals waren die letzten Spuren von zwei ›Feuerküssen‹ zu sehen, die ihm von der Wagenfackel zugefügt worden waren. Der Körper zeigte nur wenige Narben, nichts, was ihn verunstaltet oder behindert hätte. Narbenfrei war der Verstand. Rehger hatte sich einen klaren Kopf, eine ursprüngliche Unschuld bewahrt. *Das verdankt er mir. Aber bilde dir nicht zuviel ein,* dachte Katemval. *Vor allem muß er den Göttern danken.*

Und er erinnerte sich an die Figurinen, die Rehger als Kind und bis in sein siebtes Lebensjahr hinein modelliert hatte. Das Training im Stadion hatte für ihn schon begonnen — in gewisser Weise war er schon von Anfang an in der Ausbildung gewesen. Trotzdem, in freien Stunden hatte das Kind den ihm geschenkten Ton zu Figurinen geformt, zu kleinen Echsen, Orynxen und Gruppen von Hiddraxi mit winzigen Männchen in kleinen, genau nachgebildeten Streitwagen, sobald sie ihm zu Gesicht gekommen waren. Das waren seine Schöpfungen gewesen, sorgfältig gemacht und fast schön zu nennen, aber dann hatte er ganz plötzlich damit aufgehört. Statt Ton zu modellieren, war er darangegangen, sich selber zu formen.

Der Masseur war fertig. Rehger nickte, und der Sklave zog sich zurück. Im ovalen Becken jenseits des Deckenbogens planschten und schwammen andere Kämpfer umher.

Muß man noch mehr sagen? dachte Katemval. Der Kasten mit den toten Vögeln und das geheimnisvoll von feiner Hand beschriebene Blatt — das alles schien jetzt unwichtig zu sein. Daigoth hatte das Opfer angenommen. Das Rennen war gewonnen, und bald würden andere Ereignisse Aufmerksamkeit erfordern. Außerdem war, noch bevor der Monat zu Ende ging, Zastis am Himmel zu erwarten.

Katemval sah, daß Rehger eingeschlafen war. Die gewölbte Brust und der flache, mit glatten Muskeln überzogene Bauch bewegten sich gleichmäßig auf und ab. Er atmete ungehindert und leise.

So sicher in den Armen von Mutter Alisaar. Nun denn. Laß es so bleiben.

Die Feuertänzerin war eine echte Zakorianerin, schwarz wie der Panther von Zakoris. Ihr Mund war wie eine Blume, süß das Gesicht.

Sie trat zwischen die langen Festtische auf das Mosaik des Bodens.

Ringe aus weißem Knochen schmückten ihre Arme. Ansonsten war sie vom Hals bis zu den Fußgelenken bedeckt von einem undurchsichtigen, buntschillernden, dünnen Stoff.

Das Licht war gedämpft worden, der Raum schummrig.

Die Tänzerin streckte mit einem halbverächtlichen Schlenker der Hände die Arme aus und nahm zwei brennende Fackeln von einem Diener in Empfang. Ihr Blick war auf keinen der versammelten Edelleute, deren Gäste oder Sklaven gerichtet. Sie schaute in mysteriöse Fernen, zu ihren Göttern empor, auf ihre Kunst.

Die Fackeln waren mit Griffen aus Knochen versehen und wurden der Tänzerin behutsam und respektvoll überreicht. Ihre Finger schlossen sich um die Griffe. Der Diener trat ab. Die junge Frau warf den Kopf zurück. Ihr Haar war zu einem kleinen goldenen Türmchen zusammengebunden, hing aber aus dessen oberen Rand frei herunter wie die Mähne einer pechschwarzen Stute.

Aus den Schatten im Hintergrund erklang Musik von Doppelflöten, Muschelharfen und Trommeln.

Die Tänzerin bewegte sich, verwandelte sich scheinbar in einen flüssigen Körper. Sie tanzte in Wellen und Strudeln umher, aufgewühlt vom Puls der Musik. Und die Flammen der rechten Fackel züngelten ihren Körper entlang …

Die dünne, mit Duftstoffen behandelte Gaze entzündete sich und ließ ihren Duft im ganzen Raum verströmen. Die Frau hob die Fackel, warf den Kopf in den Nacken, daß ihr Haar zu Boden fiel. Sie streckte die Fakkel der Decke entgegen und senkte sie wieder, um erneut die Flammen über den gesamten Körper streichen zu lassen.

Der sie bedeckende Stoff sprühte Funken, rauchte — ein Stück des Gewebes schmolz im Feuer und verschwand. Dann löste sich noch ein Stück in Nichts auf und noch eins. Wie ein Nachtschatten zeigte sich eine vollendet geformte, entblößte Brust, auf deren Spitze ein sternförmiger Diamant steckte.

Die Festgesellschaft raunte anerkennend.

Die Tänzerin sah und hörte nichts.

Jetzt glitt die Fackel der linken Hand von der Schulter bis zur Hüfte. Die Wellenbewegung ihres Körpers wurde heftiger, und es schien, als wollte sie mit den Flammen spielen, sie verführen. Der dünne Stoff entzündete sich mal hier, mal da, flammte auf, verkohlte und verschwand auf rätselhafte Weise, eine Farbschicht wechselte in eine andere über, Düfte breiteten sich aus und verflogen. Die Trommel galoppierte, die Flöte ging auf und ab. Die Flammen langten nach ihr und allen ihren Schleiern, und für einen Augenblick schien es, als würde das Feuer auf sie überspringen. Ein paar Zuschauer schrien entsetzt auf. Aber so genau waren die Bewegungen der Tänzerin berechnet, daß die Flammen wie brennende Blütenblätter von ihr abfielen. Sie war jetzt nackt bis zur Hüfte; nur die Diamanten bedeckten die Brustspitzen. Die eingeölte Haut schwelte unter den streichelnden Fackeln. Wie verglühende Kohle glimmte ein Edelstein in ihrem Nabel auf. Die Liebesaffäre mit dem Feuer fing an, langsam, zögernd ... Die Tänzerin gab sich jetzt fast träge, worauf sich die Musik einstellte. Die Trommel stampfte. Die schwarze Frau beugte sich ins Feuer, wich ihm wieder aus. Sie ging schlaff zu Boden, streckte sich auf dem Mosaik aus und wechselte die Fackeln von den Händen in die Füße. Langsam und stetig wie fließende Melasse richtete sie sich auf den Handflächen auf. Die kräftigen Beine und schmalen Füße hielten die beiden Fackeln in die Höhe und senkten sie dann neckend auf das Rückgrat. Und plötzlich entfachte sie zu einem Feuerball, aus dem ein glühendes Rad herausschnellte, über den Boden rollte und sich schließlich wieder in eine Frau verwandelte.

Unversehrt stand die Tänzerin vor ihnen mit funkelnden Brustspitzen, diamantenbesetzter Scham, einem Granat als Nabel und sonst mit nichts als dünnem Rauch umgeben. Die Fackeln waren zu beiden Seiten vom Körper weggestreckt, und sie stand immer noch unbeweglich da wie eine Statue, die nichts und niemanden sah, als die Musik endete.

Beifall toste durch den Raum. Sie schien nichts davon zu bemerken, bückte sich auch nicht nach den Juwelen, die ihr vor die Füße gelegt — nicht etwa geworfen — wurden. Nacheinander kamen drei Prinzen herbei, um die Steine für sie aufzuheben, während der Diener näher trat, um ihr einen seidenen Umhang umzulegen.

»Panduv, ich habe dich nie besser gesehen. Du hast den Stern selber umarmt.« Der alisaarische Edelmann verbeugte sich vor der Tänzerin. Das war so Brauch in Saardsinmey, wo nicht nur adelige Herkunft, sondern auch der Adel der Kunst in hohem Ansehen stand. »Willst du, wenn du dich umgezogen hast, mit mir speisen? Sag ja.«

»Nein«, antwortete Panduv, warf ihm erst jetzt einen Blick zu und lächelte.

»Läßt du uns einsam zurück?«

»Ich werde an anderer Stelle erwartet.«

»Sehen wir uns morgen vielleicht?«

»Vielleicht.«

In einem hellerleuchteten Raum, der eigens für sie hergerichtet war, säuberte Panduv die Haut und zog teure Kleider an. Über die untere Gesichtshälfte legte sie eine dünne Maske aus gehämmertem Gold, was eine Marotte von ihr war, denn die ganze Stadt kannte sie oder hatte von ihr gehört, und außerdem war ihre Kutsche auffällig genug, zakorianisch schwarz und mit dem Doppelmond-und-Drachen-Wappen des alten Königreiches, das einst das Siegel für Rebellen und Piraten war.

Das Sklavenmädchen hatte den Tanzlohn eingesammelt, der, wie es für die größten Unterhaltungskünstler von Saardsinmey stets der Fall war, überaus großzügig ausfiel. Die Wettstreiter und Wagenlenker dieser Stadt lebten wie Könige, die akrobatischen Tänzerinnen wie Königinnen, die überall willkommen geheißen und verehrt wurden. Auf dem Gräberweg konnte man sich jeden Tag vom Reichtum dieser Künstlerschaft überzeugen, denn ihre Totenhäuser kamen an Prunk den Mausoleen der dortharischen Sturmherren gleich.

Trotzdem, Panduv hatte noch nicht ihr Ziel erreicht: Sie hoffte auf die amtliche Erlaubnis, den Namen ihrer Geburtsstadt — Hanassor — als persönlichen Beinamen tragen zu dürfen. Daß sie es unbedingt zu dieser Auszeichnung, die zum Beispiel dem Lydier verliehen worden war, bringen wollte, hatte sie vor dem Altar von Zarduk, dem zakorianischen Feuergott geschworen.

Ihre unverwechselbare Kutsche stand draußen vor dem Tor bereit. Panduv stieg ein und sah, daß ihr schon jemand zuvorgekommen war.

Eine Frau mit Umhang und Kapuze, die den Fahrer mit einer großen Summe bestochen haben mußte und wahrscheinlich von adeliger Herkunft war, womöglich auf ein Liebesabenteuer aus. So etwas kam vor. Die Zakorianerin war nicht von vornherein abgeneigt; es kam für sie immer darauf an, was sich hinter einer solchen Verkleidung verbarg.

»Guten Abend«, grüßte Panduv hinter ihrer Maske. »Ich muß vor Mondaufgang im Palast des Stadthüters sein. Dort habe ich eine Verabredung. Bis dahin könnte ich ein Weilchen erübrigen.«

»Hanassor, ha!« sagte die andere leise. »Was weißt du schon? Hat man dir zum Beispiel noch nicht gesagt, daß die Tanzkunst, die dich hier zu Ruhm gebracht hat, dort sehr gering angesehen wurde? In den Spelunken der zakorianischen Hauptstadt haben Frauen für ein paar Kupfermünzen ihre Lumpen abgeflämmt. Das war gang und gäbe und nicht besonders kunstreich. Nun gut, die etwas plumperen verbrannten sich dabei. Auf jeden Fall wurden diese Tänzerinnen wie Huren behandelt. Fahr einmal ins Freie Zakoris und überzeug dich dort vom Wert einer Frau.«

Panduv hielt den Atem an und griff mit der Hand zur

Brust, wo sie in einer Scheide aus Perlmutt ihren Dolch versteckt hielt. Die Fremde war ein Telepath, eine, die sogar in visianische Köpfe eindringen konnte, die selber nicht mit diesem Talent ausgestattet waren.

»Ja«, sagte die verhüllte Frau. »Ich kann aus dem Innern heraus sprechen und deine Gedanken recht gut lesen.«

»Dann seid Ihr aus Shansar.« Panduv sprach mit dem ihr und allen visianischen Alisaaren eigenen Hochmut.

»Nein, so fähig sind die Shansaren im allgemeinen nicht. Ich bin eine Amanackire.«

Panduv fluchte. »Eine Tiefländerin.«

»Amanackire, sagte ich. Das ist ein Unterschied.«

Damit erklärte sich, warum der Fahrer die Fremde in Panduvs Kutsche hatte steigen lassen. Invasoren und Eroberern mochte man gelegentlich einiges verweigern können, aber den Tiefländern ließ sich nichts abschlagen. Sie, die verruchten Anhänger der Schlangenhexe, schafften es, Städte zum Wanken zu bringen und Götter aus den Tiefen des Meeres heraufbeschwören.

»Was wollt Ihr?« fragte Panduv. Offenbar nicht das, was sie ursprünglich erwartet hatte — zum Glück, denn weiße Haut fand sie abstoßend.

»Den Lydier«, antwortete die Frau. »Die Kinder von Daigoth wissen untereinander gut Bescheid. Sag mir, wie ich an ihn herankomme.«

»Ihr überrascht mich«, entgegnete Panduv. »Woher soll ich das wissen? Geht doch ins Stadion. Reicht wie alle anderen ein Gesuch ein. Beschenkt ihn.«

»Du verstehst mich nicht. Ich will mit ihm sprechen, unter vier Augen.«

»Stadion. Gesuch. Geschenk.«

»Frau von Zakoris«, sagte die Verhüllte, und ihre leise Stimme kühlte die Luft in dieser heißen vor-zastischen Nacht. »Mir schlägt man nichts aus.«

»Dann wird er Euch auch nichts ausschlagen. Warum kommt Ihr zu mir?«

»Um mir den Weg zu erleichtern. Ja, jetzt sehe ich. Er sitzt beim Abendessen ... Wird bald aufbrechen, weil er in vier Tagen im Stadion zu kämpfen hat — wie ausdrücklich, deine Gedanken. Und welchen Heimweg wird er so ganz allein in dieser alisaarischen Nacht einschlagen, Panduv Am Hanassor?« (Panduv, um ihrer Gedanken beraubt, versuchte ihre Ortskenntnisse abzuschirmen. Natürlich umsonst.) »Danke sehr«, sagte die Amanackire so sanft wie tödlicher Schnee.

Kurz nach Mitternacht trat eine Gruppe von saardsinschen Fechtern aus dem Portikus eines Hauses auf den Säulenplatz hinaus. Sie lachten, waren leicht beschwipst und jugendlich, prunkvoll und reich gekleidet. Unter ihnen war Rehger Am Ly Dis.

Als sie unter den Arkaden in Richtung Schwertstraße schlenderten, rief eine Stimme den Lydier.

Seine Kameraden hatten nichts gehört und gingen weiter. Er aber zögerte und schaute zurück. Eine bleiche Frauengestalt stand zwischen zwei Säulen.

»Nicht heute, meine Schöne«, sagte er und wandte sich wieder ab. »Ich kämpfe am ersten Tag von Zastis.«

Dann fiel ihm auf, daß kein Wort gefallen war. Er hatte zwar seinen Namen gehört, aber keinen Laut.

Alle blonden Rassen prahlten damit, von Gedanke zu Gedanke sprechen zu können — eine Vorstellung, die die meisten echten Visianer abschreckte. Rehger drehte sich wieder um und ging auf die Frau zu. In der Nähe brannte eine Laterne, aber die Frau verdeckte deren Licht. Er konnte nur den Umriß ihres Mantels erkennen. Er stand vor ihr, versuchte ein freundliches Gesicht aufzusetzen und sagte:

»Mit dem Trick könntet Ihr Euch hier in Neu-Alisaar Prügel einheimsen. Tut das nicht noch mal, auch nicht zum Spaß.« Er sah sich um und fügte hinzu: »Wo ist Eure Begleitung?«

»Ich habe keine«, antwortete sie in ihrer eigentlichen Stimme, die sehr kühl war und alles andere als anziehend.

»Das ist unklug«, bemerkte er. »Nehmt das nächste Mal einen Diener oder Sklaven mit.«

»Ist nur ein Sieger sicher auf diesen Straßen? Auch Meuchler gehen zu den Rennen und spielen mit dem Glück in Saardsinmey.«

»Keiner traut sich an mich heran«, antwortete er. »Wer das wagt, weiß auch, daß ich ihn töten würde.« Und das war nicht übertrieben.

Aber sie sagte: »An mich traut sich auch keiner heran. Es wäre sein Tod.«

Sie trat einen Schritt zur Seite und stellte sich ins Laternenlicht. Dann zog sie die Kapuze vom Kopf.

Sie war völlig weiß, so weiß wie eine Figur aus Marmor. Ihre Haut, ihr Haar — da war ein leichter Schatten auf den Brauen und ein wenig Farbe auf den Lippen, vielleicht von außen aufgetragen. Ihre Augen hatten kaum etwas mit menschlichen Augen gemein; er war entsetzt von ihnen, den weißen Schlangenaugen, von denen er sich abwenden mußte wie von der Frau überhaupt.

Es hieß, daß alle aus ihrer Rasse Zauberkraft besaßen. Als er sie sah, hielt er dieses Gerücht für durchaus möglich.

»Warum habt Ihr mich zurückgehalten?« wollte er wissen.

»Du gibst dich also geschlagen? Ich kann schließlich jeden Mann aufhalten, wie es mir beliebt, umherziehen, wo und wie ich es möchte. Du gibst doch zu, daß mein Volk das deine fest im Griff hat.«

»Ich bin Fechter und Wagenlenker und weiß nichts von Eurem Volk.«

»Alle Visianer wissen zumindest etwas von uns.«

»Und außerdem bin ich ein Sklave, Eigentum dieser Stadt. Meine Meinung kann für Euch kaum von Bedeutung sein. Mehr ist wohl nicht zu sagen. Entschuldigt mich. Gute Nacht.«

»Ich laß dich noch nicht gehen.«

»Madam, ich gehe, ob mit oder ohne Erlaubnis.«

Er machte sich auf in Richtung Schwertstraße, als sie sagte: »Wie paradox, ein Sklave, der ein König ist.«

»Was wollt Ihr?« fragte er und bemerkte, daß er wieder stehengeblieben war.

»Komm morgen abend in mein Haus.«

»Tut mir leid. Dann bin ich bereits woanders eingeladen.«

»Mein Haus ist leicht zu finden. Frag in der Juwelenstraße nach. Jeder dort kann dir sagen, wo die Amanakkire wohnt.«

Er wandte sich nun endgültig ab und ließ sie allein unter der Laterne zurück.

Er ging an den Säulen vorbei. Manche waren mit Sprüchen oder Reimen bekritzelt oder mit den Namen bekannter Dirnen.

Er kannte sich aus in der Stadt, war hier zu Ruhm und Ansehen gekommen. Trotzdem kehrten flüchtige Erinnerungen an ein anderes Land, an das Land seiner Geburt zurück. An die Berge von Iscah. An eine Frau, von der er nicht mehr wußte, wie sie aussah, nur daß sie schwarze Locken hatte. Manchmal dachte er an sie, seine Mutter. Trotz aller Juwelen und Goldketten, die er besaß, trug er ab und zu die Münze, die Drake, die ihr sein Vater für diese eine Nacht bezahlt hatte, als Schmuck am Ohr. Über seine lückenhaft erinnerte Vergangenheit beklagte er sich nie. Auch scheute er sich nicht davor.

Genauer als an Gesichter oder Worte erinnerte er sich daran, daß in diesem Land einer der Männer ständig die Frau (seine Mutter) geschlagen hatte. Hier und heute würde es kein Mann von Verstand wagen, in Gegenwart des Lydiers die Hand gegen eine Frau zu erheben. Ausgerechnet er, der Lydier, hatte sich sehr zurückhalten müssen, als er der weißäugigen Tiefländerin gegenüberstand. Denn in diesen wenigen Minuten war in ihm ein Bedürfnis aufgewallt, das ihn nur manchmal im Stadion befiel: eine heiße Blutgier. Ja, es schien ihm, als hätte er ihr den Tod gewünscht.

Kapitel 6

Chacors Glück

Der Stern ging auf, die Nacht brannte. Überall, ob in den prächtigen Sälen der Paläste oder in den Hütten am Berg jenseits des Gräberwegs, überall wurde geliebt. Nur nicht in den Höfen von Daigoth, wo allein und schmachtend jene Männer lagen, die am nächsten Morgen zu kämpfen hatten. Der Phallus muß zum Schwert werden. In den ersten Tagen von Zastis waren solche Spektakel immer etwas Besonderes.

Die Kämpfer waren schon auf den Übungsplätzen, bevor die Sonne aufging, bevor sich die großen Falken, die über den Schluchten der Stadt jagten, in den Himmel aufgeschwungen hatten.

»Der Corhlaner ist scharf auf Rehger. Das Rennen war ihm nicht genug; jetzt will er mehr.«

»Was kann dieser Schlappschwanz aus Corhl ihm wohl bieten? Wenn er es hier schafft, eine Runde zu gewinnen, wird er, herrenlos wie er ist, eine Menge Geld einstreichen.«

Prahlerisch, diese Sklavenfechter, die freie Männer erbärmlich fanden. Keiner verehrte die Freien genug, um sie als Besitz zu halten. Oft kamen sie hierher, diese Außenseiter, um ihr Glück zu versuchen, um gegen saardsinsche Helden anzutreten. Für gewöhnlich verließen sie die Arena mit den Füßen voran auf einem Karren.

Diejenigen, die im Training mit Rehger kämpften, wußten, daß sie, wenn es drauf ankam, jeden Corhlaner fertigmachen konnten. Das war Zastis: Die Männer, die sich hier in der Morgendämmerung übten, machten in ihren mordlüsternen Scherzen erotische Anspielungen. Die Kämpfer aus Saardsinmey brauchten untereinander nicht anzutreten, so sahen es die Regeln Daigoths vor. Sie mußten sich mit Fechtern anderer Städte und anderer Länder messen. Also konnten sie getrost vom Tod sprechen, denn untereinander hatten sie nichts zu befürchten. Außerdem — wer wollte schon freiwillig alt werden?

Die Sonne ging auf und stieg. Der Übungshof war leer.

Der morgendliche Stadtlärm war zu hören. Über der hohen Wand des Stadions tönte der Himmel sein Blau ab.

Sklaven kreuzten auf mit Körben und Eimern voll Sand. Die zentrale Plattform war herabgelassen worden, und das Oval erstreckte sich in voller Größe. Die Sklaven verteilten den weißen Sand gleichmäßig dick und schienen einen Strand herrichten zu wollen. In gewisser Weise würden bald wütende Wellen über diesen Strand branden.

Gegen Mittag wurden die Tore aufgestoßen. Die Menge strömte herein. Farben belebten die Ränge. Parfüm, Schweiß und die Düfte von Früchten verwandelten die Luft in Pomade. Doch bald würde sich der Geruch von Blut zwischen Parfüm und Sand mischen.

Weil er ein freier Mann und Amateur und nicht nach den Regeln des Stadions erzogen war, hatte Chacor, der Corhlaner, die voraufgegangene Nacht mit zwei Mädchen verbracht, und zwar nicht zufällig. Er hatte dieses Stelldichein gesucht in der Absicht, sich der ersten Not von Zastis zu entledigen, um Geist und Körper für den Kampf rüsten zu können. Ihm war die Vorstellung fremd, Begierde zu erdulden und sie als Waffe einzusetzen. So gingen zakorianische Piraten mit ihren Rudersklaven um, die während des roten Mondes angekettet wurden, daß sie sich nicht einmal selber behelfen konnten und schließlich das Rudern als Befreiung empfanden.

Sein Glück, das Wagenrennen überlebt zu haben, hatte Chacor ermutigt, sich auch in anderen Disziplinen zu üben. In der Tat, es mangelte ihm doch sehr an Vorbereitung. Er war nur mit seiner Göttin des Wohlstandes aus der Heimat angereist. In der einen oder anderen Sportart hatte er Gegner aus kleinen Städten in Ott, Iscah und dem vardischen Zakoris besiegen können. Aber vor allem lockten ihn die Städte von Neu-Alisaar mit ihren Regeln für Duelle, den Wettgeschäften und der Auswahl an öffentlichen Spielen. Vielleicht wollte er nicht so sehr Wohlstand als Ruhm, obwohl reine Goldbarren und Säcke voller Draken auch nicht zu verachten waren.

Außerdem hatte er es sich wie so mancher junge Mann in den Kopf gesetzt, gegen den Lydier zu kämpfen, der ihn faszinierte. Der Lydier war ein Sklave, ein König, ein Gott — und ein paar Jahre älter. Wie ein dreijähriger Hengst den Anführer der Herde herauszufordern sucht, so wollte auch Chacor dem Lydier gegenübertreten, sich mit ihm schlagen, um, wenn er ihn auch nicht überwältigen konnte, doch wenigstens von seiner Kraft zu schmecken, die den Sklaven unbesiegbar machte. Für ihn empfand Chacor eine Mischung aus Neid und Bewunderung. Außerdem ahnte er unterschwellig, daß der lydische Fechter, der ihm an Kampfkraft weit überlegen war, keinen freien Mann erschlagen würde, der unter den Zuschauern Anhänger hatte. Die Gefahr und Waghalsigkeit seines Unternehmens machte sich der Corhlaner nicht so bewußt. Er hatte Corrah um die Chance gebeten, als Gegner des saardsinschen Meisters ausgelost zu werden. Corrah und Cah — die Göttin von Iscah — waren identisch, und auf unbewußte Weise stellte sich Chakor vor, daß sie, die eine Göttin, ihre beiden Söhne zusammenbringen wollte, um sie, wie es Mütter der Vorzeit taten, zum Kampf aufzurufen. Vor nicht einmal hundert Jahren hatten alisaarische Prinzen um die Königskrone bis zum Tod gekämpft. Im Freien Zakoris war dies immer noch der

Brauch wie auch in mehreren Regionen der westlichen Länder, wo Adelige wie Bauern diese Tradition fortsetzten.

Chacor glaubte, daß er — unter den Bedingungen dieser Tradition — alle seine leiblichen Brüder hätte beseitigen können, um den kleinen Holzpalast des Vaters in den sumpfigen Wäldern von Corhl zu erben. Aber Corrah hatte ihn auf die Wanderschaft geschickt. Sie hatte ihn hierhergebracht, um ihn mit dem Lydier zu vergleichen.

Er glaubte nicht daran, sterben zu müssen, redete sich aber ein, *und wenn er mich tötet, so ist auch das eine große Ehre.*

Die Akrobaten kamen zuerst nach draußen, verkleidet als mythische Wesen oder als Tiere, führten ihre Tricks vor, die spektakulär und verwegen, dann wieder einfach nur lustig waren. Dann fand zum Schein ein Wettlauf statt, eine Parodie auf das Feuerrennen: Watschelnde Orynxe schleppten zerbrechliche vergoldete Wagen. Schnaubend und vor Wut ihren Kot verteilend, gerieten die Orynxe bald außer Rand und Band und ließen die Wagen aufeinanderprallen, so daß die Lenker auf der Sandbahn herumpurzelten. Der Sieger gewann die Gunst einer vielversprechenden Jungfrau; vorher wurde er allerdings mit den Füßen zuoberst an einer Stange aufgehängt, und nur in diesem Zustand durfte er sie umarmen. Nach mehreren vergeblichen Versuchen, die vom Gelächter und von guten Ratschlägen der Menge begleitet wurden, brannte das Mädchen mit einem Affen durch.

Im Anschluß an die Akrobaten wurden die Tiere der stadioneigenen Menagerie vorgeführt: Sumpfleoparden mit juwelenbesetzten Halsbändern, Kampf-Bisi, mit verhüllten Köpfen und mit Federn geschmückt, ein Rudel vardischer Löwen mit Gold an den Ohren und in den Mähnen, wiehernde Pferde aus Shansar, scheckige Kalinxe und Affen, groß wie ein Mann.

Manche dieser Tiere wurden auch für den Kampf trainiert, aber in der Regel setzte man sie bei religiösen Prozessionen ein oder als Gruselstaffage im Theater. Die Bürger waren immer sehr interessiert, begeisterten sich an dieser Vorstellung und warfen den Löwen Blumen zu.

Nach dieser Schau wurde die Sandbahn, wo es nötig war, gefegt und ausgebessert. Danach schmetterten die Fanfaren los.

In diesem Augenblick, als alle Augen voller Spannung auf die Arena gerichtet waren, breitete sich Unruhe aus auf den Rängen im Ostteil. Da war jemand zu spät gekommen; eine Gestalt tauchte plötzlich in einer der Logen links neben dem Ehrenplatz des Stadthüters auf, und zwar in dem Abschnitt, der für hochgestellte Frauen reserviert war. Dieser Abschnitt war mit einer gefransten Markise überdacht, und es gab auch einige Sichtblenden aus durchbohrtem Stein, hinter denen die jeweiligen Logenbesitzer unerkannt bleiben konnten — eine Möglichkeit, die nur selten in Anspruch genommen wurde. Die Aristokratinnen, die, abgesehen von ihrem Gefolge und ihren Leibwachen, ohne Begleitung zu den Sportkämpfen kamen, wollten sich selber zur Schau stellen.

Seit fast einem Monat ging das Gerücht um, daß eine Amanackire in der Stadt sei. Jetzt war sie hier im Stadion. Weiß gekleidet, das Eishaar mit schillerndem Silber geschmückt, betrat sie die Loge und setzte sich, unbeschützt, ohne einen einzigen Sklaven.

Der Stadthüter war aufgrund politischer Geschäfte verhindert. Sein Berater, der die zentrale Loge besetzte, verrenkte sich fast den Hals, um einen Blick von der weißen Frau zu erhaschen. Als sie sich umdrehte, nickte er ihr höflich und ehrerbietig zu, konnte dabei aber nicht verheimlichen, wie sehr er Kühnheit und Lebenswandel dieser Frau mißbilligte. Doch ihre kalten Augen entgegneten ihm nichts. Sie wandte sich um, als hätte sie ihn nicht gesehen, oder falls doch, nicht für wichtig erachtet. Wie alle anderen richtete auch sie ihren starren Blick hinunter auf die Arena.

Die Schwertkämpfer traten auf die Sandbahn hinaus. Auch auf den Rängen im Ostteil herrschte wieder ungeteilte Aufmerksamkeit.

Da waren achtzehn Kämpferpaare, achtzehn Saardsinen und achtzehn Herausforderer, Freie wie Sklaven aus allen Teilen von Vis. Die Zweiergruppen nahmen, verteilt auf die gesamte Arenafläche, Aufstellung, damit alle Zuschauer den einen oder anderen Kampf aus der Nähe miterleben konnten, zumindest am Anfang. Wie gewöhnlich wurden die Kämpfer, von denen am meisten erwartet wurde, vor die Ehrentribüne plaziert, wo der Stadthüter, die Reichen und Adeligen saßen.

Dort also hatte der Lydier seinen Platz; links und rechts von ihm, im Abstand von jeweils fünfzehn Fuß, standen zwei aus Zakoris stammende Meister: der Ylanier, der seit kurzem seinen Geburtsort im Namen tragen durfte, und ein etwas älterer Mann, der für seinen Umgang mit Axt und Beil bekannt war und den Spitznamen ›Eisenochse‹ trug.

Die Menge johlte und winkte mit den Armen. Blumen flogen herab, der Schönheit gefährlicher Männer gewidmet wie auch der Gefahr jener herrlichen Kampfmaschinen.

Sie hatten die Lenden, den rechten Vorderarm und die Waden gepanzert, trugen Helme und ein heruntergeklapptes Visier vor den Augen, spürten in sich die rauschhafte Hitze, Zastis, den glühenden Sand, die innige Partnerschaft von Mann zu Mann, Daigoths Hochzeit mit dem Schwert — und keiner schaute auf zu den Rängen oder in die Logen.

Chacor war bedrückt gewesen. Das Los hatte ihn nicht mit dem Lydier zusammengebracht. Er war auf der Nordseite des Stadions einem alisaarischen Kämpfer gegenübergestellt worden. Trotzdem, noch blieb ihm die Chance. Wenn er den Alisaaren überwältigte, würde Chacor für die nächste ›Hochzeit‹ irgendeinen Saardsinen auswählen können, der ebenfalls durch seinen Erfolg partnerlos geworden war. Und so ging es weiter, Kampf um Kampf, bis schließlich entweder nur noch eine Anzahl der Schwerter von Saardsinmey oder eine Anzahl ihrer Herausforderer aus der Fremde auf den Beinen stand. Mörderisch diese Regel, die nur von einem Alisaaren entworfen worden sein konnte. Aber wenn der Lydier kämpfte, gewann die ganze Stadt, ohne Ausnahme. Er hatte bisher immer die Arena auf eigenen Füßen verlassen, manchmal verwundet, doch stets unbesiegt.

Als Sieger im Wagenrennen wurde heute von ihm mehr als gewöhnlich erwartet, und entsprechend fielen die Wettquoten aus.

Die gewieften Spieler der Stadt hatten schon einige Kerle vom Schlage Rehgers kennengelernt. Kämpfer wie er brachen wie eine Orchidee schnell zur Blüte auf, die ihre Pracht ein paar Jahre lang behaupten konnte. Dann gefiel es den Göttern, die von vernünftigen Männern nie zu lange herausgefordert wurden, die Pflanze dicht am Boden abzuschneiden.

Die Hörner erschallten, und der Stahl des Alisaaren fuhr wie ein wäßriger Blitz herab, um Chacors Arm aufzureißen. Doch Chacor war auf der Hut. Grinsend schlug er zurück, aber sein Hieb wurde zur Seite abgelenkt vom Alisaaren, der sich zierte, die plumpe verunglückte Attacke nach den Regeln der Fechtkunst zu parieren. Chacors Klinge, wie alle anderen spiegelblank poliert, ritzte die Haut über den Rippen des Gegners auf und entlockte ihm ein kleines Blutgerinne.

Auf den Rängen im Nordteil hatte man die Rückkehr des draufgängerischen Corhlaners bemerkt. Die Zuschauer feuerten ihn stürmisch an. Viele hatten auf ihn gewettet, weil er vom Glück verwöhnt zu sein schien.

Der Alisaare, durch die blutende Wunde in Verlegenheit gebracht, täuschte einen Scheinangriff vor, auf den Chacor jedoch nicht hereinfiel, sondern den eigentlichen Schlag abwartete und ihn mit dem rechteckigen Schild abwehrte. Dann kippte er den Schild plötzlich und ließ das Schwert des Gegners in weitem Bogen abgleiten, worauf dieser wieder nicht vorbereitet war und erst im letzten Moment den eigenen Schild hochreißen konnte, als Chacor, immer mutiger werdend, auf den Leib des Alisaaren zielte.

»Narr!« knurrte der Alisaare.

»Von Corrah Verfluchter«, entgegnete Chacor.

Es war ein Fehler, sich während des Kampfes zu beschimpfen, doch dieser Fehler wurde oft begangen von freien Männern in provinziellen Duellen.

»Was?« lockte der Alisaare.

Als Chacor, hämisch und mit zusätzlichen Flüchen ausgemalt, wiederholte, was er gesagt hatte, schwang der Alisaare das Schwert, links, rechts, links — und brachte gleichzeitig mit Wucht den Schild hoch. Chacor spürte, wie ihm die rechte Schulter aufgekratzt und der linke Unterarm vom Rand des Messingschildes geprellt wurde. Solche Verletzungen waren zwar nicht gefährlich, zeigten aber Wirkung, denn jeder der vergossenen Blutstropfen verkürzte die Zeit des Kämpfers in der Arena.

Ein Raunen ging durch die Ränge im Nordteil und gipfelte in wüstem Gebrüll. Linkerhand war ein Mann zu Boden gegangen, kein Saardsine. (Weiter östlich nahm, ungeachtet von der jubelnden Menge, das Schicksal des Gegners von Rehger seinen Lauf.) Chacor, wütend über den eigenen Fehler, krümmte sich vor Schmerzen und bereute es, in der Nacht zuvor die Mädchen beritten zu haben. Er sah in den Augen des Gegners, die mit sonderbarem Glanz hinterm Visier aufflakkerten, daß dessen keuscher Verzicht nicht umsonst geleistet worden war.

Dann führte der Alisaare einen Streich aus, der fast den Arm von Chacors Leib getrennt hätte.

Vom Impuls seiner Reflexe getrieben, sprang der Corhlaner zurück und geriet auf feuchtem Sand ins Rutschen. (Der Saardsine zur Linken hatte seinen Gegner erledigt, dessen Blut in Strömen floß.) Chacor stolperte und fiel. Blutdurchtränkter Sand brannte ihm in der Schulterwunde. Der Alisaare stand über ihm, grinsend, zum Todesstoß bereit. Ja, zur Zeit von Zastis wurde viel gemordet. Chacor hatte den Blick des Alisaaren richtig gedeutet. Die Menge heulte und schrie, war außer sich vor zastischer Lust und Blutgier.

Als das alisaarische Schwert niederfuhr, riß Chacor den Schild mit aller Kraft in die Höhe. Mordlust traf auf Lebenswillen. Das Metall des Schildes verbeulte, und der Holzrahmen unter der Owar-Haut gab nach. Die Schwertspitze drang in dem Moment durch den Schild, als Chacor darunter zur Seite rollte. Der Alisaare, um den Todesstoß betrogen und nur mit einem ausgedienten Schild am Schwert, verlor das Gleichgewicht und beugte sich vornüber. Der Corhlaner sprang auf, rutschte, suchte Halt und fiel den Gegner an. Als der Alisaare zu Boden ging, stürzte auch Chacor, der in seinen Kämpfen unterwegs bisher nie getötet hatte. Er stürzte mit gespreizten Beinen über den Gegner und stieß ihm das Schwert bis zur Hälfte durchs Fleisch und pochende Herz.

Der Saardsine starb in einem letzten orgiastischen Krampf, ohne einen Laut von sich zu geben.

Weniger leise ging es auf den Rängen zu. Flüche und Frauenschals flogen auf Chacor herab, als er — scheinbar wildgeworden — aufsprang, den Schild des Toten an sich riß und mit irrem Blick nach Osten schielte.

Dann rannte der Corhlaner an kämpfenden Männern vorbei über die gesamte Länge von Nord nach Ost, schwang das Schwert und brüllte den Namen desjenigen, den er bekämpfen wollte.

Der Lydier hatte darauf verzichtet, die beiden Herausforderer zu töten, gegen die er bisher angetreten war, und ihnen statt dessen Wunden zugefügt, die zwar zum Abbruch des Kampfes zwangen, aber mit der Zeit verheilen würden. Die beiden Gegner lagen blutend und der Ohnmacht nahe an der Zuschauerschranke und mußten notgedrungen auf das Ende der Runde warten, um schließlich zu einem Arzt getragen werden zu können. Mord war eine andere Sache. Der Lydier fand daran keinen Gefallen. Das enttäuschte zwar die Menge, doch die konnte er durch seine begeisternde Fechtkunst entschädigen. Trotzdem drängten ihn die Zuschauer immer wieder, grausameren Gebrauch von seinem Talent zu machen. Manchmal und nicht unbedingt zur Zeit von Zastis überkam auch Rehger, wenn er im Stadion kämpfte, die Lust zu töten. Dies geschah völlig unvermittelt. Wenn er diese Lust verspürte, gab er ihr nach. Er tötete. Und das war alles. Er strebte keinen Rekord an, führte auch nicht, wie es andere taten, Buch über Name, Herkunft und Geburtsdatum der jeweiligen Opfer in der Art wie, »der Morgen, an dem ich es dem Istrier besorgte«, oder »in diesem Rennen habe ich dem Mischling den Hals gebrochen«.

Zur Linken hatte der Ylanier einen Gegner verwundet und zwei getötet. Rehger hatte die Kämpfe nicht gesehen aber am Rande das Geschrei der Massen mitverfolgt, das wie Meereswellen auf und ab wogte.

Der Eisenochse zur Rechten war verletzt. Er kämpfte zwar weiter und entledigte sich seiner Gegner, wurde aber immer langsamer und matter. Wenn er gescheit wäre, würde er bald eine Ohnmacht vortäuschen. Die Menge sah ihn gern; er konnte sich eine Niederlage leisten und die Zuschauergunst ein anderes Mal zurückgewinnen.

Der Lydier brachte seinen dritten Gegner zur Strecke. (Er trennte ihm die Haut auf vom Knie bis zur Brust, eine spektakuläre Wunde, die einem erschöpften schwachen Duellisten in aller Schnelle beigefügt wurde.) In diesem Moment hörte er, wie jemand seinen Namen rief. Der Ruf kam nicht wie üblich von den Rängen, sondern aus der Arena.

Rehger drehte sich um und sah den Jungen aus Corhl mit blutverschmiertem Schwert und dem verzerrten Gesicht eines vor Mordlust platzenden Kämpfers.

Wie es aussah, hatte er zum ersten Mal einem anderen das Leben genommen, was sich so deutlich zeigte wie der Verlust der Unschuld. Er blutete selber, hatte einen Kratzer an der rechten Schulter, der ihn aber noch nicht behinderte. Der Corhlaner war mit der Waffe ungeübt, wollte aber, wie es hieß, unbedingt nach den Sternen greifen.

Das Glück war ihm während des Rennens hold gewesen.

Aber das Glück war treulos.

Der junge Mann war vielleicht drei oder vier Jahre jünger als Rehger und in mancher Hinsicht noch ein Kind. Er war noch nicht voll ausgewachsen und kleiner als der Lydier, dessen Größe allerdings nur wenige Männer erreichten.

Der Corhlaner grinste und blitzte Rehger mit den Augen an. So lauerte ein Jäger seinem Opfer auf, so musterte eine Frau den Mann, den sie zu gewinnen hoffte.

Die Zuschauer hatten über den Jungen, seinen wilden Lauf durchs Stadion und sein Ansinnen dem Lydier gegenüber gelacht. Jetzt aber wurde er begrüßt und wegen seines Mutes und seiner Kopflosigkeit bejubelt. Falls er einen guten Kampf zeigte, würde man vielleicht nachsichtig sein, wenn der Lydier ihn schonte.

Rehger machte dem Jungen durch langsame Bewegungen klar, daß er die Herausforderung annahm und daß der Kampf begonnen hatte.

Der Corhlaner antwortete mit einem gelungenen Streich, der aber sogleich pariert wurde mit einem fast sanften Konter, worauf der Gegner seinerseits mit einem ungestümen Schwung reagierte. Dem wich Rehger mit einem Schritt zur Seite aus, als überginge er eine unflätige Bemerkung.

So also kämpfte der Corhlaner: geschickt und dann wieder stümperhaft. Katemval würde sagen: Wenn er als Kind fürs Stadion gekauft worden wäre, hätte etwas aus ihm werden können. Aber der Junge war frei und als erfolgversprechender Zögling zu alt.

Und dann — Chaos nahm die Welt in Besitz.

Was da passierte, war so lächerlich, so unglaublich, daß Rehger ihm kaum Beachtung schenkte und statt dessen nur den Griff am Schwert wechselte, als würde er auf irgendeinen natürlichen Vorfall reagieren.

Es dauerte noch ein paar Sekunden, ehe ihm bewußt wurde, daß das, was stattgefunden hatte und weiterhin stattfand, eigentlich nicht sein konnte und deshalb völlig unberechenbar war.

Er hatte die Kontrolle über sein Schwert verloren. Ganz und gar. Das Schwert war selber *lebendig*. Es zerrte und zog an ihm, wand sich in der Hand. Es ließ sich nicht heben und fing der Länge nach zu zittern an. Eiskalt und mit Energie geladen, mit einer Kraft, die sich gegen die eigene richtete ...

Bevor ihm all dies wirklich klar wurde, brach sein ganzer Körper in kalten Schweiß aus — nicht vor Angst, sondern vor schierem Entsetzen.

Hexerei. Ein Fluch. Ja, darüber war sich Rehger im klaren. Aber wessen Werk war das? Das des Corhlaners? Von ihm schien die Kraft nicht auszugehen.

Mit einer lebendigen Waffe als Feind waren die Aktionen des Lydiers schwerfällig und ungeschickt und nur noch darauf aus, die beherzten Angriffe des Jungen abzuwehren.

(Die Zuschauer glaubten, der Meister würde das wilde Gebahren des Jungen nachäffen, schimpften zum Spaß und klatschten Beifall.)

Und der Corhlaner fiel zurück, wich nach hinten aus.

Seine visianisch dunkle Haut war bleich geworden, bleicher als durch bloße Erregung erklärbar. Seine Augen starrten wie gebannt auf das verhexte Schwert.

Das verschaffte Rehger etwas Luft, die Möglichkeit, sich zu orientieren.

Man nannte es den Zauber der Shansaren. Ein Trick, ausgeheckt in den Tempeln Asharas. Katemval, dem dieses Phänomen schon öfter in Sh'alis begegnet war, hatte die Ursache in halluzinogenen Duftdrogen oder noch ausgefalleneren Hilfsmitteln zum Biegen von Metallen vermutet. Schlangen wurden zu Schwertern, Schwerter zu Schlangen.

Rehger schaffte es, den Griff gepackt zu halten, obwohl er sich wie ein Lebewesen unter seinen Händen krümmte. Das Heft war zu einer Art Rückgrat geschrumpft und bebte wie der Rest.

Die volle Länge der Klinge war ersetzt vom Körper *einer Schlange.* Steif ausgestreckt versuchte sie, sich von den letzten Stahlresten zu befreien. Sie schimmerte milchig weiß, und die harten Schuppen glänzten wie Platin. Aus dem flachen Kopf starrten weiße Augen, seelenlos ... Jetzt wußte er, wem er diesen Fluch verdankte.

Am liebsten hätte er das Ding von sich geschleudert. Alle Visianer hatten eine angeborene Abscheu vor Schlangen, die von den Anhängern der Schlangengöttin genährt und für ihre Zwecke verwendet wurde. Rehger — ob er nun phantasierte oder nicht — drehte sich vom bloßen Zuschauen der Magen um. Sein Wille war gelähmt.

Es schien, als wolle sie seinen Tod, schandvoll und verfrüht. Er spürte die kalten Augen auf sich gerichtet.

Und dann schien es, als hätte die Amanackire-Zauberin Genugtuung gefunden darin, daß er sie wiedererkannte und Furcht und Wut offenbarte, denn das Schwert wurde ihm wieder gefügig. Die Schlange verschwand. Das Metall blitzte wieder auf. Schlank und ausgewogen lag es als sein Diener in der Hand. Für wie lange? Jetzt konnte er sich nicht mehr auf die Waffe verlassen. Im Stahl steckte die Schlange. Er hatte sie in Erscheinung treten sehen. Er hatte das Wesen ihrer Natur kennengelernt und wußte, daß sie jederzeit wieder aufleben konnte.

All das hatte nur wenige Sekunden gedauert. Der Menge war nichts aufgefallen. In ihren Augen hatte der Lydier die täppischen Bewegungen seines Gegners parodiert, der zurückgewichen war, worauf eine kurze Pause entstand, wie sie oft vor dem entscheidenden Schlagabtausch eines Kampfes zu beobachten war.

Rehger brummte der Schädel. Sein Blick war verschwommen, und der Körper schien an Gewicht verloren zu haben — Symptome wie nach großer Anstrengung und Blutverlust. Sie warnten vor äußerster Todesgefahr. Viel länger würde er nicht mehr auf den Beinen bleiben können; er mußte den Kampf so schnell wie möglich beenden.

Die Schwerthand fühlte sich wie taub an. Bleischwer stampfte das Herz. Er war jenseits von Furcht und Scham, auch in der Hinsicht fühlte er nichts mehr. So mußte es einem am Todestag ergehen.

Der Corhlaner kämpfte weiter, in seinem Gesicht spiegelte sich der ganze Schrecken und die Wut, die Rehger verloren hatte. Der Junge ahnte nichts, war aber immer noch von dem Zauber gebannt.

Trotz alledem hatte der Lydier genau registrieren können, was um ihn herum geschah: der Lärm der Menge, die Anzahl der Saardsinen, die verloren oder gesiegt hatten, der Grad ihrer Beliebtheit beim Publikum und wie viele Kämpfer verletzt oder getötet worden waren. An drei oder vier Stellen wurde noch gefochten. Der eigene Kampf zählte zu den letzten. Bald würde das Schauspiel zu Ende sein.

Rehger bewegte sich. Während er die lähmende Schwäche wie einen Mantel abstreifte, kam ihm jeder Fehltritt, jeder dunkle Fleck in seinem Leben in den

Sinn. Diese Empfindungen waren wie Fremde, doch sie kannten ihn.

Er holte mit dem Schlangenschwert weit aus und schlug mit voller Wucht zu. Der Schild des Corhlaners klirrte und fiel zu Boden.

Das hatte nichts mehr mit Fechtkunst zu tun. Wütend brüllte die Menge.

Rehger sah die Augen des Gegners, vor Entsetzen geweitet und so schön wie die eines Mädchens. Schließlich ließ Regher das Schwert niederfahren wie ein Blitz vom Himmel und spaltete den Gegner von der linken Halsseite bis zum Brustbein.

Der Hieb war genau plaziert und mit enormer Kraft ausgeführt worden (er hatte das Schlüsselbein durchtrennt), stand aber eher einem Metzger zu Gesicht.

Auf den Rängen war man verblüfft über das jähe Ende, enttäuscht, wie sang- und klanglos dieser Mann zu Boden ging. Die Frauen schrien auf. Nun ja, man wußte, sie hatten den Corhlaner gemocht.

Rehger achtete nicht auf die Zuschauer. Das Schwert war ihm aus der Hand geglitten. Er stand da und sah auf den ohnmächtigen Jungen nieder, der vor seinen Füßen starb.

Als die Fanfaren erschollen zu Ehren derer, die überlebt hatten, hob Rehger den Arm und ließ sich von der Menge feiern.

Er hielt weder Ausschau nach der Amanackire, noch blickte er in die Richtung des Karrens, der ins Stadion rollte, um die Gefallenen und Verwundeten wegzuschaffen.

Rehger verließ die Arena, ging nach unten und ließ sich die Rüstung abnehmen. Dann wurde ihm im Bad der Staub, der Schweiß und das Blut der anderen abgewaschen.

Eine Gruppe von Edelmännern, die nach unten gekommen waren, um zu gratulieren, fand ihn ausgestreckt auf der Pritsche eines leeren Schlafsaales. Er hatte den Kopf auf die Arme gelegt und schien schlafen zu wollen.

»Verzeiht!« sagte er. Schwertkämpfer neigten selbst nach gelungener Vorstellung zur Launenhaftigkeit. Das war wohl bekannt, und die Löwenorchidee aus Ly Dis bildete in der Hinsicht keine Ausnahme. Die Gratulanten sprachen eine Weile von Dichtern und Frauen, reichten ihm ihre Geschenke und schmückten seinen Kopf mit einem Kranz aus goldenen Mohnblumen, bevor sie gingen.

Dann, erst dann begann er zu weinen.

Der Mann stand reglos vorm Eingang zur Hölle.

»Entschuldige, gute Frau«, sagte er. »Hier kannst du nicht rein.«

Im Korridor unter dem Stadion war es trotz Fackelbeleuchtung sehr düster. Die Höhle, die sich hinter dem Mann öffnete, war finster bis auf die schaurige Glut in den Kohlenpfannen. Um so unheimlicher und wie ein böses Omen war das schimmernde Weiß der Frau.

Sie richtete ihre Augen auf ihn, die blinden Spiegeln glichen, und sagte: »Du weißt, wer ich bin. Laß mich vorbei.«

»Ja, ich weiß und will nicht unhöflich sein. Aber hier kann keine Frau rein. Nicht einmal Huren dürfen hier auf Wiedersehn sagen.«

Wie um seine Worte zu betonen, schrie hinter ihm ein Mann vor Schmerzen auf. Es schien derjenige zu sein, den der Eisenochse als letzten Gegner gehabt hatte. Er lag in dem Raum, wo der Arzt seiner Aufgabe nachging; kein Ort für Neugierige, wie hartnäckig sie auch einzudringen versuchten.

»Der Corhlaner«, sagte die Frau.

»Ach, ja.«

»Er lebt«, sagte die Frau.

»Seine Götter wissen wie. Wenn man die Klinge aus ihm herauszieht, wird er verbluten und sterben.«

»Laß mich vorbei«, wiederholte sie.

Wie alle Visianer wußte der Mann, was man über die Amanackire sagte und welche Fähigkeiten ihr zugeschrieben wurden. Der Yllumite, den der Eisenochse übel zugerichtet hatte, schrie jetzt ununterbrochen und gab nur Ruhe, um Luft zu holen. Der Mann im Eingang sagte zu der Amanackire: »Warum, gute Frau, suchst du nicht deine Göttin? Und wenn du sie gefunden hast, dann kriech ihr ins Loch.«

Unmittelbar darauf traf ihn etwas an der Brust, das ihm wie eine fleischige Faust vorkam. Er prallte rücklings gegen den Rand des Eingangs, daß ihm der Atem stockte. Während er vor der Wand lag und nach Luft schnappte, schritt die Amanackire an ihm vorbei.

In dem düsteren Raum stank es nach heißem Metall, Blut, Fleischabfall und Arznei. Es ging sehr geschäftig darin zu. Die Ärzte beugten sich unter tiefhängenden Lampen über ihre Arbeit. Eine Schar von Jungen eilte mit heißem Wasser umher, das für das Operationsbesteck bestimmt war, für die Haken, Messer und Knochensägen. Ein Junge machte mit einem Weinkrug die Runde. Als er an der weißen Frau vorbeikam, starrte er sie an und schlug das Zeichen, mit dem göttlicher Schutz erbeten wird.

Der Yllumite war plötzlich gestorben, sein Geschrei mit einem Male abgebrochen.

Der Arzt richtete sich auf und wusch die Hände in der Schale, die ihm einer der Jungen gebracht hatte. Dann wandte er sich wie beiläufig einem weiteren Verwundeten zu, der auf einer Pritsche lag. Ein Schwert steckte eingeklemmt zwischen gesplitterten Knochen in der Brust.

Der Arzt zeigte sich verwundert über die Wucht des Schlages, der diese Spalte gerissen hatte. Vielleicht, so dachte er, war das Schlüsselbein des Opfers immer schon spröde gewesen.

»Das muß raus«, sagte er. »Er soll nicht lange leiden

müssen. Da steckt zwar nicht mehr viel Leben drin, aber haltet ihn besser fest.« Keiner rührte sich. Der Arzt schaute auf und sah die Frau, die sich vor den Kopf der Pritsche gestellt hatte. »Frau, was hast du hier zu suchen? Verschwinde!« Die Jungen reagierten ganz verschreckt auf die Art, wie er mit der weißen Tiefländerin sprach.

Aber das kümmerte sie nicht.

»Tut mir leid, wenn er dir was bedeutet hat«, sagte der Arzt. »Aber er hat seinen Kampf verloren. Du willst doch nicht, daß er leidet. Geh nach draußen oder zumindest ein paar Schritte zurück, sonst wirst du mit Blut bespritzt.«

Und er legte die Hand an den Griff des Schwertes.

Bevor er ziehen konnte, senkte sich die schlanke Hand der Frau auf seine.

Die Hand war schneeweiß. Er fand den krassen Unterschied zur eigenen kupferbraunen Haut allzu widerwärtig, aber überraschenderweise fühlte sich ihre Hand nicht kalt, wie erwartet, sondern warm an.

»Das tue ich«, sagte sie.

»Bei Daigoths Augen. Sei nicht albern, Frau.«

»Tritt zurück!« forderte sie ihn auf.

Im weiten Raum wurde es plötzlich still.

Zu seiner Scham bemerkte der Arzt, daß er ihrem Befehl nachgekommen und zurückgetreten war.

Unter den gebannten Blicken aller zog dann die Amanackire das Schwert aus Chacors Brust, und es schien, als glitte es aus einer seidenen Scheide.

Wie roter Tau perlte das Blut aus der Wunde und über die Pritsche. Wo die Klinge die Spalte geschlagen hatte, war jetzt ein zerfranster violetter Streifen zu sehen, der vom Hals bis zur Brustmitte reichte. Die Frau legte das herausgezogene Schwert aus der Hand und beugte sich vor. Die silbernen Haare, die wie feiner Regen herabfielen, verbargen, was sie nun tat. Als sie den Kopf wieder hob, war von der Verletzung des Mannes nichts mehr zu sehen, bis auf einen einzigen Blutstropfen, der langsam über die Haut nach unten rollte.

Wortlos und von fassungslosen Blicken begleitet, wandte sich die Amanackire ab, passierte den Eingang und war verschwunden.

Kapitel 7

Das Königsmal

ALS DIE SONNE UNTERGING, schob sich ein scharlachrotes Wolkendach über die Stadt. Das Spektakel im Stadion wurde für diesen Tag abgeschlossen mit zakorianischen Ringkämpfen und drei Neun-Runden-Rennen mit jeweils einem der besten Wagenlenker im Startaufgebot. Am Ende konnten manche Spieler frohlocken, während andere gekniffen waren.

Im Lampenlicht machte eine seltsame Geschichte die Runde. Der tollwütige Corhlaner, den der Lydier vor aller Augen so fatal zugerichtet hatte, sei, so hieß es, auf wundersame Weise von den Ärzten gerettet worden.

Von Rehger, dem man den im Zastis-Fieber begangenen Mord sofort verziehen hatte, waren keine bestimmten Nachrichten zu hören.

Als die Sonne untertauchte und ein paar rote Pfützen am Horizont zurückließ, ging Rehger zu den Ställen der Hiddraxi hinter der Nordwest-Seite des Stadions. Jeder Wagenlenker, der etwas auf sich hielt, hatte spätestens mit einundzwanzig Jahren sein eigenes Gespann. Ebenso achtete er darauf, daß sein Wagen aus einer der besten Werkstätten von Alisaar stammte.

Rehger stand bei den Hiddraxi, die ihn beim Feuerritt als erster durchs Ziel gezogen hatten, fütterte sie mit Früchten und ließ sich von ihnen knuffen.

Bis auf die üblichen Geräusche der Küstenstadt war es still. Die Stallknechte erledigten ihre Arbeiten, Hiddraxi scharrten im Stroh und fraßen. Aus den Pferdeställen weiter nördlich war ein aufgeregtes Durcheinander zu hören. Es hatte an diesem Nachmittag auch ein Pferderennen gegeben, und die wertvollen Tiere waren noch nicht zur Ruhe gekommen.

»Hört, meine Lieben«, sagte Rehger zu seinen Hiddraxi, »hört, was die für einen Aufstand machen! Dabei ist nicht eins von ihnen so feurig und stürmisch wie ihr. Ihr seid die besten, geliebte Wesen.«

Ein Knecht überquerte den Hof und führte ein schwarzes Reittier am Zügel. Unterm Torbogen blieb er stehen, halb verdeckt, vom Stall der Hiddraxi aus gesehen.

Wenig später ging Rehger nach draußen. Er war bei einem hochangesehenen Händler zum Abendessen eingeladen worden, bei demjenigen, der ihm das edle Tier, das da unter dem Bogen wartete, zwei Spielzeiten zuvor geschenkt hatte.

Als Rehger ins helle Licht hinaustrat und die frisch beschlagenen Hufe untersuchte, sagte der Knecht: »Lydier, das wird dich bestimmt interessieren. Der Junge aus Corhl, er lebt.«

Rehger ließ sich nicht aufhalten und kontrollierte den nächsten Huf.

»Mag sein, aber nicht mehr lange.«

»Es hat sich etwas zugetragen. Da war eine Frau, eine weiße Tiefländerin. Sie kennt offenbar einen Zauber, mit dem sie ihn geheilt hat.«

»Nein«, sagte Rehger. Er ließ den letzten Huf los, richtete sich auf und fuhr mit den Fingern über den Hals des Vollblüters.

»*Doch.* Ich schwör's. Das ganze Stadion weiß Bescheid. Frag, wen du willst.«

»Das werde ich tun«, antwortete Rehger.

»Da ist nicht mal mehr 'ne Narbe zu sehen.«

Rehger stieg aufs Pferd und lenkte es durch das Tor nach draußen, zuerst in Richtung der versunkenen Sonne, dann nach Süden über die gebogene, von Bäumen besäumte Allee, von der aus das ferne Meer zu sehen war, und weiter in die Stadt hinein.

Es war Zastis, und die Bürger von Saardsinmey gebärdeten sich hitziger als gewöhnlich. Auf einer Strecke von knapp einer Meile war der Lydier mehr als zehn Mal aufgehalten worden, meist mit großem Getue, immer in deutlicher Absicht. Und jedesmal wurde ihm gesagt, daß der Corhlaner noch lebte.

Als er in den Neuen Degenweg einbog, konnte er der Nachricht immer noch nicht recht glauben. Er hatte doch seinen Gegner vernichtend geschlagen. Es war einfach unmöglich, daß sich ein Mann von einem solchen Schlag erholte. Rehger fühlte sich zusätzlich schuldig, weil er nicht selber das Schwert an Ort und Stelle herausgezogen und, wenn nötig, den Jungen von seinen Schmerzen erlöst hatte. Aber Rehger war einfach nicht in der Lage gewesen, die Waffe zu nehmen, die sich vor seinen Augen in eine Schlange verwandelt hatte.

Die weiße Tiefländerin — hatte sie doch mit ihren Tricks dieses eine Wunder vollbracht. Warum nicht auch ein anderes? Eine Klinge zum Leben erweckt ... einen Toten auch?

Erschöpft und gedankenverloren, den Mohnkranz des Siegers im Haar, hatte Rehger von einem Erdbeben geträumt, von einstürzenden Säulen und Bergen. Weißes schwelte auf rotem Grund und verschwand in schwarzer Leere. Die Tiefländer hatten die alte Hauptstadt von Dorthar durch ein Beben zerstört. Sie hatten Götter aus den Tiefen des Meeres gerufen.

»Lydier! Lydier!« Junge Mädchen aus dem Wirtshaus, im letzten Abendlicht errötend, mit goldenen Glöckchen im geflochtenen Haar. »Oh, Lydier, bist du traurig oder froh, daß der Junge lebt?«

»Lebt er wirklich?«

»Ja, o ja!«

»Wo ist er?« Er lachte ihnen zu, und sie lachten zu ihm herauf, steckten Blüten in die Pferdemähne, berührten scheu seinen Fuß, preßten die Brüste an die Flanke des Tiers und wünschten sich den Mann.

»Bei *ihr*«, sagte eine. »Der Weißen. Sie hat ihn mit der Zauberkraft der Tiefländer geheilt. Jetzt gehört er ihr, oder? Hübsch ist er ja.« Sie starrte den Lydier schmachtend an.

Er winkte sie zur Seite und ritt weiter. Sie ließen ihn ziehen und sprachen über ihn unter einer der nachtblühenden Fackelstangen.

Kurz vorm Haus des Händlers brachte Rehger den Vollblüter auf Trab und ritt am Tor vorbei, die Schwertstraße hinunter, quer über den Säulenplatz und durch das Labyrinth der kleinen Gassen in Richtung Süden.

Am Brunnen auf der Juwelenstraße zügelte er das Tier. Auf der anderen Seite stand ein Mann auf den Stufen eines vornehmen Weinladens und breitete die Arme aus.

»Ich danke dir für meinen Gewinn, Lydier. Auf daß dich die Götter ewig lieben. Willst du uns mit deinem Besuch beehren? Guter Wein, lustige Mädchen.«

»Ein anderes Mal«, antwortete der Lydier und fragte dann, wie ihm geraten worden war: »Die Frau von Amanackire? Wohnt sie hier in dieser Straße?«

Der Mann ließ die Arme sinken und verzog das Gesicht. Er war unsicher, sagte aber: »Bei den Spitzenklöpplern. Das gekachelte Haus hinter der hohen Mauer.«

Das Haus stand zurückgesetzt an einer Gasse, die hinter den Spitzenklöpplern vorbeiführte. Das schmiedeeiserne Tor in der Mauer gab auf den ersten Druck nach. Da war ein Garten mit Bäumen und wild wucherndem Gras. Das dünne Licht der Sterne tastete über einen verstopften Tümpel.

Das Erdgeschoß des Hauses schien verfallen und unbewohnt zu sein. Hinter den vergitterten Fenstern im ersten Stock zeigte sich Licht.

Nachdem er das Reittier festgebunden hatte, trat Rehger durch die unverschlossene Tür ins Haus und stieg über die Treppe nach oben.

Über der Tür brannte eine Lampe, und da war auch, wie in alisaarischen Häusern so üblich, eine Glocke.

Eine Minute verstrich, in der er an nichts dachte und nichts unternahm. Als er dann die Hand zur Glocke ausstreckte, öffnete sich die Tür. Vor ihm stand eine Dienerin, ein gelbbraunes Mischlingsmädchen mit Augen, so klar und braun wie dunkles Bier, von einer Farbe also, wie man sie nur nach jeder dritten bis vierten Mischgeneration zu sehen bekommt. Sie schwieg, trat einen Schritt zur Seite und ließ ihn herein. Dann führte sie ihn durch die äußere Kammer in einen Salon.

Auch der war beleuchtet, und zwar von Flammen unter bemaltem Glas, das den Raum in zarte Regenbogenfarben tauchte. Die Einrichtung war schlicht, nicht ungemütlich, aber ohne jenen Schnickschnack, den Rehger in Zusammenhang mit Luxus und Frauen brachte. Tand gab es kaum zu sehen. Auf einem Tisch standen eine Kristallkaraffe und Gläser. Die Dienerin schenkte ihm etwas zu trinken ein, ohne daß er darum gebeten hätte. Sie reichte ihm das Glas, das mit gelbem Tieflandwein gefüllt war. Er kannte diesen Wein nicht, warf einen kritischen Blick darauf und verzichtete mit abschlägiger Handbewegung.

Das Mädchen drängte ihn nicht, stellte das Glas zurück und verließ das Zimmer auf leisen Sohlen.

Rehger dachte an nichts; er stand einfach wartend da in seiner eleganten Ausgehkleidung, lässig wie ein Kämpfer. Der Corhlaner war nicht anwesend; das spürte er. Nur sie war da.

Ein ungewöhnlicher Duft aus verschiedenen Essenzen und verbrannter Gummimasse hing in der Luft.

Ein Vorhang hob sich. Die Amanackire betrat den Salon.

»Sei willkommen«, sagte sie und verbeugte sich. Tiefländische Hoflichkeit, ohne Bedeutung. Oder ein Ulk.

»Danke. Bin ich auch willkommen als Euer Mörder?«

»Du hast im Stadion genug gemordet«, entgegnete sie.

»Ja, aber wie ich gehört habe, war ich nicht restlos erfolgreich. Stimmt das? Der Corhlaner ist doch tot.«

»Er lebt.«

»Das sagt Ihr.«

»Und die ganze Stadt. Deshalb bist du doch gekommen.«

»O nein, gute Frau«, antwortete er. »Ich wollte sowieso bei Euch vorbeikommen. Ihr habt mich heute zum Narren gehalten. Das hat mir gar nicht gefallen.«

Sie musterte ihn von der anderen Seite des Zimmers aus. Das Licht warf einen Regenbogen über ihn.

»Warum?« fragte er. Seine Stimme klang verwirrt, war ohne Nachdruck. Er brachte es nicht über sich, sie zu schlagen oder gegen sie zu wüten. Nie würde er eine Frau so behandeln. Was also konnte er tun? Sie war nicht sehr groß für ihr Geschlecht und schlank, ein zerbrechliches Etwas, das nicht einmal menschlich aussah. Er ging auf sie zu, als hoffe er, in ihrer Nähe von seinen Vorsätzen ablassen zu können.

»Eis in der Sonne«, meinte sie. »Du und alle Männer. Auch diese Stadt.«

»Falls Ihr Euch in meine Gedanken zu schleichen versucht«, sagte er. »Ihr werdet nichts finden, was Euch helfen könnte.«

»Wie bescheiden von dir.«

»Versucht's. Ich kann Euch nicht davon abhalten. Aber was soll's? Warum der Zauber mit dem Schwert? Warum die Rettung des Jungen?«

»Das war ich ihm schuldig, denn daß du ihn verwundet hast, lag an mir.«

Der Duft kam von ihr. Es war kein Parfüm, das ihn verströmte, sondern ihre Haut und ihr Haar.

Ihr Scheitel reichte nicht einmal bis an seine Schulter. Das Gesicht war mädchenhaft; sie schien kaum älter zu sein als der Junge, den sie von den Toten erweckt hatte.

»So ist es«, antwortete sie auf seine Gedanken. »Aber ich habe Macht. In der Arena aus Blut und Stahl ist dir noch keiner begegnet, der sich mit mir an Kraft messen könnte. Lydier, ich könnte dein Leben im Handumdrehen beenden. Allein durch meinen Willen. Glaubst du mir?«

»Vielleicht«, antwortete er.

»Sieh her!« Sie hob die Hand, und die Hand fing zu glühen an. Er sah die Knochen und weißes Feuer da, wo das Fleisch hätte sein sollen. Dann ließ das Glühen nach. Die Hand war wieder einfach nur weiß, und auch der Arm, lilienweiß, bereift mit einem weiß emaillierten Metall, das sich in dunklerer Tönung von der Haut abhob. Der Armreif hatte die Form einer Schlange; farblose Zirkone saßen anstelle der Augen.

»Tempelhexerei«, entgegnete er. »Aber was bringt Euch auf gegen mich?«

In ihren Haaren steckten rosafarbene Perlen, und ein Tropfen aus Bernstein, dem heiligen Harz der Tiefländer, hing ihr zwischen den Brauen.

Sie war schön, aber nicht wie andere Frauen, sondern wie ein Kunstwesen gemeißelt und geformt. Trotzdem lebte sie. Er sah, wie sie atmete, und spürte trotz heißer Nacht ihre warme Nähe.

In ihren Augen war tatsächlich etwas wie Tiefe auszumachen. Von nahem war das ganz deutlich. Eine Tiefe, die bodenlos zu sein schien.

»Warum?« fragte er sie wieder und beugte sich so weit nach vorn, daß seine Worte ihre Lippen streiften. »Ich kämpfe nur selten mit einem Gegner, dessen Namen ich kenne. Schwertkämpfer sind abergläubisch, vielleicht hast du davon gehört. Nennt mir Euren Namen, und Ihr braucht keine Angst mehr zu haben.«

»Ich heiße Aztira«, antwortete sie. »Soll ich sagen, wie du heißt?«

»Ja.«

»Amrek«, sagte sie, und ihre Stimme war voller Haß. »Amrek, der Feind, verantwortlich für das Verderben von Anackere. Massenmörder und Monstrum.«

Er trat einen Schritt zurück und war trotz allem erschrocken. Er kannte den Namen nicht, oder wenn er ihn kannte, hatte er keine Bedeutung für ihn. Es mochte der Name eines historischen Königs sein, der schon ein Jahrhundert oder länger tot war.

»Dein Handgelenk«, sagte sie. »Was ist *das?*«

Sein Herz pochte heftig, aber er antwortete ruhig: »Das? Ein Muttermal vielleicht. Ich hab's seit meiner Kindheit.«

»Ja. Ein Mal von deiner Mutter. Es stammt von ihr und ist ihr Fluch auf ihn und auf dich als Sohn der Tochter des Sohnes.«

Rehger mußte sich zwingen, den Blick von ihr abzuwenden. Er betrachtete den dünnen silbrigen Kranz am linken Handgelenk, der ihm vertraut war, aber fast vergessen.

Dann sah er sie wieder an.

Aber mit einem Male wandte sie sich von ihm ab. Wie er und mit derselben unterdrückten aber erkennbaren Heftigkeit fing sie zu weinen an.

Nach seiner Erfahrung, die in diesen Dingen begrenzt war, weinten Frauen nicht aus irgendeinem Grund. Sie weinten nur, wenn kein Grund vorlag. Launen verliebter Leidenschaft oder Eifersucht, um etwas zu verbergen, über Kleinigkeiten wie den Verlust eines Liebhabers oder Ohrringes. In seiner kleinen Welt gab es keine Frau, die aus Kummer oder Schmerz Tränen vergoß. Sklavinnen wurden geschlagen, eine alte Bettlerin kauerte im Schnee von Iscah, die eigene Mutter wurde über den dreckigen Boden der Hütte getreten — und das geschah, ohne daß eine Träne vergossen worden wäre.

Obwohl er eine Ahnung von der Kraft dieser Frau gewonnen hatte, spürte er im Innern, wie groß ihre Angst war, und empfand Mitleid mit ihr.

Er dachte nicht mehr an das Vorgeplänkel und nahm sie sanft in den Arm, um sie zu trösten. Wie Bronze auf Marmor, so lagen seine dunklen Hände auf der weißen

Seide ihres Haares und ihrer Haut, und sein Körper, der so lange auf Zastis' List gewartet hatte, überraschte ihn mit plötzlich aufwallender Begierde. Genau das, was er früher verabscheut hatte, rauschte ihm nun lustvoll durch die Adern.

Daß sie sich sofort von ihm löste, wunderte ihn nicht. Man sagte, daß Frauen ihrer Art so kalt seien wie ihr Blick.

Er hatte sie nur weinen hören, aber nicht ihre Tränen gesehen. Jetzt stellte sie sich vors Fenster und wandte das Gesicht dem dunklen Garten zu, um es zu verstecken.

»Ich habe mich so sehr geirrt«, sagte sie. »In allem. Ein blindes vorwitziges Kind. Ich rate dir, Schwertträger, geh fort. Geh zu den Deinen, von denen keine Gefahr kommt. Denn ich habe Angst vor dir und deinen alisaarischen Freunden, den schwarzen Visianern. Und ich fürchte mich sogar vor meinem eigenen Volk.« Sie umklammerte mit beiden Händen das eiserne Fenstergitter. *»O Rehger!«* rief sie. »Warne diese Stadt! Warne die Bürger, sag ihnen ...«

Sie lag auf den Knien unterm Fenster und hielt immer noch die Gitterstäbe gepackt, was ihn an einen Gefangenen in seiner Zelle oder einen qualvoll Sterbenden erinnerte. Ihr Heulen hatte inzwischen einen scheußlichen Klang angenommen. Es hörte sich wie ein Todesgesang an, wie triumphierender Schmerz.

Sie zu befragen oder auch nur daran zu denken, daß sie befragt werden mochte, war unmöglich. Weil er sie nur in zastischer Manier zu trösten wußte, die sie aber anwiderte und ablehnte, tat er, wozu sie ihm geraten hatte. Er ging.

Der Händler bekam an diesem Abend den geladenen Gast nicht zu Gesicht. Es war Zastis. Helden waren zwar vor Banditen gefeit, aber es gab auch andere Wegelagerer, die an allen Ecken und Enden lauerten.

Rehger war in das Wirtshaus an der Fünf-Meilen-

Straße gegangen, das er vor einem Wettbewerb zu besuchen pflegte, um den ›letzten süßen Becher‹ zu leeren. (Irgendwann einmal würde es wirklich der letzte sein.) Er war schon am Abend zuvor dagewesen. Seine Rückkehr wurde als große Gunst aufgenommen.

Er stieg nicht nach oben auf die Dachterrasse, sondern suchte den kleinen Hof auf der Rückseite auf, wo man bisweilen das Seufzen des Meeres hören konnte. Der Ort, an dem sich sonst die Pärchen trafen, war an diesem Abend leer, wie er vorhergesehen hatte. Die Verabredungen waren nämlich längst getroffen worden. Der Lydier wollte nicht gefeiert werden, er wollte nicht einmal zu trinken haben.

Die junge Frau, die durch die Schatten der Weinranken auf ihn zukam, war Velva. Ihre Haut, der dunkelste Honig, war glatt, das Gesicht frei von der Blessur, die ihr der Mischling von Var-Zakoris verpaßt hatte. Die Ärzte der Schwertstraße verstanden ihr Handwerk, auch wenn sie Tote nicht wiederbleben konnten ...

Sie hielt den Atem an, als sie den Mann unterm Weinlaub erblickte. Ihr Duft ließ ihn aufmerken. Ihr Kopf war, wie zuvor der seine, bekränzt mit goldenen Mohnblüten.

»Was darf ich anbieten?« flüsterte sie.

»Dich.« Er nahm ein paar Münzen, drückte sie ihr in die Hand und schloß ihre Finger darüber. »Wenn du kannst und willst.«

»Ja«, hauchte sie. Ihre Augen funkelten im Licht des Sterns.

»Nicht hier in einem der Zimmer«, meinte er. »Komm mit mir an den Strand. Gib dem Wirt das Geld und sag ihm, daß ich dich für die Nacht haben will.«

»Ohne Bezahlung. Nicht von dir. Das nimmt er nicht an.«

»Doch. Und du sollst mehr bekommen.«

»Nein.« Aber sie lief los, um die Münzen zum Wirt zu tragen. Die Fußreifen rasselten.

Mit gesenktem Blick kehrte sie zurück. Sie ließ sich von ihm aus dem Wirtshaus nach draußen führen und auf den schwarzen Vollblüter heben.

Auf der sehr hell erleuchteten Fünf-Meilen-Straße herrschte ein buntes, lebhaftes Treiben. Einige riefen dem Kämpfer Glückwünsche zu, aber bald bogen die beiden in eine Seitengasse ab, die zum Markt führte.

In der Nähe der Hafenmauer wünschten ihnen zwei Wachen eine schöne gute Nacht. Die Männer des Stadthüters wußten genau, wer dieser Reiter war, ließen aber keine Bemerkung fallen. Wenn der Kämpfer ein Mädchen aus dem Wirtshaus mit an den Strand nahm, obwohl er unter den Damen am Hof auswählen konnte, so war das allein seine Angelegenheit. Ein Mann und Sklave wie er hatte nicht den Ehrgeiz, zur Freiheit zu gelangen. Er hatte sich in sein Schicksal gefügt oder durch Erziehung fügen lassen. Konnte ihm ein anderer Zustand bringen, was die Sklavenschaft nicht für ihn bereithielt? Die Götter des Stadions konnten tun und lassen, was sie wollten.

Während die beiden den Pfad hinunterritten in das weite weiche und leicht errötete Schwarz von Nacht und Meer, fing er an, sie zu kosen. Der ganze Ritt kam einer Liebkosung gleich. Die Körper rieben sich aneinander, die Zügel haltend, umschlang er sie von hinten mit den Armen.

Die gekräuselte See wurde vom Stern befeuert. Der Rote Mond glühte hinter den Hügeln der Stadt. Dem Himmel und Zastis am nächsten war seltsamerweise der langgestreckte Gräberhügel.

Am Meeresrand unter dem Felsen legte sich der Lydier über Velva in ein Bad aus samtweichem Sand. Ihre Haut brannte wie das Licht, die Brüste, schwellend unter seinen Lippen, schmeckten nach Puder und Zimt und dem Salz des Meeres. Sie konnte nicht still bleiben; ihr Haar floß wie Tinte über den Sand, ihre Hände streichelten ihn, weckten jeden Muskel, jede Sehne. Sie erschöpfte sich in Ekstase, lange bevor er in die Meeresgrotte zwischen ihren Schenkeln eindrang. Er lachte über ihr Glück, schaukelte sie in ihrer Verzückung, die er, sobald sie nachzulassen schien, von neuem weckte. Als er Velva nahm, schrie sie dünn und spitz wie ein Seevogel. Er stieß vor bis zum Kern der Süße, und die Quelle des Lebens spritzte aus ihm heraus in unerträglicher Lust, die etwas von der Endgültigkeit des Todes in sich hatte. Die Mohnblüten ihres Kranzes lagen zerdrückt auf ihrer Haut.

Bevor ihn das Drängen des Sterns erneut überwältigte, lauschte Rehger den Wellen an der Küste Alisaars, dem Geräusch, das ihm nun seit achtzehn oder neunzehn Jahren vertraut war. Immer gleich, dieses Wasser. Die Menschheit zählte nicht. Dieser Gedanke ließ sich in solchen Augenblicken ertragen.

Er war in diese Stadt im Süden gekommen, um sich ein Mädchen an die Hand geben zu lassen, das er vorher nie gesehen hatte. Sie war, wie es hieß, äußerst schön, aber das konnte ihn nicht aufmuntern. Seine Mutter war auch schön, dieses Luder, dieses Weib von Dorthar, das sich die Haut weiß schminkte. Warum? Um sich von allen Visianerinnen abzuheben. Oder aus irgendeinem anderen Grund, den er nicht verstand. Vielleicht tat sie es auch nur, um noch mehr in seinen Wunden herumzustochern.

Vom Fenster des Palastes aus sah er den Schnee, der sich weiß auf die Stadt legte.

Es waren trotz seiner ausdrücklichen Verbote Tiefländer in der Stadt zugegen. Trotz aller Abschreckung.

Seine mit Tuch und Ringen bekleidete Hand lag vor ihm auf dem Fenstersims. Er brauchte bloß den großen Ring am kleinen deformierten Finger abzustreifen, um die Hand zu entblößen, sie in ihrer Mißgestalt zu sehen. Die rechte Hand (nackt, sehr dunkel und schön geformt) bewegte sich auf die linke zu, zupfte am Handschuh.

Zieh ihn aus, sieh hin! Nein. Warum auch? Er wußte schließlich, wie sie aussah. Seit seiner Kindheit, von der ersten bewußt erlebten Stunde an. Er erinnerte sich an das eine, das einzige Mal, als er lange auf die bloße Hand gestarrt und sie, um besser sehen zu können, ins Licht gehalten hatte. Damals in Koramvis. Die Hand war ihm wie etwas Wunderbares vorgekommen, wie ein Kunstwerk, aus Silber gemacht, mit feinen ziselierten Silberschuppen versehen, die, bis auf eine kleine Narbe am Handgelenk, ebenmäßig und makellos waren. Die Schuppen glichen nicht etwa einer Schlangenhaut, sondern denen eines Drachen. Auf ihm lastete nicht der Schlangenfluch von Anackire, der Tieflandgöttin ...

Es klopfte an die Tür. Die Herrin seiner Freudenmädchen meldete sich. Er hatte ihr aufgetragen, diejenige zu holen, die von den Soldaten abgeführt worden war. Das Weibsstück aus dem Tiefland.

Die Tür wurde geöffnet. Der Sklave schlüpfte nach draußen. Gleich darauf wurde die Tiefländerin in den Raum gestoßen und mit ihm alleingelassen.

Er sah sofort, wie verschreckt sie war. Gut. Sie fürchtete sich zu sehr, um seine Angst zu entdecken. Das war schon so oft sein Vorteil gewesen, nicht wahr? Die Angst, die andere vor einem großen König, vor einem Herrn der Stürme empfanden. Alle ließen sich vor seinen Füßen zu Boden fallen und sahen nicht, wie er zitterte.

Er sagte etwas zu ihr. Was hatte er gesagt? Ob sie wirklich eine Tiefländerin sei. Dann sollte sie sich doch die Sachen vom Leib ziehen und ihm den Rest zeigen.

Aber sie stand bloß da und rang nach Luft.

Also redete er weiter mit ihr und beschimpfte sie, aber plötzlich, inmitten seiner Tiraden, schüttelte ihn das Entsetzen, und das sprach nun zu ihr. Ob sie Angst habe vor seiner Hand, vor *der* da? Nun, das war verständlich. Nicht nur sie, ihr ganzes Volk wurde von ihm bedroht.

Und er wurde von ihr aufs äußerste erregt, von ihrer schneeweißen Haut und den Eishaaren. Er war angewidert und fasziniert, spürte Ekel und Begierde zugleich. Er zog sie an sich, preßte ihr die Schuppenhand auf die Brust und fühlte ihr Herz, das wie ein im Netz gefangenes Tier hüpfte. Aber dann hörte es zu schlagen auf. Unter seiner Hand und seinem Mund rührte sich nichts mehr. Sie war gestorben. Tot. Er ließ sie zu Boden fallen und sah sie an. Wie ein Kind lag sie da. Ein totes Kind.

Er ging langsam auf die Knie. Er kniete neben ihr nieder und wartete darauf, daß sie wieder zu leben anfing, daß der Tod nur eine Ohnmacht sei, von der sie sich bald erholen würde. Er strich ihr übers Gesicht, nahm ihre Hände und ließ sie wieder los. Er schlug sie.

Ihren Tod hatte er nicht gewollt. Das war nicht anständig ihr oder ihm gegenüber. Was hatte er eigentlich mit ihr vorgehabt? Wollte er sie mißbrauchen? Nur die Götter, die ihn haßten, wußten wirklich über seine Absichten Bescheid. Aber sie zu töten — das hätte er gar nicht gekonnt.

Dabei wollte er niemanden ihrer Rasse unter seinen Augen dulden. Er wollte sie alle loswerden. Und diese hier ... war eine weniger.

»Ich habe geträumt.«

Er schaute dem Mädchen ins dunkle Gesicht, umrahmt vom schwarzen Haar, von der Nacht und dem unterm Stern glühenden Meer.

»Ja, Rehger«, sagte sie. »Du hast geträumt.«

Velva lag immer noch auf ihm und musterte ihn mit großen Augen.

»Was ist?« fragte er.

»Die Tiefland-Hexe«, flüsterte sie kaum hörbar. »Du hast ständig von der Tiefländerin gesprochen.«

Ein roter Blitz flackerte auf und schlug ins südliche Meer.

Rehger zog sie an sich. »Jetzt will ich nur noch ›Velva‹ sagen.«

Er brachte sie mit seinen Küssen zum Schweigen und ließ sie mit gespreizten Beinen auf seinem Schoß Platz nehmen. Er half ihr mit aller Kraft, ihn zu bereiten, bis sie im Schmerz der Verzückung aufstöhnte. Aber obwohl sich sein Körper dem Tumult entgegenwarf, blieb er mit den Sinnen weit entfernt. In Gedanken weilte er im Palast von Koramvis und Lin Abissa, blickte in Amreks Augen, dem Hohen König, der vor einhundertdreißig Jahren über ganz Vis geherrscht hatte.

Im Garten des Hauses an der Juwelenstraße frühstückte Katemval. Seine zahmen Wasservögel pickten Krumen auf oder planschten in der Zisterne.

Als ein Sklave herbeikam, gefolgt von Rehger in seiner prachtvollen Gestalt, zeigte sich Freude und Genugtuung in den Zügen des älteren Mannes. Es kam nicht mehr oft vor, daß der Held seinen Entdecker aufsuchte. Solche Aufmerksamkeiten hatte es auch früher nicht oft gegeben, nicht öfter als die Höflichkeiten, die der Lydier allen zukommen ließ, nicht nur seinen Kameraden vom Stadion oder den Adeligen der Stadt, sondern auch den Säufern in den Spelunken und heruntergekommenen Spielern. (Aber ich übe einen beruhigenden Einfluß auf ihn aus, dachte Katemval. Er weiß das. Da kommt er und hat eine Frage auf den Lippen. Früher hat er mir so viele Fragen gestellt, wenn ich von meinen Reisen, von anderen Ländern und Legenden erzählte. Alisaar ist seine Welt, er kann und will nicht weg. Mein Kopf ist seine Bibliothek. Wir werden gegen die Thaddrianer kämpfen; bist du schon einmal in Thaddra gewesen? Mir sind Gespanntiere aus Dorthar angeboten worden; lohnt es sich, sie anzusehen?)

»Setz dich, iß und trink. Und stell mir deine Fragen«, sagte Katemval.

Rehger lächelte. »Bin ich so leicht zu durchschauen?«

Als er Platz nahm, rieselte ihm Sand aus dem Umhang. Er war festlich angezogen, kam aber vom Strand.

»Es geht sicher nicht um die Prinzessin«, sagte Katemval.

Rehger warf einen Blick auf die Sandkörner, zwischen denen ein paar Wasservögel herumpickten. Er nahm einen der kleinen Frühstückskuchen, brach ihn entzwei, fütterte die Tiere und streichelte über ihre schillernd blauen Köpfe. »Nein, eine Prinzessin war's nicht. Mit dem Meer ist etwas Sonderbares passiert. Als ich mit meiner Freundin in der Morgendämmerung zurück zur Hafenmauer ging, war die Ebbe so weit zurückgewichen, wie ich es noch nie erlebt habe. Ein paar Schiffe am Rand des Hafenbeckens steckten in Schwierigkeiten. Man lud in aller Eile Fracht von Deck. Meine Freundin bekam Angst und meinte, daß etwas Schlimmes zu erwarten sei. Ihr wißt, wie Mädchen manchmal so sind.«

»Ich erinnere mich.«

»Die Fischer waren am Ufer, fuchtelten mit den Armen und liefen durcheinander. Das Wasser hatte im Schlick Dutzende von Fischen zappelnd zurückgelassen. Die Männer meinten, Rorn habe Durst und werde vom Meer trinken.«

»Die Gewässer um Alisaar waren schon immer tükkisch. Den alten Mythen nach rollten ihre Wellen in den Ozean der Hölle, in den Aarl, den All-Tod. Als später die Händler mit ihren Schiffen die Länder der Weißen bereisten, mußte die Hölle weichen. Aber es gibt heute noch Seeleute auf den Süd- und Westrouten, deren Haare grau geworden sind, und selbst oben im Norden bei Hanassor ergrauen Fischer und Küstenschipper. Gebleicht vom Aarl-Salz, das womöglich auch das Gehirn angreift. Das Beben während des Feuerrennens hängt damit zusammen. Wenn das Land erzittert, flieht das Meer. Aber du bist nicht wegen dieser Frage zu mir gekommen.«

»So ist es, Katemval.«

Der Sklave eilte mit einer Pfanne heißer Kuchen, mit Honigquark und Rosinen herbei — und um die Milch wegzubringen, die Kinder von Daigoth niemals anrühren würden. Rehger dankte dem Sklaven, wartete, bis er verschwunden war, und fragte: »Wer war Amrek? Ich meine den Sturmherrn. Habe ich den Namen richtig ausgesprochen?«

»Ja. Amrek, Sohn von Rehdon, der letzte Hohe König von Vis. Er war es, der geschworen hatte, das Gesicht der Welt zu säubern vom Schmutz der Tiefländer. Aber Raldnor, Rehdons unehelicher Sohn, der halb Visianer, halb Tiefländer war und eine Inkarnation von Anakkire als Mutter hatte — kannst du mir folgen? —, dieser Raldnor ging einen Vertrag ein mit dem anderen Kontinent und den blonden Völkern von Vathcri, Vardath und Shansar, machte die Tiefländer zu seinen Freunden und wies sie auf ihre Zauberkraft hin. Zusammen mit ihnen brachte er Amrek ins frühe Grab. Die Stadt von Koramvis wurde vom Erdbeben verwüstet. Anackire thronte auf den Bergen und applaudierte wie eine Dame im Stadion. Vor hundert Jahren etwa passierte das gleiche, andersherum. Das Freie Zakoris wollte Krieg, aber der Krieg wurde abgewendet. Die Götter hatten ihn gestoppt. Das alles kannst du glauben oder nicht.«

»Glaubt Ihr daran?«

»Nun, sobald ich Salz verschütte, bitte ich die Götter um Verzeihung, gerade so wie ein Mädchen vom Lande. Und ich opfere regelmäßig in den Tempeln. Ab und zu bringe ich sogar im Shaliarentempel am Gräberweg Opfer dar. Und zwar der Schlangenfrau. Bloß um ganz sicherzugehen. Aber daß die Götter auf dem Wasser wandeln — daran kann ich nicht so recht glauben. Ich weiß nicht einmal, ob ich überhaupt an Götter glauben soll. Sie mögen mir vergeben.«

Rehger schmunzelte. Aber seine Augen blieben unbeteiligt. Katemval musterte Rehger, wie er dasaß am sonnenüberfluteten Tisch in seiner durch nichts beeinträchtigten Schönheit, und ihm war plötzlich beklommen zumute. Die Jahre des Kampfes und der Siege, die Krone des großen Rennens — das hatte keine einzige Spur bei Rehger hinterlassen, keinen Makel, an dem sich der Neid der Götter, falls es sie gab, schadlos halten konnte.

»Wieso interessierst du dich ausgerechnet für Amrek?« wollte Katemval wissen.

Rehger sah zu den Ziervögeln hinunter. Katemval folgte seinem Blick und mußte an den Kasten mit dem Falken und der Taube denken. Bogenschützen aus den Elendsquartieren verschickten manchmal solches Geflügel zum Abendschmaus — der Flintsplitter in der Brust des Raubvogels deutete auf diese Herkunft hin. Aber dann mußte jemand anders an diese Trophäe herangekommen sein. Die Vögel waren nämlich nicht, wie sich herausstellte, einbalsamiert gewesen, sondern dank einer anderen unbekannten Methode frisch gehalten worden. Der Sklave berichtete, daß die Kadaver, die hinterm Haus auf dem Kompost lagen, immer noch nicht faulten und daß sie auch nicht angefressen seien.

»Gestern hat man mir zu verstehen gegeben, daß ich aus der Linie Amreks stamme«, sagte Rehger.

»Du bist Iscaner und hast nichts mit diesem Geschlecht zu tun«, erwiderte Katemval prompt. Er war verwirrt. Bei allen Göttern, dachte er — ja, dem Aussehen nach paßt er sehr wohl in diese Linie.

»Katemval«, entgegnete Rehger, »mein Vater war kein Iscaner. Er kam als Reisender vorbei und schwängerte meine Mutter. Er vermachte ihr die Golddrake, erinnert Euch. Sie hat mir beschrieben, wie er aussah. Groß, stark und dunkelhäutig. Vielleicht war er früher einmal reich gewesen. Er behauptete, aus Lan zu stammen. Ist das möglich? Gibt es in Lan Nachfahren von Amreks Haus?«

»Augenblick, laß mich nachdenken!« Katemval klopfte mit der Hand auf den Tisch, daß die Rosinen in der Schale hin und her hüpften. »Lanelyr … etwa um die

Zeit, als der Krieg unterbrochen wurde. Eine Priesterin behauptete, von Amrek Am Dorthar abzustammen. Sie heiratete in das königliche Haus von Amlan ein. Versteh, das ist nicht mit dem lanischen Thron zu verwechseln, der nur auf Nachfolger aus inzestuösen Paarungen übergeht.« Katemval hörte jäh zu sprechen auf. Er schaute Rehger an. Erst jetzt fiel ihm auf, daß der Junge — der Mann — nie zuvor die Umstände seiner Zeugung erwähnt hatte; in den ganzen Jahren ihrer Freundschaft nicht. Oder sollte es doch keine Freundschaft gewesen sein? Bevor er sich wieder fassen konnte, fragte Katemval verlegen und mit zittriger Stimme: »Warum hast du das nicht früher gesagt? Konntest du mir nicht trauen? Ging es dir um die Ehre deiner Mutter?«

Rehger hob den Blick, der einen Moment lang den unbeteiligten Ausdruck verlor und sanfter wurde. So leuchteten seine Augen nur, wenn er eine Frau oder ein Tier betrachtete. Katemval war verletzt und wich aus, als Rehger die Hand ausstreckte, um ihm auf die Schulter zu klopfen. Dann verschwand der freundliche Ausdruck wieder aus den Augen. Rehger schüttelte ungeduldig den Kopf.

»Ich dachte, es sei unwichtig, wer mein Vater war. Ich habe nie davon gesprochen, weil mir die Geschichte nichts bedeutet.«

»Was soll das heißen?« fragte Katemval. »Daß du ganz und gar ein saardsinscher Schwertkämpfer bist?«

»Ein Sklave, ja«, sagte Rehger, ohne zu zögern. »Aber wenn ich tatsächlich königliches Blut in mir trage, wenn mich meine Mutter vom Abkömmling eines Königs empfangen hat, will ich es wissen.«

»Na schön«, entgegnete Katemval brüskiert. »Geh in die Dreipfenniggasse, suche eine Wahrsagerin oder Hexe und laß dir von ihr die Karten lesen.«

»Es war eine Hexe und Zauberin, die mir den Hinweis gegeben hat«, antwortete Rehger.

Katemval erinnerte sich an eine weiße Gestalt vor einer Mauer, an eine düstere Prophezeiung und an die wilden Gerüchte über einen vom Tod erweckten Mann.

»Bleib von ihr weg«, sagte Katemval. »Wenn es die Amanackire ist, nimm dich in acht.«

»Mir scheint, ich muß sie wiedersehen.«

»Nein, habe ich gesagt. Sie ist in der Tat eine Hexe. Eine von der tödlichen Sorte, wie alle weißen Frauen. Es heißt, daß sie eine Kolonie besitzen im nordwestlichen Dschungel weit ab von Zakoris, wo sie ihren kalten kranken Zauber aushecken. Die briefliche Warnung, von der ich dir berichtet hatte, kann dem Ton nach nur von ihr stammen ...«

Um Rehgers Augen hatte sich ein Schatten gelegt. Das Urbild, nach dem sein Gesicht geformt war, trat in Erscheinung. Er war also doch gezeichnet. »Habt Ihr meinen letzten Kampf gesehen, Katemval?«

»Ich schaue mir in letzter Zeit alle Kämpfe von dir an.«

»Habe ich den Corhlaner getötet?«

»Ja. Und die halbe Stadt behauptet, *sie* habe ihn wieder lebendig gemacht. Aber wer hat den Jungen gesehen? Die ganze Geschichte ist nichts als Unsinn. Aber das paßt zu ihr. Na schön, sie und ihresgleichen zaubern womöglich. Ob sie's wirklich können oder nur betrügen, ist mir einerlei. Ich will sie auf keinen Fall in meiner Nähe haben.«

Rehger stand auf. Er musterte Katemval lange und intensiv, und der Schatten lag nun in seinen Augen.

»Katemval, ich will mich jetzt verabschieden. Wenn ich die Kampf-Karrees nicht gefährden will, muß ich vor Mittag auf dem Übungsplatz sein.«

»Ja«, sagte Katemval. »Sei vorsichtig.«

Er fühlte sich alt und setzte sich, nachdem Rehger aufgebrochen war. Aber dann stand er wieder auf, stieg aufs Dach und sah dem Lydier nach, der auf dem pechschwarzen Vollblut die Allee entlangritt. Katemvals Blick folgte ihm bis zum Brunnen, wo die Straße abzweigte und zu dem Haus führte, in dem die Hexe wohnte. Zur gekachelten windschiefen Villa. Rehger war vorbeigezogen, ohne einen Blick darauf zu werfen. Aber genausowenig hatte er zurückgeschaut auf Katemvals Haus.

Er hätte an diesem einen Tag getrost auf das Training verzichten können. Die Karrees wären auch ohne ihn zustande gekommen. Das wußte selbst Katemval.

Aber Rehger brauchte den Kampf, die harte Übung. Die Nacht mit Velva hatte ihn nicht läutern können. Das Meer und die Nacht, gestört von rotem Glimmern, das zurückgewichene Wasser. Dahinter steckte Zastis. Er, Rehger, war der Nachkomme eines toten Königs. Im Geist sah er ein weißes Mädchen, das auf dem Boden eines Palastes lag, und er erinnerte sich an ein weißes Mädchen, das die Hände um ein Eisengitter klammerte.

Acht Karrees, jedes aus vier Männern bestehend, paarweise aufgestellt, Rücken an Rücken.

Die Sonne brannte auf die Gladiatoren nieder, blitzte in den Klingen der Schwerter und Dolche auf, flirrte und zuckte umher.

Und der Corhlaner? Er lebte. Tat er das wirklich? Wo? Wohin ging wohl ein Mann, der erschlagen und noch am selben Tag gesundgemacht worden war? Ins Bordell? In den Tempel?

»Du bist zu langsam, Lydier.« Der Ylanier war im Karree nebenan, stand Rehger gegenüber und focht mit rhythmischen Schlägen. »Hast es wohl zu oft getrieben mit der, die du letzte Nacht hattest. Waren es sechs Mal? Oder sieben? Ist sie dabei blaß geworden?«

Beim Fechten wurde nicht gesprochen. Von der Regel ließ sich nur auf dem Übungsplatz eine Ausnahme machen.

»Letzte Nacht habe ich gebetet«, antwortete Rehger, täuschte in einer fast trägen Bewegung an und schlug mit der flachen Schwertseite auf den Helm des Ylaniers.

Der ging zu Boden und brachte den Kämpfer, der mit dem Rücken zu ihm stand, ins Stolpern. Beide fluchten deftig.

Rehger dachte: *Das hat er mit Absicht gesagt. Blaß. Damit meint er die Amanackire.*

Der Trainer brachte die Karrees wieder in Stellung. Er runzelte die Stirn und rief Daigoth an.

Rehger wartete auf den Ylanier.

»Zieh deine schäbigen Lumpen aus«, sagte er zu dem verängstigten Mädchen im verschneiten Xarabiss.

Der Ylanier war wieder aufgestanden und schüttelte den Kopf wie ein benommener Löwe.

Amrek. Rehger. Ein Traum, Erinnerungen, die sein Blut speicherte.

Der Fechter neben ihm, ein junger stämmiger Ommosse, der in einem Jahr — falls er so lange noch lebte — ein großartiger Kämpfer sein würde, landete einen Hieb gegen den Partner des Ylaniers. Der Mann konnte der vollen Wucht ausweichen und rammte dem Ommossen das Heft seines Dolches unter die Rippen. »Das gefällt dir sicher, Knabenschänder.« Der Ommosse stürzte Rehger vor die Füße, der mit einem Sprung zur Seite ging. Auch der Ylanier setzte jetzt auf den Dolch und versuchte den Lydier anzugreifen. Doch der konnte mühelos parieren, wechselte das Schwert von der rechten in die linke Hand und fing mit rechts den Dolchstoß ab. Gleichzeitig schmetterte er das links geführte Schwert auf die Klinge seines Gegenübers nieder, daß sie durch den ganzen Hof klapperte. Der Ylanier knurrte, seine Wut war echt. Für gewöhnlich wurde auf dem Übungshof mit stumpfen Waffen gekämpft. Doch es war Zastis. Die Gemüter waren so hitzig wie die Klingen scharf.

Der Lydier wechselte wieder Schwert und Dolch von der einen in die andere Hand, und zwar ebenso elegant wie zuvor. »Wie oft schafftst du's denn? Dreimal?« zischte der Ylanier.

Der Ommosse rollte über den Boden und schlug die Zähne in den Fuß des Mannes, der ihn niedergeschlagen hatte.

Röhrendes Gelächter und Schreie der Empörung wurden laut.

Der Trainer kam zeternd herbeigesprungen. Unfaires Kämpfen wurde mit dem Entzug von Privilegien geahndet. Keine Knaben für den Ommossen in der kommenden Nacht ...

Von einem König abzustammen — was machte das schon aus? Wie sehr sich das Blut inzwischen verdünnt haben mußte. Und er war nur ein Sklave in Saardsinmey... Vorsicht mit dem Schwert. Schwerter konnten mitunter verwandelte Schlangen sein.

»Ich habe Angst vor dir... O Rehger, warn diese Stadt!«

Da schrie etwas aus tiefster Tiefe, laut und deutlich, ein mächtiges Wesen im Bauch des Planeten.

Rehger hob den Kopf. Die Sonne blendete ihn. Er warf den Arm grundlos zur Seite, blickte auf und sah den Ylanier, der sichtlich verblüfft war. »Du hast dich von mir verletzen lassen.«

Das Blut eines Königs; es strömte aus ihm heraus.

Der Trainer war an die Seite des Lydiers gesprungen, hielt dessen linken Arm und untersuchte ihn. Rehger ließ ihn gewähren. Der Arm, der der Länge nach vom Handgelenk bis kurz unterm Ellbogen aufgeschlagen war, gehörte ihm nicht. Er gehörte der Stadt.

In den anderen Karrees wurde unbeirrt weitergefochten.

»Das ist ziemlich tief. Die alte Narbe am Handgelenk hat den Schlag noch gebremst. Glück gehabt. Schnell, laß dich verarzten! Die Götter haben mich geblendet, Lydier. Ich versteh's nicht. Einen so kümmerlichen Streich hast du schon mit zwölf Jahren besser pariert.«

Rehger verließ den Hof. So gut es ging, hielt er Amreks Blut im Arm zurück, aber es tropfte durch die Finger auf den Boden.

Der Arzt zeigte auf den Becher Wein.

»Trink und halt still.«

Rehger gehorchte. Der Arzt fuhr mit der Silbernadel dreimal durch die Haut, schnürte und schnitt die Darmfäden. Ein Gehilfe legte den Verband an.

»Du wirst zehn Tage nicht kämpfen können für unsere Stadt. Man wird dich bei zwei Gefechten vermissen müssen. Ich werde dir jetzt sagen, welche Übungen du unterdessen machen darfst und welche nicht.«

Als die Lektion zu Ende war, sagte Rehger: »Wißt Ihr irgend etwas über den Corhlaner, der hier gekämpft hat?«

»Ich war gestern nicht im Dienst. Und offen gesagt, soweit ich weiß, hat nicht einer der Stationsärzte Dienst gehabt.«

Eine hübsche Hure, eine derjenigen, die zur Befriedigung der jüngeren Kämpfer in den Gewölben des Stadions gehalten wurde, kam zu dem Lydier, streifte das Kleid über die Schultern und lächelte herausfordernd. »Man sagt, der Ylanier hat dich erwischt. Und wenn schon, ich weiß Bescheid. Du hast's mit Absicht geschehen lassen, damit du mit dieser Frau zusammensein kannst, stimmt's? Um allein mit ihr die Tage und Nächte von Zastis zu erleben.«

Zu Fuß, verhüllt mit Umhang und Kapuze, ging er dorthin. Um nicht an seiner Körpergröße erkannt zu werden, beugte er sich sogar leicht vornüber.

Die drei Fackelanzünder, die ihn sonst immer begrüßten, schenkten ihm keine Beachtung. Sie setzten ihren Weg durch die Hauptstraßen der Stadt fort und ließen die Fackeln in gelben Flammen aufblühen. Die Mädchen kamen auch nicht auf ihn zu, genausowenig wie die Krämer oder die Spieler.

In der Juwelenstraße fanden gerade ein paar ausgelassene Gelage statt, und am Brunnen wurde getanzt. Junge Frauen ließen ihre Perlen und Röcke herumwirbeln. Zwei Offiziere aus den Kohorten des Stadthüters schauten zu und beklagten sich darüber, daß der Lydier beim Training am Arm verletzt worden sei und — wie es hieß — dreißig Tage lang, vielleicht sogar für immer würde aussetzen müssen. Wie die Wetten jetzt wohl ausfielen? Daigoth-friß-und-spuck's-aus.

Ihr Haus lag im Dunkeln.

Selbst in den Fenstern zum Garten hinaus brannte nicht eine Lampe.

Er ging zum oberen Eingang, aber auch da gab es kein Licht. Er ließ die Glocke außer acht und schlug statt dessen mehrmals mit der Faust vor die Holztür.

Als das Mischlingsmädchen öffnete, bereute er seine Heftigkeit.

»Halb so schlimm, Süße. Ich wollte nur nicht überhört werden.«

Sie schwieg und versuchte auch nicht, ihn aufzuhalten. Sie huschte davon und ließ ihn allein. Er trat ein und schloß die Tür hinter sich.

Es war dunkel, der Salon leer. Aber er konnte ihr Parfüm riechen; es schwebte überall wie feinste Pollen im Raum.

Er trat vor das Fenstergitter, an dem sie sich klagend festgeklammert hatte. Darunter lag der Garten; auch der war still. Der Mond ging auf, der visianische Mond von Zastis, rot wie rote Haare und in den kalten Monaten weiß wie die Amanackire. Es brannte und pochte in Rehgers Arm. Seine Finger waren steif geworden. Der Arzt hatte ihm verschwiegen, daß selbst bei bester Pflege ein Schaden zurückbliebe. Würde die Wunde zu eitern anfangen, wäre der Arm verloren. Wem ein solches Schicksal widerfuhr, hatte die Wahl: Er konnte in Zukunft den Hof fegen, die Aborte saubermachen, die Ölbehälter in den Badestuben nachfüllen oder den Kämpfern als Bote dienen. Manche kehrten ins Stadion zurück, um wenig später unter dem Geschrei des Publikums niedergestochen, bemitleidet und im Sterben verehrt zu werden. Es geschah mit Daigoths Gnade, daß ein Verkrüppelter schnell erschlagen wurde.

»Aztira!« rief Rehger ins duftende Dunkel. Er durchquerte den Salon und ging draußen im Flur von einer Tür zur nächsten. Jede ließ sich ohne weiteres öffnen. Viele Räume, in die er blickte, waren nicht einmal möbliert. In den anderen rührte sich nichts.

Von einem Balkon aus führte eine Treppe aufs Dach hinauf. Langsam stieg er nach oben.

Ich habe früher schon so manche Wunde geheilt.

Ich war jünger. Keine Wunde so wie die.

Das Dach war von den Gartenbäumen umstellt; nur die Südwestseite bot einen halbwegs freien Ausblick über die Gasse hinaus auf die tanzenden Straßenlichter, die aus der Entfernung wie Glühwürmchen aussahen. Rehger glaubte, das Meer hören zu können, wie er es schon im Wirtshaus gehört hatte. Und am Strand, als er in Velvas goldenen Armen lag.

Die junge Tiefländerin saß vor der Brüstung. Ihr bleiches Gesicht schimmerte durch die Dunkelheit hindurch. Das Haar war lose und ungeschmückt und fiel wie ein Wasserfall über die Schultern. Sie drehte sich nicht um.

»Heißt Ihr Aztira?« fragte er.

Sie gab keine Antwort.

»Aztira, Ihr müßt mich heilen, so wie Ihr den Corhlaner geheilt habt. Ich bin heute am Arm verletzt worden, und es war Eure Schuld.« Er ging auf sie zu, aber sie sah sich nicht nach ihm um. Der Mond hing in den Bäumen im Osten. Noch war er nicht rot, aber schon zeigte sich ein rosiger Schimmer. »Ich habe auch etwas mitgebracht, was mein Vater meiner Mutter zurückgelassen hat und der einzige Hinweis auf ihn ist. Eine Münze. Eingeweihte können aus einem solchen Besitz Schlüsse ziehen. In Alisaar jedenfalls vermögen sie das. So wird behauptet. Ich möchte von Euch etwas über diesen Mann erfahren. Nehmt die Münze, und Ihr werdet mir

Auskunft geben können. Er nannte sich Yennef. Meine Mutter konnte den Namen nicht richtig aussprechen. Ich auch nicht, bis ich dann hierherkam.« Er blieb neben ihr stehen. Ringsum schien die Dunkelheit zu pulsieren und zu flüstern. »Aztira? Da ist auch ein Traum, den Ihr mir deuten müßt.«

Jetzt erst drehte sie sich um. Als sie aufstand, geriet das Haar wie silberner Rauch in Bewegung. Ihre Augen waren wie Sterne unter Wasser. Sie hob die Arme und berührte mit den Fingern seine Schultern. Ihn durchströmten Kraft und Wärme wie nach einem Glas Wein. Keine Wunde, kein Schmerz. Er legte die Hände um ihre Hüften und hob sie vom Boden auf, bis ihre silbernen Arme seinen Hals umschlingen konnten, ihr Herz an seines schlug und ihr Mund seine Lippen fand.

Zweites Buch

ALISAAR

ZWEITER TEIL

[illegible]

[illegible] daß man zu [illegible] nach Cabo [illegible]

In der ersten Nacht [illegible] von einer gewaltigen [illegible] erweckt, da [illegible] unten im Meer [illegible] pelte kein Vieh herum.

Das Mädchen, das auf seinem [illegible] döste [illegible]

Kapitel 8

Verkauft und gekauft

NICHT IN DEN TEMPEL. Ins Bordell war der Corhlaner gegangen.

Es hatte einen Alptraum gegeben. Über den Tod. Irgendwo. Aber hier konnte man vergessen.

Er hatte gekämpft, verloren und war aus den Kellergewölben des Stadions wieder heraufgestiegen. Um den Kummer zu lindern, war er an diesen Ort nahe der Küste gekommen. Von dem Gesparten hatte er noch etwas übrigbehalten. Wenn ihm das Geld ausginge, würde man ihn, unter den wütenden Blicken der Madam und nur von den Dirnen bedauert, auf die nach Fisch stinkende Straße werfen. Dann ... dann würde er sich etwas einfallen lassen müssen.

»In Corhl bin ich ein Prinz«, sagte er den Mädchen. Die zeigten sich unbeeindruckt oder glaubten ihm nicht. Aber sie mochten seine gesunde geschmeidige Gestalt, sein hübsches Gesicht. »Komm mit in meinen Palast. Sei meine Königin in Corhl.« »Ach, hör schon auf damit!« antworteten sie.

Auf dem Bett verstreut lagen Ringelblumen, die dunkle Art von Alisaar, granatfarbene Windblüten und besprenkelte Topas-Lilien, die wild auf den Hügeln wuchsen. Die Diener des Hauses brachten ihm Speisen, Wein und weißen Likör aus Karmiss, der einen so sehr beflügelte, daß man zu fliegen meinte. (»Flieg mit mir nach Corhl.« — »Ach, hör auf damit!«)

In der ersten Nacht wurde er kurz vor Sonnenaufgang von einer gewaltigen Viehherde geweckt, die tief unten im Meer muhend umherpolterte. Aber da trampelte kein Vieh herum.

Das Mädchen, das auf seinem Bauch lag, stöhnte auf

und hielt sich an seinen Schultern fest. Er gipfelte kurz vor ihr aus, und als sein Blick wieder klarer wurde, erblickte er hinter den verzerrten Zügen des Mädchens ein anderes Gesicht, so weiß wie ein Schädel. Er spürte einen Schmerz, der sich vom Hals bis zum Brustbein hinzog. Der Lydier hatte ihm einen Schlag mit dem Schild versetzt und ihn damit betäubt. Sei's drum.

»Jetzt bin ich dran«, sagte das andere Mädchen und schmiegte sich an Chacor.

»Bei Corrah, nein. Ich bin tot.«

Auch sie, die Mädchen, hatten von diesem Gerücht gehört, schenkten ihm aber keinen Glauben, obwohl sie offen waren für jede Form von Zauberei, Aberglauben oder Erscheinungen von Geistern und Gespenstern.

»Ach, Chacor. Die Sonne geht unter, und der Stern steigt. Na, was ist denn *das?*«

Aufrecht in ihren geschickten lieblichen Händen, ergab er sich. Und sie begrub ihn, so wunderbar lebendig, wie er war, in ihrem Schoß.

Gehüllt in ihren Umhang aus schwarzer Seide, stand Panduv da und starrte vor sich hin. Über den Schultern lag eine breite, mit Gagaten bestickte Pelerine.

Der Mann, ein Mischling und im Kontrast zu ihr, der prachtvollen Sklavin, ärmlich gekleidet, schüttelte wieder die Beutel und ließ den Inhalt klimpern.

»Fünfhundert Barren. Standardwährung. Nimm's und wieg es nach, wenn du willst.«

»Du bist ihr Sklave, stimmt's?« fragte Panduv und forderte fingerschnippend ihr Mädchen auf, durch den überdachten Hof ins Haus zu gehen.

»Nein. Aber natürlich kann sie mir Befehle erteilen. Frauen wie ihr gehorcht man.«

»Ich verstehe. Na schön. Geh zurück und sag ihr, sie soll sich das Geld sparen.«

Der Mann warf einen Blick auf die Beutel.

»Die sind schwer.«

»Du tust mir schrecklich leid.«

Der Mann beschimpfte sie als eine schwarze zakorianische Hure. Panduv ging an ihm vorbei. Sie hätte ihn mit bloßen Händen umbringen können, denn sie war wie jede professionelle Tänzerin der Stadt auch im Kampf ausgebildet worden. Aber das kam nicht in Frage. Es war ein Mischling — Yasmat mochte ihm das Geschlecht kappen, diesem Laufburschen einer Amanackire.

Panduv hatte von der Amanackire genug. Das eine Mal reichte. Was kam jetzt?

Die Antwort fand Panduv heraus, als sie das Theater betrat.

»Sie ist hier.«

»Wer ist hier?«

»Deine Schlangenfrau.«

Halb verächtlich, halb nervös schielte der Theaterleiter über die mit Plunder vollgestellte Vorbühne auf die Zuhörer.

»Sie ist nicht *meine* Schlangenfrau«, entgegnete Panduv entschieden.

»Ich habe sie ins Schminkzimmer geschickt. Geh und zeig dich ihr, ich flehe dich an.«

Panduv wandte sich von ihm ab und ging ins Schminkzimmer.

»Mir scheint, Ihr seid verliebt in mich«, sagte sie zur Amanackire. »Ich verzichte. Wir, die im Stadion ausgebildet wurden, trinken keine Milch.«

»Ich will nur das, was ich bereits als Wunsch habe vortragen lassen.«

»Der Kerl mit den Geldsäcken hat nichts erreicht. Warum seid Ihr gekommen? Ihr wußtet wohl von Anfang an, daß ich auf das Angebot nicht eingehen würde.«

»Nenn mir deinen Preis, Zakorianerin.«

Panduv hatte eine passende Antwort auf der Zunge, hielt sie aber zurück. Neugier meldete sich, trotz allem. Die Amanackire war heute nacht in hellen Farben hergekommen. Wie ein Chamäleon. Die auffälligen Haare und das Gesicht blieben unter einem Schleier verborgen.

»Was liegt Euch an diesem Kauf?« wollte Panduv wissen.

Die Amanackire seufzte und brachte den Schleier ins Wallen. Sonst zeigte sie keine Regung.

Panduv sagte: »Glaubt Ihr, daß Ihr es brauchen werdet? Bevor ich's benutzen kann?«

»O ja!«

»Das gefällt mir nicht. Ihr könntet mich niederschlagen. Wie ich gehört habe, kann Euresgleichen tödliche Blitze aus dem Kopf schleudern. Und wohin geht Ihr dann? Außerdem ist der Stein schwarz.«

»Die Tiefländer benutzen schwarze Steine.«

»Und verbrennen ihre Toten.«

»Ich bin hier nicht unter meinesgleichen und achte die Sitten des Landes, das ich bereise. Ich bin beeinflußt worden.«

»Das reicht mir noch nicht«, entgegnete Panduv. Sie verengte die glänzenden Augen, die noch schwärzer waren als die mit Gagaten bestickte Pelerine.

»Was willst du noch?«

»Sagt«, fragte Panduv, »warum ausgerechnet meins?«

»Es ist durch und durch ausgewogen, Zakorianerin. Aber das verstehst du wahrscheinlich nicht. Außerdem ist deins eines der besten; die Maurer brüsten sich damit. Es ist das stabilste.«

»Habt Ihr Angst, Saardsinen könnten einbrechen und den Platz entweihen?«

An der Bewegung des Gesichtsschleiers sah Panduv, daß die Amanackire lächelte.

»Vor Zastis seid Ihr schon einmal zu mir gekommen«, bemerkte Panduv. »Ihr wolltet mich über den Lydier ausfragen.«

»Das war, wenn man so will, ein Vorspiel zu meinem jetzigen Anliegen.«

»Aber Ihr habt ihn inzwischen getroffen. Im Stadion, im Frauenhaus — überall weiß man Bescheid. Daß ihr gemeinsam unter dem Stern geglüht habt. Daß Ihr ihn auf dem Übungsplatz verhext und fast zum Krüppel gemacht habt, damit er Euch während der gesamten Zastis-Zeit ganz allein zur Verfügung steht. Warum also bittet Ihr nicht ihn, Euch zu helfen?«

»Er hat sich noch nicht um solche Vorkehrungen gekümmert. Frauen hingegen sorgen dafür zuallererst, obwohl sie in der Regel weniger gefährlich leben.« Die Amanackire legte eine Pause ein. Dann bewegte sie sich auf das zakorianische Mädchen zu, lüftete den Schleier und betrachtete Panduv. Tiefländer waren im allgemeinen nicht so groß wie Visianer. Aber die schlanke zierliche Figur und die zeitlose Jugend des weißen Mädchens weckten in der Tänzerin eine erotische, gefühlvolle Zuneigung, die ihr die Vorsicht nahm.

»Panduv«, sagte die Amanackire, »verzeih mir. Mein Volk ist überheblich und grausam. Ich kann offenbar nichts anderes als Forderungen stellen. Entschuldige und erlaube mir, dich zu bitten. Bitte, Panduv Am Hanassor, ich flehe dich an. Verkauf mir dein schwarzes Grabmal auf dem Hügel. Mit dem Geld, das ich dir gebe, kannst du ein noch viel schöneres bauen, obwohl du vorerst keines brauchst. Ich kann dir versichern, deine Tage sind zahlreich.«

Panduv erzitterte.

»Eure etwa nicht? Warum diese Eile?«

»Du wirst sehr bald hören, daß ich gestorben bin. Dann freue dich, wenn du willst. Aber verkauf mir vorher deine Gruft. Nimm meinen Segen für deine Flüche.«

Velva ging ins Salzviertel, in das Labyrinth enger Gassen und schäbiger Wohnhäuser, das zwischen den Lagerhallen und den Elendsquartieren im Osten der Stadt lag. Sie hatte dem Wirt gesagt, daß der Lydier sie zu sehen wünsche. Ihr Brotgeber war einverstanden gewesen und hatte auch keine zusätzliche Zahlung verlangt. Und daß Velva gelogen hatte, war ihm nicht in den Sinn gekommen.

Durch das Viertel schlängelte sich eine schmale rußige Straße, die jeder kannte, obwohl sie schrecklich häßlich und keine wichtige Verbindung war.

Manchmal langte aus irgendeinem dunklen Spalt eine Hand, die am Umhang des Mädchens zupfte, oder ein Gesicht blinzelte ihr entgegen. Aber wirklich belästigt wurde sie nicht. Was diese Nachtgestalten lockte, war nicht Wollust.

Sie passierte die Hauseingänge und Seitengassen mit stur nach vorn gerichtetem Blick, kam an höhlenartigen Torwegen vorbei, die verstopft waren von ausgestreckten Leibern. Hier wurden alle möglichen Drogen und Pülverchen verkauft, Duftstoffe und Elixiere, Mittel zum Träumen oder Vergessen, Rezepturen aus aller Herren Länder. Hier konnte man sogar *Aarls Kuß* erstehen, den Flüstertip in ganz Vis. Es war der Saft einer gelben Frucht, gepflückt auf einer geheimnisvollen Insel, die fernab der Küsten von Alissar und jenseits der Schifffahrtsrouten der Händler lag. Es hieß, daß Raldnor, der blonde Herr der Stürme, diese Insel während jener Reise ausfindig gemacht hatte, die schließlich zur Entdekkung des Zweiten Kontinents führte. Der Verzehr dieser Frucht machte betrunken. Mehr noch. Eine Mischung aus Rinde und Mark, in ausreichender Menge eingenommen, ließ alle Dinge wunderschön erscheinen und öffnete die Tore ins Reich der Götter. Aber sie konnte auch töten, unter Qualen und schnell. Wenn man aber eine ganze Frucht zerdrückte, ließ sich ein schmackhafter Saft destillieren, der, in bescheidenem Maße getrunken, jahrelang für ein beschwingtes Gemüt sorgte. Die gleiche Menge weniger sparsam eingenommen, brachte Ekstase und Tod in wenigen Monaten. Diejenigen, die über eine Dekade mit einer Frucht auskamen, hingen an ihr wie an einer Freundin, die man zunächst auf Abstand hält und schließlich in den letzten Jahren der Abhängigkeit heiratet. Für den, der nicht so lange warten wollte, war diese Frucht der Tod. Aber was hatte das Leben für sie auch Schöneres zu bieten?

In einem der düsteren Eingänge zog Velva das Seil einer Türglocke.

Das Läuten war nicht zu hören, aber nach einer Weile wurde die Tür geöffnet. Um eine Handbreite.

»Was ist?« fragte eine Stimme.

»Aarls Kuß.«

»Geld oder Tauschware?«

»Ich habe Münzen.«

»Zeig her!«

Velva war in einem ähnlichen Viertel von Saardsinmey aufgezogen worden, war entsprechend vorsichtig und ließ nur den Rand einer glänzenden Drake aufblitzen. Sie hatte das Geld, das ihr vom Lydier aufgedrängt worden war, aufgehoben in der Absicht, es ihm wiederzugeben. Aber er war nicht zurückgekommen. Die Hexe hatte ihn verzaubert.

»Komm rein!« sagte der Unsichtbare, der die Hand durch den Türspalt streckte und ihren Arm zu packen versuchte. Aber sie schüttelte ihn ab.

Es war düster und stank nach Meer und Dreck. Eine Lampe funzelte mit sehr kleiner Flamme. Verkäufer wie Käufer mochten es nicht, im Licht zu stehen. Velva hatte ein wenig Sorge, ausgeraubt und erschlagen zu werden, obwohl sie im lebendigen Zustand einträglicher wäre. Denn für diese Medizin würde sie wiederkommen. Wer einmal probierte, kehrte zurück.

»Wie soll's sein?« fragte der Mann, den sie immer noch nicht sehen konnte.

»Nicht wie sonst. Kein Destillat. Aus dem Fruchtfleisch.«

Jetzt wurde es riskant für sie. Mit ihrem Wunsch hatte sie nämlich angedeutet, daß ihr Besuch einmalig bliebe.

»Das ist nicht so leicht«, antwortete er. »Warum willst du's auf die Weise?«

Velva drehte sich zur Seite, denn er hatte die Lampe gehoben, um einen kurzen Blick auf sie werfen zu können.

»Mein Liebster. Er ist alt und krank«, sagte sie. »In gewässertem Zustand soll die Frucht bei ihm etwas bewirken.«

»Du willst ihn wohl loswerden, was?«

Sie verbarg das Gesicht hinter einer Falte ihres Umhangs und sponn an ihrer Lüge weiter.

»Ich brauche sein Geld. Füll noch eine Phiole mit destilliertem Saft.«

Der Händler kicherte und freute sich, zu Diensten sein zu können. Da sie an einem älteren Geliebten festhing, würde sie auch ihm gehören, jung und gesund, wie sie war — womöglich über die nächsten zehn Jahre.

Es war an einem Wintermorgen, als die Sklavenaufkäufer im Fischerdorf eine Meile unterhalb von Hanassor eintrafen. Die kegelförmige dunkle Klippe, vor der das Dorf lag, blockierte die Sonne, aber das Meer spiegelte ihr Licht.

Panduvs Mutter-Tante — ihre leibliche Mutter hatte längst das Zeitliche gesegnet — war gerade dabei, Fische auszunehmen und sie zum Trocknen aufzuhängen. Die Brüste waren nackt, der Bauch war dick. Ständig ging sie schwanger mit einem Kind, gezeugt von irgendeinem der Dorfmänner, die nach alter Tradition mit allen Frauen verkehren konnten. Einige Frauen waren am steinigen Strand, flickten die Netze oder sortierten die Fische, die die Männer kurz vor Sonnenaufgang gefangen hatten. Von den Hütten stieg Rauch auf wie ein Schwarm Vögel.

Panduv, die in jenen Tagen *Palmv* gerufen wurde, war beim Radschlagen erwischt worden, obwohl sie die Aufgabe hatte, Töpfe im Wasserbottich zu schrubben. Ihre Mutter-Tante hatte sie verflucht und nicht nur Palmv genannt, sondern auch Gehaßte-von-Zarduk. Kaum drei Jahre alt, die Augen feucht (denn die Schläge taten weh), scheuerte sie die Tontöpfe. Sie ahnte noch nicht, daß die blauen Flecken von den Schlägen in einer anderen Welt verschwinden würden.

Zakoris war seit dem Tiefland-Krieg, also seit über einem Jahrhundert vardisch — daher der Name: Var-Zakoris. Hanassor hatte längst seine machtvolle Stellung verloren. Die neue Hauptstadt lag im Binnenland. Manchmal wurden in der Nähe des Dorfes bleiche Männer mit gelbem Haar gesehen. Die Einheimischen mochten sie nicht, ließen sie aber in Frieden. Die Götter hatten gesprochen. Zarduk strafte sein altes Königreich. Die Seele des Landes war über die Berge ins Freie Zakoris gezogen.

Als sie die Reiter herbeitraben sah, rief Palmvs Mutter-Tante die anderen Frauen zusammen. Sie rechneten mit Varden oder Tarabinen, aber die Reiter waren keine weißen Männer. Dortharianer vielleicht, die Freunde der Varden und Tarabinen?

Dortharianer waren es auch nicht.

Sie kamen auf Zeebas über die Steine geritten. Die Frauen machten sich auf einen Kampf gefaßt. Ihre Männer, die nach dem nächtlichen Fischfang ausruhten, durften nicht gestört werden.

Dann erklärten die Reiter, was sie wollten. Kinder. Sehr junge Kinder, und zwar Mädchen. Jungen wurden in Hanassor nicht verkauft, weil sie in dieser Gegend noch als Krieger und Samenspender Geltung besaßen. Aber auf Mädchen konnte man verzichten, besonders auf ein Mädchen wie Panduv, dessen Mutter im Kindbett gestorben war und diese Schwäche sich womöglich auf die Tochter übertragen hatte.

Palmv konnte die Verhandlung hören. Sie hörte, wie um sie gefeilscht wurde. Als die Käufer kamen, um sie zu begutachten, wehrte sie sich kaum. Von den Männern des Dorfes wurde niemand gefragt, denn ihr Vater war unbekannt und sie für das Dorf ohne Wert.

Kurz darauf wurde sie nach Alisaar gebracht.

Sie hatte lange geglaubt, daß ihr alles dies als Strafe widerfahren sei. Weil sie radgeschlagen hatte. In der Mädchenhalle des Stadions schließlich kam sie allmählich und nach langem Zweifel zu der Erkenntnis, daß sie wegen ihrer Schönheit und Kraft ausgewählt worden war. Man hatte ihr den Namen Panduv verliehen und versuchte, eine große Tänzerin aus ihr zu machen. Zu Hause hätte sie alle Tage weiter Töpfe schrubben, Fische pökeln und mit gespreizten Beinen auf dem Rücken liegen können, entweder um Männern Einlaß zu bieten oder um sie als Säuglinge hinauszuquetschen.

Panduv stand auf dem oberen Gang der Tripelbühne und dachte mit unguten Gefühlen über alle diese Dinge nach. Was hatte es zu bedeuten, daß sie sich an ihre Herkunft erinnerte? Hatte die weiße Frau gelogen, als sie sagte, Panduv werde noch lange leben und das Grabmal nicht brauchen? Oder schwebte ein Unheil über ihr, lauerte ein plötzlicher Tod, der nichts von ihr übrigließ, was zu bestatten wäre? Würde sie von Flammen verschlungen werden oder vom Wasser? Panduv hatte plötzlich große Angst. Für die Tiefländer, die an die ewige Wiederkehr glaubten (ein für Panduv und ihresgleichen völlig fremder Gedanke), war der physische Tod keine Bedrohung. (Wie hätte die weiße Frau sonst so gelassen von ihrem nahen Ende sprechen können?) Aber Zakorianer fürchteten sich besonders vor dem Verbrennen oder Ertrinken; nur als Opfertod war ein solches Ende gültig. Für jene, die zum Beispiel im Krieg umkamen, hatten die Götter schon gesorgt. Alle anderen, die sterbend keinen Leichnam zurückließen, blieben als Schatten formlos und ohne Erinnerung. Und wenn der Leichnam ungeschützt war, wie konnte da der

Schatten Zuflucht finden? Der Tod war ein grimmes, ödes Land und jede Hilfe kostbar.

Das Theater war fast leer, die Probe zu Ende. Oben im Schnürboden wurden die Lampen gelöscht von den ›Äffchen‹, den kleinen Jungen, die die Stangen hochkletterten. Die Rollkulisse war abgedreht. (Die Walzen, über die das Bühnenbild gewickelt wurde, hatten, weil sie so laut quietschten, fast die Probe platzen lassen.) Hinter Panduv blieb ein großer zylindrischer Hohlkörper allein auf der Bühne zurück. Er stellte sowohl Baum als auch Säule dar, war aus festem Holz gezimmert, mit vergoldeter Bronze beschlagen und bemalt worden. Das Requisit ließ sich der Länge nach aufklappen und stand im Augenblick sperrangelweit offen. Das Theaterstück hatte ein Zwischenspiel: eine Manifestation der Liebesgöttin Yasmat. Ein magischer Baum, zu einer Säule behauen, wurde von einem göttlichen Blitz gespalten. Die Göttin trat aus dem Spalt hervor, umschwänzelt von Leoparden und Vögeln. Tanzend demonstrierte sie dann die Allgewalt der geschlechtlichen Liebe. Die Darstellerin der Göttin durfte nichts sagen, jedes Wort würde einer Lästerung gleichkommen. Sie konnte ihrer Rolle nur durch vollkommene Schönheit und außergewöhnliches Talent Ausdruck verleihen. Dafür erhielt Panduv eine sehr hohe Gage. Wie wertvoll sie erachtet wurde, ließ sich auch daran erkennen, daß die Säule stoßfest und innen gepolstert war. Der klapprige Kran, mit dem die Baum-Säule auf- und abgebaut werden sollte, war jedoch prompt zusammengebrochen. Panduv hatte in dieser Nacht viel Grund zur Sorge gehabt.

Und noch war die Nacht nicht vorbei.

Der Hauptdarsteller der alisaarischen Schauspieltruppe erschien auf der Vorbühne, kam verstohlen und schnell herbei und nahm Panduv, kaum daß er sie erreicht hatte, in den Arm.

»Yasmat«, stöhnte er ihr ins Ohr.

»Beherrsch dich für einen Moment«, sagte sie. »Wir können in den Umkleideraum gehen.«

»Nein. Komm, da rein. Ja, in die Säule. Das ist bequem genug. Schwarz in schwarz, meine Yasmat. Oh, laß mich nicht länger warten ...«

Es war Zastis, und die Nerven lagen bloß. Sie erlaubte ihm, sie in die dunkle Säule zu tragen, sich an sie zu schmiegen und den Deckel zu schließen.

Während sie sich in finsterer Enge, aufrecht und in wildem Begehren aneinanderrieben, wurde Panduv die Vorstellung nicht los, in einem Grab zu liegen. Sobald die Nacht vorüber war, wollte sie Yasmat für den lästerlichen Mißbrauch ihres Namens um Verzeihung bitten.

Die Nacht nahm ihren Lauf. Mit manchem Unglück und Vergnügen. Mit Liebe und Heiterkeit. Mit heimlichen Boten, die Großes zu vermelden hatten, mit vollgepackten Bordellen und Tavernen und Straßenkämpfen bei den Docks. Mit einem verschwenderischen Festgelage beim Stadthüter, der sowohl einfallsreiche Händlerprinzen als auch Adelige aus Sh'alis, Wagenlenker oder Philosophen zu Gast hatte.

Im Morgengrauen, als der Stern im Westen versank, ließ die Nacht all dies müde und wie Treibgut am Strand versprengt zurück.

Die Blumenverkäuferin ging in aller Frühe über die Juwelenstraße. Ein paar Sklaven waren auch schon unterwegs. Frauen holten Wasser vom Brunnen. Hier und da wurde die Auslage der Geschäfte in Ordnung gebracht. Falken segelten weit oben durch die Luft, und auf den Hausdächern flatterten Tauben.

Ein Ausschnitt aus einem Gespräch war aufzuschnappen. Es tönte von einem Fenster auf die Straße herunter.

»Das Meer ist wieder draußen, sagt der Fischhändler; weiter als sonst.«

»Ach, es kommt doch jedesmal zurück. Die Gezeiten sind extrem.«

»Und das Meer singt in der Nacht vor sich hin. Das konnte man bis hinauf zum Hohen Tor hören.«

»Ach. Laß das Meer doch tun, was es will.«

»*He, Mädchen!* Gib mir ein paar Blumen. Was willst du für die Lilien?«

Aber das Mädchen schüttelte den Kopf. »Zu spät. Die sind schon verkauft«, sagte es und ging weiter.

In der Tat, die Blumen waren die schönsten und frischesten. Auf den Blüten perlte noch der Morgentau, wahrscheinlich von den Hügeln hinterm Gräberweg, da, wo alle ihre Blumen pflückten.

Wer hätte darauf kommen sollen, daß die Blumenverkäuferin nicht eine ihrer Blumen selber gepflückt, sondern den ganzen Strauß aus Lilien, Mauerröschen und weißes Aloën von einer einarmigen Frau in der Nähe des Shaliarentempels gekauft hatte?

Velva war fleißig gewesen, hatte nicht gespart und alle Münzen ausgegeben.

Als sie in die Gasse bei den Spitzenklöpplern einbog und das Tor einer hohen Gartenmauer erreichte, setzte sie sich hin und wartete.

Bald hörte sie das Getrappel eines Zeebas und einen Mann, der seine Ware feilbot. Er blieb auf der Straße stehen, bediente Kunden und bog dann, wie Velva zuvor, in die Gasse ein. Dem friedlichen Zeeba war beidseitig je ein Faß aus Cibba-Holz aufgeladen worden, und im Gürtel des Händlers steckte ein kupferner Schöpflöffel, der weiß verschmiert war. Ein Milchmann. Es fiel nicht schwer, die Gewohnheiten der Frau kennenzulernen, die hier wohnte, denn sie war in aller Munde. Zum Beispiel ließ sich leicht erfahren, daß alle drei Tage Milch in ihr Haus gebracht wurde.

»Frische Milch, süße Milch!« rief der Mann und winkte auch Velva zu, die mit ihren Blumen auf dem Boden hockte.

Ja, süß würde die Milch heute sein, herrlich süß, und niemand fände das seltsam, denn an warmen Tagen wurde die Milch oft gezuckert oder gesalzen, um sie am Ausflocken zu hindern.

»Ob die Dame auch was für Blumen übrig hat?« fragte Velva den Milchmann.

»Nun, vielleicht.«

Schüchtern: »Nehmt Ihr mich mit ins Haus und fragt die Dienerin? Meine Blumen sind frisch, seht! Sie machen sich gut in der Vase oder als Kopfschmuck.«

»Aha, du hast bestimmt gehört, daß der Lydier hier verkehrt.«

Velva schlug die Augen nieder. Der Mann rückte näher und rieb mit der Hand über ihren Bauch. »Was springt für mich raus, wenn ich dir Zutritt verschaffe und du die Blumen verkaufen kannst?«

Velva hatte immer noch den Blick gesenkt und antwortete: »Das, was ein guter Mann zu Zastis immer bekommt.«

Als sie den Hauseingang erreichten, öffnete der Mann die Tür und rief durch den Flur. Das Zeeba kaute am langen dürren Gartengras herum. Velva empfand Mitleid mit dem Tier und gab ihm, ohne daß der Mann etwas sah, zwei ihrer kostbaren Blumen zu fressen.

So muß, dem göttlichen Gesetz entsprechend, das eine verschlungen werden, damit das andere überleben kann.

Auf dem Rücken des schwarzen Vollblüters, in den Armen des Lydiers am samtenen Strand hatte sie ein Glück erfahren, von dem sie wußte, daß es nicht von Dauer sein konnte. Aber sie war voller Hoffnung gewesen, daß er noch einmal, von Zeit zu Zeit, für eine Weile zu ihr kommen würde. Aber die ganze Stadt begehrte ihn, und sie war nur eine Wirtshausdirne. Eigentlich hätte sie sich mit dieser einen Nacht für den Rest ihres Lebens zufriedengeben sollen.

Sie war hoffnungslos, aber verliebt.

In dieser Gemütsverfassung hatte sie mitbekommen, daß der Lydier mit der Hexe das Bett teilte. Die Spatzen pfiffen es von den Dächern. Es quälte, war kaum zu ertragen, daß er sich an eine Tiefländerin verschwendete. Kaum zu glauben, daß ein so hochmütiges Weib nach ihm schmachten konnte. Aber wie es schien, war sie schon seine Zastis-Gespielin gewesen, bevor er Velva aufgesucht hatte. Ja, er hatte sich nach dem Weg zum Haus der Hexe erkundigt; aber die war wohl nicht gleich zu haben gewesen, und darum hatte ein Ersatz herhalten müssen, Velva nämlich. Als nächstes war die Sache mit der Schwertverletzung auf dem Übungsplatz bekannt geworden. Velva sah sich in ihren Befürchtungen bestätigt. Die Tiefländerin war der Tod. Große Schlangen erdrückten, kleinere ließen ihr Gift wirken. Ihrem Wesen entsprach es, ihn zu entkräften und vor seiner Zeit zu zerstören, auf elende Art zugrunde zu richten, zum Hohn auf alle Männer.

Aber noch ließ sich dieses Unheil abwenden, wenn Velva mit ihrem Plan Erfolg haben würde.

Auf der Treppe waren leise Schritte auf Sandalen zu hören. Die Dienerin kam mit einem Krug herunter.

Scherzhaft meinte der Milchmann zu Velva: »*Ihn* wirst du nicht sehen, falls du das erhofft hast. Er ist letzte Nacht nicht bei ihr gewesen. Der Stadthüter hat ihm zu Ehren ein Essen gegeben. Das konnte der Lydier nicht abschlagen.«

Velva wußte Bescheid; sie wußte auch, daß Schwertkämpfer keine Milch tranken.

Das Mischlingsmädchen war an die Tür gekommen, und der Milchmann füllte ihr den Krug. Velva rückte näher und blieb dicht neben den beiden stehen. Der Mischling schenkte ihr nicht einen Blick. Velva schmiegte sich heimlich an die Seite des Händlers. Er schmunzelte.

»Meine Kusine hier«, sagte er zum Mischling. »Sie hat heute ein bißchen Pech gehabt. Schon vor Sonnenaufgang ist sie für eine alte Kuh aus der Nachbarschaft losgegangen, um die ersten und frischesten Blumen zu pflücken. Aber die alte Kuh hatte Ärger gehabt mit ihrem Liebhaber und wollte ihr die Blumen nicht abkaufen.« Er zögerte, das Geld in Empfang zu nehmen, das ihm die Dienerin anbot. Er tat wirklich sein Bestes. »Deine Herrin wird vielleicht ein paar Blumen haben wollen. Würdest du sie wohl mal fragen? Das wär sehr freundlich. Ich bin sicher, mein Mädchen hier gibt dir was ab von dem, was deine Herrin zahlt ... natürlich nur, wenn's genug ist.« Erst jetzt ließ er sich das Milchgeld in die Hand zählen.

Die Dienerin drehte den Kopf zur Seite und sah Velva an. Velva haßte und fürchtete die gelbbraune Farbe ihrer Augen, sagte aber hoffnungsvoll: »Sieh nur, wie schön meine Blumen sind. Diese Rosen ... für ein Liebesnest gibt's nichts Schöneres.« Die seltsamen Augen richteten sich auf den Blumenkorb. Velva fing an zu zittern. Sie war drauf und dran, davonzulaufen — und den Milchmann zu enttäuschen. »Oh, bitte! Kannst du die Blumen deiner Herrin nicht wenigstens zeigen? Sie wird begeistert sein. Die Lilien bringen Glück für Verliebte. Ach, bitte! Ich halte den Krug mit der Milch solange. Hier, nimm den Korb und ...« Velva hob den duftenden Korb, aus dem frisches Wasser tropfte, und drückte ihn an die Hand der Dienerin, während sie, geschickt und wie sie es als Weinmädchen gelernt hatte, den Henkel des Milchkruges erfaßte. Wenn sich der Mischling weigerte, würde sie eine andere List anwenden müssen. Aber die Dienerin gab nach. Sie überließ Velva den Krug, nahm den Korb und stieg die Treppe hinauf wie eine der mechanischen Puppen aus Xarabiss.

Velva wandte sich langsam und mit gekünstelter Freundlichkeit dem Milchmann zu.

»Ich wünsche Euch Yasmats Segen.«

»Dessen bin ich mir sicher.«

»Dort«, sagte Velva, »zwischen den Bäumen am Tor

wird es schön kühl sein, und niemand kann uns sehen. Geht da hin, sonst denkt die Frau noch, wir würden etwas im Schilde führen. Ich komm in einer Minute nach.«

»Das will ich dir raten«, antwortete er und führte das Zeeba durch den Garten. Velva holte das Giftfläschchen unter dem Umhang hervor, zog den Stöpsel ab und legte statt dessen einen Finger auf die Öffnung. Dann tauchte sie die Hand in die Milch und ließ das Gift auf dem Grund des Krugs ausströmen.

Die Hand war wieder trocken, als die Dienerin zurückkam. Sie hatte keine Blumen bei sich, dafür aber eine Anzahl Münzen, mit denen die Ware reichlich entgolten war.

»Der Himmel möge dir danken«, sagte Velva und drückte dem Mischling mit gespielter Treuherzigkeit zwei Draken in die Hand. Dann ging sie nach draußen zu den Bäumen beim Tor, um dem Milchmann seinen Spaß zu gönnen. Nichts war umsonst. Auch das entsprach dem göttlichen Gesetz.

Der junge Soldat aus dem Heer des Stadthüters mußte feststellen, daß der Lydier noch ein Stück größer war als er selber. Der Lydier wartete und verdeckte mit dem Rücken die Sonne im Westen. Schließlich sagte der Soldat: »Wenn du willst, kannst du jetzt hinein. Soll ich dir vorher sagen, was los ist? Schlechte Nachricht, Lydier.«

Der Lydier bat um Aufklärung, die ihm der Soldat prompt gab. »Tut mir leid, daß ich es dir sagen mußte. Sei mir deshalb nicht gram. Möchtest du immer noch ins Haus?«

Der Lydier bejahte die Frage, dankte ihm, trat unterm Tor hervor und durchquerte den Garten.

Es war schon spät, der Nachmittag heiß, und der Himmel versprühte ein glastiges Licht, das in den Augen weh tat. Das Haus war zwar vom Schatten heimgesucht worden, doch das war kein Schatten, der vor der prallen Sonne schützte. Da standen Soldaten auf der Treppe. Auch sie ließen den Lydier vorbei und sprachen ihr Mitleid aus. Einer erkundigte sich nach seinem Arm und wollte — in seiner Verlegenheit taktlos — wissen, wann er wieder zu kämpfen gedenke. Ein anderer sagte: »Die Schlampe ist stiftengegangen. Geklaut hat sie auch noch. Das wird Ärger geben mit Sh'alis. Verlaß dich drauf.«

Die weiße Frau, so schien es, hatte sich an diesem Tag noch ein paar Spitzen zeigen lassen wollen. Die Spitzenklöpplerin und zwei ihrer Lehrmädchen waren gekommen, hatten sie gefunden und schreiend das Haus wieder verlassen, um eine Wache zu rufen.

Über den Boden des Salon ausgewickelt lag ein langes Stück Spitzenborte, die in der Panik vergessen worden war. Die Spitze war sehr kostbar und bestand aus Goldfäden, deren Grundgewebe mit heißem Eisen herausgebrannt worden war. Vielleicht hatte die Spitzenklöpplerin befürchtet, in Verdacht gezogen zu werden. Doch wer würde es wagen, sich mit einer Amanackire anzulegen? Irgend jemand hatte es offenbar gewagt.

Die Türen von Schränken und Vitrinen standen offen, eine Schmuckschatulle lag leer auf dem Boden. Das Mischlingsmädchen hatte seine Herrin beraubt und sie wahrscheinlich auch getötet. Es kam manchmal vor, daß sich Diener gegen ihre Herrschaft wandten. Sh'alis, das shansarische Alisaar, das immer noch in Freundschaft glühte für seine alten Tiefland-Verbündeten, würde wegen dieses Vorfalls mit allen diplomatischen Mitteln zu beschwichtigen sein. Daß die Missetäterin ein Mischling war, machte die Sache leichter. Ein anderer Täter kam nicht in Betracht.

Die weiße Frau lag auf einem Diwan bei jenem Fenster, vor dem sie geweint hatte. Die Dienerin hatte ihr die Ringe von den Fingern und die Brosche vom Kleid gezogen, aber die Tote sah so friedlich aus, als würde sie schlafen. Ihr bleiches, bleiches Haar wurde von einem

Sonnenstrahl zum Leuchten gebracht. Die Augen waren geschlossen, die Lippen ein wenig geöffnet, frisch und so fein geschminkt wie auf einem Gemälde. Aus offenbar abergläubischen Gründen hatte die Räuberin darauf verzichtet, den Bernsteintropfen von der Stirn oder den emaillierten Schlangenreifen vom Arm zu nehmen. Die Augen der Schlange schimmerten trübe, als Rehger den Raum durchquerte. Außer ihm rührte sich nichts.

Er hatte schon viele Tote gesehen, selber getötet und den Tod ständig vor Augen. Aber sie, die weiße Frau, sah überhaupt nicht tot aus.

Rehger beugte sich über sie und warf einen Schatten über ihr Gesicht.

Ja, so sah sie im Schlaf aus. Heiter und still. Tote waren, trotz aller schönen Poetenworte, anders anzusehen. Sie wirkten — leer, wie abgelegt und weggeworfen. Aber hier lag sie, in der Schwebe zum Leben, und doch kam kein Leben in sie.

Noch vor dem Abend würde er sicherlich alle Umstände erfahren, denn alle brannten darauf, ihm zu sagen, was sie wußten. Als änderte sich etwas durch den Hinweis zum Beispiel, daß in dem letzten Becher Milch Gift gefunden und identifiziert worden sei. Trotz der nur schwachen Spuren hatten die Ärzte, die vom Stadthüter gerufen worden waren, schnell erkannt, um welche Substanz es sich handelte. Sie hatten schon viele Männer und Frauen gesehen, die auf dieselbe Weise verschieden waren. Die Frau hatte den Krug geleert; das heiße Wetter machte durstig. Nichts auf der Welt hätte sie retten können, so stark war das Mittel. Es erstaunte, daß das Opfer so friedlich aussah, denn der Tod mußte, obwohl durch eine euphorische Stimmung eingeleitet, letztlich qualvoll gewesen sein. Und weil sie offensichtlich ihr Ende nahen sah, hatte sie die Papiere, die mit ihrer geplanten Bestattung zusammenhingen, offen auf den Tisch gelegt, was von der Diebin respektiert worden war.

Obwohl sie eine Amanackire war, hatte sie irgendwann entschieden, begraben zu werden. Der shaliarische Ashara-Tempel sollte die Zeremonie abhalten. Was das Grab anging, so hatte sie kürzlich die Gruft von der Tänzerin Panduv käuflich erworben. Besonders mysteriös mutete an, daß die Dokumente erst in der vorangegangenen Nacht notariell besiegelt worden waren.

Dieser Umstand ließ auf Selbstmord schließen. Dagegen aber sprach die Art und Weise, und außerdem war die Frau jung gewesen, bei voller Gesundheit und Vertreterin eines Volkes, das von einem Gott abzustammen glaubte. Und schließlich war sie die Geliebte eines Mannes, der von jeder Frau, die Männer mochte, begehrt wurde.

Toten gab es nichts zu sagen. Sie würden nicht hören. Rehger spürte einen Impuls, ihren Namen auszusprechen. *Aztira.* Aber er sagte nichts.

In die tiefe Stille sang ein Vogel vom Gartenbaum.

Kapitel 9

Der Sturz des Falken

Über einer Waffenschmiede in der Schwertstraße wurde ein Zimmer für Rehger freigehalten. Es war nicht ungewöhnlich für Kämpfer oder Tänzerinnen des Frauenhauses, daß sie sich einen solchen Unterschlupf leisteten. Er bot ihnen die Abgeschiedenheit, die ihnen in den Wohnheimen des Stadions fehlte, wenn ihnen nach Liebe oder Alleinsein zumute war. Rehger zahlte freiwillig für sein Zimmer; dafür wurde es ihm von der Dienerin des Schmieds gründlich saubergehalten. Die weißen Wände waren frisch getüncht, die Teppiche ausgeschlagen, die Polster gelüftet. Aus irgendeinem Grund hatte die Dienerin diesmal gesprenkelte Lilien in den Krug unterm Fenster gesteckt — die gleichen Blumen, die als prächtiger Strauß im Salon der weißen Frau zu sehen gewesen waren.

Rehger kam leise an, stieg über die Außentreppe nach oben und schloß die Tür auf. Noch stand die Sonne weit über dem Horizont; viel Zeit lag zwischen ihm und dem neuen Tag. Es war Zastis, und er wußte nichts mit dieser Nacht anzufangen unter der Last des schrecklichen Erlebnisses und seiner Gefühle, die kaum Raum gehabt hatten, sich für ihn bemerkbar zu machen und entweder zu verblassen oder aufzuleben. Jeder Zweifel darüber würde, wie er wußte, mit der Morgendämmerung zerstreut sein. Oder vielleicht konnte ihm schon die Nacht als Lehrerin weiterhelfen. Er fürchtete sich vor dem Lernen. Aber deswegen hatte er ja die Abgeschiedenheit seines Zimmers gesucht. Wer die Augen verband, konnte nicht lange in Daigoths Arena überleben.

Rehger war noch keine Drittelstunde im Zimmer, als jemand an der Tür kratzte. Er dachte, die Sklavin sei gekommen oder die Frau des Schmieds, um zu fragen, ob er etwas brauche, Speise oder Wein. Am liebsten hätte er nicht geantwortet, aber das wäre flegelhaft gewesen. Also ging er zur Tür und öffnete sie. Da war niemand. Unten warfen der Brunnenbaum und eine am Gitter kletternde Ranke Schatten über den Hof. Gegenüber schlug wie ein wütendes Herz der Schmiedehammer auf den Amboß.

Auf der Türschwelle lag zusammengerollt und verschnürt ein Blatt Reedpapier, das mit einem Kieselstein beschwert war.

Von irgendeinem Mädchen vielleicht ... Im allgemeinen wurde jedoch die Zuflucht eines Kampfhelden respektiert. Liebesbriefe kamen ins Stadion oder ins Wirtshaus.

Er hob die Briefrolle auf, ging ins Zimmer zurück, setzte sich mit dem Papier in der Hand hin und warf noch einmal einen Blick auf die Lilien, die vom letzten Sonnenlicht bestrahlt wurden.

Dann löste er die Schnur.

Das Stadion unterrichtete seine Kinder, bot aber nur wenig Gelegenheit zum Lesen. Schwertkämpfer, Akrobaten und Tänzerinnen taten in der Regel mehr für die Bildung des Körpers; der Geist kam nicht selten zu kurz. Liebesbriefe wurden nur gelesen, wenn sie nicht zu lang waren.

Das Blatt war mit feiner Feder voll beschrieben.

Als Anrede stand zu lesen: ›An Rehger Am Ly Dis, Sohn von Yalens Sohn Yennef: Prinz des königlichen Hauses von Lan, aus der direkten Nachfolge Amreks, König von Dorthar, der über ganz Vis als Herr der Stürme herrschte.‹

Ihn so anreden konnte nur eine einzige. Sie, die sich mitten in der Nacht aus seinen Armen erhob, um zaubernd die mit Bronze überzogene Golddrake zu erforschen. Sie, die wie eine elfenbeinerne Ikone vor der einen Lampe, die noch brannte, die Münze in den Fingern drehte und ihm, Rehger, von seiner Mutter erzählte, obwohl sie ihr nie begegnet war, und auch von seinem Vater, den beide nie gesehen hatten. Und vom Vater des Vaters. Von unehelichen Geburten und Seitensprüngen, von Verwandten und Wanderzügen, von einer frivolen Geschichte, aus der sie sich keinen Reim machen konnte. Sie hatte das schäbige Gehöft in Iscah beschreiben können und die Stadt von Amlan. Sie hatte von der Priesterin gesprochen, der Tochter Amreks. Und zum Schluß war er einfach aufgestanden, um sie wieder an seinen Leib zu pressen. Es war Zastis. Vergangenheit und Zukunft mochten warten.

›Teurer Freund‹, hieß es in dem Brief, ›wenn Dich diese Nachricht erreicht, bin ich tot, wie Du schon wissen wirst. Ich denke, daß ich Dir ein wenig bedeute, wenn auch nicht viel. Mein Tod wird Dir keine tiefe Wunde schlagen, nur einen Kratzer vielleicht. Streich Salbe darauf, und er wird schnell und gründlich verheilen. Ich aber liebe Dich, seit dem Moment, als ich Dich sah. Ich habe Dir von meiner Herkunft erzählt. Ich bin wie Du früh meiner Familie entrissen worden. Daß ich endlich so zu lieben vermochte, war ein Geschenk der Göttin an mich.

Meine Dienerin, die Dir diesen Brief gebracht hat, hat sich auf meine Anweisung hin verkleidet, so wie sie auch auf mein Geheiß hin die Juwelen genommen hat. Sie weiß, was zu tun ist, und wird als gesuchte Mörderin zu fliehen versuchen. Sie trifft natürlich keine Schuld. Die Person aber, die wirklich schuldig ist, wird zur rechten Zeit bestraft werden.

Nur zwei Dinge will ich schnell noch sagen. Was Du *Zauberei* genannt hast, wird mir helfen, die Schmerzen zu vertreiben. Aber mir bleibt nicht mehr viel Zeit. Meine letzte Eitelkeit — ich möchte nicht häßlich sterben. Man wird mich auf dem Sofa finden, so hingestreckt, als ob ich schliefe. Und falls nicht etwas Unvorhergesehenes dazwischenkommt, wirst auch Du mich so antreffen. Ich bedaure, daß wir nicht länger für einander Zeit hatten. Aber wir werden uns wiedersehen, dessen bin ich mir sicher.

Über die Münze habe ich, wie schon vorsichtig angedeutet, noch etwas anderes aufzudecken vermocht: Wenn Du Dich frei machen kannst, um Deinen Vater zu suchen, wirst du ihm im Tiefland in der Provinz Moih auf die Spur kommen. Es bedarf keiner genaueren Kenntnis. Du bist, wie ich glaube, dazu bestimmt, ihn kennenzulernen. Die Söhne des Helden Raldnor haben nie ihren Vater getroffen; sein eigener Vater war schon tot, als er geboren wurde. Was die Visianer *Zufall* nennen und wir *Anackire,* sucht immer da, wo es möglich ist, einen Ausgleich. Zur gegebenen Stunde werdet ihr euch treffen. Ich muß mich kurz fassen …

Also, ich lade Dich zu meinen Begräbnisfeierlichkeiten ein, auch auf die Gefahr hin, daß sie allzu lästig und wenig erbaulich sein werden. Begleite mich auf meinem Weg ins schwarze Steinbett auf dem Hügel. Der Ashara-Tempel besorgt die Zeremonie. Es werden wohl nur wenig Trauergäste kommen. Komm Du, Rehger, mir zuliebe. Ich gebiete es Dir.

Und jetzt werde ich mich zum Diwan begeben und mich niederlegen.

Laß es Dir wohl ergehen und denk manchmal an mich. Denn wie willst Du mich sonst wiedererkennen, wenn wir uns das nächste Mal treffen?‹

Der Brief war — ohne die umständlichen Floskeln, die ihn eingeleitet hatten — schlicht und einfach unterschrieben mit *Aztira.*

Die Madame kam in Person, um Chacor vor die Tür zu setzen. Die breiten Hüften füllten den Türrahmen wie ihr Duft das Zimmer.

»Jetzt schon?« fragte er.

»Wir sind ein vornehmes und sauberes Haus. Länger hält das Geld in den billigen Absteigen vor, aber *da* will ja ein corhlanischer Prinz nicht hin.«

»Ich sehe, mit meiner letzten Münze ist die Gunst der Mädchen von mir gewichen.«

»Gewichen? Nach dem, was ich gehört habe, scheint sie zu groß geworden zu sein. Du bist hübsch genug, um alle meine Mädchen so zu verwöhnen, daß sie sich vor anderen Einsätzen sträuben. Und die Beste, meine Tarla, ist so von dir eingenommen, daß sie — Yasmat weiß warum — das Blütenblatt vergessen und deshalb wahrscheinlich den Bauch voll hat und zum Arzt muß. Es sei denn, du willst den Balg aufziehen, damit es dir bei der Herrschaft über Corhl hilft.«

»Wenn ich etwas Geld übrig hätte, würde ich es dir als Entschädigung geben«, antwortete Chacor. Statt dessen drückte er ihr grinsend eine zerquetschte Ringelblume in die Hand und küßte ihre gut gepuderte Wange. »Aber ich hab nur noch genug für einen Becher schlechten Weins.«

Pfeifend ging er die Bordelltreppe hinunter. Die Mädchen hatten sich über die Galerie gebeugt, beschimpften ihn dafür, daß er ging, oder wünschten ihm viel Glück.

Es wurde dunkel, und der Weg vor ihm lag im Düstern. Nach kurzer Strecke gabelte er sich, führte auf der einen Seite zum Fischmarkt hinunter und auf der anderen zum Hohen Gottestor hinauf. Chacor war ins Grübeln gekommen, jetzt, da Tarla nicht mehr bei ihm war. (Sie hatte lamentiert über das aus Kuhdarm hergestellte ›Blütenblatt‹, das eigentlich vor dem Akt hätte eingeführt werden müssen, aber im Eifer der Umarmung auf dem Waschschüsselrand liegengeblieben war. Im bäuerlichen Corhl behalfen sich die Frauen normalerweise mit einem Blatt, das sie über den Nabel klebten.)

Was da in der Arena passiert war und worüber die tollsten Gerüchte kursierten, hatte Chacor drei Tage beschäftigt und dann nach und nach an Bedeutung für ihn verloren. Jetzt glaubte er, daß die Zeit günstig sei, wieder zu verschwinden. Corrah zeigte ihm auf vielfältige Weise den Weg. Chacor hatte genug Geld behalten, um eine Schiffspassage bezahlen zu können. Das Ziel war nicht so wichtig. Er wollte den Zufall entscheiden lassen.

Also machte er sich in Richtung Hafen auf, bevor die Nacht hereinbrach und die Wegelagerer für ein Butterbrot zustachen.

Als sich Chacor dem Markt näherte, fing eine Frau weiter vorn durchdringend zu schreien an.

In dieser Gegend war ein solches Gezeter nicht gerade ungewöhnlich. Aber die Frau hörte nicht auf und kam jetzt aus der Dunkelheit auf ihn zugerannt. Chacor argwöhnte, daß hier ein diebischer Trick gespielt wurde, und nahm sich in acht. Aber die Frau stürmte mit flatternden Haaren und Kleidern und verstörtem Blick an ihm vorbei. Chacor trat zurück an eine fensterlose Hausfront, die den Weg begrenzte, und erwartete eine Gruppe Männer oder Frauen in Verfolgung der Fliehenden. Aber da kam nichts, jedenfalls nichts Menschliches.

Zuerst glaubte er, eine ausgelassene Abendgesellschaft mit Laternen zu sehen. Aber da war nur eine Lampe, und die schien sich selber zu tragen.

Eine blaßblaue Sonne, durchsichtig und glimmend, aber so leuchtstark, daß sie die Hauswand einfärbte und Chacor unwillkürlich die Hand zum Schutz vor die Augen hielt — dieses gespenstische Etwas glitt über den Weg, der Frau hinterher. Chacor sah den glühenden Ball vorbeiziehen und griff nach dem Messer, das ihm im Gürtel steckte. Als wenn ein Messer von Nutzen gewesen wäre ...

Er war Zeuge eines übernatürlichen Ereignisses geworden. Bestimmt. Was mochte die Frau getan haben, um von einem solchen Spuk gejagt zu werden?

Verunsichert setzte Chacor seinen Weg zum Hafen fort. Er fragte sich, wie er dieses Omen deuten sollte. So sehr war er in Gedanken vertieft, daß er erst, als er mittendrin steckte, etwas vom Aufruhr am Ufer mitbekam.

An manchen Abenden, wenn der Fang gut war, blieb der Markt geöffnet, und es wurden Fackeln angezündet. Aber heute wurde kein Fisch feilgeboten. Statt dessen war eine unheilvolle Stimmung und eine elektrische Spannung zu spüren, die die Laternenflammen auf und ab flackern ließ. Die Nacht war ungewöhnlich hell; gedankenverloren dachte Chacor an klares Wetter für die morgige Ausfahrt.

Leute rannten durcheinander. Ein aufgeregter Mann rempelte ihn an.

»Was ist los?« wollte Chacor wissen.

»Hast du keine Augen?«

Jetzt fiel es auch ihm auf. Die Helligkeit rührte nicht von Fackeln oder Sternen her. Er dachte, *wie früh der Mond aufgeht.* Nein, es war nicht der Mond. Da unten im Hafenbecken schien ein Schiff in Flammen zu stehen.

Also ging er mit der drängenden und schreienden Menge weiter, um mehr zu sehen.

Der Markt reichte bis zu einer Brüstung oben auf der Hafenmauer. Von dort aus war es möglich, die Bucht und die kleinen Strände zu überblicken wie auch die halbrunde Hafenanlage bis hin zu den Leuchttürmen. Linkerhand, eine Viertelmeile entfernt, dümpelten die kleineren Boote im Wasser. Dahinter erhob sich der Mastenwald der Galeeren, Koggen und roten Turmschiffe, die in der Bucht von Saardsinmey ankerten. Am Pier schien keine Arbeit mehr getan zu werden und alles in heller Aufregung zu sein. Auf einem der großen Trokkendocks konnte Chacor dank seiner scharfen Augen ein paar Männer erkennen, die an Deck eines kielgeholten Schiffes herumirrten und vor Angst nicht ein noch aus wußten. Irgend etwas brannte, ohne Zweifel. Aber es war kein Schiff. Es war das Meer.

(Man hatte davon gehört, daß sich in der Südsee manchmal blaues Feuer entzünden konnte. Dieses Phänomen war oft von Seefahrern beobachtet worden, die den Zweiten Kontinent bereisten. Es war bekannt unter dem harmlosen, beschönigenden Namen ›Rorns Mantelsaum‹.)

Aber was sich hier dem Auge bot, war alles andere als harmlos oder schön.

Vom Hafenrand bis hin zur Mitte der Bucht tanzten grelle Flammen, wo sonst nur Wasser war. Ab und zu schoß aus den Flammen ein Lichtstreifen oder Strahl zum Himmel empor, was gerade in dem Augenblick passierte, als sich Chacor zur Brüstung vorgekämpft hatte. Die Menge schrie auf vor Angst. In Chakors Nähe stand ein großer, dicker Mann, vornehm gekleidet und mit einer Blume in der Hand, an der er eben noch gerochen hatte. Er sagte: »Glaubt mir, da ist Öl ausgelaufen. Irgendein Boot hat das Wasser verpestet und mit einem Funken in Brand gesteckt.« Aber keiner stimmte ihm zu, und er schien nicht einmal selber von seiner Erklärung überzeugt zu sein.

Jemand brüllte: »Seht! Da kommt es wieder!«

Jeder in der Menge fuhr mit dem Kopf herum, einschließlich Chakor. Und dann sah er noch zwei dieser gespenstischen Feuerbälle über den Marktplatz rollen. Einer platzte in sich zusammen, der andere verschwand in einer Seitengasse.

Donner grollte übers Meer. Verärgert über die Possen auf dem Wasser, braute der Himmel einen Sturm zusammen. Die See schien sich den schweren Luftmassen entgegenwerfen zu wollen. Blaue und rötliche Blitze zuckten auf und brachen die Wolken auf, als wären es Eierschalen.

Ein Mann an Chakors Seite, ein Bruder in der Angst, sagte: »Ich weiß, wer dahintersteckt. Die Amanackire. Das hat sie oder ihr Volk heraufbeschworen, um uns Rache anzudrohen. Ja, so wird's sein. Sie hassen uns, und wir hassen sie mit ihrer weißen Haut und den stinkenden Schlangen. Tut keinem leid, daß sie ermordet wurde. Sie wird nicht eher ruhen, bis …«

»Die Amanackire«, unterbrach Chakor, »hast du gesagt …?«

»Ja, und heute nacht wird sie begraben. Das muß schnell gehen bei der Hitze. Wird aber auch nicht viel nützen.«

»Sie ist tot?«

Aber der Mann hatte sich mit seiner Schreckensbotschaft bereits anderen Zuhörern zugewandt. Die Menge löste sich auf. Auf einmal strömte alles auseinander, wollte jeder vor dem unheilvollen Schauspiel in der Bucht fliehen. Überm Horizont glühte ein wäßrig roter Himmelskörper, wo bald der Mond aufgehen würde.

Chacor hatte die Vision von einem weißen Frauengesicht hinter einem Schleier aus silbernem Haar; von einer silbernen Hand, die auf seiner Schulter lag. Er wähnte sich in einem dunklen Raum, der das eigene Innere zu sein schien. Wie bei einer großen Wasseruhr tropfte die Flüssigkeit aus ihm heraus, der Wasserspiegel sank, und mit ihr, der Uhr, lief auch seine Zeit ab. Aber aus der silbernen Hand strömte lichtvolle Kraft; sie setzte die Lebensmaschinerie wieder in Gang. Die leeren Speicher füllten sich auf. Die Hand schien ihn zu ziehen, und er stand auf mit der Flut, das Blut zirkulierte, der Puls raste — ja, selbst in den Lenden regte es sich —, und die Augen, aus denen Tränen geflossen waren, öffneten sich.

Chacor kippte nach vorn an die Brüstung. Die Luft flirrte und prickelte. Er war nicht der einzige, der die Besinnung zu verlieren drohte.

Jetzt wußte er Bescheid. Zu spät, um zur Unwissenheit zurückzukehren.

Der Tod hatte ihn schon im Griff gehabt, so wie er, Chacor, den hölzernen Pfosten an der Brüstung gepackt hielt. Doch sie hatte ihn geheilt. Die Amanackire. Ah, verehrten nicht auch seine Volksgenossen deren Göttin — wenn auch falsch? Sie hatte ihn aus dem Abgrund der Dunkelheit herausgeführt. Und während er bei den

Mädchen im Freudenhaus lag, um sich des Lebens zu freuen, war seine Retterin selber in die Grube der endlosen Nacht gestürzt. Vergiftet, wie es schien, denn die Leute sprachen davon, ermordet, so daß die Rache der Tiefländer zu befürchten war.

Chacor drückte die Hand auf den eisernen Dorn an der Spitze des Pfostens, bis ihn der Schmerz einholte.

Als er sich aufrichtete, verlosch der Scheinmond über dem flammenden Meer.

Der Shaliaren-Tempel stand unterhalb des Gräberwegs in einem Hain von Cibba-Bäumen. Die Tore waren aus Cibbaholz, blank poliert und mit Einlagen aus vergoldeter Bronze. Der Rest bestand wie alle Tempel der Tiefländer aus dunklem Stein bis auf die mit gelbbraunem und weißem Marmor verkleidete Front. Das Gebäude war nicht groß aber kostbar. Das mit schwarzem Eisen gerahmte Fenster über dem Hochaltar hatte eine bemalte Glasscheibe. Auf violettem Grund war eine blutfarbene Haufenwolke abgebildet, die umwickelt war und gehalten wurde von einer goldenen Schlange. Das Bild glich dem Motiv eines Wappens der Tiefland-Dortharier aus der Zeit nach Raldnor.

Früher hatte es in der Stadt mehrere Shaliarentempel gegeben, die vielen Shaliaren als Heiligtum dienten. Als aber der Süden von Alisaar vasianisch wurde, blieb nur dieser eine, nunmehr von Sh'alis unterhaltene Tempel übrig. Manchmal kam es vor, daß über Nacht Hetzparolen an die Marmorfassade geschmiert wurden.

In dieser Nacht gab es keine Schmierereien. Der Stadthüter hatte beizeiten eine unauffällige Mannschaft zum Schutz geschickt: zehn bis an die Zähne bewaffnete Wächter, die von einem Hauptmann angeführt wurden. Der Leichnam kam in einer geschlossenen Langsänfte, wie sie für Kranke oder schwangere Frauen eingesetzt wurde. Dann flammten im Tempel die Lichter auf. Den Vögeln, die in den Cibba-Bäumen nisteten, mag verziehen werden, daß sie den Morgen zu dämmern wähnten. Es war das seltsame Leuchten auf dem Meer, das sie verwirrte. Ihr Gezeter war nicht mehr als Trillern zu bezeichnen. In Schwärmen flatterten sie auf. Es hieß, daß sich die meisten Vögel von Saardsinmey ähnlich verhalten hatten, als die Stadtbewohner fast alle zu den Docks hinuntergeeilt waren, um das Spektakel mitzuerleben. Einige hatten Gefallen daran gefunden. Die meisten aber suchten nun ihre eigenen Altäre auf, um zu opfern und zu beten.

Von der Gräberstraße konnte man auch auf das Meer hinausblicken, nur nicht direkt in die Bucht, die vom Stadtpanorama mit seinen vielen Türmen und Zinnen verdeckt wurde. Zu grellem Wetterleuchten wütete nun der Gewittersturm. Der Regen blieb aus, und vom Donner war am Tempel kaum etwas zu hören. Die Luft schien so dicht wie Wasser zu sein. Nur die Blitze vermochten sie zu durchdringen.

Das Vollblut des Hauptmanns war nervös. Die Zeebas seiner Männer traten scheuend aus, und auch den Wächtern war deutlich anzusehen, daß sie sich nicht wohl in ihrer Haut fühlten.

Die Priester (allesamt Mischlinge und keiner Shaliare) schienen unempfindlich zu sein gegen die elektrische Spannung dieser Nacht und gingen erfahren und gelassen ihrer Aufgabe nach. Sie kümmerten sich um den Leichnam in einem der hinteren Räume. Die von der Toten hinterlassenen schriftlichen Anweisungen waren sehr bestimmt. Sie wollte nur noch einmal gekämmt werden und hatte es strikt abgelehnt, daß man sie einäscherte oder nach visianischer Tradition einbalsamierte. Ebenso hatte sie sich verbeten, mit Parfüm besprenkelt und mit Blumen bestreut zu werden. Das Kleid, in dem sie gestorben war, sollte auch ihr Totenkleid sein. Der Tod würde sich ihrer annehmen. So wollte es Anakkire.

Die Bestattung sollte in aller Stille stattfinden. Eine

Stunde vor Sonnenaufgang. Die Männer des Stadthüters waren verpflichtet, Wache zu halten. An Trauergästen erwarteten sie niemanden.

Deshalb gerieten sie leicht aus der Fassung, als sie kurz nach Mitternacht einen Mann durch den Hain heraufkommen sahen. Später sollten sie ein zweites Mal aus der Fassung geraten. Aber davon ahnten sie natürlich noch nichts.

Nachdem er sich knapp drei Stunden lang im Park des Tempels aufgehalten hatte, stellte Chacor Am Corhl fest, daß der Lydier auch anwesend war. Chakor mied den Tempel, weil er weder Asharas Gestalt noch die von Anackire mochte — ob Fisch oder Schlange, er verabscheute sie in beiden Erscheinungen. Er hielt sie für eine Entstellung der Wahrheit und konnte ihre Nähe nicht ertragen.

Zuerst machten sich die Soldaten über Chacor her. Sie durchsuchten ihn und wollten wissen, was er an diesem Ort zu suchen habe. Sie waren hitzig, aber geschwätzig, und so hörte er von ihnen die ganze Geschichte samt einem Wirrwarr von Vermutungen im Austausch gegen seine Worte: »Es gehört sich doch so, daß irgend jemand ihrer Bahre folgt.«

»Wir wissen, daß du hier nichts mir ihr hattest«, entgegneten sie. »Nicht bei der Konkurrenz.« Der Hauptmann kam hinzu und sagte: »Du bist der Corhlaner. Der Wettkämpfer. Derjenige, der fast draufgegangen wäre. Aber das ist gelogen. Sieh dich an. Nur eine ganz kleine Wunde. Das kenn ich. Viel Blut und nichts dahinter. Sie hat dich geheilt, die Hexe, oder?«

»Ja«, antwortete Chacor und fing zu zittern an.

»Tja«, höhnte der Hauptmann, »du hast wohl ein drittes Mal verloren, falls du dich bei ihr mit Zastis Hilfe bedanken wolltest.«

Sie hatten ihn gefragt, warum er gekommen sei. Chacor wußte selber keine Antwort. Er zitterte, war wütend und wußte nicht, was das alles zu bedeuten hatte. (Er hatte schon anderenorts die Klagen mißverstanden und nicht einmal den Namen mitbekommen, um den es ging. Den zu erfahren, war ihm womöglich gar nicht genehm.)

Nach den lockeren Vorhaltungen, die sie ihm gegenüber gemacht hatten, gingen die Soldaten plötzlich sehr viel behutsamer mit Chacor um. Sie gestatteten ihm sogar, den Tempel zu betreten. Chacor traf einen Priester — die Shansaren hielten es mit der männlichen Ordnung, im Unterschied zur Sekte der Tiefländer, die eine gemischte Priesterschaft hatte mit einem gewissen Vorzug für Priesterinnen. Dieser Priester hier war ein brauner Mischling.

Der Corhlaner wollte von ihm nur die Zeit des Begräbnisses wissen. Was hätte er auch sonst erfragen können? Selbst wenn sie ihn gelassen hätten, wäre es ihm nicht möglich gewesen, vor ihren Leichnam zu treten. Hatte er sie eigentlich, als sie noch lebte, richtig gesehen? Diese schädelweiße Haut, die Berührung der lichtvollen Hand …

Im Tempelhof gab es einen kleinen Schrein, in dem zum Glück kein Götzenbild zu sehen war. Da brannte nur eine Flamme hinter Glas. Die stieg sehr hoch auf und flackerte nicht — im Unterschied zu Chakor, der nicht stillhalten konnte. Dann setzte er sich auf eine Bank, schlief ein, wurde aber von Geräuschen der Soldaten geweckt. Er stand auf und ging erneut auf und ab.

Als hinter ihm jemand den Hof betrat, glaubte er, ein Priester werde kommen, um ihm den Beginn der Zeremonie mitzuteilen. Vielleicht wollte man ihn auch wegschicken und raten, im Hain zu warten. Seine Nerven waren gereizt, und er drehte sich knurrend um. Da sah er den Lydier zwischen zwei Säulen stehen, still wie die Flamme im Schrein. Seine Augen waren auf ihn gerichtet.

In diesem Moment schienen beide zu erfassen, warum der jeweils andere gekommen war. Keiner sprach ein Wort. Keiner verlangte eine Erklärung vom anderen.

Der Lydier nickte, als würde er sein Gegenüber von irgendeinem Bankett her kennen, wo sie ein paar belanglose Floskeln ausgetauscht hatten.

Dann ging er zur Bank und setzte sich. Er saß da in vollendeter Haltung, reglos und elegant, geradeso wie eine mit Gold überzogene Holzfigur, der aus irgendeinem Grund ein schlichter Mantel übergeworfen wurde.

Der Mann hat mich getötet, dachte Chacor, *und da hinten liegt die Leiche der Frau, die mich wiederbelebt hat.* Er lachte laut auf — was in Corhl während einer Bestattung streng verboten war. Dann erinnerte er sich an das Verbot und lachte noch mehr. Schließlich: *Unser Held macht sich auch nichts aus der Shaliaren-Göttin.*

Und Chacor ging hinaus in den Cibbahain, um in angemessener Entfernung von den Soldaten zu warten.

Das Standbild von Ashara hatte nicht lange Rehgers Aufmerksamkeit erregen können. Ihm waren in den Tempeln der Stadt schon öfter Götterbilder zu Gesicht gekommen: Rorn, bemähnt mit schwarzen Meereswellen, Zarduk mit brennendem Bauch und Daigoth, der Krieger, mit dem Schwert in der Hand und dem Triumph im Blick. Im Basaar waren auch manchmal winzige Abbilder von Ashara-Anack zu entdecken. Er wußte, wie sie aussah, und stand nun vor ihrer Statue, die nur einen Fuß größer als er selber war. Ihre Haut schimmerte weiß, sah aber, genauer betrachtet, gar nicht wie Haut aus. Die Haare waren gelbgolden, die Augen wie Zitronenscheiben. Die acht Arme ließen ihre Schultern verunstaltet und unecht aussehen. Der Fischschwanz von Shansar bestand aus lauter Schlangenschuppen und war mit Juwelen vollgepackt. Die Statue schien ein paar Säcke Geld wert zu sein. Sie war nicht gerade häßlich zu nennen, wirkte aber in Rehgers Augen wie ein

Unwesen, ganz im Gegensatz zu den Götterbildern seines Volkes, die nach lebenden Männern und Frauen geformt worden waren.

Ashara-Anack glich Aztira nicht im entferntesten.

Sie hatte ihm nicht mitgeteilt, wann die Feier stattfinden würde. Also war er durch die Stadt hinauf zum Tempel gestiegen und hatte sich erkundigt. Weil ihm noch viel Zeit zur Verfügung stand, war er ins Stadion zurückgekehrt, um seine Hiddraxi zu füttern und zu striegeln und um allein auf dem Platz zu trainieren. Der Arm heilte gut. Die Wunde war gänzlich zugewachsen, und die Haut nahm wieder die gesunde dunkle Farbe an. Rehger war nicht mehr zum Arzt gegangen, um ihn nicht vor das Rätsel der schnellen Heilung zu stellen. Die Fäden hatte an diesem Morgen ein verläßlicher Mann von der Schwertstraße gezogen, ohne Fragen zu stellen.

Sie besessen zu haben, sollte eigentlich genug gewesen sein. Ihre Zärtlichkeit, ihre Liebe. In der Hinsicht würden Narben bleiben, Narben, die die Erinnerung an sie wachhielten.

Als er Chacor im Tempelhof antraf, hatte Rehger verstanden, warum er gekommen war. Im Unterschied zum jungen Corhlaner war er nicht überrascht gewesen von diesem vermeintlichen Zufall.

Chacors Lachen hatte den Lydier an das Wagenrennen erinnert, und er dachte bloß: *Das tut er wohl immer, wenn er sich mitten im Zweifel einer Sache sicher wähnt. Was hat er entdeckt, dessen er so gewiß ist?* (Der Corhlaner hatte in der Arena die Verwandlung des Schwerts in eine Schlange miterlebt. War ihm das entfallen? Hatte er sich jetzt wieder erinnert? Lachte er deshalb?)

Auf den oberen Straßen hatten alle davon gesprochen, daß die Bucht in Flammen stünde. In Gruppen waren sie losgezogen, manche mit Weinflaschen und Körben voller Speisen, um die Nacht auf der Mauer oder am Strand zu feiern. Leute, die vom Hafen kamen, sahen weniger fröhlich aus. Rehger hatte ihnen kaum Beachtung geschenkt und nur zum ungewöhnlich hellen Nachthimmel aufgeblickt, der selbst Zastis überstrahlte, obwohl sich ein Gewittersturm über dem Meer zusammenbraute.

Nachdem der Corhlaner den Tempelhof verlassen hatte, stand Rehger von der Bank auf. Er trat vor den leeren Schrein und schaute in die Flamme.

Aztira hatte wahrscheinlich die Schlangengöttin verehrt. Er berührte die Glasscheibe des Schreins und sagte, die Stille durchbrechend: »Sei ihr das gegeben, was sie am meisten nötig hat. Morgen werde ich dir, Göttin, ein Opfer darbringen. Vorher will ich fragen, was dir für gewöhnlich dargereicht wird.«

Er hatte diese Worte nicht direkt an die Statue im Tempel richten können. Das Abbild in seiner Unwirklichkeit nicht im Blick zu haben, war vielleicht der Grund, warum er einen Moment lang glaubte, daß Sie ihn hörte.

Als er sich umdrehte, tauchte ein Priester zwischen den Säulen auf und winkte ihn herbei. Es war Zeit.

Der Gräberweg hatte sich mit den Jahren über den Hügel ausgestreckt. Reiche Saardsinen, die dort oben ruhten, hatten den Auftrag erteilt, die Straße zu pflastern und in Ordnung zu halten. Schattige Bäume und aromatische Sträucher waren gepflanzt worden und zwischen den oft heiter verzierten Grabstätten standen Altäre, Statuen und Gedenktafeln. Auf der tiefer gelegenen Südwestseite hatten Astrologen, Wahrsager, Magier und Anhänger okkulter Sekten Zelte aufgeschlagen oder Ziegelhütten erbaut. Die Totenstadt blühte.

Der eigentliche Gräberweg fing am Cibbahain an. Als die Trauergruppe dorthin aufstieg, hatte jeder der Teilnehmer den unausweichlichen Eindruck, über eine alte königliche Promenade zu gehen, auf der eine mysteriöse Stille herrschte. Viele der Mausoleen waren groß, und hier und da brannte eine Lampe unter Vordächern oder in marmornen Händen, die zu versorgen Aufgabe der Straßenwächter war.

Der Sturm über dem Meer hatte nachgelassen. Zwischen den Bäumen und Gemäuern zuckten hin und wieder ferne Blitze auf. Die Stadt lag endlich in tiefem Schatten, und alles versank im Schlaf. Zastis war untergegangen. Am Ufer und an den Docks winkten die Lichter wie gewöhnlich. Die Fackeln auf Zarduks Tempel sahen aus, als würden gelbe Perlen aus der Dunkelheit geschüttelt. In Saardos, der alten Hauptstadt, brannten die Leuchtfeuer wie eh und je, um die Schiffe im westlichen Meer in den Hafen zu locken, bevor sie der Aarl verschlucken würde. Aber der Aarl war nur Legende oder Einbildung.

Die Nacht war wieder zu ihrer besonderen unterdrückten Stille zurückgekehrt. Ein paar Hunde heulten vom Hügel herunter und ließen anderswo Hunde anschlagen. Doch ihr Bellen war sonderbar gedämpft und dauerte nicht an. Die Nacht verschluckte jeden Laut.

Die Shaliaren-Priester trugen Fackeln und brachten ihre Schellen leise zum Klingen. In ihrer Mitte führten sie die Langsänfte, deren Vorhänge zugezogen waren. Die Fackeln rauchten kaum. Kein Wind rührte sich. Es war verboten, die Straße reitend zu passieren, also trotteten die Soldaten des Stadthüters mit widerstrebendem Gehorsam hinterdrein. Sie hatten deutlich gemacht, daß ihnen Trauergäste nicht willkommen waren. Trotzdem folgten Rehger und Chacor am Ende des Zuges, Seite an Seite und ohne ein Wort zu sagen.

Die Grabstätten der Unterhaltungskünstler lagen am oberen Ende der Straße in einem gesonderten Bereich. Alle Bewohner der Totenstadt hatten ihr eigenes Viertel. Da standen die bemalten Totenpaläste berühmter Hetären mit Rosen vor den Toren oder die Pavillons der Wettkämpfer mit angeketteten Wagenrädern und gespaltenen Schilden. Das Fackellicht unter den Bäumen brachte polierte Gedenktafeln zum Aufleuchten. *Du lebst, ich bin verschieden; mein Leben war jedoch ein besseres. – Ich küßte die Sonne. Das war genug.* Hinter blühenden Sträuchern tauchte eine Tänzerin in Bronze auf, mit goldenen Girlanden geschmückt; und auf einer Tafel zu ihren Füßen stand zu lesen: *Ich wurde geliebt.*

An Panduvs Grabstätte, die an einem Steilstück lag und von blühenden Aloen umwuchert war, fehlte jede Inschrift. Der Stein war schwarz und hatte eine Form, die stark an den Felsen über der Stadt von Hanassor erinnerte.

Die Tür zur Grabkammer, eine schwere Platte, die über eine Nut zu bewegen war, stand offen. Die Priester gingen hinein – mit Sänfte, Fackeln und Schellen.

Tiefe Stille senkte sich über die gepflasterte Straße der Toten wie ein Lid.

Über Meilen war nicht ein Laut zu hören.

»Es gibt Ärger«, sagte plötzlich einer der Soldaten.

Ein anderer antwortete: »Ja, es hört sich so an, als wäre hinter uns jemand in den Sattel gestiegen.«

Sie lauschten. Weit unten auf dem Gräberweg klapperten Hufe übers Pflaster, die von galoppierenden Hidraxi, vielleicht sogar von Pferden stammten. Dem Klang nach schienen sie außerdem einen schweren Gegenstand mit sich zu schleifen.

»Drei oder vier Meilen weit weg, würd ich sagen«, meinte der Hauptmann.

Seine Männer hatten die Hand ans Schwert gelegt und witterten eine Gelegenheit zum Kämpfen. Das war etwas, womit sie sich auskannten.

So plötzlich, wie sie laut geworden waren, brachen die Hufschläge und das schleifende Geräusch wieder ab. Die Gruppe schien wie von der Nacht verschluckt zu sein.

Einer der Soldaten fluchte los. Er sah den Lydier an, auf den er im Wettkampf gesetzt hatte. »Gespenster, eh?«

Niemand rührte sich vom Fleck. Zehn Soldaten, ein Hauptmann, ein corhlanischer Prinz und ein Held des saardsinschen Stadions — sie alle warteten wie gebannt, während aus der Gruft trübes Licht schimmerte und das Flüstern fremder Gebete zu hören war.

Dann galoppierten die verbotenen Reiter wieder über den Gräberweg. Sie preschten geradewegs auf die Wartenden zu, denen wenig später das Unglaubliche zu Bewußtsein kam: Ob Hufe, Karren oder Streitwagen — was da über die Straße lärmte, war aus den Wurzeln der Erde aufgestiegen …

Und dann fing der Boden zu *rollen* an.

Katemval war schlechter Laune gewesen und freute sich deshalb über die Gelegenheit, mit alten Freunden trinken zu gehen. Wie er selber, so hatten sie sich in ihrer Jugend mit Glück und Können zu Händlern und Abenteurern aufgeschwungen. Mit dem Kornhändler aus Saardsinmey hatte Katemval früher einmal Wölfe gejagt. Mit dem kandischen Trapper war er Zeuge zweier grausamer legaler Duelle gewesen, in denen der Sieger das väterliche Vermögen gewann und seine fünf Brüder leer ausgehen ließ. Nur einer der Brüder mußte im Kampf getötet werden. Er war der Anstifter gewesen und hätte sich mit einer Niederlage nicht abgefunden.

Die Gesellschaft verzichtete auf Sänften und zog von einem Wirtshaus zum anderen, aß zu Abend und trank bis zur Neige. Der Stern und die heißen Funken erinnerter Jugend lockten sie schließlich in ein Frauenhaus, wo sie die Nacht verbrachten.

Zu einem früheren Zeitpunkt waren sie auch zur Hafenmauer gegangen, um aufs Meer zu blicken. Viele Leute hatten sich ebenfalls auf den Weg gemacht; manche picknickten am Strand. Aber im großen und ganzen gab es nur sauertöpfische Mienen zu sehen. Als weitgereiste Männer, die schon so manches Wunder erlebt hatten, und vom Wein ruhiggestellt, beobachteten die

Freunde das nasse Feuer mit Interesse und ohne sich zu fürchten. Sie beschwichtigten auch die Ängstlichen auf den Straßen. Eine Strömung oder ein Windstoß habe das Feuer hergetrieben, erklärten sie. Oh, ja! Solche Feuerbälle würde man auf offenem Meer des öfteren sehen. Viele Seeleute hielten sie zwar für Dämonen, aber im Grunde handle es sich um ein ganz natürliches Phänomen. So oder ähnlich bedienten sie die Verschreckten auf dem Marktplatz der Heiterkeit.

Kurz vor Sonnenaufgang, als er erschöpft war und den Kater fürchtete, ließ sich Katemval von einem Jungen mit Fackel nach Hause führen.

Zwischen Himmel und Meer war immer noch ein unheimliches Leuchten auszumachen, deutlich zu erkennen zwischen den hohen Dächern und Gartenmauern im Süden.

Vielleicht hatten auch die Götter zu tief ins Glas geschaut. Sie lebten ja ewig und langweilten sich bestimmt des öfteren. Katemval ging auf die Sechsundsiebzig zu, womit er in Vis schon fast zum alten Eisen gehörte. Sein Vater war zwar hundertfünfzehn Jahre alt geworden, hatte aber in der letzten Zeit nur Elend und Siechtum erlebt. *Tja, mein Lieber,* dachte Katemval und folgte dem hellen Fackelschein, *noch ein paar solcher Nächte, und du machst es nicht mehr lange.*

Aber daran glaubte er nicht wirklich. Viel Schlaf und Molkentrank würden ihn wieder aufrichten. Außerdem mußte dieser Streit mit Rehger beigelegt werden. Die Hexe war tot. Von der Seite gab es also nichts mehr zu befürchten.

Der Junge mit der Fackel hatte die Juwelentreppe erreicht. Als Katemval die ersten Stufen nahm, war vom Wasser hinter ihm ein enormes Krachen zu hören, das die Nacht erschütterte. Das Echo schlug noch voll in die Ohren.

»War das am Hafen?« rief Katemval. »Wahrscheinlich sind ein paar Ölfässer in die Luft geflogen.«

Der Junge ließ die Fackel fallen und blickte mit entsetztem Gesicht in Richtung Meer, das von den Häusern verdeckt wurde. Katemval drehte sich um. Hinter einigen Fenstern weiter unten wurde Licht gemacht.

Katemval dachte: *Laß dich nicht verrückt machen; du mußt endlich ins Bett …*

Dann stürzte er zu Boden.

Warum, wußte er selber nicht. Er fiel auf die Stufen, stieß sich den Kopf und dachte noch kindisch: *Das tat weh; warum ausgerechnet mir.* Aber dann fingen die Steine unter ihm zu springen an. Er rutschte noch ein Stück tiefer und prellte den Kopf so sehr, daß alles um ihn herum zu einem verrückten undeutlichen Bild verschwamm. Mauern hüpften in den Himmel, und da waren schauerliche Geräusche zu hören, ein Mahlen, Krachen und Splittern, dazu klirrende Glocken und gellende Schreie.

Weil der Hebekran nicht repariert worden war, hatte man den Säulen-Baum auf dem oberen Rand der Bühne stehenlassen. Dies war — neben den reizbaren und störrischen Leoparden für Yasmats Tanz — der Anlaß für den Ärger im Theater an diesem Abend gewesen. Panduv hatte ihren Akt vollendet gespielt; sie war wie immer gut in Form, ihr Körper so biegsam wie ein schwarzes Seil. Als die Proben zu Ende waren, dämmerte es schon. Aber Panduvs Liebhaber von der Schauspieltruppe überredete sie, sich noch einmal mit ihm in der Säule zu lieben. »Du gibst höchstens mal ein kleines Stöhnen von dir. Mehr nicht«, beklagte er sich, als sie fertig waren. »Gefällt dir nicht, was ich tue?« Höflich, wie sie zu allen Intimfreunden war, suchte sie nach einer Antwort, die seiner Pfauenseele gefallen würde. Aber dann gab es Wichtigeres.

»Verflucht!« schrie der Pfau wütend und zugleich voller Angst. »Irgendein Schwein hält uns am Haken des kaputten Krans und versucht mich umzubringen. Wer will mir da ans Leben und meinen Platz einnehmen? Gemeinheit! Fahr hinab in den Aarl, du gemeiner Schuft!«

Die Säule schleuderte hin und her. Das Liebespaar wurde aufeinander und dann wieder ins Polster gepreßt. Plötzlich fing die Trommel zu kreiseln an. Der Magen drehte sich ihnen um. Da kippte das Ding um. Wie schon im voraufgegangenen Akt war er auch diesmal lauter als sie. Der Aufprall tat weh, war aber nicht allzuschlimm gewesen. Jetzt geriet die Trommel ins Rollen. Das Poltern war ohrenbetäubend. Der Schauspieler brüllte und zappelte herum. »Sei still, du Holzkopf!« zischte Panduv. »Wenn du mich noch einmal schlägst, reiß ich dir die Augen aus.«

»Wehe, du vergreifst dich mit deinen Krallen an meinem Gesicht, du zakorianisches Schwein ...« In diesem Moment prallte die Säule vor ein Hindernis und blieb liegen.

Alles das hatte weniger als eine Minute gedauert. Der Schauspieler schnappte nach Luft. Außer sich vor Wut stieg er über Panduv hinweg und tastete nach den Beschlägen. Nach ein paar mißglückten Versuchen, die Klappe zu öffnen, hatte er endlich Erfolg und kroch hinaus auf die finstere Bühne. Unter den Knien knirschte es. Verblüfft hielt er Bruchstücke einer Lampe in den Händen, die offenbar von der Decke gefallen war. Vielleicht war sie von der kippenden Säule abgerissen worden.

Dann stellte er fest, daß die Luft voll von aufgewirbeltem Staub war. Er hustete und fluchte aus Sorge um seine sonore Stimme. Aus der Stadt hinter den Theatermauern ertönte bizarre Musik, eine wild heulende Melodie aus fremden Blasinstrumenten. Es krächzte aus mehr als tausend Kehlen. Instinktiv warf er einen Blick nach oben und sah hinter einer sandfarbenen Wolke ein Licht unter der Decke flackern. Ein Blitz. Das Dach hatte sich geöffnet ...

»O Panduv!« rief er mit tragischer Inbrunst, wie es sich für sein Genie gehörte.

Dann war ein gewaltiges Ächzen zu hören. Es drang durch den Boden und durchs offene Dach. Die Welt bebte. Der Schauspieler stürzte bäuchlings auf die Bretter.

Panduv war von der unheimlichen Musik wie gebannt. Sie lag reglos und in sich zusammengesunken am Boden. Während die Erde bebte und der Himmel donnerte, zuckte ihr Kollege verzweifelt und in Krämpfen mit den Beinen und trat den Deckel der Säule zu. Alle Stühle im Zuschauerraum lösten sich aus ihren Verankerungen und tanzten auf die Bühne zu.

Velvas winzige Kammer im Wirtshaus auf der Fünf-Meilen-Straße bot gerade genug Platz für ein Bett, ein schmales Schränkchen und einen bronzenen Spiegel an der Wand. Für ein Beben zu wenig.

Der größte Teil des Wirtshauses war zusammengebrochen und auf Straße und Hof gestürzt. Der einstöckige und an den Hang gebaute Flügel, in dem die Sklaven und Mädchen untergebracht waren, hatte beide Erdstöße äußerlich fast unbeschadet überstanden. Aber im Innern lag alles in Trümmern. Aus allen Ecken und Enden erhob sich ein entsetzliches Wimmern und Heulen, das wie ein dichter Klangteppich die ganze Stadt bedeckte.

Velva hatte nicht geschlafen. Die Tat am Morgen, die, wie zu hören war, ihre geplante Wirkung erzielt hatte, ließ das Mädchen in einer Art Lähmung verharren. Sie war zwar ihren Pflichten wie gewöhnlich nachgekommen, aber als sie nach dem Dienst am Abend in ihre Kammer gekommen war, hatte sie sich angezogen aufs Bett gelegt, steif ausgestreckt und die Hände über dem Bauch zusammengelegt — wie aufgebahrt.

Ihr fehlte jede Reue wie auch die Furcht, angeklagt zu werden. Sie kam sich vor wie das Instrument eines stärkeren Willens. Vielleicht war es dieses Bild vom Mord an sich, was sie so entnervt hatte, denn an Strafe dachte sie sicherlich nicht. Als die Erde kippte und Velva aus dem Bett geworfen und wachgerüttelt wurde, war sie bloß erschrocken. Mehr nicht.

Der erste Stoß zerriß die Welt. Ihm folgten ein Krachen und Knirschen und der menschliche Choral des Schmerzes und der Angst. Dreißig Sekunden später kam das Nachbeben. Es war sehr viel schwächer, brauchte aber auch nur wenig Kraft aufzubringen, um die wackligen Gemäuer der Stadt zum Einsturz zu bringen. So war die Wirkung des zweiten Stoßes dem Augenschein nach sehr viel größer.

Ein Balken war aus der Decke gebrochen und aufs Bett gekracht. Er hätte Velva zerquetscht, wäre sie nicht vorher zu Boden geschleudert worden. Aber daß sie verschont geblieben war, nahm sie nicht einmal wahr.

Der Junge schien weggelaufen zu sein. Kein Wunder. Nur von Rehger hätte Katemval anderes erwartet. Aber war der Junge Rehger? Aus Rehger war inzwischen ein Mann geworden ... Katemval lag auf den Trümmern der Juwelentreppe und grübelte. Dann wendete er den Blick und sah, daß der Junge ihn doch nicht im Stich gelassen hatte. Der Steinschlag eines nahegelegenen Hauses, der auf die Stufen geprasselt war, hatte ihn auf der Stelle getötet. Katemval empfand plötzlich tiefe Trauer, und nach und nach entdeckte er, daß es ringsum unzählig vieles zu betrauern gab.

Katemval richtete sich auf den Knien auf und schützte mit einem Mantelzipfel Mund und Nase vor der dichten Staubwolke. Er starrte fassungslos umher und stellte fest, daß jetzt von der Juwelentreppe aus das Meer zu sehen war, denn die Mauern, die zuvor den Blick verstellt hatten, waren samt und sonders eingestürzt.

Dessen ungeachtet dämmerte im Osten der Morgen. Das Licht brachte wirbelnde Staubwolken zum Vorschein, deutete Ferne an. Hier und da entzündeten sich Flammen wie Laternen unter Wasser, die in weichen warmen Farbtönen aufleuchteten. Es schien, als schrie die ganze Stadt wie aus einer Kehle auf.

Katemval spürte Wut aufkeimen. Er blickte zum Himmel und auf den gespenstischen Ausschnitt der Bucht. Er wollte auf die Götter fluchen, aber der Boden fing wieder zu zittern an. Das grollende Donnern kam von weit her und rollte auf ihn zu. Und er duckte sich wie ein geprügelter Hund vor dem Stock.

Dann erhob sich vor ihm ein Gott, ein Turm aus strahlendem Rot. Oder war es die Sonne, die an falscher Stelle, nämlich im Süden, aus dem Meer geschleudert wurde, explodierte und den Himmel mit Blut zu bespritzen schien?

Das Meer war über zwei Meilen zurückgewichen — wie aus Angst vor dem Beben und der einstürzenden Stadt. Es ließ gerippten feuchtglänzenden Schlamm zurück, zappelndes Leben und verschlungenes Wassergewächs.

Die Schiffe im Hafenbecken waren auf Grund gelaufen und vom Beben hin und her gestoßen worden. Sie sahen aus wie weggeworfenes Riesenspielzeug.

Von den Leuten dieser Gegend, die überlebt hatten, achteten nur wenige auf den Rückzug des Wassers.

Das Ding da tief unten im Meer hatte wohl an die tausend Jahre ausgehalten. Ein- oder zweimal hatte es sich im Schlaf gerührt und die Küste von Alisaar erzittern lassen. Doch nichts schläft ewig. Von drangvoller Lebenskraft geweckt, erhob es sich mit dem anbrechenden Tag.

Von dort kam das scharfe Gebell des Unheils. Wer noch lebte und entsetzt den Blick darauf richten konnte, sah es: eine Säule aus glänzendem Weiß; ein schwarzer Hammerkopf. Dann ein Rot, das Rot von Neu-Alisaar, das Rot der Rosen, des Feuers und auch des Blutes. Es platzte, besprühte den Himmel und tropfte von ihm herab.

Es färbte das Land vom einen bis zum anderen Ende

des Horizonts. Der Himmel zog sich zurück. Vom Sonnenaufgang war nichts mehr zu sehen.

Das Chaos war schwarz und rot, und aus dem Aufruhr krochen silberne Schlangen, die sich um Sturmwolken wanden, um sie, wie es schien, nie mehr loszulassen.

Der Vulkan im Meer, Bruder oder Kind zahlloser anderer Vulkane draußen vor der Küste im Süden und Westen, die Feuerberge, die den Ozean zum legendären Ort der Hölle haben werden lassen — dieser Vulkan spukte seine heiße Wut aus und schluckte Wasser, das sofort verkochte. Dampf und Magma, flüssiger Stein, Salz und Rauch flogen über eine Viertelmeile in den Himmel hinauf. Das Meer schäumte und floh, vom Aarl-Feuer bedroht, dem Ufer zu.

Tarla, sechzehn Jahre alt, stand schluchzend und mit zerrissenen Kleidern, das Gesicht verdreckt, am Fensterrahmen eines Zimmers, dessen Wände fast völlig eingestürzt waren. Um sie herum lagen tote Frauen auf Kissen und unter Trümmern. Hinter eingestürzten Häuserzeilen, jenseits des Marktplatzes, der zur Hälfte abgebrochen war, glaubte Tarla, Rorn aus dem Meer steigen zu sehen.

Anders konnte sie die Feuerwolke nicht deuten, die sich dort auftürmte und silbrig zuckende Schlangen entließ. Das Beben war für Tarla ebenso mysteriös gewesen, ein Alptraum, den sie nicht losschütteln konnte. Vor einer Stunde erst hatte sie sich Hoffnungen darauf gemacht, daß ihr von einem corhlanischen Abenteurer ein Kind in den Leib gepflanzt worden sei. Jetzt war dieser Gedanke völlig vergessen. Sie klammerte sich wimmernd am Fensterrahmen fest, während der rote Himmel aufbrach und zerfranste.

Dann stieg Rorn aus der Tiefe empor.

So wie er in den Mythen beschrieben wurde, sah er nicht aus. Nein, er bestand nur aus Wasser. Es türmte sich auf, ragte bis zum Himmel auf und verdeckte den Feuerberg samt seines roten Lichtes. Die Dunkelheit kehrte zurück. Doch das Wasser glühte und schillerte wie Seide, die bis zum Dach der Ewigkeit aufgebauscht war.

Vor Erstaunen hatte das Mädchen mit dem Weinen aufgehört. Weinen hatte keinen Sinn.

Eben noch war das Meer eine liegende Fläche gewesen, die in der Ferne glitzerte. Jetzt hatte es sich aufgeworfen. Ein Brecher, zweihundert Fuß hoch, rollte mit vornübergeneigtem Schaumkopf herbei.

So gleichmäßig kam die Welle näher, daß sie fast sanft aussah. Sanft und zärtlich ebnete sie die Granitmauer des Hafens, den letzten fünfzig Fuß hohen Schutzdamm. Mit sich trug sie die Galeeren und Frachtschiffe, die Türme und Hafenanlagen, sicher und geborgen wie in den Händen einer Mutter.

Tarla sah, wie sich alle diese Gegenstände, in Einzelteilen oder vollständig, auf dem Wellenkamm sammelten. Die feine Gischt flog ihr schon ins Gesicht. Als sie den Mund öffnete, um laut aufzuschreien, schlug ihr Rorns Atem in den Rachen, in die Lungen. Dann wälzte sich die Flut mit unzähligen Tonnen von Wasser übers Ufer, durch die Straßen der Stadt, alles verschlingend, auch Tarlas schwachen Protest.

Zweimal bebte die Erde, zweimal stürzten die Männer zu Boden. Bäume wurden umgerissen, Grabplatten verrutschten. Zwanzig Schritte entfernt war eine Statue mit Laterne eingebrochen, das Gebüsch ringsum in Flammen aufgegangen.

Die Stadt weiter unten hatte es viel schlimmer getroffen. Eine Wolke aus Rauch und Staub wurde heraufgeblasen und verhüllte den Blick auf das Chaos. Dafür gab es genug zu hören. Es rumpelte und krachte, die Glokken bimmelten. Da war ein tiefes Dröhnen, das nicht enden wollte und im Hohlraum der Erde zu kreisen schien.

Dann platzte der Berg über dem Meer wie ein aufgestochener Furunkel.

Als der Himmel rot aufleuchtete und bald darauf die Nacht wieder hereinbrach, blieben auch diejenigen, die in die zerstörte Stadt hinuntersteigen wollten, auf dem Hügel zurück.

Während der ganzen Zeit hatte nicht einer von ihnen einen zusammenhängenden Satz von sich gegeben. Auf alles, was zu sehen und zu hören war, hatten sie bloß mit Flüchen oder Schwüren, mit Schreckensrufen oder wortlosem Schweigen reagieren können. Die Shaliaren-Priester, die die Grabstätte aus Angst vorm Einsturz verlassen hatten, waren genauso sprachlos wie die Soldaten, wie der fluchende Corhlaner und der Lydier, der wie immer schweigend ums Überleben kämpfte.

Panduvs schwarzes Grab aber hatte das Beben schadlos überstanden. Die Erdstöße waren auf dem Hügel nicht mehr so stark gewesen. Die Männer hatten die Katastrophe überleben sollen.

»Da sind Schlangen am Himmel«, flüsterte einer der Soldaten.

Plötzlich waren die silbrigen Blitze nicht mehr zu sehen. Zwischen dem staubigen Leichentuch über der Stadt und den Zuckungen des Vulkans hatte sich etwas in den Blick gestellt.

Was da die Sicht versperrte, war nicht zu erkennen. Einer der Männer sagte leise: »Ich glaube ... das ist Wasser ... das Meer ...« Dann schrie er auf, drehte sich um und rannte die Straße der Toten hinauf, stolperte über das aufgeworfene Pflaster und kletterte über umgestürzte Bäume.

Der Rest blieb schweigend zurück und stierte hinaus auf die seltsam leuchtende Wasserfront, die höher war als der höchste Turm von Saardsinmey.

Chacor fragte so leise wie der andere: »Was ist los mit dem Wasser?«

»Es läßt sich einfach durch nichts aufhalten«, antwortete der Hauptmann. »Sieh nur, die Welle spült übers Land.«

»Aber die Stadt ...!« rief ein anderer Soldat und fügte dann so leise hinzu, als schäme er sich, ein Geheimnis preiszugeben: »Mein Sohn ist da unten. Und meine Mutter. Vielleicht, wenn sie schnell genug in den Keller fliehen konnten ... nein, die Keller werden überflutet. Das Wasser wird den Rest der Mauern einreißen und überall eindringen. Nein, das kann nicht sein! Bei Rorns stinkendem Bauch, das kann nicht sein!«

Einige der Männer fingen zu murmeln an. Sie standen da in verkrampfter Haltung, sahen dem Tod entgegen und beteten. Den Ashara-Priestern neben ihnen fehlte immer noch die Stimme. Sie warteten und schienen der Maxime folgen zu wollen, die sowohl für Shansaren als auch für Tiefländer Gültigkeit hatte: Stirb wohl, lebe ewig.

Das Wasser rauschte näher. Es hörte sich an wie heiseres Pferdestöhnen. Die anderen Geräusche wurden wie alles übrige auch davon verschluckt.

Der Lydier stand hinter den Männern und ergriff das Wort.

»Da ist die Gruft. Sie könnte dicht sein. Das wäre die Rettung.«

Einige drehten sich zu dem Lydier um und sahen ihn an, verwundert darüber, daß er gegen den erkennbaren Willen der Götter plante. Aber Chacor sagte: »Er hat recht. Los, bewegt euch ...« Er stieß seine beiden Nebenmänner nach vorn. Plötzlich drängte die ganze Gruppe dem Eingang der Gruft entgegen; die Priester folgten zum Schluß.

Sie stiegen durchs Gestrüpp der Aloen. Niemand zögerte vor der Grabesschwelle, außer einem, der sich umdrehte und dem Mann nachrief, der weggelaufen war. Doch der antwortete nicht. Das Meer brauste jetzt mit ohrenbetäubendem Lärm.

Als der letzte in die Gruft gestiegen war, stemmten

sich alle gegen das steinerne Tor und schoben es über die Nut bis zum Anschlag zu. Es würde sich zwar nur schwer wieder öffnen lassen, aber ein Wunder, daß es überhaupt die Möglichkeit dazu gab. Doch vielleicht würden sie diese Möglichkeit nie in Anspruch nehmen müssen.

Der Raum war oval und in einen äußeren sowie inneren Abschnitt unterteilt. Die Priesterfackeln beschienen Wandschnitzereien, die Blätter und Leoparden und lachende Monde darstellten und sehr schmuckvoll waren, aber in diesem Moment kaum gewürdigt werden konnten.

Hinter dem Vorraum lag die eigentliche Gruft, in Schatten gehüllt. Bis dorthin brauchte keiner vorzudringen. Die vordere Kammer war dem Wasser abgewandt und von sicheren Steinmauern doppelt abgeschottet. Trotzdem tasteten sich die flackernden Fackeln in das schattige Gewölbe vor. Für einen Moment schimmerte der bleiche Leichnam auf dem Sockel auf, was aber niemand sah oder erkannte, weil ihm allein die Zeit dazu fehlte . . .

Wieder bebte der Boden unter den Füßen, und feiner dichter Staub rieselte von der Decke. Das gewaltige Brausen der Welle war zu einem gleichmäßigen Heulen angeschwollen.

Durch die Brandung hindurch waren Rorns stampfende Schritte auf dem Hügel zu hören.

Ob sie einander bemerkten, ob sie an ihre Familien dachten oder an ihre Götter, wurde mit keiner Miene verraten. Jeder stand vor dem Tod, letztlich allein, so wie alle anderen, auch wenn sie zu Tausenden niedergemäht worden waren.

Die Fackeln erloschen. Die Nacht brach herein. Donner. Die Räder von Riesen mahlten über sie hinweg.

Dann spritzte das Wasser herein, kreischend.

Rehger dachte: *Ich habe ihre Warnung vergessen. Sie hat davon gesprochen, was hier passiert, als hätte sie alles genau vorausgesehen in jener Nacht, als sie vor dem Fenster weinte. Und ihr Tod hat mich hierhergeführt, und zwar nicht, um zu sterben oder um zu kämpfen mit dem Schwert für Ruhm und Ehre, Katemval. Und Amrek, wo ist er? Unter welchem Stein, unter welcher Scholle der weiten Ebene von Koramvis steckt er und lauscht den Schritten der anderen ...*

Rehger glaubte fast, ein Flüstern zu hören von dem toten Mädchen mit dem dünnen Schleier im Gesicht. Aber von ihr kam kein Laut.

Seine Mutter legte ihm eine Frucht in die Hand. »Nimm und iß, bevor der Onkel es sieht.«

Er ritt auf der Hündin Schwärze, und die Menge jubelte ihm zu. Das Jubeln drang durch die Steine. Die Frucht schmeckte nach Salzwasser.

Kapitel 10

Vertrieben

Schrecken, Feuer, Wasser und Dunkelheit hatten die Welt überzogen. Auf die Finsternis, den Donner, das Beben und die alles mit sich reißenden Wellen folgte ein kleines Licht, das sich langsam über den Horizont ausbreitete, und eine dumpfe Stille, von jenen unerklärlichen Lauten durchsetzt, wie sie nur taube Ohren hören: ein langgezogenes Pfeifen, schwere Pulsschläge, ein scharfes Knacken wie von brechenden Knochen, ein rauschendes Seufzen ...

In meilenweiter Entfernung, über dem Aarl-Schlund, glühte der Vulkan in dunklem Rot. Die riesige Rauchsäule schien stillzustehen. Hoch oben hatte sich die Wolke wie zu einem Sonnenschirm geöffnet, magentarot, hier und da aufgehellt vom Widerschein eines fernen Feuers. Irgendwo in einem anderen Land war die Sonne aufgegangen. Es war Mittag. Der Himmel über Saardsinmey glich der ewigen Abenddämmerung und zeigte sich blutrot, rostbraun und im Violett der Verwesung. Das Meer war fast ganz schwarz bis auf das allerletzte Leuchten der erlöschenden Vulkanlampe.

Schwarzer Regen aus Asche und Tränen rieselte auf die Stadt. Tote Vögel fielen vom Himmel. Die Welle hatte sich verzogen, viele Schätze der Stadt ins Meer hinausgespült und statt dessen das Land mit maritimen Andenken übersät. Fische hingen in den Bäumen. Algen klebten an Türpfosten oder hatten die Zargen von Torbögen umwickelt. Saardsinmey war keine Stadt mehr, kein bebauter Ort, sondern ein Trümmerfeld aus Gräben und schartigem Gestein.

Manchmal rührte sich etwas zwischen den Ruinen.

Etwas Lebendiges zog rufend umher. Aber das war nur selten zu sehen und zu hören.

Schön und unversehrt, die Masten aufrecht, der Rumpf sauber und mit geschlossenen Ruderluken, strahlend im unheimlichen Licht die vergoldete Galionsfigur, der vardische Löwe — so lag das Schiff auf dem Dach von Zarduks Tempel vor Anker, fast fünfzig Fuß über dem Boden.

Bis auf die massiven Außenwände und die rundum laufenden mächtigen Säulen war von dem Bauwerk kaum etwas stehengeblieben. Aber trotzdem wirkte es wie eine Landmarke in der Wüste, denn in einem Umkreis von dreißig Straßen stand nichts, das seinen Sokkel überragte.

»Die Hand von Corrah«, sagte Chacor. »Oder von einem anderen Gott, den sie beleidigt haben.«

Er starrte ungläubig und angewidert auf ein totes Meeresungeheuer, ein dunkelblaues Blasentier mit eingefallenen Augen, halb so groß wie ein Mann. Das war nicht schwer zu schätzen, denn neben dem Fisch lag ein zakorianischer Priester des Tempels. Die Welle hatte ihm die Arme gebrochen und das Gesicht zusammen mit der Seele zerquetscht, so wie sie das Seeungeheuer gegen die Säule geschmettert hatte.

Chacor war entsetzt und über die Maßen erschüttert.

Ein Mann huschte aus dem Tempel. Er war naß und dreckig und trug einen Sack. Wie eine Ratte lief er auf den toten Priester zu und versuchte, ihm einen goldenen Armreif vom Handgelenk zu zerren. Chacor zog den Dolch und schreckte den Plünderer auf. Der warf dem Corhlaner einen verwirrten Blick zu und sagte: »Er hat dir wohl viel bedeutet, oder? Aber das hilft ihm jetzt auch nicht mehr. Was soll's? Du kannst ihn haben.« Chacor sprang auf den Mann zu, bereit, ihn zu erdolchen. Doch der Plünderer warf den Sack über die Schulter und verschwand zwischen tropfenden Mauerresten, von denen Leichen herabhingen, Haarstränge wie Algen und Algen wie Haare. Wie hatte er überlebt, dieser Alisaare? Wahrscheinlich dank einer List des Schicksals, so wie Chacor selbst.

Panduvs Grab war von der kolossalen Hand des Meeres geschlagen worden, nicht mit der Faust, sondern — wie es Frauen tun — mit der offenen Hand.

Alles Licht erlosch. Die Prophezeiung war erfüllt, und jeder glaubte, als nächster vom Schicksal eingeholt zu werden.

Chakor lag mit dem Gesicht nach unten. Er hatte sich an den geschnitzten Ornamenten den Kopf gestoßen. Sehen konnte er nichts, aber er hörte, wie die Wände nachgaben. Das Wasser strömte herein und lief ihm in den Mund. Welch widerliche Art zu sterben! ging ihm flüchtig durch den Kopf.

Durchnäßt und frierend kam er zu sich und würgte das geschluckte Salzwasser hoch. Dann bemerkte er, daß ihm jemand half — einer der Soldaten —, und er weinte vor Glück, einen noch lebenden Menschen zu sehen. Der Soldat war so taktvoll, die feuchten Augen auf die äußeren Umstände zurückzuführen, denn in Alisaar gehörte es sich nicht für einen Mann zu weinen. In Corhl wie auch in Zakoris wurde ein Junge ab sechs Jahren deswegen ausgepeitscht.

Von den Soldaten waren noch alle am Leben. Sie hatten die Grabplatte geöffnet und die Gruft verlassen. Drei der Shaliaren waren umgekommen. Die anderen hatten deren Leichname weggebracht, zum Tempel hinunter, das heißt zu seinen Ruinen. Der Rest stand am Hang und blickte über eine fremde Landschaft aus Schlamm und Lehm, aus Schutt und Treibholz, das wie zu einem großen Lagerfeuer aufgetürmt war. Dazwischen ragten Grabstätten hervor. Die Totenhäuser hatten ihre Bewohner besser beschützt als die fünfzigtausend Häuser der Lebenden.

Die Beleuchtung paßte zu diesem höllischen Anblick. Das Licht war scharlachrot und wurde stellenweise abgedunkelt von schwarzen Wolken und dreckigem zähflüssigem Regen, der nach Fäulnis stank. Er verschleierte den Blick und versteckte die Stadt hinter sich, was vielleicht ein Segen war.

Die Soldaten wollten zur Stadt hinunter, zu den Trümmern, die sie immer noch Saardsinmey nannten, um sich in der Kaserne zurückzumelden. Daß die noch stand, schien ihnen selbstverständlich zu sein. Immerhin waren der Palast des Stadthüters und die angrenzenden Gebäude mit viel Sorgfalt und hohen Kosten erbaut worden. Vom Hügel aus war nichts zu erkennen. Doch da tauchte aus finsterem Nebel Zarduks Tempel auf, auf dessen Dach etwas zu glänzen schien — ein Signallicht vielleicht.

»Wo ist der Lydier?« fragte Chacor plötzlich.

Einige Männer waren schon beim Shaliarentempel gewesen, um zu sehen, ob die Reittiere noch lebten. Sie kamen gerade wieder zurück, ohne ihre Tiere und mit grimmigen Gesichtern. Chacor hatte gehofft, den Schwertkämpfer unter ihnen zu entdecken.

»Eine einzige Wand steht noch«, meldete einer dem Hauptmann. »Unser Rorn hat deren Göttin ordentlich kleingestampft. Die Priester wollen ihre Toten verbrennen und suchen trockenes Holz fürs Feuer. Ich hab ihnen gesagt, sie könnten doch zum Feuerberg rausrudern, hätte aber lieber den Mund halten sollen. Beim blutenden Bauch von Rorn, da unten müssen Tausende von Toten liegen!«

»Man sieht überhaupt nichts mehr«, sagte ein anderer. »Nur Trümmer.«

»Wo ist der Lydier?« sagte Chacor.

»Was? Oh, unterwegs zum Stadion wahrscheinlich. Er ist schon lange weg.«

Die Soldaten nahmen nun Aufstellung in Reih und Glied und marschierten los, rutschten über den

Schlamm und brachten die Schrittordnung durcheinander. Sie würden in der Stadt gebraucht werden; dieser Gedanke hielt sie zusammen.

Aber dem Corhlaner fehlte ein solcher Antrieb. Schließlich nahm er sich vor, den Schwertkämpfer zu suchen oder jedenfalls seine Richtung einzuschlagen. Er fragte nicht nach dem Grund dieser Entscheidung; genausowenig grübelte er darüber nach, warum er ständig zurückschaute durch den rotschwarzen Regen zum Hügel hinauf auf die Grabstätte der weißen Frau, deren Bett umspült wurde von eingeschlossenem Meereswasser.

Er konnte das Stadion nicht finden, fand sich überhaupt nicht mehr zurecht. Überall lagen riesige Stein- und Schutthaufen herum. Manche schienen innen hohl zu sein. In diesen Höhlen steckten Möbel, Backöfen, Barbierläden, glühende Spiegel und tote Körper. Hier und da hatte ein entwurzelter Baum oder eine umgekippte Säule eine Mauer durchschlagen. An anderer Stelle waren sie stehengeblieben. Chacor sah Hunde und Hiddraxi und einmal sogar ein Pferd, die von Ästen oder hohen Gesimsen herabhingen wie im Hof des Abdekkers.

Einmal glaubte er den Ruf einer Frau zu hören. Er versuchte, sie zu erreichen, schaffte es aber nicht, die Marmortrümmer des eingestürzten Bogens mit der geköpften Statue zur Seite zu räumen. Und schließlich gab die Frau auch keinen Laut mehr von sich.

Als er die Suche nach dem Stadion und damit auch die Suche nach dem Lydier aufgab, ging er zu Zarduks Tempel und entdeckte mit religiösem Staunen das gestrandete unbemannte Schiff. Zum ersten Mal dachte Chacor daran, daß ein Gott diese Verwüstung angerichtet hatte und daß es gescheiter wäre, diesen Ort zu verlassen. Der Plünderer wurde mit seinem Verschwinden für ihn unwirklich. Niemand schien am Leben zu sein.

Ein paarmal ließ Chacor sich verwirren — von Frauenhaaren, die in einem heißen Windstoß aufflatterten, vom Glanz eines Ornaments ...

Unvermittelt stieß er auf die Fünf-Meilen-Straße.

Die war eigentlich nicht schwer zu finden, denn das Meer hatte sich fast ungehindert hindurchgewälzt und deshalb an ihrer langgezogenen Trasse nichts verändert bis auf die von Trümmern, Pfützen und Treibgut verunstalteten Ränder.

Chacor ging weiter und sah sich aufmerksam um. Um Geräusche kümmerte er sich nicht. Zweimal hörte er Hufgetrappel, das von allen Ecken und Enden widerhallte, so daß man glauben konnte, eine Reiterschar würde durch den Himmel sprengen. Dem nachzugehen, lohnte sich nicht. Weiter vorn, in der Nähe der Docks, schien etwas zu verbrennen. Vielleicht hatte die Welle doch nicht jede Flamme erstickt; vielleicht entließ der Vulkan, der sich hinter Rauch und Schatten versteckte, immer noch seine Glut. Wie dem auch sein mochte, ein paar Schiffe würde es bestimmt noch geben, die wie das Schiff auf dem Tempel auf der Welle geritten waren, womöglich mit einer lebendigen Mannschaft an Bord.

Hundert Schritte weiter vorn kroch ein Mann aus den Trümmern. Chacor, der sich schon zu oft hatte täuschen lassen, sah nicht hin. Aber der Mann blieb stehen. Chacor ging weiter und zog, weil er sich an die Begegnung mit dem Plünderer erinnerte, sein Messer.

In einer so verwüsteten Landschaft ließen sich Größenverhältnisse nicht leicht einschätzen, und so erkannte Chacor den Lydier erst, als er ihn fast erreicht hatte.

»Wohin willst du?« fragte der Lydier. Seine Stimme war ruhig; ihr fehlte der Befehlston, mit dem sie zwanzig Männer aufgefordert hatte, in der Gruft Schutz zu suchen.

»Zum Hafen. Ich glaube, ein Leuchtfeuer gesehen zu haben.« Chacor zögerte und dachte: Ist es wirklich möglich, in dieser Welt eine vernünftige Unterhaltung zu führen? Aber dann fragte er: »Und du?«

»Ich habe jemanden gesucht.«

»Ohne Erfolg.«

»Ja. Das Haus war zerstört. Er war immer sehr stolz auf sein Haus gewesen. Er hat es gekauft mit dem Geld einer Wette, die er auf mich gesetzt und gewonnen hatte.«

Selten hatte der Lydier einen so abgekämpften Eindruck gemacht wie jetzt, nicht einmal im Stadion. Hände und Arme sahen aus, als hätten sie in Mauersteinen herumgewühlt, die Venen zeichneten sich dunkel in der goldbraunen Haut ab. Er sagte nichts mehr, schien aber eher betrübt als verschreckt zu sein, gefaßt statt benommen.

Chacor drehte sich um, und der Lydier begleitete ihn. Gemeinsam gingen sie zum Hafen.

Nun, sie lebten tagtäglich mit dem Tod. Auf das eigene Ende waren sie immer gefaßt. Sie, die Könige des Kampfes in den Rubinenstädten von Alisaar, waren Sklaven, was oft in Vergessenheit geriet. »Was hast du vor?« fragte Chacor. »Bist du jetzt ein freier Mann?«

»Ich glaube nicht«, antwortete der Lydier.

Wegzulaufen, um in Freiheit zu kommen, brauchten sie nicht. Mit dem Untergang von Saardsinmey war die Leibeigenschaft vorbei.

»Geh nach Kandis. Da hast du doch auch schon gekämpft. Oder nach Jow«, riet Chacor. »Tust du das? Nach Norden zu den Shansaren von Sh'alis ginge ich an deiner Stelle nicht.«

Am Ende der Fünf-Meilen-Straße versperrten die eingestürzten Massen vom Hohen Gottestor den Weg. Als sie darüber hinweggeklettert waren und die Hafengegend erreichten, gab es viele Wracks zu sehen, aber kein Leuchtfeuer. Selbst der Vulkan schien erloschen zu sein. Nur der blutrote Himmel brannte und brannte.

Arn Yr, ein Reeder aus Moiyah, einer Hafenstadt im Tiefland, hatte in diesem Sommer sein Schiff, die *Hübsche Maid*, ein Dutzend Mal ohne die geringsten Schwierigkeiten auf die Reise geschickt. Als er wieder die Segel setzen wollte, hatte er ein ungutes Gefühl, und so brachte er, der ein Mischling war, Zarduk Opfer dar und betete zu Anackire. Beide Götter, so hieß es, waren eingespannt in andere Angelegenheiten.

Das Schiff durchkreuzte gerade das offene Meer mit Kurs auf das nördliche Alisaar, als es der Mutter aller Stürme begegnete.

Die *Hübsche Maid* sah nicht nur prächtig aus; sie war schneidig und stabil und trotzte jedem Wetter. Als sich das Meer wieder beruhigte und die Sonne hinter dichten Wolken aufging, war an ihr kein einziger Schaden festzustellen. Aber sie war meilenweit nach Süden abgedrängt worden und hatte Proviant und einen Teil der Fracht verloren. Arn Yr ließ seine Mannschaft entscheiden, entweder nach Moiyah umzukehren oder zu versuchen, den nächsten Hafen in Neu Alisaar anzulaufen, wo sie aufgrund ihrer blonden Haare sehr viel weniger gern gesehen waren als zu Hause.

Die Männer stimmten für Alisaar. Sie wollten sich, wenn nötig, die Haare schwarz färben so wie der Held und Gott Raldnor. Und sie lachten. Arn Yr, der zu dreiviertel Teilen Tiefländer war, aber eine Großmutter aus Ommos hatte, war nicht sehr glücklich über diese Entscheidung. Aber auf den Schiffen der Moiyaner galten dieselben demokratischen Regeln wie in ihren Städten. Sie nahmen Kurs auf Neu Alisaar.

Die Männer hielten die dichte Bewölkung und die beißende Luft für Auswirkungen des Sturms. Aber dann wurden sie von den Bordinstrumenten genarrt, und der Himmel verdüsterte sich. Land war nicht in Sicht, und ohne Mond, Sterne und Sonne fehlte ihnen jede Orientierung. Sie waren ganz und gar der Führung ihrer Göttin überlassen.

Gegen Morgen sahen sie im Süden und Westen gewaltige Explosionen.

»Da scheint ein Kampf zu toben«, bemerkte Arn Yr. Er glaubte, die Geräusche von Geschossen und das Bersten von Schiffen zu hören. Piraten aus dem Freien Zakoris verunsicherten die Gewässer im Norden und Osten. Hier schienen sich Shansaren und Alisaaren in den Haaren zu liegen, was nichts Gutes versprach, besonders nicht für die Besatzung der *Hübschen Maid.*

Die Dämmerung war ein phantastisches Schauspiel. Im stahlblauen Himmelsgewölbe blühten Schichtwolken. Vögel flogen vorbei und wurden von den Matrosen herzlich begrüßt, die Land in der Nähe wähnten. Einige Vögel ließen sich für kurze Zeit auf dem Schiff nieder, um als Glücksboten gefüttert zu werden.

Weil kein Wind die Segel füllte, gingen die Matrosen nach unten an die Ruder. Mit der Sonne als Richtungsweiserin steuerten sie auf den Westen zu.

Am Abend sahen und erkannten sie die Küste. Saardsinmey lag nur noch vier Stunden entfernt.

Auf einen Krieg gab es keinerlei Hinweise.

Aber das Abendrot schien zu verharren und in den Farben heißer zu werden. Die Seeleute fingen an, sich Gedanken darüber zu machen.

Dann ging der Mond auf. Es war Zastis. Der rötliche Himmelskörper war den Männern vertraut. Doch dieser Mond war nicht rot. Er tauchte als orangefarbene Scheibe mit violetter Aureole im kramesinroten Osten auf und flimmerte wie eine Sonne.

Auch im Westen glühte es noch, als leuchteten Fakkeln. Das Meer saugte die Farben auf und schien selber zu brennen.

Backbords stieg in der Ferne Rauch auf, was die Männer als Beweis dafür ansahen, daß dort eine Flotte brannte. Die Wolke hing wie behauener Fels über dem Wasser und glitt langsam nach Westen.

Die Sterne am Himmel glichen Blutstropfen. Zastis

war nicht zu entdecken. Seit drei Stunden leuchtete nun schon das Abendrot.

Sie ruderten der alisaarischen Stadt entgegen in der Hoffnung, dort die Auflösung des Rätsels zu finden.

Dann sahen sie, was passiert war.

Eine Meile von der Küste entfernt ließen die Moiyaner ihr Schiff treiben und starrten gebannt auf Saardsinmey.

»Das waren keine Shansaren«, brummte der erste Bootsmann. »Kein Mensch, keine Waffe können so etwas anrichten.«

»Ein Werk der Götter«, sagte Arn Yr.

Im schwarzen Kegel, der hinter ihnen aus dem Meer ragte, vermuteten sie das göttliche Werkzeug der Vernichtung. Angezogen von Entsetzen und Mitleid, näherten sie sich der Küste. Vielleicht könnten sie ja doch noch Hilfe leisten.

Drittes Buch

ISCAH

Kapitel 11

Wahre Sklaverei

Sie lag in Yasmats Schoss, in der Hand des Schicksals.

Die Dunkelheit wiegte sie hin und her.

Aber sie spürte, daß die Dunkelheit zwei Seiten hatte — die eine war wäßrig, die andere nicht. Dann drang Licht ein, ein langer waagerechter Strahl aus brennendem Rot. Es roch nach Salz und Tang und Pech. Trotzdem war die Luft plötzlich so frisch, daß ihr schwindelig wurde. Sie atmete gierig, trank die Luft und streckte die Hände danach aus.

Vielleicht lag es an dieser Bewegung oder an einem Stoß von außen, daß sich der Leib, in dem sie steckte, mit einem Mal umstülpte. Kaum war sie auf diese Weise neu geboren und ins Wasser gefallen, da schnellte Panduv instinktiv weg wie ein schwarzer Delphin in einer Feuerwelle.

Sie tauchte. Das Wasser schlug ihr über dem Kopf zusammen und drückte sie wie mit fester Hand nach unten. Über ihr trieb, in zwei Hälften und nur durch die Scharniere zusammengehalten, der Säulenbaum der Göttin, dem sie entschlüpft war.

Panduv hob die Arme und stieg zur Oberfläche auf, durchstieß das Wasser unter rotem Himmel und hielt sich an der treibenden Säule fest.

Ihr Körper war geschunden und voller Prellungen, als hätte ein Folterknecht auf sie eingedroschen. Sie legte das Gesicht auf die Trommel und streckte die Arme seitlich aus. Eine Hand hing im Wasser. In dieser Kiste aus Holz, Lack und Bronze war sie durch Raum und Zeit hierher ins wüste Meer geschleudert worden.

Sie glaubte, durch einen blutroten Traum zu treiben.

In diesem Traum wähnte sie später einen violetten Mond aufsteigen zu sehen, vor dessen flackerndem Licht die Umrisse eines Schiffes zu erkennen waren.

Panduv rührte sich nicht, als sich der Enterhaken ins Holz der Säule bohrte. Ihr war alles gleich.

Langsam wurde sie an Bord gehievt.

Panduv sah unten im Wasser das Abbild des Schiffes und oben ein einziges großes Segel. Der Form und Takelage nach konnte es sich nur um einen Frachter aus Sh'alis handeln. Über der Reling zeigten sich bleiche, aber mit Dreck verschmierte Gesichter. Alle Augen waren auf den Fang gerichtet.

»Ein schwarzer Fisch von Vis.«

»Oder vielleicht hat sie das Feuer so verkohlt, he?«

Als ihr zwei der Männer am schwankenden Seil entgegenkletterten, war Panduv drauf und dran, von der Säule abzulassen, um sich im Meer zu ertränken. Aber als Zögling des Stadions war ihr Lebenswille stärker und sie hielt an der Säule fest.

Die Männer packten zu und zogen sie hinauf. Die Schmerzen waren unerträglich und ließen sie aufstöhnen.

»Du lebst also noch?«

»Oh, das Fischlein zappelt noch.«

Die Seeleute ließen sie auf die Planken fallen.

Der Schiffsherr und Kapitän, beugte sich über sie. Ein blonder Mann mit schwarzen Augen. Panduv ahnte Schlimmes. Mischlinge waren oft besonders unduldsam.

»Du bist entkommen«, sagte der Kapitän. »Ashara hat dich Tintenfisch verschont. Warst du auf einem anderen Schiff?«

Sie öffnete die Lippen, um ihn zu beschimpfen. Vielleicht, so dachte Panduv, brächte er sie dann sofort um. Aber die Worte klebten ihr an der Zunge. Entweder hinderte sie der Lebenswille am Sprechen, oder sie hatte die Sprache verloren.

Der Kapitän zeigte auf seine Kabine, auf einen groben Verschlag mittschiffs. Panduv wurde dorthingeführt und neben der Pritsche zu Boden gestoßen.

Kurz darauf trat er ein und schnallte die Ledertür zu. Die beiden waren allein.

»Keine Angst. Ich rühr dich nicht an«, sagte der Schiffsherr. »Ich will mir schließlich nicht die Finger dreckig machen. Vielleicht ist einer meiner Männer weniger pingelig. Manche juckt der Stern so sehr, daß sie es sogar untereinander oder mit dem Vieh treiben. Dreckskerle. Ashara weiß, was ich hier durchzustehen habe. Aber du bist jetzt meine Sklavin. Verstanden?« Er musterte sie mit seinen Vis-Augen und zeigte ihr sein ungewaschenes und unrasiertes Gesicht. »Ruh dich aus«, sagte er. »Heute abend kannst du essen, und dann sag mir, wer du bist.« Er beugte sich über sie und fuhr fort: »Wenn deine Familie reich ist und dich wieder haben will, wird sie mir eine Kleinigkeit zahlen müssen.«

Panduv fand endlich ihre Stimme zurück.

»Ich habe keine Familie«, entgegnete sie und versuchte zu lächeln, was ihr jedoch Schmerzen bereitete. »Ich bin eine Sklavin von der Stadt Saardsinmey.«

»Jetzt nicht mehr«, erwiderte er. »Wir haben uns nach dem Sturm umgeschaut. Von deiner Stadt ist nichts übriggeblieben.«

»Ein Erdbeben«, sagte sie.

»Und eine gewaltige Meereswelle. Euer Rorn hat auf euch gespuckt. Soviel bedeutet ihr ihm.«

»Dann bleibt für Euch auch nicht viel übrig«, antwortete sie leise.

»Ich werde dich in Scah verkaufen.«

Als er sie allein ließ, sah sie, daß Himmel und Meer immer noch rot leuchteten. Sie hatte zwar seine Äußerungen über Saardsinmey nicht verstanden, konnte sich aber selber langsam einen Reim machen auf das, was geschehen war, obwohl sie besinnungslos in dem Säulenbaum gelegen hatten, bis sie im zurückgekehrten

Wasser wieder freigesetzt worden war. Eine wundersame Entbindung. Doch in ihrem Innern spürte sie, daß es mit ihr wie mit der Stadt ein Ende hatte. Schon einmal war sie gestorben, damals in Zakoris, an dem Tag, als man sie aus dem Dorf geholt hatte. Den Verlust dieses Lebens bereute sie immer noch nicht. Und das Leben der königlichen Sklavin — auch das lag schon lange hinter ihr.

Sie fragte sich, was sie von damals noch übrigbehalten hatte und wer sie jetzt war. Unter Schock und von heftigen Schmerzen gequält, suchte sie nach einer Antwort und fand schließlich einen Ort im Innern jenseits aller Gefühle und Gedanken. Darin schloß sie sich ein mit dem Trost, daß davon, was sie verloren hatte oder was zerstört worden war, nichts wirklich zählte, nicht einmal ihr Körper oder ihr Name.

Panduv schlief ein.

Die *Owar* war ein Schiff aus dem Norden von Sh'alis. Ihre Besatzung setzte sich aus den übelsten Kerlen der nördlichen Kais zusammen. Sie schipperte — mal als Frachter, bei Gelegenheit auch als Piratenschiff — über die Gewässer zwischen kleinen Häfen der shansarischen Provinz und Var-Zakoris. Nur manchmal erreichte sie auch den Süden von Neu Alisaar. Mit einer Fracht alisaarischen Eisens und Zuchtschweinen für Iscah an Bord wurde die *Owar* nicht weit vor der Küste vom Sturm gepackt. Unter gespenstischem Abendrot und getrieben vom Wind, hatte sie einen Umweg nach Süden aufgenommen in der Absicht, nach Opfern des Sturms Ausschau zu halten. Nach schwerem Wetter ließ sich oft leicht Beute machen.

Aber nach einem Blick auf die Bucht und das umliegende Land der großen Stadt im Süden wurde beigedreht. Im Lauf des Tages begegneten der *Owar* ein paar Handelsschiffe, und die Besatzung hörte Nachrichten über ein gewaltiges Erdbeben, über einen Feuerschlund, der sich im Meer vor Saardsinmey geöffnet hatte, und über eine Welle, die bis zum Himmel reichte.

»Die Göttin hat also doch ihre Geduld mit denen da unten verloren«, sagte der Kapitän der *Owar*, der ansonsten ein völlig ungläubiger Mann war.

Die Abenddämmerung an diesem Tag war ebenso schaurig wie der Sonnenuntergang während des Sturms und auch wie das Morgengrauen dazwischen. Der Himmel glühte seit einer Stunde und die Küste von Neu Alisaar verschwand im Osten, als die Leute der *Owar* einen Gegenstand im Wasser treiben sahen und ihn an Bord hievten. Es war kein Schatz, sondern nur ein hohles Ding, auf dem eine schwarze Vis-Frau lag. Vielleicht würde sie in Iscah einen kleinen Gewinn einbringen, aber unterm Strich, so rechneten die Seeleute, war der Umweg umsonst gewesen.

Sie war die Dienerin des Kapitäns. Er sagte ihr, daß sie, wenn er die Wahl gehabt hätte, im Wasser geblieben wäre. Tintenfisch, nannte er sie, oder kurz *Tinte.* Er hatte eine Abneigung gegen ihre Haut, ohne sich bewußt zu machen, daß sie seine Blässe genauso abstoßend fand. Grob, wie er war, hatte er keinen Sinn für ihre Anmut und spürte nicht, wie überheblich sie war.

Die Sonnenuntergänge und -aufgänge normalisierten sich wieder. Gleichzeitig verschwanden die auf dem Wasser sichtbaren Zeichen der Katastrophe, die die Männer der *Owar* schon fast vergessen hatten. Nur die Frau von Zakoris, die noch weniger mitbekommen hatte als die anderen, erinnerte sich.

Obwohl sie nicht mehr Panduv war, blieb ihr Stolz ungebrochen. (Als der Kapitän sie nach dem Namen gefragt hatte, gab sie zur Antwort: Pamlv. Den Namen auszusprechen, fanden die Seeleute zu schwierig. Für sie hieß das Mädchen weiter *Tinte.*) Mit dem Stolz war ihr auch das Verlangen nach gutem Essen und nach Bewegung geblieben, um ihren Körper in Form zu halten.

Ersteres war für sie nicht zu haben; daran mangelte es jedem an Bord. Mit den Körperübungen hielt sie sich zurück, um die vom Stern geplagte Mannschaft nicht noch schärfer zu machen. Sie streckte und dehnte die Glieder im Bug vor dem Schweinepferch, wenn es dunkel wurde und die Arbeiten an Bord beendet waren. Ihre Wunden heilten schnell. Der Körper schmerzte nur noch, wenn sie sich überanstrengte. Sie konnte nicht gut schlafen, was ihr jedoch, die nie unter Schlafstörungen gelitten hatte, keine Sorgen machte. In einer Ecke der Kabine liegend, hörte sie den Kapitän schnarchen und grunzen. Derweil tüftelte sie raffinierte Mordpläne aus und amüsierte sich dabei. Aber er war ihr Beschützer. Ihn umzubringen, wäre kein guter Entschluß gewesen.

In Iscah würde sie als Sklavin verkauft werden. Daran gab es für sie nichts zu zweifeln. Aber wahrhaben wollte sie es auch nicht.

Sie trug ein zerschlissenes Hemd vom Kapitän, das sie erst einmal im Meer hatte waschen müssen. Das kleine Messer, das in einer Perlmuttscheide am Hals hing, war unentdeckt geblieben. Ob sie es tatsächlich würde verwenden müssen — gegen andere, gegen sich selbst?

Oft zog sie sich von der Außenwelt zurück und suchte den Ort im Innern auf, von dem die Impulse kamen, wenn ihr Körper tanzte. Ansonsten war sie so gelassen und so unbekümmert, daß sie sich manchmal fragte, ob ihr Verstand gelitten hatte unter den Schlägen in der Trommel.

Endlich erreichte das Schiff einen schäbigen Hafen von Iscah. Die Nachricht vom Fall Saardsinmeys war schon, wenn auch während des langen Weges durch Sh'alis entstellt oder aufgebauscht, bis dorthin vorgedrungen. Mit den Schweinen und dem Eisen wurden auch neue Gerüchte ausgeladen. Im Schutz der Macht von Ashara-Anack flanierten die blonden Seeleute durch die Stadt und musterten die dunklen Bewohner von Iscah mit abschätzigen Blicken.

»Zieh dich aus«, sagte der Kapitän zu Panduv. »Hier kann man deinen Anblick ertragen. Du wirst den Leuten sogar gefallen. Zeig ihnen, wie du tanzen kannst. Darin bist du ja wirklich gut, wie ich gesehen habe.«

Panduv antwortete: »Ich zieh mich nicht aus. Und tanzen werde ich auch nicht, weder vor Euch noch vor den anderen.«

Der Mann kam auf sie zu und drohte mit der Faust. Aber er schlug nicht zu, weil er den Marktwert seiner Ware nicht verringern wollte.

Panduv überlegte. Jetzt bot sich die Gelegenheit, diesen Flegel zu töten und zu fliehen. Vielleicht würde sie irgendwo eine Anstellung finden. Aber irgend etwas hielt sie davor zurück. In Iscah wurden Zakorianer auch nicht gern gesehen, die früher plündernd über das Land hergefallen waren und den Fluch von Anack, der gefährlichen Göttin, auf sich geladen hatten.

Panduv sagte zum Kapitän: »Ihr werdet mich verkaufen können, auch wenn ich nicht nackt bin und tanze. In dieser Gegend sind Sklaven für die Arbeit gefragt.«

»Und fürs Bett«, fügte er hinzu.

»Mag sein. Also laß sie zahlen wie gesehen.«

Er zuckte die Achseln. »Laß die Haare hängen!«

Sie hatte einen Zopf geflochten und ihn mit einem Faden des Hemdes auf dem Kopf zusammengebunden. Panduv gehorchte und glaubte, daß er ihr langes Haar für verkaufsträchtiger hielt. Statt dessen aber nahm er ein Messer zur Hand und schnitt ihr die Haare knapp unterhalb der Ohren ab. Er ließ sich zu einer Erklärung herab und sagte: »Für den Perückenmacher.«

Der Wunsch, ihn zu töten, drohte sie mitzureißen wie die Meereswelle, die über Saardsinmey gespült war. Ihr altes Wesen drängte sich wieder vor.

Der Sklavenmarkt öffnete am Abend, als es kühler wurde und sich die wohlhabenderen Bürger zum Hafen hinunterbequemten. Aber selbst die schienen nach Panduvs Einschätzung nur über bescheidene Mittel zu verfügen. Im Süden wären sie für Straßenfeger gehalten worden. Die angebotenen Sklaven waren in einer kümmerlichen Verfassung, und der Kapitän war sichtlich stolz auf seine überlegene Ware.

Als die Seeleute darauf warteten, ihr Angebot auf dem Podest zeigen zu dürfen, zog eine Gruppe von Geistlichen durch die Menge. Der Kapitän und sein Bootsmann spuckten auf den staubigen Boden.

»Gottloses Pack!«

Es waren Anhänger von Cah, wie sich an den dunkelroten und ockerfarbenen Roben erkennen ließ. An der Spitze ging der Hohepriester mit kahlrasiertem Schädel, begleitet von einem Jungen, der einen Sonnenschirm aus Federn über den Kopf des Priesters hielt, obwohl die Dämmerung längst eingesetzt hatte. Im Abstand weniger Schritte folgte eine ebenso seltsame Erscheinung: eine fette Frau, in Gaze gehüllt. Nur die wabbelnden Brüste waren nackt, und an den Armen klapperten Ringe und Spangen. Sie war, wie auf den ersten Blick zu erkennen, die Vorsteherin des Tempelbordells.

Der Kapitän tauschte mit dem Bootsmann höhnische Kommentare aus. Sie lachten, aber nicht zu laut, denn die Götzenpriester wurden in dieser Gegend hoch verehrt, und selbst die Tempelmädchen hatten Ansehen.

Fackeln wurden angezündet. Jetzt kam Panduv an die Reihe. Sie stieg aufs Podest.

Sie stand da und blickte in den Himmel über den Lampen und Dächern. Die Sterne traten deutlicher in Erscheinung. Derweil wurden ihre vermeintlichen Tugenden angepriesen. Ihre Kraft, der geschmeidige Körper, die robuste Gesundheit.

Ein kupfernes Aufblitzen erregte Panduvs Aufmerksamkeit, und sie richtete den Blick auf die Menge. Dort sah sie die feiste Frau. Ihre Armreifen klirrten, als sie mit dem Finger auf Panduv zeigte. Auch Panduv hatte erkannt, um welche Art von Frau es sich bei der Dicken handelte. In Daigoths Höfen waren auch zwei oder drei Tänzerinnen aus Iscah gewesen.

Ein Priester, der am Rand gestanden hatte, näherte sich jetzt dem Podium. Auch er zeigte auf Panduv und bot Geld an. Der Kapitän der *Owar* fluchte. Mit einem Priester ließ sich nicht feilschen. Der Seemann packte den Arm des Auktionators und protestierte. Aber es nützte nichts. Die angebotene Summe wurde angenommen. Schon wandte sich der Priester wieder ab, und Panduv merkte, daß sie vom hiesigen Tempel gekauft worden war. Und weil eine Frau der Göttin Cah nicht als Hetäre dienen konnte, ahnte sie, daß sie als Hure verschachert worden war.

Der Tempel stand auf einem steinernen Sockel. Ringsum wuchsen schwarze Bäume, auf denen tagsüber Aasvögel hockten, die vom Gestank der Opfergaben auf den Altären angelockt wurden. In einem rückwärtigen Teil war das Hurenhaus untergebracht.

In der ersten Nacht wurde sie mit einem Getränk betäubt, denn sie war zu durstig, um darauf zu verzichten. Am nächsten Morgen wurde ihr von zwei Mädchen mit dicken Fettrollen ein üppiges Mahl vorgesetzt.

Panduv aß nur wenig. Das Essen schmeckte ihr nicht. Süßer klebriger Brei und noch süßeres Graubrot.

Sie hauste in einer Zelle, die nicht größer war als eine Latrine. Die Tür öffnete sich — wenn sie nicht verriegelt war — zum Hof hin. Ihr war schon aufgefallen, daß Tempelwachen die Außenmauern und alle Tore darin im Auge behielten.

Gegen Mittag kamen die fetten Mädchen zurück, um das Geschirr abzuholen und noch mehr Essen zu bringen. Panduv fragte in halbwegs verständlicher Nachahmung des iscanischen Zungenschlags, ob sie ihre Notdurft verrichten dürfte. Eins der Mädchen zeigte, ohne ein Wort zu sagen, auf ein Tongefäß mit Deckel, das in der Ecke stand. Die Zelle hatte, wie es schien, nicht nur die Größe, sondern unter anderem auch die Funktion einer Latrine.

Panduv rührte das Essen nicht an. Statt dessen machte sie ein paar Körperübungen. Sie stellte sich auf die Hände und lief mit den Füßen über die Wand nach unten. Aber der Raum war so eng, daß ihr die Lust verging wie schon zuvor an Bord der *Owar,* wo sie durch andere Umstände behindert worden war.

Am Abend wurde ihr noch mehr zum Essen vorgesetzt.

Als es dämmerte und der Stern sein rotes Licht durchs Gitter ihrer Zellentür warf, kam die Vorsteherin zu Besuch, angekündigt vom Geklimper der Armreifen und keuchenden Atem.

Sie blieb vor der Tür stehen. Vielleicht hatte sie Angst, in der engen Zelle steckenzubleiben, falls sie versuchte, sich dort hineinzuzwängen. Sie roch nach Schweiß, Parfüm und schlechter Laune.

»Du mußt essen«, sagte sie.

Panduv lächelte.

»Um an Gewicht zuzunehmen?«

»Ja, genau. Damit du ansehnlicher wirst.«

»Die Männer dieser Stadt mögen die Weiber wohl gern fett.«

Die Vorsteherin konnte Panduv verstehen und spitzte die Lippen. Sie hatte das schwarze Haar zu vielen Zöpfen geflochten und mit Perlen besteckt und war für eine Iscanerin sehr dunkelhäutig, obwohl längst nicht so dunkel wie Panduv. Zwischen den Falten ihres überfütterten Leibes ließ sich eine alte Schönheit ahnen. Aber die Augen glichen Feuersteinen.

»An wen glaubst du?« wollte sie wissen.

»An Zarduk, den Herrn des Feuers, und an Daigoth, den Gott der Kämpfer.«

»Du bist eine Zakorianerin. Frei oder im Besitz der Weißen?«

»Weder noch. Ich bin eine Sklavin aus Alisaar.«

»Kennst du den Namen Cahs?«

»Ich habe keinen Streit mit ihr«, antwortete Panduv.

»Sie hat dich gekauft. Sie will, daß du ihr dienst. Und um ihr zu dienen, mußt du Fett ansetzen.«

»Mich ekelt vor euren Speisen. Ich kann sie nicht essen, selbst wenn ich wollte. Schaut mich an. Mein Körper ist an Bewegung gewöhnt. Ich bin eine Feuertänzerin gewesen.« (Die Vorsteherin gab ein leises Zischen von sich.) »Sperrt mich ein, und ich werde krank«, sagte Panduv mir ruhiger Stimme, obwohl ihr das Blut in den Ohren rauschte. »Ihr verschwendet das Geld Eurer Göttin an mir.«

»Du wirst dich ans Essen gewöhnen. Wenn du wie die anderen Mädchen von Kindheit an gehungert hättest, wärst du froh darüber. Hier führst du ein sorgenfreies Leben.«

Panduv konnte sich — das heißt sie, die Gewesene — nicht länger zurückhalten.

»Darum geb ich nichts, du dickes Schwein. Soll ich etwa deinem Beispiel folgen? Lieber hungere ich. Lieber sterbe ich. Na los, bring mich um!«

Sie mußte an ihre Gruft denken, die sie der weißen Amanackire vermacht hatte. Wahrscheinlich war die Grabstätte von der Flutwelle zerschlagen worden. Und die Hexe hatte ihr ein langes Leben versprochen ...

Die Dicke war gegangen. Ihr Gehilfe schloß die Tür wieder zu.

Panduv kippte die mit klebrigem Brei gefüllten Schalen um (und spielte mit dem Gedanken, die Wächter damit zu bewerfen; doch die waren zu zahlreich). Sie stellte sich vor der Wand auf die Hände, kochte aber vor Wut und machte ihre Übungen so schlecht, daß sie besser gar nicht erst angefangen hätte. Am Ende stieß sie mit dem Kopf gegen eine unebene Stelle in der Wand, raufte sich die Haare und fluchte auf die ganze Welt.

Später warf sie sich auf die Pritsche. Wahrheit und

Wirklichkeit hatten sie nun doch wieder eingeholt. Sie spürte endlich den Verlust, den ihr der Untergang von Saardsinmey beschieden hatte. Zuerst empfand sie unsägliches Leid, doch im Lauf der Nacht wichen die heißen Qualen einer ohnmächtigen Verzweiflung.

Sie hatte keine Sehnsucht nach Zakoris, weder zum freien Teil noch zu dem besetzten. Ihr war nur am Ruhm in Alisaar gelegen gewesen und daran, den Zusatz *Am Hanassor* im Namen tragen zu dürfen. Die Welt, in der sie die Jahre ihres bewußten Lebens zugebracht hatte, war verloren — eine Welt, die zwar nie die ihre war, der sie aber dennoch angehörte. Jeder andere Ort war ihr fremd.

Früh am Morgen schlief sie ein. Als sie aufwachte, spürte sie kalte Tränen im Gesicht. An den Traum, der sie hatte hervorquellen lassen, erinnerte sie sich nicht. Dann überlegte sie: Da sie überall gleichermaßen fremd war, mochte ihr jeder Ort eine Chance bieten.

Sie stand auf, trat die vollen Schalen zur Seite und wartete auf die Tempelmädchen.

Wenig später schleppten sich drei von ihnen herbei, öffneten vorsichtig die Tür und blinzelten der Neuen argwöhnisch unter geschwärzten Wimpern entgegen.

»Laßt eure Vorsteherin wissen, daß ich einen Handel vorschlage«, sagte Panduv. »Ich werde den Fraß essen, wenn sie mir erlaubt, im Hof zu trainieren. Wenn nicht, hungere ich mich zu Tode.«

Die Mädchen gafften sie an, als hätte sie in einer fremden Sprache mit ihnen gesprochen. Panduv ging auf sie zu und stieß alle drei von der Tür weg, drohend wie ein eingesperrter Leopard, der in die Freiheit drängt. Ängstlich eilten sie davon und ließen Panduv auf sich allein gestellt zurück.

Der Hof machte nicht viel her. Er war ein schlichter Steinplatz, der links und rechts von jeweils einem Gebäudeflügel und außerdem von zwei hohen, gelb verputzten Mauern begrenzt wurde. An Verzierung hatten die Wände nur ein paar ungeschlachte Kritzeleien in Rosa und Grau aufzuweisen. Außerdem standen hier und da Töpfe mit blühenden Sträuchern herum. Aber die Sonne strahlte über den Hof, die Pflanzen waren frisch gewässert und verströmten einen klaren, hoffnungsvollen Duft.

Panduv fing sofort mit den Übungen an, denn sie wußte nicht, wieviel Zeit ihr vergönnt war. Sie beugte und streckte und drehte sich, durchquerte radschlagend den Hof, was sie an die Schläge erinnerte, die sie als junges Mädchen in Hanassor bezogen hatte.

Schließlich pausierte sie, um Luft zu holen, und wischte sich die kurzen Haarsträhnen von der Stirn. Sie sah die Reihe der Zellen entlang, in denen die fetten Mädchen hockten und sie verwundert angafften. Auf den Stufen zum Gebäudeflügel am anderen Ende des Hofes stand die Vorsteherin, lutschte Konfekt und sah mit unbewegter Miene zu.

Panduv grinste und grüßte so überschwenglich wie ein Kämpfer das Publikum im Stadion.

»Sind Euch meine Bedingungen genannt worden?«

Die Vorsteherin sagte nichts, sondern kehrte nach einer Weile unentwegten Starrens in ihre Wohnung zurück und zog den Vorhang zu, wobei sie die Armreifen klappern ließ.

Niemand kam, um Panduv in ihr Gefängnis zurückzutreiben oder um sie zu züchtigen.

Was das Essen anging, so mußte sie wohl oder übel eine kleine Portion davon hinunterwürgen. Den Rest schüttete sie in das zuklappbare Tongefäß, das sie anschließend über der Sickergrube leerte. Vielleicht würde ihr, so hoffte sie, eine andere Speise angeboten werden, wenn klar wurde, daß sie keinen Speck ansetzte. Panduv duckte sich wie eine schwarze Schlange, hob die Füße in die Luft und ging auf Händen über den Hof.

Tagsüber, wenn sie keinen Dienst hatten auf den Liegen im Tempelanbau, schlenderten die Mädchen im Hof umher. Die meisten von ihnen standen spät auf, besonders dann, wenn sie Dienst gehabt hatten. Die Mittagshitze trieb sie aber meist wieder in ihre Zellen zurück. Manchmal beschäftigten sie sich mit Näharbeiten, dem Einfädeln von Perlen oder der aufwendigen Haarpflege. Ständig wurden ihnen Schalen mit Süßigkeiten gebracht von fünf oder sechs kleinen Mädchen, die schon ihren Eid abgelegt hatten. Im entsprechenden Alter würden auch sie ihren Dienst für Cah antreten.

Abends wenn es abkühlte, kurz bevor die letzte Mahlzeit gereicht wurde, fingen die Grillen in den Büschen und Sträuchern jenseits der Mauern zu zirpen an, und die Schatten der Vögel huschten über den Hof. Dann wurden die heiligen Mädchen lebendig. Sie tauschten ihre Juwelen aus, steckten Blumen in die Frisur und schwatzten. Oft verglichen sie sogar ihre Freier in respektlosen Reden. Cah legte großen Wert auf die Fähigkeit des Mannes, Freude zu bereiten. Weil aber diese Fähigkeit für gewöhnlich fehlte, durften die Dirnen frech und frei darüber lästern. Zur Zastis-Zeit gab es besonders viel zu frotzeln. Die Männer waren dann meist sehr in Eile, aber die Lust steckte in allen und setzte sich schließlich durch, auch wenn das erst beim zehnten Kunden der Fall war.

Panduv kannte solche Reden aus der Halle der Stadionmädchen und hatte bald zuviel davon, denn es gab offenbar kein anderes Thema.

Sie ging ihren Übungen im Hof nach und wußte, daß sie von den Dirnen beobachtet wurde, offen oder mit verstohlenen Blicken, oft mürrisch aber immer gefesselt. In einer Welt, wo die Männer so unumgänglich waren wie das Wetter, wurde eine Frau, die männliche Eigenschaften wie Freiheit und Kraft, Hochmut und Prahlerei zeigte, wie ein Wunder bestaunt.

Da war eine Hure, der die Körperfülle gut zu Gesicht

stand. Obwohl sie zu den schwersten des Tempels zählte, hatte ihr Körper straffe Formen, und die Haut schimmerte wie Seide. Sie bewegte sich anmutig und schwebte wie eine Feder über den Boden. Ihre Augen zeugten von Intelligenz, obwohl sie meistens niedergeschlagen waren. Daß sie in Cahs Diensten stand, zeigten die beiden Zöpfe, an deren Enden jeweils eine Kupferglocke befestigt war. Ansonsten hatte sie die Haare in wunderschöne Wellen gelegt. Sie hieß Selleb.

Selleb war nicht so träge wie die anderen. In einem Raum unter der Wohnung der Vorsteherin stand ein Webstuhl. Daran webte sie den Stoff für die Winterkleidung und hielt Beine und Arme in Bewegung.

Sie hörte nicht einmal auf mit der Arbeit, als die schwarze Leopardenfrau die Webstube betrat.

Panduv rückte dicht an sie heran und berührte ihr glänzendes wolkiges Haar.

»Welche Locken! Der Sklavenhändler, der mir den Kopf geschoren hat, wäre ganz wild auf dein Haar gewesen.«

»Bevor ich hergebracht wurde, hat mir mein Vater auch den Kopf geschoren«, antwortete sie gelassen und bediente ohne Unterbrechung den Webstuhl.

»Tat es dir leid, hergebracht zu werden?«

»Nein«, entgegnete Selleb. »Auf dem Hof meines Vaters habe ich hungern müssen. Ich bin als pummliges Kind zur Welt gekommen, und deshalb glaubten meine Eltern, mich mit Brotkrusten und Luft aufziehen zu können. Mein Magen hat vor Hunger gekrampft.«

»Nun, die Zeit hast du überstanden«, sagte Panduv und legte die schlanke Hand auf Sellebs fleischige Schulter.

Das Mädchen webte weiter.

»Mir bekommt das Essen hier nicht«, sagte Panduv. »Ich bin immer ziemlich mager gewesen.«

Selleb lächelte, sagte aber nichts.

Panduv hob die Brauen.

»Ich esse lieber Fleisch und Früchte«, vertraute sie dem Mädchen an.

»Alle zehn Tage bekommen wir ein Fleischgericht«, antwortete Selleb. »Früchte können gekauft werden, aber am besten ist es, einen Freier, der regelmäßig kommt, darum zu bitten.«

»Ich bin so mager, daß ich keinem Freier gefalle«, entgegnete Panduv. »Du, Herrliche, wirst dagegen viele auf die Matratze locken.«

Wieder lächelte Selleb.

Panduv schlang ihr den Arm um die Hüfte — das heißt, so weit der Arm reichte. Dann flüsterte sie ihr ins Ohr: »Ich brauche mehr Fleisch. Ob ich etwas vom Altar haben kann? Wenn es sein muß, esse ich's auch roh.«

»Da wäre eine Möglichkeit, Pannuv«, antwortete Selleb, die den zakorianischen Namen besser aussprechen konnte als die anderen. »Wirst du dich für meine Hilfe erkenntlich zeigen?«

»Ich zögere.«

Selleb kicherte leise.

Panduv sagte: »In Alisaar habe ich verschiedene Liebeskünste erlernt. Ich könnte dich darin unterrichten, wenn du einverstanden bist. Du würdest im Stande sein, dir und deinen Freiern mehr Freude zu bereiten, und die Göttin wäre zufrieden.«

Die Vorsteherin betrat die Zelle des Hohenpriesters und ging keuchend in die Knie. Er thronte auf seinem Stuhl und ließ ihr Zeit beim Luftholen. Schließlich sagte sie: »Ich bitte, sprechen zu dürfen, hoher Herr.«

»Nur zu.«

»Hoher Herr, Ihr erinnert Euch vielleicht an die unwürdige Frau, die ich, Nichtsnützige, ausgewählt habe für Cahs Lager.«

»Die schwarze Zakorianerin.«

»So ist es, hoher Herr. Sie macht uns Schwierigkeiten.« Der Priester wartete auf die Erklärung, während die Fette mit schmerzverzerrtem Gesicht auf den Knien herumrutschte. »Sie ißt zwar, nimmt aber nicht zu. Vielleicht würgt sie ihr Essen immer aus. Am liebsten würde ich sie züchtigen und zwingen, die Speisen vor meinen Augen zu schlucken. Aber sie ist eine Tänzerin in Alisaar gewesen und scheint sich in der Kunst der Liebe auszukennen. Sie hat den Mädchen — zumindest einem — ein paar Tricks beigebracht, die den Freiern zugute gekommen sind. Darüber wird schon gesprochen. Was soll ich tun, Hoher Herr?«

Der Hohepriester legte die Hand an das rasierte Kinn und betrachtete lang und finster die schnaufende Bordellvorsteherin von Cah.

Dann sprach er.

»Daß Mann oder Frau auf ungewöhnliche Art und Weise Vergnügen finden sollen, ist nicht der Wunsch der Göttin. Ihr kann nicht gedient werden mit den Künsten der Alisaaren. Ja, Frau, du hast schlecht gewählt unter den Sklavinnen. Diese Sklavin ist nicht fügsam und kennt nicht den Platz einer Frau. Sie schadet den Mädchen. Ich glaube, wir müssen sie loswerden. Bei Neumond werden wir sie als Arbeiterin auf dem Markt verkaufen.«

Die Vorsteherin verbeugte sich und schnappte nach Luft.

»Noch eins«, sagte der Hohepriester. »Aus der Hauptstadt kommt ein Prüfer zu uns. Er wird hier Verhältnisse vorfinden, über die er im Muttertempel ruhig berichten darf. Er wird allerdings ankommen, bevor Zastis vorbei ist. Sorg dafür, daß deine Schützlinge geschniegelt und in Form sind. Wahrscheinlich will er sich an ihnen genüßlich tun.«

Als bekannt wurde, daß der Besuch des Tempelprüfers zu erwarten war, entstand unter den Mädchen von Cah eine allgemeine Aufregung. Ein solcher Geistlicher war schon sehr bedeutend, aber in der Regel noch jung, denn die mühsamen Reisen waren nichts für ältere. Er zog von Ort zu Ort, inspizierte die Tempel der Göttin, paßte darauf auf, daß die Rituale den Vorschriften entsprachen, und vergewisserte sich auch über den geregelten Ablauf der übrigen Tempelgeschäfte, dem Schlachten zum Beispiel oder dem Geldwechseln. Steuern und Abgaben wurden aus allen Städten und größeren Dörfern Iscahs zum Muttertempel in die Hauptstadt geschickt, was nicht immer leicht fiel. Das Land war nämlich, wie bekannt, sehr ärmlich, und aus einem Stein ließ sich nicht viel Blut quetschen.

»Seit drei Generationen ist kein Prüfer mehr bei uns gewesen.« Die Mädchen tuschelten untereinander. Ihre sonst so verschlafenen und nörgelnden Stimmen klangen ungewöhnlich wach und heiter. Sie aßen mit großem Appetit, wuschen, massierten und ölten die Körper, pflegten mit derselben Gründlichkeit die Haare und räkelten sich unter der Sonne wie fette Katzen mit glänzendem Fell.

»Er ist also mächtig, dieser Priester?« fragte Panduv die Weberin, als sie um Mitternacht Seite an Seite lagen.

»Du überlegst, welche Vorteile sich daraus schlagen lassen«, murmelte Selleb.

»Du bist einfach zu gescheit«, antwortete Panduv. »Wie kommt's, daß du keinen Breikopf hast wie die anderen?«

»Ich habe gehört, daß er in die Berge reisen muß. Da liegt ein Dorf, das dem Muttertempel aufgefallen ist. Außerdem habe ich gehört, daß er Frauen gern hat.«

»Dann wird er bestimmt welche in seiner Begleitung haben, oder?«

»Nein. Wenn er zu Anfang Frauen bei sich hatte, wird er sie inzwischen leid sein, zurückgelassen oder gegen Lebensmittel eingetauscht haben.«

»Ja«, entgegnete Panduv. »Auch ich habe gelegentlich Liebhaber für andere Zwecke mißbraucht.«

An einem heißen Nachmittag Ende der Zastis-Zeit traf Arud, Cahs Prüfer, in einem kleinen iscanischen Hafen ein, zu dem ihn seine Pflichten führten. Hinter ihm lagen drei Tage gebirgiger staubiger Pfade ohne Frau oder die Möglichkeit, ein Bad zu nehmen. Er war steif vom Reiten (der Muttertempel stellte nur Zeebas zur Verfügung), von Insektenstichen geplagt, hatte entzündete Augen und schlechte Laune. Zusätzlich gedämpft wurde seine Stimmung durch die Aussicht auf eine noch längere, staubigere und mühseligere Wegstrecke, die ihn an einen noch schäbigeren Ort führen würde.

Der kleine häßliche Hafen konnte Aruds Aufmerksamkeit nicht gewinnen. Er trottete auf seinem Reittier vorüber. Vier Begleiter zogen mit dem Gepäck hinterdrein. Die Leute auf der Straße machten Platz und zeigten fromme Ehrerbietung. Der Tempel, die ungestrichenen Säulen, die Krähen auf den Bäumen — all das paßte zu dem Bild, das er sich von dem Ort gemacht hatte. Bisher war er auf seiner Reise an fünf ähnlichen Flecken vorbeigekommen.

Der Hohepriester eilte herbei und grüßte Arud. Anschließend wurde eine Feier im Tempel abgehalten, vor dem Hochaltar. (Arud hätte liebend gern darauf verzichtet, konnte aber Cah nicht beleidigen.) Danach hatte er Gelegenheit, ein Dampfbad zu nehmen, sich mit lauwarmem Wasser abzuspülen und auf einer Liege in einer merkwürdigen dreieckigen Kammer zu ruhen. Wie wichtig solche Kleinigkeiten waren, und wie sehr sie doch die Stimmung heben konnten.

Erschöpft streckte sich Arud auf der Liege aus, konnte aber die Augen nicht schließen, obwohl er den Schlaf herbeisehnte. Voll Groll dachte er an die neidischen Tempelbrüder, die ihn auf diese Reise geschickt hatten. Angeblich sollte dieser Ausflug seiner Beförderung zuträglich sein. Aber eigentlich und traditionellerweise dienten diese Prüfreisen dem Zweck, unbeliebte oder allzu ehrgeizige Priester loszuwerden. Die bereits absolvierten Besuche bei den fünf Tempeln und die jetzt anstehende Prüfung des hiesigen Tempels waren bloß Routine. Aber die Reise in die Bergtäler, zu jenem Dorf, das nur alle zehn Jahre seine Steuern zahlte, würde anstrengend und unangenehm sein. Händler und Banditen streuten Gerüchte über merkwürdige Vorgänge in dieser Gegend. Wahrscheinlich waren alle diese Geschichten frei erfunden, aber trotzdem hatte der Prüfer den Auftrag, nach dem Rechten zu sehen. Er war von seinen gehässigen Tempelbrüdern auf halber Strecke an Land gesetzt worden in der Hoffnung, daß ihm die Nerven flattern würden, bevor die eigentliche Strapaze begann. Er reiste nun schon seit einem halben Monat. Der Weg in die Berge würde noch länger dauern.

Fluchend wälzte sich Arud auf den Bauch. (Er war ein gutaussehender junger Mann mit ungekürzten krausen Haaren.) Mochte Cah seine neidvollen Widersacher verwünschen! Und es war immer noch Zastis … Nein, schmollen wollte er nicht. Hier gab es schließlich Mädchen zu haben, dicke weiche Kissen weiblicher Willfährigkeit. Die würden ihm Trost spenden. Er hatte Macht, die sich einsetzen ließ; denn wenn er in seinen Bericht für den Muttertempel Schlechtes schriebe über eine der Dirnen … Gnade ihr Cah.

Vergiß die verfluchte Reise und das elende Bergnest.

Kurz vorm Einschlafen dachte er an den Vater, der seinen zweitältesten Sohn aus Stolz in den Tempel geschickt hatte. Er dachte an Cah, an die er glaubte, wenn auch in einem abgehobenen, spekulativen Sinn. Arud war zu einer neuen Übersetzung gelangt — gewiß kein Abtrünniger, sondern vielmehr ein Wahrheitssuchender. Für ihn war Cah Statthalterin des Allumfassenden; ihre Rituale entsprechen der Ehrerweisung, die dieses Allumfassende verdiente. Arud verbeugte sich vor Cahs schwarzen Steinen, aber er glaubte nicht, daß die Göttin tatsächlich in ihnen steckte. Cah war überall, war alles, das Prinzip des Lebens … Und was das Bergwunder anging — nein. Es gab Erklärliches, und es gab auch Lügen.

Arud schlief. Das Bett verwandelte sich in eine Frau.

Nach dem Abendessen, das schon früh gereicht worden war, verließen die heiligen Mädchen den Hof und stiegen über eine Treppe in den eigentlichen Tempelbezirk. Das Bordell war seit der Ankunft des Prüfers für gewöhnliche Freier gesperrt. Jedes Mädchen war frisch gewaschen, geschniegelt und parfümiert und mit klimperndem Kupfer- und Emailleschmuck ausstaffiert.

Panduv hatte keinen Schmuck. Sie trug bloß das farblose dünne Gewand, das ihr die Vorsteherin gegeben hatte. Sie, Panduv, wollte weder Klunker noch Aufmerksamkeit. Trotzdem. Ihre schwarzen Haare waren während der Gefangenschaft schnell nachgewachsen und fielen ihr wieder weit über die Schultern. Sie hatte die Taille gegürtet mit einer verdrallten roten Kordel, die sie unter Sellebs Webstuhl gefunden hatte. Panduv unterschied sich so sehr von den anderen Frauen, stand so aufrecht da, so dunkel, schlank und anmutig, daß sie auch ohne schmückendes Beiwerk sofort ins Auge fiel. Eine der Ordensschwestern kniff ihr in den schlanken Arm und gab den gehässig gemeinten Rat, sich unters Licht zu stellen, weil sie sonst übersehen würde.

Sie betraten den Flur, in dem die Huren tagsüber saßen oder standen, um ausgewählt zu werden. Jedes Mädchen nahm seinen angestammten Platz ein, lehnte sich hier an oder da, stemmte die Hand in die breite Hüfte oder spielte mit den Zöpfen und Löckchen. Öllampen mit zwei oder drei Dochten flackerten in trübem Licht.

Dann waren Schritte zu hören, lange Schatten huschten den Flur entlang, und alles schien ins Schwanken zu geraten, in Bruchstücke zerteilt zu werden, unwirklich zu sein.

Die Vorsteherin stampfte auf platten Füßen voran. Sie trug ihren Amtsstab, der einen kupfernen Phallus als Spitze hatte, und musterte ihre Mädchen mit ausdruckslosem Gesicht. Ihr folgte der Hohepriester und — an seiner Seite — der Prüfer, der die Reihe der Dirnen inspizierte. Die senkten, wie es sich gehörte, die Augen vor seinem Gesicht. Nur Panduv nicht. Der Hohepriester entrüstete sich über ihren kühnen Blick und war nicht schlecht verblüfft, denn sie hatte er nicht in der Auswahl erwartet. Sie war noch nie angeboten worden, weil kein Mann sie akzeptiert hätte. Der Prüfer aber blieb vor ihr stehen.

Arud war nicht weniger erstaunt, eine schwarze Zakorianerin zwischen den weichen Täubchen zu sehen, und schreckte vor ihrem direkten Blick zurück.

Panduv hatte sich selber überrascht mit dem Entschluß, ohne Erlaubnis der Vorsteherin die Mädchen zu begleiten. Ihr Plan war noch völlig unausgegoren und hatte nichts mit der Lust auf einen Mann zu tun, obwohl Zastis noch nicht vorbei war und Selleb ihren Heißhunger nicht hatte stillen können. Dieser Prüfpriester war hübsch und jung. Seinem Körper fehlte zwar der Schliff aus Daigoths Hof, aber er gefiel ihr, glich er doch dem des Schauspieler-Geliebten oder denen der Prinzen, die sie verwöhnt hatte. Ja, Panduv spürte ein heißes Verlangen. Sie hielt den Blick auf ihn gerichtet, entschleierte die Augen und schlug die langen schwarzen Wimpern nieder, nicht unterwürfig, sondern kokett. Er sollte wissen, daß er ihr als Mann gefiel.

Gleich darauf setzte er seinen Inspektionsgang entlang der zimtfarbenen fleischigen Reihe fort. Er ging bis ans Ende des Korridors, blieb stehen, wechselte ein paar Worte mit dem Hohenpriester und verschwand. Die Vorsteherin wurde über seine Wahl informiert, machte kehrt und ließ den Amtsstab rhythmisch in die Handfläche klappen.

Vor Panduv blieb sie stehen und sagte kühl: »Geh in

die dreieckige Kammer. Diene Cah und bereite ihm Vergnügen.«

Dann langte sie mit dem Stab an Panduv vorbei und berührte Sellebs Schulter.

Es war eine Stunde vor Sonnenaufgang, als es leise an der Tür scharrte. Panduv war schon lange wach. Aus eitler Wut über die Ablehnung eines hinterwäldlerischen Jungpriesters hatte sie die ganze Nacht kein Auge zugemacht.

Als aber Selleb in die Kammer schlüpfte, stellte sie sich schlafend — was ebenso albern war wie ihre Wut.

»Nun, hast du ihm gefallen?« fragte Panduv schließlich.

»Sehr.«

»Und hat er dir auch gefallen?«

»Ach was«, antwortete Selleb. »Die Zärtlichkeiten eines Mannes bedeuten mir nur wenig. Ich tu nur so, Cah zuliebe.« Und hinzufügend: »Es bleibt noch eine Nacht.«

»Ist er gescheit genug, wieder nach dir zu fragen, oder wird er einen der Fettklöße wählen?«

»Er war von meinen Künsten sehr angetan. Ich habe ihm erzählt, wem ich sie verdanke.«

»Was?«

»Sein Appetit war nicht zu stillen. Je mehr ich von dir, Pannov, und deinen Talenten sprach, desto größer wurde sein Verlangen. Er sagte, du wärst keine Frau, und wenn es nach ihm ginge, würdest du bestraft für die Blicke, mit denen du ihn gemustert hast.«

Panduv kicherte. Die Spannung ließ nach. Eine andere setzte dafür ein.

»Und er will wahrscheinlich die Bestrafung persönlich übernehmen, oder?« Sie reckte sich und griff mit der Hand in Sellebs Haare. »In Saardsinmey hätte ich ihm keine zwei Blicke gegönnt. Es wäre seine Aufgabe gewesen, um mich zu werben. Er hätte reich sein müssen, klug, geistreich, ein Poet. Wie tief doch Zarduk die Stolzen fallen läßt!«

Nachdem Selleb gegangen war, zeigte sich das erste milchige Dämmern am Himmel. *Wart bloß nicht den ganzen Tag auf einen Ruf, der dann womöglich doch nicht kommt.*

Aber an diesem iscanischen Tag gab es nichts anderes zu tun als zu warten.

Der Ruf erfolgte am Nachmittag.

Die Vorsteherin watschelte über den Hof, trat in den Schatten des Eingangs und rief Panduv heraus.

»Wasch dich und mach dich zurecht.«

Das Blut kribbelte ihr in den Adern.

»Warum?«

»Du wirst dich zum Prüfer aufs Bett legen.«

»Ich?« fragte Panduv. »Obwohl ich so dünn und abstoßend und obendrein noch aus Zakoris bin?«

»Sieh dich vor, sonst muß ich dich verprügeln lassen und nachholen, was schon längst hätte geschehen sollen. Diene Cah, so gut du kannst. Der hohe Herr droht, dich bei Neumond als billige Arbeitssklavin zu verhökern.«

Panduv gab keine Antwort, sondern bereitete sich vor auf den Dienst an Cah.

Eins der kleinen Mädchen führte die Zakorianerin in die Kammer mit den drei Wänden, in der der Gast wohnte. Selbst in dem zumeist düsteren Tempel nahm das Sonnenlicht an Glanz zu. Diese Tageszeit wurde von den Dichtern in Alisaar die ›goldene Stunde‹ genannt.

Das kleine Mädchen deutete auf die Tür und lief dann weg. Seine Mutter, eine Hure, hatte dem Mädchen erzählt, daß sie, Panduv — wie alle Zakorianer — von einem Dämon besessen sei und daß sie dem Kind, wenn es nicht aufpaßte, die knospenden Brüste abbeißen würde.

Panduv klopfte an die Tür.

»Herein!« Der Ton war gebieterisch, ließ aber auch große Lust erkennen.

Panduv grinste, straffte die Schultern und öffnete die Tür. Sie trat in einen goldenen Raum. Helles Sonnenlicht flutete durch ein großes vergittertes Fenster. Die Schatten des Gitters fielen über den Boden und legten sich auch auf Panduv, und wieder — wie schon im Fakkel beschienenen Flur — überraschte sie der Eindruck zerhackten Lichts, und sie fragte sich, was wohl das zu bedeuten habe. Dann lenkte sie den Blick auf Arud, der auf dem Diwan lag. Er trug ein langes loses Leinenhemd; sonst nichts, abgesehen von einem silbernen Armband — ein Geschenk offenbar, das er wahrscheinlich nie ablegte. Panduv, die mit Juwelen und wertvollen Metallen überschüttet war, bemerkte diese Eitelkeit genau. Aber was ihr vor allem auffiel, waren der flache Bauch und die schön geformten Beine. Sein Körper schien zur Fülligkeit zu neigen, war aber noch schlank. Panduv spürte Lust aufwallen, warf ihm einen heißen Blick durch den vergoldeten Raum zu und senkte dann demütig die Augen, wie es sich für eine Tempelhure gehörte. Gleichzeitig ließ sie den von Selleb geborgten Umhang von den Schultern gleiten. Darunter war sie nackt bis auf den roten Kordelgürtel, den sie um ihre Taille aus Ebenholz geschlungen hatte.

Sie hörte seinen Atem. Er ließ sich Zeit, sie zu betrachten. Dann sagte er mit schwerem iscanischen Akzent: »Komm her!«

Panduv trippelte mit zaghaften Schritten auf ihn zu, ohne den Blick zu heben.

Als sie neben dem Diwan stand, langte er mit beiden Händen zu, hielt sie fest und zog sie zu sich hinab.

»Ist dir endlich beigebracht worden, mit welchem Blick die Frau dem Mann begegnet?«

Er strich mit den Fingern kämmend durch ihr Haar. Sein Mund pflanzte hungrige Küsse auf ihre Brüste. Dann fuhr eine Hand unter ihren Hintern, während sich die andere zwischen die Schenkel schob. Er rollte auf ihren Bauch und drang sofort in sie, ohne jedoch den Eintritt zu erzwingen. Nach wenigen Stößen stöhnte er auf und sackte zitternd in sich zusammen.

Panduv lag auf dem Rücken. Sie wartete. Dann sagte er zu ihr: »Ich habe gehört, du kennst viele Tricks, vermagst es aber offenbar nicht, dich Cah gegenüber dankbar zu zeigen.«

»Ihr meint, ich sollte ihr mein Vergnügen darbringen. Ja?«

Er knurrte.

»Ich empfinde keins«, antwortete Panduv. »Oder nur sehr wenig. Glaubt Ihr etwa, daß Zauberei dahintersteckt? Oder ein Geheimnis?«

»Du bist mir zu keß und sprichst zuviel.«

»Wie kann ich Euch meine Tricks beibringen, wenn ich stumm bleiben soll?«

»Du brauchst sie bloß zu zeigen. Eine oder zwei Minuten dürften reichen.«

»Dann müßt Ihr mir gehorchen.«

»Gehorchen ...« Er hob den Kopf, und sein verblüfftes Gesicht wirkte lächerlich, blieb aber trotzdem recht ansehnlich.

»Ich muß Euch belehren«, sagte Panduv. »Auch Ihr betrügt Cah um Euer Vergnügen. Glaubt Ihr etwa, daß der Göttin gefiel, was Ihr da eben vorgeführt habt?«

»Versündige dich nicht!« warnte der Priester. Aber er beobachtete Panduv, und als sie ihm ins Gesicht sah, grinste er. »Du bist so schwarz, daß ich deine Mimik kaum erkennen kann. Nur deine Augen und die Lippen, die mit Gold poliert zu sein scheinen.«

Sie half ihm mit Nachdruck aufs Kissen zurück, küßte und streichelte ihn, ließ sich Zeit dabei, bis er die Behandlung zu genießen anfing. Selbst jene Liebesmethoden, die in der Rubinenstadt als die simpelsten galten, waren für ihn etwas Neues.

Es dauerte nicht lange, und er brannte wieder darauf, sie zu besteigen. Aber inzwischen war er willfähriger, neugieriger und träger zugleich. Er ließ es zu, daß sie sich auf ihn legte, und dann übernahm sie das Zepter, bestimmte den Rhythmus mit ihren tanzenden Hüften, bewegte sich für ihn, und brachte ihn Stück für Stück dem Abgrund des Entzückens näher, wo er ihr schließlich laut aufschreiend verlorenging.

Das Licht wurde röter. Kein Zweifel, Zastis stand am östlichen Horizont, als sie ein drittes Mal loslegten. Er war jetzt viel langsamer, legte sich nach ihren Anweisungen zurück, stöhnte und lachte manchmal, so wie sie es gern hatte. Ja, er schien einen Sinn für absurde Späße zu haben. Inzwischen war auch sie mit ihrer Zurückhaltung am Ende und fand lustvolle Entspannung, kaum daß sie sich wieder vereint hatten. Sie dachte an Cahs Diktat, stöhnte und seufzte auf. Jetzt, da er auf sich allein gestellt war, folgte er schnell und geräuschvoll. Dann fiel er auf den Rücken zurück und schlang einen Arm um ihre Hüfte.

Später wurde das Essen an die Tür gebracht. Arud nahm mit der Bettgefährtin gemeinsam das Abendessen ein: gebackener Fisch und Käse, Feigen und Wein. Sie hätte sich darum geschlagen, was er wohl von ihren Augen ablesen konnte.

Jetzt, da er entspannt war, klang sein Iscanisch längst nicht mehr so verschwommen. Ein Mißverständnis war ausgeschlossen, als er sie aufforderte, die Nacht mit ihm zu verbringen.

Darauf hatte sie gehofft. Ihn darum zu bitten, länger bleiben zu dürfen, wäre zu riskant gewesen.

Allerdings hatte sie schon ein wenig Vertrauen zu ihm gefaßt. Sie überhäufte ihn mit Zärtlichkeiten, wie sie Panduv echter noch nie mitempfunden, sondern bisher nur vorgetäuscht hatte. Sie bespielte seinen Körper wie ein Instrument, das zwar gierig, aber auch empfindsam war. Sie zeigte ihm die Bettspiele der Tänzerinnen und Kämpfer sowie die harmlosen, aber einfallsreichen Perversionen, die am saardsinschen Hof praktiziert worden waren. Er nahm alles an. Er war verrückt darauf und gelehrig. Doch über ihre Person wollte er natürlich nichts wissen.

Schließlich schlief er tief und fest. Sie lag neben ihm und sinnierte über den Tempel und seinen Rat, der es zugelassen hatte, daß der Prüfer mit der heimtückischen schwarzen Sklavin allein war. Aber sie war bloß eine Frau und würde es, so listig sie auch sein konnte, nicht schaffen, die Göttin Cah und die Allmacht der Männer zu bezwingen. Oder doch?

Sie döste vor sich hin, als er früh morgens aufstand und zum Bottich ging, um zu urinieren. Ins Bett zurückgekehrt, sah er sie eine Weile an. Panduv spürte seinen Blick, der jetzt nicht nur aus Verlangen auf sie gerichtet war.

Sie tat so, als wache sie auf. Sanft fing er sie zu streicheln an, und dann sagte er, worauf sie wartete:

»Du gehörst Cah, aber ich will dich mitnehmen.«

»Laßt Euch nicht davon abhalten«, antwortete Panduv. »Man wird dir hier nichts ausschlagen.« Er achtete kaum darauf, was sie sagte. Vorsichtig fuhr sie fort: »Es heißt, Ihr habt einen langen Weg durch die Berge vor Euch. Da werden Euch keine guten Frauen begegnen. Dünn wie Bohnenstangen, schlimmer als ich. Und nicht halb so erfahren. Von den übrigen Mädchen hätte keine genug Kraft und Ausdauer, Euch auf der Reise zu begleiten. Ich bin stark, mein Körper ist an Strapazen gewöhnt.« Und dann wurde Panduvs Stimme noch samtener. Sie flüsterte ihm zärtliche Worte ins Ohr, drückte ihn an sich und sagte: »Ich liebe Euch. Cah hat mich verhext. Nehmt mich in Euren Besitz. Laßt mich nicht hier zurück, wo ich gewöhnlichen Flegeln gefallen muß, was ich nicht mehr ertragen kann, nachdem ich Euch kenne. Und wenn Ihr mich satt habt, falls ich Euch beleidige ... dann könnt Ihr mich unterwegs verkaufen.«

Sie konnte sein Gesicht nicht sehen, malte es sich aber aus, als er plötzlich sagte: »Du bist eine Lügnerin, schwarze Frau, und eine verkommene obendrein. Dich unterwegs verkaufen? Vorher läufst du mir davon. Kennst du die Belohnung, die auf den Kopf von entlaufenen Sklaven ausgesetzt wird? Auf Sklaven des Tempels, die die Priesterschaft oder die Göttin beleidigt haben?«

Panduv zog sich von ihm zurück, hockte auf den Fersen und sah ihm fest in die Augen.

»So gering schätzt Ihr Euch also ein, daß Ihr dem Liebesgeständnis einer Frau nicht trauen könnt?«

»Die Liebe einer Frau ... was ist das schon? Unsinn, weiter nichts.«

Panduv antwortete schlau. »Ihr beleidigt die Göttin, der jede Mutter heilig ist. Seid Ihr etwa nicht von Eurer Mutter geliebt worden?«

Er öffnete den Mund — und lachte wieder. Dann hob er die Hand und gab ihr einen Klaps auf die Wange. Panduv sprang auf und griff zur Perlmuttscheide. Zum Glück hatte sie, bevor sie zu ihm gekommen war, das Messer herausgenommen. Ihre Augen glichen wirklich denen eines Leoparden. Sie wäre imstande gewesen, ihn mit bloßen Händen zu töten. Dann würden die Tempelwachen eingreifen und sie der Strafe zuführen, die jeden Sklaven erwartete, der Priesterschaft oder Göttin beleidigte.

Arud, der Prüfer, war jetzt auf der Hut. Sie war geneigt, ihn um Verzeihung zu bitten. Aber darauf würde ein Mann seines Schlages nicht eingehen. In seinen Augen war sie eine Sumpfkatze, ein Teufel, ein schlanker schöner Knabe mit Brüsten. Sein Körper glühte immer noch vor Lust. Schon wieder lechzte er nach ihr.

»Du unverschämtes Stück«, knurrte er. »Von Cah stammst du gewiß nicht ab. Wo bist du zur Welt gekommen?« Er winkte sie herbei. Warum, war klar.

Panduv riß sich zusammen und sagte: »Ich lege mich erst wieder zu Euch, wenn Ihr in Cahs Namen versprecht, mich mitzunehmen.«

»Ich kann dich zwingen.«

»Versucht es!« antwortete sie. In diesem heißen Moment war sie bereit, ihr Leben zu opfern für die Rache an ihm, dem Tempel, dem shansarischen Sklavenhändler und an der Welle, die die Stadt zerstört hatte.

»Na schön, dann verschwinde«, sagte er und legte sich zurück. »Sag der Vorsteherin, sie soll mir ein anderes Mädchen schicken.«

Panduv zuckte mit den Schultern. Sie hatte sich wieder beruhigt, ging zum Bett und legte sich darauf. Sie senkte den Kopf, und das seidene Haar floß über seinen Bauch und die Schenkel. Bei Yasmats Lilien — sie gab die Hoffnung nicht auf.

Als er sich windend unter ihr aufbäumte, ließ sie von ihm ab.

»Versprecht es, bei Cah!«

»Du ... Hexe. Nein.«

»Dann müßt Ihr es selber zu Ende bringen.«

Es war sein Sinn für Komik, der ihr den Sieg brachte. Sie sah, wie sich das Grinsen in seinem erhitzten Gesicht breitmachte. Er grölte vor Lachen und brüllte: »Du kommst mit mir in dieses dreckige Bergnest. Meile um Meile wirst du zu Fuß laufen und den Fraß der Zeebas bekommen. Und wenn du mir zur Last fällst, wirst du verschachert oder vom Felsen gestoßen. Das schwöre ich bei Cah. Möge sie mich beim Wort nehmen. Und jetzt ...«

Gehorsam kehrte sie zurück und gab ihm alles, was er wollte ... Sie hatte sich die Aussicht auf Befreiung erkauft. Mit ihrem Körper. Noch nie war ihr ein solcher Schritt abverlangt worden. Eine Nacht des Feilschens hatte aus ihr gemacht, was sie in Cahs Bordell sein sollte.

Kapitel 12

Falscher Zauber

Zastis verschwand während der ersten Reiseetappe. Nächtens im Zelt verriet ihr Arud, daß er sie im nächsten Dorf, das genug zahlen könne, verkaufen werde. »Von da kannst du mit Leichtigkeit fliehen.«

»Aber wohin in dieser steinigen Einöde?« entgegnete sie.

»Je eher du fliehst, desto besser. Da, wo ich hin muß, sind Dörfer und Berge noch schlimmer.«

»Warum laßt Ihr mich nicht einfach frei?« fragte Panduv. »Ihr habt dem Tempel nichts für mich gegeben.«

»Kommt nicht in Frage. Du bist noch nicht lange genug marschiert, und ich habe Cah geschworen, dich zu strafen. Du weißt, sobald du wegzulaufen versuchst, werden dich meine Begleiter wieder einfangen. Das macht denen Spaß. Und dann ...«

»Ich verehre Euch«, schmeichelte Panduv, »und würde nie von Euch weglaufen.«

Beide lachten. Sie trieben ein übles Spiel miteinander, das für Arud noch gefährlicher war als für seine Sklavin. Denn jetzt boten sich Gelegenheiten, ihm in der Nacht die Kehle durchzuschneiden und vor der Dämmerung zu fliehen. Aber die Umgebung ließ, wie Panduv schon bemerkt hatte, einen solchen Plan nicht ratsam erscheinen. Die Pfade waren pulvertrocken und die Bäche dünne Rinnsale mit triefendem Speichel. Vor ihnen tauchten die Berge auf, starre braune Kolosse, die in der Ferne malvenfarbig wurden. Sie hatte das eine Gefängnis gegen ein anderes vertauscht; ihr jetziges lag jedoch unter freiem Himmel. Sie reisten den ganzen Tag über. Entgegen seiner Drohung und zum Ärger der Begleiter ließ er sie streckenweise ein Zeeba besteigen.

Panduv verstand den Marsch als Übung für den Körper. Machten sie Station, übte sie weiter, und manchmal tanzte sie für ihn, einmal sogar mit zwei brennenden Fackeln — nackt, denn sie mußte sich der Kleider wegen sehr in acht nehmen. Arud war entzückt. Als Sohn von Iscah konnte er Panduv zwar nicht verehren, dafür aber rief er Cah immer öfter an. Panduv dagegen fühlte sich schlapp und ihr Talent schwinden. Obwohl sie damit gerechnet hatte, wurde sie wütend. Es war eine stürmische Begegnung in dieser Nacht auf seinem Lager.

Vor seinen Dienern und in den Dörfern verhielt sie sich einer iscanischen Frau gemäß. Sie wollte ihn nicht reizen und auch nicht in Verlegenheit bringen, denn inzwischen hatte sie ihn ein wenig gern.

Über die Freiheit machte sie sich merkwürdige Vorstellungen, was daran lag, daß sie nie wirklich frei gewesen war. Vielleicht glaubte sie, eine Art Sklavennatur angenommen zu haben, obwohl sie sich immer mehr als Künstlerin denn als Sklavin verstanden hatte. Wenn sie, wie geplant, von Arud wegliefe, wohin wollte sie sich wenden? Einfacher war es, bei ihm zu bleiben. Zu einfach vielleicht. Aber es würde sich schon zeigen; entweder verkaufte er sie, oder er entließ sie in die Freiheit. Oder seine Lust auf sie würde nicht nachlassen, und sie müßte ihn über die Berge begleiten und zurück zur Hauptstadt. Dort endlich würde er sie bestimmt auf die eine oder andere Art loswerden.

Nie mehr Feuertanz; keine Hoffnung auf ›die Hanassin‹.

Bei strenger Diät und fleißigem Einsatz hätten ihr in Alisaar noch fünf oder sechs glückliche Jahre als Tänzerin bevorgestanden, mehr noch, wenn der Körper mitmachte. Danach wäre natürlich ihr Abschied fällig gewesen. Anschließend hätte sie die Wahl, entweder angesehene Erzieherin im Stadion oder Kurtisane zu werden (eine Stellung, die sich zum Amt der Tempelhuren verhielt wie die Orchidee zum Unkraut). Aber vielleicht hätte ihr eine solche Existenz auch nicht behagt. Lieber tot als voller Neid und Bedauern; ja, lieber würde sie sich das Leben nehmen, als nicht mehr die Erste sein zu können. Aber daran war noch nicht zu denken. Noch lange nicht.

Doch während des närrischen Tanzes im Hain vor dem lüsternen Prüfer hatte sie gespürt, daß ihr Körper, so beweglich und geschmeidig er auch war, nachgab und sie im Stich zu lassen drohte. Arud hatte ihr Talent gepriesen, doch sie war den Tränen nahe gewesen.

Spät in der Nacht, als Arud schlief, hätte sie fliehen können, ging aber nur hinaus zwischen die Bäume, errichtete einen kleinen Altar aus Steinen und verbrannte ein wenig Öl darauf. Einer der Diener kam herbei, um nach dem Rechten zu sehen. Als er sie beim Beten antraf, ließ er sie allein.

Sie hatte den Zweck ihres Lebens an Zarduk zurückgegeben, denn noch einmal den Tanz zu versuchen, wäre eine Beleidigung des Feuergottes gewesen. Nun bat sie ihn um etwas, womit sich die Lücke in ihrer Seele schließen ließ.

Sie stiegen über den Pfad immer tiefer in die Berge Iscahs. Ein mühseliges Geschäft. Auf und ab, über Höhen, durch Täler, und mit jedem Schritt wirbelte Staub auf.

Arud nahm sie nun weniger häufig, zumal der Stern nicht mehr leuchtete. Aber ihm gefiel es, wie sie ihm die Haare pflegte und den Körper nach den Tagesmärschen massierte. Ohne es zu bemerken, hatte er angefangen, sich mit ihr zu unterhalten. In einem unbedachten Augenblick vertraute er ihr an, daß er über ihre Begleitung froh sei. Sie schlug die Augen nach der Sitte iscanischer Frauen nieder und verbarg auf diese Weise ihre Verachtung. Vielleicht war dies der Ursprung jener Geste. Denn wenn Frauen in dieser Gegend zeigten, was sie von ihren Männern hielten, so würden sie zweifellos auf der Stelle erschlagen werden.

Eines Morgens — sie folgte seinem Zeeba —, rief er sie zu sich. »Ich nehme an, du glaubst an Wunder und Zauberei. Stimmt's?« fragte er.

Zum ersten Mal fragte er sie nach ihrer Meinung.

Sie war nicht so dumm zu glauben, daß er sich wirklich dafür interessierte.

»Wie meint Ihr das?«

»Über das Kuhdorf, wo ich hin muß, hört man Gerüchte ... Da sollen Dinge passieren, die eigentlich nicht sein können.«

Panduv war still, aufmerksam und respektvoll. Sie ging neben dem Zeeba einher, gleichmütig und ohne sich als ehemalige Tänzerin vor einer solchen Bewegung zu grausen.

Arud hielt es offenbar für gegeben, daß sie aus Var-Zakoris stammte, und sagte: »Das Dorf liegt nicht weit von der Grenze entfernt. Hast du schon mal davon gehört? Das Nest heißt Ly Dis.«

Panduv stockte der Atem. Sie ging zwar weiter, aber ihr Körper schien innerlich zu versengen.

»Ja, ich habe von Ly Dis gehört. Ich kannte einen Mann, der in der Nähe geboren wurde.«

Aruds Augen blitzten, als er sie ansah.

»Dein Geliebter?«

Endlich eine persönliche Frage. Panduv hätte geschmeichelt sein können. Die Vorstellung, daß sie in den Tagen ihrer Freiheit von einem anderen Mann umworben worden war, schien ihm nicht zu gefallen.

»Nein. Kein Geliebter.« Sie rief sich das Bild von Rehger Am Ly Dis vor Augen. *Hell wie die Sonne und schön wie der Lydier ...*

Sie hatte ihn wirklich kennengelernt. Er war einer der Helden gewesen, berühmt wie sie selber, sozusagen ihr Bruder in der großen Familie der Unterhalter von Saardsinmey.

»Was ist mit dir?« fragte Arud. »Er war doch nicht dein Geliebter.«

Aber der Prüfer war an ihrer Geschichte nicht interessiert, und sie hatte keine Lust, ihm Einzelheiten zu erzählen. Rehger war wahrscheinlich umgekommen wie alle anderen, zerschmettert und weggespült. Er war vor seiner Zeit gestorben — so wie sie.

Sie erreichten Ly Dis, als ein Sommergewitter aufzog. Es donnerte, blieb aber trocken. Der Wind fegte den Staub umeinander. Knöcherne Blitze zuckten über den Berggipfeln, die so hoch waren, daß es schien, als hätten sie den Angriff aus der Luft herausgefordert. Ly Dis lag in einer Mulde zwischen Felsen, wie sie die Reisenden während der vierzig Tage ihres Marsches immer wieder hatten überschreiten müssen. (Arud wiederholte ständig, daß die Wege der Hauptstadt einfacher zu bereisen seien.) Das kleine Tal war nicht besonders ansehnlich, und das vom Sturm traktierte Dorf glich einem Steinhaufen.

Auf den Lehmstraßen war nur eine Handvoll Bettler zu sehen, die in Hauseingängen herumlungerten. Der Tempel mit dem Haus des örtlichen Despoten grenzte an einen gepflasterten Platz mit Brunnen und Schafott.

Der Tempel war eine verkleinerte Kopie des Hafentempels. Dafür aber roch es hier viel übler. Der Gestank von Blut, Öl und Gewürzen schlug ihnen als betäubende Wolke mit dem Wind entgegen.

Arud verzog das Gesicht. Dabei war er es gewesen, der Panduv immer wieder auf das Schlimmste vorbereitet hatte.

Boten waren vorausgeschickt worden, die die Ankunft des Prüfers in Ly Dis bekannt machen sollten. Doch es schien, als wären sie nie angekommen. Niemand hieß Arud willkommen. Er ließ sich durch einen der Diener im Tempel anmelden und setzte sich unter eine Terrasse zu seinem Zeeba, seinem Troß und seiner pechschwarzen Hure, während ringsum der Sandsturm brauste.

Der Hohepriester empfing Arud in einer kahlen Steinkammer. Der alte Mann — er machte den Eindruck eines Neunzigjährigen — trug seine Zeremonientracht: eine Robe, bestickt mit Metallscheiben und schwarzen Federn, sowie eine Vogelmaske. Arud war aufgrund seiner Stellung dem Priester gegenüber zur uneingeschränkten Ehrerbietung verpflichtet, verbeugte sich tief, ging vor ihm auf die Knie und war doch voller Verachtung. In seinen Augen war der geringste Altardiener in der Hauptstadt mehr wert als dieser Provinzpriester.

Weder Erfrischungen wurden angeboten noch irgendwelche rituellen Handlungen am Altar vollzogen. Cah schien hier ebensowenig zugänglich zu sein wie Lebensmittel.

Als die Höflichkeiten ausgetauscht waren, machte der Hohepriester deutlich, daß er Sorge hatte, der Besucher könne hinter den Steuern her sein. Arud mußte erklären, daß er damit nichts zu tun hatte. Darauf räusperte er sich und bat um Wasser, um den Staub aus der Kehle zu spülen. (Und sie brachten ihm auch bloß Wasser — dreckiges obendrein.)

»Nein, es geht um diese eine Sache«, sagte Arud. Die Vogelaugen starrten ihm glasig entgegen. »Diese wilden Machenschaften. Zauberei, Wunderheilung und Beschwörung.«

Der Hohepriester rührte sich nicht. Der Vogelkopf blieb starr. Draußen knallten die Blitze wie Peitschen.

»Gerüchte darüber sind bis zur Hauptstadt vorgedrungen. Der Höchste nimmt die Sache ernst. Um ihr nachzugehen, bin ich hier.«

Schweigen.

»Ich würde gern Eure Meinung darüber hören, Vater«, sagte Arud.

Der Vogelschnabel senkte sich und wies zu Boden. Die gichtigen alten Hände umklammerten die Armlehne des Stuhls.

»Darüber reden wir nicht viel.«

»Weil es unter Eurer Würde ist?«

»Wenn man so will.«

Die Erwiderung reizte Arud.

»Das reicht nicht, hoher Herr. Sie müssen mir schon mehr erzählen. Und ich möchte alle Beteiligten befragen. Auch die Frau.« Sein Wissen darüber, daß im Mittelpunkt der Gerüchte eine Frau stand, hatte er bisher für sich behalten. Es gab zwar immer wieder Hexen weiblichen Geschlechts, die mit ihrer Hexerei anderen Frauen halfen oder auch schadeten, was zwar ungesetzmäßig, aber nicht lästerlich war. Doch diese Frau hatte, wie es hieß, Macht über Männer. Arud glaubte nicht daran. Auch er hätte es vorgezogen, kein Wort darüber zu verlieren, das Gerücht zu mißachten, um es so aus der Welt zu schaffen. Aber der Muttertempel hatte ihn zur Aufklärung hergeschickt. Deshalb hielt er dem alten Priester eine Lektion über die Gefahr des Schweigens und des Versuchs, die Angelegenheit zu vertuschen. Und er endete mit den Worten: »An den vermeintlichen Zauberkünsten ist natürlich nichts dran. Meine Frage ist nur... stimmt's, daß es in dieser Sache um eine Frau geht?«

»Es scheint so.«

»Das reicht mir immer noch nicht, Vater. Nein. Ihr müßt diese Frau sofort herbringen lassen. Und bevor ich sie sehe ... könnte ich vielleicht ein Bad nehmen ...«

»Nicht hier«, antwortete der Hohepriester mit hämischem Augenzwinkern und wurde genauer: »Die Frau ist nicht hier in der Stadt. Bei uns gibt es oft Verwirrung, was die Namen der Ortschaften angeht. Das Dorf heißt Ly, in dem diese Frau lebt.«

Arud ahnte Schlimmes und fing vor Wut zu zittern an. Er würgte das dreckige Wasser mitsamt dem Staub herunter, räusperte sich und krächzte: »Wo liegt das, und wie weit ist es entfernt?«

Der Hohepriester zeigte nach oben.

»Hoch oben in den Bergen. Nach fünf bis sechs Tagen

ist man da. Ihr habt eine gute Zeit gewählt. Im Winter oder während der Regenzeit würde es viel länger dauern.«

Sie brauchten sieben Tage für den Weg. Die Luft wurde dünner. Steinschlag machte ihnen zu schaffen. Ab und zu stürmte es. Ein Regenguß hätte sie zurückgeschwemmt zu den Steinhaufen und dem Platz der Stadt. Aber es regnete nicht. Die hohen Berge schirmten den Himmel ab wie rot-bronzene Schilde.

Nachts lag Arud, vor Fieber und Zorn zitternd, im Zelt und ließ sich von Panduv die Stirn wischen und die Füße massieren. Sie war in besserer Verfassung als er und wurde für ihn unersetzlich.

Von den Hütten in Ly bröckelte der trockene Lehm. Vor den Eingängen gärten die Misthaufen. Auf einem hohen Sockel stand Cahs Haus. Es war noch kleiner als der Tempel in der Stadt, stank aber ebenso gräßlich und beherrschte das Bild.

Nur die Zeebas und die Zakorianerin ließen die Leute in den Straßen aufmerken. Arud war schmutzig und unrasiert, seine Kleidung zerknautscht. Er sah aus wie irgendein Dahergelaufener. Seine Eskorte machte keinen besseren Eindruck — sie war kleiner geworden; zwei Männer hatten sich in Ly Dis abgesetzt.

Die Tempeldiener, die Arud auf dem Vorplatz begrüßten, hielten ihn zuerst für einen Schwindler, als er sich vorstellte. Er mußte sein hohes Amt durch geheime religiöse Zeichen unter Beweis stellen.

Als er endlich in die inneren Räume geführt wurde, banden seine Begleiter die Tiere fest und kehrten in einer üblen Spelunke ein, die sie ausfindig gemacht hatten. Panduv blieb mit dem Gepäck allein auf dem Vorplatz zurück. Sie blickte nach oben und sah ein quadratisches Fenster, in dem sich zwei ausdruckslose Gesichter zeigten, die auf sie herabstarrten: Tempelhuren. Als sie merkten, daß Panduv zu ihnen hochschaute, wandten sie die Blicke mit einer abergläubischen Geste ab. Eine *Zakorianerin.* Panduv betrat jetzt den stinkenden Tempel; vielleicht wollte sie die beiden nur verwirren oder ärgern.

Zwei gedrungene Säulen stützten das Dach. Sie ragten gespenstisch auf in der Dunkelheit. In der Hafenstadt hatte Panduv die Tempelhalle nie betreten, nie irgendeine heilige Handlung am Altar beobachtet.

Hier war der Altar leicht zu finden. Er glich einer Fleischerbank und dampfte noch nach der letzten Opferschlachtung. Am Boden war der Blutabfluß übergelaufen. Über allem thronte ein Gebilde, für das der Begriff Statue zu schmeichelhaft gewesen wäre.

Cah war schwarz wie Panduv, aber fast formlos. Zwei Wülste die Brüste, ein Kloß das Gesicht und als solches nur an den Bernsteinaugen zu erkennen.

Panduv hatte einen seltsamen Eindruck. Woher rührte er bloß? Diese Augen — *gelbe* Augen. Wie die von Schlangen oder Tiefländlern.

Ein Luftzug brachte die mageren Lampen zum Flakkern, und die bernsteinartigen Tieflandaugen schienen Panduv zuzublinzeln.

Steckte etwa Leben in diesem häßlichen Klumpen? War die Göttin darin gegenwärtig? Würde sie sich dazu herablassen? Der Stein war sehr alt.

Panduv widmete der fremden Gottheit eine höfliche Geste. Sie glaubte, von den gelbbraunen Augen durchbohrt zu werden.

»Was ist Euer Geheimnis, Gnädige?« murmelte Panduv. »Wollt Ihr was Bestimmtes?«

Aus dem Schatten brüllte eine Männerstimme. »Zurück mit dir, du schwarze Sau, halt Abstand und hüte dich, den Altar zu entweihen!«

»Ach, ich vergaß«, sagte Panduv, an den Steinklumpen gerichtet. »Ihr haßt Euer Geschlecht, nicht wahr, gute Frau?«

Sie beugte den Kopf, demütig, wie es sich gehörte, und wich zwischen den Säulen zurück.

Der Schreihals ließ sie in Ruhe. Panduv war müde und rutschte mit dem Rücken an einer Säule entlang nach unten und blieb auf dem Boden hocken. Die Lider fielen ihr zu. Sie träumte, im Theater von Saardsinmey zu sein. Vor ihr stand die weiße Amanackire.

Panduv fragte: »Glaubst du wirklich, meine Grabstätte eher aufsuchen zu müssen als ich?«

»Oh, ja.«

Sie hatte den Schleier entfernt. Ja, ihre Blässe war extrem, die Augen blitzten silbern. Sie sagte: »Und habe ich nicht gesagt, Panduv, daß du die Gruft nicht brauchst?«

»Ich bin doch tot. Nie mehr werde ich tanzen. Mit Feuer.«

»Das Leben ist ein Feuer«, entgegnete die Amanackire. »Wir tanzen ständig darin und lassen die Schleier unserer Blindheit abflämmen. Es versengt uns, bis wir den Tanz richtig lernen, seine Bedeutung verstehen.«

»Er war dein Liebhaber«, sagte Panduv. »Rehger. Ich bin an seinem Geburtsort. Aber er ist tot.«

»Nein«, antwortete das Mädchen. »Er lebt. Ich habe mich dem Tod übergeben. Er ist mir mit dem Trauerzug gefolgt in deine fest gebaute Gruft; darin hielt er sich auf, als die Flutwelle über Saardsinmey hereinbrach. Die Grabstätte hat dem Wasser widerstanden, wie ich von vornherein wußte. Ach, es ist entsetzlich! Ich hätte die Stadt retten sollen, konnte aber nur dem helfen, den ich liebte. Die Schwäche einer Frau, Panduv.«

Panduv schüttelte sich und riß die Augen weit auf.

Vor ihr stand jemand. Der Kerl, der sie soeben angebrüllt hatte? Nein, es war eine junge Frau in gleichem Alter, vielleicht ein wenig älter.

Panduv war verwirrt, weil sie die andere zu kennen glaubte, zumindest dem Anblick nach, und das seit vielen Jahren schon. Trotzdem wußte sie nicht, wer diese

Frau war. Sie stammte von Iscah und trug ihr Haar in landesüblicher Tracht: zwölf Zöpfe, die mit Kupferringen festgehalten wurden. Die Kleider waren überall geflickt, die Füße nackt und staubig.

Ganz anders dagegen ihre Schönheit. Sie hielt durchaus einen Vergleich mit dem weißen Mädchen stand, wie es eben im Traum erschienen war. Die Augen dieser Frau, der Ursprung dieser Schönheit, waren auf Panduv gerichtet und schienen ihr Herz oder ihre Gesundheit erforschen zu wollen.

»Keine Angst«, sagte Panduv. »Ich bin die Leibeigene des Prüfpriesters und recht zahm.« Ihr wildes Grinsen strafte sie Lügen.

Aber die Iscanerin hielt dem Blick stand. Nach einer Weile drehte sie sich um und trat an den blutigen Altar.

Den Rücken zur Halle gewandt, hob sie den Kopf und stierte auf das schattige Gesicht von Cah.

Panduv sah interessiert zu. Vom Hörensagen wußte sie, daß auch Iscanerinnen der Göttin gegenüber Abstand halten mußten. Aber in diesem Fall brüllte niemand.

Wenig später verließ die Frau den Altar. Sie durchquerte die Tempelhalle und ging, ohne nach rechts oder links zu schauen, durchs Tor nach draußen.

Panduv stand auf. Aus irgendeinem nicht näher zu bestimmenden Grund drängte es sie, der Iscanerin zu folgen.

Als sie auf die Terrasse hinaustrat, fiel ihr Blick sofort auf die Frau. Die Einheimische bewegte sich langsam über den unter der Sonne backenden Lehm der Straße. Die Arme hingen schlaff zur Seite herab, was an sich schon sehr befremdlich aussah. Jede andere Frau, die vorbeikam, selbst die sechsjährigen Mädchen, trugen irgend etwas: Körbe, Krüge oder Bündel. Die merkwürdige Frau schien allen auf der Straße aufzufallen. Die Leute gafften ihr zwar nicht nach, grüßten nicht, schlugen auch keinen Bogen um sie; aber in ihrer Nähe wirkten alle sehr befangen, wie schlechte Schauspieler, die eine Szene spielen, in der einer der ihren unsichtbar umherwandelt.

Dann stellte sich ein Mann, ein grobschlächtiger Kerl, der jungen Frau in den Weg. Sie blieb stehen, und mit ihr das ganze Treiben auf der Straße ringsum. Jetzt wurde sie auf einmal von allen wahrgenommen. Jetzt starrte ihr jeder entgegen. Es war so still, daß man das Zwitschern der Vögel und Summen der Insekten hören konnte. Die Stimme des Kerls schallte weit.

»Ein Schnitt in der Hand. Will nicht heilen.«

Und er schleuderte der jungen Frau eine Pranke entgegen, die mit einem dreckigen Lappen umwickelt war.

»Erlaubt Ihr mir einen Blick, Meister?« fragte sie mit weicher Stimme und im iscanischen Tonfall, der Hilfe aufzudrängen schien.

Panduv ballte unwillkürlich die Fäuste. Aber dann besann sie sich auf die hiesigen Sitten und hielt es für vernünftiger, nicht aufzufallen.

Die Frau wickelte den Verband mit geschickten Handgriffen ab. Man hatte sie mit einem Hilfegesuch geehrt; nun mußte sie sich dessen würdig erweisen.

Was sie mit der Hand, mit der Wunde anstellte, war für Panduv nicht zu erkennen. Die ganze Prozedur dauerte nur wenige Sekunden. Der Mann schnaufte, warf dann den Arm in die Luft und drehte die Hand. Mit der anderen stieß er die Frau von sich. »Ah«, rief er, »Cah sei gepriesen!« Auf dem erhobenen Handteller war eine bläuliche Scharte zu sehen wie bei einem seit zehn Tagen verheilenden Schnitt.

Arud hatte während seiner Fieberanfälle des öfteren von Zauberei gefaselt und sie, Panduv, einmal sogar der Hexerei bezichtigt.

Die junge Frau ging weiter, umringt von der Menge. Panduv blieb wie angewurzelt stehen. Wurde hier ein Schwindel abgezogen? Sie hatte die offene Wunde nicht mit eigenen Augen sehen können. Der Mann jedenfalls drängte fröhlich und unter Einsatz seiner Ellbogen der Taverne entgegen. Vielleicht würden Aruds Begleiter, die dort zechten, die Zusammenfassung der Geschichte hören.

In der Zwischenzeit hatte sich eine Gruppe von Frauen auf dem Tempelvorplatz versammelt. Sie tuschelten untereinander und blickten in die Richtung, in der die junge Frau verschwunden war.

Panduv gesellte sich zu ihnen und tippte eine an die Schulter. Aber die ganze Gruppe wich vor ihr zurück, angewidert, wie es schien. Es fehlte nicht viel, und sie hätten ihr die Zähne gezeigt.

»Wer war das?« wollte Panduv wissen und verschleppte die Worte, um den heimischen Singsang zu imitieren.

»Wer?« fragte eine der Frauen nach.

Der Rest war stumm.

»Die Heilerin«, antwortete Panduv.

Die Frau, die auf ihre Frage reagiert hatte, schüttelte den Kopf. Wie alle anderen war auch sie verheiratet, und die zwölf Ringe an den Zöpfen klirrten aneinander.

»Ja, ich hab sie heilen sehen. Es sei denn, die ganze Sache war gespielt.«

Am Rand der Gruppe zogen sich einige Frauen zurück. Zwei von ihnen rannten plötzlich los. Panduv streckte den Arm aus, hielt die eine zurück, die mit ihr gesprochen hatte, und sagte: »Mein Gebieter ist der Prüfer von Cah. Er ist jetzt im Tempel, zusammen mit dem hohen Herrn. Er will den Namen dieser Frau wissen. Wer wagt es, ihm den Wunsch auszuschlagen?«

Eine zweite Frau meldete sich zu Wort.

»Sie heißt Thioo.«

»Und sie lebt hier in diesem Dorf?«

Keine Antwort. Sie lebte also woanders.

In diesem Moment kam Arud auf den Vorplatz. Zuerst war nur seine brüllende Stimme zu hören. »Panv!«

Er schien in der Tat sehr erregt zu sein. »Hierher, du Miststück!«

Die Frauen schwirrten wie Insekten auseinander.

Panduv ging auf Arud zu.

»Er leugnet alles!« rief Arud, kochend vor Wut und ohne Rücksicht auf seine Wirkung. »Der alte Idiot in seiner miefenden Vogelmaske behauptet einfach, daß es keine Hexe gibt, daß nichts passiert sei.«

»Oh, Meister«, entgegnete Panduv, »ich habe es gerade selbst miterlebt.«

»Was?« fragte Arud mit entgeisterter Miene.

»Ich habe die Frauen hier aushorchen wollen, als Ihr mit Eurem Gegröle dazwischengeplatzt seid und die Frauen verschreckt habt. Aber ich konnte sie bei der Arbeit sehen, deine wunderwirkende Hexe.« Arud war sprachlos. Er hing ihr an den Lippen wie eine Iscanerin, die den Worten ihres Mannes lauscht. Der Zakorianerin war der genannte Name vertraut, denn so hatte auch die verschollene Schwester einer Tänzerkollegin aus Iscah geheißen. »Ihr Name ist Tibo. Sie wohnt außerhalb des Dorfes. Aber wenn Ihr gleich ins Wirtshaus geht, kann ich Euch einen Patienten dieser Frau zeigen, einen Mann, den sie geheilt hat.«

Arud fluchte laut, bat aber sofort die Göttin um Entschuldigung.

Daß sie dieser winzige Sieg über einen Mann schon zufriedenstellte, überraschte und wurmte Panduv zugleich.

Frauen war der Zutritt zum Wirtshaus verboten. Die Bedienung wurde von kleinen Jungen erledigt. Panduv wartete wie ein Hündchen an der Tür, im Schatten der zerfetzten Zeltplane, die vom Dach herunterhing.

Den geheilten Mann ausfindig zu machen, war kein Problem. Er verschaffte seiner Erleichterung lauthals Luft, und zwei von Aruds Begleitern hatten ihm einen vollen Becher spendiert.

Nachdem er sich davon hatte überzeugen lassen, daß Arud ein Prüfpriester war, plauderte der Mann aus, daß die Frau namens Thioo wohl zum Gehöft ihres Mannes unterwegs sei. Sie würde immer in aller Früh kommen, um Gemüse zu verkaufen, und sorgte für die anderen Frauen. »Wie's scheint, auch für dich«, hörte Panduv ihren Meister sagen.

»Ja, ich hab ihr diesmal erlaubt, mir zu helfen. Meine Frau ist nämlich unnütz, kriegt nichts geschafft. Wenn ich zurückkomme, werd ich sie ordentlich verprügeln. Meine Handfläche ist wieder fest genug.« (Panduv stierte in den Staub und wünschte, dem Kerl möge der Arm abfallen.)

»Stehst du womöglich mit dieser Thioo im Bunde, um den Tempel zu verspotten?«

Der Mann war über den Vorwurf verwirrt, verärgert und erschrocken zugleich, denn er hielt sich für fromm und ergeben. Er hatte erst vor zwei Tagen für Cah geopfert; deshalb weilte er im Dorf. Es war ihm schlicht unvorstellbar, daß ein Mann überhaupt mit einer Frau gemeinsame Sache machen konnte. Genausogut mochte er sich mit seinen Kühen verschwören. Aber Cah hatte diesem Weibsstück Macht verliehen, damit es in Ly von Nutzen sein konnte. Cah kümmerte sich um die Männer dieser Gegend. Sie steckten voller Geilheit, was der Göttin gut gefiel.

»Wann hat das alles angefangen?« unterbrach Arud schließlich.

Von den Männern im Wirtshaus wußte niemand eine genaue Antwort zu geben. Vor vielen Jahren, hieß es. Oder: während des langen Schneefalls. Zur Zeit der schlechten Ernten. Hatte sie damals nicht den großen Brand gelöscht? Die Frau sei früher einmal wegen Ehebruchs angeklagt gewesen. Der Bruder ihres Mannes habe den Tod gefunden, als er bei starkem Regen vom Pfad in die Tiefe stürzte. Aber Cah konnte den Beweis liefern, daß die Frau immer treu ihre Pflichten erfüllt habe. Ungefähr fünf Jahre später, zur Zeit des großen Tauwetters — ja, in dem Monat war's, als sie den Sohn eines Nachbarn rettete. Die Mutter hätte das Kind sonst getötet, denn sie versuchte, es mit den Füßen zuvörderst zur Welt zu bringen.

Thioos eigener Sohn ist verkauft worden; erinnert ihr euch? Da waren Sklavenhändler hier. Alisaaren. Auf Orhns Hof ging die Wirtschaft so schlecht, daß er sein eigenes Kind verkaufen mußte. Er war ja auch nie so recht beieinander, wie's sich für einen Mann gehört. Und danach ist die Frau wieder unfruchtbar geworden.

(Panduv lehnte am Türpfosten. Sie hatte zugehört und ahnte, daß irgend etwas an der Geschichte nicht stimmte.)

Arud ergriff das Wort. »Nun, sagen wir, es hat angefangen, als die Sklavenhändler kamen.«

»Vor zwanzig Sommern, oder mehr.«

»Mehr, mehr.«

»Dann ist diese Frau alles andere als jung.«

Stimmt, sagten sie. Aber immer noch mannbar.

(In den Bergen sah eine Frau mit dreißig nicht selten älter aus als eine sechzigjährige Städterin. Die Frau namens Thioo — oder Tibo — schien jedoch eher in Panduvs Alter zu sein. Kein Zweifel, sie war jung. Doch wenn sie das Kind zur Welt gebracht hatte, das die Sklavenhändler nach Alisaar verkauften... Mit einem Schlag wurde Panduv trotz der rätselhaften Altersfrage klar, warum ihr diese Frau so vertraut vorgekommen war. Tibo war die Mutter von Rehger.)

Arud drohte die Fassung zu verlieren. Seine Stimme schrillte vor Erregung, und Panduv hörte ihn auf den Tisch hämmern.

»Jeder von euch wird im Tempel verhört werden, und zwar vor Cah.« Zwischendurch wurde es unheimlich still. Dann: »Jetzt will ich erst einmal den Weg wissen, der mich zum Hof von Ohrn, dem Mann der Frau, bringt.«

Als er nach draußen kam, sagte Arud zu Panduv: »Es geht weiter, so leid's mir tut. Aber vorher werde ich schlafen. Das schwöre ich dir, Panduv. Vor Morgen breche ich nicht auf. Die Hexe kann warten.«

Panduv folgte ihm im gebotenen Abstand zum Tempel.

Sie nahm sich fest vor, mit in die Berge zu gehen, und sei es zu Fuß hinterm Zeeba her. Vielleicht würde Arud auf ihre Begleitung verzichten wollen. Sie mußte ihn also von ihrer Nützlichkeit überzeugen und in Aussicht stellen, daß sie ihm nach dem langen Ritt die Füße waschen und den Rücken massieren würde. Es konnte sein, daß er gezwungen wäre, auf dem Hof zu übernachten. Dann würde er sie brauchen, um nicht auf die Hilfe einer Hexe angewiesen zu sein.

Panduv mußte Tibo unbedingt wiedersehen. Es war, als sehnte sie sich aus Liebe zu ihr dorthin. Wie seltsam, daß diese fremde Iscanerin nun in Person darstellte, was ihr, Panduv, so viel bedeutet hatte — das Leben in Saardsinmey.

Kapitel 13

Die Hexe

Der Weg führte auf und ab, auf und ab. Mühsam und gefährlich waren die Pfade. Die Felsklippen im Norden, vor denen die Grenze entlanglief, standen da wie transparente Papiertürme. Jenseits davon lag Zakoris; doch Panduv verwendete kaum einen Gedanken darauf.

Der Bauernhof steckte in einem engen Kessel und war rundum von Bergen umgeben. Im Himmel darüber zogen drei schwarze Adler ihre Kreise.

Armut und Häßlichkeit des Ortes waren alptraumhaft. Trotzdem liefen Hühner im Hof herum, auf der Weide standen zwei oder drei Kühe, und dahinter wuchsen auf einer Geröllhalde Zitrusbäume dicht an dicht, die schon gelbrote Früchte trugen. In diesem Hain schien ein weiteres flaches Gebäude versteckt zu sein, das zwischen den Steinen und Stämmen blaß hervorschimmerte. Konnte es sein, daß das ansonsten so triste Anwesen an einer Stelle tatsächlich Glanz zeigte?

Vor einer Hütte saß ein ältlicher, aber gesund aussehender Mann auf einer Bank. Ein alter schwarzer Hund lag ihm zu Füßen. Die Sonne strahlte auf sie herab, und es schien, als würden beide schlafen. Als die Reisenden näher kamen, hob der Hund den Kopf und fing zu bellen an. Der Mann wachte auch auf, wurde gleich hektisch und lief, mit den Armen in der Luft herumwirbelnd, in die Hütte.

»Gütige Cah, ein Schwachkopf«, sagte Arud.

Er ritt in den Hof hinein. Ihm folgte der Begleiter (der beim Würfeln verloren hatte, und deshalb mitmußte, und drei oder vier Schritte dahinter kam Panduv. Der Hund duckte sich auf den Boden und knurrte. Er bewachte den Eingang mit hochaufgerichteter Nackenbürste. In diesem Moment kam die junge Frau heraus.

»Ruhig, Schwärze, bleib ruhig! So«, sagte sie, und das Tier gehorchte.

Arud hatte vom Tempel einen frischen Umhang aus grobem Leinen geliehen bekommen, der nicht nur schlecht gefärbt, sondern auch schlecht vernäht war. Als Tibo sah, daß ein Priester auf den Hof geritten kam, kniete sie zwischen den Hühnern nieder und beugte den Kopf.

Nacht des Aarl, dachte Panduv. *Wenn sie Zauberkräfte hat, warum kniet sie bloß?*

Arud stieg vom Zeeba.

»Steh auf!« forderte er Tibo auf. »Bist du die Frau mit Namen Thioo?«

»Ja, hoher Meister.«

»Jene Thioo, die von sich behauptet, eine Hexe zu sein?«

Tibo wartete; ihre Augen waren nach unten auf eine gefleckte Henne gerichtet.

»Antworte«, sagte Arud. »Stimmt das?«

»Nein, hoher Meister.«

»Aber du hast gestern einem Mann die zerschnittene Hand geheilt.« Wieder entstand eine kurze Pause. »Willst du das bestreiten?«

Jetzt hob Tibo die Augen, aber nur bis zu Aruds frisch rasiertem Kinn. Nicht höher und nicht tiefer.

»Das ist Cahs Wille gewesen.«

»Willst du zu deinen Verbrechen auch noch die Sünde der Lästerung auf dich laden?«

»Wenn ich lästere, mag sie mich erschlagen.«

Sie standen für eine Weile reglos da, als warteten sie darauf, daß ein Blitz vom Himmel herabfahren würde.

»Ich habe nicht gesagt, daß du eine Lügnerin oder Betrügerin bist«, meinte Arud. »Ich frage dich bloß, wie du als Frau zu den Gaben gekommen bist, die man dir zuspricht. Nun? Du willst mir doch nicht weismachen, daß die Göttin zu dir gekommen ist.«

Arud hatte den ganzen Morgen über die Dörfler im Tempel befragt. So verängstigt waren sie, daß sie auch ohne Androhung von Folter ihre Aussagen machten. Die Hexe konnte mit nur einem Wort den Ausbruch eines Feldbrands aufhalten; es gelang ihr auch, eine Flamme in die Lampe oder in den Herd zu zaubern. Sie hatte verschiedene Tiere dazu gebracht, zwei Zwillingspärchen zu werfen. Gebärende Frauen oder Kranke verlangten ständig nach ihr. Dank ihrer Behandlung waren unfruchtbare Frauen fruchtbar geworden. (Interessant, daß sie nicht für sich selber sorgen konnte.) Sie schaffte es, Stürme wegzuschicken und Regen herbeizuholen. Sie …

»Frau, ich fordere dich noch einmal auf, mir zu sagen, ob Cah zu dir gekommen ist.«

»Nein, Meister. Aber einmal bin ich vor Cah verhört worden. Ich mußte meine Hand auf ihren Fuß legen. Damals, so glaube ich, hat alles angefangen.«

Sie glaubt selber daran. Panduv geriet in Rage. *Sie glaubt, daß ihr der Stein Wunderkraft verliehen hat und daß in diesem Land ansonsten alles in Ordnung ist. Sie geht vor männlichen Priestern bereitwillig in die Knie und dient dem Idioten da, als wäre er ein König. Offenbar ist das ihr Mann. Mit Rehger hat sie jedenfalls nicht viel gemein. Die Augen.* Und in Gedanken an Rehger vergegenwärtigte sie sich den sanften Nachdruck hinter seiner urwüchsigen Kraft, die neugierige Unschuld, die manchmal in seinem schönen Gesicht zu entdecken gewesen und beileibe nicht kindisch war, sondern von großer Tiefe zeugte. Die Augen eines Hunderte von Jahren alten Kindes, dem es möglich war, die Weltklugheit des jüngeren Alters abzustreifen. Ganz genau diesen Blick hatte auch Tibo.

»Ich sollte dich noch einmal im Tempel verhören lassen«, sagte Arud. »Später. Jetzt will ich Rast machen.

Paß auf den Hund auf und sieh zu, daß er mir nicht zu nahe kommt. Gib den Tieren zu saufen.«

Er ging in die Hütte mit besitzergreifender Miene, doch ihm war anzumerken, daß er sich auf Ungeziefer, verdorbene Speisen und bitteres Bier gefaßt machte.

Tibo wartete an der Tür, bis er und sein Begleiter eingetreten waren. Die Zeebas waren an einen Pfosten gebunden worden. Tibo schöpfte Wasser aus dem Brunnen und tränkte die Tiere. Panduv hörte, wie Tibo ihnen freundlich ins Ohr flüsterte und Futter versprach.

Panduv gegenüber verhielt sich Tibo zurückhaltend.

Dabei hat sie mich erkannt oder zumindest gewußt, daß ich für sie von Bedeutung bin. Daß ich ihren Sohn in seiner glanzvollsten Zeit erlebt habe.

Die Hütte hatte nur eine geräumige Stube, die im hinteren Bereich von zwei Holzwänden aufgeteilt wurde. Dadurch entstanden zwei Schlafzellen. Aus der größeren zog Tibo eine Matratze in die kleinere. Die Matratze war sauber und duftete sogar nach Kräutern und Seife. Das Bett schien Tibo zu gehören. Ihr Mann schlief zwar im selben Raum, aber auf dem Sofa. In der kommenden Nacht mußten Mann und Frau dasselbe Lager teilen, um dem Priester Platz zu machen.

Der Begleiter sollte den Eingang zu Aruds Schlafstelle bewachen und seinen Herrn nach drei Stunden wecken. Der Begleiter hockte sich vor der Schwelle auf den Boden und war genauso schnell eingeschlafen wie der Priester.

Der Bauer hatte sich mit der neuen Situation zurechtgefunden und ging mit dem schwarzen Hund nach draußen. Vom Hüttenfenster aus konnte man beobachten, wie er im Tal Stöcke warf und apportieren ließ.

Tibo machte sich wieder an die Arbeit. Es gab wegen der Gäste mehr zu tun als sonst. Um Panduv kümmerte sie sich nicht. Sie bot ihr nichts an, schlug ihr aber auch nichts aus. Panduv schöpfte Wasser aus dem Brunnen und trank zwei Becher davon. Dann sah sie der Bauersfrau lange bei der Arbeit zu. Schließlich sprach sie Tibo an.

»Hast du Angst? Vor dem Verhör im Tempel, meine ich. Arud ist hartnäckig.«

»Ich habe keine Angst«, antwortete Tibo.

Sie ging in einen Schuppen und kehrte zurück mit Futter für die Zeebas.

»Hexen werden gesteinigt, stimmt's?« fragte Panduv.

»Ja.«

»Aber du bist keine Hexe.«

»Ich gehorche Cah.«

»Warum hast du mich im Tempel so lange angeschaut?« wollte Panduv wissen.

»Deine schwarze Haut ...«, sagte die Iscanerin.

Panduv mußte eingestehen, daß die Antwort völlig plausibel war.

Sie folgte Tibo zurück in die Wohnstube und sah ihr beim Teigkneten zu. Panduv setzte sich auf einen Stuhl neben dem Herd. »Ich kann dir bei deiner Hausfrauenarbeit nicht helfen. So was hab ich nie gelernt, verstehst du?«

Tibo reagierte nicht. Doch plötzlich sagte sie: »Dein Meister hat Fieber. Ich habe hier ein Kraut angepflanzt, das ihm Kühlung verschaffen kann.«

»Er ist nicht mein Meister. Vielleicht hält er sich dafür. Aber ich bin's, die ihn benutzt, und ich lasse ihn nicht von dir vergiften, du kleines iscanisches Frauchen.«

Tibo gab keine Antwort, versuchte auch nicht, das Gespräch mit einem neuen Thema wiederaufzunehmen.

Pandus Nerven waren zum Zerreißen gespannt. In stichelndem Tonfall sagte sie: »In Ly wird erzählt, daß dein Sohn vor zwanzig Jahren an Sklavenhändler verkauft wurde. Ich kenne seinen Namen.« Sie zögerte und gab sich Mühe mit der schleppenden Aussprache. »Raier.«

Tibos Hände erstarrten im Teig. Der Schein des Herdfeuers flackerte über das hübsche jugendliche Gesicht und die verschleierten Augen.

»Aber er kann dein Sohn nicht sein. Du bist in seinem Alter.«

»Und doch ist er mein Sohn«, antwortete Tibo.

Die Luft flirrte wie bei einem Duell. Aber dies war kein Duell zwischen Feinden.

»Ich habe ihn gekannt«, sagte Panduv. »Wir beide waren Berühmtheiten im Stadion von Saardsinmey in Alisaar. Er strahlte noch heller als ich. Man nannte ihn Rehger, den Lydier, und er war ein großer Schwertkämpfer und Wagenlenker, der beste von allen. Verehrt wurde er wie ein Gott ...«

Tibo hob den Kopf. Sie blickte Panduv aus Augen an, in denen alter stiller Schmerz steckte. Doch plötzlich blitzte Wut auf. Panduv schreckte vor der Kraft zurück, die von dieser Frau ausging. Aber gleich darauf hatte die Iscanerin ihre Gefühle, diese Kraft, wieder unter Kontrolle, beschwichtigt wie der Hund vor der Schwelle. Dann starrte sie in die Ferne, vorbei an Panduv, über den Schuppen und das Tal hinaus. »Nicht jetzt. Später. Wenn du willst, sprich später. Zuerst muß ich für deinen Meister sorgen.«

Panduv war völlig verstört und konnte nur stammeln: »Ich sagte doch, er ist nicht mein Meister.«

»Was soll's?« entgegnete die Iscanerin, die ihre Augen immer noch auf andere Welten gerichtet hatte. »Nichts ist wirklich von Bedeutung. Wir sind hier, und hier ist es so Sitte.«

»Eure Sitte. Der Schwachkopf dahinten im Tal — dein herrlicher, erhabener Gatte ... kann er dir etwa zur Freude Cahs verhelfen? Ich bezweifle, daß er Rehgers Vater ist. Wozu taugt der überhaupt?«

»Solange ich mit Orhn verheiratet bin, brauche ich keinen anderen Mann.«

»Mit deiner Zauberkraft könntest du jeden Kerl im Dorf kastrieren. Beim heiligen Feuer ... Ich habe eben gespürt, was du vermagst. Du *bist* eine Zauberin. Warum läßt du dich wie eine Sklavin behandeln?«

Tibo knetete den Teig und antwortete nicht.

Arud wachte kurz vor Sonnenuntergang auf. Er war bei übler Laune, schimpfte auf seinen schnarchenden Begleiter und sagte zu Panduv: »Mein Kopf tut weh. Das liegt an dem Gestank hier ...«, womit er unrecht hatte, denn die Hütte wurde gründlich saubergehalten und stank nicht. Arud verlangte lautstark nach Bier und klagte über Hunger.

Tibo reichte ihm einen schmackhaften Eintopf. Er tunkte ein Stück Brot hinein und schob den Teller dann beiseite. Offenbar argwöhnte er Gift im Essen oder irgendein Mittel, das ihn der Hexe auslieferte. Panduv bot sich als Vorkosterin an und bekam einen Teller mit Eintopf gereicht. Der schmeckte großartig. Arud litt immer noch unter Fieber, wie Tibo gesagt hatte. Er trank einen Becher von Orhns Bier, um den heißen Durst zu stillen.

Der idiotische Bauer saß am anderen Tischende und aß. Ab und zu fütterte er den Hund, genauer gesagt: die Hündin, die schon hoch betagt war und wohl eine graue Schnauze, aber immer noch sehr aufmerksame glänzende Augen hatte. Außerdem schien sie sehr wachsam und bei bester Gesundheit zu sein. Panduv dachte daran, wie der Idiot mit der Hündin gespielt hatte. Ihm war sicherlich kein Vorwurf zu machen. Er betrachtete Tibo mit Blicken, die für einen Mann aus Iscah sehr untypisch waren und voller Bewunderung und Liebe steckten. Er schien sie für seine Mutter zu halten.

Arud stand vom Tisch auf und verlangte noch mehr Bier. Er nahm auf einem Schemel am Herd Platz. Das Fieber ließ ihn frieren und dann wieder vor Hitze in Schweiß ausbrechen.

Tibo füllte ihm den Becher wie befohlen. Plötzlich stand er auf und packte sie beim Handgelenk.

Der Idiot winselte; die Hündin knurrte.

Tibo wehrte sich nicht und beschwichtigte beide: »Seid ruhig. Es ist alles in Ordnung.«

»Nein«, zischte Arud, »nichts ist in Ordnung! Wie soll der da zurechtkommen, wenn du gesteinigt wirst?«

Jetzt hob Tibo den Kopf und sah dem Priester in die Augen — nur für zwei oder drei Sekunden. Doch das reichte, wie es schien. Zu Anfang war Panduv manchmal von Arud mit Schlägen traktiert worden, die allerdings nicht besonders fest und noch zu ertragen gewesen waren. Danach hatte es keinen dieser Ausfälle mehr gegeben. Doch jetzt holte der Priester mit dem Arm aus, um einen Schlag mit solcher Wucht zu führen, daß er Tibos Kiefer hätte brechen können. Erfahren, wie sie war, wußte Panduv die Situation richtig einzuschätzen. Sie sprang auf, griff nach dem Arm des Priesters und zerrte ihn herum. Einen Topf mit sich reißend, drehte Arud eine halbe Luftrolle und schlug mit dem Rücken auf den Lehmboden. Er lag zwischen Scherben ausgestreckt und warf wütende Blicke umher, während sein Begleiter das Messer zog und Panduv anzugreifen drohte. Panduv hob die Hand und wehrte ihn mit dramatischer Geste ab. An Arud gerichtet, sagte sie: »Meister, Ihr dürft sie nicht schlagen. Noch nicht. Vorher muß Cah über sie urteilen.«

Arud zappelte herum und versuchte, sich aufzurichten. Sein Begleiter, sichtlich aus der Fassung gebracht, sprang ihm zu Hilfe.

»Meister«, schmeichelte Panduv und schluckte ihren Haß, »ich wollte Euch bloß das Leben retten. Wenn Cah wirklich in dieser Frau steckt, dürft Ihr Eure Hand nicht gegen sie erheben. Ihr würdet gleichzeitig die Göttin bedrohen.«

»Cah ...«, keuchte Arud und wankte auf wackligen Beinen. »Es gibt keine Göttin. Cah ist das Leben, weiter nichts.«

»Halt dir die Ohren zu!« forderte Panduv den Begleiter auf, der in immer tiefere Verwirrung zu stürzen schien und fromme Zeichen übers Gesicht schlug. »Sonst wirst du seine Worte noch mißverstehen.«

»Das Leben ... dargestellt im Symbol von Cah!« rief Arud in der Geste eines Lehrers.

Panduv stieß ihn zurück auf den Schemel und hielt ihm mit der flachen Hand den Mund zu. Als sie von ihm abließ, hatte sie die Haltung einer Kämpferin angenommen und wich in die Mitte des Raums zurück. Sie blickte in die Runde. Alles verharrte in gespannter Erwartung. Der Idiot hatte sich hinter der Bank verschanzt. Die Hündin knurrte.

»Es gibt nur eine Möglichkeit festzustellen, ob diese Frau eine Betrügerin ist oder heilig«, sagte Panduv. »Und diese Möglichkeit läßt sich hier und jetzt wahrnehmen, hoher Meister. Dieser Mann da und ich werden Zeugen sein. Fordere sie auf, ihre Fähigkeiten zu zeigen.« Sie sah Tibo über die Schulter hinweg an und blitzte mit den Augen. »Fordere sie auf, Feuer hervorzurufen.«

Arud kam langsam wieder zu Sinnen. Der Anfall war vorüber, wenngleich er noch zitterte. Er schnauzte den Begleiter an, er solle ihm den Becher füllen.

Der Hund hatte zu knurren aufgehört. Es war sehr still in der Stube. Das Ofenholz knackte, und das Bier schäumte im Becher.

Tibo hatte die Augen gesenkt. Sie wartete und war entschlossen, ohne Aufforderung des Priesters nichts zu unternehmen.

Arud sagte: »Na schön. Dann laß mal sehen. Zaubere uns Feuer herbei. Es heißt doch, daß du das kannst.« Und er trank geräuschvoll.

Anschließend herrschte wieder eine Stille — dick wie Sirup —, die das Knacken im Herd zu schlucken schien. Dann hörten sie, wie Tibo laut zu atmen anfing, tief und heftig, schließlich nach Luft schnappte, wie eine Frau, die ihren Liebhaber umarmt ...

Sie wird's tun; es ist unmöglich, wird aber geschehen, dachte Panduv. *Wahrhaftig und ohne Trick. Das Feuer von Zarduk.*

Tibo streckte den linken Arm aus, verdrehte die Augen und zeigte das Weiße der Augäpfel. Plötzlich hörte sie zu atmen auf.

Panduv sah Tibos linke Brust unter dem dünnen Gewebe ihrer Kleidung aufleuchten wie eine Lampe. Das Licht verteilte sich auf die Schulter und den Oberarm. Das Blut im Unterarm glühte rosenrot, die Knochen traten als Schatten ein Erscheinung. Dann wurde aus der linken Hand eine Fackel; aus fünf Fingern loderten helle Flammen.

Aruds Begleiter schrie auf. Der Priester ließ den Becher fallen. Panduv hörte ihn über den Boden kullern. Der Idiot und der Hund schauten interessiert drein. Sie schienen an das Bild gewöhnt zu sein und waren ohne Furcht. (Der Hund wedelte sogar mit dem Schwanz.)

Die Flammen sprühten auf den Boden, hüpften und flackerten umher. Sie tanzten. Tibo seufzte, keuchte wieder auf, und Arm, Schulter und Brust wurden dunkel wie ausglühende Kohle.

Arud sprang auf sie zu.

»Du machst uns was vor. Alles nur Täuschung. Ahhh ...!« Er zuckte zurück und versengte sich die Finger am qualmenden Umhang.

Tibo starrte aufs Feuer.

»Schhh!« flüsterte sie. »So ist's recht.«

Die Flammen erloschen.

»Ich hab mich verbrannt!« rief Arud.

Panduv und der Begleiter fingen ihn diesmal auf, als er umkippte.

»Er schläft tief und fest. Welches Kraut hast du ihm gegeben?«

»Es hat einen Namen, den du nicht verstehen würdest. Ich kann es dir aber zeigen.«

Panduv hatte Arud den Trunk eingeflößt. Eine halbe Stunde nach der Einnahme war er heftig ins Schwitzen geraten und dann in einen tiefen Schlaf gesunken. Der Begleiter hockte vor der Schlafzelle und hielt Wache. Er knirschte mit den Zähnen und hatte das Messer vor sich auf den Knien liegen.

Panduv und Tibo kehrten an den Herd zurück. Auch Orhn war eingeschlafen. Er lag auf der Bank. Auf seinem Schoß ruhte der Kopf des dösenden Hundes.

»Gefällt dir das Leben hier?« fragte Panduv.

»Wie sollte ich sonst leben?«

Panduv ließ sich die Antwort durch den Kopf gehen. Sie paßte auch auf die eigene Situation. Einen ähnlichen Satz hatte Panduv vor kurzer Zeit auf sich bezogen. Außerdem hatte sie eben noch etwas getan, was ihr eigentlich zuwider war, nämlich Arud verteidigt. Ja, sie mußte sich eingestehen, daß sie eine tiefsitzende Zuneigung für ihn empfand. Er hatte sich schon in mancher Hinsicht als gelehrig erwiesen. Es gab noch einiges, was an ihm zu verändern war — nicht um ihn umzukrempeln, sondern um das Wesen hervorzulocken, das unter seinem plumpen, prahlerischen Gehabe manchmal zum Vorschein kam. Daß sich diese Gefühle für einen iscanischen Priester bei ihr einstellten, machte sie nicht gerade glücklich. Aber so wollten es offenbar das Schicksal und die Götter. Und Zarduk, den sie im großen Tempel von Saardsinmey verehrt hatte. Hier hatte er die Gnade und das Verderben seines Feuers auf einen Ausländer fallen lassen, der ihn nicht einmal zur Kenntnis nahm.

»Wie dem auch sei«, sagte Panduv, »wir wollten eigentlich über deinen Sohn Rehger sprechen. So wurde er in Alisaar genannt. Komm, gib's zu. Orhn war nicht sein Vater.«

Tibo blickte ins Kaminfeuer, das auf herkömmliche Art mit Feuerstein und Zunder entfacht worden war.

»Ein Mann ist einmal hier vorbeigekommen.«

»Dein Liebhaber.«

»Für eine Nacht. Cah hat ihn zu mir geschickt. Ich war nicht darauf aus, daß er etwas zurücklassen sollte. Aber er schwängerte mich.«

Mehr schien Tibo nicht sagen zu wollen. Also fing Panduv an, über die Jugend und das frühe Mannesalter der Schwertkämpfer am Hof von Daigoth im allgemeinen und über Rehger im besonderen zu berichten. Zuerst war die Geschichte nüchtern und sachlich. Dann mischten sich Panduvs eigene Erfahrungen darunter, und sie erzählte von den Übungen, denen sie unterzogen wurde. Schließlich lebte sie auf in Gedanken an die verlorene Welt und ließ Tibo daran teilhaben, indem sie ihr vergangenes Leben ausrollte wie einen bunten Teppich, gewebt aus Prüfungen und Fehlschlägen, Leistung und Belohnung. Panduv erzählte von der Stadt, von ihren Plätzen und Alleen, vom Lob der Menge, vom Meeresrauschen. Sie zählte die Feiertage auf, benannte die Jahreszeiten in diesem Land, berichtete von der Nacht des Feuerrennens, das Rehger gewonnen hatte, als wäre auch sie eine Hexe, so zauberte sie Rehger wieder herbei — für seine Mutter — in seiner ganzen Schönheit und seinem Stolz.

Und danach, als das Kaminfeuer erlosch — sie hatte länger als eine Stunde gesprochen —, da wurde es Zeit, über das Ende der Stadt und von Rehgers Tod zu berichten. Erst jetzt erinnerte sich Panduv an den Traum, den sie in Cahs Tempel gehabt hatte, und an die Worte der Amanackire: »Deine fest gebaute Gruft; darin hielt er sich auf, als die Flutwelle über Saardsinmey hereinbrach.« Die Zakorianerin schilderte die Zerstörung, die sie nie gesehen hatte, einer Frau, die trotz all ihrer Zauberkraft nicht die Hälfte von dem verstehen konnte, was Panduv da erzählte. So sagte Panduv: »Aber jemand hat mir versichert, daß dein Sohn die Sintflut überleben konnte. Das mag so sein oder auch nicht. Du als Hexe wirst vielleicht erfahren können, ob er noch lebt.«

Aber Tibo stierte in die Asche der Feuerstelle und jenseits davon. Als es wieder still wurde, spürte Panduv, wie erschöpft, wie ausgewrungen sie war. Sie kam sich vor wie nach einer Beichte: leer und geläutert. Sie hätte weinen können, mochte aber als Zakorianerin keine Tränen zeigen. Feuer statt Wasser, war ihr Wahlspruch.

Als Tibo aufstand, warf ihr Panduv einen leicht überraschten Blick zu.

»Komm mit mir. Ich will dir etwas zeigen«, sagte Tibo.

Nicht ein Wort über ihren Sohn, keine Spur von dem Schmerz und der Wut, die vorher in ihrem Gesicht erkennbar gewesen waren. Nichts. Hatte sie, diese iscanische Bäuerin, die Schilderung der prächtigen Stadt von Saardsinmey überhaupt wahrgenommen?

Panduv stand auf.

»Was ist?«

»Draußen. Ein paar Schritte nur.«

Panduv wurde argwöhnisch. Trotzdem sagte sie: »Wie du willst.«

Sie schlichen aus dem Haus. An der Tür nahm Tibo eine Laterne zur Hand und zündete sie mit dem Feuerstein an. Panduv höhnte: »Die Götter werden sich freuen, daß du ihr Feuer nicht verschwendest.« Aber Tibo gab keine Antwort.

Die beiden gingen über die sommernächtliche Weide, wo die Kühe wie Felsbrocken unter einem schlanken Baum lagen. Sie stiegen über eine Steinmauer, die fast völlig eingestürzt war, und gelangten zu den Zitrusbäumen und den aufrechten Felsen.

Der Laternenschein behinderte die Sicht, statt sie zu fördern. Als er die Kuppel streifte, glaubte Panduv einer optischen Täuschung zu erliegen. Aber dann verfestigte sich das Licht, half der Wirklichkeit in den Blick.

»Was ist das?« fragte Panduv und erinnerte sich, die glänzende Spitze dieses Dings bei der Ankunft auf den Hof schon einmal gesehen zu haben.

Ruhig antwortete Tibo: »Es war immer dort. Da unten. Aber die Bäume sind gewachsen, die Wurzeln haben das Erdreich abgedeckt. Im letzten Sommer, als die Erde bebte, ist es wieder zum Vorschein gekommen.« Noch während sie sprach, erkannte Panduv ein bleiches glattes Ding, das wie ein Fisch aus dem Boden auftauchte. Es schien immer noch nicht ganz an die Oberfläche getreten zu sein und klemmte in seiner Steinfassung fest. Der Form nach glich es tatsächlich dem Fisch ihrer Vorstellung. Das Material hatte einen metallischen Anschein, doch es waren weder Kratzer noch Dellen zu entdecken.

»Wenn du nahe genug herangehst, bildet sich eine Öffnung«, erklärte Tibo.

Langsam rückten sie näher. Die Laterne beleuchtete nur einen kleinen Umkreis und ließ den Rest um so finsterer erscheinen.

Und in der Seite der fischförmigen Wölbung öffnete sich wie vorhergesagt dank eines rätselhaften Mechanismus ein Einlaß. Die modernen Tempel der Schlangengöttin waren, wie Panduv gehört hatte, vielfach mit einer solchen Einrichtung ausgestattet. Trotzdem war sie beunruhigt von der Art und Weise, wie sich die Tür öffnete. Sie klappte weder auf noch herunter, auch ging sie nicht seitlich auf, sondern in einer Wirbelbewegung.

Jenseits der Tür war nur Dunkelheit.

»Bist du schon drin gewesen, Tibo?«

»Nie.«

»Ängstlich?«

»Ja, an diesem Ort habe ich immer Angst. Ich komme nur ungern her.«

»Dann muß es ein übler Ort sein. Du hast wohl das richtige Gespür.«

Panduv nahm ihr die Laterne ab, ging näher auf die Öffnung zu und leuchtete tiefer ins Dunkle.

Vor ihr zeigte sich eine ovale Kammer ohne Ecken, und wieder fühlte sie sich an das weiße Volk erinnert, an die Geschichten von den runden Hallen in den zerfallenen Städten der südlichen Ebenen. In diesem Moment fand die Laterne die Bestätigung. Da, auf der sonst konturlosen Wand, war ein Relief zu sehen. Eine verwickelte, klar zu erkennende Schlange, Weiß auf Weiß.

Die Zakorianerin wich zurück, und wieder füllte Dunkelheit den Raum hinter der Öffnung.

»Das ist ein Tempel«, sagte Panduv. »Das Volk der Ebenen hatte viele davon überall errichtet, selbst im Land von Dorthar. Dieser hier muß so alt sein wie die Berge.

Sie spürte, daß ihr die Glieder zitterten. Nicht aus Angst. Den Schlangentempel umgab das Energiefeld einer übernatürlichen Kraft, der besser aus dem Weg zu gehen war, so wie es Tibo instinktiv zu tun pflegte. Panduv ging noch weiter zurück, und tatsächlich: der elektrifizierende Eindruck ließ nach. Sie fragte: »Warum hast du mich hierhergeführt?«

Tibo antwortete: »Cah ist hier.«

Die Zakorianerin fluchte. »Ach was! Cah ist Göttin der Visianer. Deine Göttin. Vielleicht auch meine. Das Ding da gehört zum Zauber der Gelbhaarigen. Das ist deren Göttin, die Schlangenfrau Anack.«

»Cah hat mir meine Sünden vergeben«, sagte Tibo. »Monat für Monat lag ihre Hand schützend über mir. Als dieses Ding da aus der Erde auftauchte, steckte es voll von Cah. Ich fürchte mich zwar, aber das tut nichts zur Sache. Dieser Stelle verdanke ich es, daß ich heilen und Feuer entstehen lassen kann. Außer dir und mir weiß noch niemand Bescheid. Das ist Cahs Ort.«

»Nein. Cah hat nichts damit zu tun«. Panduv war verärgert. Seltsamerweise dachte sie plötzlich an athletische Wettkämpfe zwischen den Tänzerinnen der Stadt und den blonden Mädchen aus Sh'alis. Die Kluft zwischen den Völkern, der Streit und der Krieg steckten tief in den Köpfen und zeigten sich überall, ob es gerade paßte oder nicht. Sang Sh'alis nicht vom Untergang des Freien Alisaar, den eine kreischende weiße Welle verursacht hatte?

Panduv schloß die Augen und sah einen Stern aufglühend vom Himmel fallen. Er prallte vor die Brust der Erde, versengte und spaltete das Land und grub sich tief ein. Als sich Rauch und Asche gelegt hatten, lag der Stern schwelend in seiner Mulde, in einem Tal zwischen Bergen.

»Da«, sagte Tibo und legte eine Hand auf Panduvs Schulter. »Hast du den Stern gesehen? So wie ich? Cahs Himmelswagen, der auf die Erde stürzte?«

»Tiefland-Magie«, murmelte Panduv. Tibo hatte ihre Hand genommen und führte sie weg von der glänzenden Kuppel, dem Tempel, der Sternschnuppe, dem Fisch der Zeit, aus dem Hain der Zitrusbäume und über die gewöhnliche Weide, auf der die Kühe lagen und friedlich wiederkäuten.

Panduvs Glieder wurden schwer und träge wie Wasser. Sie setzte sich ins rauhe Gras, um einem Sturz zuvorzukommen. »Mir gefällt das nicht. Das ist nichts für mich«, sagte sie zitternd. »Aber es hatte mit Sicherheit etwas zu bedeuten.«

Tibo blieb geduldig stehen, bis die Zakorianerin wieder auf den Beinen war. Sie kehrten zur Hütte zurück, ohne ein weiteres Wort zu wechseln.

Panduv lag neben Arud auf Tibos Matratze und träumte von Saardsinmey nach der Welle.

Zuerst schaute sie von oben auf die Stadt hinab, als würde sie auf Flügeln darüber hinwegfliegen. Die Landschaft tief unten glich einer Wüste mit schartigen Monolithen und gezahnten Mauerresten. Von allein wäre Panduv nicht darauf gekommen, daß sie das Bild einer ehemaligen Stadt vor Augen hatte, aber der Traum soufflierte den einstigen Namen.

Wie ein Jagdfalke kreisend, stieg sie im Wind hinab.

Im Traum war sie, die geflügelte Panduv, völlig gleichgültig. Der Anblick schmerzte nicht, rührte sie kaum.

Auf dem Dach des Zarduktempels, dessen Innereien

herausgerissen waren, thronte ein Schiff. Panduv umkreiste die Masten und segelte davon. Weiter hinten lag das Stadion, das, wie alles andere auch, kaum mehr zu erkennen war. Von dem großen Bauwerk war nur eine Schlucht geblieben, die Arena, umringt von Trümmerbergen.

Von Nord bis West, eine Metropole des Ruins, voller Seetang und Muscheln, die auf Stufen, Dächern und Straßen lagen, und besprenkelt mit allen möglichen Rückbleibseln einer plötzlich ausgelöschten Gesellschaft.

Der Wind blies, fegte die Flecken und Kleckse vom Himmel und drückte Panduv zu Boden, ihrem eigentlichen Ziel entgegen, dem Gräberweg, wo sie sich niederließ.

Ringsum nichts als Schlamm. Selbst der Marmor schien sich in Schlamm verwandelt zu haben. Was ihr schon über der Stadt aufgefallen war, sah sie nun wieder: Männer und Frauen liefen in kleinen Gruppen umher und scharrten im Dreck wie Bettler, die in der Gosse nach Münzen suchen.

Panduv, unsichtbar für andere, schwebte zwischen den Schlammbergen und sah den Leuten mitleidig zu, aber ohne sich ihnen enger verbunden zu fühlen. Sie waren ihr sogar fremd, in jeder Hinsicht. Da, wo ein weißer Stein aus verklumptem Lehm aufragte, grub jemand herum und versuchte, einen Leichnam an den Beinen hervorzuzerren. Daneben hockte jemand, der gar nichts tat.

Panduvs Seele — ihr glaubte sie den Ausflug zu verdanken — trieb wieder davon. Sie kam zu der Anhöhe, wo Könige, Königinnen und Künstler begraben lagen. Weiter oben am Hang erhob sich wie ein schwarzer Bienenkorb die eigene Grabstätte, freigespült und inmitten von Aloen.

Die Tür stand offen. Sie erinnerte sich ... Rehger hatte, womöglich mit anderen gemeinsam, darin Schutz gefunden. Eine Person, die scheinbar zurückgelassen worden war, trat nun weiß aus dem Dunklen hervor in die Türöffnung.

Panduv war nicht die einzige Zeugin dieser Erscheinung. Zwei Frauen unten am Hang hatten ihre scheußliche Arbeit eingestellt und schienen erschrocken zu sein wie vor einem Gespenst angesichts einer Gestalt, die nur wie sie die Flut überlebt hatte.

An dieser Gestalt war nichts Furchterregendes auszumachen. Es handelte sich um eine junge Frau in weißem Gewand. Auch das Gesicht war weiß verschleiert. Sie blieb nicht stehen, um sich umzusehen, sondern ging geradewegs den Hang hinauf, weg von der schwarzen Grabstätte. Auf dem Rücken des Hügels zögerte sie jedoch und schaute zurück, als fühlte sie sich beobachtet — von Panduv.

Das Weiß der Kleidung war eins mit der Farbe ihrer Haut und der Haare. Die Überlebende aus der Gruft war eine Amanackire.

Im Traum zweifelte Panduv nicht daran, was sie sah. Am Vorabend der großen Vergeltung war sie im Theater gewesen, und weil ihr der Liebhaber brünstig ins Ohr gesäuselt hatte, hörte sie nichts von den Gerüchten um den Gifttod der Tiefländerin. Bis zu ihrem Traum im Tempel von Ly hatte Panduv nie etwas erfahren von dem Mord und der Bestattung. Ich übergab mich dem Tod ... Ihr früherer Traum stimmte mit der jetzigen Vision völlig überein.

Die Amanackire war gestorben. Ihr Tod hatte Rehgers Schutz vor der vernichtenden Flut ermöglicht. Die Tage vergingen, und Rehger verschwand auch. Geheilt und gesund aus dem Schatten hervortretend, kehrte die weiße Frau schließlich wieder in die Welt zurück.

Sie zog den Schleier vors Gesicht, überquerte die Hügelkuppe und verschwand.

Obwohl Panduv körperlos war und fliegen konnte, folgte sie nicht.

Statt dessen wurde sie mit Gewalt aus dem Traum gerissen und zurück in ihren Körper gezwängt, wobei ihr entfiel, wo sie gewesen und was geschehen war. Und während sie mit wild schlagendem Herzen und unter angehaltenem Atem versuchte, die Erinnerung zurückzugewinnen, flog der Traum, wie der andere auch, davon, hinab in die inneren Tiefen, aus dem Blick und aus dem Sinn.

»Wie soll ich denen vom Tempel einen glaubwürdigen Bericht vorlegen?«

Zwölf Tage später gab Arud seiner Not Ausdruck. Sie hatte das Krähennest von Ly Dis zwischen den immer gleichen Bergen zurückgelassen.

Er stellt mir *eine Frage.*

»Es gäbe eine Möglichkeit.«

»Ja? Und? Die wäre?«

»Sag ihnen, die Gerüchte seien stark übertrieben. Sie ist eine Heilerin, die sich der Probleme von Frauen annimmt, und sie weiß auf althergebrachte Art Feuer zu entfachen; mit zwei Holzstücken nämlich. Ansonsten tut sie nichts, was Cah beleidigen könnte, und ihr Tempel findet auch keinen Tadel an ihr. Außerdem ist sie verheiratet, und ihr Ehemann würde ihr nicht erlauben, gegen das Gesetz zu handeln.«

»Alles Betrug, Frau. Soll ich mich durch solche Lügen vor der Göttin selber verdammen?«

»Cah ist nur eine Idee ... die Verkörperung und das Symbol des Lebens.« (Die beiden Begleiter hingen weit genug zurück und konnten nichts hören. Das Paar, das sich abgesetzt hatte, war auch aus der Stadt verschwunden.)

Arud schimpfte nicht mit Panduv. Er erinnerte sich daran, wie sie ihn und sein fiebriges Bekenntnis verteidigt hatte. Und falls nötig, wollte sie auch bezeugen, daß der Begleiter in jener Nacht über die Maßen betrunken gewesen war.

Schließlich sagte Arud fast demütig: »Es gibt einige, die so denken. Bei denen ist nicht von Göttern die Rede, sondern von Essenzen. Selbst vom höchsten Priester sind solche Worte zu hören. Cah ist alles, die Quelle der Existenz. Nicht nur ein Stein mit Brüsten.«

»Wie ich gehört habe, sprechen die Tiefländer so über ihre Schlangen-Anack.«

Arud zog die Stirn kraus. »Cah ist die einzig wahre Göttin.«

»Dann gebt zu, daß die kleine Iscanerin in ihrem Namen handelt. Tibo ist der Göttin treu ergeben. Laßt sie in Frieden. Was kümmert's Euren Tempel? Und Euch? Ihr wollt doch eigentlich nur nach Hause zurück.«

»Ja«, antwortete er und seufzte tief, »ich habe ein Haus auf einem Hügel. Im Sommer weht es kühl dort oben. Der Wein gedeiht. Ein Fischteich. Blaue Mauern. Es würde dir gefallen.«

Er lädt mich also zu sich nach Hause ein.

Sie dachte an seine Umarmungen während der vergangenen Nächte. Sie waren verändert, voller Leidenschaft und sehr geschickt. Der Feuertanz war vorüber. Aus ihr war nun tatsächlich eine Lehrerin und Kurtisane geworden.

Außerdem hatte sie sich nicht um die Verhütung gekümmert. Vielleicht hätte sie ihre Götter nicht darum bitten sollen, die Lücke in ihrem Leben zu schließen. Yasmat war ihr schalkhaft zur Hilfe gekommen.

»Arud«, sagte sie, denn er hatte inzwischen zu dulden gelernt, bei seinem Namen angeredet zu werden, wenn sie allein waren.

»Was ist denn?«

»Ich trage deinen Sohn in mir.«

Er schien nachzudenken. Ein paar Minuten vergingen.

»Wie willst du wissen, daß es ein Sohn ist?«

»Ich weiß es.«

Das würde ihre Rolle in Zakoris sein: Männer zu empfangen und Männer zur Welt zu bringen. Aber sie war gesund und voller Temperament. Eine Schwangerschaft würde sie nicht bezwingen können. Es würde ein Kind des späten Frühjahrs oder frühen Sommers werden.

Ja, sie war stark und kam auch ohne einen starken Partner aus. Keiner ihrer Liebhaber, egal welche Titel sie hatten oder wie groß ihr Wissen über Götter und die Welt auch sein mochte, nicht einer kam ihr an Witz und Verstand gleich.

Und eine Kämpfernatur braucht die Auseinandersetzung. Iscah würde für sie ein einziger großer Feldzug sein. Sie lachte laut auf, und Arud fragte: »Du freust dich, Mädchen von Zakoris, meinen Sohn zu tragen?«

»Ich freue mich nur, um dich zu erfreuen, Meister.«

»Du wirst die Herrin meines Hauses sein. Mach dir darüber keine Sorgen.«

Nur nicht ironisch sein. Sei großzügig und unterrichte in Großmut. Oder sei wenigstens still.

Er blickte herab und musterte sie, wie sie an seiner Seite einherschritt, hoch aufgerichtet und königlich, schwarz wie die Nacht, das lange Haar wie eine Fahne hinter sich herziehend — ohne Vergangenheit, denn *er* hatte ihr zur Wirklichkeit verholfen. Er hielt das Zeeba an und zog sie zu sich auf den Sattel. Das war fremd für iscanische Sitten, und die Begleiter wunderten sich.

Viertes Buch

MOIH

Kapitel 14

Eine moiyanische Hochzeit

Im Unterschied zu den Gebräuchen der Visianer hatte bei den Tiefländern der Zeitpunkt der Eheschließung nichts mit dem Roten Stern zu tun. Bekanntlich war das Volk der Ebenen Zastis gegenüber unempfindlich. Den Mischlingen, den Dortharianern und Xarabern und allen anderen, die in Tieflandfamilien einheirateten, schien es nichts auszumachen, vor der heißen Zeit die Ehe zu schließen. Im äußersten Süden war der beliebteste Trautermin der Frühsommer, die Zeit nach dem Regen und vor der großen Dürre.

In der Provinz von Moih, dem Zweistädtestaat in der Küstenregion von Moiyah und der Inland-Metropole von Hibrel, war in etwa sechzig Jahren eine blühende Kultur herangewachsen. Die Städte und Dörfer von Moih, die ihre Lehen direkt von den dortharanischen Sturmherren erhielten, wurden von gewählten Stadträten demokratisch regiert. Für Wohlstand sorgten die Handelsflotten und Kaufmannsgilden. Zwar herrschte Toleranz allen Religionen gegenüber, doch die Mehrheit bekannte sich stolz zu Anackire, der Schlangenfrau. Die Sitten und Gesetze von Moih machten weder rassische noch religiöse oder hierarchische Unterschiede. Theoretisch konnte jeder anbeten und verehren, wen er mochte, und dabei in Positionen aufsteigen, die seiner Begabung entsprachen. Moih war aus dem Schmelztiegel der Verfolgten und unter dem Amboß zweier großer Kriege entstanden und hatte sich abgesetzt von den übrigen Tiefländern, vor allem von der gleichgültigen und orientierungslosen Schicksalsergebenheit, die immer noch für die Bewohner der südlichen Gebiete charakteristisch war. Die Stadt Hamos, eine der Hochburgen des Fremdenhasses der orthodoxen Amanackire, lag vier Tagesreisen von der Stadtgrenze Hibrels entfernt. Dazwischen erhob sich eine eisige Barrikade der Feindschaft. Während sich die starren Eiferer auf der einen Seite zusammenrotteten, zogen die fleißigen und zupackenden Tiefländer ins aufstrebende Moih, zusammen mit den Mischlingen aus beinahe allen Vis-Gebieten.

Die Hochzeitsgebräuche von Moih waren dementsprechend vielgestaltig.

Aber darüber dachte ein gewisser Bräutigam an diesem Abend in Moiyah nicht nach.

Er war ausstaffiert wie ein Pfau, und doch fiel es auf, daß der gutaussehende junge Mann selber kein Sohn der Ebenen war. Haare und Augen waren kohlrabenschwarz, die Haut glänzte metallisch. Ja, seinem dunklen Typ stand die moiyanische Hochzeitstracht in den Farben Weiß und Gold ausgesprochen gut.

Als sie ihn das erste Mal gesehen hatte, war er weniger vorteilhaft angezogen gewesen.

Der Bräutigam lächelte. Er war ausgelassen und etwas nervös, denn er kannte sich nicht aus in den Ritualen, die zum Sonnenuntergang bevorstanden und die er fehlerlos durchzustehen hoffte — ihr zuliebe, natürlich.

Wie hatte er sie wohl beim ersten Mal wahrgenommen? Er war immer noch infolge voraufgegangener Ereignisse halb erblindet gewesen, und als er in die Bucht von Moiyah kam zwischen die hellen Segel und vor die weiß gekalkte Hafenmauer, auf der vergoldet Anackire thronte, und als er das blonde Volk im Hafen erblickte — da fühlte er Furcht und Abscheu. Auch in ihm steckte ein gerütteltes Maß an Fremdenfeindlichkeit. Die Schiffsreise war ihm schon schwer genug gefallen. Er sehnte sich zurück unter seinesgleichen. In der Menge am Kai hüpften auch die beiden Töchter von Arn Yr in Begleitung ihrer Zofe herum.

Die ältere Annah war auch die größere der beiden. Sie hatte einen zierlichen Kopf wie aus Porzellan, umflochten von Haaren wie reife Ähren. Die Nachricht vom offenen Aarl-Schlund, von der Flutwelle und dem begleitenden Sturm hatte den Osten schon erreicht. Auch in Moiyah waren gespenstische Sonnenaufgänge und Untergänge beobachtet worden. Arns Schiff, die *Hübsche Maid,* war mit Sorgen herbeigesehnt worden. Als der Agent mitteilte, daß es sich der Bucht näherte, liefen die Töchter zum Hafen hinunter, um den Vater zu begrüßen. Elissi hatte den Schiffsmeister als erste erkannt. Arn winkte stürmisch zurück und zeigte für die Passagiere mit dem Finger auf seine Töchter.

Elissi war schlank und klein und hatte einen blassen, aber sommerlich getönten Teint. Ihre Haare waren so hell, daß die Sonne es wie weißes Feuer aufleuchten ließ. Aber die ommossische Großmutter ließ sich nicht verhehlen. Elissis Augen waren — wie die Augen von Ommos, von Alisaar und Corhl — pechschwarz.

Vielleicht hatte sich Chacor von ihren Augen versöhnen lassen, als er später dazu kam, in sie hineinzuschauen.

Ursprünglich hatte er sofort wieder abreisen wollen. Über Zarabiss nach Dorthar oder wie ein geprügelter Hund zurück nach Hause. Aber er genoß die Freundlichkeit und Freigebigkeit der Moiyaner und wollte sich erkenntlich zeigen, sobald er dazu imstande war. Er wußte, diese Leute waren quicklebendig, hatten Charakter und Verstand, ja, vielleicht sogar eine Seele wie er selber — und trotzdem, für ihn blieben sie eine Art Traumvolk.

Auf telepathische Fähigkeiten der Einheimischen gab es keine offenen Hinweise. Die Amanackire rühmten sich ihrer geheimen inneren Stimme, aber die handeltreibenden Leute von Moih nutzten dieses Talent hauptsächlich innerhalb der Familie, vielleicht aus Höflichkeit anderen gegenüber. Auf der *Hübschen Maid* waren die visianischen Passagiere nicht mit Kontaktaufnahmen dieser Art belästigt worden. In Arn Yrs Haus wurde zwischen Familienmitgliedern zwar auch der eine oder andere Gedanke im inneren Dialog ausgetauscht, aber die wortlosen Diskussionen fanden nur in den Privaträumen statt.

In der Öffentlichkeit waren mentale Gespräche manchmal von außen zu beobachten, vor allem bei Kindern, wenn sie in den städtischen Gärten spielten, ihr fröhliches Geschrei plötzlich einstellten und sich flüsternd gegenüberstanden, um ein neues Spiel zu besprechen.

Die Visianer, die Chacor auf den Straßen sah (ein paar Lanier, Dortharianer aus dem nahegelegenen Fort, Händler von Xarabiss, ein elyrischer Astrologe, der ein Geschäft am Hafen hatte, und Annahs Verlobter, ein Mischling, der so typisch visianisch aussah, daß man kaum glauben mochte, er habe einen vathcrianischen Einschlag) —, alle diese Zugezogenen konnten Chacors Meinung über diesen Ort nicht verändern; im Gegenteil, sie verwirrten ihn zusätzlich. In seinen Augen waren sie schlecht beraten, hier zu leben.

Schon auf dem Schiff hatte Arn Yr unter Beweis gestellt, wie großherzig und gutmütig er war. Das Schiff hatte Schaden genommen und sehr viel von der Fracht verloren, so daß es umkehren mußte, um repariert zu werden, ohne Gewinn gemacht zu haben. Aber Arn Yr jammerte nicht, und im Hafen angekommen, kümmerte er sich weniger um seine Agenten als um Chacor, dem er die Stadt zeigte. Mit Rehger als Gefährten kam Chacor nicht so gut zurecht. In der Stadt war die Waffenschule von Moiyah. Rehger stand schon früh auf und verließ seine Unterkunft, um die Trainingsmöglichkeiten in Anspruch zu nehmen. Er verkaufte die goldenen Armbänder und den Gürtel, um Eintritt bezahlen zu können und um Arn Yrs Hilfe zu entgelten, der sich aber zusammen mit seiner Frau so strikt weigerte, das Geld anzunehmen, daß es fast zu einer Auseinandersetzung darüber kam. Chacor dagegen hatte überhaupt kein Geld mehr und auch nichts zu verkaufen außer sich selber. Aber Arbeit anzunehmen, hätte bedeutet, daß er längere Zeit in Moiyah würde bleiben müssen, und das wollte er nicht. Hier zahlte niemand für akrobatisch vorgetragene Straßenschlägereien, und die Wettgeschäfte von Moih drehten sich um Wettkämpfe zwischen Bogenschützen und shansarische Pferderennen. Am fünften Tag, nachdem er Chacor die Märkte und Gildenhallen, den mit Gold überdachten Anackire-Tempel und die Rennbahn gezeigt hatte, führte Arn Yr seinen Gast in die moiyanische Straße der Götter.

Chacor schaute sich mit deutlichem Unbehagen um. Auf beiden Seiten waren zwischen gelbblühenden Sintal-Bäumen fast alle wichtigsten Gottheiten von Vis vertreten. Da der Tempel des ommossischen Feuergottes, Kopf an Kopf mit seinem Bruder aus Zakoris, und dort der Pavillon der xarabischen Yasmis, der einen intensiven Duft verströmte. Etwas weiter: Drachen aus Obsidian vor einem Schrein der mysteriösen Sturmgötter von Dorthar, auf dessen Stufen drei dortharianische Soldaten selbstvergessen würfelten. Sogar Rorn, der blaubärtige, war auf einer Säulenplatte zu sehen.

Chacor fragte Arn Yr, ob es für die an Anackire glaubenden Tiefländer kein Frevel sei, anderen Göttern soviel Platz einzuräumen. Arn Yr antwortete mit einem Vortrag über Toleranz. Er selber sei, wie er sagte, voller Hochachtung für Zarkok.

»Und wo ist Corrah?« wollte Chacor wissen.

Arn Yr hatte offenbar schon auf diese Frage gewartet und zeigte auf einen kleinen Seitenweg. Der Corhlaner wollte sich selber überzeugen, bog in den Weg ein und gelangte wenig später vor das Haus von Corrah, das neben dem von Cah stand. Er betrat den Eingang für Corhlaner und gab eine seiner letzten Münzen, um Balsam zu opfern. Er fragte die Göttin, was sie an diesen fremden Ort geführt hatte, doch er fand keinen Trost.

An diesem Abend nahm Rehger eine einträgliche

Stellung in Moih an, und das kam so: Im Haus des Schiffsmeisters wurde ein Gastmahl gegeben. Da half kein Sträuben; Chacor mußte sich wieder mit geliehenen Kleidern und einem Haarkranz herausputzen und an einem weißgedeckten liliengeschmückten Tisch Platz nehmen, zusammen mit der Familie und acht Hausfreunden. Und er setzte eine freundliche Miene auf, um die großzügigen Gastgeber nicht zu beleidigen. Aus irgendeinem Grund erinnerte sich Chacor plötzlich und in aller Deutlichkeit an den Augenblick, als Arn Yrs Schiff aus blutrotem Nebel in der Bucht von Saardsinmey auftauchte (unglaublich; seither war erst ein Monat vergangen). Wer war dieser Mann? Was hatte ihn bewogen, an Land zu gehen und sich den roten Schaum der faulen schwarzen See um die Stiefel spülen zu lassen? Und wer waren die blonden Seeleute, die die Köpfe schüttelten, Wein verteilten, die zertrümmerte Stadt aufsuchten und in der scharlachroten, endlos scheinenden Dämmerung schweigend zurückkehrten? Ein Mann, Arn Yr, und andere Männer, menschliche Gefährten in dunkler Zeit.

Elissi, die jüngere Tochter, saß zur Linken Chacors und bot einem Spätankömmling, einem winzig kleinen Silberaffen, eine kandierte Zitrusfrucht an. Genußvoll kauend sah sich das Äffchen mit indigoblauen Augen auf dem Tisch um.

»Ah, die Affenprinzessin«, grüßte der Mann links von Arn Yrs Frau. »Ich hoffe, es geht ihr gut.«

Das Äffchen zirpte.

»O weh«, sagte der Mann, »sie erzählt, daß sie in diesem Sommer einen bösen Husten gehabt hat. Und wie geht es dir jetzt, meine Liebe?«

Das Äffchen klimperte mit den Lidern, nahm dann den Schwanz in beide Hände und hielt ihn schamhaft vors Gesicht.

»Sie meint, daß es ihr besser ginge, wenn man sie etwas liebevoller behandelt hätte.«

Am Tisch fingen einige zu lachen an.

»Wie gemein«, sagte jetzt Elissi zur Prinzessin, »du undankbares struppiges Ding, vor so vielen Leuten die Unwahrheit zu sagen. Und außerdem hast du die Perle von meinem Ohrring verschluckt. Daher der Husten.«

Der kleine häßliche Mann, der für das Äffchen gesprochen hatte und zuvor als Meister Vanek vorgestellt worden war, gehörte der Gilde der Kunsthandwerker und Steinmetze an. Er bemerkte nun, daß die Perlennascherin ein Muster an Tugend sei, verglichen mit jenem Artgenossen, der, um porträtiert zu werden, in sein Studio in die Marmorgasse gebracht worden war, die Käfigstangen durchbiß und anschließend einen Klumpen Formwachs, mehrere Farbstifte und eine Perücke vertilgt hatte.

Dann richtete Vanek den Blick auf Rehger, der ihm gegenüber saß, und sagte: »Übrigens, wir brauchen ständig Leute, die Modell stehen.«

Rehger schmunzelte.

Vanek meinte: »Ich will nicht prahlen — was jeder Aufschneider von sich behauptet. Aber die drei Söhne eines dortharianischen Prinzen haben schon für meine Bildhauer Modell gestanden. Unsere Werkstatt ist berühmt.«

»Man schaue sich bloß den Fries der Kämpfer an der großen Bibliothek an«, bemerkte Arn Yr. »Ja, damit läßt sich wirklich prahlen. Eure Werkstatt hat einen guten Namen.«

Zu Rehger sagte Vanek: »Mein Vater war ein Hirt auf den Ebenen südlich von Hibrel. Bei uns übt jeder den Beruf aus, der ihm gefällt und für den er taugt. Das ist eine Tugend der Moiyaner. Und niemand schämt sich, dem anderen seinen Preis zu nennen.« Vanek nahm eine Beere von der Weintraube und spielte damit. »Wir planen gerade ein Unternehmen von epischem Maßstab: eine Statue von Raldnor, dem göttlichen Helden. Sie ist von Xarabern in Auftrag gegeben worden und für das Winterpalais des Königs bestimmt. Ihr werdet verstehen, daß wir uns größte Mühe geben müssen.« Es entstand eine Pause, und bis auf den Affen wußte jeder genau, was nun folgen würde. »Mein lieber Rehger Am Alisaar, ich biete Euch sechzig Ankaren in moih-xarabischen Goldeinheiten, wenn Ihr den Auftrag annehmen würdet.«

Die Summe war beeindruckend hoch und verursachte ein leises Raunen.

Dann antwortete Rehger scheinbar spielerisch: »Mein Herr, meint Ihr den Auftrag, die Skulptur herzustellen oder dafür als Vorbild zu dienen?«

Alles lachte. Vanek aber sah ihn erstaunt und rätselnd an. »Fürs Bildhauen würdet Ihr noch mehr bekommen; doch der Auftrag ist bereits vergeben. Jetzt fehlt uns nur das Modell.«

Rehger versuchte eine andere Ausflucht und sagte freundlich. »Wie ich hörte, hat das Volk eine genaue Vorstellung vom Aussehen des messianischen Königs Raldnor, und ich fürchte, der komme ich nicht nahe genug.«

»Darüber läßt sich streiten. Es gibt unterschiedliche Vorstellungen darüber, wie er oder sein Vorfahre Rarnammon ausgesehen haben. Ein genaues Bild hat man nicht einmal von Raldnors Sohn, dem zweiten Rarnammon, obwohl er erst ein Vierteljahrhundert tot ist. Ich möchte Euch nicht in Verlegenheit bringen, junger Mann, aber unser Vorbild muß vor allem gut aussehen, im Gesicht und auch körperlich. Und außerdem sollte er standfest sein, denn viele Stunden lang ruhig dazustehen, ist nicht leicht. Wenn ich richtig informiert bin, wart Ihr ein Gladiator in Alisaar.«

»Dort war ich Sklave«, entgegnete Rehger.

Vanek sagte munter: »In Moih gibt es keine Sklaverei. Wer als Sklave unsere Grenze passiert, ist frei wie alle, die im Blickfeld unserer Götter sind. Seid Ihr also einverstanden?«

»Ja«, antwortete Rehger, »und ich danke Euch für das Angebot.«

»Dankt mir lieber erst, wenn die Arbeit getan ist. Und nun, Elissi, laß mich die Affenprinzessin umarmen. Ich muß gehen. Arn, mein Freund, meine Damen, entschuldigt mich. Ihr kennt meinen Tagesablauf. Rehger, die Arbeit in der Werkstatt beginnt mit dem ersten Sonnenlicht.«

Rehger nickte. Das Gesicht blieb ungerührt, die Stimme gelassen.

Annah und ihr Vis-Vathcrianer turtelten heimlich in der Weinlaube, um die Chacor diskret einen Bogen machte, als er durch den Sintal-Hain schlenderte.

Rehger saß am Teich. Der Mond war aufgegangen, und die Fische, die tagsüber so golden schimmerten wie die Augen der Tiefländer, schwammen dicht unter der Oberfläche.

Die Stille des Gartens wurde eingekapselt vom dumpfen Murmeln der nächtlichen Stadt. Hier und da durchbohrten leuchtende Fenster die Dunkelheit jenseits der Mauern. Mitunter waren Reste einer Melodie zu hören oder sanfte Stimmen auf den Straßen, und manchmal ließ sich sogar das Rauschen des Meeres vernehmen. Zum Streiten war jetzt weder Ort noch Zeit. Und trotz aller Ähnlichkeiten war Moiyah nicht Saardsinmey.

»Du willst also hierbleiben und Moiyaner werden.«

Rehger blickte auf. Ein aufgetauchter Fisch hatte das Spiegelbild des Mondes ins Schlingern gebracht. Oder vielleicht war auch nur eine Sintalblüte aufs Wasser gefallen.

»Vaneks Angebot kommt mir gelegen.«

»Und nicht von ungefähr.«

»Ja«, antwortete Rehger, »Arn Yr ist, wie wir schon bemerkt haben, ein hilfreicher Mann.«

Auf dem Schiff hatten Rehger und der Corhlaner nur

selten miteinander gesprochen. Nicht daß der Lydier ihn ablehnte oder mied — nein, Rehger zeigte ihm sogar Beachtung, schien aber selber sehr gut ohne Gesellschaft auszukommen. Entgegen Chacors Erwartungen hatte das gemeinsame Schicksal sie nicht zu Freunden gemacht. Rehger hielt sich zurück, hörte zu oder gab Antworten, blieb aber ansonsten allein. Und während sie notgedrungen der bleichen Küste des fremden Landes entgegensegelten, reifte in Chacor ein starker Wunsch. Er wollte an Rehgers Glanz teilhaben, ihn übertreffen oder von ihm übertroffen werden. Denn teilen wollten beide nicht gern; dafür hatten die Ereignisse gesorgt — oder *sie*.

Chacor und der Lydier waren ihrer Bahre gefolgt. Sie hatten in ihrer Gruft Schutz gefunden und gemeinsam fliehen können.

Plötzlich sagte Chacor: »Was ist eigentlich wahr?«

Rehger fragte nicht: *Was meinst du?* Er schien nur an den auftauchenden Fischen oder den fallenden Blättern interessiert zu sein, am Spiegelbild des Mondes, das zerschlagen wurde und wieder neu entstand. Dann: »Ich glaubte, dich umgebracht zu haben, und war entsetzt. Denn auf die Art hatte ich nie zu töten versucht. Du weißt, wie es passiert ist. Du hast es kommen sehen.«

»Ein Anack-Trick. Das Schwert wurde zur Schlange.«

Chacor lehnte sich an einen Baum. Der Todesstoß, die Heilung — all das schien ihm weit entfernt zu sein und nicht mehr mit seiner Person in Verbindung zu stehen. War seine Gleichgültigkeit noch normal, womöglich sogar vernünftig? Vielleicht haperte sein Gedächtnis auch bloß. Sobald er dieses Thema anschnitt, war es, als würde er sich dazu zwingen müssen, und zwar aus Achtung sich selber oder seiner Göttin gegenüber. (Er sollte Corrah ein anständiges Opfer darbringen. Wenn er jemandem seine Rettung verdankte, dann ihr.) Die Amanackire war schließlich gestorben.

Im nächtlichen Garten war kein Laut zu hören, und auch in der Weinlaube fiel kein Wort.

Schließlich sagte Rehger: »Bevor Aztira starb, hat sie mir prophezeit, daß ich meinen Vater in Moih treffen werde. Zu gegebener Zeit. Ich habe ihn nie gesehen. Aus mancherlei Gründen bin ich neugierig, ihn kennenzulernen.«

Aha, Aztira also hieß die Tiefland-Hexe. Chacor verkniff sich den höhnischen Kommentar und fragte stattdessen: »Sind ihre Voraussagen zuverlässig?«

»Ich denke schon.«

Die beiden hatten sich geliebt (ein Erlebnis, das er, Chacor, nicht mit dem Lydier teilte).

»Ich will nach Norden ziehen«, sagte Chacor. »Xarabiss hört sich vielversprechend an. Oder Dorthar. Ommos kommt für mich nicht in Frage. Ich bedaure nur, daß ich bei unserem Schiffsmeister in der Kreide stehe.«

»Arn ist wohl nicht der Typ, der aufrechnet und seine Schulden eintreibt.«

Ein Fisch, größer als die anderen, sprang aus dem Wasser. Die andauernde Lichtbrechung ... konnte sie zerstört werden?

»In Xarabiss werde ich nach deiner Raldnor-Statue Ausschau halten, wenn sie auf einem goldenen Wagen und unter Trompetenklängen herbeigerollt wird«, sagte Chacor.

Als er eine halbe Stunde später die Bernsteinstraße entlangging, hörte Chacor, wie ihn jemand auf leisen Sohlen einzuholen versuchte. Chacor langte nach dem Messer, drehte sich um und sah, daß Annahs Verlobter ihm auf den Fersen war.

»Du reagierst wie ein Kämpfer«, sagte der. »Noch nicht müde genug, um ins Bett zu gehen? Entschuldige meine Offenheit ... Brauchst du ein Mädchen? In der Nähe ist ein sehr anziehendes Haus, das ich nur empfehlen kann. Da war ich sehr bekannt, bevor ich mich

Annah zu Füßen geworfen habe. Viele Offiziere verkehren da. Die Mädchen stammen zum größten Teil aus Xarabiss. Sehr hübsch. Und mach dir keine Sorgen wegen des Geldes. Das erledige ich schon.«

»Warum?« fragte Chacor herausfordernd.

Annahs Verlobter zuckte mit den Achseln. »Warum nicht? Heute nacht bin ich glücklich.«

Er hieß Jerish und war Hauptmann einer Hundertschaft der moiyanischen Garnison. Er sprach mit einem rollenden Akzent, denn er war in der Sprache seines vathcrianischen Vaters erzogen worden. Chacor sprach, wie Jerish erfahren hatte, die Sprache des anderen Kontinents mit visianischem Akzent, was früher seinen Vater verärgert haben mußte.

»Weißt du, was an dieser Stadt nicht stimmt?« fragte Chacor.

»Nein, was denn?«

»Ihr spendiert zuviel.«

Sie schlenderten über die Straßen jenseits der Rennbahn. In Moiyah wurde es nie gänzlich dunkel, denn nachts brannten überall Straßenlaternen. Wenn ein Sintal-Baum in der Nähe stand, von denen die Gärten und Parks vollgepflanzt zu sein schienen, versprühte das Licht auch einen zarten Duft.

»Meine Einheit marschiert in zwei Tagen zum Fort. Komm mit, wenn du willst. Dann bist du die Sorge los, an der Grenze auf Räuber zu stoßen.«

»Und wenn ich will, wirst du bestimmt einen Platz in der Armee für mich freimachen, die immer einen so tüchtigen und gesunden Mann wie mich gebrauchen kann, egal welcher Religion oder Rasse er auch angehören mag.«

»Stimmt. Vor unseren Küsten kreuzen nämlich immer noch Piraten von Neu Alisaar auf, und denen möchten wir entschlossen entgegentreten.«

»Aber wie's das Glück so will, ist Saardsinmey verschwunden.«

Die beiden trennten sich in der Nähe des Viehmarktes. Im Vorbeigehen fühlte sich Chacor durch müdes Muhen veralbert.

Zur Rennbahn zurückgekehrt, las er mit mürrischer Miene auf einem Aushang, daß am kommenden Tag Pferderennen stattfinden sollten.

Selbst Anack war großzügig.

Nachdem er eine schlaflose Nacht verbracht hatte, sprang er vom Bett auf, kratzte die letzten Münzen zusammen und setzte sie gegen Mittag auf ein shansarisches Rennpferd, womit er zwanzig Silberstücke in Moih-Währung gewann.

Als er darauf zum Tempel Corrahs kam, sah er Elissi unter das Vordach treten. Er blieb wie angewurzelt stehen und glaubte zu träumen.

Und doch — da lehnte Elissis Zofe an einer Säule und wiegte das Äffchen wie einen Säugling.

Chacor stellte sich in den Eingang, der zum Schrein führte, und wartete verwirrt und wütend. Nach etwa einer Drittelstunde kam Elissi wieder aus dem Tempel heraus. Auf ihren honigfarbenen Wangen lag ein rosiger Schimmer, der aber mit einem Schlag verblaßte, als Chacor ihr in den Weg trat.

»Was hast du darin verloren?« wollte Chacor wissen. Aber Elissi starrte ihn nur an, und er fragte weiter: »Gehst du, Frommchen, öfter hierher, um den Altar zu bespucken?«

»Nein.«

»Warum denn?«

Elissi befreite sich aus ihrer Verlegenheit und wurde ärgerlich.

»Um zu opfern, was sonst?«

»*Was?* Eine Anhängerin der Schlange Anack geht in das stinkende Schlupfloch der Ungläubigen, um zu opfern?« (An Arn und den Feuergott dachte er bequemerweise nicht.) Er sah ihrer Miene an, daß sie ernst zu bleiben versuchte, als hätte sie es mit einem überdrehten, jähzornigen Kind zu tun. »Hat dich die Schlangenfrau nicht aus Neid darüber geschlagen?«

Passanten drehten sich schmunzelnd um; sie ahnten nicht, worum es ging, und hielten die beiden für ein streitendes Liebespaar.

Elissi wurde nun vor Scham rot. Aber sie hob den Kopf und blickte Chacor wie über einen Schildrand hinweg an. »Anackire kennt keinen Neid. Anackire ist alles«, erklärte sie in scharfem Tonfall. »Anackire ist unser Name für den Zustand des Lebens, der Existenz, für Körper und Seele, Welt und Ewigkeit. Euereins sagt *Corrah* dazu. Und deshalb bin ich zu eurer *Corrah* gegangen, um ihr ein Opfer zu reichen. Für Anackire opfern wir nämlich selten.«

Chacor gaffte sie an. Ihre funkelnden schwarzen Gagataugen hielten seinem Blick stand.

Und schließlich fragte er zurück: »Warum?«

»Damit, wenn möglich, meine Sympathie auf dich einwirkt und weil ich dort so reden kann wie mit einem Mann, der meine Sprache versteht. Ich habe darum gebeten, daß du zur Ruhe kommst und nicht mehr so unglücklich bist.«

Er schien ihre Worte überhört zu haben und zankte weiter: »Aber für dich und deinesgleichen existiert Corrah doch überhaupt nicht.«

»Natürlich existiert sie. Sieh dir den Kieselstein da unten an. Du könntest ihn *Uhm* nennen, und ich würde womöglich *Oom* dazu sagen. Bliebe es aber nicht doch ein Kieselstein, der da unten liegt?«

Chacor entspannte sich plötzlich und war nur noch verblüfft. Die Mädchen von Moih waren vorzüglich ausgebildet in der Debattierkunst. Und wie hübsch diese Elissi war, sommerbraun wie eine Iscanerin, feurig die Augen, und das Haar glich weiß glühendem Licht.

»Halt ein!« sagte Chacor wie zu einem überlegenen Duellgegner. »Laß dein Schwert sinken. Du hast gewonnen, und ich entschuldige mich. Dein Vater opfert auch an Zarok, stimmt's?«

Da lachte sie. Und jetzt erinnerte er sich, warum sie geopfert hatte.

Wenig später saßen sie im Stadtpark unter gelben Zweigen. Die Prinzessin kletterte im Baum, und die Zofe war weggegangen, um Beerensaft zu kaufen.

Chacor und Elissi plauderten über allgemeine Dinge. Von Religion oder dem Opfergang war keine Rede mehr. Mit einem Male wurde ihm klar, daß sie ihn liebte, wenn auch nicht in der üblichen ungestümen und fordernden Art, an die er durch seine bisherigen Erfahrungen mit jungen Frauen gewöhnt war.

Er brachte es jetzt nicht mehr fertig, sich großspurig in Szene zu setzen, um Eindruck auf sie zu machen. Vielmehr hielt er es für angebracht, vorsichtig zu sein. Da lauerten Gefahren. Sie war nicht irgendein Blümchen am Wegesrand, sondern die behütete Tochter eines Mannes, der Chacor mit Freundlichkeiten überschüttet hatte.

Also hielt er sich zurück. Trotzdem gab er ihr offen Auskunft über sich, seine frühen Jahre als Prinz und gestand, daß er nunmehr seine Heimat weit hinter sich gelassen hatte. Er saß da unterm Baum und schilderte das Ende von Saardsinmey. Ungeniert, aber ohne aufdringlich zu sein, ließ er sie Einblick nehmen in sein Gemüt, auf dem der Todesschrei von unzähligen gequälten Herzen lastete.

Die Nachmittagssonne senkte sich dem Horizont zu. Eine Blüte tropfte ihm vom Baum in die Hand. (Auch der Sommer ging zu Ende.) Er steckte ihr die Blüte ins Haar. Beide hatten seit einer Weile kein Wort mehr gewechselt. Die Passanten, die sie im Vorübergehen sahen, mochten glauben, daß Chacor das Blut eines Tiefländers in sich hatte und mit der inneren Stimme zu ihr sprach.

»Der Sintal-Baum wuchs schon in der alten Stadt im

Süden«, sagte Elissi. »Damals wurde eine andere Sprache gesprochen. Sintal bedeutet soviel wie ›das Haar der Göttin‹.«

»Das paßt zu dir«, sagte Chacor, der sich gleich darauf am liebsten die Zunge abgebissen hätte.

Aber Elissi sagte nur: »Bei uns heißt es, daß auch wir Anackire sind, denn Anackire steckt in allen Dingen, und alles ist eins. Jeder von uns trägt die Gottheit in sich, ist selber Gott.«

»Ihr glaubt, daß die Seelen zurückkommen, um nochmals geboren zu werden. Für euch zählt der Tod nicht.«

»Und selbst wenn dem nicht so wäre, hätten der Schrecken und die Not von Saardsinmey jetzt ein Ende«, sagte sie. »Für die Opfer ist der Schmerz vorbei. Wenn du immer noch Leid empfindest, laß es ein Teil von dir werden, Chacor. Aber gib dich dem Leid bloß nicht hin.«

Sie schlenderten durch den jungen Abend, ein Paar unter anderen Paaren. Sie tranken gekühlten Beerensaft und lachten über das Äffchen, das an einer langen Leine nebenher trippelte. Die Zofe hatte selber einen jungen Mann gefunden, einen Fuhrmann von der Marmorstraße. Bis zum Abendessen durfte sie ausbleiben.

Chacor ließ es zu keinerlei Zutraulichkeiten kommen. Er nahm nicht einmal ihre Hand.

Am Abendtisch unterhielt er sich mit Jerich und nahm sein Angebot an, mit den Soldaten nach Xarabiss zu ziehen. Er fragte nach einem Zeeba, das er sich jetzt zu mieten leisten konnte. Dann wollte er Arn Yr zehn Silberstücke anbieten, wurde aber zurückgewiesen.

Später sah sich Chacor im Garten nach Elissi um. Doch er fand sie nicht und war sowohl traurig als auch erleichtert.

Während des zweieinhalbtägigen Ritts zum Fort versuchten Jerich und sein Feldwebel dem Corhlaner das Leben eines Soldaten schmackhaft zu machen. Erfolg hatten sie schließlich mit der Frage, was er denn in Xarabiss oder Dorthar vorhabe. Denn so wurde er selber gezwungen, über seine Pläne nachzudenken. Er war immer ein Herumtreiber gewesen, der Raufereien für seine Bestimmung hielt. Aber in Alisaar hatte er mit dem Streitwagen, mit Hiddraxi, Zeebas und mit dem Schwert umzugehen gelernt. Das Soldatenhandwerk kam, wie er jetzt fand, seinem früheren Zeitvertreib doch sehr nahe und war obendrein viel angesehener. Er verstand sich auch inzwischen besser mit Jerich, den Offizieren und den Soldaten, die sich ›Wölfe der Ebenen‹ nannten — eine lustige gemischte Truppe, die zu drei Vierteln aus gelben Moiyanern und zu einem Viertel aus Vertretern aller anderen Rassen bestand. Schwarz-bronzene Haut hinderte nicht daran, Befehlsgewalt auszuüben. Dafür war Jerich der Beweis, und der Hauptmann, der das dortharianische Friedensbataillon im Fort anführen sollte, war weißblond.

Außerdem war der bezahlte Schaukampf uninteressant geworden und kein Geschäft mehr. Als Soldat wäre Chacor, wie ihm Jerich versicherte, völlig frei; nur müsse er, falls er abdanken wollte, frühzeitig die Ausmusterung beantragen. Ein Ausscheiden wäre nur dann unmöglich, wenn Neu Alisaar oder Ommos ihre Wurfmaschinen auf die Stadt richteten.

Er trat also der Truppe bei. Aber kaum hatte der Drill der Ausbildung begonnen, da wünschte sich Chacor auf und davon. Aber dazu war es zu spät. Die neuen Rekruten erhielten nämlich zwei Monatssolde im voraus und wurden streng bewacht.

Aber mit der Zeit fand er sich zurecht.

Er lernte Männer seines Schlages kennen, mit denen er, sooft es ihm gefiel, Kräfte messen, Finten ausprobieren und anschließend bechern konnte, nachts im Dorf vor den Mauern.

Wenn er Urlaub hatte, kehrte er manchmal zur Stadt zurück. Öfter aber überquerte er die Grenze und ging in das windige xarabische Sar, aus dem Raldnor fälschlicherweise abzustammen behauptet hatte. Den Lydier hatte Chacor völlig aus den Augen verloren. Jerich berichtete, daß Rehger immer noch für Vanek arbeitete. Um Arn Yr, der wieder einmal eine gewinnbringende Reise plante, machte Chacor einen Bogen. (Auch sie sah er nicht.)

Während einer kurzen Tauwetterphase, kurz bevor der strenge Winter anbrach, wurde eine Tirr-Jagd veranstaltet. Das eklige Wild hatte sich in der Gegend zu stark vermehrt. Auf Pfaden und Wegen häufte sich stinkender Kot, und es wurden Geschichten erzählt, nach denen Dorfkinder von den Klauen gekratzt und vergiftet worden waren. Tirre waren noch verhaßter als Wölfe. Chacor, der schon in Corhl Jagd auf sie gemacht hatte, konnte ein paar Tricks anbieten, die sich als nützlich herausstellten. Mit Freunden plünderte er drei Nester und brachte einen spitzen, flachen, ohrlosen Kopf sowie einen Satz Klauen mit ins Lager. Die Trophäen wurden säuberlich entgiftet und dem Vorgesetzten zum Spaß auf den Teller gelegt.

Der Winter war schwarz, und jeder fluchte. Sich über das Wetter zu beklagen, nahm fast rituelle Züge an. An eine Reise nach Moiyah oder Xarabiss war nicht zu denken.

In der Messe prasselte das Kaminfeuer. Beim Wachgang in der Nacht, wenn der Himmel über den Wehrtürmen frei war, konnte man nach elyrischer Art die Sterne betrachten. Die Bucht war zugefroren und übers Meer trieben Eisschollen. Ringsum erstreckten sich weiße Felder. Chacor stellte einem sarischen Mischling nach; doch es war wie alle die anderen freien Mädchen, mit denen er angebändelt hatte. Als der Regen einsetzte, hatten sich die beiden wieder getrennt, ohne daß es darüber zum Streit gekommen wäre.

Jerish und Annah wollten in diesem Frühjahr heiraten. Die ›Wölfe der Ebenen‹ marschierten zurück in die

Garnisonsstadt. Chacor hatte sich während der letzten drei Monate hochgedient. Jetzt wurde ihm der Rang eines Feldwebels in der Division eines moiyanischen Hauptmanns angeboten. Das aber hatte zur Folge, daß er weiter im Fort bleiben mußte, was er jedoch in Kauf nahm, zumal das Wetter die Jagd wieder erlaubte und der Weg nach Xarabiss offen war. Noch verlockender erschien ihm die Nachricht, daß nicht nur Tirre, sondern auch Banditen die Grenze unsicher machten. In Chacor steckte immer noch die streitsüchtige Unruhe.

Zur Hochzeit kam er angereist. Jerish hatte ihn zusammen mit vathcrianischen Vettern und Freunden als Teilnehmer an der traditionellen Raubtruppe vorgesehen. Chacor hatte diesen Wunsch nicht abschlagen können.

Im fröhlichen Festgetümmel hatten er und Elissi kaum Gelegenheit, sich zu sehen. Aber dann wurde getanzt. In Moih wurde ein Tanz gepflegt, der in visianischen Ländern noch unbekannt war. Hier mischten sich die Geschlechter; Mann und Frau nahmen Hand in Hand in langen Reihen Aufstellung. Elissi bekam einen Soldaten der ›Wilden Katzen‹ zur Seite. Sie wirkte ruhig und lächelte, aber ihr Gesicht war nicht so munter, wie Chacor es in Erinnerung hatte. Ihm fiel auf, wie bleich sie im Winter geworden war. Was vorher iscanischer Honig war, glich jetzt dem Schnee der Amanackire.

Im Verlauf des Abends wechselten sie ein paar Worte miteinander und wünschten dem Hochzeitspaar alles Gute.

Er hatte längst selber geopfert und Corrah kostbares Öl und Wein dargebracht. Blutopfer, egal für welche Gottheit, waren in Moih nur zu ganz gewissen Zeiten üblich. Dann wurden die abgestochenen Tiere sofort zerlegt und an Bedürftige verteilt. Soweit Chacor wußte, gab es niemanden, der Anackire ein Opfer weihen würde.

Am nächsten Morgen ritt er wieder los in Richtung

Fort, voll von ritterlichem Stolz und auf den Straßen bewundert.

Bei einem Silberschmied in der Schafsgasse entdeckte er plötzlich Elissi. Sie war etwa einen Fuß hoch, aus purem Silber und stand in der Auslage.

Er zügelte sein Reittier und gaffte. Schließlich stieg er ab und ging in den Laden. Ein krausköpfiger Xaraber kam auf ihn zu. Chacor war sichtlich niedergeschlagen und zeigte auf die Statuette.

»Wollt Ihr kaufen?« fragte der Xaraber unsicher. »Sie ist nicht billig.«

»Wer hat sie gemacht?«

»Ich sehe, Ihr seid ein Kunstkenner, und will ehrlich mit Euch sein.« (Täuschungsabsicht stand ihm im Gesicht geschrieben.) »Sie hat zwar kein Meister gemacht, wohl aber der Lehrling einer berühmten Werkstatt, und zwar der des ehrenwerten Vanek. Sein Schüler zeigt großes Talent, findet Ihr nicht auch? Oder glaubt Ihr, daß ich mich mit weniger guten Arbeiten abgebe?«

Ein vager Verdacht ließ Chacor die Frage stellen: »Ein Alisaare?«

»So sagte man mir. Aus der unglückseligen Stadt, die im vergangenen Jahr vom Höllenberg zerrissen wurde.«

Bei näherer Betrachtung verwischte sich die Ähnlichkeit zu Elissi. Vielleicht hatte ein anderes Mädchen Modell gestanden, das nur der Gestalt und den Haaren nach der Tochter Arn Yrs glich.

»Sehr schön«, flüsterte Chacor benommen.

Er verließ den Laden, ohne etwas gekauft zu haben. Der Xaraber verbeugte sich in einer Weise, die die Verkäufer der Nachbarstände zum Kichern brachte. Aber Chacor hörte sie nicht.

Der gefaßte Bandit hatte die Wahl: Entweder er wurde an Sar ausgeliefert, oder er verriet das Versteck des Anführers. Er wählte letzteres. Moiyah war bekannt für seine Milde Gesetzesbrechern gegenüber. Sie wurden mit Geldstrafen belegt oder eingesperrt. Im xarabisch-dortharianischen Sar dagegen wurden Schwerverbrecher verstümmelt oder gekreuzigt auf dem Platz vorm Altar der Windgötter.

Chacor schickte von seiner Einheit fünfundzwanzig Mann mit den Gefangenen zurück ins Fort. Mit dem Überfall im steinigen Engpaß hatte Chacor gerechnet. Das Gelände bot den Versuch förmlich an. Die toten Räuber wurden begraben, wie es die Vorschrift von Moih verlangte, das seine toten Bürger nach Tiefländertradition verbrannte.

Bisher hatte die Fort-Besatzung nicht einen Soldaten verloren. Die Anzahl der in dieser Gegend umherstreunenden Banditen war stark vermindert worden. Chacor durfte stolz sein, und seine Männer waren bei bester Laune, obwohl Moiyaner über tote Feinde nicht zu triumphieren pflegten.

Das Fort lag nun schon ein paar Tagesetappen hinter ihnen. Der Weg ihrer Mission führte in nordöstliche Richtung. Der Landkarte nach hatten sie den Boden von Moih bereits verlassen. An diesem Abend schlugen sie ihr Lager auf einer Anhöhe auf, die einen guten Ausblick auf die xarabische Grenze bot. Der Banditenunterschlupf sollte eigentlich erst am nächsten Morgen gestürmt werde, aber Chacor plante insgeheim einen nächtlichen Angriff, weil er einem möglichen Verrat durch Spione in den eigenen Reihen zuvorkommen wollte.

Als der Rauch der Lagerfeuer träge aufstieg, bemerkte Chacors Späher eine Bewegung, drei Meilen entfernt. Dort schien über einem öden Flecken Sand aufzufliegen, der von der tiefstehenden Sonne rot gefärbt wurde.

»Ein Staubwirbel?« fragte Chacor, der sich in den Ebenen noch nicht so recht auskannte.

»Nein. Dazu ist es zu früh im Jahr. Der Staub ist noch nicht dicht genug.«

»Du machst Scherze«, entgegnete Chacor, denn wie der Späher war er von Kopf bis Fuß mit Staub bedeckt.

Der Späher grinste. »Wenn ich mich nicht irre, schlägt das Drachentor vor die Grenze. Daher rührt der Wirbel.«

Unterwegs nach Sar oder auf dem Rückweg hatte Chacor das ›Tor‹ schon einige Male gesehen. Es überkam ihn dann immer ein Schauer, der ihn veranlaßte, Corrah anzurufen. Aber das war alles. Jetzt meinte er, daß es ratsam sei nachzusehen. Er gab im Lager Befehl, wachsam zu bleiben, und galoppierte mit drei Männern los. Linkerhand neigte sich die Sonne dem Horizont entgegen.

Chacor spürte, daß es mit diesem Abend etwas Besonderes, Unheimliches auf sich hatte, nichts, worauf er den Finger hätte legen können. Vielleicht lag es am rötlichen Seitenlicht, womöglich war ihm der Erfolg des letzten Einsatzes, die Kameradschaft zu den Soldaten oder sein Befehlshaberamt zu Kopf gestiegen. Vielleicht lag es auch bloß am Wetter. Wie ihnen mitgeteilt worden war, hatte es weiter nördlich gehagelt und Überschwemmungen gegeben, und das mitten im Sommer. Außerdem hatte es in Dorthar (wo der Boden so oft bebte, daß normalerweise keiner darauf reagierte) Erdstöße gegeben, die so heftig waren, daß die Bevölkerung in den Tempeln Schutz suchte. Chacor fürchtete sich zwar nicht, aber er war argwöhnisch. Selbst wenn der Banditenfürst mit dem wirbelnden Staub eine Falle zu stellen versuchte — was Chacor bezweifelte —, war nichts zu befürchten, denn vier bewaffnete, geharnischte und berittene Männer würden es gegen jeden Angreifer aufnehmen.

Als sie die letzte Meile zurücklegten und die Säulen des ›Tores‹ schemenhaft wie Gespenster aus der Staubwolke zum Vorschein traten, spürte Chacor ein Prickeln auf der Haut. Es war eine Erscheinung, die die Tiefländer schlicht und einfach mit dem Begriff belegt hätten, der für alles, was noch unbenannt war, herhalten mußte: *Anackire.*

Plötzlich hörte Chacor ein Geschrei. Es stammte von einem Menschen und klang zornig und verzweifelt zugleich. Und dann ertönte das langgezogene ohrenbetäubende Kreischen eines Tirrs.

Zwei der drei Männer, die Chacor begleiteten, waren ausgezeichnete Speerwerfer. Als er ihnen den Befehl dazu gab, langten sie bereitwillig zu ihren Waffen.

Sie stürmten durch den Staub.

Die Szene kam einem Tableau gleich. Ein Schotterhang und ein paar sonnenverbrannte Bäume. Da war ein Wagen mit freischwebender Deichsel, der rutschte polternd über den Hang und wirbelte Staub auf. Zwei Männer saßen auf dem Wagen, versuchten, ihn zu halten und schlugen gleichzeitig mit Fackeln um sich, deren Flammen vor der Sonne und im glühenden Staub kaum auszumachen waren. Sechs Tirre umzingelten den Wagen und heulten. Zwei, drei Bestien sprangen auf, wurden von den Fackeln getroffen und schlitterten seitlich weg.

»Anack!« fluchte einer der Speerwerfer.

Keiner zögerte. Augenblicke später waren zwei der Tirre aufgespießt und festgenagelt. Ein dritter griff an. Chacor gab seinem Zeeba die Sporen, beugte sich nach vorn und ritt auf die Bestie zu. Er sah die todbringenden Klauen und die wie rote Münzen glühenden Augen, wich aus und ließ das Schwert quer auf den räudigen Nacken niederfahren. Die Bestie brach zusammen, und er riß sein Zeeba herum, weg von den im Todeskampf zuckenden Klauen. Als er aufblickte, sah er, daß ein dritter Speer ins Ziel getroffen hatte, und der dritte Mann hatte ebenfalls ein Tirr zur Strecke gebracht, wagte es aber noch nicht, sein Schwert herauszuziehen. Sein Opfer war ein Weibchen mit runzligen falben Zitzen. Dem Anschein nach hatte sie erst vor kurzem Junge gesäugt.

Das letzte Tirr kauerte zögernd am Boden, nervös und heimtückisch. Wer schon einmal Jagd auf Tirre gemacht hatte, wußte, daß sie eher zum Töten neigten als zum Schutz des eigenen Lebens. Oft schlugen sie die letzte Fluchtgelegenheit aus, um dem Gegner noch eine Wunde zufügen zu können. Ein erwachsener Mann konnte einen Kratzer nur dann überleben, wenn die Wunde innerhalb von fünf Minuten ausgebrannt wurde. Frauen oder Kinder waren hoffnungslos verloren.

Chacor saß da und starrte in die ungewöhnlich weit auseinanderstehenden roten Augen. Hoffte das Biest, verschont zu werden?

Mit einem Mal kam Chacor ein Name in den Sinn. Es war der Name, mit dem Rehger seine Geliebte, die Amanackire, genannt hatte — *Aztira.* Wie ähnlich klang doch die Gattungsbezeichnung der Bestie — *Tirr.* Der Gedanke schien nicht von Belang zu sein, war aber trotzdem beunruhigend.

»Gebt's ihm!« rief Chacor.

Ein vierter Speer surrte durch die Luft. Das Tirr sprang auf, schien danach zu schnappen und sackte schwer wie ein Stein zu Boden. Einer seiner Rudelgefährten krampfte noch. Doch in seine Nähe zu treten, um ihn von seinen Qualen zu erlösen, wäre zu riskant gewesen.

Die beiden Männer auf dem Wagen hatten zu schreien aufgehört und senkten die Fackeln. Der eine, ein Xaraber, sprang herunter und schob mit Hilfe des Mischlings aus Chacors Truppe Steine hinter die Räder.

Der andere war kein Xaraber, sondern dunkel wie ein Visianer (und staubig wie einer, der durchs Flachland gezogen war). Auch er stieg jetzt vom Wagen.

»Ihr seid Soldaten von Fort Moih, stimmt's?«

»Zum Gruße«, antwortete Chacor.

»Ihr habt uns soeben die Haut gerettet. Verdient haben wir's. Welch ein Tag war das heute! Zuerst wurden wir beraubt. So sind wir nicht nur unsere Zeebas und

Waffen losgeworden, sondern auch die unersetzlichen Musterstücke unseres Auftraggebers. Und zu guter Letzt greifen uns diese Tirre an. Eure gnädige Göttin muß Euch geschickt haben, um uns zu helfen.«

Bedankt euch bei Corrah, dachte Chacor und senkte den Kopf. Seine Männer waren mit den Kadavern beschäftigt. Auch das letzte Tirr hatte zu zucken aufgehört. Chacor stieg aus dem Sattel. Er ging auf den einen Mann zu. Der war sehr groß und in mittlerem Alter, wie es schien. Hinter seiner kräftigen Gestalt flammte der Himmel. Er kam Chacor entgegen und streckte die Hand aus. Chacor zuckte vor Schreck zusammen. Der Mann, der auf dem Wagen gesessen hatte, war Rehger. Rehger in zwanzig Jahren.

Chacor gab ihm die Hand.

»Chacor Am Corhl«, sagte er freundlich und fühlte sich wie betrunken.

»Yennef Am Lan. Aber eigentlich ›Am Überall‹.«

Etwa hundert Fuß entfernt stiegen die zwei weißen riesigen Staubsäulen des Drachentors zum Himmel auf, wo sie sich im Dunst auflösten.

»Ein geschichtsträchtiger Ort, den wir für unsere abenteuerliche Begegnung gewählt haben«, sagte Yennef, Rehgers Vater, und schaute sich um. »Es heißt doch, daß die ersten visianischen Könige in Drachenbäuchen hier auf die Erde gekommen sind. Stimmt's?«

Chacor hob die Schultern. »Die Legende stammt aus Dorthar. Hier sind wir bei den Tiefländern. Kommt mit in unser Lager. Vielleicht können wir euch aufmuntern. Wir jagen nämlich Banditen.«

Zum Abendessen gab es wieder einmal geröstete Staubratten und hartes Gebäck, dazu trinkbaren Wein aus dem Dorf beim Fort, verdünnt mit Wasser.

Es wurde dunkel, und, dicht über den Himmel gesät, tauchten die Sterne auf, während die Männer beim Feuer saßen und plauderten. Yennef machte einen unterhaltsamen Eindruck. Er war weit gereist und fast überall gewesen, wie er schon zu Anfang erwähnt hatte. In Lanelyr, den Mittelgebieten, im vardischen Zakoris … *und ja, auch in Iscah,* wie Chacor insgeheim registrierte. Der Mann war der geborene Wanderer und führte ein Leben, das in der Art auch Chacor vorschwebte. In seiner Jugend, so berichtete Yennef, habe er auch als Soldat gedient. Jetzt verdiente er sich sein Brot als Agent einer Händlergilde in Xarar, und seine Auftraggeber würden nicht gerade erfreut sein über den Verlust ihrer Warenmuster. Chacor erklärte, wie er den Angriff auf das Banditennest zu führen gedachte. Prompt bot ihm Yennef Hilfe an. »Wenn Ihr mir Reittier und Schwert leihen könnt, werde ich mein Glück wagen. Ich kann immer noch kämpfen, und nach dem heutigen Tag wünsche ich mir nichts sehnlicher.«

»Könnt Ihr auch einen Befehl entgegennehmen?« fragte Chacor.

»Zugegeben, ich habe noch nie unter einem Mann Eures Alters gedient. Aber natürlich werde ich Euch gehorchen.« Für den Xaraber entschuldigte er sich jedoch. Der Mann war sein Diener und nicht sehr kräftig, wie man sehen konnte. Er hatte sich im Kampf mit den Tirren völlig verausgabt.

Noch war die Zeit für Zastis nicht gekommen, und kein Mond zeigte sich am Himmel. Eine Stunde später schickte Chacor Späher los, die in der Nähe ein verschlafenes Banditenquartier auskundschafteten. Er hatte sich überreden lassen, das Versteck genauer untersuchen zu lassen und mit den so gewonnenen Kenntnissen den Angriff zu führen. Er sammelte seine Männer und zog los. Zurück blieben nur der Xaraber und zwei Wachen, die viele Feuer lodern ließen, damit der Eindruck eines belebten Lagers entstand.

Als sie gegen Mitternacht ihr Ziel erreichten, war der Angriff schnell ausgeführt, denn die Banditen hatten sich in Sicherheit gewähnt und schlafen gelegt. Die Wa-

Zwischendurch: [redacted] Im Lager Yennefs ist der Speiseplan nicht allzu vielseitig. Doch ganz gleich, wie die angebotenen Gerichte munden: wir bevorzugen die Abwechslung. [redacted] Deshalb gibt es auch bei der kleinen Mahlzeit für zwischendurch so viele Variationen. Immer aber ist sie im Nu zubereitet, die... [redacted]

chen waren mit Lanzen niedergestreckt worden. Danach ging es im Nahkampf weiter. Das Versteck lag in einer Ruine hinter einer Anhöhe. An die dreißig Ganoven krochen aus ihren Löchern und versuchten zu fliehen. Drei oder vier von ihnen waren Mischlinge. Ihr Anführer hatte hellgraue Augen. Es war ein ungleicher Kampf, in dem sich niemand durch besondere Tüchtigkeit hervortun konnte, denn die Diebe waren bloß in der Lage, über unbewaffnete Zivilisten herzufallen. Es stellte sich heraus, daß Yennef von einer anderen Bande bestohlen worden war, von kleinen Parasiten, die ihre Opfer am Leben ließen — sie hatten sich mit den wertvollen Waren woandershin verzogen. Im Gerümpel des Unterschlupfes war aber eine Menge anderer Beutestücke zu finden. Yennef bekam zum Dank für seine Unterstützung das Versprechen auf Entschädigung für sich und seine Auftraggeber.

Vor Sonnenaufgang war alles geregelt. Die geschlagenen Ganoven hatten ihre gefallenen Spießbrüder begraben müssen und waren gefesselt worden. In Chacors Einheit gab es nur drei Verletzte. Für ihren Transport ins Fort stellte Yennef seinen Wagen zur Verfügung, der ohnehin diese Richtung eingeschlagen hätte.

Auf dem Weg nach Westen ritt Yennef an Chacors Seite. Abends am Feuer zeigte er sich immer redselig. Er war sehr umgänglich und offenherzig. Aber als Chacor, der ein paar freie Tage in Moiyah verbringen wollte, vorschlug, gemeinsam dorthin zu reisen, erteilte ihm Yennef eine Absage. »Selbst mit Euren unvergleichlichen Zeebas kommt unser Wagen nur langsam voran. Wir würden Euch aufhalten.« Chacor hatte wie alle Visianer des Nordwestens einen tiefsitzenden Ekel vor gleichgeschlechtlicher Liebe und fragte sich, ob Yennef und sein waffenscheuer Diener aus Xarabiss Bettgenossen seien und keine Störung wünschten. Doch Rehgers Vater waren solche Neigungen nicht zuzutrauen; also mußte ein anderes Geheimnis dahinterstecken.

»Nun«, sagte er, als sie vom Fort aufbrachen, »wißt Ihr schon, wo Ihr in Moiyah unterkommt?«

»Ach, in irgendeinem Gasthaus.«

»Haltet mich nicht für aufdringlich. Aber ich stehe für die versprochene Entschädigung ein und muß wissen, wo ich Euch in der Stadt erreichen kann.«

»Ja, die Entschädigung ... Gibt's da nicht die bekannte Weinstube *Zur bernsteinernen Fußfessel?*«

»Aber sicher. In der Bernsteinstraße. Den Laden kann ich nur empfehlen. Dort verkehren viele Dortharianer.«

»Tatsächlich? Ein Xaraber hat mir die Adresse genannt. Geht dorthin und fragt nach mir. Wenn ich Eure Nachricht erhalte, werde ich *Euch* aufsuchen.«

Chacor, der in der Stadt keine feste Bleibe hatte, spürte, daß Yennef sein Spiel mit ihm trieb, und entgegnete: »Ich mache einen anderen Vorschlag. Versucht, am ersten Abend des neuen Monats in der *Fußfessel* zu sein.«

»Dann ist Zastis. Habt Ihr zu der Zeit keine andere Verabredung?«

»Den Abend werde ich mir freihalten.«

Yennef warf ihm einen rätselnden Blick zu, so als vermute er hinter Chacors Vorschlag einen unsittlichen Antrag.

»Ihr seid zu großzügig«, erwiderte Yennef. »Alle diese Umstände, mich belohnen zu wollen für ein paar ungelenke Hiebe mit einem geliehenen Schwert!«

»Das gehört sich so in Moiyah«, sagte Chacor. »Selbst wenn ich Euch hassen würde, Verehrtester, könnte ich nicht anders handeln.«

Er preschte in vollem Galopp der Stadt entgegen. Als er nur noch eine halbe Meile von ihr entfernt war, verfärbte sich der Himmel violett, und ein Sommergewitter von grandioser Gewalt brach über ihn herein.

Vaneks Werkstatt in der Marmorgasse war sein erstes Ziel.

Dort war man dabei, die Tröge auf dem Dach zu öffnen, um den Regen aufzufangen. (Regenwasser, sofern nicht direkt vom Meer herbeigeblasen, eignete sich für die Werkstattzwecke sehr viel besser als das Wasser aus dem Brunnen.) Vanek war nicht da. Die Lehrlinge rannten durcheinander. Das Büro war leer bis auf die Schreibtische, und im Verkaufsraum bediente jemand einen reichen Müßiggänger, der in einer Vitrine zwischen Elfenbeinfigürchen rumstöberte, ›auf der Suche nach etwas‹. Von Rehger keine Spur. Ein Angestellter eilte zum Mittagessen nach draußen und berichtete Chacor, daß man im Haus von Arn Yr sicherlich wüßte, wo Rehger zu finden sei.

Chacor ging nach draußen, stieg wieder in den Sattel und preschte unter prasselndem Regen durch die Straßen.

Von Jerish, der mit seiner angetrauten Annah inzwischen eine eigene Wohnung in der Bernsteinstraße bezogen hatte, wußte Chacor, daß Arn Yr mit der *Hübschen Maid* in See gestochen war, um an der Küste zwischen Xarabiss und Ommos Handel zu treiben. In der Halle seines Hauses bekam Chacor von einem Diener zu hören, daß die Hausherrin ausgegangen sei, und zwar zu einem Häkelkränzchen im Haus einer Freundin. Chacor erkundigte sich gerade nach Rehger, als Arns jüngere Tochter plötzlich im Eingang auftauchte.

Der Diener unterbrach sich mitten im Satz.

Chacor und Elissi sahen einander schweigend an.

Er machte einen völlig überhitzten Eindruck nach dem schnellen Ritt, dem hektischen Hin und Her und durchnäßt, wie er war, von dem Regenguß, der immer noch hörbar aufs Dach prasselte.

Sie war von strahlender Schönheit und hielt Gartenblumen in der Hand. Der Sommer hatte ihre Haut kaum getönt, und sie wirkte extrem blaß.

»Schon gut«, sagte sie zum Diener. Und zu Chacor: »Willst du nicht hereinkommen?«

Ihr Anblick vertrieb seine Hast. Er hatte an sie gedacht, war ständig und durch unzählige Dinge an sie erinnert worden. Jetzt, da sie vor ihm stand, wurde er ruhig. Er folgte ihr in ein Zimmer, das angrenzte an einen überwucherten Gartenwinkel.

Sie legte die Blumen auf den Tisch und betrachtete ihn. Mit dem ganzen Körper schien sie eine Frage ausdrücken zu wollen.

Er war so auf seine eigene Frage fixiert, daß er nicht nachdachte über den Eindruck, den er auf sie machte. Sie sah, daß er Hals über Kopf durch den Regen herbeigeeilt war wegen einer wichtigen Angelegenheit, die, wie sie hoffte, mit ihrer Person zu tun hatte.

»Elissi ... du wirst bestimmt meinen Zustand und die Eile entschuldigen. Aber es geht um eine sehr wichtige Sache ...«

Sie schaute ihn stumm an.

Dann dämmerte es ihr, obwohl der Wunschgedanke nicht so leicht aufzugeben war.

»Ich muß mit Rehger sprechen, dem Lydier«, sagte Chacor.

Sie wurde weiß im Gesicht.

»Ich ... man hat mir gesagt, daß er hier ist.« Chacor hörte nicht mehr, was er da sagte, und schwieg. Erst jetzt wurde ihm klar, was sie im Sinn gehabt haben mußte.

Sie senkte den Blick und trat an den Tisch, auf dem die Blumen lagen.

»Tut mir leid, Chacor, er ist nicht hier. Hat Jerish nicht gesagt, daß Rehger mittlerweile in der Nähe der Akademie wohnt? Wenn er nicht bei Meister Vanek ist ...«

»Elissi«, unterbrach Chacor.

Mit ruhigen Handgriffen steckte sie die Blumen in eine Vase.

»Natürlich kommt er oft, um Vater zu besuchen. Aber Vater ist zur Zeit auf Reisen.«

»Elissi ...«

Sie verharrte in der Bewegung, warf Chacor einen Blick zu und schüttelte den Kopf, als wolle sie sagen: Ein dummes Mißverständnis; kein Grund zur Sorge.

Die Aussicht, Yennef Am Lan und Rehger Am Ly Dis miteinander zu überraschen, war ein Grund dafür gewesen, warum Chacor im Gewitterregen nach Moiyah galoppiert war. Aber jetzt wurde ihm bewußt, daß noch ein anderes Motiv dahintersteckte. Sicherlich hatte Jerish erwähnt, daß Rehger in die Nachbarschaft der Waffenschule umgezogen war, wo er sich wieder als Schwertkämpfer übte. Chacor glaubte sich zu erinnern. Ihm fiel jetzt auch wieder ein, daß Vaneks Schreiber gesagt hatte, der Meister werde in einer halben Stunde zurückkommen. Chacor hätte also warten können. Außerdem war auf seiten des Schreibers nicht die Rede davon gewesen, daß Rehger im Haus von Arn Yr anzutreffen sei. Er hatte lediglich geraten, dort nach Rehger zu fragen. Trotz aller überflüssigen Information hatte Chacor es auffallend eilig gehabt, hierherzukommen.

Im Flachland war ihm seine schicksalhafte Bestimmung in Gestalt von Rehgers Vater zu Augen gekommen, und das stimmte überein mit einem Orakel, das nun fast ein Jahr alt war. Das Schicksal — mit anderen Worten: die Anackire — existierte also doch. Vielleicht hatte er schon immer geglaubt oder zumindest darauf gehofft, von einer starken Hand unmerklich getragen zu werden. Was man auch tat, was einem auch zustoßen mochte, in gewissen Momenten war es möglich, die Mühen einzustellen und sich gehen zu lassen, zu treiben und zu fallen in geborgenem Raum.

Dort stand sie reglos bei den Blumen und glich einer silbernen Figurine.

Chacor sagte: »Was ich gesagt habe, ist nicht der einzige Grund, warum ich hergekommen bin. Wenn ich mit deinem Vater spreche, ob er mich durchs Fenster nach draußen wirft?«

»Mit ihm sprechen? Worüber?« fragte sie mit tonloser Stimme. Hatte sie den Blitz nicht einschlagen hören?

»Über dich. Ist das nicht der Brauch hier? Die Erlaubnis des Vaters einzuholen?«

Sie legte die Blumen wieder ab, drehte sich aber nicht zu Chacor um.

»Was redest du da?«

Ja, was? Früher hatte es bei ihm immer geheißen: Ich bin verrückt nach dir und will dich haben. Manchmal war er auch nicht um eine Lüge verlegen gewesen und hatte von Liebe gesprochen, bevor er sich mit einem Mädchen ins Bett oder ins Gras legte.

Um Haltung zu bewahren und um sich die honigsüßen Worte zu sparen, die ihm nicht über die Lippen wollten, sprach er statt dessen den traditionellen Eheschwur eines corhlanischen Prinzen:

»Bei der Göttin, ich will dich nehmen und behalten jetzt und für alle Tage. Du sollst die Meine sein und wie mein Fleisch zu mir gehören. So wichtig wie meine Knochen wirst auch du für mich sein. Für dich bin ich bereit, mein Blut zu vergießen. Ich werde zu dir kommen, um den Zauber zu bewirken, der Leben spendet. Die Gottheit ist eine Frau. Sie hört meine Worte. Ich will kein Mann mehr sein, wenn ich diese Worte verleugne.«

Der Schwur war alt, vielleicht so alt wie die Sümpfe und der Dschungel, so alt wie die ersten Menschen, die sich für Corrahs Geschöpfe hielten. Chacor hatte den Schwur oft genug von seinem Vater gehört, der leichtfertig ein Weib nach dem anderen nahm. In Corhl war der Sinn des Gelübdes längst entwertet. Aber der Wortlaut war geblieben. Den hatte Chacor wiederholt und dem blassen Mädchen der Tieflande gewidmet. Und nachdem er die Worte gesprochen hatte, feurig und stolz, erstaunt und freudig erregt, fügte er hinzu: »Nach den Gesetzen Corhls habe ich dich gerade geheiratet, Elissi. Aber ich weiß, in Moih müssen wir uns verloben … wenn es dein Vater zuläßt. Schöne Elissi.«

Solange er sprach, hatte sie sich nicht gerührt. Jetzt nahm sie eine Blume in die Hand und steckte sie in die Vase.

Der Gewittersturm hatte aufgehört, und der Regen ließ nach. Chacor wurde nervös. »Sag was. Sag ja!«

»Nein«, antwortete Elissi.

Monate später versicherte sie ihm, daß ihre Antwort nicht von Rache bestimmt gewesen sei. Sie sagte, sein Gesinnungswandel habe sie so überrascht, daß sie nicht wußte, ob sie ihm trauen könne. Den eigentlichen Grund für diese Antwort verschwieg sie jedoch: Sie hatte Chacor durchschaut. Er war ein Kämpfer, ein Jäger, der sich seiner Beute schon sicher wähnte, ohne darum gekämpft zu haben. Also gönnte sie ihm eine Jagd und ein Duell. Als ihr seine Entschlossenheit klar war, gab sie ihm während der gesamten Zastis-Zeit ausreichend Gelegenheit, ihr nachzustellen. Das aufregende Durcheinander gipfelte darin, daß eines Nachmittags Alarm geschlagen wurde, weil alisaarische Piraten vor der Küste aufgekreuzt waren. Chacor mußte sofort zurück zum Fort.

Die Sache mit Rehger und Yennef hatte ähnliche Schwierigkeiten zu überwinden. Ein Bote war am vereinbarten Abend *Zur bernsteinernen Fußfessel* geschickt worden, hatte aber den Lanier nicht angetroffen.

Chacor nahm sich vor, Rehger aufzuklären, sobald der Alarm abgeblasen und er nach Moiyah zurückkehren würde. Dann jedoch änderte der Corhlaner seine Absicht. Er zweifelte plötzlich daran, ob Yennef denn wirklich der Vater von Rehger war. Hatte er sich die Ähnlichkeit womöglich nur eingebildet? Chacor war, nicht zuletzt durch Elissis Korb, von Grund auf unsicher geworden.

Elissi gab seinem Werben nach, als die Sintalblüten von den Zweigen fielen und mit ihrem Duft die Fische im Teich narkotisierten. Arn war von einer erfolgreichen Reise zurückgekehrt und hatte sich zu Bett gelegt. Rehger war nirgends zu finden. Und Yennef — er war wohl nur eine Halluzination gewesen, eine Entschuldigung für das persönliche Eingeständnis zu lieben.

»Ja, ich liebe dich«, sagte sie.

Sie schlang ihre Arme um Chacors Hals, und er küßte sie, küßte und glaubte, daß es nach der langen Zeit des Schmachtens nichts Süßeres und Heiligeres auf der ganzen Erde gab. Wer liebt, ist wie ein Gott — so hatten es die Poeten in Neu Alisaar ausgedrückt. Elissi sagte: »Natürlich, das ist Anackire.«

Und so heiratete Chacor (ausgerechnet er) nach Moih, vermählte sich mit einer Tiefländerin und mit dem Traum der Schlangengöttin. Ja, es war eine echte moiyanische Hochzeit.

Kapitel 15

Anackires Plan

DIE SOLDATEN MARSCHIERTEN im Takt der Trommeln, zum Klang von Zimbeln und Schellen und unter flackernden Fackeln die Bernsteinstraße entlang. Die Bürger standen Spalier, jubelten, wünschten Glück und bekannten, daß der Bräutigam ein wunderbarer Mann sei.

Chacor, der vor fast zwei Jahren ohne Freunde und mittellos in die Stadt gekommen war, führte jetzt als Hauptmann hundert Männer an. Zu dem vorhochzeitlichen Stoßtrupp gehörten noch zwei weitere Hauptmänner und ein Major (Jerish) sowie deren Männer. Sie brüllten vor Lachen, trieben ihre Scherze und drohten — wie es der Brauch war —, Arns Haus in Brand zu setzen, falls der sie nicht empfangen würde. Die ganze Prozedur nahm Chacor voll in Anspruch, und er war außer sich vor Verlangen nach der Braut, die er — auch das verlangte der Brauch — seit sieben Tagen nicht gesehen hatte. So konnte es nicht verwundern, daß er nicht einen Gedanken auf Rehger verschwendete oder auf den Mann, den er vor dem Drachentor getroffen hatte.

Das Wirtshaus *Zur bernsteinernen Fußfessel* war gut besucht. Als der Stoßtrupp vorbeizog, kamen die Gäste aus dem Innenhof johlend und Becher schwenkend auf die Straße gelaufen und zeigten sich spendierfreudig. Auch das gehörte zur Tradition, und während sich die jungen Männer mit Wein stärkten, tönte es lautstark: »Sorg dafür, daß der Schurke sie wieder freigibt! Wenn nicht, brenn das Haus nieder!« Ein Mädchen aus dem Wirtshaus lief Chacor in die Arme und küßte ihn. Als es sich wieder zurückzog, traf er Yennefs Blick, der keine fünf Schritte entfernt stand.

Chacor rief ihm zu, doch der Lanier machte Anstalten, sich ins Wirtshaus zu verziehen.

»Jerish, Baed ... An euch alle ...!« rief Chacor. »Da ist ein Mann, der zur Hochzeit eingeladen ist, aber nicht kommen will.«

»Das muß ein Freund von ihrem gemeinen Vater sein!« tönte Hauptmann Baed und übernahm das Kommando. »Packt ihn!«

Yennef war nicht schnell genug, dem gezielten Angriff auszuweichen, der von den Wirtshausgästen geräuschvoll flankiert wurde.

»Was, der will nicht zur Hochzeit? Gebt ihm Saures.«

Yennef wurde vor Chacor gezerrt. Der Lanier grinste breit.

»Ein schönes Wiedersehen. Hab ich richtig verstanden, daß Ihr eine Braut zu ehelichen gedenkt, Herr Feldwebel?«

»Hauptmann, mein guter alter Freund«, korrigierte Chacor und umarmte Yennef. »Ich bin so froh, daß Ihr zur Hochzeit kommen werdet.«

»Was bleibt mir anderes übrig?«

Chacor wandte sich an Jerish und sagte: »Das ist mein Ernst. Laßt den Mann nicht wieder verschwinden.«

»Hoho, du solltest vielmehr Elissi im Sinn haben.«

»So ist es auch. Aber das hier ist eine Sache der Anakkire.«

Jerish verzog die Brauen. Chacors Gebrauch dieser Floskel amüsierte ihn. Trotzdem sagte er zu Baed: »Wir müssen uns um den Herrn dort kümmern, und zwar im Ernst, verstanden?«

Beschwipst, wie er war, lallte Baed seine Zustimmung.

Der Stoßtrupp marschierte weiter, Yennef mittendrin.

»Öffnet die Tore! Öffnet die Tore!«

Die Nachbarn standen auf den Balkonen, beugten

sich übers Geländer und warfen Schleifen und Blumen. »Macht auf, oder wir räuchern Euch aus!«

Die Türen wurden geöffnet.

Arn Yr stand in eleganter Festtagskleidung in der Halle und zückte das Schwert.

»Meine Tochter bekommt Ihr nicht!«

»Ich habe geschworen, sie zu bekommen«, antwortete Chacor mit dröhnender Stimme. Das Spiel machte ihm sichtlich Spaß. »Ich habe bei meinen Göttern geschworen. Bei Anackire«, fügte er hinzu, um Arn Yr zu reizen.

»Nein«, entgegnete der. »Meine Tochter bleibt bei mir. Sie ist mein Juwel.«

»Das wird sie mir auch sein«, erwiderte Chacor. »Steht ihr auf meiner Seite?« fragte er die Soldaten des Überfallkommandos. Sie schrien und stampften mit den Füßen auf. Arn Yrs Diener rannten in die Halle und schwangen grinsend knorrige Keulen.

Dann meldete sich der Priester von der Treppe.

»Männer, vernehmt nun die Stimme der Frau.«

Und Elissi tauchte auf der Treppe auf und kam herunter.

Sie trug das moiyanische Hochzeitskleid, das seit vielen Generationen von der Mutter zur Tochter, von der einen zur anderen Schwester, von der Tante auf die Nichte und von Kusine zu Kusine weitergereicht wurde. Es war ein weitgeschnittenes Gewand, aus einem Goldfaden gewebt und mit einer weißen Seidenschärpe gegürtet. Im Haar der Braut steckte ein geriffelter Schleier in Sintal-Gelb. Elissi war wie jede rechte Braut — noch schöner als in Wahrheit.

Sie sagte: »Vater, du bist mir lieb und teuer, aber ich muß dich verlassen, denn das gebietet die Natur. Hier ist der Mann, den ich erwählt habe.«

Arn Yr warf sein Schwert zu Boden und gab mit komischen Gesten zu weinen vor.

Der Corhlaner, in dessen Heimatland kein Mann jemals Tränen zeigte, fand diese Szene ein wenig peinlich. Verlegen wartete er darauf, daß Elissi herbeikommen und seine Hand nehmen würde. Das tat sie dann auch.

Nun trat der Priester vor in seiner dunklen Robe mit Fransen aus moiyanischem Gold. Er blieb vor dem am Boden liegenden Schwert stehen und traute das Paar vor Zeugen und — wie es hieß — im Beisein einer nicht benannten Gottheit, der eigenen Seelen oder nur der Sterne, die über dem Dach blinkten.

Zwischen drei aneinandergrenzenden Räumen waren die Doppeltüren abgehängt worden. Hier fand das Fest statt, und wie ein hell erleuchtetes Schiff segelte es tief in die Nacht hinein.

Meister Vanek war schon nicht mehr ganz nüchtern, als er den Bräutigam aufsuchte, um ihm zu gratulieren.

»Meister Vanek, wo steckt Euer Lehrling?«

»Welcher?«

»Der mit dem großen Talent, dessen Silberarbeiten in der Schafsgasse verkauft werden.«

Vanek war sichtlich verdutzt und entgegnete: »Der liefert schon an ganz andere Adressen, wenn Ihr Rehger Am Ly meint.«

»Sagt jetzt bloß nicht, daß er nicht hier ist.«

»Wenn Ihr ihn eingeladen habt, wird er wohl da sein. Probiert mal eine der Salztrauben.«

»Sehr lecker. Ich muß ihn finden. Gleich denk ich vielleicht nicht mehr an ihn.«

»Hmmmm«, antwortete Vanek. Er rief einen anderen Mann herbei, der recht verwachsen aussah, weil bei ihm Hals, Brustkorb und Arme so sehr mit Muskeln bepackt waren, daß die Beine dagegen verkümmert wirkten. »Hast du den Lydier gesehen?«

»Ja«, antwortete der Mann freundlich. »Umringt von Frauen, diskutiert er mit Arns Deckoffizier über den Bronzepreis.«

Er führte Chacor durch alle drei Räume und stellte

sich selbst als Bildhauer Mur vor. Er nannte den Namen so schüchtern, wie es nur solche Leute tun, die stadtbekannt sind. Chacor reagierte entsprechend und dankte ihm, daß er zur Hochzeit gekommen war.

Der letzte Raum grenzte an den Treppenabsatz über dem Garten. Rehger und zwei moiyanische Schönheiten — die eine dunkel, die andere safrangelb — standen zusammen mit Arns Deckmeister und ein paar anderen Gästen auf der Terrasse.

Mur blieb an der Tür stehen und beobachtete die Szene. Er zeigte auf den Lydier, obwohl Chacor ihn natürlich längst erkannt hatte. »Was der für einen Raldnor gemacht hat ...«, sagte Mur, und seine Miene war voller Bewunderung. »Er hat in Saardsinmey als Berufskämpfer gelebt. Bei unserer Göttin; wenn er nur Steine behauen hätte, wäre sein Körper sicher weniger prächtig ausgebildet.« Mur zupfte an der Lippe. »Habt Ihr von dem Mißgeschick gehört?«

»Oben im Fort erreichen uns nur selten Neuigkeiten ...«

»Die Statue hatte doppelte Lebensgröße und war aus dem besten Marmor gemeißelt. Ich habe den Abbruch des Steins selber überwacht und Tag und Nacht daran gearbeitet. Bei dem Stein und dem Modell kann man allerdings nicht mehr von Arbeit sprechen; es kam eher einer Weihehandlung gleich. Am Ende war ich sicher, eins meiner besten Werke geschaffen zu haben. Nur mit dem Gesichtsausdruck konnte ich mich nicht recht zufriedengeben.«

(Chacor wurde ungeduldig. Corrah-Anackire, laß die Geschichte bald zu Ende sein.)

»Die groben Züge waren treffend, in der Hinsicht sah ich kein Problem. Es hat keinen Zweck, für den Körper das eine und für den Kopf ein anderes Modell zu bemühen. Aber es gab trotzdem ein Hindernis. Vielleicht hätte ich es überwinden können, wenn mir der Fehler klar gewesen wäre.« Mur winkte mit der linken Hand, als wollte er trübe Gedanken verscheuchen. »Die Statue wurde trotzdem vollendet, und zwar in der vorgegebenen Zeit. Dann ist sie unter Bewachung nach Xarabiss verfrachtet worden. Ein paar Meilen vom Winterpalast bei Xarar entfernt brach aus heiterem Himmel ein Sommersturm aus. Ein Fluß trat über die Ufer und überschwemmte den Weg. Die Zeebas standen bis zum Bauch im Wasser und gerieten in Panik. Männer wurden umgerissen und wären fast ertrunken. Die Ladefläche kippte um, und der Kopf der Statue wurde ... abgeschlagen.«

Chacor stieß einen Fluch aus. Trotz seiner Ungeduld erschreckte ihn der schauerliche Ausgang der Geschichte, der ein böses Omen zu beinhalten schien.

»Weiß Rehger Bescheid?«

»Ja. Er hat die Nachricht sehr ruhig aufgenommen. Die Rennreiter sagen: Wer sich von jedem Schattenwurf verwirren läßt, den haut's in der ersten Runde aus dem Sattel.«

»Und der König der Xaraber?«

»Hat die Statue nicht angenommen, wollte sich auch nicht mit einer Restaurierung zufriedengeben. Er sagte, die Götter seien gegen das Standbild. Bezahlt hat er aber trotzdem.«

In diesem Moment drehte sich Rehger um und sah die beiden in der Tür stehen.

Ja, er hätte als König ein gutes Bild abgegeben. Mit solchen Kommentaren hatte man ihn schon in Alisaar umschmeichelt. Jetzt war es nicht anders. Er hielt den Körper, der in Größe und Proportionen vollkommen zu sein schien, durch tägliches Training in allerbester Form. Im Unterschied zu früher kleidete er sich jedoch nicht mehr so hochherrschaftlich. Sein Aufzug entsprach dem eines ehrbaren Künstlers und war ohne Verzierung. Rehger — ein König in Verkleidung.

Er kam auf Chacor zu.

»Die besten Glückwünsche.«

»Nehme ich freudig an. Laß dir den Becher füllen. Ich will dich einem anderen Hochzeitsgast vorstellen.«

Die Frauen auf der Terrasse zeigten sich nicht einverstanden, als Chacor den Lydier ins Haus entführte.

Man hatte den hochgewachsenen Lanier mit Erfrischungen versorgt und ihn dann in einem Zimmer im Obergeschoß eingesperrt. Ob Arn Bescheid wußte, war nicht sicher. Jerish und Annah oder Jerishs gelbgelockter Bruder und dessen kupferhäutige Frau aus Ommos waren hin und wieder vor der Tür zu sehen. Einmal hatte es von innen an der Tür geklopft, was aber im allgemeinen Trubel des Festes untergegangen war. Aber die ommossische Frau stellte sich vor die Tür und sagte streng: »Na na, hätte sich Yannul, der Held von Lan, etwa so ängstlich verhalten? Still jetzt!«

»Er ist da drin«, sagte Chacor und führte Rehger an die Tür.

Er war sicher, daß der Lydier längst wußte, worum es ging, da er die Prophezeiung der Göttin ja kannte. Aber Rehger sagte nur: »Wer ist es?«

»Mein letzter Hochzeitsgast.«

»Du hast ihn eingeschlossen«, bemerkte Rehger. »Ist er so gefährlich?«

»Das könnte er inzwischen geworden sein. Deshalb habe ich dich, Schwertkämpfer, mitgebracht. Du wirst ihm bestimmt Paroli bieten können.«

Chacor schloß die Tür auf, öffnete sie und forderte Rehger auf einzutreten. Der zögerte einen Moment lang und betrat dann das Zimmer. Flink schloß Chacor die Tür hinter ihm und verriegelte sie wieder. Er lauschte kurz, für den Fall, daß ein Getöse und Handgemenge entstünde. Aber als es still blieb, führte er seine Freunde weg von der Tür.

Yennef trank Wein und kostete von den würzigen Broten.

Er schenkte dem Mann, der eingetreten war, einen Blick und sagte: »Ich schätze, es wäre verfehlt, wenn ich um eine Erklärung bitten würde. Immerhin findet hier ein Hochzeitsfest statt. So ist es doch, oder?«

Sein Gegenüber war ein dunkelhäutiger Visianer, der noch ein Stück größer war als er selber. Kraftvoll, schön gestaltet — fast von dortharianischer Haltung. Dann fing er zu reden an, und seine Stimme verriet, daß er aus dem Freien Alisaar stammte: »Vielleicht werdet Ihr nicht nur als Erklärung, sondern auch als Entschuldigung zur Kenntnis nehmen, daß Ihr, werter Herr, mein Vater seid.«

Yennef merkte auf. Er zog die Lider zu einem Schlitz zusammen und musterte den Mann, der vor ihm stand. Dann nahm er einen Schluck aus dem Becher.

»Nun, solche Vorhaltungen werden mir des öfteren gemacht. Meist von den vermeintlichen Müttern.«

»Meine Mutter lebt in Iscah. Vielleicht ist sie auch schon tot. Ich will Euch keine Vorhaltungen machen. Was ich gesagt habe, ist eine Tatsache.«

Der Lanier sah ihn vom Scheitel bis zur Sohle an, mit kühlem und argwöhnischem Blick.

»Vielleicht bin ich nie in Iscah gewesen.«

»Doch. Es war in einem Winter. Sie sagte, Räuber seien über Euch hergefallen.«

»Nein, nein, Kavalier, das war letzten Sommer, nicht weit von hier. Beim Drachentor.«

»Womöglich war es nicht das erste Mal. Sie hat Euch in der Nähe des Bauernhofes aufgefunden. Ihr hattet eine Stichwunde im Arm und wart behindert. Sie bat ihre Männer, Euch Unterkunft zu gewähren. In einem Hundezwinger.« (An dieser Stelle verschaffte sich Yennef fluchend Luft.) »Als Ihr wieder gesund wart, habt Ihr Euern Weg fortgesetzt. Doch vorher hattet Ihr meine Mutter. Ihr Name ist Thioo.«

»Ich hatte sie? Soll das heißen, ich habe sie gezwungen?«

»Sie kam zu Euch. Sie hat sich Euch hingegeben.«

»Und ich habe sie genommen? Es scheint, Männer können mitunter ziemlich gierig werden in den iscanischen Bergen. Da soll ich gewesen sein?«

»Ihr habt der Frau ein Andenken hinterlassen.«

»Nun, das gehört sich auch so. Und auch darüber wißt Ihr zweifellos Bescheid, oder?«

»Eine alisaarische Drake aus Gold mit beigemengter Bronze.«

»Oh. Sie muß ein flottes Ding gewesen sein. Damals war ich nämlich arm.«

»Ihr erinnert Euch also an diese Zeit.«

»Nein«, antwortete Yennef. »Aber wenn ich Euch so ansehe, muß es vor etwa fünfundzwanzig Jahren gewesen sein.«

»Ein wenig eher war's schon.«

»Ah, ein wenig eher noch.« Yennef nahm wieder einen Schluck aus dem Becher. »Ihr selber seid aus Alisaar. Stimmt's?«

»Die Männer des Bauernhofes haben mich als Sklaven verkauft. Ich wurde nach Alisaar gebracht.«

»Wie ein Sklave seht Ihr nicht gerade aus.«

»Ich war Gladiator in Saardsinmey.«

In Yennefs ansonsten gleichgültigem Gesicht zeigte sich ein Anflug von Bewunderung.

»*Das* will ich glauben. Ich habe Euereins im Kampf und auf Streitwagen gesehen. Saardsinmey hatte die Besten — und alle verloren. Wenn Ihr die Katastrophe überlebt habt, wart Ihr in Anacks Hand.«

»Hier glaubt man, daß die Anackire alles in Händen hält.«

»Hände hat sie ja genug«, spöttelte Yennef.

Aber er zermarterte sich den Kopf, und sooft er einen Schluck vom gelben Wein nahm, schien er um ein weiteres Jahr in der Erinnerung zurückzuschreiten. Natürlich, er war in Iscah gewesen, in Corhl und auch in Var-Zakoris. In der Jugend hatte er aus Lust und Laune bei einer verrückten Expedition mitgemacht, zu der er von einem Aufschneider überredet worden war, der ihm große Schätze in Aussicht stellte. Erinnern konnte er sich nur noch an das Scheitern des Unternehmens und an die lange Reise. Unterwegs hatte er viele Tollheiten begangen und ebenso viele Mädchen gehabt. Dunkle Frauen mit glatter Haut und nachtschwarzen Haaren.

»Ihr habt mich also von Euren Freunden entführen lassen, um mir gegenüber zu behaupten, daß ich Euer Vater bin.«

Rehger antwortete: »Nein. Euch hier anzutreffen, überrascht mich. Aber denen, die Euch hier eingeschlossen haben, scheint ebenfalls die Ähnlichkeit zwischen uns aufgefallen zu sein.«

»Ich verstehe. Wir sehen uns also ähnlich. Nun, das ist nicht von der Hand zu weisen.«

Der junge Mann war trotz aller Versuche von Yennef, ihn zu reizen, ruhig und höflich geblieben. Und höflich fragte er nun: »Habt Ihr nicht eine Narbe am linken Arm?«

»Wie's der Zufall will, habe ich sogar zwei oder drei davon. Soll ich mir den Ärmel aufkrempeln? Ihr könnt entscheiden, welche der Narben von Iscah stammt.«

Yennef trank den Rest des Weins.

Rehger sagte: »Versteht mich recht. Wir haben nichts miteinander zu schaffen. Allerdings habe ich ein paar Fragen, die ich Euch gern stellen möchte.«

»Ich bin nicht reich«, entgegnete Yennef. »Abgesehen davon bin ich in Dorthar auf rechtmäßige Weise verheiratet und habe drei eheliche Söhne.«

»Meine Fragen berühren weder Eure Stellung noch Euren Besitz, mein Herr.«

»Yennef. Nennt mich Yennef. Noch bin ich kein alter Graubart. Daß ich in Eurem Alter war, ist schließlich keine hundert Jahre her. Meine Söhne zeigen mir gegenüber weniger Respekt. Und meine Frau ist ein zänkisches Weib.« Der Wein stieg ihm zu Kopf.

»Dann werde ich Euch auch nicht bitten, den Ärmel aufzukrempeln«, sagte der Lydier ruhig und gelassen. »Dafür werde ich Euch etwas zeigen.« Er löste einen plattierten Lederriemen — das Zeichen seiner Zugehörigkeit zur moiyanischen Gilde der Bildhauer — und streifte ihn vom Handgelenk. Dann trat er einen Schritt vor ins Lampenlicht und streckte Yennef die schlanke kräftige Hand und den muskulösen Unterarm entgegen, auf dem eine langgezogene Narbe zu sehen war. Sie endete da, wo der breite Lederriemen gesessen hatte und wo sich nun zeigte, daß die Haut rings um das Handgelenk herum in stumpfe silberne Schuppen aufgebrochen war.

»Von den Messerstichen abgesehen, Yennef ... könnt Ihr mir sagen, ob Ihr ein ähnliches Zeichen tragt?«

Yennef fühlte sich schwindelig. Ihm war, als flöge er über Jahre zurück, und er erinnerte sich wieder an die karstigen Bergtäler, an den bläulich-weißen hochaufgetürmten Schnee und an das magere hübsche Mädchen, das ihn und den Hund eingekeilt zwischen Felsen fand.

»Ich nicht«, sagte er. »Ich habe kein solches Zeichen. Aber mein Vater hat Hautflecken so wie Ihr. Am linken Handgelenk. Bei ihm war die Stelle breiter; sie reichte bis an den Daumen heran. Versteckt hat er sie nie, er war stolz darauf. Er trug den linken Ärmel immer ein wenig kürzer. Wißt Ihr, was das zu bedeuten hat?«

»Das Schlangenmal, Zeichen der Abstammung von Amrek, dem Herrn der Stürme.«

Yennef schüttelte sich und versuchte, von einer Zeitdimension in die nächste überzuwechseln.

»Von wem wißt Ihr das? Von Eurer Mutter?«

»Nein. Von einer Zauberin der Tiefländer.«

»Ah.« Yennef starrte seinen Sohn an und erkannte sich in ihm wieder wie in einem goldenen Spiegel. Keiner seiner Söhne in Dorthar — die er nur selten zu Gesicht bekam — glich ihm so sehr wie Rehger. Sie gerieten nach der Mutter und waren genauso dumm wie hübsch. »Jetzt fällt es mir wieder ein«, sagte Yennef. »Daß ich mit Eurer Mutter zusammen war. Tibo, so hieß sie doch, nicht wahr?«

»Ja, Tibo. Thioo in iscanischer Sprache.«

»Und Ihr wißt nicht, ob sie noch lebt?«

Seine Stimme klang nach wie vor ruhig, als er antwortete: »Sie hat sich immer nur abplacken müssen und wurde schlecht behandelt. Wie die meisten Frauen dieser Gegend.«

»Ich habe nicht gewußt ... daß ich mit ihr ein Kind gezeugt habe. Und dann haben Euch diese idiotischen Trottel verkauft? Wie alt wart Ihr da? Wenn man Euch fürs Stadion wollte, könnt Ihr höchstens fünf oder sechs Jahre alt gewesen sein.«

Yennef drehte sich jäh um, setzte sich auf einen ungepolsterten Stuhl und legte den Kopf in die Hände.

Nach einer Weile sagte er: »Ihr bringt mich in Verlegenheit. Ich kenne Euch nicht und weiß nicht, was ich sagen oder wie ich Euch nennen soll?«

»Ich heiße Rehger. In Alisaar nannte man mich den Lydier.«

»Ein Ehrentitel, nicht wahr? Nur Berühmtheiten tragen den Zusatz ihrer Herkunft im Namen. Bei Anacks Brüsten, ich habe schon von Euch gehört. Ich habe sogar auf Euch gewettet. Vor drei, vier Jahren. In Jow. Ich konnte Euch nur in weiter Entfernung sehen, weil ich einen billigen Sitzplatz hatte. Ihr wart der Sieger. Mit Klinge und Speer. Einhundert Silberdraken habe ich gewonnen. Ich hätte mehr riskieren sollen ...«

»Das hat Euch für die Abgabe an Tibo entschädigt.«

Yennef hob den Kopf. Er stand auf und straffte die Schultern.

»Ihr erwartet hoffentlich nicht, daß ich Euch väterliche Gefühle entgegenbringe.«

»Wir stehen uns als Fremde gegenüber«, antwortete Rehger. »Aber ich würde gern mehr über meine Geschichte erfahren.«

»Um als Nachfahre des von Anackire verfluchten Amreks hausieren zu gehen, und das hier in einer Gegend, wo Anackire verehrt wird?«

Rehger lächelte. Yennef hatte schon öfter Prinzen auf diese Weise lächeln sehen, wenn sie jemanden zu beruhigen versuchten. Wenn Yennefs Gedächtnis gut arbeitete, würde ihm auffallen, daß Rehgers Augen denen der Mutter glichen. Aber Yennef erinnerte sich natürlich nicht.

Er wußte nur noch, daß sie sehr schön war und daß er Glück gehabt hatte, sie zu finden. In seinem Gedächtnis war nur ein unklares Bild haften geblieben; es flackerte auf fast übersinnliche Weise zwischen dem Schatten und dem roten Geflüster der Flammen auf. Und dieses Bild hatte er immer mit der Göttin Cah in Zusammenhang gebracht.

»Der Wein ist alle«, bemerkte Yennef. »Und dieser verfluchte Zakorianer — oder woher stammt dieser herausgeputzte Bräutigam? — hat die Tür wieder abgeschlossen.«

Als er sich an der Tür zu schaffen machte, stellte er fest, daß jemand heimlich den Schlüssel umgedreht hatte. Sie waren wieder frei.

Kapitel 16

Der Wagenlenker

Unter stahlblauem Himmel verließ Rehger die Stadt in einem schwarzen Streitwagen, begleitet von Soldaten und Fahnen. Die Bürger waren massenhaft zusammengelaufen und veranstalteten ein großes Spektakel. Die Frauen warfen verwelkte Blumenkränze und blutrote Seidenfetzen auf die Straße. Im Gestampfe marschierender Stiefel, im Rumpeln der Räder und Trommelgetöse sprach die Stimme des Sturms, die Krieg und Tod heraufbeschwörte.

Aber Rehger, mit strahlender Rüstung gepanzert, hing mit seinen Gedanken zurück, im Tempel seiner Götter am Flußufer.

Dürre hatte den Wasserspiegel gesenkt. Auf den Tempelstufen verrotteten Lilienblüten. Dazwischen lag ein totes stacheliges Wassertier. Durch den Tempel zog der Rauch von Duftkräutern, und aus diesem Rauch stiegen Götter auf in fast menschenähnlicher Gestalt und mit Drachenköpfen, beschienen vom Licht einer sanft flakkernden Flamme.

»Keine Angst, ihr hohen Wesen«, sagte er, »ich bitte Euch um nichts, denn ich weiß sehr wohl, daß Ihr mir nichts geben werdet.« In Wahrheit aber hatten sie etwas für ihn.

Aus dem Schatten tauchte Tibo auf, seine Mutter. Sie war angezogen wie die Königinnen von Dorthar und hatte ihr Haar nach koramvisscher Mode frisiert. Doch ihre Haut war weiß geschminkt, weiß wie die Gesichter seiner Feinde.

Sie sagte: »Die Tiefländer werden dich töten, Amrek.«

Und sie beschimpfte ihn und zog über ihn her. Sie

hatte schreckliche Angst. An diesem Morgen schien alles und jedermann vor dem Abgrund zu stehen. Die Katastrophe war unvermeidbar. Als er sich von ihr abwendete, blieb sie dennoch bei ihm — aber nicht als Tibo, sondern als Val Mala, jene Frau, deren Seele fast blind und verrückt war. Sie trieb ihr Unwesen wie ein trotziges, eigensinniges Kind, war wild und schreckte nur vor der eigenen List zurück. »Hör die Wahrheit von mir«, sagte sie.

Und sie erzählte ihm, wie sie ihn durch ihren Liebhaber im Bett und mit stillschweigender Duldung empfangen hatte. Er war kein Königssohn, kein Herr der Stürme, nicht aus Rehdons Geschlecht — so wie Raldnor, der ihn töten würde. Ihm fehlte jede Identität. Er war ein Hochstapler; die Götter von Dorthar würden ihn abweisen und verwerfen.

Er wußte auf das, was er hatte hören müssen, nichts zu antworten.

Weder stellte er ihr Fragen, noch verwahrte er sich gegen ihre Worte. Dafür sah er keinen Anlaß, den ihm sein Leben oder dieser kritische Moment geboten hätte.

Im Streitwagen des Schicksals, des Krieges und des Todes rollte er bald darauf aus der Stadt über den Rand der Welt, einem Land entgegen, in dem es keine Kriege oder Städte, keine Flüsse, Titel, Götter oder Namen gab.

Die frühmorgendliche Unruhe auf dem Viehmarkt weckte ihn wie gewöhnlich. In zwei Stunden erst würde der Himmel seine visianische Dunkelheit verlieren. So gut es ging, hielt er sich an einen bestimmten Tagesablauf. Das Frühstück nahm er zwischen den Buden und Holzkohlenfeuern beim Markttor ein, zusammen mit den Fuhrleuten und Wächtern. Wenn für ihn ein frühes Körpertraining anstand, ging er gleich darauf in die drei Straßen entfernt liegende Waffenschule. Dank seines Monatseinkommens konnte er sich die besten Schwertmeister von Moiyah leisten, die die dortharianische Kunst des Kampfes beherrschten (und ihrerseits eifrig darauf aus waren, sich mit einem Berufskämpfer messen zu können. Manchmal setzten sie ihn als Lehrer für andere ein und sorgten für seine Entlohnung). Die hiesigen Übungshallen erreichten fast den Standard der Hallen eines herkömmlichen Stadions. Außerdem konnte man die Bäder der Schule aufsuchen oder die Dienstleistungen der hauseigenen Barbiere oder Masseure in Anspruch nehmen oder, wenn man wollte, die Wahrsager befragen, Wettgeschäfte abschließen, Berufstelepathen oder Freudenmädchen aufsuchen.

Es war auch — in einer so liberalen Provinz wie Moih — nicht ungewöhnlich, in der Waffenschule den zarten Sohn eines reichen Mannes mit Garnisonssoldaten oder vierschrötigen Dockarbeitern kämpfen und spielen zu sehen. Rehgers fast mythische Größe aus der Zeit in Alisaar war auch hier bekannt geworden, und er wurde von allen als ›der Lydier‹ gegrüßt, selbst von der Elite der Rennreitergilde, die über ihre Pferde sprachen, als wären es heiß geliebte Freundinnen, und kein anderes Thema kannten.

Wenn der Himmel die bleiche Farbe der Tieflande annahm, war Rehger für gewöhnlich in der Marmorstraße.

Zwischen der Marmorstraße und der Waffenschule lag eine kleine Weinschänke, die *Staubige Blume*, in die Rehger und Yennef in Chacors Hochzeitsnacht eingekehrt waren. Bis zur dritten, visschwarzen Morgenstunde hatten sie an einem Tisch beieinandergesessen, ohne große Mengen zu trinken (worüber sich der Wirt grämte) oder übermäßig viel zu reden. Sie sprachen offen miteinander und ohne Umschweife. Es herrschte keine gute Stimmung zwischen beiden. Zu Anfang fiel es ihnen spürbar schwer, den jeweils anderen über längere Zeit zu ertragen. Aber seltsamerweise konnten sie sich am Ende kaum voneinander trennen.

Sie verabschiedeten sich ohne Handschlag und wie

zwei Diebe, die ein Verbrechen ausgeheckt oder eine alte Schurkerei nachgekartet hatten.

Rehger glaubte, den Lanier (seinen Vater) nie mehr wiederzusehen.

Danach blieb ihm nur noch knapp eine Stunde Zeit zum Schlafen. Rehger legte sich zu Bett und träumte den Traum, der wahrscheinlich durch Yennefs Worte ausgelöst worden war.

»Die Abstammungslinie ist leicht zurückzuverfolgen. Ich kenne sie auswendig. Die Frau war eine Prophetin, eine Priesterin mit Namen Safca, Amreks Tochter, von einer Kurtisane zur Welt gebracht, die nach Lan floh, als sich der Tiefland-Krieg auf Dorthar ausweitete. Safca wäre womöglich nie als die Person erkannt worden, die sie war, wenn sie nicht das Schlangenzeichen am Handgelenk gehabt hätte.«

Sie wurde während der unruhigen Zeit, in der sie lebte, heiliggesprochen. Als endlich der Frieden zurückkehrte, heiratete sie ein Mitglied des königlichen Hauses von Lan. In fortgeschrittenem Alter gebar sie einen Sohn, den sie Yalen nannte. Er trug das gleiche Mal wie sie und war so stolz auf Anacks Stempel, daß er den linken Ärmel stets aufgekrempelt trug. Als er sechsundvierzig Jahre alt war, schwängerte er während eines Jagdausflugs das Dienstmädchen einer Dorfherberge. Später pflegte er zu scherzen: »In jenem Frühling habe ich mir im hügeligen Hinterland sieben Wolfsfelle und einen Balg namens Yennef zugelegt.«

Der Lanier erzählte seine Geschichte ohne Rührung oder Gram. Einmal zeigte er ein wenig Ärger, wich aber sofort in Ironie aus. Das Mädchen aus dem hügeligen Hinterland war zu Fuß bis zur Hauptstadt gezogen, um am Audienztag mit dem plärrenden Säugling in der Schürze Prinz Yalen aufzusuchen. »Er verhielt sich ihr gegenüber anständig, brachte sie in einer Taverne in der Stadt unter und nahm mich zu sich in sein Haus. Er hatte bereits rechtmäßige Erben. In Lan war es nämlich so, daß Herrschergeschlechter innerhalb der eigenen Verwandtschaft für Nachfahren sorgten. Der alte Mann hatte zu diesem Zweck seine Halbschwester geheiratet. Der Sproß einer Küchenmagd war nicht viel wert. Aber mein Vater war anständig zu mir. Er gab mir den in solchen Fällen üblichen Titel, und so hieß ich Yennef, *das Gottesgeschenk.* Ich war eine Trophäe, die Yalen nicht wollte, aber von den Göttern aufgenötigt bekam.«

Als Kind war er störrisch und kaum zu bändigen gewesen. Mit dreizehn heuerte er auf einem xarabischen Schiff an. Damit begannen seine Reisen.

»Ich trage zwar nicht das Mal der Göttin, aber trotzdem läßt sich die Abstammungslinie leicht zurückverfolgen. Habt Ihr Euch alles gemerkt? Sie verläuft von Amrek zu Safca, von Safca zu Yalen, von Yalen zu Yennef … und von Yennef zu Rehger Am Ly Dis.« Und Yennef fügte hinzu: »Zeugt einen Sohn und setzt das Erbe fort. Das Leben, meine ich, den Betrieb des Lebens.«

Im funzeligen Licht der *Blume* schien Yennef, dessen Gesicht im Schatten lag und oft abgewandt war, ein junger Mann zu sein, urteilte man nach seinen Bewegungen, seiner hellen Stimme und der ironischen Art, mit seinem Ärger fertigzuwerden.

»Ihr solltet noch wissen, daß es ein Gerücht gibt, wonach Amrek nicht von Rehdon, dem Herrn der Stürme, abstammen soll. Mala, die falsche Königin, hat sich — so das Gerücht — von einem königlichen Berater schwängern lassen, um ihre Stellung zu sichern. Rehdon soll nicht fähig gewesen sein, sie, wie man sagte, ›zu beackern‹. Sie hatte ihn so geängstigt, daß sein Same zu Wasser verdünnte. Aber wer weiß, ob diese Geschichte so stimmt? Auf jeden Fall war Mala ein gemeines dummes Weibsstück. Vielleicht hat sie sich verrechnet oder einfach nur Lügen verbreitet. Sie haßte ihren einzigen Sohn.«

Ja, sie mußte wohl wirklich Amrek gehaßt haben.

Rehger hatte im Traum ihren Haß gespürt, der wie eine vergiftete Klinge in sein Fleisch gefahren war.

Und Amrek hatte ihr geglaubt. Oder vielleicht hatte er sich auch um nichts mehr gekümmert. Männer in solcher Verfassung waren manchmal in der Arena anzutreffen. Sie kamen zu einer Verabredung mit dem Tod.

Doch Amreks Geschichte lag weit zurück. Rehger hörte die Geräusche des geschäftigen Marktes unter seinem Fenster und spürte die gewaltige leere Flut der Zeit, die alles wegspülte. Aztira hatte vorausgesehen, daß er in Moih seinen Vater treffen würde. Zu diesem Treffen war es gekommen, aber eine tiefere Bedeutung hatte es ihm, Rehger, nicht vermitteln können. Er war der Sohn einer iscanischen Bäuerin und ein ehemaliger Schwertkämpfer in Alisaar. Diese beiden Lebensabschnitte lagen aber fast so weit zurück wie Amreks Geschichte.

An diesem Morgen ließ Rehger sein Training in der Waffenschule ausfallen. Langsam ging er in Richtung Marmorstraße. Als er dort ankam, ging hinter den Osthängen der Stadt die Sonne auf. Die Steinmetzbetriebe im unteren Straßenabschnitt hatten schon mit der Arbeit angefangen. Er sah den Rauch und hörte die Trommeln schlagen, wo den vorbehandelten Marmorblöcken ›ein Ständchen‹ gebracht wurde, um sie mit Hilfe von Schwingungen zu spalten. Seit fast zwei Jahren lebte er jetzt in Moiyah und kannte sich gut aus in der Stadt, besser als mancher, der schon länger dort wohnte. Sie, die Bernsteingelbe, war viel kleiner als Saardsinmey, die Rubinenstadt.

Das Trommeln setzte aus. In einem Garten sang ein Vogel. Rehger dachte an den Corhlaner und an Elissi, die jetzt wohl im Brautbett erwachten, und glaubte für einen flüchtigen Moment, den Duft von weißem Frauenhaar auf den Lippen zu schmecken, es auf Brust und Armen zu spüren.

Rehger drehte sich um und blickte die Straße hinauf.

Die Sonne tauchte zwischen den Gebäuden auf und blitzte von einem Bronzegebilde ab, das vor der Gildenhalle der Kunsthandwerker stand, und zwar neben einer Reihe von anderen Werken, deren Schöpfer im letzten Winter das Gildenarmband verdient hatten. Fünfen war diese Ehre zuerkannt worden; Dutzende wurden enttäuscht. Zuerst war Rehger, stolz wie ein Kind, jeden Tag hierhergekommen, um neben den vier anderen Plastiken seinen Erfolg zu betrachten, sein Werk, das nun vom Sonnenlicht vergoldet wurde.

Die Maße des Gebildes entsprachen, wie von alters her vorgeschrieben, der Länge und Höhe eines Wolfes. Es stand auf einem fünf Fuß hohen Sockel und stellte ein Streitwagengespann in voller Fahrt dar. Aufgabe war es gewesen, ein Werk aus der eigenen Erfahrung zu schaffen. Für das gewählte Motiv fehlte Rehger das entsprechende Modell, weshalb Vanek an ein Gelingen des Unternehmens nicht hatte glauben können. Doch Rehger verfügte über ein gutes Gedächtnis.

Die Bronzegruppe wies deutliche Mängel auf. Schon die Form war wie der Plan viel zu ehrgeizig und deshalb fehlerhaft gewesen, wie sich herausstellte, als die Bronze abkühlte. Trotzdem hatte das Werk ihm, Rehger, die Mitgliedschaft in der Gilde eingebracht. Drei Tage nach dem Aufbau auf dem Platz vor der Halle waren schon zehn Kaufgebote abgegeben worden, und nach einem Monat kamen sechzehn weitere hinzu. »Die meisten Käufer«, sagte Vanek, »setzen aus Prinzip auf Gewinner.«

Der Wagenlenker war jedoch unter Kunstinteressierten ein viel besprochenes Objekt, denn trotz aller Mängel hatte es großen künstlerischen Wert. Obwohl Standbild, war es voller Bewegung. Die springenden Hiddraxi glichen Wellen, die sich überschlugen. Der Wagen war von schwebender Leichtigkeit. Der Lenker hatte die Haare im Nacken zusammengefaßt; nur die Locken an den Schläfen flogen, während er sich dem vorgestellten Ziel entgegenstemmte. Die Zügel flossen wie Wasserstrahlen aus seiner Hand in die Herzen der Tiere. Die Räder kreisten wie Windmühlen. Die Plastik schien über dem Sockel zu schweben. *Das kann nur ein echter Wagenlenker geschaffen haben,* meinten Kenner. Rehger hatte oft den Eindruck, als zehre er noch als Bildhauer vom Ruhm in Alisaar, als verdanke er seinen Platz in der Gilde der Vergangenheit als Held der Arena. Doch die Gilde ließ sich nicht bestechen; darauf hatte Vanek schon hingewiesen.

Ein paar Wochen, nachdem Rehger für die Skulptur von Raldnor Modell gestanden hatte, war ihm eines Abends ein warmer Wachsklumpen in die Finger geraten, aus dem er eine Figur formte.

Mur hatte seine Arbeit am Bimsstein eingestellt und ging in den Hof, um einen Blick in den Brennofen zu werfen. Die Lampen leuchteten schon, denn ein Sturm war aufgezogen. Vanek kam aus seinem Zimmer und sah, was der Lydier gemacht hatte, sagte aber nichts. Rehger zerdrückte die Wachsfigur wieder zu einem Klumpen und legte ihn ab. Da sagte Vanek: »Du modellierst nicht zum erstenmal.«

»Es gab, wo ich als Kind lebte, viel Lehm, der sich in der Sonne brennen ließ.« Daß der Onkel seine kleinen Werke in Stücke zertrat, erwähnte er nicht. Vanek kehrte in sein Zimmer zurück.

Als Mur den Lydier als Modell nicht mehr benötigte, fand er, Rehger, sofort und problemlos ähnliche Anstellungen in anderen Werkstätten der Umgebung. Viele davon waren weniger exklusiv als die von Vanek und stellten allerlei Kitsch her. Aber halbnackt dazustehen und von den Augen anderer abgetastet zu werden, war für den Schwertkämpfer nicht neu. Nur einmal wurde es ihm zuviel. Als er eines Tages in der Werkstatt eintraf, fand er nicht einen Lehrjungen oder Zeichner an. Statt dessen hatte sich eine kleine Gruppe von wohlhabenden Mischlingen eingefunden, die weder Meßzirkel noch Malstift mitgebracht hatten. Trotzdem zog er sich aus und stellte sich für sie auf die Bühne, wo er bewegungslos verharrte, bis eine der Frauen herbeikam und ihn über Rippen und Schenkel zu streicheln anfing. Daraufhin stieg er schweigend von der Bühne, zog sich an und verließ die Werkstatt.

Mur hatte Rehgers künstlerisches Interesse und Talent erkannt und übertrug ihm inzwischen ein paar gröbere Aufgaben wie das Schleifen und Polieren von Steinen oder die Aufsicht über den Brennofen. Bei der Arbeit sprach Mur nie; aber wenn er Pause machte, unterrichtete er Rehger in Wort und Tat und pries die schnelle Auffassungsgabe seines Schülers. Er brauchte ihm nur einmal etwas zu zeigen, und schon schien Rehger die Sache selbständig zu beherrschen. Als Mur eines Tages mit Vanek über die Fortschritte des Lydiers sprach, kam dieser unaufgefordert dazu und sagte ohne lange Vorrede: »Ich habe meinen Lohn gespart. Wollt Ihr mich als Lehrling zu Euch nehmen, Meister Vanek?«

»Du bist zu alt für eine Lehre«, antwortete Vanek. »Du kennst doch meine Jungen. Burschen von zehn und zwölf Jahren.« Dann wartete er mit zur Seite geneigtem Kopf auf Rehgers Erwiderung. Ja, Vanek war verschroben und launenhaft. Er konnte seine Zunge so einsetzen, daß sie wie eine Peitsche wirkte, dann wieder wie ein Guß kalten Wassers. Aber er rettete Fliegen, die im warmen Wachs steckengeblieben waren; er hortete Kienspäne und Lampenöl, gab aber großzügig Marmorreste ab, wenn er dafür Brennmaterial für den Winter eintauschen konnte. Rehger ließ sich mit der Antwort Zeit und sagte dann: »Die Jungen fangen so früh an, weil sie ihre Muskeln noch ausbilden müssen. Das ist bei mir nicht mehr nötig.«

»Einverstanden«, meinte Vanek. »Immerhin hast du den Rücken und die Schultern, die man für diese Arbeit braucht.«

»Ich kann zwar bezahlen, werde Euch aber trotzdem einiges schuldig bleiben müssen.«

Vanek verzog das Gesicht. Er zeigte auf die Werkbänke, die von den anderen Schülern noch nicht wieder belegt waren, und sagte: »Geh und zeig mir, was du kannst!«

Das Ergebnis — ein kniender Wettkämpfer aus Wachs — war nicht besonders geglückt. Weil das Drahtgestell schlecht verarbeitet war, fiel ein Arm ab, als Vanek prüfend dagegenstieß.

»Schlimm, schlimm«, bemerkte Vanek. »Wir müssen dir noch einiges beibringen. Aber wie gesagt: Du modellierst nicht zum erstenmal.«

»Ihr kennt meine Antwort.«

Vanek entgegnete: »Du vergißt, wir Tiefländer glauben, daß Menschen eine Anzahl von Leben nacheinander führen.« Er sprach in einem Tonfall, als halte er diesen Glauben selber für eine ausgemachte Spinnerei, fügte aber hinzu: »Ich meine also, daß du, mein großer Lydier, bestimmt schon einmal in einer früheren Existenz modelliert hast. Du brauchst dich demnach nur zu erinnern. Mur wird deinem Gedächtnis auf die Sprünge helfen. Er hat zweifellos selber schon mehr als ein Künstlerleben hinter sich. Seine ganze Seele ist entsprechend geformt.«

Rehger machte sich keine Gedanken über die Religion der Tiefländer. Dazu hatten ihn nicht einmal die Worte seiner Geliebten anstoßen können. Und trotzdem; Vanek hatte nicht unrecht: Rehger lernte die Kunst auf eine Weise, als erinnerte er sich Stück für Stück. Manchmal gelangen ihm große Fortschritte, oft genug mußte er sich aber auch mühen, um die ›Erinnerungslücken‹ aufzufüllen. Einmal, als er die Oberfläche eines verwitterten Marmorblocks bearbeitete, mitten im Abfall stehend, mit Steinstaub in den Poren und unter den Fingernägeln, das feine Mehl auf der Zunge schmeckend, da erinnerte er sich, wie er in den Trümmern von Katemvals Haus in der Juwelenstraße herumgewühlt, Steine und Kacheln beiseite geschafft und eine zerquetschte

Ente gefunden hatte, die Leiche eines Mädchens sowie einen auf wundersame Weise unbeschädigt gebliebenen Lehnstuhl, der von der Flutwelle herbeigeschwemmt worden war. Und in dem Augenblick der Erinnerung, als er in andere Dimensionen entrückt war, spürte er, wie ihn Geruch und Anblick des Marmors zurückführten: zunächst in die zerstörte Stadt, aber dann rasch weiter zu einer längst vergangenen Stunde, die viel älter war als Körper und Herz.

Doch dieser Moment war schnell verflogen.

Yennef überquerte den Innenhof der Gaststätte *Zur bernsteinernen Fußfessel* und ging auf einen Tisch zu, der im Schatten der Weinranken stand. Es war Mittag. Der Dortharianer, mit dem er sich schon für den Abend zuvor verabredet hatte, saß da und wartete auf ihn.

»Was hat dich aufgehalten, Yennef?«

Der Lanier nahm Platz.

»Das wollte ich dich gerade fragen.«

»Tja, das will ich dir sagen. Ich habe bei einer Frau in der Liebesgasse Halt gemacht. Sie war sehr verführerisch, sehr blond und sehr zart. Ich mußte mich aus ihren Armen losreißen, um zu unserem Treffpunkt zu eilen, und war bloß eine halbe Stunde zu spät. Du dagegen bist gar nicht aufgekreuzt. Ich habe bis um Mitternacht auf dich gewartet. Welche Zeitverschwendung!«

»Ich hatte mich auch schon darauf eingestellt, bis Mitternacht zu warten«, sagte Yennef und winkte den Wirt herbei. »Aber vorher wurde ich entführt.«

Der Dortharianer musterte sein Gegenüber aus Augen, grau wie Eisen. Abgesehen von seiner kleinwüchsigen Gestalt waren die Augen der einzige Hinweis auf seine tiefländische Herkunft. Im Kontrast zum dunklen Gesicht leuchteten sie so hell, daß einem angst und bange werden konnte. (Als die Soldaten um Chacor den grauäugigen Banditenfürsten stellten, hatte sich Yennef durch ihn an Galutiyh Am Dorthar erinnert gefühlt.)

»Entführt? Von wem?«

»Unwichtig. Eine Hochzeitsgesellschaft. Der Bräutigam stammt aus Corhl. Er ist der Soldat, von dem ich dir schon berichtet habe, derselbe, der mir in der Ebene im Kampf gegen die Tirre zu Hilfe gekommen ist.«

»Und was geschah dann?«

»Nichts. Ich mußte mitfeiern und war erst am frühen Morgen wieder frei. Da bin ich schlafen gegangen, weil ich dich sowieso nicht mehr angetroffen hätte. Jetzt ist Mittag, und ich bin hier, pünktlich zum zweiten Termin.«

Galutiyh nahm einen Schluck aus dem Becher, der mit süßem Roséwein aus Verdath gefüllt war. Er sagte: »Du bist ein schlechter Schwindler, Yennef. Warum flunkerst du? Du bist mit einem jungen Mann davongeschlichen. Ich wußte noch nichts von dieser Neigung bei dir. Aber was soll's?«

»Bist du mir nachgestellt?«

»Das hat ein anderer für mich getan.«

»Nach den Monaten unserer Freundschaft traust du mir herzlich wenig.«

»Begründetermaßen, wie's scheint.«

»Bei Anacks güldenen Zitzen«, stöhnte Yennef, »er ist mein Sohn.«

Galutiyhs helle Augen blieben kalt.

»Auweia.«

»Ein kleiner Ausrutscher, mehr nicht. Aber er hat mich ausfindig gemacht. Er ist ein Freund des Corhlaners.«

»Wollte bestimmt wissen, warum du seine Mutter entehrt hast, was zu erben ist und so weiter.«

Yennef zuckte mit den Schultern und trank von seinem Wein.

Galutiyh verschränkte die Hände im Nacken, schaute in den Himmel und sagte: »Bin ich beschränkt, oder hält er mich nur dafür? Ist er's womöglich selber? Hat der Traum der Göttin seinen Geist verwirrt?«

Yennef gab darauf keine Antwort. Er kannte Galutiyh gut und eiferte ihm in vielen Dingen nach. Statt dessen sagte er: »Unten bei den Docks habe ich gehört, wie sich einige von ihnen über ein Beben im Freien Zakoris unterhielten. Die Nachricht stammt von Schiffsreisenden, die aus Thos gekommen sind. Vielleicht ist übertrieben worden.«

»Von dem Beben habe ich gehört, Yennef. Ein schmächtiger Erdstoß, wie mir ein Mann aus Dorthars Hauptstadt erzählt hat. Ich denke vielmehr an etwas anderes. Kann es sein, daß du ihn deckst ... deinen Liebhaber-Sohn?«

Yennef rief zum zweitenmal den Wirt herbei. Als der Becher wieder voll war, sagte der Lanier: »Meine Söhne sind in Dorthar. Zwischen dem einen und mir gibt es kein engeres Verhältnis.«

»Aha. Und deshalb weißt du auch nichts über ihn zu sagen. Hast du wenigstens gefragt, wie er heißt?«

»Ich kenne seinen Namen, ja.«

»Ich auch. Er ist Rehger, der Lydier, Meister der Sklavenschwerter von Alisaar. Er ist einer der wenigen Überlebenden von Saardsinmey.«

Yennef stellte seinen Becher ab und sagte: »Dir ist doch bewußt, daß ich an diesen vermeintlich übersinnlichen Ereignissen kaum interessiert bin. Man hat mich engagiert als politischen Spürhund.«

»In Dorthar werden die politischen und übersinnlichen Ziele der Amanackire immer als gleichrangig angesehen.«

Yennef war im amanackirischen Hamos gewesen, wo er die Eiswälle aufgesucht hatte. Bei Verlassen des Ortes war er zwar nicht klüger, dafür aber sehr viel kälter geworden. Er wußte, daß auch Galutiyh dort gewesen und mit frisch aufpoliertem Aberglauben wieder zurückgekehrt war. »Die Kapriolen des Wetters, die Erdstöße, der Vulkan und die Flutwelle von Saardsinmey sind natürlich sehr alarmierend«, sagte Yennef schlichtend. »Ich sehe darin Äußerungen oder Anzeichen einer allgemeinen Unruhe.«

»Das soll wohl heißen, du zweifelst an der Macht, die die Kinder der Anackire zu besitzen behaupten. Die Geschichte bringt aber laufend Beweise dafür.«

Galutiyh war ein Fanatiker. Ihm zu widersprechen, hatte keinen Zweck. Es war seine Nähe, die Yennef davon abhielt, seine Agenten- und Spitzeltätigkeit für Dorthar aufzugeben. Denn als Aussteiger hätte er riskiert, von Galutiyh ein Messer in den Hals gestoßen zu bekommen. Seit zwei Jahren zogen sie nun schon umher, wie ein Verbrecherpaar aneinandergekettet. Geheimnisse hatten sie kaum welche in Erfahrung bringen können, denn die Tiefländer der südlichen Ebenen waren nur wunderlich und die Bewohner von Moih nur menschlich, sehr geschäftig und familiär. Und was jene Bastionen wie Hamos anging — was ließ sich dort erfahren, wenn man die inneren Gespräche der anderen nicht belauschen konnte?

Galutiyh stand vom Tisch auf. Er war geschniegelt und weltmännisch, kaum älter als Rehger, aber nicht so stattlich gebaut und kleiner. Als frommer Anhänger seiner Göttin steckte immer noch ein Zweig mit roten Blättern in seinem Gürtel, die beim Tempel von Anackire zu bekommen waren. Galutiyh opferte alle neun Tage einmal, jedoch nicht aus Freude, wie es bei den einheimischen Moiyanern der Fall war, sondern aus feierlichem Respekt. In der Wildnis würde Galutiyh sogar Ratten und Schlangen fangen, um Blut- und Brandopfer darreichen zu können. Echte dortharianische Frömmigkeit.

»Komm mit mir, Yennef, mein Guter! Ich werde dir ein Wunder zeigen.«

Yennef hatte gelernt, sich nur in Notfällen mit seinem Partner auf Diskussionen einzulassen. Er stand auf und folgte Galutiyh.

»Unterwegs«, fügte der kleine Dortharianer hinzu,

»erzähle ich dir eine Geschichte, die dich zwei Zoll kleiner werden läßt.«

Auf seinen Reisen durch Xarabiss und die Tiefländer tarnte sich Yennef als Handelsvertreter. Weil er am Drachentor seiner Staffage beraubt worden war, füllte er in Moiyah seinen Wagen wieder auf und fuhr los in Richtung Hamos. Während dieser kurzen Reise verschwand sein nervöser xarabischer Diener. Sich um einen Ersatz zu bemühen, war Yennef zu lästig. Unterdessen hatte sich Galutiyh auf seine Weise in Moih eingerichtet und einen Ring bezahlter Spitzel aufgebaut.

Es war einer dieser kleinen Spitzel, der, in der *Fußfessel* herumlungernd, gesehen hatte, wie Yennef von der Hochzeitsgesellschaft entführt wurde. Später beobachtete der Kundschafter, der vor Arn Yrs Haus Posten bezogen hatte, wie Yennef die Hochzeitsfeier verließ und mit einem Begleiter in die *Staubige Blume* ging.

Etwas an der Erscheinung von Yennefs Begleiter hielt den Spitzel davon ab, mehr zu riskieren. Und weil er sich nicht näher heranwagte, konnte er die Unterhaltung der beiden nicht belauschen. Statt dessen überrumpelte er den Wirt mit einer alten List. »Ich verschwinde lieber. Dahinten sitzt einer, den ich kenne. Ich schulde ihm Geld.«

»Wer ist es denn?«

»Drüben in der Ecke. Von den zwei großen der jüngere. Er hat mich in Xarar beim Spiel gerupft, aber noch kein Geld von mir gesehen.«

»Keine Angst«, sagte der Wirt, »ich kenne den Mann. Er ist nie in Xarar gewesen. Er heißt Rehger und kommt aus Alisaar.«

»Nein, darauf wette ich. Das ist der Kerl aus Xarabiss.«

»Wie du meinst. Ich kenne ihn als Rehger. Er war Gladiator und Wagenlenker und hat die Katastrophe von Saardsinmey überlebt. Geh zur Gilde der Kunsthandwerker und schau dir sein Bronzewerk an. Ein Streitwagen, von Hiddraxi gezogen. Er ist die Entdekkung. Kaum ein Jahr hier und schon der Beste seiner Zunft. Geh nur, sieh's dir an, und dann komm zurück und behaupte immer noch, daß du *ihm* Geld schuldest.«

Alles dies erzählte der Spitzel an Galutiyh weiter.

Galutiyh, der sich in Kunstsachen immer auf dem laufenden hielt, hatte die Bronzearbeit bereits bewundert. Wie es der Zufall wollte, hatte er sogar schon Kaufinteresse gezeigt, weil ihm als Mann mit Gespür für solche Dinge sofort aufgefallen war, welch ein Genie in dieser Arbeit schlummerte. Bewerber für die Gilde pflegten ihre öffentlich gezeigten Werke nicht mit dem eigenen Namen zu signieren. *Der Wagenlenker* war ausgewiesen mit dem Vermerk: ›Schüler der Werkstatt von Meister Vanek‹.

Galutiyh war, wie er Yennef jetzt gestand, überaus begierig gewesen, die beiden Informationsteile zusammenzubringen.

Yennef sah den Partner mit steinernem Ausdruck an.

»Er hat mir in der vergangenen Nacht seinen Namen genannt und gesagt, daß er aus Saardsinmey kommt.«

»Und sonst nichts? Hat er nicht irgendeine verborgene Saite in dir zum Schwingen gebracht. Kann ich dir trauen, Yennef, mein Täubchen?«

Sie hatten den Platz vor der Gildenhalle erreicht. Vor ihnen glänzten die fünf Bronzefiguren in der hellen Mittagssonne.

»Da steht sie. Welch eine Gruppe! Jetzt will ich sie unbedingt haben. Ich werde meinen Strohmann die Gebote in die Höhe treiben lassen.«

Yennef betrachtete die Plastik seines Sohnes. Zunächst fand er, daß sie recht hübsch anzusehen war; dann spürte er plötzlich einen Stich im Herzen, verursacht durch die Stimme des Blutes, die sich erst jetzt zu melden schien. Vergangenheit und Gegenwart des Sohnes, Jugend und Mannesalter, sein Blut und seine Abstammung — all das war in diesem Werk verewigt. Yennef streckte den Arm aus und fuhr mit der Hand über die gewölbten Nacken der Hiddraxi, ertastete die Wagenräder und die Schulter des Wagenlenkers. Die Sonne hatte das Metall heiß werden lassen. Es schien zu surren und zu brummen wie ein Bienennest, lebte, schien teilzuhaben am Leben Rehgers, das wiederum von ihm, Yennef, gezeugt worden war.

»Komm wieder auf die Erde zurück!« forderte Galutiyh. »Wir gehen jetzt in Vaneks Werkstatt.«

Yennef ließ die Hand von dem Kunstwerk abgleiten.

»Du behauptest, mein Sohn hat etwas zu tun mit dem shansarischen Hokuspokus, der dir den Kopf zu verdrehen scheint.«

Galutiyh strahlte ihn an.

»Ja, mein Bester. Bis soeben hast du das wohl nicht für möglich gehalten, wie?«

»Laß ihn in Ruhe!« knurrte Yennef.

Galutiyh schlenderte weiter die Marmorstraße entlang.

Wie immer mußte Yennef ihm notgedrungen folgen. Der Verkaufsraum war leer. Die Schauschränke waren abgeschlossen. Im Büro saßen zwei Angestellte, die am Schreibtisch hastig einen Kuchen verzehrten.

Das Atelier, ein großer Raum, wo Kohlenpfannen von den Sparren des Glasdaches herabhingen, war voller Rauch und Staub. Ein junges weibliches Modell, kaum dunkler als Milch, lag nackt auf einer Couch vor dem kalten Kamin und unterhielt sich mit ein paar Schülern, die einen ungerührten Eindruck machten. Vor der gegenüberliegenden Wand, die an den Hof grenzte, rauchte ein großer Ofen. Steinbrocken standen davor. Gearbeitet wurde aber nicht.

Galutiyh begaffte das Mädchen, das sich jedoch nicht um ihn scherte.

»Ist Rehger hier?« fragte Galutiyh.

Einer der Schüler drehte sich um und wies auf eine Treppe.

Yennef folgte Galutiyh nach oben, wo an einen engen Treppenabsatz mehrere Türen grenzten. Hinter einer der Türen waren leise Schleifgeräusche zu hören.

Der Dortharianer öffnete und steckte den Kopf durch die Tür.«

»Ahh«, sagte Galutiyh.

Rehger blickte auf und sah einen Mann hereinspringen, einen Visianer, wie er zweifelsfrei erkannte; und doch steckten Tempelblätter in seinem Gürtel. Er lehnte sich an den Werktisch und musterte Rehger.

»Verratet mir, wo Ihr solch herrliche Werke zu schaffen gelernt habt.«

Rehger blieb neben dem strahlend weißen kleinen Marmorblock stehen, den er poliert hatte. Von weitem sah das längliche brusthohe Stück recht formlos aus.

»Ich bin Schüler dieser Werkstatt, die Meister Vanek gehört.«

»Hier im Flachland?« Der Besucher zeigte sich überrascht. »Ihr seid weit von zu Hause entfernt. Denn wie ich sehe, stammt Ihr aus Dorthar, oder?«

Rehger hatte den zweiten Mann in der Tür erkannt und sagte: »In mir fließt dortharianisches Blut.«

»Ja, ja, wer möchte das nicht, dem stolzesten Volk von Vis angehören? Und woher stammst du noch?«

»Aus Alisaar. Jeder, der mich kennt, wird das bestätigen.«

»Saardsinmey.«

Rehger schwieg.

»Andere Männer zu töten«, sagte Galutiyh, »ist das ein gutes Geschäft? Und jetzt habt Ihr Euren Vater gefunden. Ihr scheint eine aufregende Zeit zu erleben. Hättet Ihr Lust, Eure Abenteuer zu krönen und mit auf die Reise zu gehen?«

»Warum?«

»Tja, warum? Weil ich es so will. Auf diese Weise

komme ich zu Ruhm. Ich habe einen untrüglichen Riecher für fette Beute.«

Direkt über dem Dach krachte ein Donnerschlag. Die Wände wackelten, und am Fenster flog heftiger Regen aus heiterem Himmel vorbei.

In diesem Moment der Ablenkung überquerte Yennef den mit Steinsplittern übersäten Boden und nahm eins der messerscharfen Werkzeuge in die Hand, die da herumlagen. Dann schlang er von hinten einen Arm um Galutiyh, preßte ihn an sich und hielt ihm den Meißel an den Hals.

»Leider meint der Kerl, was er sagt«, sagte Yennef zu Rehger. »Aber wenn du dich beeilst und dich durch nichts aufhalten läßt, kannst du in Sicherheit sein, bevor ihn die Ratten aufstöbern.«

Galutiyh stand entspannt an Yennef gelehnt.

»Sprichst du von mir?«

Yennef spürte ein kurzes Zucken in den Muskeln des anderen und warnte: »Versuch's nicht. Wenn du mich jetzt nicht zwingst, dich zu töten, werde ich später vielleicht Mitleid haben und dich verschonen.«

»Aber er flieht ja nicht, wie du's ihm geraten hast«, antwortete Galutiyh.

»Geh jetzt, Rehger!« drängte Yennef. »Nimm ein Schiff oder verlaß Moih zumindest.«

»Soll ich es ihm erklären?« meinte Galutiyh. »Hört zu«, sagte er an Rehger gewandt, »die weißen Tiefländer, die Schattenlosen, die *echten* Amanackire rüsten — so die Befürchtung der alliierten Länder — wieder einmal zum Krieg gegen uns. Eure besondere Freundin, die Weiße, ist daran nicht unbeteiligt.«

Rehger schien nicht ganz zu verstehen.

Yennef meldete sich zu Wort und sagte: »Hör nicht auf sein krauses Gefasel. Im shansarischen Alisaar geht das Gerücht um, daß eine weiße Amanackire in Saardsinmey umgebracht wurde ... und wieder von den Toten auferstanden ist. Ihr Liebhaber war ein visianischer

Schwertkämpfer. Sie rettete ihm das Leben in ihrer Gruft über der Stadt. Weil du Gladiator warst und die Flut überlebt hast, steht für unseren Rechenkünstler hier offenbar fest, daß du auch der Geliebte der Amanackire gewesen sein mußt. Er wird seine Meute zusammenpfeifen und dir bis nach Dorthar, Shansar oder ins Vardische nachstellen, um dich auszufragen. Verhöre der Art, die du zu erwarten hast, werden in Shansar auch Feuerproben genannt. Mach dir deinen eigenen Reim darauf. Verschwinde von hier, flieh! Ich werde diesen Wurm unschädlich machen. Dafür sorge ich.«

»Euer Vater scheint Euch sehr gern zu haben«, bemerkte Galutiyh. »Denn er weiß, daß er für das, was er vorhat, von unseren Meistern schon recht bald bestraft wird.«

Rehger kam um den Tisch herum und sagte zu Galutiyh: »Keine Sorge. Ich nehme ihm den Meißel ab.« Und mit einer blitzschnellen, kaum wahrnehmbaren Bewegung riß er dem Vater das Eisen aus der Faust und befreite den Dortharianer aus der Umklammerung.

Vor Schreck sperrte Yennef die Augen auf und fluchte. Galutiyh sprang zur Seite und knurrte beide an.

»Ich werde Eure gute Tat nicht vergessen, Rehger Am Ly Dis. Und *deine* auch nicht, Yennef, du Miststück.« Dann sprang er durch die Tür nach draußen und verschwand auf der Treppe.

»Du Narr«, schimpfte Yennef, »du verdienst es nicht besser, als von ihm traktiert zu werden.«

»Mag sein. Das mit der Gruft, in der ich überlebt habe, ist nicht bloß ein Gerücht. Geh und frag Chacor, wenn du willst. Er war dabei.«

»Und soll ich auch glauben, daß tote Frauen wieder auferstehen?«

»Sie konnte Tote wieder zum Leben erwecken. Ja, ich glaube, daß sie wieder lebt, und würde gern selber hören, was im shansarischen Alisaar so alles erzählt wird.«

»Dann sperr die Ohren auf, während du gerädert oder überm Feuer geröstet wirst. Die gelben Shansaren — Varden und Vathorianer — haben inzwischen genausoviel Angst vor den Tiefländern wie die Visianer. Wir versuchen dagegen anzugehen, aber der Herr der Stürme, der selber das einzigartige Blut der Göttin in sich trägt, zittert schon, wenn er das Wort *Anackire* nur hört. Die Zauberer der Tiefländer kämpfen nicht mit Waffen und Fäusten, sondern rufen Erdbeben hervor, Unwetter, Flutwellen und berstende Vulkane. Sie fliegen in Streitwagen zu den Sternen und töten mit Flammen, die ihnen aus Augen oder Fingern hervorschießen. Und du hast einen von denen entschlüpfen lassen. Anack möge dir helfen. Ich hätte ihn töten sollen.«

In Gedanken versunken antwortete Rehger: »Weder dir noch mir schuldet er seinen Tod.«

»Du redest wie ein Tiefländer. Sprichst du von Schulden aus einem vergangenen Leben oder von Verpflichtungen für ein zukünftiges?«

»Yennef, in der Arena sind mir manche Männer entgegengetreten, die, was deutlich zu erkennen war, den Tod suchten.«

»Hast du diese Denkweise von ihr gelernt? Im Bett etwa?«

»Vielleicht war ich bloß auf deren Blut aus. Wie dem auch sei, ich habe genug getötet. Du solltest besser fliehen, bevor der Dortharianer umkehrt.«

»Ja, er wird uns, wie versprochen, nicht vergessen.«

»Es tut mir leid. Halt mich nicht für undankbar, Yennef, aber du hättest meinetwegen nicht so viel riskieren dürfen.«

»Du bist mein Sohn«, antwortete Yennef. Er war jetzt ganz ruhig und wiederholte leise: »Mein Sohn. Mein erstgeborener, soweit ich weiß.«

Kapitel 17

Dunkel und Licht

»WIR SUCHEN EINEN MANN AUS ALISAAR.«

»Ich habe hier eine Botschaft, die er mir anvertraut hat.«

Vanek war allein in der Werkstatt. Er straffte die Schultern und überreichte den fünf Mischlingen, die nichts Gutes im Schilde zu führen schienen, ein Blatt Schilfpapier. »An Galutiyh Am Dorthar oder seine Hauptmänner: Ich erwarte Euch in der vierten Nachmittagsstunde auf dem Platz vor der Gildenhalle der Kunsthandwerker. Ich werde allein dort sein und bereit, mit Euch zu gehen. Rehger Am Ly Dis.«

Konnten die Männer überhaupt lesen? Zumindest schien einer dazu in der Lage zu sein. Er las den anderen die Sätze vor und sagte dann: »Er ist immerhin ein ausgebildeter Kämpfer ...«

Der Kumpan mit dem übelsten Aussehen bemerkte mit heiserer Stimme: »Wir sind mindestens zu zehnt. Soll er's doch mal mit uns aufnehmen!«

Ein anderer hatte einzuwenden: »Ob der auch einhält, was er verspricht?«

»Früher oder später kriegen wir ihn.«

Sie wollten die Werkstatt durchsuchen, was ihnen Vanek erlaubte, der früh genug alle Angestellten nach Hause geschickt hatte. Galutiyhs Männer, durch Vaneks scheinbar hilfsbereite und gelassene Art günstig beeinflußt, führten sich bei der Durchsuchung leidlich zivilisiert auf und zogen bald wieder ab, zurück in die Stadt, deren Straßen nach einem heftigen Regenschauer dampften.

In einem etwas längeren Brief an Vanek hatte sich Rehger für sein plötzliches Verschwinden entschuldigt und darum gebeten, das beigefügte Geld zur Tilgung der Lehrkosten anzunehmen. Gern, so schrieb er, werde er wieder zurückkommen, müsse jedoch davon ausgehen, daß der Ruf, dem er nun folgte, keine Rückkehr zuließe. Er dankte Vanek, obwohl, wie er formulierte, eine bloße Danksagung genauso unangemessen sei wie seine Entschuldigung. »Wenn ich könnte, würde ich bleiben. Das wißt Ihr wohl. Aber ich muß fort.«

Vanek versuchte, aus den Zeilen schlau zu werden, bemühte seine telepathischen Fähigkeiten und erreichte einen psychischen Zustand, in dem er alles verstand, ohne das Verstandene auf den Begriff bringen oder beweisen zu können. Deshalb ließ er die Angestellten die Werkstatt verlassen und wartete auf diejenigen, die Rehger mit Bedauern angekündigt hatte.

Ein dritter Brief war für den Corhlaner bestimmt. Vanek brach, ohne Skrupel zu haben, das Wachssiegel und las. Rehger wünschte seinem Freund alles Gute, verabschiedete sich von ihm und riet, vorsichtig zu sein gegenüber Leuten, die Einzelheiten über die Zeit in Alisaar zu erfahren versuchten. Den weißen Tiefländern — so schrieb Rehger — werde offenbar Mißtrauen von außen entgegengebracht.

Der heftige Regenguß hatte die ganze Stadt in Aufruhr gebracht. Immer noch hörte man verärgerte Stimmen. Markisen mußten vom Wasser befreit werden.

Vanek verriegelte die Türen zur Werkstatt und ging nach oben.

Das Marmorstück, an dem Rehger gearbeitet hatte, stand an Ort und Stelle und war mit einem Tuch verdeckt. Vaneks lydischer Lehrling hatte den Stein seit mehr als einem Jahr in Arbeit, ihn immer wieder aufs neue poliert und nur manchmal hier und da ein Stück herausgehauen. Er hatte den Rohling selber ausgesucht und ihn unter Murs Aufsicht gespalten — nicht um den Stein zu bezwingen, sondern um die in ihm verborgenen psychischen Kräfte zu wecken.

Die Freiheit, mit der er den Brief geöffnet hatte, nahm sich Vanek auch jetzt heraus, als er das Tuch von der Skulptur zog.

Von weitem schien der Stein nur wenig bearbeitet worden zu sein. Aber sobald man sich der schlanken Form näherte, begann ein Zauber zu wirken. Ein Gesicht, ein fein modellierter Hals, eine wunderschöne Haarpracht — all das schien sich gerade erst zu entpuppen.

Vanek fühlte sich an das in der Schafsgasse ausgestellte Silberbildnis des schlummernden Mädchens erinnert. Doch dieses marmorne Gesicht schien gerade aufzuwachen. Haut, Haare und Augen waren ganz weiß wie bei einer Amanackire, einer Schattenlosen. Ein himmlisch schönes Mädchen erwachte unter schmelzendem Schnee aus dem Winterschlaf.

Das Weiß von Hamos — Yennef hatte sich diese Stadt so vorgestellt an jenem Nachmittag vor der vierten Stunde.

Hamos war eine schwarze Stadt, erbaut vom Gestein der Gegend. Der weiße Marmor kam aus dem Norden und wurde hier nicht verarbeitet. Weiß waren aber alle Einrichtungen, der Schmuck, die Kleider und die albinotischen Bewohner. In Hamos einen Tiefländer anzutreffen, der dunkler war als das blasseste Blond, kam äußerst selten vor. Öfter sah man goldene Augen, aber die meisten hatten Augen wie aus Eis. Es wimmelte in dieser Stadt von Schlangen — in Säulen gemeißelt und in Türstürze geschnitzt, in Emaille um Hals, Taille oder Glieder getragen. Auch solche, die lebten. Sie krochen aus Mauerlücken, um in der Sonne zu baden. Jeder Visianer, der in Hamos eine Schlange umbrachte, mußte mit einer Strafe rechnen, der Amputation eines Fingers von der verschuldeten Hand (ein Witz, denn dem Helden Raldnor hatte ein Finger gefehlt).

Es gab zwar einige Visianer in Hamos anzutreffen, aber die waren immer nur auf der Durchreise. Nur eine

Handvoll Gasthäuser bot ihnen Unterkunft. Die Fremden durften sich auch nur in bestimmten Stadtvierteln aufhalten. Für diejenigen unter ihnen, die dic Göttin Anackire verehrten, gab es in allen Tempelanlagen einen Außenhof und eine Steinplatte ohne Statue. Gerüchten nach zu urteilen, waren in den heiligen Stätten von Hamos und Umgebung keine Ikonen der Göttin mehr zu sehen, die durch Willenskraft allein aus den Flammen, die vor den Altären loderten, geschaffen wurden.

Überall herrschte Angst vor der kriegerischen Art der Amanackire, nur in den Ebenen nicht. Nicht einmal Hamos war davon berührt. Die Stadt schien von dieser Welt entrückt zu sein. Wie zu hören war, gab es zwar okkultistische Hochschulen, doch die hatten ihre Tore geschlossen, und wenn Zauberei tatsächlich praktiziert wurde, so geschah sie im verborgenen. Man traf hier nicht einmal auf shansarische oder vathcrianische Hexenmeister, die sonst überall in den Tempeln der Göttin vertreten waren, ob in den Mittellanden, in Var-Zakoris oder im karmianischen Lanelyr.

Nachdem er die drei Briefe geschrieben hatte, ging Rehger auf direktem Weg in seine Unterkunft. Yennef begleitete ihn. Sie hatten ihr Streitgespräch abgebrochen. Yennef war entschlossen, um Galutiyh einen großen Bogen zu machen, behielt aber seine Pläne für sich. Rehger mußte vor der Abreise noch ein paar Dinge erledigen.

Während der nächsten Stunde tauschten die beiden ein paar Erfahrungen und Erlebnisse aus und waren insgesamt offener als bei der ersten Begegnung. Es fiel ihnen jetzt schon bedeutend leichter, miteinander zu reden, wenngleich immer noch einige Hemmungen zu überwinden waren.

»Das Armband der Gilde kommt sehr gelegen, um das Schlangenmal zu verbergen. Im Norden ist man auf Amrek immer noch nicht gut zu sprechen.«

Yennef war durch Zufall in die Dienste des Rates von Dorthar geschlittert. Er hatte schon so vieles unternommen, doch nie eine größere Leistung fertiggebracht, nie einen Meilenstein gesetzt. Die Expedition in die Berge oberhalb von Ly Dis war auch bloß ein Fehlschlag gewesen. Er hatte sich von verheißungsvollen, aber im Grunde sehr unglaubwürdigen Geschichten in diese entlegene Gegend locken lassen.

»Es wurde gemunkelt, daß ein fliegender Streitwagen der Amanackire dort in irgendeinem Hochlandtal abgestürzt ist. Solche Behauptungen kann man sogar heute noch von vardischen Soldaten jenseits der Grenze hören, wenn sie genug gebechert haben. Ich war selber einer von denen und weiß Bescheid. Die Geschichte geht auf eine uralte Legende zurück. Stell dir vor, darin geht's um einen sogenannten Streitwagen der Lüfte, der von einem Zauber gelenkt wird. Mit Flügeln wahrscheinlich. In Dorthar erzählt man sich ähnliches. Drachen sollen die Visianer zur Erde gebracht und sie als Könige eingesetzt haben. Nun, das habe ich natürlich nicht geglaubt. Aber vielleicht ist an den Märchen doch was Wahres dran. So dachte ich damals. Ich wollte mein Glück machen, irgendeinen Schatz ausgraben. Monatelang kletterte ich die verdammten Hänge rauf und runter, bis ich schließlich einen Schatz entdeckte. Tibo nämlich. Aber von dem Streitwagen fand ich keine Spur.«

Einen Meilenstein habe ich wohl doch gesetzt, dachte Yennef. Einen aus Fleisch und Blut. Ansonsten waren alle Reisen und Taten umsonst gewesen, Jahre wie im Spiel verwürfelt. Und das einzige, was aus dieser Zeit zurückgeblieben ist — Rehger, der will nun selber ins Spiel eingreifen. Warum? Weil er einmal in eine junge Tiefländerin verliebt war und sich nun seinerseits von einem Märchen hat verführen lassen, das hinten und vorn nicht stimmt.

Aber dieses Thema hatten die beiden Männer bereits ausführlich durchgesprochen. Yennef hielt seinen Protest zurück. (Sein Vater hatte ihm auch immer mit klugen Ermahnungen in den Ohren gelegen.)

Der Lanier verließ das Wohnhaus eine Stunde, bevor der Lydier schließlich aufbrach. Beim Abschied gaben sie sich die Hand. Eine Verlegenheitsgeste, denn vor einer herzlicheren Berührung scheuten beide zurück. Und seiner Mutter gegenüber brauche ich, was ihn betrifft, wohl keine Rechenschaft mehr abzulegen, dachte Yennef schlau. Gegenüber niemandem und von keinem.

Rehger setzte sich vor der Gildenhalle der Kunsthandwerker auf eine Bank.

Nach dem Regen leuchtete die Sonne doppelt hell über Moiyah. Der Himmel schien farbig zu schillern. Grelle Lichtstreifen und schwarze Schatten musterten den Platz.

Wieder überkam ihn ein Gefühl von Ähnlichkeit oder Wiederholung, das sich schon in Vaneks Werkstatt eingestellt hatte, als der Dortharianer ins Atelier gepoltert war.

Als die Kupferglocke der Gilde die vierte Stunde einläutete, sah Rehger eine einzelne Gestalt mit langsamen Schritten, eine Melodie pfeifend, auf sich zukommen.

Doch nein, gemächlich waren diese Schritte nicht, sondern von katzenhafter Arglist, und da drüben, unter einem Bogen, wartete ein knappes Dutzend von Galutiyhs Spießgesellen mit Zeebas.

»Rehger«, rief Galutiyh mit betont fröhlicher Stimme, »Rehger Am Ly Dis!«

Rehger stand auf und ließ den anderen auf Zwergengröße schrumpfen.

Aber Galutiyh, der lange Zeit mit Yennef verbracht hatte, war wohl an solche Größenunterschiede gewöhnt.

Als es dunkel wurde, wachte Vanek auf. Er war in einem Sessel vor der unvollendeten Marmorplastik eingeschlafen. Spät schien es noch nicht zu sein. Hinter den Fenstern der Nachbarwohnungen brannte Licht. Die abendlichen Stadtgeräusche übten eine einlullende Wirkung aus. Ein Abend wie jeder andere.

Aber im Dunkeln schimmerte der weiße Stein, der Vanek nun wieder in quälende Unruhe versetzte.

Er stand auf und brachte eine gläserne Lampe in der Ecke zum Leuchten. Er nahm sie mit und ließ das Licht über das Mädchen im Eis fallen. Aber das Murmeln innerer Stimmen war verschwunden. Er hatte geschlafen und nicht aufgepaßt. Wie leicht es dem Körper fiel, tiefe Gedanken auszuschalten.

Jetzt flog ein dünner Lichtstrahl wie eine Biene über das Marmorgesicht.

Vanek hüllte die Plastik wieder mit dem Tuch ein, wie Rehger es getan hatte, um das Werk vor Staub zu schützen. Womöglich auch vor Mißachtung?

Die Flamme in der Lampe flackerte, beruhigte sich wieder.

Vanek dachte an einen moiyanischen Kinderreim:

Lösch das Licht,
Wo bleibt die Flamme?
Zünd es an,
Du siehst sie dann.
Flamme, Flamme,
Du wunderst mich sehr —
Wo gehst du hin,
Wo kommst du her?

Elissi würde diesen Spruch bestimmt ihren Kindern beibringen. Er hatte sie gesehen, wie sie an einem Abend, neun Tage vor der Hochzeit mit Chacor, der sich nicht sträubte, in den Anackire-Tempel gegangen war, um zu opfern.

Flamme, Flamme, du wunderst mich sehr.

Alles Leben blüht auf und verwelkt. Aber immer entsteht ein neuer Funke, der die Lampe zum Leuchten bringt.

Flamme, Flamme …

Vanek kannte das Haus und seine Treppen, und weil er kein Licht brauchte und knausrig war, blies er die Flamme aus.

Fünftes Buch

VON VAR-ZAKORIS NACH THADDRA

Kapitel 18

Geschäfte

Vor dunkelndem Hintergrund und von Hörnerklang begleitet, schlossen sich in Zaddath die messingbeschlagenen Flügel des Blauen Tors. Jeden Abend gab es die gleiche Prozedur zu sehen. Bei Sonnenaufgang wurde das Tor genauso feierlich geöffnet. Das entsprach dem vardischen Hang für zeremonielle Akte, und Zaddath, die neue Hauptstadt von Alt-Zakoris, war eine vardische Stadt. Jetzt reichte ein Ordnungshüter an der Regierungsspitze; die Könige waren in ihre Heimat jenseits des Meeres zurückgekehrt. Das Tor aber blieb ein Siegesmonument. An seinen Seiten standen fünfzig Fuß hohe mächtige Ashkaren (vardische Anackire), und die violett gekachelten Mauern waren rechts und links über jeweils zwei Meilen von Fackeln erleuchtet.

Das Tor nicht rechtzeitig passiert zu haben, war nicht sehr schlimm. Längst war die Stadt aus allen Nähten geplatzt, und entlang der Südstraße standen Häuser, Tempel und Tavernen. Die Sümpfe waren entwässert worden, aber der wuchernde Urwald belagerte immer noch die Insel der Gebäude. Sogar zwischen den Pflastersteinen der Straße brach das rankende Grün immer wieder hervor, mußte entwurzelt, zerhackt und im Feuer verbrannt werden. In den Außenbezirken wurde jedes unversorgte Haus vom Dschungel heimgesucht und in weniger als zehn Tagen zur Ruine verwandelt. In den schwülen Nächten der Sommermonate läuteten Frösche und zirpten Grillen in den Tiefen der städtischen Gemäuer. Große Insekten flogen in die feinmaschigen Bettvorhänge und starben darin wie glimmende Juwelen.

Die Reiter, die zu spät gekommen waren und das Tor

verschlossen vorfanden, machten keine Anstalten, die nächste Herberge aufzusuchen.

Der Anführer langte zur Kette der bronzenen Glocke und bimmelte.

Zwei Soldaten tauchten im Fenster des Torhauses auf.

»Was soll das da unten?«

»Ich bitte dich freundlich, mich einzulassen.«

»Springt über die Mauer oder wartet bis morgen. Aber laßt die Kette los, sonst setzt's Prügel.«

»Die beziehst du!« rief Galutiyh Am Dorthar. »Ich habe Wichtiges mit dem Stadtobersten und dem Rat zu besprechen.«

»Welche Vollmacht habt Ihr?«

»Komm runter und überzeug dich.«

Nach längerer Wartezeit kamen drei schlecht gelaunte Soldaten und ein Offizier, die beim Abendbrot gesessen hatten, die Treppe heruntergepoltert. Sie zeigten sich sehr beeindruckt, als Galutiyh ihnen ein paar Siegel vorwies: die Göttin des Hohen Rates von Dorthar, Schlange und Knute in Gold aus dem shansarischen Alisaar und der auf dem Drachen reitende Löwe, das Wappen von Zaddath.

Der Ton der Wachen änderte sich schlagartig. Sie öffneten eine Seitentür und ließen Galutiyh und die anderen Reiter ein.

Galutiyh hatte seine rauhbeinige Eskorte auf der Straße zurückgelassen und stiefelte durch die Ratshalle. Die war fast leer bis auf ein paar Schreiberlinge in kleinen Seitennischen. Wäre es nach dem Willen seiner Eltern gegangen, hätte Galutiyh einen ähnlichen Beruf ergriffen; doch er hatte einträglichere Aufgaben gesucht und sich nach oben geschuftet, gedienert und geschlichen. Der Grauäugige war nicht nur tiefländisch-dortharianisch. Er hatte auch von mütterlicher Seite einen thaddrischen Einschlag. Die Verbindung zum Tiefland — oder zum anderen Kontinent — war zwar vorhanden, aber nicht genauer zu bestimmen. Er behauptete immer, einen tiefländischen Großvater gehabt zu haben, und glaubte inzwischen selber daran.

Als Stadtrat Sorbel in die für das Gespräch vorgesehene Kammer kam, zeigte sich Galutiyh geehrt. Immerhin war Sorbel, der den Namen eines vardischen Königs trug, die rechte Hand des Stadtobersten. Doch der gab sich schroff.

»Was wollt Ihr, Galut?« (Galutiyh tat diese thaddrisch gekürzte Aussprache seines Namens in den Ohren weh.) »Die Sache am Tor hat uns gar nicht gefallen. Wir sehen es nicht gern, daß Ihr Eure Privilegien mißbraucht.«

»Mein Herr, diese Vorrechte sind mir wegen meiner Treue verliehen worden. Ich denke, daß Eile geboten ist.«

»Warum?«

Galutiyh zählte die Gründe auf.

Sorbel wurde hellhörig und zeigte Unbehagen.

»Diese Geschichte mit der Amanackire-Frau«, sagte er schließlich, »ist ...« Er benutzte eine vardische Redeweise, die übersetzt bedeutete: »Ein zu dünner Mast, um ein Segel dran aufzuziehen.«

Galutiyh ließ erkennen, daß er die Metapher verstanden hatte. »Und doch ist mir diese Geschichte anvertraut worden, als mich der Rat von Dorthar losschickte, um in den Ebenen Nachforschungen anzustellen. Dabei ist mir aufgefallen, daß sich der hiesige Rat sehr viel mehr für die Ergebnisse meiner Ermittlungen interessieren dürfte. So ist es doch. Habe ich recht?«

»Seid nicht unverschämt!«

»Tut mir leid, mein Herr. Aber die Strapazen der Reise werden mich entschuldigen. Dreiundfünfzig Tage zu Land und zu Wasser.«

»Wo ist der Mann?«

»Sicher verwahrt in einer Herberge auf der Südstraße, fünf Meilen von hier entfernt.«

»Na schön. Wartet hier.«

Sorbel ging nach draußen, und Galutiyh nahm Platz. Eine Minute später wurde ihm von einem Diener ein Tablett mit Gebäck und vardischem Wein gebracht, was ihm sehr gelegen kam.

Ein großer Käfer, der wie ein Blutstropfen schimmerte, hing mit seinen Kieferzangen am Fensterbalken. Einer der drei Männer im Raum sprang herbei und zückte sein Messer, um das Insekt mit dem Griff zu zerquetschen.

»Warum läßt du das Tier nicht leben?« fragte der andere ruhig. Es war der erste Satz, den er seit langer Zeit gesprochen hatte, was wohl nun der Grund dafür war, daß der Mann mit dem Messer innehielt.

»Was geht's dich an?«

»Wie willst du es verhindern?« fragte der dritte Mann.

Der Angesprochene war mit einer eisernen Handschelle am Tisch gefesselt.

Der blonde Mischling, der sich schon während der Reise vom zunehmenden Gewimmel der Insekten belästigt gefühlt hatte, holte mit dem Messergriff aus. Hinter dem Fenster war es stockfinster.

»In Alisaar«, sagte Rehger, ruhig wie zuvor — und wie zuvor hielt der andere inne, »galt es als schlechtes Omen, wenn man vor einem Duell oder Kampf ein lebendiges Wesen tötete. Denn ähnlich schlagen die Götter zu, plötzlich und scheinbar ohne Grund. Wie diese Käfer wirst du vielleicht selbst vom Todesstoß überrascht.«

Galutiyhs blonder Raufbold starrte auf das Insekt und ließ knurrend das Messer sinken.

»Anackire schützt«, sagte er mechanisch. Er verehrte alle Götter, alle und keinen.

Er ging zurück an das andere Ende des Tisches, wo der zweite saß, der über Rehger wachte, ein dunkelhäutiger ommossischer Mischling. Der kicherte und sagte: »Hast du etwa Angst vor unserem Gladiator? Warte nur, wenn der erst die Kette zerreißt ... Wie? Das schafft er nicht?«

Galutiyh hatte dem Gefangenen zum erstenmal eine Kette umgelegt, als sie am Grenzhafen von Bord eines xarabischen Schiffes gestiegen waren. Er hatte Rehger *gebeten,* sich dieser Notwendigkeit zu fügen. Rehger hatte kein Wort darüber verloren. Das andere Ende der Kette war ans Handgelenk von Galutiyhs größtem Mann geschmiedet worden, einem stummen braunhaarigen Kerl mit irrem Blick. »Im Grunde hast du nichts dagegen«, hatte Galutiyh gesagt, als die Handschellen verschlossen waren. »Immerhin bist du ja ein Sklave, oder?« Sie waren über die Straßen bis nach Xarabiss hinaufgeritten, wo sie sich eine Weile herumtrieben, bevor sie wieder an Bord gingen. Galutiyh hatte offenbar geargwöhnt, verfolgt zu werden, war aber schließlich überzeugt, die Verfolger abgeschüttelt zu haben dank einer falschen Fährte, die nach Dorthar oder in eine Stadt im Norden führte. Die Gruppe aber kreuzte den Meeresarm an seiner schmalsten Stelle und ging im shansarischen Alisaar an Land. Im seichten Wasser einer kleinen Bucht dümpelten zwei oder drei halb verfallene Fischkutter herum. In einem dieser morschen Kähne fuhr die Gruppe an der Küste entlang nach Norden. Es herrschte Windstille, und die Mannschaft ruderte, während Galutiyhs Spießgesellen zwischen stinkenden Krabben im Bug herumlagen und manchmal selber die Leine auswarfen, um Fische oder Seeschlangen zu fangen. Die zakorianischen Seeleute schenkten ihnen kaum Beachtung.

Backbord lag Zakoris, ein undurchdringliches Land mit seinen dichten Urwäldern, die die Berge überzogen und die Sonne verdeckten oder sogar bis ins Meer hineinreichten. Tagsüber konnte sich Rehger ohne Kette bewegen, aber abends wurde sie an einem Eisenring im

Mast befestigt. Als die zwanzig schwülen, öden Tage und vor Anker verbrachten Nächte der zweiten Seereise in Ilva, einem Hafen in Var-Zakoris, zu Ende ging, beschaffte Galutiyh ein paar schäbige Pferde. Die Kette wurde verlängert, und der stumme Fleischberg und Rehger ritten Seite an Seite. Nachts, wenn die Reisenden Rast machten, löste Galutiyh den Stummen ab und verkettete sich selbst mit Rehger. »Darf ich bei Euch liegen, mein Liebster?« fragte Galutiyh, der sich aber immer noch hütete, in seiner Wortwahl zu weit zu gehen. Morgens stichelte er: »Wie hübsch er doch schläft. Schnarcht nicht, hat keine Alpträume. Die anderen sollten sich ein Beispiel nehmen. Deren Gestöhne und Schniefen läßt mich nicht schlafen.«

In den Dörfern an der Straße nach Zaddath liefen die Leute zusammen, wenn die Gruppe vorbeizog. Die Gaffer hielten Rehger — oder den Stummen, der tagsüber an ihn gekettet war — für einen gefangenen Verbrecher. Einmal kamen ein paar schwarzhäutige Priester aus einem kleinen Tempel am Straßenrand und säuberten den Weg sowohl vom Dung als auch von den ›bösen Rückständen‹ des Gefangenenzuges. Im allgemeinen zeigten sich die einheimischen Zakorianer weniger interessiert als die vardischen Besatzer. Die beiden Völker schienen sich kaum vermischt zu haben, aber von Unterdrückung war nichts zu sehen. Nahe der Hauptstadt der Eroberer hatten die Einheimischen Sitten und Gebräuche der Varden angenommen; sie kleideten und gaben sich wie sie und sprachen auch deren Sprache. Hier und da entdeckte man das Emblem einer schwarzen Ashkar-Anakkire, aber nirgends war ein Zeichen des weißhäutigen Zarduk oder von Rorn zu sehen.

In Zaddath gab es Gesetze, die nach Mitternacht Ruhe garantierten und jeglichen Lärm verboten. Deshalb war es in der Herberge so still, daß die Männer das Hufgetrappel schon aus der Ferne hören konnten.

»Da, er kommt zurück«, sagte der blonde Mischling.

Erleichtert warf er das Messer in die Holzwand, wo es zitternd stecken blieb.

Fackellicht flackerte unter dem Fenstersturz, wo der Käfer hing.

Die Tür öffnete sich, doch es zeigte sich weder Galutiyh noch einer seiner Begleiter. Ein geschniegelter vardischer Offizier und fünf zakorianische Wachen betraten die Kammer.

Der Varde verlangte Rehgers Auslieferung.

Galutiyhs Männer gehorchten.

Draußen im Hof. »Ich sehe, Ihr seid ein vornehmer Mann. Wenn Ihr bei der Göttin versprecht, nicht auszubüchsen, lasse ich Euch als freier Mann in die Stadt einreiten.«

»Ich bin kein Anhänger Eurer Göttin«, antwortete Rehger. Frank und frei wie ein braves Kind, dachte der Varde, der sofort Gefallen an dem Gefangenen gefunden hatte.

»Nun, das ist eine ehrliche Antwort. Dann schwört bei dem Gott, der Euch heilig ist, oder gebt mir einfach Euer Wort.«

»Das gebe ich Euch«, antwortete Rehger.

Die Kammer hatte keine Fenster und mußte von Lampen erleuchtet werden. Unter die Decke war eine Leinwand gespannt; dahinter öffnete sich ein Abzugsschacht, durch den Motten rieselten. Abgesehen von Galutiyh und Rehger waren in der Kammer nur Anhänger der Göttin zugegen. Blonde Haare und der bleiche Sommerteint von Tiefländern, Shansaren und Varden. Bernsteinfarbene Augen. Falls es Mischlinge unter den Versammelten gab, blieben sie als solche unerkennbar.

Der Stadtoberste von Zaddath saß in seinem geschnitzten Sessel. Sorbel stand ihm zur Seite.

Direkt neben Sorbel stand ein kräftig gebauter großer Mann, der wie ein shansarischer Prinz gekleidet war.

An den wendete sich der Stadtoberste sogleich und fragte: »Nun, was sagt Ihr?«

Der Shansare musterte Rehger mit scharfem Blick. Die gelben Augen glühten, und der Mund verzog sich. Die beringten Finger bewegten sich in einer Weise, die Rehger wiedererkannte. Er erinnerte sich an den Shansaren, zwar nicht an sein Gesicht oder seinen Namen, aber an die Person und den Ort der Begegnung.

Sorbel ergriff das Wort.

»Es heißt, daß er ein Sklave aus Alisaar ist und ›der Lydier‹ genannt wird.«

»Ja«, sagte der Shansare. »Dein Spürhund hat gute Arbeit geleistet.« Er ließ Rehger nicht aus den Augen. »Kopf an Kopf, Lydier. Aber davon habe ich in Shansar nichts erzählt. Rorn war wütend, was letztlich am Zorn der Anackire lag.«

Der Stadtoberste räusperte sich. An ihn wandte sich nun der shansarische Prinz, der in Sh'alis und Karmiss Landgüter besaß und einst am Feuerrennen in Alisaar teilgenommen hatte. Er sagte: »Eure Lordschaft, dieser Mann und ich kämpften Kopf an Kopf auf einer Klippe über dem Meer. Auch er erinnert sich. Und damit hat er mich verspottet — mit Rorn, dem Meeresgott, den es nicht gibt —, als Erde und Wasser bebten und er mit seinem Streitwagen davonzog. Unter normalen Umständen hätte nicht dieser Sklave, sondern ich gewonnen.«

»Was sagt Ihr dazu?« wollte der Stadtoberste von Rehger wissen.

»Es stimmt; er hat am Feuerrennen teilgenommen. Damals standen wir uns näher als heute.«

»Und Ihr habt die Zerstörung Saardsinmeys überlebt?« Der Stadtoberste, das ganze Kabinett schien voller Argwohn zu sein. »Wie war das möglich?«

»Ich habe Schutz gefunden«, antwortete Rehger. »Auf dem Gräberweg.«

»In einer Gruft?«

»Er hat den Bestattungsriten seiner Geliebten beigewohnt«, zirpte Galutiyh aus der Ecke. »*Ihren* Riten.« Der vardische Offizier an Rehgers Seite wurde unruhig, aber Sorbel sagte: »Seid still, Galutiyh! Ihr haltet Euch wohl für besonders klug, wie?« Und an Rehger gewandt, sagte er mit harscher Stimme: »Berichtet von Eurer Flucht!«

»Ich kann Euch, meine Herren, beruhigen, falls Ihr Euch fragt, ob auch ich von den Toten auferstanden bin. So ist es nicht.« Damit hatte er den Nagel auf den Kopf getroffen. Alle in der Kammer Anwesenden horchten auf.

»Einem Gerücht zufolge soll in der Arena ein Mann auf wundersame Weise geheilt worden sein«, bemerkte Sorbel.

Rehger antwortete: »Die Frau, um die sich hier alles dreht, war eine Amanackire. In Alisaar werden alle, die Eurer blonden Rasse angehören, für Zauberer und Hexen gehalten.«

»Galutiyh hat uns erklärt, daß er Euch festgenommen und als Gefangener hergebracht hat«, entgegnete Sorbel barsch. »Also hütet Euch. Eure Worte und Taten werden sehr sorgfältig geprüft.«

»Ich habe Galutiyh aus freien Stücken begleitet.«

»Und doch seid Ihr in Ketten gelegt worden.«

»Der vardische Offizier dort trägt immer noch die Kette. Vielleicht will er sie mir zurückgeben«, erwiderte Rehger.

Ohne auf eine weitere Bemerkung zu warten, reichte der Angesprochene dem Lydier Handschelle und Kette.

Rehger legte die Fessel ums eigene Handgelenk, hielt das Kettenende mit der anderen Hand fest und streckte langsam die Arme auseinander. Die Kettenglieder verformten sich, als würden sie in einem Ofen erhitzt. Den Männern im Raum stockte der Atem. Die Kette riß schließlich von der Handschelle, und Rehger ließ die Kette zu Boden fallen. Noch schneller befreite er sich von der Handschelle, die ebenfalls auf dem Boden landete.

Der shansarische Wagenlenker applaudierte übertrieben und zynisch. »Der Kerl bringt uns das Stadion nach Zaddath. Bravo. Ihm gebührt der Siegespreis.«

»Laßt uns zuerst erfahren, welchen Preis er sich wünscht«, sagte Sorbel. »Wir wollen ihn verhören, aber er hat seine eigenen Fragen. Seht ihn euch an! Dieser Mann ist kein Sklave. Wir denken, daß er ein Geheimnis kennt, doch er lacht über unseren Verdacht. Sollen wir ihn mit glühenden Zangen behandeln, auspeitschen, verstümmeln und obendrein Willfährigkeit von ihm erwarten?« Sorbel musterte Rehger mit starrem Blick. »Fließt in Euch das Blut der Tiefländer?«

»Soweit ich weiß, nein.«

Sorbel fuhr mit der gichtigen Hand in den Hals. »Fließt in Euch das Blut von Raldnor Am Anackire?«

Die Unruhe im Raum wurde deutlich. Die heftigen Atemstöße der Männer brachten das Lampenlicht zum Flackern.

»Wie soll ich die Frage verstehen? Ob ich direkt von Raldnor abstamme? Meine Mutter war eine Iscanerin, die einen Bergbauern zum Mann hatte.«

»Was wollt Ihr?« schrie Sorbel, der nicht mehr ein noch aus wußte.

»Ist das so schwer zu erraten?« antwortete Rehger. »Ich kannte die Frau mit Namen Aztira und frage mich genauso wie Ihr, ob es möglich ist, daß sie nach ihrem Tod wieder in ihren Körper zurückgekehrt ist und weiterlebt. Wenn ja, will ich wissen, wohin sie gegangen ist.«

Wie in allen alten Palästen von Vis lag die Ratshalle von Zaddath unter der Erde. Von den Räumen der Schreiber, Buchhalter und Amtmänner führten Gänge in die Höhle eines trockenen Flußbettes. Dort unten war nicht einmal mehr der Chor der Insekten zu hören. Aber manchmal gab es andere Laute zu vernehmen.

Die Zelle war recht geräumig. Zwei Tonlampen und

eine Kohlenpfanne sorgten für Licht und vertrieben die feuchte Kälte. An der einen Wand stand eine saubere Pritsche. Der Gefängniswärter erklärte die Vorschriften und versprach, in regelmäßigen Abständen Brennholz, Öl und Essen zu bringen. Wein, ja selbst Frauen, seien für Geld zu haben. »Kopf hoch«, sagte der Wärter. »Während meiner Zeit hier unten hat noch kein Mann länger als sechs Monate gebrummt.«

Rehger setzte sich auf die Pritsche und wartete.

Die einzelnen Etappen des Weges, der ihn bis hierher geführt hatte, gingen ihm durch den Kopf. Er schaute zurück wie auf einen Wandteppich, auf dem Streitwagen abgebildet waren und Schwerter, jubelnde Mengen, Flammen, die aus dem Wasser emporfackelten, Klingen, die aus Scheiden gezogen wurden, und Marmorstaub. Im Saum, in dunklen, iscanischen Tönen, das Abbild der gesichtslosen Mutter. Und durch alle Motive lief ein dünner Schußfaden, weiß wie die Seele der Flamme.

Denk manchmal an mich. Das hatte die Amanackire ihm geschrieben, bevor die Stadt unterging.

Ob lebendig oder tot, sie lenkte seine Schritte. Er entsann sich. Er erinnerte sich an sie.

Ein Mann kam an die Zellentür und starrte Rehger durch die vergitterte Luke an.

Das bernsteinfarbene Shansarenauge sah im trüben Licht die sitzende Statue eines grübelnden Königs in golden schimmernder Bronze.

Der Shansare schnippte mit den Fingern, und der Wärter öffnete ihm die Tür.

Rehger blieb sitzen und wirkte tatsächlich wie ein König, der von dem Diwan aus seine Audienz abhält. Er machte alles andere als einen verzweifelten Eindruck, schien seiner selbst sicher und für andere unangreifbar zu sein. Und er war ehrlich. Er hatte alles gesagt.

Der shansarische Prinz schaute auf den sitzenden König herab.

»Du erinnerst dich also noch gut an den Feuerritt. Wäre die Stadt nicht untergegangen, hätte ich dich zu einem neuen Rennen herausgefordert und geschlagen.«

»Vielleicht.«

»Oben im Kabinett hast du Männer erlebt, die allem und jedem mißtrauen und auch untereinander argwöhnisch sind. Sie haben mich aus der Provinz von Alisaar hierher beordert, um ihnen die berühmte Geschichte vorzutragen, so wie sie mir erzählt worden ist. Kennst du die Geschichte eigentlich?«

»Um sie zu hören, bin ich gekommen.«

»Erwarte nicht zuviel. Ich bin kein von Vardath bezahlter Spitzel wie dieser dortharianische Laffe Galutiyh. Ich verehre die Göttin. Mein Heimatland in Übersee war der erste Verbündete von Raldnor und den Tiefländern. (Die Vathorianer wollen uns zwar diesen Rang streitig machen, aber sie lügen. Die Shansaren waren die ersten.) Die Tiefländer sind mittlerweile in zwei Völker gespalten, wovon das eine uns zum Feind geworden ist. Die Geschichte ist nun diese: Gegen Ende des Monats, in dem der scharlachrote Stern leuchtet, reiste eine junge Frau der Amanackire durch den Norden von Alisaar. Sie hatte wie jede weiße Dame zwei oder drei Dienerinnen bei sich. Ein Prinz aus der shansarischen Provinz sah sie auf der Straße und erinnerte sich an die Schöne, der er schon einmal während eines Aufenthaltes in Saardsinmey begegnet war. Er schickte einen Boten zu ihr, um zu erfahren, ob sie die betreffende Dame sei. Wenn ja, so wollte er ihr zu dem Glück gratulieren, die Stadt vor der Katastrophe verlassen zu haben. Der Bote kehrte mit ihrer Antwort zurück. Sie habe, so ließ sie wissen, die Katastrophe und ihre Folgen selber miterlebt. Daraufhin suchte der Prinz sie persönlich auf. Aber die Türen blieben vor ihm verschlossen. Eine Amanackire ließ sich nicht belästigen.«

»Der Prinz wart Ihr?« fragte Rehger.

Der Shansare warf sich in die Brust. »Ja, das war ich, Kuzarl Am Shansar.«

»Ihr seid der Frau in Saardsinmey begegnet?«

»Ich habe sie gesehen. Nach dem Wagenrennen. Zu dem Zeitpunkt war sie schon deine Geliebte. So hieß es jedenfalls.«

»Trotzdem habt Ihr sie aus der Nähe und oft genug gesehen, um sie später wiederzuerkennen. Oben im Norden.«

»Nun, dafür würde ich meine Hand nicht ins Feuer legen. Die Frau auf der Straße war verschleiert. Aber du weißt, wie es ist, wenn man in eine Frau vernarrt ist. Die Art, wie sie den Kopf trägt und beim Gehen die Füße setzt, bleibt in der Erinnerung haften.«

Rehger schwieg. Kuzarl Am Shansar beobachtete den Gefangenen und sagte schließlich: »Ist dir entgangen, daß sie sich mir gegenüber aufgespielt hat? In der Nachricht ließ sie mich wissen, sie habe die Katastrophe überlebt.«

»Nein, das ist mir nicht entgangen.«

»Hat sie sich nicht auch dir gegenüber aufgespielt und von ihrem tüchtigen und tapferen Volk geschwärmt, das eine stolze Stadt der schwarzen Rasse vernichten würde, um ein Exempel zu statuieren?«

Rehger antwortete nicht. Im Geiste sah er einen Falken durch die Luft stürzen, und Aztira kniete und weinte vor Angst und Schrecken. Nicht nur ihr Land, sondern auch sie selber war gespalten. Deshalb, so schien es ihm, hatte sie, die listenreiche Zauberin, sich ihrem Mörder ausgeliefert.

»Die wildesten Gerüchte verbreiten sich nun wie Unkraut über Alisaar und die Provinz«, sagte Kuzarl. »Vielleicht hat sie diese Geschichten selbst in Umlauf gebracht. Von einer Frau aus Saardsinmey umgebracht, soll sie nach dem Beben und der Welle aus ihrem Grab gestiegen sein, und zwar im eigenen Körper, der durch Zauberkraft geheilt worden ist.«

»Die Tiefländer glauben, daß das Leben unauslöschlich ist.«

»Aber nicht das Fleisch. Das verkommt. In Shansar werden Legenden von toten Helden erzählt, die in Notzeiten zurück in ihren alten Körper schlüpfen. Raldnor soll so im Krieg mit Zakoris zu Hilfe gekommen sein.«

Eine der Tonlampen fing plötzlich zu tropfen an. Die Flamme wurde rot.

Wie auf ein Signal hin setzte sich der Shansare vor Rehger auf den Boden.

»Jetzt werde ich dir die zweite Geschichte anvertrauen. In oder jenseits von Thaddra, in den Wäldern im fernsten Westen, gibt es eine sagenhafte Stadt. Sie liegt so abseits, daß sich nicht einmal die freien Zakorianer dafür interessieren. Die Amanackire haben diesen Ort errichtet, zum Teil durch Zauberkraft, aber auch durch die Arbeit visianischer Sklaven.«

»Und wer hat diese Stadt besucht?«

»Wahrscheinlich niemand. Gerüchte wispern in den Bäumen. Dorthar sagt: nichts als Märchen. Rarnammons Sohn ist ein Feigling und loser Vogel. In seinem persönlichen Wappen umarmt oder bekämpft ein Drache eine Schlange. Er bezahlt Spürhunde wie Galut fürs Herumschnüffeln. Galut findet heraus, daß sich die Visianer um Nichtigkeiten balgen und die Tiefländer entweder selber die Augen zukneifen oder im Dunkeln gehalten werden. Bis auf ihre Erbauer hat noch niemand die Stadt der Amanackire gesehen.«

»Ist sie westwärts weitergereist?«

»So sagt man. Sie verschwand wie weißer Rauch. Doch die Geschichte der wiederauferstandenen Zauberin hat sich bis Var-Zakoris herumgesprochen. In manchen zakorianischen Dörfern kann man auf Weihestätten treffen, die ihr gewidmet sind. Es gibt einen neuen Plan. Man will Männer auf eine Mission in den Westen schikken, doch die ist zum Scheitern verurteilt. Die Urwälder sind undurchdringlich. Das Herz von Thaddra ist das

Land der Verlorenen. Selbst Götter und Helden verschwinden darin. Die Dschungel im äußersten Westen sind tiefer als die tiefsten Meere. Wer sich da hineinwagt, braucht Flügel. Die Amanackire können fliegen«, sagte Kuzarl. »Hat sie dich darüber aufgeklärt?«

Die schwache Flamme verlosch. Ohne Vorankündigung ging auch die zweite Lampe aus.

Im Dunkeln sagte der Shansare: »Die Geister belauschen uns. Es sei denn, du besitzt die Kraft selber. Ja, ich glaube fast, so ist es. Das war beim Rennen oben auf den Klippen zu spüren.«

»Die Streitwagen führen ein Eigenleben, wie Euch jeder erfahrene Lenker bestätigen wird.«

»Das ist ja gerade die Kraft. Und ihr Visianer schafft es immer wieder, sie hervorzulocken. Daß ihr euren Göttern diese Kraft zuschreibt, macht sie zu bedauernswerten aber gefährlichen Wesen.« Kuzarl beugte sich vor. Seine Stimme war nur noch ein Flüstern. »Die Varden werden dich womöglich umbringen. So sehr fürchten sie dich.«

»Man hat mich gewarnt.«

»Und trotzdem bist du gekommen? Dann hat sie dich wohl gerufen. Würdest du freiwillig die Stadt, die angeblich existierende Stadt im Westen aufsuchen?«

Nach kurzer Besinnungspause antwortete Rehger: »Wenn mich eine Zauberin ruft, bleibt mir wahrscheinlich keine Wahl.« Dann fragte er: »Aber was werde ich Euch schulden?«

Es war zu hören, daß Kuzarl aufstand. Der Schmuck an den Handgelenken und am Gürtel klickte.

»Wir haben einmal zusammen im Wettkampf gelegen. Es gab einen Augenblick, in dem du dachtest: *Brüder, die um ihr Erstgeburtsrecht kämpfen.* Stimmt's?«

»Ja.«

»Du bist selber imstande, die innere Stimme an andere zu richten, wenn auch die Gabe bei dir sehr unterentwickelt ist. Sie reicht nicht aus, um dein visianisches

Gehirn durcheinanderzubringen. Wir tappen noch im Dunkeln. Versuch nicht, mich übers Ohr zu hauen, Rehger Am Ly Dis! Wir müssen uns einig sein. Sorbel nimmt zur Zeit ein Bad. Die Wache läßt sich überreden. Wir zwei, du und ich, werden in den Westen reisen.«

Die zweite Lampe fackelte knisternd auf, obwohl sie schon verloschen war.

Als Kuzarl an die Tür klopfte und sich nach draußen führen ließ, leuchtete sie wieder so hell wie zuvor.

»Er ist lange verhört worden und hat freimütig geantwortet. Seine Ausführungen sind schriftlich fixiert. Doch wie ist es möglich, daß er, der Visianer, für einen Komplizen der Amanackire gehalten wird?«

Sorbel stand im Stadtpalais vor einem hohen Fenster, hinter dem der Morgen graute. Er antwortete dem Stadtobersten: »Er ist, mein Herr, während des Verhörs nicht unter Druck gesetzt worden.«

»Seit wann sprecht Ihr Euch für Folter aus?«

»Wir sind im Krieg, hoher Herr. Das wißt Ihr. Im Krieg gegen die Zauberer. Zu Anfang wähnten wir uns mit den Auserwählten eng verbunden; wir hielten uns für Freunde der weißen Rasse. Aber die Amanackire sind Albinos und haben das Siegel der weißen Schlange übernommen. Die Schattenlosen verleugnen inzwischen sogar ihr Elternvolk, die Tiefländer. Dadurch sind wir genauso gefährdet wie die dunklen Männer von Dorthar und Alisaar und ebenso schutzlos.«

»Darüber bin ich bereits unterrichtet worden, Sorbel.«

»Sie können uns angreifen, wann und wie sie wollen. Und sie *werden* uns angreifen, denn sie sind streitsüchtig und überheblich. Sie haben die Kraft. Können wir uns da die kleinste Schwäche leisten?«

»Wie dieser Rehger bemerkt hat, hielte man im Süden, im Osten und in den Mittellanden selbst Euch für einen Zauberer.«

»Und Kuzarl ist ein Shansare, verrückt, wie man sie kennt.«

Der Stadtoberste lachte ein wenig. Er war müde und sehnte sich nach einem Frühstück und nach Schlaf.

»Ja, Kuzarl ist ein Shansare.«

»Außerdem, mein Herr, wissen wir von ihm, daß er ein wohlhabender Abenteurer ist. Sein hartnäckiges Festhalten an der Idee dieser Stadt im Westen ...«

»Vielleicht gibt es sie wirklich. Womöglich findet er sie. Das könnte sogar von Vorteil für uns sein.«

»Ja, vielleicht findet er sie mit Hilfe von Rehger Am Ly Dis.«

»Überlegt doch, Sorbel«, sagte der Stadtoberste. »Wenn Rehger ihr Liebhaber war und von ihr so sehr geliebt wurde, daß sie ihm das Leben rettete — und das scheint der Fall zu sein —, wird sie und ihresgleichen vielleicht den Wunsch haben, daß er zu ihnen kommt. Lassen wir ihn ungehindert ziehen, so könnten wir dadurch das Gleichgewicht herstellen. Ihr wißt wohl, Sorbel, wie wertvoll das für uns wäre.«

»Ich habe ständig üble Träume«, entgegnete Sorbel. »Meine Frau sagt, daß ich manchmal laut aufschreie. Dann weckt sie mich auf, und ich liege in ihren Armen wie ein schluchzendes, zu Tode erschrockenes Kind. Dabei kann ich mich nicht erinnern, wo ich im Traum gewesen bin und was ich gesehen habe.«

»Kuzarl wird auf die Reise gehen, egal was der Rat von Zaddath beschließen mag. Wir sollten ihm den Lydier zur Begleitung anvertrauen. Durch den Urwald werden sie's bestimmt nicht schaffen. Da ist noch keiner, der hineinging, wieder herausgekommen. Womöglich streiten wir uns noch in zehn Jahren über dieselbe Geschichte. Vielleicht sind unsere Ängste, was die Amanackire betrifft, selber nur schlechte Träume. Die Göttin wird uns aufwecken und in die Arme nehmen.«

Sorbel wandte sich vom Fenster ab. Die aufgehende Sonne strahlte ihn von hinten an. Er sagte: »Denen, die im Rat das Gespräch auf die Zauberkräfte der Amanakkire lenken und darauf, daß sie Tote zum Leben erwekken können, werde ich in Zukunft das Wort entziehen. Aber hier unter uns muß ich gestehen, daß ich selber daran glaube. Es ist, als flüsterte mir jemand nachts ins Ohr. Wäre nicht jede Gegenwehr von vornherein sinnlos angesichts eines überlegenen Feindes, der uns haßt und unsterblich ist?«

»Kämpfe sind oft sinnlos«, entgegnete der Stadtoberste. »Und Hoffnung ist, wie man sagt, eine Viper, die ihr Opfer verzaubert, um besser zubeißen zu können. Aber es gibt neben der Verzweiflung, der Hoffnung und dem Kampf noch etwas anderes. Einen Glauben oder ein Wissen, das nicht näher zu bestimmen ist. Daran haltet Euch fest, Sorbel. Laßt Euch davon tragen.«

Galutiyh, der dortharianische Agent, kehrte schlechtgelaunt zu seinen Männern in die Herberge zurück, warf ein paar Goldstücke auf den Tisch und sagte, während sich die anderen über das Geld hermachten: »Viel zu wenig. Die Schweine drücken unseren Lohn.«

Die Konklave der Verbündeten von Zaddath hatte sich ihm, Galutiyh, gegenüber in Schweigen gehüllt. Trotzdem war ihm zu Ohren gekommen, daß Rehger im Gefängnis steckte. Galutiyh ließ sich dadurch nicht beirren. Der dortharianische Thaddrianer mit dem angeblich tiefländischen Großvater richtete nun seine Aufmerksamkeit auf ein anderes Thema.

Er schlug seinen Spießgesellen vor, sich in der kommenden Nacht zu amüsieren. Am nächsten Tag würden sie über die Straße nach Ilva zurückkehren. Dort hoffte er, jemanden zu treffen. Und zwar Yennef. Galutiyh hatte schon während der Schiffspassage von Xarabiss gemerkt, daß Yennef ihnen folgte. Yennef war offenbar der Ansicht gewesen, daß sie nach Dorthar unterwegs sein würden, in das Land, dem sie beide als Spitzel dienten. Galutiyh hatte dieser Fehleinschätzung nachgeholfen und falsche Fährten gelegt. Für den Fall, daß Yennef seinen Irrtum nicht von selber bemerken würde, hatte Galutiyh eine Botschaft für ihn in einem weiter nördlich gelegenen Ort hinterlegen lassen. Galutiyh wollte Yennef in den vardischen Westen locken, wo die Gesetze Dorthars nicht mehr helfen und schützen konnten. Der kleine Mann hatte nicht vergessen, vom Lanier mit einem messerscharfen Meißel bedroht worden zu sein.

Während seine Männer herumhurten und soffen, brachte er Anackire-Ashkar in einem Tempel ein Opfer dar — ein Blutopfer, das in dieser Gegend zulässig war. Er bat die Göttin, ihm zu seinen Rechten und zu seiner Rache zu verhelfen. Das war, wie er fand, nicht zuviel verlangt. Die acht ausgestreckten Arme der Göttin waren hier in Zaddath allesamt aus Elfenbein, hatten goldene Finger, und in den Handflächen steckte jeweils ein Topas. Auf einen Arm konzentrierte sich Galutiyh ganz besonders, auf den nämlich, der die Vergeltung symbolisierte.

Im dichten Rauch schien die Göttin auf ihn herabzulächeln.

Er bewunderte und verehrte sie, wußte, was ihr als Opfer gefiel, und war sicher, von ihr nicht im Stich gelassen zu werden.

Kapitel 19

Feuer, Wasser und Stahl

VIERZIG MEILEN WESTLICH von Zaddath endeten alle Straßen. Dahinter gab es nur noch unwegsamen Urwald. Der Himmel blieb manchmal tagelang verborgen, so dicht war das Blätterdach. Wenn es sich öffnete und der Blick von hoher Warte aus nach Süden gerichtet wurde, waren die Berge zu sehen. Ihre Flanken leuchteten fast durchsichtig, und die Gipfel verschmolzen mit der Luft. In den Waldlichtungen schwirrten Wolken von Mücken und Libellen über Tümpeln aus tintigem, unbewegtem Wasser. Hier und da hatten Siedler einen Flecken Bauland aus dem Dschungel geschlagen. Viele waren gescheitert; ihre Knochen schimmerten unter Wurzeln und Kriechtieren hervor. Durch den Wald führten Spuren und Pfade, Fährten von Menschen und Wild. Wo das Licht von oben herabfiel, brannte das sommerliche Feuer der Blumen und loderte zu den Baumästen hinauf. Nachts tönte der Wald wie eine Harfe. Manchmal fauchte ein plötzlicher Windstoß durchs Laub und ließ Echsen und anderes Getier wie Regen herabfallen. Dieses Land war nicht zu erobern, nicht einmal von den Varden, obwohl es hier viele Schätze auszugraben gab: Elfenbein in Hülle und Fülle, grobe Masken aus verbeultem Gold von urzeitlichen Zarduk-Riten oder Edelsteinkronen in den Gebissen von Reisenden. Kuzarls Männer — in der Mehrzahl vardische Zakorianer — hatten weder Karten zur Orientierung noch Lust, die Schätze zu bergen.

Neben den zehn vardischen Zakorianern waren zwei Shansaren (Diener aus Kuzarls Haushalt) und ein Koch aus Karmiss mit von der Partie. Jeder dieser Männer hatte feierlich Loyalität und Stillschweigen gelobt, und zwar nach shansarischer Art: über einem Schwert, das in heißer Kohle steckt. In alter Zeit hatte man zum Schwur die linke Hand aufs Metall legen müssen; die so entstandene Brandblase galt als Zeichen und Erinnerung des Versprechens. Kuzarl hatte stichelnd auf diesen alten Brauch hingewiesen, bevor er zur gemäßigten Prozedur aufforderte. Dem Lydier wurde der Schwur nicht abverlangt. »Du bist bereits gebunden«, hatte Kuzarl gesagt.

Die Zeit im Dschungel bemaß sich nach Tag und Nacht. Aber wenn es kaum oder nur mühsam weiterging, zählten sie die Stunden. Es war unmöglich, Lasttiere durch den Wald zu führen, und so mußte alles von den Männern geschleppt werden. Oft mußten sie den Weg freihauen, und Rast machten die fünfzehn Männer nur, wenn sie völlig erschöpft waren.

In der Regel füllt Unterhaltung die Pausen, doch die Männer bekamen den Mund kaum auf. Der Karmianer hatte eine schöne Stimme, und manchmal sang er nachts am Feuer traurige Lieder aus der Heimat, während die anderen mit bunten vardischen Würfeln spielten. Kuzarl hielt einsame und grüblerische Selbstgespräche, die um das Shansar-jenseits-des-Meeres, den mythischen Tiefland-Krieg, die Götter und Anackire kreisten. Er versuchte, Rehger an seinen Gedanken teilnehmen zu lassen, aber der Lydier sagte nicht viel. »Erzähl mir mehr über Saardsinmey«, bat ihn Kuzarl eines Abends. »Es wurde zerstört«, antwortete Rehger.

Eines Morgens wurden zwei Zakorianer vermißt. Ihre Überreste waren bald gefunden. Wie an den Spuren im Dickicht zu erkennen war, hatte eine riesige Schlange die Männer zerquetscht, einen von ihnen verschlungen und nur dessen Stiefel und Metallschmuck zurückgelassen. Über den Leichnam des anderen machten sich Vögel und Reptilien her. Wo das Blut in die Blumen geronnen war, neigten sich Blütenkelche gierig herab.

Einige Männer bekamen es mit der Angst zu tun. Der Gedanke an eine Schlange schreckte sie ab.

»Kehrt doch um«, sagte Kuzarl, der trotzig und breitbeinig über der Schlangenspur stand. »Kennt ihr den Weg? Bei Ashkar, ich glaube kaum. Also kommt mit.«

In dieser Nacht sagte Kuzarl zu Rehger. »Die Tiefländer verbrennen ihre Toten. Mit diesem Brauch wird anerkannt, daß der Leib verkommt und der Geist davongeflogen ist. Aber ich vermute, daß der Brauch noch einen anderen Hintergrund hat. Die Flammen sollen die Wiederauferstehung verhindern.«

Kuzarls Gruppe war auf dreizehn Mann geschrumpft. Nachts wurde jetzt aufmerksam Wache geschoben.

Die shansarischen Diener konnten die drückende Schwüle kaum ertragen. Kuzarl, der, wie er sagte, in Sh'alis aufgewachsen war, hatte mehr Durchhaltevermögen. Seit dem Aufbruch von Zaddath waren etwa anderthalb Monate vergangen.

Sie überquerten einen Sumpfstreifen auf einer zakorianischen Brücke, die morsch geworden war. Das riesige Skelett eines Urtiers tauchte am Rand des Moorflekkens auf. Fieber schlich sich in die Gruppe ein und befiel beide Shansaren sowie drei zakorianische Mischlinge. Zwei Tage lang lagen sie flach. Dann senkte sich das Fieber, und die Schwüre blieben ungebrochen.

Rehger öffnete die Augen.

»Was?«

»Komm«, sagte Kuzarl, »ich zeig dir was!«

Bis auf die Wache schliefen die Männer. Noch blieben sie von den Mücken verschont. Es dämmerte über dem Horizont, aus dessen Richtung sie gekommen waren.

Kuzarl stampfte durch Farn und Gestrüpp unterm Gerippe der Bäume. Wie erwartet, stießen sie schließlich auf eine verlassene Ansiedlung, die noch gar nicht alt zu sein schien und nur zum Teil überwuchert war. Die Hütten hatten sich in Büsche verwandelt, und ein steinerner Säulenofen von der uralten Art, wie sie in Weihestätten des Feuergottes zu finden gewesen waren, stand auf einem Sockel aus gebranntem Lehm. Kuzarl zeigte auf den Sockelrand, wo er zuvor Schlingpflanzen ausgerissen hatte. Im Boden steckte ein Holzpflock mit weißem Kopf, der an ein Gesicht, einen Schleier oder an einen gebleichten Haarschopf erinnerte.

»Ein Zarduk-Schrein und ein Schrein für Aztira«, sagte Kuzarl. »Siehst du die Markierung im Lehm? Hier sind ihr Opfer gebracht worden. Verbranntes Fleisch.«

Im Rücken von Rehger ging die Sonne auf, und das Licht flutete in die Ansiedlung. Er musterte den angestrichenen Pflock. In der Nacht ihrer Beisetzung hatte er, um so für Aztira Frieden zu erbitten, vor dem Altar des Shaliaren-Tempels versprochen, der Schlangenfischgöttin ein Opfer zu reichen. Das Versprechen hatte er bisher noch nicht eingelöst. Statt dessen waren alle Bewohner von Saardsinmey selber vom flammenden Meer als Opfer verzehrt worden.

Der Gedanke rührte Haß in ihm auf, aber daran war er inzwischen gewöhnt. Auf Arn Yrs Schiff hatte er zum erstenmal diesen Haß verspürt, der in Vaneks Werkstatt abflaute und sich nur hin und wieder schmerzhaft in Erinnerung brachte wie auch die Narbe am Arm. Mit der Reise nach Westen keimte der Haß wieder auf, verschärfte sich und nahm ihn immer mehr in Besitz.

»Sie ist also hier vorbeigekommen«, sagte Rehger.

»Scheint so. Die Primitiven hätten sonst nie von ihr Kenntnis genommen.«

Ich habe dich vom ersten Augenblick an geliebt.

Der Holzpflock rief wieder das Bild in ihm wach, das er in den Marmor gemeißelt hatte, das Bild ihres wunderschönen toten Gesichts, das wie schlafend auf dem Diwan ruhte.

Haß durchströmte ihn mit wilder Leidenschaft.

»Hüte dich, Rehger!« sagte Kuzarl. »Wie gesagt, auch

bei dir fangen die Gedanken bisweilen zu sprechen an. Unüberhörbar.«

»Und was sage ich?«

»Ich verstehe dich so gut oder schlecht wie einen schreienden Säugling.«

Rehger hob die Augen und blickte auf die wild überwucherte Ansiedlung.

»Als man dir in Zaddath die überraschende Frage stellte, ob du von Raldnor abstammen würdest, hast du haarspalterisch zwischen Blutsverwandtschaft und Nachfolge zu unterscheiden versucht. War das eine Ausflucht von dir?«

»Lest meine Gedanken, wenn Ihr's könnt«, antwortete Rehger.

»Das brauche ich nicht. Ich zähle eins und eins zusammen. Alles deutet darauf hin, daß du zur Linie der ersten dortharianischen Sturmherren gehörst. Du stammst aber nicht von Raldnor direkt ab. Also bist du ein Nachfahre seines Halbbruders, aus Amreks Linie.«

Rehger wandte sich von der Ansiedlung ab.

»Das hat sie mir so erzählt.«

Zu Anfang hatte er sie vor allem wegen ihrer Hautfarbe abstoßend gefunden. Gegen Frauen würde er nie in Feindschaft treten, aber sie war keine Frau im menschlichen Sinn. Er hatte sie aus dem Marmor gekratzt, ihrer Wachsfigur den Hals umgedreht.

Zu Kuzarl sagte er: »Ich habe einem moiyanischen Bildhauer für eine Statue von Raldnor Modell gestanden. Als sie nach Xarabiss geschafft wurde, gab es einen Unfall, bei dem alle persönlichen Züge vom Gesicht der Statue absplitterten.«

Aus dem Schwert wird eine Schlange, aus der Schlange eine Frau. Eine Schlange, die, sich häutend, aus dem schwarzen Loch unterm Fels hervorkroch, so wunderschön ...

Rehger bückte sich, riß den bemalten Pflock aus der Erde und schleuderte ihn in Richtung Siedlung.

Aus dem Lager hinter ihnen waren gewohnte Geräusche zu hören. Der Koch klapperte mit den Töpfen und sang.

Kuzarl sagte: »Tradition verpflichtet, Rehger Am Amrek. Wir sind Feinde. Du weißt Bescheid und hast es bestätigt.«

»Ich bin zum Kampf bereit, Shansare. Wie und wann es Euch recht ist.«

»Die Göttin wird Zeit und Ort bestimmen.«

»Eure Göttin ist ein Luftgespenst. Ihr wollt den Kampf, und damit sind Ort und Zeit bestimmt.«

Kuzarl verbeugte sich — trotz allem — und folgte damit den Regeln karmianischen Anstands.

In den Blättern über ihnen gaben weder Vögel noch Insekten einen Laut von sich.

Die beiden Männer kehrten ins Lager zurück und taten so, als wäre nichts geschehen.

Der erste Abschnitt der Wildnis lag hinter ihnen, und sie zogen den Städten und Dörfern, den urbar gemachten Sümpfen und Flachsfeldern des westlichen Var-Zakoris entgegen. Die weite Aussicht reichte bis zu den Bergen, die hinter dem Horizont im Süden verschwanden.

Zur Zeit des alten Zakoris hatte kein Weg an die Ufer des Großen Teichs geführt. Das Binnenmeer war von Chorlanern und Otten zur Fischerei und Piraterie genutzt worden. Inzwischen ließ sich die Küste über zwei, drei neue Straßen erreichen.

Kuzarls Truppe schrumpfte noch weiter zusammen. Fünf vardische Zakorianer hatten ihr hochheiliges Versprechen gebrochen und sich in der ersten Stadt abgesetzt. »So trennt sich Spreu von Weizen«, meinte Kuzarl. »In den Tiefen von Thaddra wären uns diese Weichlinge doch nur zur Last gefallen.«

In einem Fischereihafen machte einer von Kuzarls Dienern einen ottischen Kapitän ausfindig, der im Begriff war, seine mit zwanzig Ruderbänken ausgestattete Galeere nach Ottamet und Put auslaufen zu lassen. Kuzarl zeichnete mit dem Dolch eine Landkarte in den Sand. »Da und dort liegen die ottischen Städte. Und hier in etwa verläuft der Fluß, der von den Bergen im Nordosten kommt, wo wir hin wollen.« Die Route war damit festgelegt.

Das Wasser des Großen Teichs glitzerte wie Glas unter der hochstehenden Sonne, und weit draußen sprangen Fische, was vom ottischen Kapitän und seiner Mannschaft als gutes Omen begrüßt wurde. Die Fahrt sollte sofort beginnen.

Kuzarl und Rehger gingen an Bord. Der Rest lungerte noch im Hafen herum und wäre fast zurückgeblieben. Der karmianische Koch beschimpfte die Otten als Wilde. Aber sie verstanden seine Flüche nicht, übersahen die Fratzen, die er zog, und lachten und schwatzten drauf los.

Ottamet, die Hauptstadt, bestand aus Ried gedeckten Holzhäusern in den Farben Rot, Rosé und Weiß. Leuchtend blaue Molen, die von geheimnisvoller religiöser Bedeutung waren, reichten eine halbe Meile weit ins blaßblaue Wasser hinaus. Die Überfahrt hatte etwas mehr als einen Tag gedauert. Vom Seegang auf offenem Wasser war am Ufer nichts mehr zu spüren. Nur die Gezeiten sorgten für Bewegung. Von Ottamet aus fuhr die Galeere nach Norden weiter, immer der Küste entlang. Auch das kleine Ott zeigte sich expansionsfreudig und hatte sich am Ufer ausgedehnt bis an den Rand einer breiten Flußmündung. Hier lag Put, ein Dorf aus Holz und Ried, rot gefärbt und mit Molen, die weit ins Wasser ragten. Wilde Papageien nisteten auf den Dächern, kreischten und zeterten, und mit dumpfer Beharrlichkeit tönte es aus dem Urwald, der das Dorf vom Land her einschnürte. Die breite Flußmündung, wo aus morastiger Oberfläche riesige Schilfrohre wucherten, war voller Sandbänke und Inseln. An manchen Stellen dampfte und sprudelte es aus heißen Quellen. Wer den Fluß befahren wollte, mußte ein leichtes Boot stromaufwärts auf den Schultern tragen bis zu der Stelle, wo das Wasser tiefer wurde. Im ganzen Dorf gab es kaum einen Mann, der diese Richtung einzuschlagen bereit war, aber viele priesen ihre Boote zum Verkauf an.

Echsen in der Größe zweijähriger Kinder hockten auf Steinen und begafften den Handel, der vornehmlich in Zeichensprache abgewickelt wurde zwischen den langwüchsigen Shansaren und Zakorianern und den stämmigen kleinen Otten, die schalkhaft und verschlagen mit den Augen zwinkerten. Die Papageien kreischten und scharrten mit den Füßen.

Noch vor Sonnenuntergang waren — bis auf einen — alle Zakorianer davongelaufen. Einer der Shansaren hatte wieder einen Fieberanfall bekommen und war in ein Lazarett gebracht worden, das an einer heiligen Mole lag. Der eng mit ihm befreundete Karmianer zeigte sich darüber so erschüttert, daß Kuzarl gezwungen war, ihm Urlaub zu geben und zu erlauben, für den Kranken zu kochen, der sonst den putischen Fraß hätte zu sich nehmen müssen. Von den Papageien war noch nichts zu hören, als am nächsten Morgen die vier von der Expedition übriggebliebenen Männer mit einem schlanken Ruderboot auf den Schultern von Put aufbrachen.

Fünfzehn Meilen flußaufwärts entsprang dem von violetten Blumen bewachsenen Sumpf plötzlich ein brauner Wasserlauf.

Während sie ruderten, rückten die Berghänge im thaddranischen Westen wie im Traum immer näher.

Die Berge traten hervor und umzingelten sie. Auf den Hängen zwischen Felswänden und Fluß schob sich der Urwald bis ans Ufer und lappte stellenweise ins Wasser. Riesige Bäume wurzelten im Flußbett und ließen das strömende Wasser schäumend aufwirbeln. Die Berggipfel standen über dem Wald wie Riesen auf der Weide und starrten ungerührt in Vergangenheit und Zukunft.

Vom Dschungel bedrängt, verästelte sich der Fluß in mehrere schmale Läufe, die sehr tief waren. Um im Boot weiterzukommen, mußten sich die Männer nun mit den Rudern vom Wurzelwerk am Ufer abstoßen. Über ihnen trafen sich die Äste gegenüberstehender Bäume und formten eine Kuppel aus.

Das Keuchen der erschöpften Männer und die Geräusche von Boot und Wasser konnten nicht über die Stille hinwegtäuschen, die sich breit gemacht hatte und einen nahenden Sturm ankündigte.

Die Luft war so schwül und feucht, daß sie einen zusätzlichen Widerstand darstellte, gegen den das Boot anzukämpfen hatte.

Kurz vor Sonnenuntergang leuchtete über dem Schirm der Blätter der Himmel noch einmal in prächtigen Farben auf. Die Atmosphäre schien langsam überzukochen.

Über eine Stunde lang grollte der Donner aus der Ferne, knurrte wie grausamer Hunger im hohlen Bauch des Tals. Aus dem Urwald schrie und schrillte es zur Antwort, und zwischen den Zweigen flackerten helle Flügel auf. Dann kehrte die Stille wieder zurück wie eine bleierne Last.

Die Männer legten die Ruder auf den Bootsplanken ab. Das Wasser im Kanal kräuselte sich noch, wurde dann glatt und gläsern. Nur das Wippen des Bootes schaffte Bewegung im Wasser.

Über dem Laubdach zuckte ein Blitz auf, der in der Ferne einzuschlagen schien. Dann rumpelte der Donner, als würde ein gemauerter Himmel einstürzen.

Wie eine Sichel fuhr der Wind durchs Flußtal, bog die Bäume und ließ das Boot im scheinbar harten Wasser aufspringen. Die Männer duckten sich. Der vardische Zakorianer schien die Nerven zu verlieren, der Diener aus Shansar stierte wie in Trance vor sich hin.

Der Sturm schrie unartikulierte Wörter. Wieder blitzte es mit zerreißendem Zischen.

Dreißig Fuß vom Boot entfernt fuhr der Blitz durchs Blätterdach.

Die Welt schien sich von innen nach außen umzukrempeln, als plötzlich eine Flammenwand aufloderte. Der gläserne Fluß verwandelte sich in Gold. Brennende Blätter und Zweige wirbelten im Feuersturm umher.

Als das Boot Feuer fing, sprang Rehger in den Fluß.

Selbst auf dem Wasser hatte es an manchen Stellen zu brennen angefangen; darunter war es dunkel, der Grund nicht zu erkennen, nur hier und da schimmerten feste Teile durch.

Rehger tauchte auf. Das Boot trieb umgekippt auf dem Wasser und verbrannte zu einem lodernden Gerippe. Überall flackerten Flammen und deren Widerschein. Von den anderen Männern fehlte jeder Hinweis. Ein zweites Mal tauchte er unter.

Rötliches Licht sickerte durchs Wasser, und die Flußgötter verbissen sich in seinen Fersen.

Nach geraumer Zeit stieg er wieder zur Oberfläche auf. Das Feuer war in Aufruhr, stromaufwärts zwar, aber es langte nach ihm, hastete auf ihn zu.

Einer der Flußgeister packte und zog ihn mit eisernem Griff tief unter Wasser.

Da, im rotschimmernden Halbdunkel, entdeckte er das weiße Hemd des Shansaren, die bleiche Haut und den schwebenden Haarschopf. Kuzarls helle Augen waren weit aufgerissen, die Zähne grinsend aufeinandergepreßt. Schillernde Luftblasen stiegen von den Lippen auf. Er ließ Rehger los und schwebte vor ihm wie ein Vogel, der seinen Flug unterbrochen hat. Kuzarl war unbewaffnet und öffnete seine leeren Hände. Er wollte nur den Körper einsetzen wie ein im Stadion ausgebildeter Kämpfer.

Offenbar glaubte er, die Göttin habe den nächsten Schritt vorbestimmt. Der Kampf war unumgänglich ...

Als der Shansare auf ihn zurollte, um ihn zu packen, glitt Rehger tiefer, umklammerte den Gegner von unten und wälzte sich mit ihm, verknotet zu einem Gliederknäuel, durchs Wasser.

Dann tauchten sie auf, zwölf Fuß voneinander entfernt, am jeweils anderen Uferstreifen. Die Flammen gierten ihnen entgegen, der Rauch streifte über sie hinweg, verfing sich in den Haaren. Der Shansare lachte lautlos; seine Augen glühten wie der Wald. Wildwütend hechtete er ins Wasser, sprang wie ein Fisch durch den Kanal und fiel über Rehger her, zerrte ihn, mit beringter Hand am Hals gepackt, in die Tiefe.

Kuzarls Finger drückten dem Gegner die Schlagadern zu, versuchten ihm das Leben abzuquetschen, doch der Hals des Schwertkämpfers war mit Muskeln gepanzert und hart wie der einer Marmorgestalt. Als sich Rehger unwiderstehlich aus Kuzarls Griff zu lösen begann, gab der Shansare von selber nach und versuchte, den Lydier mit Fußtritten auf Abstand zu halten. Aber Rehger hatte die Oberhand gewonnen. Er drängte das grinsende Gesicht des Gegners zurück, der sich mit Händen und Füßen wehrte, den Kopf zurückwarf und den Rücken nach hinten verbog.

Im Wasser wird ein Vorteil schnell zum Nachteil und umgekehrt.

Der Shansare nutzte die Wölbung des Rückens, um herumzuwirbeln, und zog Rehger mit sich in rotierender Bewegung durchs Wasser, bis sie schließlich auseinander geschleudert wurden.

Brennende Teile fielen von den Bäumen herab und tauchten — ähnlich wie Kometen in die Atmosphäre — zischend ins Wasser. Die Lippen der Gegner spuckten Luftblasen, die wie silberne Flammen aufstiegen.

Der Shansare war nun ganz und gar dem Kampfwahn verfallen, wie er in seiner Heimat ritualisiert wurde. Aus den Augen trat nichts als Haß und Gier hervor.

Die Hände schwebten im Wasser, zu Krallen verkrampft und bereit. Auch Rehger spürte Mordlust vergangener Tage wieder aufleben, doch die war nicht echt, nicht vollkommen, denn ein klarer Gedanke mischte sich darunter, der den zugrundeliegenden, unerträglichen Haß zur Kenntnis nahm.

Glühende Kometen schossen vorbei und erloschen im nassen Abgrund. Wie tief mochten sie fallen?

Die beiden Männer, ausdauernd mit einem Luftrest in den Lungen, drängten aufeinander zu wie ein Liebespaar nach langer Trennung, und umklammerten sich, als wollten sie nie mehr auseinandergehen.

Kuzarl, dessen Gesicht sich zu einer feixenden Fratze verzogen hatte, zerrte und riß an seinem Gegner herum. Rehger aber hatte einen Arm um die Brust des Shansaren geschlungen und angefangen, langsam und mit unerbittlicher Kraft die Luft aus ihm zu wringen. Der hatte nur noch den rechten Arm frei und verdoppelte seine Anstrengungen. Doch Rehger bekam auch diesen Arm zu packen und hebelte ihn seitlich und nach hinten weg.

Der Schmerz in der Schulter, wo der verdrehte Arm auszukugeln drohte, steigerte nur den mörderischen Wahn des Shansaren, und mit einem Schrei vor Wut und Schmerz verließ der letzte Luftrest seine Lunge. Der Brustkorb gab nach unter der eisernen Zwinge Rehgers. Von einem ohnmächtigen Krampf geschüttelt, der sich wie ein Schluckauf ausmachte, schnappte Kuzarl nach Wasser.

Er würgte, drohte zu ertrinken.

Verzweifelt sammelte er die letzten Kräfte, krümmte sich und schlug wie mit einem Hammer auf den bronzenen Körper des Gegners ein.

Auch dem Lydier wurde schwarz vor Augen. Seine Lungen schienen eingefallen zu sein wie die zerfetzte Bespannung einer Trommel. Trotzdem ließ er den Shansaren nicht los, der wie ein großes, irres Kind in seinen

Armen zappelte. Das wurde immer müder, ließ Sekunde für Sekunde an Widerstandskraft nach …

Ineinander verhakt, sackten sie trudelnd tiefer und tiefer.

Rehger spürte Kuzarls Kopf auf seiner Schulter hin und her rollen, dessen Beine und Arme schlaff wie Wasserpflanzen herumpendeln. Sehen konnte der Lydier nichts mehr. Und dann drohten ihm auch die restlichen Sinne zu schwinden.

Er stakte durchs Wasser, um den Uferrand zu ertasten, die Steine und Wurzeln, an denen er herabgeglitten war. Den Shansaren an der prachtvollen Gürtelschnalle haltend, stieg er schwerfällig, benommen und blind nach oben, indem er sich und den schwerelosen Körper Kuzarls an glitschigen Wurzeln hochhievte.

Finsternis, sowohl im Wasser als auch in seinem Kopf. Die Dunkelheit oder der Schatten schien kein Ende zu nehmen, das Wasser unermeßlich tief zu sein. Dann stieß er unter einen felsigen Überhang.

Hell schlug es ihm ins Gesicht. Luft stach scharf wie Messer in die Lungen. Zuerst war seine Kehle wie zugeschnürt, dann schnappte er nach Luft, als könnte er nicht genug davon bekommen.

Er sah nicht. Wasser schüttete senkrecht an ihm vorbei. Regen. Und das Feuer war aus.

Über dem verkohlten Dach des Waldes tauchte ein Ausschnitt des verhangenen Himmels auf. Rehger zog den Shansaren ans Ufer, wälzte ihn auf den Bauch und fing an, das Wasser aus Brust und Magen zu pumpen.

Die Mordlust schien wie seine Lebenskraft verbraucht zu sein. Es fehlte nicht viel, und er hätte sich der Vergessenheit und der Nacht ergeben. Aber zu diesem Schritt war es jetzt, nachdem er sich und Kuzarl an Land gezogen hatte, zu spät.

Der Shansare lag atmend auf der Seite und sah Rehger aus rot unterlaufenen aber sanften Augen an.

»Das war noch nicht alles«, sagte er.

Das Boot war weg. Der shansarische Diener, der Mann aus Var-Zakoris — beide blieben verschwunden. Es regnete. Der Himmel lief aus.

Rehger gab Kuzarl keine Antwort.

Kuzarl sagte heiser: »Die drei Prüfungen: Schuld oder Unschuld, den Sieg oder das Wesen der Notwendigkeit ausfindig zu machen. Feuer, Wasser, Stahl. Nicht immer in der Reihenfolge. Held Raldnor hat diese Prüfungen bestanden. Der Stahl des Attentäters. Der Gewittersturm. Der Vulkan.«

»Verausgabt Euch nicht«, entgegnete Rehger. »Ich denke, wir haben noch eine weite Strecke vor uns.«

»Ich spreche nicht von Tatsachen, sondern von Wahrheiten.«

»Von shansarischen Wahrheiten.«

»Das Feuerrennen ... Das war das Feuer, das sich hier für uns wiederholt hat. Zuvor für dich, wie für Raldnor, das Feuer im Meer. Und dann die Welle, die die Sklavenstadt zerstört hat: die Wasser-Prüfung. Und der Stahl: jeder deiner Kämpfe vor Publikum; und ein letztes Mal ... gegen mich.« Kuzarl war noch nicht voll bei Sinnen und schien zu phantasieren.

»Gebt Euch endgültig geschlagen. Ihr seid in meiner Hand. Die Reptiliengöttin hat Euch an mich ausgeliefert.«

Rehger sprach mit gesetzter Miene und ohne Haß oder Schadenfreude.

Kuzarl aber antwortete: »Ich war so gut wie tot, doch du hast mich für die letzte Prüfung wiederbelebt. Denn das entspricht ihrem Plan für dich.«

»Wessen Plan?«

»Den der Anackire.«

»Wenn es sie, deine Göttin, wirklich gibt, wenn sie so ist, wie es dein und ihr eigenes Volk behauptet, wenn sie also alles auf einmal ist, Raum und Zeit, dieses Land hier, das Wetter, alle Menschen, wenn auch wir zwei nur verschiedene Formen von ihr sind, haben wir,

Shansare, große Schuld auf uns geladen. Wir haben die Welt verpfuscht, sie verdreht und krank gemacht, was sie mit Katastrophen und Elend quittiert. Steht auf. Wir setzen den Weg fort, den Ihr eingeschlagen habt. Was soll's? Vielleicht stimmt ja, was Ihr sagt.«

Kuzarl nickte bloß und raffte sich auf. Sein Schmuck glänzte nicht mehr, aber die Augen leuchteten wieder wie polierte Bernsteine.

»Warum spielen Kinder?« fragte er unvermittelt. »Wäre es nicht gemein und falsch, sie davon abzuhalten, auch wenn sie sich und ihre Spielkameraden dabei weh tun? Kinder müssen spielen. Warum, frage ich.«

Der Lydier antwortete nicht. Müde zeigte Kuzarl nach Westen, stromaufwärts.

Sie marschierten los, durch den Regen, über den verkohlten Rand des Urwaldes.

Sie hatten Meilen und Tage zurückgelassen. Über dem dichten Laubdach zeigten sich nur manchmal hohe Berggipfel, die eher zum Himmel als zur Erde zu gehören schienen.

Im Schlamm toter Flußarme ließen sich Echsen mit der Schlinge fangen. Das Wasser war zu salzig. Den Durst löschten sie lieber mit der sauren Pflanzenmilch aus aufgeschlitzten Farnstengeln.

Sie orientierten sich am Gang der Sonne und an der Lage der Berge und drangen tiefer in den Westen vor.

Worte wurden nur gewechselt, wenn es sich nicht vermeiden ließ.

Zu einem Wettstreit um Ausdauer oder Geschwindigkeit kam es nicht; die beiden waren zu einer bizarren Einheit verschmolzen. Wie am Zügel der Göttin Anackire, so steuerten sie auf das Ziel zu, ohne Zweifel an seinem Vorhandensein. Keiner von beiden hatte sich im Kampf unter Wasser eine Verletzung zugezogen, und keiner verlor mehr den Kopf, denn die Wildnis forderte all ihre Aufmerksamkeit.

Eines Mittags, am fünfzehnten oder sechzehnten Tag nach dem Brand (aber vielleicht lag der noch länger zurück), trat der Lydier, der vorausgegangen war, auf eine schneisenförmige Lichtung hinaus, die seitlich unbegrenzt zu sein schien. Aber vor ihnen ragte der Dschungel wieder auf, der aus der Entfernung aussah wie ein Meer aus hohen blauen Wellen, über denen die Bergriesen ankerten — nun nicht mehr im Norden, sondern südlich.

Auf dem freien Gelände zwischen den Wäldern lag ein Dorf.

Es wirkte wunderlich, wie entrückt, doch dieser Eindruck war vor allem dem Zustand der beiden Männer zuzuschreiben, die sich seit langer Zeit ausschließlich von Harz und fadem Fleisch ernährt hatten.

Das Dorf glich ottischen oder thaddrischen Siedlungen. Die Häuser waren aus Lehm gebaut und wie zu einem Bienenkorb zusammengewachsen. Auf den Strohdächern hockten Vögel, aus Holz geschnitzt, vielleicht um Unheil abzuwenden. Aber plötzlich spreizte eine dieser Schnitzereien die Flügel; ein Vogel versorgte sein Nest. Die Dorfbewohner zeigten sich unbeeindruckt von den beiden Männern, die aus dem Dschungel gekommen waren, und schenkten ihnen bloß ein paar flüchtige Blicke.

Auf einem Platz war ein Markt, wo sie — überraschenderweise — für ihre Münzen Lebensmittel erstehen konnten.

Ungestört von den Marktgeschäften, fand an einem langen Tisch am Rand des Platzes ein Leichenschmaus nach ottischer Tradition statt. Auf dem Ehrenplatz, einbalsamiert und festlich gekleidet, thronte der Leichnam mit indigofarbenen Lidschatten über den Gästen. Die Trauernden prosteten dem Toten zu und boten allen, die vorbeikamen, zu trinken an. Auch Kuzarl und Rehger. Das Bier war stark. Die beiden wunderten sich über nichts.

Als es dämmerte, tauchte ein roter Stern über der Lichtung auf. Es war die erste Nacht von Zastis.

»Nimm dich in acht«, sagte Kuzarl.

Sie saßen auf der Dachterrasse einer Schänke. Ein Windstoß fuhr unter die Markise aus geflochtenem Laub, das wie Gefieder aufgeplustert wurde. Den beiden Männern war, als würden sie schon seit Jahren in diesem Dorf wohnen.

Die Trauergesellschaft unten auf dem Platz löste sich auf. Die Figur des Todes, ein als Frau und ganz in Weiß verkleideter Mann, war gekommen, um den Leichnam mit fröhlichen Liedern und Scherzen ins Grab zu führen.

Kuzarl hatte den blonden Kopf in den Nacken gelegt und betrachtete den Stern. »Euer Zastis kann unsereins nichts anhaben. Mein Volk kennt diesen Heißhunger nicht. Nein, die vordergründige Lust ist Sache der Visianer.«

Rehger schaute dem Trauerzug nach. Sein Blut war zwar noch nicht in Wallung geraten, aber er spürte schon seit Tagen die Heraufkunft des Sterns. Er verstand es, die Lust im Zaum zu halten oder sich abzulenken. Der Kampf im Fluß war schon angestachelt worden durch die frühe Ahnung von Zastis.

»Zastis ist das Freudenhaus der visianischen Götter«, sagte Kuzarl, »in Brand gesetzt, leuchtet es ewig am Himmel.« Er und Rehger schienen nicht mehr ganz nüchtern zu sein. »Oder«, fuhr der Shansare fort, »Zastis ist einer der fliegenden Streitwagen der Tiefländer oder der Drachenkönige von Vis. Er hat Feuer gefangen, ohne jemals wieder erlöschen zu können, und läßt seine erotischen Strahlen wie scharlachroten Schnee auf die Erde herabrieseln.«

»Wenn Ihr eine Frau braucht, so geht und holt Euch eine«, riet Rehger.

»Sieh da!« sagte Kuzarl.

Auf einem der Dächer, vor rosigem Dämmerlicht, waren zwei Frauen. Die eine flocht das Haar der anderen. Die langen Zöpfe schimmerten weiß, obwohl die Frauen von dunkler Hautfarbe waren. Die sitzende Gestalt hatte Kuzarls musternde Blicke bemerkt. Lächelnd wendete sie ihr Gesicht ab. Die andere flocht weiter und fing mit tiefer, rauchiger Stimme zu singen an.

Auf das Dach der beiden zu gelangen, fiel nicht schwer, weil fast alle Dächer irgendwie miteinander verbunden waren.

Die Frauen begrüßten die Männer höflich wie Freunde der Familie, waren aber sehr zurückhaltend, fast verschämt. Sprachprobleme machten eine Unterhaltung unmöglich.

Kuzarl führte die jüngere der beiden die Treppe hinunter. Rehger legte sich mit der älteren in ein Strohnest. Über ihnen funkelten die Sterne, die am Nachthimmel verstreut waren.

»Diese Leute ziehen nie nach Norden oder Westen. Sie rühren sich nicht vom Fleck und meiden den Urwald. Irgendwo liegt das Meer. Aber wer kann es erreichen? Der Dschungel frißt alle, die sich hineinwagen. Nur die Gespenster kehren zurück. Mein Mädchen hat mir eine Geschichte darüber erzählt und sich dabei selber so geängstigt, daß ich sie trösten mußte.«

»Trotzdem«, entgegnete Rehger, »sind hier doch Münzen im Gebrauch.«

»Ja, es gibt noch andere Siedlungen, und zwar in den Bergen im Norden und Osten«, antwortete Kuzarl. »So sagt man. Händler verkehren zwischen kleinen thaddrischen Fürstensitzen und vergessenen Vorposten von Zakoris und Dorthar.«

»Und die fabelhafte Stadt? Hat man hier davon gehört?«

»Wenn ja, so scheint niemand richtig zugehört zu haben.«

Sie standen am Dorfrand bei dem Friedhof. Die Grabmale bestanden aus getrocknetem Lehm und waren mit Schlingpflanzen und Blumen überwachsen, was dem ganzen einen heiteren Anblick vermittelte.

»Die Stadt ist vom Urwald eingeschlossen und liegt irgendwo zwischen diesem Land hier und der Küste«, sagte Kuzarl. »Ich fange an, von Ashnesee zu träumen. Habe ich auch erwähnt, daß dies der Name der Stadt ist?«

»Schildert Euren Traum!« bat Rehger.

»Weißes Licht in mitternächtlichem Dunkel und feurige Augen.«

»Ihr fangt schon an, wie ein Priester zu reden.«

»Shansaren sind allesamt Priester. Priestersoldaten. Heute werden wir wieder kämpfen, du und ich.«

»Und wenn ich Euch töte«, erwiderte Rehger, »wie soll ich den Weg nach Ashnesee finden?«

»Glaubst du, daß ich dich führen kann?«

»Sie hat Euch die Richtung genannt«, sagte Rehger. »In Saardsinmey oder Sh'alis.«

»Sie? Die Amanackire? Ach, das denkst du also.«

An den Friedhof grenzte der Wald. Die Sonne vergoldete den Rand. Dahinter war es dunkel.

Nach einer Weile sagte der Shansare: »Du siehst ein, daß du in einer Art Traum, in einem Zauber verstrickt bist. Du redest dir ein, nichts ist so, wie es erscheint.«

»Ihr möchtet wohl, daß ich so denke.«

»Wie sollen wir den Zweikampf durchführen?« fragte Kuzarl. »Wo bekommen wir Schwerter her? Soll ich danach suchen? Ich könnte in den Wald gehen und zwei Schlangen besorgen, die sich in stählerne Klingen verwandeln.«

Rehger entgegnete mit ruhiger Stimme: »Damit hat sie mich genarrt.«

»Wer bist du?« fragte der Shansare. »Weißt du Bescheid? Vielleicht bist du in Saardsinmey umgekommen. Vielleicht bin ich im Fluß ertrunken.«

Rehger drehte sich um. »*Jetzt*«, sagte er.

Er sprang über einen der verwilderten Grabhügel auf Kuzarl zu und zückte das Messer, das er vom Rat von Zaddath bekommen hatte, um das von Galutiyh zu ersetzen. Es war aus gehärtetem Stahl, konnte Schilf und Ranken mähen und Echsen zerteilen. Die Regeln, die im Stadion gegolten hatten, waren hier nicht anzuwenden. Auch der Verzicht auf Frauen vor dem Kampf war nicht mehr verbindlich. Der Lydier zog das Messer quer über Kuzarls Rippen, und das Blut rann, so rot, wie Blut nur sein kann.

Kuzarls Dolch blitzte auf, der Form nach shaliarisch, mit eingraviertem Schlangenfisch und Edelstein besetztem Griff. Kuzarl ignorierte den Schnitt in der Seite.

Rehger hielt sich wartend zurück. Als der Shansare auf ihn einzustechen versuchte, wehrte er einmal, zweimal ab und stieß den Gegner von sich, obwohl er ihm eine weitere Wunde hätte zufügen können.

Das Sonnenlicht flutete übers Land. Der Kampf war plump und sinnlos. Rehger spürte den Mangel an Übung. Er beherrschte den Körper nicht wie gewohnt, und außerdem fehlte hier in der Arena des Friedhofs der anstachelnde Beifall der Menge. Für den Kampf gab es weder Grund noch Preis.

Der Shansare griff immer wieder an, doch Rehger parierte und schlug zurück, wenn auch ohne Nachdruck. Er gab Kuzarl stets Gelegenheit, sich zu decken.

Daß er aus der zu Anfang geschlagenen und bislang einzigen Wunde blutete, schien dem Shansaren nichts auszumachen. Doch auch ihm fehlte die Angriffslust. Er kämpfte halbherzig und längst nicht so entfesselt wie im Fluß.

Rehger warf das Messer von der rechten in die linke Hand, holte aus und schlug dem anderen die Faust vors Kinn, daß es krachte. Als der Shansare ins Torkeln geriet, säbelte ihm Rehger die Beine vom Boden. Kuzarl stürzte in die Blumen, und der Dolch flog in einen Busch.

»Ihr seid tatsächlich im Fluß ertrunken«, sagte Rehger. »So wie Ihr gesagt habt.«

»*Amrek*«, entgegnete Kuzarl. »Tötet mich oder laßt mich aufstehen, damit ich weiterkämpfen kann.«

Rehger stand über ihm. »In Alisaar kämpfen Brüder um ihr Erstgeborenenrecht. Und worum schlagen wir uns?«

»Um Raldnors Nachfolge. Um die Herrschaft.« Er packte Rehger beim Fußgelenk und versuchte, ihn zu Boden zu zwingen. Aber Rehger befreite sich mit nur einem Tritt.

»Ihr blutet, Kuzarl. Geht zu den Frauen ins Dorf zurück, damit sie die Wunde versorgen.«

»Um die Herrschaft«, wiederholte Kuzarl. »Ist dein Volk überlegen oder meins?«

»Oder das der Amanackire? Wenn ich weiter nach Westen reise, werde ich die Stadt finden.«

Kuzarl krümmte sich. Erst jetzt schien ihn die Schnittwunde zu quälen.

»Ich war ihr Diener. Im nördlichen Alisaar, in Sh'alis. Ich habe sie unverhüllt gesehen. Es war Aztira. Sie war gestorben und wieder ins Leben zurückgekehrt. Ich habe dich belogen.« Er schloß die Augen vor der Sonne und zeigte eine verschlagene Miene.

»Hat sie gesagt, daß ihre Zauberkraft mich zu ihr führen wird?«

»Von dir war nie die Rede, Lydier. Sie hat dich vergessen.«

»Sie hat also nur von der Stadt gesprochen.«

»Manchmal.«

»Oft genug, um Euch den Weg dahin zu erklären.«

»Ja, ja ...«

»Warum habt Ihr die Reise so lange hinausgezögert?«

Kuzarl öffnete die Augen und setzte ein stolzes, überhebliches Gesicht auf. »Dafür gibt's Gründe. Vielleicht hat mir ja auch das Schicksal dich zum Führer ausgesucht.«

»Damit ist es jetzt vorbei.«

Behutsam und träge richtete sich Kuzarl auf, indem er sich an einem Grabhügel hochhangelte.

»Ashara-Anack«, sagte er.

Ohne Hast und mit sicheren Schritten (offenbar so schnell erholt wie nach dem Kampf im Fluß) kehrte er ins Dorf zurück. Um den kostbaren Dolch, der irgendwo in den Büschen lag, kümmerte er sich nicht. An Rehger richtete er kein einziges Wort mehr.

Der Lydier durchquerte den Friedhof und trat in den dichten Wald ein. Die Morgensonne stand ihm im Rükken. Der ganze Westen schien nur aus Dschungel zu bestehen. Bald hatte ihn der Urwald verschluckt.

Es wurde Nacht — am Tage. Da war kein Licht und keine Richtung, weder Nord oder Süd, Ost noch West auszumachen. Und im Einklang mit seinen widersprüchlichen Empfindungen überließ er sich seinem Schicksal oder der Anackire oder dem Willen jener Frau Aztira.

Der Wald schien unbelebt, bis auf ihn und die hochgewachsenen Bäume. Feuchtigkeit und Hitze waren enorm. Wenn er Durst hatte, was nur selten vorkam, trank er vom schwitzenden Laub.

Er ging weiter, bis ihn eine unerträgliche Müdigkeit zu Boden zwang. Dann schlief er, und wenn er aufwachte, setzte er seinen Weg fort.

Früher hatte er eine überragende Rolle gespielt, aber hier in der endlosen Nacht zwischen den Bäumen fühlte er sich wieder klein und wertlos.

Nach fünf Tagen — er selber zählte die Zeit nicht nach — entdeckte er die Säule.

Sie leuchtete hell durch das dichte Ebenholz und war so hoch wie die höchsten Baumstämme: achtzig bis hundert Fuß. Im Näherkommen sah er Vögel und Katzen, Drachen und Schlangen in den weißen Stein gemeißelt.

Hinter der Säule lag ein unbefestigter Weg, der ausreichend Platz bot für zwei Seite an Seite fahrende Streitwagen und wie mit der Schnur gezogen durch den Wald führte. Der Weg sah gepflegt aus, kein Kraut wurzelte darin. Er führte in die Ferne und verlor sich in der Dunkelheit. Kein Zweifel, über ihn war die äußerste Halluzination, die Stadt der Amanackire, *Ashnesee* zu erreichen.

Sechstes Buch

ASHNESEE

Kapitel 20

Tod und Leben

Die Nacht war schwarz, und aus der Dunkelheit sprang eine Flamme hervor.

Und die Flamme bündelte sich und wuchs.

Sie verwandelte sich in Fleisch.

Wurde zu einer Frau von ungewöhnlicher Größe, weiß wie der Schnee auf den Bergen.

Ein weißer Leib mit acht weißen Armen, wie Strahlen um sich greifend. Der Rumpf endete in einem übergroßen Schlangenschwanz, alabasterweiß und mit Schuppen bekleidet, die, weil ständig in Bewegung, schillerten.

Hoch oben — umrahmt von wolkenweißem Haar, einem Schlangennest, das sich bis auf die Schultern herab wand und kringelte — war ein bleiches Gesicht zu sehen, das mit verschlingendem Blick vor sich hinstarrte aus Augen, so farblos wie Eis. Oder Feuer.

Aztiras Gesicht.

Ihr Glanz wurde unerträglich grell — und erlosch.

Zurück blieb nur eine stofflose Schwärze, geschmeidiger als Wasser.

Der Mond ging auf, als sie den Tempel verließ. Der Stern stand schon hoch am Himmel, der sowohl im Westen als auch im Osten magentarot leuchtete und zum Zenit hin dunkel wurde.

Von der hochgelegenen Tempelterrasse aus hatte die junge Frau einen weiten Blick über die Stadt, die ringsum eingefriedet war. Jenseits der Mauer streckte sich flaches Land, das in der Ferne verschwamm. Die Stadt wirkte unecht, wie die Anordnung geschnitzter Gebäude auf dem Brett eines visianischen Kriegsspiels. Stern und Mond tauchten den Ort in feuriges Licht.

Die Frau verließ die Terrasse und stieg über eine breite gepflasterte Treppe zwischen getrimmten Bäumen und Wasserspielen herab.

Ihre weiße Haut schimmerte in der glühenden Dämmerung, wenngleich weniger intensiv als im Tempel. Was sie dort vor dem Altar erzeugt hatte, nämlich das Bild ihres Innern als Symbol der Göttin, war womöglich beobachtet worden, obwohl kein Laut im Heiligtum zu hören gewesen war. Diese Verwandlung, diese geistige Übung gehörte zu ihrem Leben wie der morgendliche und abendliche Spaziergang durch die Straßen von Ashnesee und über die Felder vor den Stadtmauern, wo oft ein warmer salziger Wind von den Wäldern wehte. Manchmal schlich auch ein Tirr herbei, das ihre Witterung aufnahm und seinen schaurigen Kopf — vielleicht aus Scham — durch den Staub zog. Sie brauchte vor diesen Ungeheuern keine Angst zu haben, und in ihrer Stadt war sie die erste unter gleichen.

Am Fuß der Tempelterrasse standen unter einem Cibba-Baum zwei Männer der Amanackire, die, wie es schien, auf die junge Frau gewartet hatten, um sie zu betrachten. Die beiden schimmerten im Schatten des Baumes und der Nacht ebenso weiß wie die Frau.

Sei gegrüßt, Aztira!

Sie sprachen nicht laut, sondern mit ihrer inneren Stimme, die wortähnliche Begriffe bildete.

Sie antwortete in gleicher Weise und ging allein weiter über eine der marmornen Straßen zwischen bleichen Palästen.

Stille herrschte über der Stadt. Nur selten war ein Laut zu hören. Die Bewohner unterhielten sich stimmlos. Ihre weichen eleganten Bewegungen waren leise. Nur wenigen von ihnen gefiel Musik, und kaum einer sang einmal. Die Kinder, von denen es aufgrund von Geburtenregelung und Auswahlbestimmungen nur eine begrenzte Anzahl gab, verhielten sich genauso leise wie die Erwachsenen.

Die Straße war, von einigen Obelisken und Schreinen abgesehen, auf beiden Seiten ausschließlich von Palästen gesäumt, die nun im Lampenlicht zu leuchten anfingen. Viel mehr gab es in Ashnesee nicht zu sehen. Unter den Straßen, den Prachtbauten und deren Gärten lag ein verschlungenes Netz aus Gängen und Kammern, wo die zum Leben notwendige Arbeit vorgenommen wurde. Ashnesee wurde von Sklaven versorgt, und Sklaven hatten die Stadt auch aufgebaut. Die Thaddrianer, Otten und Corhlaner oder die noch dunkelhäutigeren Zakorianer von früher waren jetzt zu einer Rasse vermischt, die über Generationen hinweg auf ihre Funktion und Stellung hin getrimmt worden war.

Nach einem halbstündigen Fußweg, auf dem sie niemanden getroffen hatte, gelangte Aztira zu ihrem Haus zurück. Es stand auf einer Anhöhe und wurde umgeben von einem aus Mosaiksteinen gepflasterten Hof. In Treppennähe stand ein hohes Säulengebäude: Raldnors Schrein — das Merkmal, an dem Aztiras Haus zu erkennen war.

Sie stieg die Stufen hinauf, überquerte das Mosaik und ging durch die geöffnete Doppeltür. Hinter dem unbeleuchteten Vestibül, das mit Wandgemälden ausgeschmückt war, lag die für einen Amanackire-Palast typische Rundhalle.

Gespenstische Lotuslampen schwebten, an dünnen Ketten hängend, hoch oben im Gewölbe. Bislang war kein Sklave gekommen, um sie anzuzünden.

Aztira durchquerte die Halle, stieg weitere Stufen empor in eine geräumige leere Turmkammer mit einem großen Fenster aus Glas.

Vor diesem Fenster, das nach Osten hinauswies, blieb Aztira stehen. Sie schien den Atem angehalten zu haben und war so still wie eine Ikone.

Ihr ganzes Bewußtsein hatte sich auf einen Punkt konzentriert. Sie lauschte. Aber nicht etwa auf einen Laut.

Ein Dorf im Tiefland, bestehend aus fünf Hütten — das war ihr Geburtsort. Sie war mit bleichen Augen zur Welt gekommen, und vielleicht hatte ihrer Mutter der Blick nicht gefallen. Als die Haare des Kindes silbrig flachsen wurden, wußten die Eltern Bescheid und brachten es in einen Tempel.

Die Eltern, an die sich wohl kaum jemand mehr erinnerte und die Aztira schon in ihrem ersten Lebensjahr verloren hatte, waren blonde Tiefländer gewesen, die sich, wenn auch ansonsten unbedarft, auf die innere Sprache genauso verstanden hatten wie auf Mühsal und Not. Auf eine solche Herkunft konnten fast alle Albinos zurückweisen.

Bevor sie laufen oder im lauthaften Sinne sprechen konnte (Tiefland-Kinder waren vom Tag ihrer Geburt an in der Lage, eindeutige, wenngleich noch sehr eigensinnige telepathische Zeichen zu setzen), kam Aztira nach Hamos, jender fremdenfeindlichen Stadt im Süden der Ebenen. Dort wuchs sie unter ihresgleichen auf und absolvierte mit den anderen Kindern eine Schule, in deren Verlauf sich die begabteste, die edelste von Anackire herausbildete.

In diesem engen Kreis fehlte sowohl Liebe als auch Freundlichkeit. Aber dieser Mangel fiel nicht ins Gewicht, weil es auch kein Unrecht und keine Grausamkeit zu ertragen gab. Zur Lüge kam es nie. Obwohl in den gesprochenen visianischen Dialekten unterrichtet wurde — wie auch in den Sprachen des blonden Schwesterkontinents —, gründete die Verständigung untereinander auf den unzähligen Nuancen des geistigen Dialogs. Schon früh wurde gelernt, wie Einsichten oder Signale abzuschirmen beziehungsweise abzuwehren waren. Im Unterschied zu den handeltreibenden Telepathen aus Vardath oder Moih, waren die hier erzogenen Kinder zur Preisgabe ihrer übersinnlichen Gaben nicht bereit. Die Amanackire schätzten die Wahrheit über alles.

Sie waren ›kühle Wesen‹, wie die Visianer zu sagen

pflegten, und das traf auch auf die Goldhaarigen zu, die nicht mehr zum eigentlichen Kern des Stammes gehörten. Wozu brauchten sie auch Wärme? Leidenschaft und Überschwenglichkeit waren Pfeffer und Salz, mit denen die geisterlosen Wesen den Spießbraten ihrer Beziehungen würzten. Die Amanackire wußten ihre Wünsche auszudrücken, und was sie nicht bekommen konnten, lehnten sie ab. Weil sie sich selbst genügten, so mächtig und in ganz Vis zur Legende geworden waren, daß sie bereits selber glaubten, Götter zu sein — eben darum trachteten sie nicht nach menschlichen Dingen.

Was war Ehrgeiz? Aus seinem Fehlen mochte Vorteil erwachsen. Und was war Liebe? Ein fleischlicher Drang, den die Tiefländer zu beherrschen wußten. Oder ein Ergebnis der Angst vor Einsamkeit und Tod — ein Gefühl, das die Tiefländer fast vollkommen abgelegt hatten und das die Amanackire gar nicht mehr kannten.

Denn die Seele war unsterblich. Vielleicht überdauerte sogar das Fleisch. (Diese Vermutung wehte wie ein milder Wind durch ihre Köpfe.)

Als Aztira zwölf Jahre alt war, also ein Jahr nach ihrer körperlichen Reife als Frau, hatte sie die Heilgabe an sich entdeckt.

Eine ihrer Kameradinnen war gestürzt und hatte sich die Haut aufgerissen, die Aztira wieder zusammenflickte, ohne daß auch nur eine Narbe zurückblieb. Daß sie den Schmerz heftig mitempfunden hatte, war Grund ihrer Tat gewesen. Das Vermögen steckte in ihr selber, es war Teil ihrer Natur. Tatsächlich hatte sie schon vorher heilend gewirkt, was ihr jedoch damals noch nicht klar gewesen war.

Sie hatte noch andere Fähigkeiten, die in Hamos nichts Ungewohnliches waren.

Im Haus der Frauen, das Aztira dort bezog, nachdem sie ihre Pflegeeltern verlassen hatte, studierte sie die spiritistische Geschichte der alten Tempel. Sie ging den Rätseln auf den Grund und entfaltete in sich jene Künste, die als die Tricks der zaubernden Priesterschaft in ganz Vis und überall bekannt waren.

Sie entdeckte die andere Welt jenseits der Mauern und Tore ihrer Stadt im Tiefland. Manchmal kam ihr ein leibhaftiger Visianer zu Gesicht, einer von den Ausgestoßenen, die sie in Aussehen und Verhalten so fremdartig fand, wie es auch umgekehrt der Fall war. Sie war nur mit der eigenen Art vertraut. Die dunkle Farbe der Visianer verstörte sie sogar. Sie hatte gelernt, daß diese dunklen Wesen einst die Herrscher über den Planeten gewesen waren, und zwar zu einer Zeit, die eine frühere, noch unwirklicher erscheinende Epoche abgelöst hatte. Aztira erfuhr von der Sterblichkeit der Visianer.

Als Priesterin einer geheimen Weihestätte und als kluge Gelehrte erlebte sie ihr siebzehntes Jahr in Hamos. Doch von der Welt da draußen hatte sie noch nichts mit eigenen Augen gesehen. Sie hatte drei Liebhaber, las eine Unmenge an Büchern und entfesselte Kräfte in ihrem Körper, die sich mit ihrem Selbstbild durchaus harmonisieren ließen. Sie hatte die fundamentale Bedeutung dessen erkannt, was *Amanackire* genannt wurde.

Obwohl die Amanackire zwischen Mann und Frau unterschieden, gab es bei ihnen keine Bevor- oder Benachteiligung im Hinblick auf das jeweils andere Geschlecht. Früher hatten die Tiefländer lange Zeit ein Matriarchat behauptet. Während in Provinzen wie Moih nun immer mehr das visianische Muster Nachahmung fand und Stadträte von Männern besetzt wurden, stellte Hamos einen Rat, der jeweils zur Hälfte aus Männern und Frauen bestand.

Vor diesen Rat wurde Aztira berufen. Sie war damals siebzehn Jahre alt und kannte weder Furcht noch Zweifel.

Sie gehörte zu den begabtesten der Amanackire von Hamos, und die Zeit war gekommen, ihr die Existenz von Ashnesee zu enthüllen.

Von dieser Stadt im Westen hatte sie bereits auf telepathischem Weg formlose atmosphärische Schwingungen empfangen.

Jetzt wurden ihr in klaren Begriffen Geographie, Architektur und die geheimen Verkehrswege von Ashnesee erklärt. Die vagen Vorstellungen nahmen die Dimension der Wirklichkeit an. Ashnesee war eine Stadt, ein Königreich und mehr noch: eine Absicht. Schon einmal war die zeitliche Macht der Tiefländer umgestoßen worden. Amrek, der Massenmörder, hätte fast jede Spur von ihnen von der Erde vertilgt. Amrek, der inzwischen unter den Visianern fast vergessen war, lebte im Gedächtnis von Aztiras Volk wieder auf und nahm in diesen Mythen den Thron neben Raldnor, dem Gottkönig, ein. Raldnor nämlich verkörperte die das Leben garantierende Anackire; Amrek stand für das, was das Leben bedrohte. Beide bildeten in der Balance des Seins eine Einheit. Das Volk der Ebenen nahm seinen alten Namen wieder an, der ins Visianische übertragen ›die Schattenlosen‹ bedeutete. Amreks Name war in diesem Zusammenhang gleichbedeutend mit Schatten. Obwohl dessen Leib und Ich längst in der Vergangenheit verschwunden waren, blieb er präsent im alten Haß zwischen den Völkern. In Neu Alisaar, das von Shansaren erobert und besteuert wurde, im Freien Zakoris und selbst in Dorthar, der Blüte von Vis, wo die Göttin Anackire als Idol verehrt und somit entweiht wurde — dort überall schlich der Schatten davon. In jeder Honighaut, in jeder Haut aus Bronze und Pechkohle, in jedem dunklen Haarschimmer und in jedem dunklen Auge lag ein Rest des Schattens, lauernd.

Dem zu trotzen, war Ashnesee errichtet worden.

Eine Feste. Ein Götzenbild von etwas anderem. Ein Schwert aus Schnee. Das Gegenstück des ewigen Gleichgewichts. Eine weiße, aufgerichtete Schlange.

Aztira nahm den Gedanken der Stadt wie selbstverständlich in ihr eigenes Denken mit auf.

Die Vorstellung besaß eine unleugbare Ausgewogenheit.

Allein der Name wirkte Wunder in ihr; er klang wie das schlafende Meer, das sie bislang nur vom Hörensagen kannte. Es war der wahre Name der ältesten Stadt ihres Volkes: Ashnesea, deren Ruinen im Süden der Ebenen verwitterten.

Visianische Sklaven waren zusammengetrieben worden, um dieses alte Ashnesea wiederaufzubauen. Es entstand mitten im dichten Rückenfell der dunklen Bestie, dem Dschungel des Nordwestens, also nahe der verhaßten Zakorianer, was dem Plan der Ausgewogenheit entsprach.

Würde Aztira nach Ashnesee gehen? Die Reise war ihr anempfohlen worden für den Fall, daß sie selber das Bedürfnis hatte, dorthin zu gehen.

Denn Ashnesee war ein Pilgerort, so wie das alte Ashnesea ein Pilgerort gewesen war.

Einen Monat später verließ Aztira ihre Stadt durch das Nordtor, allein und zu Fuß. So reisten alle Amanakkire für gewöhnlich.

In Xarabiss wurde sie begafft. Es war Sommer und auf den Wiesen wuchsen Blumen, die den ganzen Tag über wie Abendrot leuchteten. Die Bauern kamen herbei und boten ihr Früchte und Brot an, sogar Brühe oder Wein, in Gefäßen, die mit Kränzen beschmückt waren. (Sie nahm nur an, worauf nicht zu verzichten war.) In den Städten mußten ihr die Soldaten den Weg freimachen, so dicht drängten die Massen, um sie zu sehen. In Herbergen und Gasthäusern führte man sie sofort in die besten Zimmer, doch sie wollte die Nächte im Freien verbringen, und die Gastgeber spannten für sie ein Segeltuch auf dem Dach oder im Garten auf. Gestört wurde sie nie. Was in den geschäftigen Städten von Xarabiss sonst laut lärmte, schien vorübergehend die Luft anzuhalten.

Im schmalen Land von Ommos, das dem Gesetz nach im Besitz der Tiefländer war, aber nicht viel zu bieten hatte, löste die reisende Frau Angst und Schrecken aus. In den Städten schaute ihr niemand nach; die Leute blickten betreten zu Boden oder liefen weg. Ommos wurde allgemein als der Schandfleck von Vis bezeichnet. An der Küste traf sie auf eine Gruppe von Mischlingen, mit denen sie in einem Schiff nach Dorthar übersetzte.

In der ersten dortharianischen Stadt wurde sie feierlich begrüßt und mit Geschenken überhäuft, die sie jedoch nicht annahm. Unbeirrt von ihrer ablehnenden Haltung bot man ihr einen Reisewagen und Zugtiere an sowie einen verläßlichen Fahrer. Sie hatte es vorgezogen, die ganze Strecke zu Fuß zu bewältigen, und konnte auf die Bequemlichkeit eines Wagens und auf die Begleitung von Dienern gut verzichten. Ihr Körper, der so zerbrechlich aussah, war kräftiger als der eines gesunden Mannes. Trotzdem nahm sie das Angebot des Wagens an, um einen kleinen Ausflug zu machen. Voller Neugier war sie darauf aus, die Stadt Anackyra kennenzulernen.

Als sie sich über eine der gepflasterten Landstraßen auf den Weg machte, wurde sie von einer Delegation begrüßt. Männer in goldenem Putz und teurem Schmuck, die das Banner der Göttin trugen, boten ihr Begleitung an und fragten, ob sie den Herrn der Stürme zu treffen wünschte, der ihr, wie die Gesandten versicherten, einen prächtigen Empfang bereiten würde. Aber Aztira hatte kein Interesse, den Hohen König zu sehen, diesen gemischtblütigen unehelichen Nachfahren von Raldnor. Sie schlug die Einladung höflich aus, und obwohl sie mit keinem Wort darauf hinwies, erahnten die Männer ihre ablehnenden Gründe und akzeptierten, ohne mit der Wimper zu zucken.

Vor dem Drachenkamm der Berge lag Anackyra mit den marmornen Straßen, mit den Tempeln der barbusigen goldenen Huren und mit dem bunten Gemisch aus hellhaarigen Dortharianern, wohlhabenden Vathcrianern und großen, bronzefarbenen Visianern.

Prinzen in ihren Kutschen wie auch die Bettler am Straßenrand grüßten Aztira bei ihrem Titel, nämlich ›Priesterin‹; hin und wieder wurde sie sogar mit ›Göttin‹ angeredet.

Ein Jahr lang lebte sie in Dorthar, in den Hügeln zwischen Anackyra und den Ruinen des alten Koramvis. Ein vornehmer Herr hatte ihr eine Villa zur Verfügung gestellt, ja förmlich aufgedrängt. Sklaven umsorgten sie. In den Federbäumen nisteten zahme Tauben, aber der Zwinger mit dem Jagd-Kalinx des Hausherrn war entfernt worden. Der Anblick sollte den Geschmack der göttlichen Frau nicht beleidigen.

Falls in ihrer Nachbarschaft weiße Amanackire wohnten, so hielten sie sich zurück und blieben unerwähnt.

Für Dorthar und die ungleichen Zwillingsstädte gab es eine wichtige Angelegenheit: das Wiederaufleben nach dem Zerfall. Wer hierherzog, überließ sich dem magischen Schwelbrand oder zollte ihm seinen obskuren Respekt.

Dieser Ort war eine Quelle der Macht, so tief und unberechenbar wie das erdbebengefährdete Land ringsum.

Aztira verglich ihn mit jenem anderen Ort, der bisher nur vage Vorstellung in ihrem Kopf war. Ashnesee war auf festem Grund errichtet worden; da gab es keinen Raum für unterschwellige Magie und gewalttätige Energie. Das allein schien bedeutsam genug zu sein.

Während der langen Reise hatte Aztira bislang nicht ein einziges Mal gezaudert. Ihr Glaube war nie ins Wanken geraten. Die sterblichen Visianer interessierten sie weniger als die Monumente, die sie hinterließen. Sie fürchtete nichts, wußte um ihre Stärke und wurde überall hofiert. Warum hätte sie ihre Überlegenheit in Frage ziehen sollen? Und wenn sie nach innen schaute auf ihr

Bild von der Stadt im Westen, flößte ihr das genausowenig Unbehagen ein wie das Meer und die Wälder ringsum.

Nach dem Jahr ihrer Rast in Dorthar nahm Aztira die Reise wieder auf. Von Thos aus folgte sie per Schiff der Küste nach Süden und setzte dann in das shansarische Alisaar über. (Die Shansaren verehrten sie wie die Bewohner in anderen Ländern und verhielten sich auch ebenso verkrampft.)

Sie hielt sich in Sh'alis auf und stand kurz vor dem neunzehnten Lebensjahr, als sie eine Veränderung in den magischen Schwingungen aus dem Westen wahrnahm.

Immer wieder kam sie in Gedanken auf Ashnesee zurück, und zwar mit dem Gefühl, als werde sie von dort gerufen. Andererseits hatte sie sich mit all ihren Sinnen nach außen gewandt, aber nie das wirkliche gewöhnliche Leben der Menschen planmäßig ergründen können. Und doch war ihr plötzlich und ohne ersichtlichen Grund, als hätte sie die Hand auf eine Statue gelegt, durch die spürbar Blut pulsierte; sie fühlte die Lebendigkeit der Welt mit ihren in Massen wimmelnden Menschen.

Wie ein Tier, aus tiefem Schlaf erweckt, hatte Ashnesee die Lider geöffnet und die Nüstern geweitet.

Die weiße Schlange war erwacht ... Was Aztira da spürte, nämlich die Bedrohung durch die pulsierenden, anstürmenden Massen, hatte Ashnesee, die Schlange, schon längst gewittert.

Zum ersten Mal in ihrem Leben überfiel Aztira ein unbestimmter, nagender Zweifel, den sie sich nicht zu erklären wußte.

Unter dem sternenklaren Nachthimmel des nördlichen Alisaar ging die Göttliche, die keinen Schlaf finden konnte, im Garten eines Hauses hin und her, das ihr von einem shansarischen Aristokraten zur Verfügung gestellt worden war. Sie fühlte sich bedrängt vom äußeren zwiespältigen Leben, das sie instinktiv abzuschütteln versuchte. Sie hatte sich den erwachten Instinkt Ashnesees zu eigen gemacht.

Die Schwertschlange verzehrte sich danach, einen warnenden, parierenden Schlag führen zu können.

Jetzt begriff sie in aller Deutlichkeit, was es mit Ashnesee auf sich hatte. Was Ashnesee wollte, mußte auch sie wollen, denn dieser Wille war eins und unteilbar.

Dank dieser Kraft, mit der sie nun verbunden war, kam sie zu einer Empfindung, die sie noch nie zuvor erfahren hatte. Diese Empfindung war sowohl körperlich als auch spirituell, aber kaum zu benennen. Erst mit der Zeit kam Aztira dahinter, daß es sich um Scham handeln mußte.

Ein shansarischer Prinz von karmianischer Anmut, der ihr aus religiöser Ehrerbietung Wein, Blumen und Juwelen geschickt hatte, machte sich auf den Weg nach Süden, in das Land, das sich das ›Freie‹ Alisaar zu sein rühmte. Ihn lockte ein allseits bekanntes und viel beachtetes Wagenrennen. Zu seinem Troß gehörte der halbe Haushalt und eine große Anzahl von Pferden.

Aztira bat Kuzarl — so der Name dieses Mannes —, sie mit auf die Reise zu nehmen. Er fiel vor ihr auf die Knie und sagte, daß sie ihm mit diesem Wunsch eine Ehre erweisen würde.

Sie wußte nicht, was sie in den Süden nach Saardsinmey zog, zu jener Stadt am Meer. Zweifellos wurde sie gedrängt von ihrer magischen Voraussicht. Sie gehorchte der inneren Stimme, denn darauf hatte sie sich schon immer verlassen können.

In Neu Alisaar waren weiße Tiefländer nicht gerne gesehen. Man nahm Kuzarl Geld ab, spottete heimlich über ihn und seine Begleitung, hatte aber gleichzeitig Angst.

Aztira nahm sich aus Kuzarls Troß eine Dienerin, ein

Mischlingsmädchen mit gelbbraunen Augen. Als sie in der Küstenstadt ankamen, machte sie sich frei von Kuzarl. Er lief ihr nach und buhlte wie ein Verliebter, kaufte Perlen, um sie ihr zu Füßen zu legen. Sie aber wies ihn ab.

Die letzte Etappe legte Aztira in einer geschlossenen Sänfte zurück. Sie war aufgewühlt im Innern, voller Zweifel und wähnte sich ständig bedroht von einem Schwert, das über ihr schwebte. Es kam ihr so vor, als müßte sie die Rolle des Unglücksboten, des Racheengels bekleiden.

Saardsinmey war das Ziel des Amanackire-Schwertes. Die Stadt versinnbildlichte das Aufbegehren visianischer Überheblichkeit. War es nicht an der Zeit, dieser Prahlerei ein Ende zu machen? Die Absicht dieser Tat würde von jedem Visianer, der denken konnte, genau verstanden werden. Und im aarlschen Meer, das vor Saardsinmeys Küste schwappte, schwelte das Feuer ... Unterwegs auf den Straßen der rubinroten Stadt hätte Aztira manchmal am liebsten mit den Händen um sich geschlagen oder die Kraft ihrer Gedanken eingesetzt. Deshalb war sie gekommen: um in Abneigung und Voraussicht zu schwelgen.

Sie kleidete sich weiß, verhüllte das weiße Haar mit einem weißen Schleier und genoß das süße Gefühl des Stolzes, während sie unter lebendigen Toten einherwandelte.

Sie drohte sich zu vergiften an einer rassistischen Hysterie, der sie kaum widerstehen konnte. Wartend hielt sie Ausschau nach den ersten Anzeichen der Zerstörung. Deren Ausbruch wollte sie miterleben, erst dann würde sie den Ort verlassen können.

Und in dieser fast ekstatischen Stimmung kam ihr immer und immer wieder ein Name zu Ohren. Selbst Kuzarl hatte ihn ausgesprochen. Es war der Name eines Gottes, eines der Halbgötter der Visianer.

Ständig war von dem Lydier die Rede. Der Lydier hier, der Lydier da.

In ihrem Delirium der Macht waren alle Dinge zu Zeichen und Symbolen verdichtet. So betrachtete sie die Wirkung dieses Namens. Die Stadt hatte ihn in den Mittelpunkt gerückt. Der Lydier verkörperte Saardsinmey. Und Aztira dachte: Dieser Mann wird mit der Stadt untergehen.

In Gedanken fahndete sie nach ihm, und plötzlich fand sie ihn, und zwar auf übersinnliche Weise. In der Sprache der Visianer war sie eine Zauberin. Sie hielt ›Ausschau‹ nach Saardsinmeys Lydier und ›sah‹ ihn.

Hier, an diesem Knotenpunkt der Geschichte, würde der Untergang einer prahlerischen Stadt zusammenfallen mit dem Ende der Nachfolge des Massenmörders.

Saardsinmey, der Lydier: Amrek, der Schatten.

Von einem Balkon am Ende der Fünf-Meilen-Straße sah sie für einen kurzen Augenblick die Streitwagen vorbeischnellen wie eine Kaskade aus Fackellicht und Lärm.

Er würde der Sieger dieses berühmten Rennens sein. Das war ihr von Anfang an klar.

Vor einem Gasthaus in einer Seitengasse erstand sie zwei tote Vögel, die zum Verzehr bestimmt waren. Präpariert von ihren weißen Händen, gelangten sie mit ihrer Botschaft über einen von Aztira berechneten Umweg an den Lydier.

Der Sieg ist flüchtig. Sagt ihm das, denn heute nacht vertritt er Eure Stadt.

Vorher hatte die Erde bereits gebebt, wie ein Versprechen, draußen im Meer. Das Schwert am Sternenhimmel, und sie sein Bote …

Auch sie sollte in Saardsinmey umkommen. Nicht erst in der Flutwelle, sondern schon vorher.

Das wurde ihr bewußt, als sie eines Morgens bei strahlendem Sonnenaufgang erwachte. (Das Licht fiel wie rosige Blütenblätter auf ihre Couch in dem alten Haus hinter den Spitzenklöpplern an der Straße, die Juwelenstraße genannt wurde ...)

Das dumpfe Grollen, mit dem sich der Untergang der Stadt ankündigte, hatte das Heranschleichen ihres eigenen Todes übertönt.

Sie war noch keine neunzehn. Einsam auf dem Diwan liegend wehrte sie sich gegen den Tod und versuchte den Gedanken daran zu vertreiben. Aber der große schwarze Falke stieß wieder herab, setzte sich auf ihr Herz und faltete die Flügel. Und sie ergab sich.

Da erkannte sie in einem hellen Augenblick, wie ihr Ende aussehen und daß er, der Lydier, dahinterstehen würde. Er war ihr Tod, und sie war auf merkwürdige Weise sein — sein *Leben.*

Wie in Trance stand sie auf und verbrachte den Tag wie gewohnt. Als sich der Abend über die Stadt senkte, ging sie aus, zu Fuß und ganz allein, um, wie vorausgesehen, der schwarzen Tänzerin aus Zakoris zu begegnen.

»Der Lydier ... sag mir, wie ich an ihn herankomme.«

Die junge Zakorianerin wiegelte einen Moment lang ab, aber ihre aufgebrachten Gedanken waren von Aztira mühelos zu lesen.

»Danke«, sagte Aztira mit eisiger Stimme.

Und unter den nächtlichen Arkaden nahe der Schwertstraße sah sie ihn in den Lichtschein einer Laterne treten. Rehger, der Lydier.

Auf Anhieb erkannte sie seine Vollkommenheit. Er hatte die Wildheit von Leopard und Löwe, die Sanftheit einer Taube, die Stille tiefen Wassers und Schärfe und Kraft von Feuer. Und trotzdem — er offenbarte auch etwas Unfertiges, Fehlgerichtetes. Sein Leben bewegte sich nicht auf vorgesehenem Kurs. Wie ein von seiner Bahn abgekommener Stern. Oh, der glühende Stern ... Aztira war von seiner Leuchtkraft geblendet und zerschmolz vor ihm.

Amrek. Vis. Sterblich. Bronzefarben, fast schwarz. Aus dem Schatten ins Licht.

Ich liebe dich, seit dem Moment, als ich dich sah.

Obwohl er sie abgewiesen hatte, würde er zu ihr kommen.

Und obwohl sie sich der Unausweichlichkeit gefügt hatte, waren all ihre Gedanken an den Tod vergessen.

(Aztira stand wie eine Statue vor dem verglasten Fenster im Turm von Ashnesee. Der Mond war über dem Dach aufgestiegen. Hinter der Stadt und ihren Mauern breitete sich die Ebene wie ein Nachtmeer aus.)

Sie wurden ein Liebespaar. Leben und Tod vermischten sich. Sie hatte ihn aus fiebrigem Verlangen mit ihrem Zauber umgarnt und war wie hypnotisiert von der eigenen Angst. Sie hatte ihn im Spiel mit dem Tod gewonnen. (Um dem Corhlaner nichts schuldig sein zu müssen, hatte sie ihn, das Opfer, gerettet.) Ihre Gefühle waren in Aufruhr. Scham, Hochmut und Liebe meldeten sich gleichermaßen. Sie taumelte von einem Hochgefühl zum nächsten oder stürzte in bodenlose Tiefen, und all das zeigte sie Rehger sehr deutlich, nicht etwa auf dem Wege der Telepathie, sondern in der Sprache der Frau.

Schließlich war sie in seiner Gegenwart ausschließlich Frau. Glücksspendender Frieden stellte sich ein. Der Kampf war ausgefochten. Das Schicksal der Stadt ließ sie unberührt, und sie achtete nicht auf den Tod, der sich an sie heranschlich.

Sie hatte sein Nahen längst zur Kenntnis genommen und auch schon einen Plan zurechtgelegt, wie sie mit ihrem Tod Rehger würde retten können.

Sie kaufte Panduvs Grabstätte. (Schwarz für das Weiße.)

Panduv würde überleben. Das wußte Aztira, so wie sie wußte, daß die Milch an diesem Tag vergiftet war. Sie hatte für den Mord an sich gut bezahlt; Münzen für Lilien und den eigenen Untergang.

Mit der Kraft der Amanackire, die ihr die Schmerzen zu verwinden half, schrieb sie schließlich den Brief an ihn, an ihren Geliebten. Der Tod konnte sie nicht mehr schrecken. Auf dem Diwan ausgestreckt, ließ sie die schreckliche Leere wie einen erholsamen Schlaf über sich kommen.

Sie würde von ihm, der durch sie weiterlebte, nicht vergessen werden. Sie hatte einen Schrein aus Gold und Silber zurückgelassen und konnte ruhig einschlafen.

Aber was, ach was, erwartete sie danach ...?

»*Nein!*« rief sie, die Frau am Fenster.

An den Schrecken in der schwarzen einsamen und vom Wasser überschwemmten Gruft wollte sie nicht länger zurückdenken. Der energische Ruf hallte durchs Turmzimmer.

Der Geliebte war ihr auf der Spur, ohne daß er ihren Ruf, ihren Herzschlag oder das Flüstern ihrer Gedanken hätte hören können da draußen im Urwald am westlichen Rand des Kontinents.

Vielleicht waren sie aufgrund ihrer Vergangenheit dazu verurteilt, sich wiederzusehen. Er war für sie, wie sie für ihn, der Markstein im Chaos.

Der Weg war ausgetreten und ohne Hindernis. Der Reisende kam zügig voran und würde in wenigen Tagen am Ziel sein. Am Nachmittag des zweiten Tages erreichte er den Rand des Urwaldes, der sich wie ein Küstenstreifen abgrenzte von einer weiten Ebene, die in ihrer gewellten Oberfläche der Landschaft südlich von Moih glich, obwohl das Klima hier eine andere Vegetation hatte entstehen lassen. Die Farben leuchteten kräftiger, und da und dort schwammen zwischen den erstarrten Wellen Inseln mit üppigem Pflanzenbewuchs oder Ausuferungen des Urwaldes.

Ein Säulenbogen, wohl an die siebzig Fuß hoch, fünf Wagenlängen breit und mit Tiermotiven verziert, die in den weißen Stein gehauen waren, markierte den Übergang von Urwald und Ebene.

Die mit behauenen Steinen gepflasterte Straße war in einem Zustand, wie er in den Städten von Dorthar, Karmiss, Xarabiss und Alisaar nicht besser hätte sein können.

Den Straßenrand säumten Obeliske aus weißem Marmor, gekrönt mit goldenen Laubkränzen, in denen das Sonnenlicht blinkte.

Nicht eine einzige Spur war zu sehen. Die Straße schien gerade erst fertig geworden zu sein. Kein Rad, kein Huf, kein Fuß hatte ihre Decke berührt, weder Vogel noch Blatt war darüber hinweggeflogen.

In perspektivischer Verjüngung lief die Straße auf eine Anhöhe zu, die in einer Entfernung von sieben oder acht Meilen aus der Ebene emporragte. Wie die Schneekuppe eines Berges, so leuchtete von seinem Grat die weiße Stadt.

Die Stadt.

Sie war auf einer flachen Felsplatte errichtet worden. Die Sonne stand über ihren Türmen und Mauern. Wie Kristalle funkelten die hohen Glasscheiben auf. Sonderlich groß war der Ort nicht.

Die Straße stieg an und führte über einen langgestreckten Damm zur Stadt. Von unten war weder Tor noch Einfahrt auszumachen. Der große Felssockel fiel nach allen Seiten hin steil ab.

Eine kleine Baumgruppe stand neben der Straße, genau da, wo der Anstieg begann. In diesen Hain zog Rehger sich zurück, als die Sonne im Westen sank und mit kupfernen Strahlen die weißen Stadtgemäuer schwärzte.

Die Stadt erweckte einen unwirklichen Eindruck. Sie erinnerte ein wenig an das legendäre Koramvis, das Raldnor dem Erdboden gleich gemacht hatte.

Als die Dunkelheit hereinbrach, kam ein Wind auf. Der war mild und wehte Düfte herbei aus den fernen

Wäldern, wohin sich die Sonne verzogen hatte. Trotz der Brise war kein Laut zu hören. Zastis stieg am Himmel auf.

Der Stern versprenkelte rote Lichter über die Ebene, auf der nächtliche Rosen aufzublühen schienen. Doch es waren glühende Augen, die da blinzelten und mit dem Wind herbeizogen.

Rehger hätte auf einen der Bäume fliehen können, was jedoch sinnlos gewesen wäre, denn klettern konnten die Bestien auch. Zu seinem Erstaunen bewegten sie sich mit traumhafter Gemächlichkeit. Der Geruch, den sie ausströmten, hatte keinerlei Ähnlichkeit mit den Ausdünstungen jener Exemplare, die er aus den Menagerien Alisaars her kannte. Chacor hatte sie in Moih gejagt. Und als Kind war Rehger einmal von der Mutter vom Boden aufgerissen worden, ihre Zöpfe hatten sich würgend um seinen Hals geschlungen, als sie vor den Tieren die Flucht ergriff, Orbin vorne weg.

Jetzt trieb eine fünfzig- bis sechzigköpfige Meute lautlos über die unwirkliche Ebene auf den Hain zu. Sie hoben die Schnauzen und es schien, als würden Flammen aus ihren Augen tropfen.

Eins dieser Schreckenswesen richtete sich auf, indem es die Vorderpfoten an einen Stamm legte. Die mörderischen Klauen waren eingezogen.

Rehger war nicht sonderlich entsetzt, reagierte fast gelassen auf die Gefahr. Er ließ das Messer in der Scheide stecken, so wie das Tirr seine Klauen versteckt hielt.

Aztira. Ihr Name klang wie der dieser Bestien.

Das Tirr, das sich am Stamm aufgerichtet hatte, sackte wieder auf den Boden zurück.

Der Wind raschelte in den Blättern; ansonsten blieb es still. Dann glaubte Rehger, ein pfeifendes Schnurren zu hören, das tonlos durch den Kopf drang.

Die Tirrmeute reagierte. Sie zog sich wie auf Kommando zurück in die Schatten der Bäume. Die Augen blinzelten und blinkten.

Wie Perlmutt schimmerten die zwei Gestalten, die plötzlich hinter den Bäumen aus der Meute hervortraten. Die beiden Männer verstanden es offenbar, das Pack mit stummer Sprache zu kommandieren.

Rehger sagte kein Wort und dachte an nichts. Er wollte es den Amanackiren nicht leicht machen, falls sie sein Gehirn auszuleuchten versuchten.

Einer der Männer bewegte die Lippen.

»Du näherst dich der Stadt.«

Der andere sprach mit ähnlich fistelnder unsicherer Stimme.

»Für euereins bleibt Ashnesee verschlossen. Wir lassen dich nur als Sklaven rein.«

»Ashnesee«, sagte Rehger, der einen Sinn für stimmlose Signale entwickelt hatte, und nun spürte, daß sich seine Gedanken wie Blitze und mit großer Hitze entluden. »Ich kenne den Namen eurer Stadt.«

Die beiden musterten ihn mit starren Blicken.

Hinter dem Hain stieg der Mond auf, bleich wie die Gesichter der Männer.

Bestimmt konnten sie seine Wut spüren, seine Herkunft erahnen. Ihre und seine Gedanken gerieten aneinander.

Der eine forderte: »Folge uns!«

Während sie die Straße entlanggingen, verlief sich die Tirrmeute in der Dunkelheit. Die Nacht schien sie hervorgebracht, in Bewegung gesetzt und die Augen wie Sterne zum Leuchten gebracht zu haben. Nun war es, als würde die Nacht ihre Schöpfung zurücknehmen.

Kapitel 21

Die Feuerstelle

Das Tor nach Ashnesee war für Rehger ein Schrein beziehungsweise Sarkophag am Fuß des Felsplateaus unterhalb der Straße. Die weißen Männer behauchten den Stein und öffneten so den Durchlaß. Hinter ihnen ging die Wand wieder zu. (In ihren Tempeln waren solche Schließvorrichtungen nicht ungewöhnlich.)

Eine Treppe führte hinab in ein Gewirr von Schächten, die in den Fels geschlagen worden waren. Für spärliches Licht sorgten einerseits ein paar Fackeln, andererseits ein flackerndes Leuchten, dessen Quelle nicht auszumachen war.

Der Weg hatte zunächst einen ebenen Verlauf und stieg dann stufenweise an. Schließlich tauchten sie wie aus einem Brunnenschacht in einen ringsum geschlossenen Hof auf, in den Mondlicht durch einen Spalt einsickerte.

Die Stadt gab keinen Laut von sich.

Ein überdachter Weg führte aus dem Hof heraus und endete vor einer schmalen Tür aus Cibbaholz. Plötzlich waren plätschernde Geräusche zu hören. Als die Tür — diesmal durch Druck — geöffnet wurde, fiel der Blick auf einen großen Springbrunnen, der im Mondschein rosig aufleuchtete. Das herabstürzende Wasser schien wie eine Wand den Weg zu versperren. Aber da war eine trockene Lücke, und durch diese traten die drei hinaus in einen Garten.

Die weißen Männer eilten über einen ansteigenden Pfad voraus, ohne sich umzublicken.

Rehger blieb stehen, um den Ausblick auf die Stadt der Amanackire zu nutzen, die vom Mond hervorgezaubert wurde. Zwischen den Säulenbauten wanden sich die Straßen wie erstarrte Flüsse, und über einzelne Baumgruppen ragten schlanke Türme, deren Spitzen wie Tierschädel geformt waren. An manchen Stellen brannte Licht, ansonsten schien die Stadt völlig ausgestorben zu sein. Weder Bewegung noch Geräusche waren in ihr auszumachen.

Die weißen Männer waren auf der Kuppe des Gartenhügels vor einem Gebäude stehengeblieben. Zu dem Haus gehörte auch ein Turm, der den Kopf einer Schlange hatte. Wie ein Auge leuchtete das große, vom Mond angestrahlte Fenster auf.

Rehger ging weiter und schloß zu den Männern auf.

»Ist das ihr Haus?«

Sie sahen ihn an.

Er sagte: »Ihr habt mich zu ihr gebracht. Zu Aztira.«

Es gelang ihm zwar noch nicht, die Gedanken anderer zu lesen, aber wohin hätten ihn die Männer sonst bringen sollen?

Der eine wies mit der Hand auf ein schmiedeeisernes offenstehendes Tor in der weißen Wand. Die Männer schienen, wann immer möglich, auf gesprochene Worte zu verzichten.

Sie forderten ihn auf, ins Haus zu gehen, und blieben zurück, ohne Mißtrauen zu zeigen. Offenbar wähnten sie sich gegen jede Gefahr durch den Fremden gefeit.

Rehger zögerte einzutreten. Die beiden machten kehrt und zogen sich über die abschüssige Rasenfläche zurück.

Zeit und Ort erinnerten ihn an die Zastisnacht, als er sie im Haus hinter den Spitzenklöpplern besucht hatte.

Dabei war alles anders in Ashnesee, sogar die Luft — trocken und dünn wie über Wüstensand. Ein Hauch von Orchideen wehte herbei.

Er legte die Hand ans Eisentor.

Er betrat das Haus durch die Tür im Fuß des Turmes, wo Weinranken am Gemäuer klebten. Es gab nur einen

Gang, und der führte in das große weiße Oval mit dem Boden aus Mosaik und den bemalten Wänden, auf denen Mädchen dargestellt waren, die in hellen Gewändern auf sanft geschwungenen Hügeln durch ein Kornfeld tanzten. Lotuslampen beleuchteten die Halle, und auf dem Kamin, der nur in den kalten Monaten brannte, trockneten Blumen, die einen süßen Duft verbreiteten. Eine aus Silber gewundene, riesige Schlange bewachte die Feuerstelle mit gelbbraunen Augen. Ansonsten war die Halle leer.

Aztira wartete neben der Schlange am Kamin. Sie trug ein Kleid, das farblich paßte zu den Kleidern der über die Wände tanzenden Mädchen. Schmuck trug sie keinen.

In der Stille des Hauses waren Rehgers Schritte zu hören, obwohl er wie auf Katzenpfoten durch den Gang schlich. Er blieb nicht ein einziges Mal stehen.

Die Augen der jungen Frau leuchteten, wenngleich kaum intensiver als die des leblosen Reptils. Daß sie atmete, war nicht zu sehen.

Der schwere Vorhang im Eingang flog zur Seite, daß die Ringe der Aufhängung klirrten.

Nicht einmal jetzt hielt er inne, sondern schritt über den gemusterten Boden quer durch den Raum. Seine Augen waren starr auf Aztira gerichtet. Selbst die Schlange konnte seinen Blick nicht ablenken. Die von der Decke hängenden Lampen ließen seine Gestalt, sobald er in ihren Lichtkreis trat, wie Bronze aufleuchten. Schließlich blieb er stehen, zehn Fuß von ihr entfernt.

Wie ein Vagabund war er in der Stadt der Götter angekommen. Der Glanz und Lack von Saardsinmey hatte sich abgenutzt. Zwei Jahre waren vergangen. Das Gesicht spiegelte die Strapazen der Reise. Trotzdem glich er mehr denn je einem König, und die schwarzen Augen ruhten auf ihr mit aller Schönheit, Kraft und Klarheit, an die sie sich erinnerte.

Die Frau vor dem Blumenkamin streckte den Arm

nach ihm aus, den Handteller nach oben gekehrt. Darauf lag ein Dreieck aus angelaufenem Metall.

»Die Münze, die dein Vater deiner Mutter hinterlassen hat«, sagte sie. »Die Drake, die du mir anvertraut hast. Sieh's als Beweis an, falls du einen Beweis brauchst.«

»Beweis? Wofür?« fragte er.

»Daß ich lebe.«

»Oh«, antwortete er aus dem goldenen Schatten heraus, »ich weiß, daß du lebst.«

»Auch, daß ich gestorben bin?«

»Ja. Daß du gestorben und wieder aufgewacht bist und jetzt vor mir stehst. Göttin Aztira.«

Sie hielt ihm immer noch Yennefs Drake entgegen, doch Rehger kam nicht, um sie entgegenzunehmen.

Sie sagte: »Ich habe die Münze mit ins Grab genommen. Sie war mir ein Trost.« Dann ließ sie die Hand sinken und schloß die Finger um das Dreieck.

»Deine Art lebt doch ewig«, entgegnete er. »Warum hast du Trost gebraucht?«

»Weil du nicht bei mir warst«, antwortete sie.

Er schwieg, gab keinen Laut von sich. Auch sie war still. Die ganze Stadt war still.

Schließlich sagte Aztira: »Hör zu und glaub mir. Ich habe meinen Tod vorausgesehen. Nicht mehr, nicht weniger. Ich wußte, durch wen und wann ich ermordet werden würde. Ich bat dich, am Bestattungsritus teilzunehmen, weil mir die Gruft aus schwarzem Stein sicher genug erschien, um dem Beben und der Flutwelle standzuhalten. Mir blieb zwar noch die eine oder andere Wahl offen, aber ich war froh zu sterben in der Hoffnung, daß du überleben würdest.«

»Schönen Dank, was mich betrifft. Nur Saardsinmey wird sich nicht bedanken können.«

»Nein«, erwiderte sie, »ich werde vor dir nicht den Kopf senken oder mich klein machen. Wenn ich mich schäme, ist das meine Sache. Auch wenn ich schlecht oder sündig gehandelt habe, hat das nichts mit uns beiden zu tun. Ich glaubte, sterben zu müssen ... o ja, die Seele, die ist unsterblich. Aber Körper und Seele sind sich untereinander fremd. Von mir, meiner Person, wäre womöglich nicht viel übriggeblieben. Hältst du die Rückkehr in den Körper für so einfach? Du sagtest, ich sei aufgewacht. Nein, Rehger. So war es nicht. Ich hoffe, dir bei Gelegenheit mehr darüber erzählen zu können, aber nicht jetzt.«

»Vielleicht nie. Hast du mich durch Zauber hergelockt?«

»Nicht durch gewöhnliche Zauberei. Weder durch den Willen noch durch die Kraft des Geistes. Es war bloß meine Erinnerung an dich. Die hat dir nachgeweint. Aber wie ich vermute, hast du darauf nicht gehört.«

»Mir ist aufgetragen worden, mich an dich zu erinnern. Das habe ich getan. Seit Alisaar ist kein Tag und keine Nacht vergangen, ohne daß ich nicht an dich gedacht hätte. Für mich, Aztira, bist du am Leben geblieben, so wie der Gestank von verstümmelten Leichen und Meeresdreck und der tausendfältige Anblick der Verwüstung.«

»Genug«, sagte sie. »Du kannst die Verbrechen meiner Rasse nicht ungeschehen machen, indem du mich umbringst.«

»Wohl kaum.«

»Und wenn doch? Würdest du es tun?«

Er antwortete: »In Gedanken habe ich dich schon viele Male erschlagen, so, wie ein Visianer eine Schlange zertritt. Ja, daran mußte ich ständig denken. Dir den Hals zu brechen.«

»Habe ich mich in diesen Gedanken nie zur Wehr gesetzt und dich mit Blitzen geschlagen?«

Ihre Stimme war lauter geworden. Die bleiche Haut leuchtete; sie schien tatsächlich kalt zu brennen. Und plötzlich warf sie einen Blick auf den weiten Kamin und hob eine Hand. Von den Steinen, wo soeben noch Blumen gelegen hatten, loderten jetzt Flammen fauchend auf und warfen warmes Licht auf sie, so daß es den Anschein hatte, als würde Blut in ihr blasses Gesicht schießen. (Auch die silberne Schlange schien aufzuleben.)

Rehger spürte den Hitzeschwall. Doch wenig später kühlte die Luft wieder ab. Blumen lagen wieder im Kamin, und das einzige Licht im Raum stammte von den hängenden Lampen.

»Mich umzubringen, wird dir nie gelingen. Was willst du also anstellen, Rehger, zumal ich dich verschonen werde?«

»In Var-Zakoris und Dorthar macht man sich Gedanken über diese Stadt hier. Zusätzliche Informationen würden dort gerne zur Kenntnis genommen.«

»Du willst dich wohl als Spitzel verdingen und es deinem Vater gleichtun.«

»Woher weißt du? Hast du das ebenfalls der Münze entnehmen können?«

»Das ist mir auf anderen Wegen bekanntgeworden. Ich habe noch so manches in Erfahrung gebracht. Zum Beispiel, daß du dich mit deinem Vater getroffen hast.«

»Dieses Treffen hat mich auf den Weg nach Ashnesee gesetzt.«

»Tut mir leid, daß nicht mehr dabei herausgesprungen ist«, entgegnete Aztira und drehte sich um. Sie ging an die Wand, wo ein belaubter Baum in blassen rostbraunen Tönen auf den Putz gemalt worden war. Sie legte die Hand auf einen der Äste, und ein leises Murmeln drang durchs Mauerwerk. Sekunden später tauchte eine Gestalt im gegenüberliegenden Eingang der Halle auf. Rehger hatte die Göttin der Stadt gesehen. Jetzt sah er eine ihrer Sklavinnen.

Sie war eine dunkelhäutige Frau, kleingewachsen und mit einem einfachen Leinenkittel bekleidet. Das Haar hing lose vom Kopf. Sie verbeugte sich, knickte dabei in der Hüfte ein und hing wie eine durstige Pflanze vornüber.

Aztira sagte: »Hier ist der Herr, den wir erwartet haben. Führe ihn in das vorbereitete Zimmer und bediene ihn wie besprochen.«

Ihre Stimme klang seltsam. Eine Herrin sprach ihre Sklavin für gewöhnlich anders an. Es war, als redete ein Schlafwandler mit einem Phantom. Offenbar hatten die Leibeigenen in Ashnesee gar keine eigene Existenz. Sie schienen lediglich Teile eines kommandierenden Gehirns zu sein.

Dann wechselte die Amanackire die Tonlage und richtete das Wort an Rehger: »Folg ihr! Es wird dir an nichts fehlen. Morgen darfst du auf derselben versteckten Route wieder davonziehen. Von den beiden Männern, die dich hergebracht haben, wird der eine oder andere bei Tagesanbruch hier sein. Halte dich für ihn bereit. Du hast dich davon überzeugen können, daß die Stadt des Westens mehr ist als bloße Einbildung. Womöglich wirst du in Var-Zakoris für deine Entdeckung belohnt. Oder als Lügner bezichtigt. Aber vielleicht verirrst du dich auch im Urwald. Denk daran, du hast mich aus eigenem Antrieb aufgesucht. Ich habe dich weder gerufen noch herbeigezaubert. Es war dein Wunsch, mich zu finden und zu töten, obwohl dir eigentlich klar gewesen sein mußte, daß, falls ich denn lebte, nicht umzubringen sein würde. Aber du hattest offenbar nichts anderes zu tun, als diese traurige Suche auf dich zu nehmen.«

Er stand da wie in Stein gemeißelt und betrachtete sie mit nachdenklichen Blicken. Hinter ihm hielt die schwarze Sklavin immer noch den Rumpf gebeugt.

»Du betrauerst nicht nur die Zerstörung von Saardsinmey, sondern auch deine Art, in dieser Stadt zu leben. Gladiator und König. Die Freiheit, die erst mit dem Tod kommt. Du wärst in spätestens fünf Jahren von der Oberfläche verschwunden.«

»Das mag wohl sein«, gab er zur Antwort.

»Du hast mit der Stadt einen Pakt geschlossen. Aber dein eigentliches Leben, das du in Iscah begonnen hast, ist von dem Mann unterbrochen worden, der dich nach Alisaar verschleppte. Er, Katemval, der Sklavenhändler, versprach dir Tage des Ruhms, machte aber dem Leben ein Ende, das deine Seele eigentlich hatte führen wollen …«

»Ich glaube nicht an ein Seelenleben, Aztira. Das weißt du.«

»Es war zu spät, als du in Moih versuchtest, an deine Anfänge wieder anzuknüpfen«, sagte sie, ohne auf seinen Einwand einzugehen. »Denn es scheint, du hast dich nicht nur mit der Bildhauerei befaßt. Wieso hättest du sonst deinen jüngsten Sieg über die Steine und deine Lehre so bereitwillig aufgegeben? Um statt dessen meinem Schatten nachzujagen.« Sie wich langsam und scheinbar schwerelos an den Kamin zurück. »Folg der Sklavin!«

»Aztira.«

»Was ist?«

»Du und deinesgleichen, ihr glaubt an die Wiedergeburt. Fürchtet ihr nicht, als Alisaare oder als schwarze Zakorianerin auf die Welt zu kommen?«

Sie überraschte ihn mit einem hellen Lachen, das sie für einen Moment wieder jung werden ließ.

»Ja«, antwortete sie, »das wäre schlimm und käme einer Strafe gleich. Um nicht mit einem solchen Schicksal geschlagen zu werden, müssen wir dafür sorgen, daß der Tod uns nicht den Körper raubt.« Aztira wurde wieder ernst. »Geh jetzt«, sagte sie. »Du hast sicher genug von mir.«

Die Sklavin richtete sich auf und wies ihm den Weg durchs Haus.

Kapitel 22

Die Stadt der Schlange

An die Zimmerdecke waren Wolken auf hellblauen Grund gemalt worden, die sich in der Morgen- und Abenddämmerung treibend in Bewegung zu setzen schienen, während das Blau seine Farblichkeit verlor und einen ätherhaften Anschein annahm. Die Wände waren mit geschlungenen Mustern verziert, die in einem Schlangenkopf neben der Tür ausliefen. Tippte man auf das eine Auge, öffnete sich die Tür. Wurde das andere berührt, meldete sich eine der Sklavinnen mit einem Gesicht, so ausdruckslos wie dunkelbraunes Holz. Oben in der Wand steckten vergitterte Luft- und Lichtschächte. Das Mobiliar bestand einzig und allein aus einem Bett, das für den Gast hergerichtet worden und mit einem engmaschigen Netz zugehängt war, obwohl die Insekten des Dschungels nicht in die Stadt zu finden schienen. An das Zimmer grenzte eine Kammer mit Bad und zuklappbarer Toilette, wie man sie besser nicht in den reichsten Häusern von Alisaar hätte antreffen können. Auf einem marmornen Fuß brannte eine Lampe mit einem Schirm aus Alabaster.

Am nächsten Morgen versäumte es Rehger, sich, wie aufgetragen, für die Abreise fertig zu machen.

Er schlief, und zwar so tief und fest wie sonst nur nach einem Wettrennen oder Kampf. Keiner kam, um ihn zu wecken. Es war schon Mittag, die Sonne strahlte durch die Gitteröffnungen, als er aufwachte und sah, daß die erlesene aber unangetastete Mahlzeit, die man ihm am Abend zuvor gereicht hatte, weggeräumt worden war. Später, nachdem er das Schlangenauge berührt hatte, wurde ihm ein Frühstück gebracht.

Rehger stellte der Dienerschaft keine Frage. Wie alle

anderen Städter schienen sie stimmhafte Äußerungen vermeiden zu wollen. Als sich eine Sklavin als Vorkosterin anerbot, schüttelte er den Kopf, und sie zog sich zurück. Damit rechnete er nicht, daß ihm die Zauberin Drogen oder Gift verabreichen würde. Vielleicht steckten Schmerz, Wut oder Zorn hinter der Annahme, daß Rehger so etwas unterstellen könnte.

Das Schlafzimmer war geräumig genug, um die täglichen Körperübungen darin zu absolvieren, obwohl ihm das ganze Haus samt Garten offenstand, wie ihm ausdrücklich erklärt worden war.

In der zweiten Nacht fand er keinen Schlaf. Weinrot leuchtete Zastis hinter den Gittern. Um ein Mädchen bat er jedoch nicht. Auf eine Bettmagd wollte er verzichten, so angenehm und beruhigend ihr Dienst auch gewesen wäre. Er erinnerte sich an die blonde ommossisch-thaddrische Frau auf dem Strohdach des letzten Dorfes. Als seine Lust unerträglich wurde, dachte er zurück an den Leichenschmaus unten auf dem Marktplatz und an die weißen Gestalten, die den Toten unter Beifall und Scherzen bestattet hatten.

Als die Sonne stieg, ging Rehger nach unten in den Hof und von dort in den Garten, der die Stadt überblickte. Die knochenbleichen Gebäude lagen unter weichem Morgendunst, durch den die Türme ihre Tierköpfe streckten und mit den Schnauzen die Luft beschnupperten.

Alle Blumen im Garten blühten weiß oder in wäßrigen Tönen. Weiße Tauben gurrten in einem Baum, und Rehger konnte den Springbrunnen leise rauschen hören, der den unteren Garteneingang markierte. Sonst war nichts auf dem Hügel zu hören. Eine Viertelmeile entfernt und auf gleicher Höhe mit dem Taubenbaum stand ein Säulengebäude, aus dem es rauchte. Vielleicht ein Tempel der Schlangenfrau, in dem das Altarfeuer gehütet wurde.

Eine Stimme drang leise wie ein Hauch an sein Ohr.

Rehger reagierte nicht, obwohl Aztira, wie bei der allerersten Begegnung mit ihm, seinen Namen rief. Jetzt spürte er nur ihre Aufmerksamkeit auf sich gerichtet, was einer sachten Fingerberührung gleichkam. Nach einer Weile jedoch zog sie sich von ihm zurück und es war, als seufzte sie.

Er schlenderte weiter und erreichte einen niedrigen, zur anderen Seite hin steil abfallenden Wall, der den Garten umgab. Weit unten, auf der im Dunst liegenden Allee zwischen den Monumenten und großen Gebäuden, sah er ein paar Männer und Frauen, die, pärchenweise oder allein, langsam über das Pflaster gingen. Sie waren weiß wie alles andere in dieser Stadt. Zirkone leuchteten im Armreif einer Frau. Auf dem Jackett eines Mannes prangten silberne Schulterstücke. Keiner schaute auf, um zu sehen, ob jemand vom hochgelegenen Garten aus auf sie herabblicken würde. Wer auf Rehger aufmerksam geworden wäre, hätte ihn für einen Sklaven gehalten, für einen dunkelhäutigen Diener im Haus von Aztira, der sich — aus welchen Gründen auch immer — zufällig einmal nicht in den Rattenschächten unterm Rasen aufhielt. Sicherlich aber würde keiner seine Gedanken zu erforschen versuchen, denn er war ein minderes Wesen, das nicht zählte.

(Er hatte Sklaven oft genug durch Öffnungen in der Wand, in Säulen und Treppen verschwinden oder auftauchen sehen, um darauf schließen zu können, daß es eine unterirdische Stadt aus Gängen und Kammern geben mußte.)

Aber die Amanackire zogen allein oder zu zweit in aller Ruhe und ohne Hast über die Allee und bogen dann in die eine oder andere Seitenstraße ab.

Etwas später waren auch Leute auf dem saftig grünen Parkhügel zu sehen. Sie schienen in ein betuliches Spiel, ein Ritual oder einen langsamen Tanz vertieft zu sein. Aber es gab weder Musik noch Gesang zu hören.

Rehger dachte an Zaddath und fragte sich, ob er jemals dorthin zurückkehren würde.

Er schaute über die Stadt und dachte an Amrek, der das weiße Volk hatte ausmerzen wollen.

Er hatte noch im letzten Dschungeldorf eingestehen müssen, daß es keinen besonderen Grund für seine Reise gab und daß er, falls er die Stadt erreichte, ohne Absicht dort ankommen würde.

Ein ähnliches Gefühl hatte er schon einmal als Kind verspürt, als er von Katemval aus Iscah entführt worden war. In aller Schärfe kehrte die Erinnerung zurück, wie er als Kind geweint hatte, weil ihm etwas verlorengegangen war. Die schwarze Hündin, das schwarze Haar der Mutter — an mehr konnte er sich kaum noch erinnern, geschweige denn ihren Namen richtig aussprehen.

Der Schmerz, so unbestimmt er auch war, wallte in ihm auf und drängte aus der Brust, die ihn gefangenhielt.

Weder Yennef, noch Katemval oder Tibo. Das Stadion hatte für ihn die Stelle der Eltern übernommen, und Daigoth, der Gott der Kämpfer, Akrobaten und Wagenlenker. Daigoth war sein Gott.

Aber seine Mutter hatte Cah verehrt, dieses gedrungene, blutrünstige, schwarze Idol ...

Was ihn angetrieben hatte, war weder Haß noch Wut oder Liebe. Er hatte sein Inneres genau erforscht und feststellen müssen, daß ihm diese Gefühle völlig fremd waren. Was also waren seine Motive?

Und während er die unwirkliche und doch vor ihm ausgebreitete Stadt überblickte, wurde ihm klar, daß er sich selber abhanden gekommen war. Rehger war wie Amrek in der Vergangenheit zurückgeblieben.

Den ganzen zweiten Tag über saß sie mit gefalteten Händen da und hörte, was in seinem Kopf vor sich ging. Daß sie dazu in der Lage war, lag an ihren magischen

Gaben, und dieser Kraft verdankte sie es auch, daß sie das Gehörte ertragen konnte.

Dann, als die Schatten über den Boden krochen, stand sie auf und suchte ihn.

Sie liebte ihn, aber darüber hinaus trug sie die Verantwortung für ihr Schicksal und das ihres Volkes. *Anackire.* Es war, als lebten zwei Frauen in ihr: die Liebende und — wie er vermutete — die Hexe.

Im letzten Abendlicht erreichte sie die Schwelle zur Schlafkammer.

Er schien hin und her gelaufen zu sein, blieb aber jetzt wie angewurzelt stehen. Er trug die Sachen, die die Sklavinnen auf ihren Befehl hin gebracht hatten. Die Kleider waren weiß — wie jedes edle Stück. Und in seinem Gedächtnis tauchte das Bild auf von einem dunklen Visianer in Moih, der weiß gekleidet seine Hochzeit feierte. (Wer dieser Mann war, wußte Aztira nicht.)

»In Zaddath und Dorthar wird man jede Kleinigkeit erfahren wollen, die du über meine Stadt zu berichten weißt«, sagte sie.

Wie war sein Blick zu deuten? Die schwarzen Augen waren ohne Ausdruck und wirkten wie zwei Jalousien aus geschmiedetem Eisen.

»Komm mit mir«, sagte sie sanft. »Vielleicht passiert heute nacht in Ashnesee etwas, das den Rat von Zakoris und die Mittellande interessiert.«

»Du weißt soviel von mir«, entgegnete er. Seine Stimme klang hohl. »Alles.«

»Nichts, mein Liebster. Überhaupt nichts. Ich weiß nicht einmal, ob du mich immer noch verschmähst.«

»Ich soll mit dir über die Straßen deiner Stadt gehen?« fragte er mit ernster Stimme. »Wenn das dein Wunsch ist, Göttin . . .«

»Göttin, du hast dich doch nicht anstecken lassen vom Aberglauben des dummen Volkes.«

»Inzwischen doch.«

»Rehger.«

»Wie nennst du mich überhaupt? Dieser Mann, dieser Lydier ist in Saardsinmey zurückgeblieben. Das weiß ich von dir.«

»Du hast mich falsch verstanden!« rief sie und war ganz außer sich. Er kam nun ruhig auf sie zu und legte die Hand sanft an ihr Gesicht. Oh, wie gut sie sich erinnerte an die Wärme und Zurückhaltung, mit der er sie gestreichelt, und mit welcher Anmut und Kraft er sie aufgehoben hatte, so leicht, als wäre sie ein Blatt, und vorsichtig, um ihr nicht weh zu tun.

Sie dachte selbstquälerisch, *was habe ich bloß angestellt?* und sagte: »Du machst dir Gedanken über den Rückweg nach Zaddath.«

»Ja. Wer weiß, ob ich jemals dort ankomme. Aber jetzt gehe ich mit dir, Aztira.«

Sie streifte seine Hand von ihrem Gesicht und wich zurück. Mit verschlossenem Herzen sagte sie: »Du mußt einen oder zwei Schritte hinter mir bleiben. Verzeih, daß ich das von dir verlange.«

»Natürlich.« Er lächelte und schien bereit, sich in Gelassenheit und Würde zu unterwerfen, wie ein König, der zur Hinrichtung geführt wird. Und wieder war sie es, die an sich halten mußte.

»Niemand wird dich für einen Sklaven halten«, sagte sie. »In Ashnesee gibt es nur selten Geheimnisse. Viele wissen längst, daß ich einen Gast in meinem Haus habe. Einige wissen sogar, wer seine Vorfahren waren. Und wenn du dich zeigst, wird es allen anderen im Nu bekannt sein. Gefahr brauchst du nicht zu fürchten.«

»Damit habe ich auch nicht gerechnet.«

»Vielleicht schlagen dir Haßgefühle entgegen. Aber davor kannst du dich ja verschließen.«

»Ich weiß.«

»Wie ungewöhnlich für einen Visianer. Ein Nachfahre von Rarnamnon, dem ersten Herrn der Stürme, hat etwas von einem Tiefländer an sich ...«

Sie führte ihn über die Treppe nach unten. Die tiefstehende Sonne warf pralle, purpurrote Strahlen durch die Gitter und hohen Fenster. Als sie aus der Halle nach draußen traten, war das Licht, das von Westen über die Stadt fiel, sehr viel sanfter getönt, und die Häuser schimmerten wie gelbgold gefärbte Seide.

Aztira stieg über die Terrassen nach unten und wandte sich gen Osten. In der Abendsonne glühend, ging sie vor ihm her durch die namenlosen Straßen von Ashnesee.

Steinerne Stufen führten in eine Senke, in der es schon Nacht geworden war, und über Gras und Bäume hatten sich Nebel gebildet. Die Türme ragten aus den Schatten empor. Kupfern glänzten ihre merkwürdigen Spitzen, jene Nachbildungen von Kalinx- oder Tirrköpfen, Hundeschnauzen oder von Vogelköpfen mit Augen aus Kristallfenstern, die das letzte Sonnenlicht spiegelten.

Zwischen den Baumgruppen hatten sich die Amanakkire versammelt. Da waren an die zweihundert von ihnen, was die gesamte Einwohnerzahl der Stadt auszumachen schien. Ein kleiner Teil davon bestand aus Kindern und Jugendlichen. Die meisten schienen in einem Alter zwischen zwanzig und dreißig Jahren zu sein, was für Tiefländer der Gipfel der Reife, für Visianer der Anfang einer langen Erwachsenenzeit war. Alte gab es überhaupt nicht. Männer und Frauen waren gemischt, so wie die Kinder mit anderen Altersstufen gemischt waren. Nirgendwo bildeten sich separate Gruppen. Die Gesichter, allesamt makellos und bei näherer Betrachtung schön, wirkten so leblos wie die marmornen Turmtierköpfe oder auch wie die gezüchteten Sklaven mit der Holzhaut und den lehmfarbenen Augen.

In manchen Bäumen brannten Lichter. Die Sterne traten zum Vorschein, und der große Stern tauchte am rötlichen Horizont auf wie ein Rubin, der in Wein schwimmt.

Aztira hatte den oberen Treppenabsatz erreicht. Rehger war hinter ihr.

Alle Amanackire, die Kinder der Göttin, hoben die Köpfe, um ihr entgegenzusehen. Rehger fühlte sich an die Tirrmeute erinnert, die die Ebene vor der Stadt bewachte.

Er brauchte nicht seine innere Wahrnehmung anzustrengen, um die Anschuldigungen zu hören, dieses Raunen wie Wind in den Bäumen, das nicht zuletzt der Frau gewidmet war, die ihn mitgebracht hatte. Welche Antwort sie ihnen geben würde, ahnte er nicht. Er ließ die unterschwelligen Vorwürfe und Sticheleien gleichmütig über sich ergehen. *Amrek.* Vielleicht war er der Dämon, den sie heraufbeschwörten. Offenbar nahmen sie von Rehger als Person keine Notiz. Für sie war er lediglich ein Visianer. Er selber kam sich vor wie ein Felsblock in einer Brandung aus Intellekt und Magie, dem nichts anderes übrigblieb, als dem Anrollen der Wellen zu trotzen.

Nach einer Weile ließ ihn die Menge in Frieden. Jetzt stieg Aztira die Stufen hinab. Er folgte ihr.

Seit er sich ihr ergeben hatte, war ihm ihre Liebe bewußt, und von neuem wurde ihm klar, über welch große Macht sie verfügte. Das Zusammenspiel dieser beiden Seiten hatte ihn zum Lächeln gebracht. Manchmal konnte der verzweifelte Einsatz von Macht Mitleid oder Sympathie hervorrufen.

Als sie den Fuß der Treppe erreichte, teilte sich die Menge, um ihr einen Weg zu öffnen. Er und sie durchschritten das Spalier, das vor der Säule eines Turms endete. In einer Höhe von dreißig Fuß war ein Hundekopf zu erkennen, der mit der zunehmenden Dunkelheit an Konturen verlor. Die Augen funkelten nicht mehr, sie blickten kalt und starr drein.

Durch eine weißlackierte ovale Tür war der Turm zu betreten. Aztira stieß sie mit der Hand nach innen auf.

Sie traten in einen runden Raum. Die Fresken ringsum zeigten pastorale Landschaften, Tänzer und eine gold glänzende Sonnenscheibe. Hoch oben im Gewölbe des Treppenhauses brannten Lampen.

Inzwischen hatte er aus einigen Hinweisen schließen können, wo er sich befand — auf dem Friedhof nämlich. Dieser Turm war eine der Grabstätten. Die Menge jedoch hatte sich nicht aus Trauer versammelt.

Aztira warf ihm einen Blick zu. Dann trat sie tiefer in den runden Raum und stieg über die Treppe nach oben. Er und nur er folgte ihr.

Auf der obersten Ebene des Turms befand sich eine pechschwarze Kammer. Flammen lohten aus einer schwarzen, auf einem Säulenfuß plazierten Schale, wie man sie aus ihren Tempeln her kannte. Im Feuerschein war nur ein silbernes Bett zu erkennen. Und darauf lag ein Mann.

Es hätte irgend jemand aus der Menge der Amanackire sein können. Bis auf Aztira sahen alle gleich aus, Männer wie Frauen.

Der Mann auf der Liege atmete, wie an Bauch und Brustkorb zu sehen war, die langsam auf und ab gingen.

Wieder warf Aztira ihrem Begleiter einen Blick zu. Sie hob die Hand, wie sie es getan hatte, um seine zärtliche Berührung zu erwidern. Jetzt gab sie ihm das Zeichen stehenzubleiben.

Sie ging zur Liege und beugte sich darüber. Allem Anschein nach war sie eine Schwester dieses atmenden Leichnams, so sehr sah er ihr ähnlich.

»Urhvan«, sagte sie laut.

Die Lider senkten sich über ihre Augen.

Sie sprach nun von innen heraus, und doch schien die Litanei ihrer lautlosen Stimme durch die Kammer zu hallen — bittend, versichernd, drängend.

Mit einem Mal öffnete der Mann die Augen, die aus ihren Höhlen hervorquollen. Er gab einen wiehernden Schrei von sich.

Es war ein Geräusch wie in der Arena, als wäre ein

Schwert durch den Knochenpanzer in den Leib gedrungen. Ein Todesschrei, Panik, Verwirrung, Wut und Leugnen, kamen darin zum Ausdruck.

»*Urhvan*«, sagte Aztira wieder laut. Ein Wirbel von Gedanken und Energie tobte durch den schwarzen Raum. Die Flammen in der Schale schlugen aus, flackerten.

Die Frau beugte sich tief über den kämpfenden Bruder und legte die Hände auf seine Stirn und seinen Hals. Durch den Körper fuhr ein Zittern, dann sackte er zusammen. Er lag wieder wie tot auf der Bahre, atmete aber mit entspannter Gleichmäßigkeit.

Als sich Aztira nach einer Weile von ihm abwandte, richtete er sich schwerfällig auf. Sein Gesicht wirkte entgeistert und schien erst zur Besinnung kommen zu müssen. Schließlich hatte er die Kontrolle über sich gewonnen. Er war ein Amanackire. Die beiden sahen einander an und unterhielten sich mit Geisterstimmen. Die Kammer schien zu singen.

Die Flamme brannte wieder ruhig in der Schale aus Achat. Hinter den Fensteraugen des Hundekopfes hatte sich tiefe Dunkelheit breitgemacht.

Kurze Zeit später stand der Amanackire von der Liege auf. Er sah sich um und streifte mit seinem Blick einen dunkelhäutigen weißgekleideten Mann, dem er aber keine weitere Beachtung schenkte. Doch vor Aztira, der Amanackire, zeigte er seine Ehrerbietung nach Art der Tiefländer: Mit der Hand berührte er nacheinander Braue und Herz. Dann ging er an ihr vorbei und die Treppe hinunter.

Aztira und Rehger blieben in der Kammer zurück und sahen einander an — sprachlos —, bis aus dem nächtlichen Garten des Friedhofs ein heftiger atmosphärischer Pulsschlag heraufschallte, laut wie ein Schrei.

»Aber du warst allein«, sagte er.

»Ja, ich war allein. In Alisaar.«

»Ist dieser Akt immer so gewalttätig?«

»War es jemals leicht, geboren zu werden?« gab sie zur Antwort. »Urhvan hat vor zwanzig Jahren seinem Leben ein Ende gemacht, um zurückzukehren. Damit ist er in die letzte Prüfung gegangen. Wer sie einzugehen wagt und besteht, tritt dem Kreis der Auserwählten von Ashnesee bei. Wir sind erst zu zehnt in diesem Kreis, aber am Ende werden alle Bürger von Ashnesee den Tod erfahren und überwunden haben. In den Nachbartürmen liegen welche, die seit einem Jahr und länger dem Tod zu entkommen versuchen. Ihr Körper bleibt frisch als Pfand, den sie bei der Wiederkehr zurückerhalten. Wenn sich der Lebensfunke meldet, sind wir, die die Prüfung schon hinter uns haben, aufgerufen, ihnen beizustehen.« Sie richtete ihren Blick auf die dunklen Fenster. »Ich mußte die Wiedergeburt alleine durchmachen, dafür blieb mir aber der Selbstmord erspart. Ein Mädchen aus einem Wirtshaus hat mich deinetwegen vergiftet. Ich brauchte bloß den Krug entgegenzunehmen, den sie mir brachte. Sie hatte ihn mir sogar mit Lilien geschmückt.«

»Hast du nicht daran gedacht, mich um diesen einen Gefallen zu bitten? Auf dich zu warten?« fragte er.

»Oh, nein«, antwortete sie.

»Du hast wohl nur an dich und deinen Tod gedacht.«

»Ja, vielleicht bin ich nicht ganz ehrlich gewesen. Es ist nämlich so: Aus meinem Volk hat jeder das Versprechen, aus der Nacht zurückkehren zu können. Aber ...« Sie blickte auf das leere silberne Bett. »Die ganze Sache ist so unwahrscheinlich.«

Wenn auch nicht in Alisaar, so wartete er jetzt hier. Schließlich sagte er: »Ich verstehe, du wolltest allein sein, um mir einen schrecklichen Anblick zu ersparen.«

»Ja«, antwortete sie, »ich schrie und kratzte mich mit den eigenen Nägeln. Ich wußte meinen Namen nicht mehr, oder wer und *was* ich eigentlich war. Ich hielt mich für ein Tier, für einen Fisch, eine Schlange und dachte, das Leben wäre der Tod. Ich glaubte zu sterben.

Das Blut lief mir aus dem Mund und verzweifelt versuchte ich, mich von der Todesschlinge loszureißen. Nein, nein, ich wollte nicht, daß du das miterlebst. Der Körper ist bleischwer. Die Augen sehen nicht. Beim Versuch zu sprechen versagt die Stimme, und mit jedem Atemzug glaubt man, ersticken zu müssen. Angst und Qual. Zu sterben ist leichter. Eines Tages werde ich vielleicht endgültig sterben und verschwinden. Aber jetzt ... was gibt mir die Sicherheit, wirklich zu leben? Das ist unser Fluch und unser Segen. Dein Vorwurf war berechtigt. Wir sind Götter.« Sie warf den Kopf in den Nacken und ließ das Haar zurückfallen. Die Augen leuchteten. Die Kraft, die sie ausströmte, war wie die Strahlen des Wintermondes. Was sie ihm in der dürftigen Sprache der Menschen anvertraute, war die reine Wahrheit. »Am Ende werden wir sein, wie wir waren. Dieser Zustand läßt sich noch schwach in Erinnerung bringen. Es heißt, daß wir Flügel hatten. Ich glaube fast, daß dem wirklich so war. In unseren Legenden ist von Ländern über dem Himmel die Rede und von Ausflügen dorthin in kometenhaften Streitwagen. Wir träumen davon, dorthin zurückzukehren und Königreiche wieder in Besitz zu nehmen. Auch ich habe davon geträumt, in seltsamen Farben — aber die kann ich nicht beschreiben. Alle diese Welten werden von meinem Volk beherrscht werden, und zwar ohne Erbarmen, bis wir vom Thron gestoßen werden oder die Flügel brechen und unsere Zeit vorbei ist. Auch für uns, die Schattenlosen, gibt es einen Tod, der sich nicht bezwingen läßt. Wir werden gefürchtet und gehaßt. Aber bis zu diesem für uns endgültigen Tod führt unser Weg nach oben. Die Flammenschalen werden vor leeren Altären brennen, und die Namen, die wir verehren, werden unsere eigenen sein. Wir sind Götter. Anackire aber ist keine Gottheit. Sie ist das Allumfassende, wovon Götter nur ein Teil sind.«

In ihre Augen trat ein merkwürdiger Glanz. Es schien,

als leuchteten darin jene Farben auf, die sie nicht beschreiben konnte.

»Wir werden beneidet und verachtet«, sagte sie. »Das weißt du.«

Er senkte den Kopf.

»Vis wird erzittern«, fuhr sie fort. »Aber am Ende wird es uns am schlimmsten treffen. Wir werden untergehen.« Sie streckte die Hände nach ihm aus. »Wir sind uns also doch ähnlich, du und ich.«

Als er zu ihr kam, legte sie ihm den Kopf an die Brust, scheinbar müde und schläfrig.

»Bevor die Sonne aufgeht, mußt du diese schreckliche verhexte Stadt verlassen haben, Rehger. Ich werde dich auf einen sicheren Weg schicken. Ans Meer. Es ist nicht weit, Liebster. Wirst du mir vertrauen?«

»Ja. Aber sprechen wir nicht von morgen.«

Und flüsternd erwiderte sie: »Du hast meine Gedanken gelesen.«

Eine bezaubernde Stimmung lag an diesem Abend über der Stadt. Da war ein Aroma, das die fernen Sterne auszuströmen schienen und frei war von den gemeinen Ausdünstungen der Menschheit.

Sie zogen durch die Straßen und Gassen von Ashnesee.

Im Vorübergehen machte Aztira ihn aufmerksam auf gewaltige Monumente, die vergoldeten Schreine und Tempel, aus denen der Schein von lodernden Flammen hervorleuchtete. Hinter den beleuchteten Fensterbögen der Paläste waren manchmal die Schemen von Personen zu erkennen. (Viele dieser vornehmen Gebäude standen aber auch leer.) Durch manche Gärten schlenderten bleiche Amanackire wie lebend gewordene Statuen. Sie waren fast immer allein.

Zweimal begegnete Aztira einem Mitbürger ihrer Stadt auf der Straße. Sie tauschten Grüße aus — natürlich schweigend.

Daß er an diesem Ort nicht gern gesehen war, spürte Rehger wohl. Sie hatte ihn aufgefordert, mit dem neuen Tag aufzubrechen. Ihm war gestattet worden, das Heiligtum zu sehen und dem Ritus einer Reinkarnation beizuwohnen, obwohl er durch und durch Visianer und überdies sogar ein Nachfahre von Amrek war.

Aber die Abneigung der Bürger konnte seinen Frieden an diesem Abend nicht stören. Was ihn aus der Ruhe brachte, war einzig und allein Aztiras grenzenlose Schönheit, während der Stern beharrlich auf sie niederbrannte.

Sie tauschten Erinnerungen an Alisaar und Saardsinmey aus, an die Blüte und den Lichterglanz dieser Stadt, und sie sprachen über die Rennen im Stadion, als würden sie in Kürze beginnen. Zwei- oder dreimal lachten sie gemeinsam. Mit der Zeit und ihrem Wandel waren die alten Vorurteile abgelegt worden.

In der ovalen Halle von Aztiras Haus hatten die Sklaven ein fürstliches Mahl vorbereitet. Die Silberteller waren golden umrandet und mit Abbildungen von Meeresungeheuern verziert — offenbar ein Geschenk aus Sh'alis.

Der Rotwein stammte aus Vardath.

Die Verständigung zwischen beiden war mittlerweile offen, ungekünstelt und ließ Pausen zu, in denen Reflexion oder Zärtlichkeit zum Zuge kam.

Ihr Schlafzimmer, das über eine kleine Stiege zu erreichen und von Dutzenden von Kerzen erwärmt wurde, hatte keine Fenster und glich dem Innern einer Muschel.

Als er sie nackt sah, so weiß wie ein Standbild aus Eis oder Marmor, da erinnerte er sich an ihr Feuer, das von innen her glühte. Sie fielen in Minutenschnelle übereinander her wie ausgehungerte Leoparden. Und dann geriet die Erde wieder ins Rotieren, schleuderte die beiden von sich.

Es war das Haus hinter den Spitzenklöpplern. Er

hörte den Verkehrslärm von der fernen Fünf-Meilen-Straße.

Oder es war in Moih, sein Flehen hatte sich erfüllt und die Statue war lebendig geworden.

»Rehger, verzeih meinen Gebrauch von dir!«

»Der Nutzen war gegenseitig.«

»Ich spreche von einem anderen Gebrauch.«

»Ich verzeihe dir alles, Aztira Am Ashnesee. Du wirst mich sowieso überleben. Was soll's?«

»Sobald du mich verläßt, werde ich mich — aus deiner Sicht — wieder in einen Geist verwandeln«, sagte sie.

Während sie in den letzten Stunden der Dunkelheit auf den Kissen lagen, fing Aztira an, ihr Haar zu flechten, das nun in Zöpfen über seinen Körper zu ranken schien. Als er sich aus ihren Armen löste, öffnete er drei, vier Zöpfe und schüttelte das Haar aus.

»Du duftest immer nach Blumen und klarem Wasser.«

»Du wirst mich trotzdem vergessen.«

Er fing an, einen weiteren Zopf zu lösen, woran sie ihn jedoch hinderte.

»In Iscah«, sagte sie.

»Was ist in Iscah?«

»Das Zeichen einer verheirateten Frau.«

Er zog die Stirn kraus und schaute ihr neugierig in die Augen.

»Du gibst mir Rätsel auf.«

»Denk nicht weiter darüber nach.«

Er küßte ihre weißen, weichen Brüste, aber die Lust war verflogen, ihre wie seine. Sie hatte ihn bei seinem alisaarischen Namen genannt; aber auch das würde, sobald er ging, vergessen sein. Der Abschied stimmte fast gleichgültig.

»Es dämmert«, flüsterte sie nach einer Weile. »Im Garten wird ein Mann warten — unter dem Baum, wo sich die Tauben sammeln, erinnerst du dich? Er hat dich in die Stadt geführt und wird dich wieder hinausbegleiten. Ein Fluß fließt durch verborgene Höhlen der Küste zu, und wo das Wasser wieder ins Freie springt, wirst du ein Boot finden, bereit zum Auslaufen. Vor dir liegt das weite Westmeer. Oh, Rehger«, sagte sie.

»Zastis bürgt für gutes Segelwetter«, entgegnete er.

Sie weinte nicht. Aber ihre Augen waren, wie die Tiefländer sagen, aus Tränen geformt.

Sie liebten sich ein letztes Mal, langsam, ertrinkend, und getrennt voneinander wurden sie an Land gespült.

Als die Tür geöffnet wurde, flutete milchiges Morgenlicht in die Schlafkammer.

Er trat durch die aufgefächelten Sonnenstrahlen, die wie Traumschwerter auf ihn einstachen.

Er hatte den Flur schon fast durchquert, als er sie rufen hörte: »Lauf nicht so schnell. Ein alter Sinnspruch warnt davor. Vergiß mich und laß es dir wohl ergehen. Ich glaube, wenn wir uns noch einmal begegnen, wirst du mich wiedererkennen.«

Er hob den Vorhang am Ende des Korridors, trat hindurch und ließ ihn trennend zwischen sich und Aztira fallen.

Der weiße Mann wartete unterm Taubenbaum auf Rehger Am Ly Dis. Wortlos steuerten sie auf den tiefergelegenen Gartenteil zu. Hinter dem Springbrunnen stiegen sie in die Schächte von Ashnesee hinab.

So also betrat der Wanderer aus Vis die Hölle, den Aarl aus den Legenden seines Volkes. Hinter jeder Biegung, in diesem und jenem Seitenschacht war ein Blick davon zu erhaschen. Hier und da brannte vulkanisches Feuer, und wie Nachtmahrgestalten huschten zahllose Schatten umher: Die Sklaven des auserwählten Volkes waren fleißig. Sie ölten das paradiesische Uhrwerk von Ashnesee und durften nicht träge sein.

Die Stadt im Untergrund glich einem Ameisenhaufen.

Rehger folgte seinem Begleiter in dichtem Abstand. Niemand stellte sich ihnen in den Weg. Schließlich gelangten sie an eine leuchtende Höhle. Schmal und mit geringer Wassermenge kroch der Fluß durch den felsigen Kanal.

Der Amanackire schaute Rehger nach, der über den schmalen Uferrand davonging, und kehrte dann in das Labyrinth der Hölle zurück.

Nach etwa einer Stunde traf Rehger auf eine Gruppe von Sklaven. Sie schienen ihn nicht zu bemerken, obwohl er auf Armeslänge an ihnen vorbeiging. Sie fischten im dunklen Wasser.

Und später, als ihm das erste schwache Tageslicht entgegenschimmerte, begegnete er wieder ein paar Sklaven, die am Flußufer zu rasten schienen. (Ihre Gesichter wirkten leer.) Vielleicht hatten sie das Boot klargemacht, es mit Lebensmitteln, Wasser und Wein beladen.

Das Boot dümpelte in flachem Wasser. Dahinter öffnete sich die Höhle dem freien Himmel, und über den granitenen Ufern des Flusses ragte das schwarze Laubdach des Urwalds auf.

Rehger stieß das Boot in die Strömung. Über dem träge fließenden braunen Wasser tanzten dichte Insektenschwärme in drückender Hitze. Er ruderte. Im sonnenüberfluteten Wald schrien die Vögel.

Die Stadt war nicht zu sehen, und bei der nächsten Flußbiegung verschwand auch der Höhlenausgang aus dem Blick.

Der Tag und der Fluß, der Mann und das Boot trieben der Mündung entgegen.

Rehger wähnte sich von der Göttin beobachtet. Augen aus Tränen, kummervoll, aber ohne Mitleid.

Bald würde er das Meer erreichen und, der Küste folgend, nach Süden segeln. Eine lange Reise stand ihm bevor, doch sie ließ sich bewältigen. Winde würden auffrischen und das schmale Segel straffen, Fische ins Boot springen, um sich als Nahrung anzubieten. Riesige, mit Platten gepanzerte Ungeheuer würden aus dem Dschungel ins Wasser steigen, es aber nicht wagen, das hölzerne Tier mit Ruderflossen und knatterndem Flügel anzugreifen.

In diese Gegend trauten sich nicht einmal Piraten aus dem Freien Zakoris. Hier gab es keine Beute zu machen, und außerdem hielt eine religiöse Scheu von diesen Küsten fern.

Die große Landzunge im Süden wies in die Richtung von Alisaar. Dort, in einem wirtlicheren Teil der Welt, würde sich der Kreis schließen.

Aztira stand im schlangenköpfigen Turm, schaute nach innen und sah ein Lebewesen übers Wasser gleiten. Aber es war nicht Rehger.

Vielleicht brauche ich dich nicht einmal um Verzeihung zu bitten.

Er war so großzügig, daß er ihren Bitten nachkommen würde.

Ein Bund zwischen deinem und meinem Volk. Zwischen Wirklichkeit und Überheblichkeit.

Das weiße Banner ihres Stolzes hatte einen dunklen ›Fleck‹, der nicht mehr zu entfernen war. Ihre Nachkommenschaft würde dieses Zeichen ewig mit sich führen. Eine wilde Blüte versprach eine neue Frucht. Der Albinobaum und die schwarze Viper. Ein altes, ständig wiederkehrendes Thema. Der schneeweißen Mitte würden Generationen bronzender Haut, schwarzer Haare und schwarzer Augen entspringen.

Vom Samen ihres Liebhabers gepflanzt, wuchs das Kind in ihrem Leib. Rehgers Sohn. Doch genährt von ihrer Kraft würde dieser Junge, dieser Mann gleich seiner Mutter ein Zauberer, ein Gott sein. Ein Gott aus der Linie Amreks mit dem Zeichen der Schlange am Handgelenk.

Das war das Gleichgewicht. Das war *Anackire.*

Und Liebe.

Sie stemmte die Hände in die Seite und sah, was noch unsichtbar, noch nicht zu erahnen war.

Nach Westen schaute sie nicht. Sie versuchte auch nicht, mit den Armen ihres Willens nach ihm auszugreifen. Doch sie spürte ihr Herz wie das eines Fremden in sich schlagen, wie damals in der Gruft, als sie unter schrecklichen Qualen ins Leben zurückgerufen worden war.

Mehr fühlte sie nicht.

Als das Trommeln in der Brust nachließ und das Herz zum eigenen Rhythmus zurückfand, wußte sie, daß sich der Kreis geschlossen hatte.

Der Stern stieg am Abendhimmel empor; gleichzeitig machte sich eine unheimliche Stille über dem Meer breit.

Das Boot trieb zwischen Land, Wasser und Luft. Das Segel lag sorgfältig zusammengefaltet auf den Planken. Die unangebrochenen Lebensmittelvorräte lockten die Vögel. Den Wein hatten die Wellen geschluckt.

Das Boot war leer.

Als der Stern mit seinen Strahlen das Wasser durchleuchtete, zeigte sich in schillernden Tiefen das Wrack eines gesunkenen Schiffes. Oder vielleicht war es auch nur ein Schwarm Futter suchender Fische.

Später hatte der Mond seinen Auftritt im Amphitheater des Urwalds und tastete mit glitzernden Fingern übers Wasser, wo Wasserwesen tanzten, diamantene Gischt aufsprühten und sogleich wieder abtauchten.

Der Mondschatten des Bootes wechselte von einer Seite zur anderen, und als am Morgen die Möwen aufstiegen, um sich an den Vorräten aus Ashnesee zu laben, zeigte das Boot schon Schlagseite.

Die Vögel kreischten und kämpften um die Beute, bis daß das Boot untergehen würde.

Siebtes Buch

ISCAH

Kapitel 23

Cah, die Schenkende

Ein Kind von etwa zwei Jahren saß am Fischteich und entkleidete vorsichtig eine Holzpuppe. Das Kind hieß Teis und war die Tochter Panduvs.

Sie war ein hübsches Ding, die Haut zwar dunkel getönt, aber immer noch iscanisch und mit der pechschwarzen, fast knöchellangen Mähne, die sich nun rund um sie herum auf den blauen Fliesen des Beckenrandes verteilten. Frühlingshafter Sonnenschein fiel grell über die Dachterrasse. Der Tümpel glitzerte wie zersprungenes Glas, und die Fische im Wasser versteckten sich unter den Steinen. Im Schatten unter der Markise saß die Amme, fädelte Perlen auf und murmelte vor sich hin.

Teis hatte die Puppe ausgezogen und tunkte sie ins Wasser, wo sie eine Weile auf der Oberfläche herumschwamm, dann aber zur Seite kippte und unterging.

Das Kind jammerte auf.

Panduv sprang herbei und hob es vom Boden auf.

»Nein, nein! Du darfst dich nicht so weit übers Wasser beugen.«

Panduv mußte sich, wie so oft, mit mehreren Dingen gleichzeitig beschäftigen. Sie schimpfte mit dem Kind und herzte es, rügte die Amme und barg die Puppe aus dem Wasser.

»Das nächste Mal gibt's drei Hiebe mit dem Stöckchen. Hier ist deine Puppe. (Sag nicht, du hättest auf das Kind achtgegeben. Deine Augen waren ganz woanders.) Warum hast du sie überhaupt ins Wasser getan?«

Die Kinderfrau murrte und senkte den Kopf. Teis musterte ihre Mutter mit aufmerksamen Blicken und steckte einen Puppenfuß in den Mund.

»Herzchen, beiß nicht ins Holz! Sonst fährt dir noch ein Splitter in die Lippen.«

Das Kind, ganz Weisheit, beäugte Panduv, die als Erwachsene alle Grundbildung verlernt hatte.

Panduv schüttelte die Tochter. Teis lachte. Die schwarze Frau liebte ihr Kind und glaubte fest, daß etwas Besonderes aus ihm werden würde. Aber bislang konnte Teis nur wenige Wörter sagen. Daß sie sich wie die meisten Kleinkinder ständig zu verletzen drohte, was manchmal lebensgefährliche Ausmaße annahm, damit hatte sich Panduv längst abgefunden. In den iscanischen Hügeln gab es eine alte Redensart, die die Amme des öfteren zitierte: *Kaum aus Cahs Schoß entbunden, wollen sie wieder dahin zurück.*

Die Kinderfrau war sehr tüchtig, aber manchmal recht träge. Andererseits reagierte die junge Mutter, die nur ein Viertel ihrer Zeit der Tochter widmete, viel zu heftig.

Die dicke alte Hexe warf Panduv unter faltigen Lidern scheue Blicke zu und spürte, daß ihr vergeben war.

»Teis, geh zur Amme!« sagte Panduv und setzte ihre Tochter auf den blauen Kacheln ab.

»Tante«, sagte Teis und lief auf die Kinderfrau zu, die mit den Perlen lockte.

Panduv reckte sich, schlenderte auf die Balustrade zu und blickte vom Hügel auf Iscahs nachmittägliche Hauptstadt hinab.

Das Panorama war ihr vertraut. Es gehörte zum Alltag wie Aruds Villa, die blauen Mauern und Kacheln, die Fische im Teich, deren Anzahl immer etwa gleich blieb; denn was gefressen wurde oder starb, wurde schnell ersetzt.

Panduv war die Frau des Priesters. So lautete ihr offizieller Titel. Eine Ehrenbezeichnung. Die Diener Cahs blieben — selbst hier in der fortschrittlicheren Hauptstadt — unverheiratet, hielten sich aber ihre Gespielinnen und machten daraus keinen Hehl. Die Männer der

Stadt behandelten Panduv nicht unhöflich, und auch der Ölhändler (sogar den mußte sie mit ›Meister‹ anreden) nickte ihr anerkennend zu und gab ihr nur vom Besten seiner Ware.

Panduv durfte ihrem Gebieter nur auf Abstand folgen, verfügte aber über eine Sänfte, in der sie durch die Straßen getragen wurde. Sie weigerte sich, Schleier zu tragen, und war somit stadtbekannt.

Arud wohnte zwar ab und zu anderen Frauen bei, doch Panduv reizte ihn nach wie vor. Sie bestimmte den Haushalt und verfügte für iscanische Maßstäbe über außergewöhnliche Freiheiten.

Teis liebte er. Er brachte nicht nur teures Spielzeug mit, sondern spielte sogar mit ihr, jagte sie umher, wobei sie so tat, als fürchtete sie sich. Er kroch von Zimmer zu Zimmer und ließ sie rittlings auf den Schultern Platz nehmen.

Für das öffentliche Ansehen wäre es besser gewesen, einen Sohn zu haben, wie von Panduv versprochen. Dessen war sie sich sicher gewesen, aber nach einer Nacht schmerzhafter Arbeit, als sie sah, daß sie ein Mädchen zur Welt gebracht hatte, erfuhr sie die erste Überraschung, von denen die Mutterschaft viele bereithält. Nach der Geburt hütete sie sich vor einer weiteren Schwangerschaft, und zwar mit Hilfe von Kräutern und besonderen Körperübungen — Vorkehrungen, die jedes Mädchen an Daigoths Hof erlernt.

Die frühe Hitze flimmerte über den Dächern. Auf dem Hügel reckten die Federbäume ihre schlanken Federbüsche empor. Unten auf dem Vorplatz schrubbte ein Sklave den Hausaltar.

Panduv brachte der Göttin Cah Opfer dar. Soviel wurde den Frauen hier erlaubt. Andere Bekenntnisse, solche etwa, wie sie Arud in den Bergen offenbart hatte, wurden verschwiegen.

Panduv war sich dessen bewußt, daß Arud ein mächtiges Tempelmitglied war und zum engen Kreis der

Auserwählten gehörte. In nur drei Jahren hatte er es geschafft, in das hohe Amt des Anbeters aufzusteigen. Seine Priestertracht war mit silbernen Fransen verziert. Fast über Nacht wurde der Haushalt um Gefäße aus Gold und dünnem Glas bereichert. Erfolgreich, zufrieden mit sich und nicht länger als Prüfer auf Reisen, nahm Arud an Umfang zu.

Auch Panduv fürchtete, zugenommen zu haben. Die Schwangerschaft und das müßige Leben hatten die Muskeln erschlaffen lassen. Doch im Vergleich zu den anderen Frauen der Stadt, wo Korpulenz, ja Feistigkeit in Mode blieb, wirkte Panduv spindeldünn. Sie aß nur sehr wenig, auch wenn sie Langeweile hatte, und fing hinter verschlossenen Türen wieder mit Tanzübungen an.

Weil er seinen exotischen Schatz verwöhnen und auch seinen unkonventionellen Lebensstil zur Schau stellen wollte, schenkte Arud ihr einen leichten Wagen. Nach iscanischem Gesetz war es Panduv zwar nicht gestattet, durch die Straßen zu fahren, aber außerhalb der Stadt entließ sie den Wagenlenker. Dessen Anblick, wenn er fröhlich die nächste Taverne ansteuerte, war für sie zum Bild der Freiheit geworden. Die Hiddraxi waren importiert worden, was wiederum auf Aruds Vermögen hinwies. Auf den Hangstrecken brachte Panduv das Gespann auf Trab und scheuchte es in die Täler des Hochlandes, wo sie Rast machte, im Fluß badete oder sich ins Gras legte. In ein paar Jahren hoffte sie, das Kind mitnehmen zu können. Arud würde nichts einzuwenden haben. Mit List und Schmeicheleien war er zu jedem Einverständnis zu bewegen. Er hielt seine Großzügigkeit gegenüber Panduv für ein Merkmal seiner freidenkerischen Art und wies manchmal vor Kollegen nachdrücklich darauf hin.

Panduv mußte immer mehr auf die Ernährung von Teis achtgeben. (Die Amme wurde zum Problem; sie stopfte das Kind mit Naschwerk voll.) Panduv brachte der Kleinen die Anfänge des akrobatischen Tanzes bei. Teis hatte natürliches Talent, war aber zu unaufmerksam. Abgesehen davon, kam es einer fast unstatthaften Extravaganz gleich, auf die Zukunft eines Mädchens zu bauen. War es ihr, Panduv, nicht schon schwer genug gefallen, alle eigenen Pläne aufzugeben?

Panduv drehte sich um. Teis und die Amme webten an einem Perlennetz.

»Paß gut auf sie auf!« ermahnte Panduv die Kinderfrau. »Ich lasse sie bis zum Sonnenuntergang in deiner Obhut. Denk daran, welche Pflichten du hast dem Kind des Meisters gegenüber.«

Unmißverständliche Worte.

Das Kind lachte und sah der Mutter nach, die ihm den Rücken zugekehrt hatte.

Panduv ging nicht weiter als bis zum Markt. Morgen sollte ein heiliger Tag, das Festival der Schenkenden, gefeiert werden. (Arud war schon bei Sonnenaufgang zum Tempel aufgebrochen und würde erst zur übernächsten Mitternacht zurückzuerwarten sein — was mit ein Grund für Panduvs Unruhe war. Wäre er zu Hause gewesen, hätte sie sich wenigstens mit ihm beschäftigen können.)

Nach den Gesetzen des Tempels mußten alle Käufe und Verkäufe vor Sonnenuntergang abgeschlossen sein. Der Markt glich einem Tollhaus.

Unaufmerksam, wie er war, steuerte der Fahrer direkt auf eine Orynx-Herde zu. Die Hiddraxi scheuten und fingen zu zittern an.

Panduv hätte den Wagenlenker am liebsten angeherrscht und ihn einen Narren genannt. Statt dessen flötete sie: »Meister, Aruds Tiere sind verstört. Bitte biegt in die Seitenstraße da vorne ein.«

»Unmöglich, Frau«, entgegnete der Fahrer. In ihrem Fall war die Anrede ›Frau‹ weniger Geringschätzung als Ehrenbezeichnung, mit Respekt vorgetragen. Panduv biß die Zähne aufeinander und wartete. »Da, die Schweine sind gleich weg.«

Die Orynx stampften vorbei und kratzten mit ihren harten Borsten über die Flanken der nervösen Zugtiere. Männer ulkten und grinsten der Schwarzen zu. Einfache Frauen huschten umher wie Läuse im Hundepelz.

Sinnlos, zu protestieren. Panduv hatte sich mit ihrem Los abgefunden. Wie Thioo, die Feuerhexe aus den Bergen, die nicht zu altern schien ... Was soll's? So sind die Sitten. Eine Weisheit der Tiefländer: Wir haben Zeit, und mit der Zeit kann alles geregelt werden. Was zählt da die Spanne eines Menschenlebens?

Warum lange nachdenken? Das Leben war strahlend und absolut.

Vielleicht war es bequemer, allem beizupflichten, nicht nur dem Anschein nach, sondern aus Überzeugung. Und dann? Süßigkeiten naschen, Arud einen Stall voller Knaben schenken, träge und fett werden ...

Panduv schnappte nach Luft, als wäre sie aus tiefem Wasser aufgetaucht. Die drückende Hitze und der Marktlärm zerrten an ihren Nerven.

Hinter quiekenden Schweinen, streitenden Kutschern und Zuckerbuden sah Panduv den Sklavenmarkt, der mit einem provisorischen Zaun aus Stangen und Seilen abgesperrt war. Fünf Männer, miteinander verkettet, wurden auf die Versteigerungsbühne gestoßen. Sie waren nackt und allesamt von dunkler Hautfarbe, dunkler als Iscaner. Tiefe Narben und Verstümmelungen wiesen auf ihre vorherige Beschäftigung hin. Sie stammten von einer Sklavengaleere und wirkten außergewöhnlich stark, waren aber allem Anschein nach zu nichts zu gebrauchen. Denn jeder wußte, wer die Arbeit am Ruder und die Peitschenhiebe des Aufsehers überlebt hatte, ließ sich nicht mehr in ein anderes Joch zwingen. Der fünfte Mann war der Lydier. Rehger.

Ihr war, als löse sich der Boden des Wagens unter ihren Füßen auf, als schwebte sie frei in der Luft. Aber dann schaltete sie den Verstand ein. Nein, das konnte Rehger nicht sein. Der war in Saardsinmey zurückgeblieben. Unmöglich.

Und doch, wie konnte jemand dem Lydier so ähnlich sein …

Der Mann war zwar schlank und muskulös, hatte aber nicht die Figur eines ausgebildeten Schwertkämpfers. Außerdem wäre Rehger jünger, falls er noch lebte. Der Mann sah gut aus und wirkte trotz seiner Ketten überlegen, fast wie ein Prinz. Während die anderen vier gebückt dastanden, hielt er mit erhobenem Kopf Ausschau.

»Da«, sagte Panduv zum Kutscher, »Arud, unser Gebieter, braucht eine Leibwache.«

»Nein, Frau«, antwortete der Fahrer mit ärgerlichem Tonfall. (Panduv hatte vor Eifer, Arud eine Freude zu machen, vergessen, den Fahrer mit Meister anzureden.) »Davon würde ich abraten. Die Männer da sind von einem zakorianischen Piratenschiff, das von Varden aufgebracht wurde. Für das Gesindel läßt sich allenfalls noch im Bergbau Verwendung finden.«

Panduv straffte die Schultern.

»Meister, erlaubt mir eine Bemerkung. Arud, unser Gebieter, hat mir aufgetragen, einen Leibwächter auszusuchen.«

Auf die Dummheit der Frau wollte der Kutscher nicht eingehen, dessen Urteil bestätigt wurde von den anderen Männern, die der Versteigerung beiwohnten. Aber in der Priesterschaft gab es einige, die im Bergbau Geschäfte machten. Von ihnen waren bestimmt Angebote zu erwarten.

Für Panduv stand fest, daß sie diesen Mann nicht den anderen überlassen durfte.

Sie verließ den Wagen. Der Kutscher gaffte ihr mit offenem Mund nach. So verhielt sich keine Frau. Nur die aus den niedrigsten Ständen wagten es, sich hier zu Fuß und ohne Begleitung blicken zu lassen. Schwarz wie ein

Panther, ohne Schleier, schlank und aufrecht ging Panduv auf die Umzäunung zu, stieg über das Seil und betrat verbotenes Terrain.

Sofort entstand ein Aufruhr, der jedoch eher heiter als wütend gestimmt zu sein schien. Dann wurde es still, als sie sich der Bühne näherte. Die Männer, sprachlos und entsetzt, machten ihr Platz. Der Auktionator war wie vom Donner gerührt.

»Entschuldigt, Meister«, sagte Panduv, neigte den Kopf und schlug die Augen nieder. »Ich komme in einer Angelegenheit meines Herrn Arud, Priester und Anbeter von Cah.«

Jemand schrie: »Ja, wir wissen, wer sich die schwarze Schlampe hält.«

Aber der Auktionator, ein weitgereister Mann, der um den Wandel der Sitten und Gebräuche wußte, sagte mit kluger Zurückhaltung: »Was ist also?«

Zur Antwort flüsterte Panduv: »Er will den fünften Mann kaufen. Haltet ihn für Herrn Arud zurück. Das Geld wird Euch in spätestens einer Stunde gebracht. Hört auf mich. Ihr sollt ein gutes Geschäft machen.«

Der Auktionator holte tief Luft. »Na schön. Aber jetzt, um Cahs willen, mach, daß du verschwindest. Weg mit dir!«

Zum ersten Mal in all den Jahren in Iscah hob Panduv den Arm und verschleierte ihr Gesicht mit dem dünnen Ärmelstoff. Sie schlich sich durch die Menge der Männer davon und gab leise Jammertöne von sich, um ihnen zu gefallen. Sie spürte, wie ihr der fünfte Sklave mit verblüfftem Blick nachschaute, wobei es ihr heiß und kalt den Rücken hinunterlief.

Nachdem ihm zu essen gegeben worden war, wurde er entlaust, gebadet und geschrubbt. Das Haar wurde ihm gestutzt und die eine und andere Wunde verbunden. Dann mußte er die Leinenkleider der Dienerschaft anziehen und sich bei den Herrschaften vorstellen.

In einem blauen Zimmer, das zur Terrasse hinausführte, saß die wunderschöne schwarze Frau, die er auf dem Markt gesehen hatte, in einem Sessel und musterte ihn.

Er verbeugte sich vor ihr so galant, als stamme er von einem Hof der Mittellande, und hoffte, sie mit dieser Geste erfreuen zu können.

»Wie kann ich mich für Eure Güte bedanken?« sagte er. »Ihr seid ein Risiko eingegangen. Hat man Euch nicht gewarnt, daß Männer meines Schlages ihrem Besitzer in kürzester Zeit entfliehen oder den Garaus machen?«

»Das Schiff gehörte Piraten«, entgegnete sie. »Von denen bist du irgendwo aufgegriffen worden.«

»Nein, ich bin Rechtens an sie verkauft, das heißt eingetauscht worden, und zwar von einem Freund.«

»Und was warst du, bevor du Galeerensklave wurdest?«

»Ein freier Mann und Agent im Dienst von Dorthar. Von Geburt? Ein Lanier mit Verbindung zum dortigen Königshaus. Mein Name ist Yennef.«

»Yennez«, sagte sie, verbesserte sich aber gleich darauf, indem sie ihren schleppenden Akzent ablegte: »Yennef.«

Er lächelte. Seine Zähne waren weiß. Er schien rundum gesund und kräftig zu sein. Seine Augen leuchteten träumerisch, gerade so wie die von Rehger. Gewaschen und in frischen Kleidern sah er Rehger noch ähnlicher als zuvor, verblüffend ähnlich.

»Wir sind wohl beides Fremde in einem anderen Land, werte Frau. Hattet Ihr deshalb Mitleid mit mir?«

Sie wollte ihm den Grund nicht sagen. Er wäre für ihn sowieso bedeutungslos gewesen, und sie hielt es für besser zu schweigen.

»Mein Herr und Meister braucht eine Leibwache«, sagte sie.

Yennef schmunzelte. »Ihr findet mich geeignet?«

»Wenn ich's mir recht überlege, nein. Ich denke, es wäre besser, dich freizulassen.«

Schlagartig verschwand das Grinsen von seinem Gesicht. Beide sahen einander an. Sie genoß es, einem Mann so fest in die Augen blicken zu können.

»Warum?« fragte er. Er kannte die strengen Sitten von Iscah. »Ihr habt das Geld Eures Mannes an mir verschwendet. Was wird er dazu sagen?«

Ohne zu zögern, antwortete sie: »Wir feiern ein heiliges Fest. Da werden Geschenke ausgetauscht, manchmal auch Sklaven und Gefangene freigelassen. Ich sage einfach, daß ich zu seinen Gunsten ein Opfer dargeboten habe. Er ist ein Priester. Es wird nach Frömmigkeit aussehen und ein gutes Licht auf ihn werfen.«

»O nein«, erwiderte er. »Er wird Euch die seidene Haut gerben.«

»O nein«, sagte nun sie und fügte nicht ganz ohne Stolz hinzu: »Für gewöhnlich weiß ich ihn zu führen.«

Yennef schien nachzudenken und sagte: »Ihr seht wirklich aus, als wärt Ihr aus Seide.«

Sie musterte ihn kritisch.

»Wenn du ein Mädchen brauchst, kannst du dir, bevor du gehst, eins aus der Küche nehmen.«

»Eins dieser runden weichen Kissen? Das wäre nicht schlecht.«

Mit schroffer Stimme entgegnete Panduv: »Ich habe bereits nach dem Schreiber geschickt. Deine Entlassungsurkunde muß schnell aufgesetzt und besiegelt werden. Nach Sonnenuntergang schließen alle Geschäfte des Festes wegen.«

»Und Ihr könnt, wenn ich recht verstehe, Gebrauch von seinem Siegel machen. Wahrscheinlich habt Ihr auch Zugang zu den Schränken Eures Herrn.«

»Arud, mein Meister, bleibt manchmal zwei, drei Tage im Tempel. Dann führe ich die Geschäfte des Hauses.«

»Und was ist, wenn der Schreiber seine Arbeit getan hat?«

»Dann wird dir Proviant gegeben, mit dem du dich auf den Weg machst.«

Er sagte: »Ich weiß die Richtung nicht mehr.«

Plötzlich legte er seine lässige Art ab, die Schultern fielen ein, und er senkte den Kopf. Für einen Moment zeigte er eine Miene voller Bitterkeit und Trauer. Aber dann war auch davon nichts mehr zu sehen, und es schien, als fehle ihm die Kraft, seinen Gefühlen Ausdruck zu geben. Panduv schätzte ihn jetzt doppelt so alt wie Rehger. Die monatelange Knechtschaft auf der Piratengaleere hatte deutliche Spuren hinterlassen.

»Setz dich!« bat sie, und als er Platz genommen hatte, brachte sie Wein und schenkte ihm ein, als wäre er ein iscanischer Meister und sie die ergebene Frau.

Eine Minute später wurde der Schreiber ins Zimmer geführt. Er brachte Papier, Tinte und Siegelwachs mit.

Panduv staunte darüber, wie leid es ihr tat, daß diese Begegnung so schnell vorüber war.

Er hatte auf der Galeere den Sinn für Zeit und Richtung fast völlig verloren. Das war nicht verwunderlich. Was tatsächlich an ein Wunder grenzte, war sein Überleben. Galutiyh, der Dortharianer, hatte ihn an die Piraten ausgeliefert. Yennef hatte sich von Galut und seinem Troß nicht auf falsche Fährten locken und abschütteln lassen, war aber nicht in der Lage gewesen, die Überfahrt rechtzeitig anzutreten. Das Glück verließ ihn, und unterwegs nach Zaddath widerfuhr ihm ein Mißgeschick nach dem anderen, wofür in manchen Fällen sicherlich Galutiyh gesorgt hatte — wenn etwa umgestürzte Bäume oder verwüstete Pfade das Weiterkommen erschwerten. Oft schien auch einfach nur Pech im Spiel gewesen zu sein. Oder aber Anackire griff ein in den Ablaufe der Dinge.

Galutiyhs Männer überfielen Yennef in der wilden Landschaft um Ilva. Da war noch eine offene Rechnung zu begleichen. Er mußte Schläge und derbe Späße über sich ergehen lassen, wurde am Ende Opfer des Sumpffiebers und konnte nur noch im Delirium mitbekommen, daß ihn schwarze Männer mit entstellten Gesichtern auf einem langen, flachen Schiff verschleppten, auf dessen zerschlissener Fahne ein Doppelmond und ein Drache zu erkennen waren. Offenbar war Alt-Hanassor nicht weit entfernt, was sich den Reden der Männer entnehmen ließ. Freibeuter von Zakoris. Als Yennef sich dessen bewußt wurde, gab er alle Hoffnungen auf.

Er hatte sich schon einmal an anderem Ort bei Rehger für seine Nutzlosigkeit entschuldigt. Nun ja, sein Sohn würde nichts von ihm erwarten. Sein Sohn. Im Bauch der stinkenden schwarzen Galeere hatte Yennef Visionen von Rehger — auf einer Foltermaschine liegend, stromaufwärts durch einen Gebirgsfluß stakend, als König im Streitwagen in den Krieg ziehend, zwischen weißen Marmortürmen stehend.

Schließlich hielt er Rehger für tot, was beruhigend auf ihn wirkte. Wut und Trauer blieben aus. Yennef hatte selber schon mit dem Leben abgeschlossen. Ihm war alles gleichgültig geworden.

Er aß fauliges Fleisch und verschimmeltes Brot, trank dreckiges Wasser und saß im heißen Schiffsbauch am Ruder. Um ihn herum starben die Männer wie Fliegen. Immer wieder bekam er die Peitsche zu spüren, jeden Tag machte er sich auf seinen Tod gefaßt, und trotzdem ließ das Fieber nach. Yennef lebte. Dann kam eine Nacht, in der er sich heftig ins Ruder legen mußte. Die Zakorianer versuchten einer vardischen Patrouille zu entkommen, die geleitet wurde von einem shansarischen Kapitän aus Sh'alis. Auf ihrer Flucht die Küste entlang, bei der sie fast in den Klippen von Hanassor zerschellt wären, gerieten die Freibeuter aus Zakoris in die Falle zwischen den Verfolgern und einer vardischen Truppe, die auf der Lauer lag. Das Piratenschiff wurde versenkt.

Bevor es unterging, waren blonde Männer in die Hölle des Ruderraums herabgestiegen, um die Sklaven von den Ketten zu befreien.

So gelangte Yennef in den Besitz der Varden. Sie erkannten ihn als Lanier, scherten sich aber kaum darum, daß früher einmal zwischen Vardath und Lan freundschaftliche Beziehungen geherrscht hatten. Auf einem Handelsschiff wurde Yennef nach Iscah verfrachtet. Rudern brauchte er nicht. Man schmiedete ihn einfach auf den Planken fest. Vom Hafen aus mußte er mit einer Gruppe von Schicksalsgenossen in die Hauptstadt marschieren. Viel waren sie nicht wert, und der Mischling, der das Kommando über sie führte, hatte nur wenig Geduld mit ihnen. Ein paar Männer hielten den Marsch nicht durch und starben. Ihre Leichen wurden am Wegrand liegengelassen. In Iscah machte man sich keine Umstände. Es gab genügend Krähen.

Als sie den Markt erreichten, war Yennef in einer fast fröhlichen Laune. Er hatte wohl schon alle Gemütszustände durchlebt — nur Verachtung nicht, weder für sich noch für andere.

Cah, der Name der Göttin, war ihm nicht fremd (vor langer, langer Zeit hatte er von ihr gehört, in einem verschneiten Schuppen im Gebirge). Und plötzlich kam sie ihm leibhaftig im Gedränge der Sklavenversteigerung entgegen. Schwarz wie ein Rabe, gertenschlank, mit einem silbernen Armreif und einer Halskette aus Elfenbein.

Und Cah sprach zum Auktionator und führte Yennef in das Haus auf dem Hügel. Wie es sich gehörte, war Cah die Geliebte eines Hohenpriesters, der ihr alle Wünsche erfüllte. Cah schenkte Yennef die Freiheit. Sie machte seiner verhärteten Gleichgültigkeit ein Ende.

Der Lanier war, wie sie feststellte, nicht voll bei Verstand. Er zeigte zwar keine gefährlichen oder wahnsinnigen Ausfälle, wirkte aber ein wenig umnachtet. Möglich, daß es ihm bald wieder besser gehen würde. Die

Ursache für seinen Zustand schien tiefer und älter zu sein als die Gefangenschaft auf der Piratengaleere.

Es erschien sinnvoll, ihn früh am Morgen, noch vor Anbruch des Festtages, auf den Weg zu schicken. Er könnte die Wache am Stadttor bestechen, und Aruds Siegel würde alle Schwierigkeiten aus dem Weg räumen. Panduv konnte ihm kein Reittier zur Verfügung stellen, aber von dem Geld, das sie ihm gab, würde er sich bestimmt eins kaufen können. Sie glaubte, was er ihr über seine lanische Abstammung gesagt hatte. Wie bei Rehger, so war auch bei ihm ein königlicher Zug in seinem Äußeren unverkennbar. Die beiden, der Lanier und der Lydier, hätten nach Panduvs Einschätzung verwandt sein können, aber sie wußte ja, daß Rehger von einer Hexe aus dem iscanischen Gebirge und einem Vagabunden abstammte.

Der Schreiber fertigte die Dokumente in Aruds Namen aus. Dem Gesetz nach hatte eine Frau keinerlei Vollmachten. Der Schreiber erhielt doppelten Lohn und erledigte seine Aufgabe, als hätte ein unsichtbarer Arud an seiner Seite gestanden. Als er fertig war, schickte Panduv den Lanier in eine der Gästekammern, die an den Altar-Hof grenzte. Ihre Sorge um ihn war maßlos übertrieben und sprengte den Rahmen der Gastfreundschaft. Aber das störte sie nicht; auch machte sie sich nicht bange vor Aruds zu erwartender Reaktion, worauf sie das gesamte Hauspersonal vorsorglich einstellte.

Arud würde erst morgen gegen Mitternacht zurückkehren, betrunken und müde von den Tempelriten, bei denen es sowohl blutig als auch wollüstig zuging. Dieser Zeitpunkt schien ihr in weiter Zukunft zu liegen.

Sie hatte die Diener der Villa angewiesen, für Yennefs Wohlbefinden zu sorgen. Einem der Jungen war aufgetragen worden, ihn rechtzeitig zu wecken.

Panduv kehrte in ihre Gemächer zurück, um Teis zu Bett zu bringen. Die Sonne schien einem roten Ball gleich, der den Hügel hinunterrollte. Ihre warmen

Strahlen umspielten das kleine Mädchen, das kichernd auf seiner Matratze lag, während die Amme Geschichten vorlas und es kitzelte. Die beiden störten sich nicht an Panduvs Anwesenheit. Sie blieb nur eine Minute im Zimmer.

Bis zum Sonnenuntergang lief Panduv auf der Dachterrasse hin und her. Über der Stadt hatte sich eine tiefe Stille breitgemacht, so daß ein Nachtvogel zu hören war, der im Garten am Fuß des Hügels zu singen anfing. Die Sterne funkelten. Der Abend war schön. Die schwarze Frau stand hoch oben auf dem Dach des Priesterhauses und sehnte sich nach vergessenen oder noch unbekannten Dingen, bis ein kühler Wind auffrischte. Da schalt sie sich selber und ging ins Haus zurück.

Ein Frühlingsstern leuchtete kurz vor Mitternacht durchs Oberlicht in Panduvs Gesicht. Sie wachte auf. Oder glaubte aufzuwachen.

Ihr war, als würden Schlangen durchs Zimmer kriechen. Aber dann spürte sie, daß das, was sich da herbeigeschlichen hatte, nicht von körperlicher Natur war. Es gab nichts zu sehen oder zu hören, und trotzdem war ihr, als hätte eine Stimme zu ihr gesprochen: *Geh und bringe Cah ein Opfer dar.*

Sie rebellierte. *Wer ruft mich dazu auf?*

In diesem Augenblick wachte sie wirklich auf.

Es war ruhig und still, nur das trockene Zirpen eines Heimchens war zu hören, das hinterm Ofen in einer Mauerspalte wohnte.

Bald darauf stand Panduv auf und warf einen Mantel über die Schultern. Mehr zog sie nicht an. Sie verließ das Schlafzimmer und ging barfuß durch den Flur.

Sterne leuchteten durch die klare Luft zu den Fenstern herein. Am Ende des Korridors führte eine Trppe hinunter in den Altar-Hof.

Auf dem Hausaltar, der sauber geschrubbt und mit Duftwasser besprenkelt worden war, brannte Öl in einer Schale für das morgige Fest. Das müde flackernde Licht beleuchtete den grob behauenen Stein, der die Göttin darstellte, aber gesichtslos war und nicht einmal Brüste hatte. Dafür war der Kopf mit einer Blumenkrone geschmückt.

Vor ihrem geistigen Auge entdeckte sich Panduv in diesem Blumenkranz als Tänzerin wieder und sah Rehger, sich emporwindend nach siegreichem Kampf.

Sie war jetzt — zumindest halbwegs — wach, glaubte aber zu träumen, als ihr Worte durch den Kopf gingen, deren Bedeutung sie nicht verstand: *Willst du, daß dein Held wieder zu Ruhm kommt?* Und auch die Antwort auf diese Frage schien ihr wie von außen eingeflüstert zu sein. *Nur, daß er lebt.*

Der Hof war nach oben hin offen. Das Sternenlicht leuchtete auch in die Kammer des Gastes.

Panduv wußte, daß er wach auf seinem Bett lag, ohne sich zu rühren. Auch er hatte seinen Körper in Schwung gehalten. Es würde ihm nicht schwerfallen, sie zu töten, falls er sie mit einem Dieb oder Übeltäter verwechselte.

»Still!« flüsterte sie und gab ihm so Gelegenheit, ihre Stimme wiederzuerkennen.

Dann hörte sie ihn lachen. Ganz leise.

»Diesmal ist es wirklich Cah, die durch den Schatten zu mir kommt«, sagte er.

Wie eine Schlafwandlerin ging sie auf ihn zu und kniete neben dem Bett nieder. Als er die Arme nach ihr ausstreckte, glitten ihre schlanken Hände über seine Schultern. Es war wie im Traum.

Lippen und Haut trafen zusammen, schienen einander wiederzuerkennen, aphrodisiert wie von Zastis.

Er war für sie nicht nur Rehger, der junge Mann aus Saardsinmey, sondern verkörperte ihre eigene Jugend und alles, woran ihr gelegen war.

Seine Hände streichelten ihre Haut, die Brüste und Schenkel, als wäre er blind und müßte ihr Aussehen über den Tastsinn erfahren. Als er sie nahm, glaubte sie, heiße Flammen schlügen ihr entgegen. Wie immer, so genoß sie auch jetzt Liebe und Lust, ohne einen Laut von sich zu geben. Sie hätte auch schreien können; im Haus dachte jeder, daß ein Mädchen bei Yennef sein würde.

Im Rhythmus des wollüstigen Tanzes schwelgend, vergaß sie, wer er war, wußte seinen Namen nicht mehr, vergaß, daß sie Panduv war.

Sie klammerten sich aneinander. Panduv winselte vor Glück und preßte die Faust vor den Mund, aus Sorge, gehört zu werden.

Wie die Blüte den Tau, so empfing ihr Schoß seinen Samen.

Nacht und Stille senkten sich herab, rieselndem Staub gleich. Sie lagen beieinander, satt in der Wärme des anderen, und das Sternenlicht strich über den Boden.

»Du hast mir ein herzliches Willkommen beschert«, sagte er.

»Es ist Zeit zu schenken.«

Als sie zum Matratzenrand hin rückte und sich wieder in den Mantel hüllte, sagte er mit ernster Stimme: »Bist du hier in Sicherheit? Ich weiß nicht, was mir bevorsteht, aber wenn ...«

Er unterbrach sich, und in die Pause, die entstand, fiel auch von ihr kein Wort.

In den Augen des zärtlichen Irren, die ihr nachschauten, sah sie das Licht der Sterne. Draußen im Hof tropfte die brennende Ölschale auf dem Altar der Göttin.

Panduv blickte nicht zurück. Sie stieg die Stufen hinauf, schlich durch den Flur, legte sich auf ihr Bett und schlief sofort ein.

Anderthalb Stunden vor Sonnenaufgang wachte sie auf, als sich das Hoftor quietschend öffnete. Sie wußte, daß er nach draußen geleitet wurde, wo ihn unsichere Straßen und eine ebenso unsichere Zukunft erwarteten.

Es war schon spät am Morgen, als sie zum zweiten Mal erwachte, träge und ohne Erinnerung. Dann glaubte sie, geträumt zu haben, bis sie durch eindeutige Merkmale an ihrem Körper eines besseren belehrt wurde. Worauf hatte sie sich bloß eingelassen? Arud würde Verdacht schöpfen, sie auf die Straße werfen und steinigen lassen. Das war immer noch die Strafe für Untreue, selbst in der so fortschrittlichen Hauptstadt. Vielleicht war es ratsam, gleich von sich aus das Haus zu verlassen. Warum war sie überhaupt so lange geblieben? Wie oft schon hatte sie sich von diesem Leben verabschieden wollen, war aber jedes Mal aus irgendwelchen Gründen zurückgehalten worden. Vielleicht des Kindes wegen oder aus einer sentimentalen Regung heraus, die sie für den dicklichen Priester hegte, den sie mit List und zu ihrem Nutzen befreit hatte von den einengenden Sitten Iscahs.

Und sie hatte sich an das bequeme Leben gewöhnt und Wurzeln geschlagen in den unwirtlichen Boden. Sie war aufgeblüht. Wegzulaufen kam für sie nicht in Frage.

Wie sollte er hinter ihr Geheimnis kommen? Hatte denn jemand auf der Lauer gelegen? Die heilige Stille der Nacht war fast unheimlich gewesen, und als sie den Ausflug in den Hof unternommen hatte, schien das Haus wie ausgestorben zu sein oder seine Bewohner wie unter einem Fluch gestanden zu haben.

Dann schlief sie abermals ein und öffnete die Augen erst wieder, als der Klang kupferner Zimbeln an ihr Ohr drang. Die festliche Prozession hatte ihren Anfang genommen.

Trotz großer Mattigkeit stand sie auf und traktierte den Körper wie immer nach einer Liebesnacht. Für einen Frühlingstag war es ungewöhnlich heiß. Die Muskeln sträubten sich vor jeder Anstrengung. Panduv brach die Übungen ab. Es gab ja noch andere Mittel: Kräuter, die Händler für sie sammelten, und die Blätter der Pflanzen, die sie in der Wohnung wachsen ließ und die herrlich dufteten, bis auf eine, die dafür ein hübsches Blattmuster vorzuweisen hatte.

Mit einigem Widerwillen braute sie den Trunk zusammen. Die Maßnahme war wirksam, aber recht unangenehm und meist von Übelkeit begleitet. Dann würde sie zu bluten anfangen, was Arud überhaupt nicht gefiel; denn wenn er von den Tempelorgien nach Hause zurückkam, hatte er sonderbarerweise große Lust auf sie.

Nun, das geschah ihr bloß recht. Aber vielleicht machte sie sich unnötig Sorgen. Der Lanier war nicht mehr der jüngste und somit womöglich weniger zeugungsfähig als Arud. Trotzdem, diese eine Umarmung, das Brennen ... Es war wohl besser, den Saft zu trinken. Ein, zwei oder drei Tage währenden Unwohlseins und Aruds Ärger ließen sich als gerechte Strafe für ihre Dummheit ansehen.

Der Trunk war zubereitet. Sie hielt die Luft an, um den üblen Geruch nicht einatmen zu müssen. Und als sie den Kelch zum Mund führte, erhob sich ein schreckliches Heulen.

Der Laut klang unmenschlich, unnatürlich. Es war, als würde der Himmel über dem Haus einstürzen.

Sie war in Saardsinmey, steckte im Innern der Säulentrommel und wurde mit ihr hin- und hergeschleudert. Mauern stürzten donnernd ein, gewaltige Wassermassen schwemmten herbei, und die Schreie gellten wie aus einer einzigen, riesigen Kehle.

Panduv wirbelte herum, und der Kelch fiel ihr aus der Hand. Das teure Glas zersprang, und über die Kacheln am Boden spritzte der abtreibende Saft, so rot wie Echsenblut.

Panduv stürmte durchs Haus nach oben.

Sie flog die Stufen hinauf, der Dachterrasse entgegen, über der das Wetter ein zerrissenes blauschwarzes Sturmsegel in den Himmel setzte. Die Häusergiebel der

Stadt leuchteten gespenstisch gelb aus dunklen Schatten hervor.

Vor Panduv stürzten zwei Dienerinnen ohnmächtig zu Boden.

Das Sonnentuch flatterte mit Getöse. Die Amme fing wieder zu heulen an.

Panduv eilte dem Fischteich zu und warf einen Blick in sein düsteres Auge. Da, in der Pupille, lag ihr Kind, mit dem Gesicht nach unten, die Haare wie auslaufende Tinte.

Die Erfüllung einer Prophezeiung. Entledige dich des Ungeborenen, und du wirst auch das Geborene los sein.

Panduv konnte keinen Gedanken fassen. Sie stieg in den Tümpel und zog Teis heraus, deren Körper nichts Leibhaftes mehr zu haben schien. Sie legte das Kind über ihr Knie und versuchte, das Wasser aus ihm herauszuquetschen. Dann schleuderte sie es auf den Rükken. In seiner Kehle steckte ein Fisch. Wie eine Zauberin zog Panduv den Fisch zum Vorschein und warf ihn in den Teich. Wundersamerweise kam Leben in das Tier; blitzschnell tauchte es unter einen Stein.

Panduv war eine Tochter aus Daigoths Hof. Sie kannte so manchen Kunstgriff und versetzte dem Kind einen so brutal wirkenden Schlag auf die Brust, daß die Frauen, die der Szene beiwohnten, hysterisch aufschrien. Dann beugte sie sich über Teis und küßte das Kind nach dem grausamen Hieb mit um so heftigerer Inbrunst und vor Leidenschaft stöhnend. (So erschien es den Frauen, die später mit abergläubischer Ehrfurcht ihre Eindrücke schilderten.) Und die kleine geschlagene Brust ging wieder atmend auf und ab.

Die Augen öffneten sich um einen Spalt. Teis würgte und schrie. Sie klammerte sich um ihre Mutter, und Panduv hielt sie fest. Die Wolken am Himmel schienen wie der Glaskelch zu zerplatzen und schütteten ihr Wasser über sie aus.

Weil die vorrätigen Pflanzen noch nicht ihren Wirkstoff hatten ausbilden können, ließ sich so schnell kein Ersatz für den verschütteten Trunk herstellen. Bald würde es für die Einnahme zu spät sein. Panduv scherte sich nicht weiter darum. Sie hielt ihr Kind in den Armen und war bereit, auch ein zweites anzunehmen. Der Feuerfunke ruhte in ihrem Leib wie ein Edelstein in seiner Fassung. Die schlaue Göttin von Iscah hatte sie überlistet, und gegen Cahs Willen war nichts auszurichten. Eine schwangere Mutter war ihr heilig.

»Und für so etwas komme ich nach Hause zurück. Du machst mir nichts als Ärger, du zakorianisches Luder.«

Arud tobte und stampfte mit wütenden Schritten im Zimmer herum. Nach dem Sturm war der Himmel grenzenlos und mit Sternen übersät. Zwei Stunden nach Mitternacht war Arud in seiner Sänfte zurückgekehrt — weniger betrunken als sonst, aber dafür um so gereizter wegen irgendeiner kleinen Kränkung. Er schien nur dann mit sich im reinen zu sein, wenn er seine spirituelle Überlegenheit ausspielen konnte, um die er sich gerne beneiden ließ.

Die Amtstracht, prachtvoll und reich verziert, wallte über seine füllige Gestalt. Auf der Brust baumelte klappernd das Zeichen des Anbeters — ein Schmuckstück aus zwei goldenen Figürchen, die eine Scheibe aus Gagat und Topas hochhielten. Der Duft von Räucherkerzen hing nicht nur in den Kleidern, sondern auch im säuberlich frisierten Haar.

Der Schreiber hatte vor dem Tempel gewartet und Arud darüber aufgeklärt, daß Panduv einen Galeerensklaven gekauft und zur Feier des Tages in die Freiheit entlassen hatte.

Arud hatte eigentlich gleich zu Bett gehen wollen, aber dann war er nach Hause zurückgeeilt, um dieses zakorianische Weibsbild, das sein Haus in Verruf brachte, zur Rede zu stellen. Sie saß in ihrem Sessel. Die schwarze Mähne wallte über den Kragen des seidenen

Umhangs. Ihre Haut glich poliertem Ebenholz. Daß sie so schön war, steigerte noch seine Wut.

Sie ließ sein Gebrüll mit ruhiger Miene über sich ergehen, war an solche Ausfälle gewöhnt und wußte ihnen zu begegnen — mit Verlockungen, demütig gesenktem Kopf und Blick und nach oben geöffneten Händen, als erwartete sie eine Tracht Prügel. Dabei wurde sie von Arud nur selten geschlagen, und wenn überhaupt, so niemals heftig.

Auch jetzt hatte sie nichts zu befürchten. Er würde die Wahrheit nie erahnen. Sie stand unter Cahs Schutz, obwohl er, der Priester der Göttin, das noch nicht bemerkt hatte.

Er war vom eigenen Gebrüll ganz erschöpft und verlangte nach Wein, den sie ihm brachte, sanft wie eine Taube.

»Und was sagst du dazu, Frau? Ist das etwa gelogen.«

»Nein, mein Herr.« (Nur wenn er bei Sinnen, nüchtern und heiter war, nannte sie ihn *Arud*. Ihr schwante, daß sie ihn in Zukunft nur noch selten bei seinem Namen würde nennen können.)

»Also keine Lüge. Dann erklär dich!«

Panduv ging in die Knie und ließ ihre Hand, leicht wie ein Blatt, auf seinen Fußrist fallen. Die Berührung reizte ihn. Panduv wußte, wie empfindlich er an dieser Stelle war.

»In Iscah gehört einer Frau nichts, mein Herr. Alles Geschmeide, das Ihr mir zum Geschenk gemacht habt, liegt dort auf dem Tisch. Nehmt es zurück als Ersatz für die Kosten des lanischen Sklaven.«

Er knurrte wütend.

»Du hast mir immer noch nicht den Grund gesagt.«

»Es war ein Opfer an Cah.«

»Die Freilassung eines Sklaven ist Männersache.«

»Es geschah in Eurem Namen, mein Herr. Die Stadt wird Euch um Euren Reichtum beneiden und von der großmütigen Geste beeindruckt sein. Wärt Ihr hier gewesen, hättet Ihr nicht anders gehandelt.«

»So, du glaubst ...«

Sie wagte es, ihn zu unterbrechen. »Wenn ich verzweifelt war, habt Ihr mich auch immer wieder aufgerichtet.«

Er blickte mit grimmiger Miene auf sie herab. Doch sie hatte ihn bereits mit ihrem Charme umgarnt. Sein Verlangen, seine Neugier waren geweckt.

Sie sagte: »Als Ihr mich aufnahmt, habe ich geschworen, Euch einen Sohn zu schenken. Bisher mußte ich Euch enttäuschen.«

Seine Gesichtszüge entspannten sich. Teis war sein Liebling.

»Cah beschenkt uns mit dem, was sie gibt. Teis ist zwar ein Mädchen, aber ich liebe sie trotzdem. Sie bringt Licht in mein Haus.«

»Ich habe zur Göttin gebetet, daß sie mir einen Sohn schenken möge. Ihr wißt, ich war unfruchtbar.«

Gelegentlich verunsicherte er sie durch überraschende und unangemessene Schärfe. So auch diesmal: »Ich glaube, das ist dir ganz recht gewesen.«

Panduv richtete die Augen auf ihn.

»Ich will Euer Glück und mein Versprechen einhalten.«

Dann stand sie auf, anmutig wie es nur sie, die ehemalige Tänzerin, sein konnte, lehnte sich an ihn und schaute ihm ins Gesicht. »Der Mann war mein Opfer an Cah, um im Austausch von ihr mit Fruchtbarkeit gesegnet zu werden.«

Arud musterte sie. Müdigkeit und Erregung kämpften miteinander. Die Drogen der Mysterien, das Spiel mit den feisten Tempelmädchen, die Erinnerungen an den Tag — immer wieder kehrte er zu dem leopardenhaften Wesen, dieser Nacht-Frau, zurück. Er legte die Hand an ihre Taille, die schlank und beweglich war wie ein geöltes Tau, glitt über die Hüfte auf die festen Hinterbacken, nackt unter dem Umhang aus Seide und der wallenden Seide ihrer Haare.

»Und du glaubst, sie hat dich erhört, Panduv?«

Sie fuhr mit den Händen streichelnd über seine Brust. Schmerzlich wurde ihr mit einem Mal bewußt, daß der Lanier ihr nichts bedeutete, daß die Vergangenheit abgeschlossen war und daß dieser Mann, den sie mit einem Streich umbringen könnte, dieser durchschnittliche, reizbare, eingebildete und in die Breite gehende Priester nun so fest in ihr verwurzelt war und wuchs wie das Kind in ihrem Bauch. »Ja«, antwortete sie. »Um Euretwillen.«

Als er sie mit den Finessen der Kunst behandelte, die sie ihm beigebracht hatte, dachte sie: *Und wenn es wieder ein Mädchen ist?* Aber sie spürte, daß dem nicht so sein würde.

Später, am Morgen, wenn er gut ausgeruht sein würde, wollte sie mit ihm über die Amme sprechen. Ihn davon abzuhalten, sie umzubringen, würde viel an Überredungskunst kosten. Aber die Kinderfrau, die unter der Markise geschlafen hatte, als Teis ins Wasser fiel, war zu alt, um sie aus dem Haus jagen zu können, und zu nützlich, um sie totschlagen zu lassen.

Arud strengte sich an, auch sie, Panduv, zu befriedigen. Er wußte wie. Sie bäumte sich unter ihm auf und schrie mit doppelter Inbrunst. Den in der Kammer des Laniers unterdrückten Schrei für Arud aufgespart zu haben, war nur freundlich. Er sollte der Vater des Kindes, des Geschenks der Göttin sein.

Stöhnend spendete er den überflüssigen Beitrag seiner Lenden, und Panduv schloß die Arme um ihn.

Im dritten Monat wurde Panduv gemäß der Sitte in einer Sänfte zum heiligen Frauenhof getragen, damit sie dort ihren Dank vortragen konnte.

Der Tempel der Mütter stand auf einem hohen weißen Sockel mit Stufen aus rotem Obsidian. Die Säulen des Tempels waren rot und schwarz bemalt, das Gesims vergoldet. Hier stank es nicht nach Schlachtopfern, sondern es duftete nach den süßen und gegorenen Gaben der Gläubigen.

Eine kleine Tür führte in den Frauenhof, der selber nicht sehr groß war. Nur Frauen des Besitzstandes konnten es sich leisten, vor die Göttin zu treten, und so war der Ort nur selten besucht. Panduv zahlte der Pförtnerin die entsprechende Summe und trat ein.

In dem Hof war die Zakorianerin schon zweimal zuvor gewesen. Arud hatte ihr die Besuche zum Geschenk gemacht. Der Ort glich einer deckellosen Kiste aus Mauern und einem mit Fliesen ausgelegten Boden. Zwischen einer Gruppe von Zitrusbäumen stand der Altar.

Panduv war mit Cah allein.

Das erst jüngst vollendete Standbild stellte eine Frau dar, füllig aber nicht übermäßig dick und — der Mode nach — mit einem Netz verschleiert. Hinter dem Schleier leuchteten wie Flammen die Augen aus lohfarbenen Topassteinen auf. Die Gestalt war schwarz, so schwarz, daß sich nicht erkennen ließ, welcher Ausdruck auf ihrem Gesicht lag.

Die schwarze Frau trat vor die schwarze Cah und legte, wie es sich gehörte, selbstgebackene Küchlein auf den Altar. Panduv konnte nicht gut backen; für Dinge dieser Art fehlte ihr das Talent. Vorwürfe machte sie sich nicht, obwohl aus ihr inzwischen eine ergebene Anhängerin Cahs geworden war. Panduv hatte ihr gegeben, was sie wollte. Ein Kuchen war ein Kuchen.

Als sie den Hof verließ, sammelten sich Bienen in den Zitrusbäumen und auf den Blumen an der Mauer. Bald würde der Sommer Einzug halten. Zum Glück fiel in diesem Jahr der rote Mond von Zastis auf einen frühen Zeitpunkt. Panduv konnte sich noch eine Weile an Arud erfreuen, bevor der Bauch zu dick sein würde.

Auch im Tempel schwirrten Bienen umher: emsige Priester von niederen Weihen. Vor dem Tor wurde einer

Jungenklasse Unterricht im Rechnen erteilt, und von nebenan hallte der Hammerschlag des Steinmetzes herüber. In der Hauptstadt wuchs langsam das Ansehen von Kunst und Bildung. Die im Frauenhof zu sehende Statue von Cah war das Werk eines Künstlers der hiesigen Tempelschule. Zur Zeit wurde an einem Theatergebäude gearbeitet. Nur Männer, die auf eine Ausbildung in der Tempelschule verweisen konnten, durften ihrer Kunst nachkommen, den Sternenhimmel erforschen oder ein öffentliches Amt übernehmen. Aruds Sohn brauchte in der Hinsicht keine Schwierigkeiten zu befürchten. Auch Teis durfte auf eine gute Ausbildung hoffen; dafür würde Arud seinen ganzen Einfluß geltend machen.

In zehn oder zwölf Jahren konnte Arud damit rechnen, das Amt des Hohenpriesters zu bekleiden. Das war schon fast sicher. Panduv hatte zwar keinen Einblick in das, was die führende Tempelclique ausheckte, kannte aber deren Gefüge ziemlich gut. Das neue Denken in Iscah, das sich in der modernen Plastik im Frauenhof manifestierte, hatte außerdem Veränderungen in Gang gesetzt, die von der herrschenden Schicht mitvollzogen werden mußten.

Teis spielte friedlich unter der Obhut eines neuen, aufmerksamen Kindermädchens. Aber als das Kind seine Mutter sah, kam es freudig herbeigetanzt.

Die Kleine legte die Hand auf Panduvs Bauch, in dem, wie ihr gesagt worden war, das andere Kind schlief.

»Wie geht's ihm?«

»Gut.«

Teis preßte das Ohr an den Bauch und lauschte auf Worte, die sie zu hören hoffte. Ihr eigenes Sprachvermögen wuchs von Tag zu Tag. Mitreden zu können, war ihr ein großes Bedürfnis.

Der Sommer stieg über goldene Stufen zu Höhen empor, in denen sengende Hitze und staubige Luft vorherrschten. Der Abstieg wurde von heftigen Regengüssen begleitet. Der Winter segelte mit weißen Flügeln übers Meer, und es schneite wie im Jahr zuvor bis tief in den Süden von Iscah, was früher nur äußerst selten der Fall gewesen war.

Wie gemeldet wurde, hatte im Norden und Osten des Kontinents die Erde gebebt. In Dorthar — entweder in Anackyra oder Kuma; Genaueres war nicht bekannt — hatte ein Blitz die Kuppel des Anack-Tempels gespalten. Weiter östlich war eine Flotte aus dem shansarischen Karmiss, die aus fünfzig Schiffen bestand, von einem Orkan zerstört worden. Nicht einer hatte das Unglück überlebt. In Cohrl ging die Angst vor einer Seuche um. Mit dem Einbruch der Schneestürme rissen die Meldungen jedoch ab.

Aus Thaddra stammte das wohl sonderbarste Gerücht. Demnach lag in den Urwäldern des Westens ein weißer Drache auf der Lauer.

Der Winter war streng, bitterkalt und voll schlimmer Vorboten sowie falscher Alarmrufe.

Aber in Aruds Haus brannten die Kamine. Seine Bewohner kleideten sich in Pelze, rösteten Nüsse, und hinterm Ofen zirpte immer noch das Heimchen.

Die Wehen begannen mitten in einer Winternacht. Teis war verspätet auf die Welt gekommen. Dieses Kind kam zu früh.

Panduv hatte geträumt, die Kinder seien erwachsen. Das Mädchen stand in einem hellen Kleid auf dem Dach. Der Baum am Fischteich wirkte als Sonnenschirm und von einem Zweig, der über das Dach reichte, hing ein Käfig. Teis fütterte den Vogel, der darin saß. Sie schien an die achtzehn Jahre alt zu sein. Ihr Haar, nach hinten gekämmt und von einer Spange aus Keramik zusammengefaßt, berührte fast den Boden. Zwölf Strähnen waren an den Enden zu kleinen Zöpfen geflochten worden, an deren Spitzen Goldringe blitzten. Daraus zog Panduv den Schluß, daß ihre Tochter verheiratet war.

Der Junge war unverkennbar ihr Sohn.

Er war schwarz wie sie und — ihrem Geschmack nach — schön wie ein Gott. Aber seine Schönheit war von einer anderen Art als die ihre; er sah nicht einmal Rehger besonders ähnlich, so wie sie ihn im Traum sah. An den Lydier erinnerten nur die Augen des Jungen. Er kam lächelnd auf sie zu und legte ihr ein Geschenk in die Hände. Es war eine lebendig springende, atmende, entflammte Tänzerin — aus dunklem Holz.

»Für das Fest der Schenkenden«, sagte er. »Cahs Feiertag.« Und dann, beiläufig und ohne sich zu zieren: »Gefällt sie dir, Mutter?«

Er war glücklich; sein Lächeln verriet nur zum Teil, wie glücklich er war. Im tiefsten Innern, hinter seinem hellseherischen Blick, wußte er um sein unteilbares Glück.

Staunend betrachtete Panduv die Figur von allen Seiten. Teis beugte sich über ihre Schulter. »Mutter, das bist du.«

Und plötzlich schlüpfte sie aus dem Körper; ihre Seele, ja, die Seele drehte sich im Feuertanz. Das unnütze Gewand des Körpers war von den Flammen verzehrt worden. Doch im selben Moment durchfuhr sie ein stechender Schmerz.

Er kam früh und voller Ungeduld, wie es schien.

Trotz aller Schmerzen dachte Panduv daran, die Formel auszurufen: »Cah, steh mir bei.«

Cah half.

Der Kopf ihres Sohnes, schwarz wie Holzkohle, drängte ins Leben. Als Leib und Glieder zum Vorschein kamen, sah Panduv, daß sie ein gesundes Kind zur Welt gebracht hatte.

Arud setzte sich über alle Regeln hinweg, eilte ins Zimmer, nahm den Jungen und hob ihn jubelnd in die Höhe.

»So schwarz wie du, Zakorianerweib. Aber er hat meine Augen. Siehst du? Meine Augen und deine Haarfarbe. Und bei der Göttin — ein Junge.«

Erschöpft ließ sich Panduv auf die Kissen sinken. Arud legte ihr goldene Ohrringe zum Geschenk in die Hände. Es war fast wie im Traum, nur den hatte sie während der Anstrengungen der Geburt schon wieder vergessen.

Sie nahm den Säugling an sich und gab ihm zu trinken.

Er hatte die Augen des Lydiers — genauer gesagt, des Laniers; ein Segen, daß Arud sie für die eigenen hielt. Er würde ein großzügiger Vater. Es war zwar nicht sein eigen Fleisch und Blut, aber doch sein Kind.

Panduv wollte Arud davon überzeugen, daß dem Kind ein iscanischer Name zustünde, ein alter Name, der im Hochland weit verbreitet war: Raier.

Der Säugling schlief an ihrer Brust. Sein Gesicht war friedlich und zierlich. In den klaren Konturen sah sie, deutlich wie der Mond hinter Federwolken, das schlafende Gesicht eines jungen Mannes von sechzehn oder vierundzwanzig Jahren. Doch das blieb zu erwarten.